AF754804

# México ante Dios

# Francisco Martín Moreno

# México ante Dios

ALFAGUARA

El papel utilizado para la impresión de este libro ha sido fabricado a partir de madera
procedente de bosques y plantaciones gestionadas con los más altos estándares ambientales,
garantizando una explotación de los recursos sostenible con el medio ambiente y beneficiosa para las personas.

Penguin
Random House
Grupo Editorial

**México ante Dios**

Primera edición en Penguin Random House México: octubre, 2025

D. R. © 2006, Francisco Martín Moreno

D. R. © 2025, derechos de edición mundiales en lengua castellana:
Penguin Random House Grupo Editorial, S. A. de C. V.
Blvd. Miguel de Cervantes Saavedra núm. 301, 1er piso,
colonia Granada, alcaldía Miguel Hidalgo, C. P. 11520,
Ciudad de México

penguinlibros.com

Penguin Random House Grupo Editorial apoya la protección del *copyright*.
El *copyright* estimula la creatividad, defiende la diversidad en el ámbito de las ideas y el conocimiento, promueve la libre expresión y favorece una cultura viva. Gracias por comprar una edición autorizada de este libro y por respetar las leyes del Derecho de Autor y *copyright*. Al hacerlo está respaldando a los autores y permitiendo que PRHGE continúe publicando libros para todos los lectores.

Se reafirma y advierte que se encuentran reservados todos los derechos de autor y conexos sobre este libro y cualquiera de sus contenidos pertenecientes a PRHGE. Por lo que queda prohibido cualquier uso, reproducción, extracción, recopilación, procesamiento, transformación y/o explotación, sea total o parcial, ya en el pasado, ya en el presente o en el futuro, con fines de entrenamiento de cualquier clase de inteligencia artificial, minería de datos y textos, y en general, cualquier fin de desarrollo o comercialización de sistemas, herramientas o tecnologías de inteligencia artificial, incluyendo pero no limitado a la generación de obras derivadas o contenidos basados total o parcialmente en este libro y cualquiera de sus partes pertenecientes a PRHGE. Cualquier acto de los aquí descritos o cualquier otro similar, así como la distribución de ejemplares mediante alquiler o préstamo público, está sujeto a la celebración de una licencia. Realizar cualquiera de esas conductas sin licencia puede resultar en el ejercicio de acciones jurídicas.
Si necesita fotocopiar o escanear algún fragmento de esta obra diríjase a CeMPro
(Centro Mexicano de Protección y Fomento de los Derechos de Autor, https://cempro.org.mx).

ISBN: 978-607-386-374-2

Impreso en México – *Printed in Mexico*

*A ti, querido lector que pasas la mirada por las páginas de mi* México ante Dios, *¿nunca te preguntaron, a título de juego, a quién hubieras escogido como madre, en el caso imposible de haber podido seleccionar a una de entre todas las mujeres de la Tierra? ¿A ti no…? Pues a mí sí, y sin duda hubiera elegido a mi hermana Mariluz, la madre universal por definición y excelencia.*

Los roedores representan a un cura, a Porfirio Díaz y a Vicente Riva Palacio.
José María Villasana, *La Orquesta*, abril de 1873.

# Un prólogo inevitable para el lector

*En tiempos de las bárbaras legiones,*
*de lo alto de las cruces*
*colgaban a los ladrones…*
*Hoy, en pleno siglo del progreso y de las luces,*
*del pecho de los ladrones*
*cuelgan las cruces.*

Anónimo

Porfirio Díaz pone su espada, donde se lee "Dictadura", encima de la Constitución. Cárdenas, *La Linterna*, julio de 1877.

Por más que sorprenda al lector, *México ante Dios* no aborda, de ninguna manera, temas religiosos ni cuestiona la fe de los creyentes ni intenta ser un tratado de teología ni analiza convicciones espirituales. Nada más alejado de ello. Los dogmas católicos, la liturgia y las Sagradas Escrituras, la Santísima Trinidad y la Purísima Concepción, entre otros tantos temas relacionados con el catolicismo, están absolutamente desvinculados de la preocupación central que justificó el estudio y la redacción de las siguientes páginas.

*México ante Dios* tampoco es, ni pretende serlo, ni será nunca, una biografía novelada de Juárez ni de ninguno de los ilustres hombres de la Reforma, sin duda, la generación más distinguida de mexicanos que ha existido. En esta novela histórica el protagonista central es el alto clero católico mexicano del siglo XIX, el mismo que detentaba más del cincuenta por ciento de la propiedad inmobiliaria del país, sin permitir que dicha riqueza circulara en beneficio de una sociedad empobrecida e ignorante. ¿Qué tal recordar que la Iglesia católica contaba con cárceles clandestinas, como las administradas por la Santa Inquisición, con policía secreta, ejércitos privados, fueros constitucionales para que los sacerdotes pudieran escapar de la jurisdicción civil? ¿Por qué no traer a colación que el clero controlaba a los Juzgados de Testamentos, Capellanías y Obras Pías, auténticas financieras camufladas para colocar empréstitos públicos y privados recaudando obviamente los intereses del caso, a falta de un sistema bancario, o bien pensar en una autoridad espiritual que cobraba impuestos como el odiado diezmo, aun a aquellas personas que escasamente eran dueñas de su hambre y de su esperanza, o que extorsionaba con cargos desproporcionados a los creyentes al imponer las tarifas por servicios religiosos como la extremaunción y el matrimonio, y además por toda clase de bendiciones y administración de sacramentos? ¿Y su obligación de divulgar el Evangelio...?

Me refiero, sí, al clero que financiaba ejércitos, derrocaba gobiernos constitucionales, organizaba en las sacristías sangrientos golpes de Estado, revueltas, levantamientos, asonadas y cuartelazos en contra de gobiernos liberales cuando estos apuntaban en dirección a los bienes clericales.

Condeno al clero que convirtió los púlpitos en tribunas políticas y controlaba el funcionamiento de los poderes públicos, así como las relaciones sociales y familiares; al que acaparaba la riqueza en detrimento de la prosperidad social; al que utilizaba los confesionarios para cuidar sus intereses políticos y económicos; al que concentraba la educación entre ciertos privilegiados impidiendo la alfabetización, al extremo de que el día de la coronación de "su" Iturbide el nuevo país nacía con un lastre temerario de noventa por ciento de analfabetos; al que organizaba fiestas religiosas obligatorias más de una tercera parte del año para aumentar la recaudación eclesiástica y las limosnas. Critico abiertamente a la Iglesia que invariablemente se opuso al ingreso de extranjeros no católicos a nuestro país, acción cuyas consecuencias no hemos terminado de pagar; a la que luchó en contra de la libertad de expresión y saboteó con todo el poder a su alcance, recurriendo incluso a las armas, cualquier proyecto de separación Iglesia-Estado y rechazó con cañones la posibilidad de considerar la libertad de cultos y la de conciencia, la de pensar… ¿Qué somos si ni siquiera podemos pensar libremente?

Una sociedad educada y dirigida por un clero traidor, voraz, inescrupuloso, prejuicioso, enemigo de la evolución y del progreso, cerrado a las corrientes ideológicas. La "hermosa reacción", como diría Miguel Miramón. Un maestro retrógrado, retardatario, limitado porque enseña tan solo una parte del mundo y de la historia por cuidar sus intereses políticos y materiales o por temor a un castigo por divulgar conceptos que pueden atentar en contra de la unidad de la Iglesia. ¿Cómo puede resultar una sociedad educada por el clero católico después de trescientos años, más aún si las torturas y las persecuciones impuestas a quien lo desafiaba racionalmente destruían al hombre y a su intelecto? ¡Cuidado con los espíritus libres, almas descarriadas que pueden conducir a las sociedades civilizadas al abismo! Las bajas clases sociales son fanáticas en lo político y en lo religioso: ahí está la verdadera materia prima explotable.

Sé que omití hechos fundamentales acontecidos en esa época pero que no estaban estrictamente vinculados con la temática contenida en mis objetivos históricos. Soy consciente de que he dejado en el tintero un sinnúmero de pasajes que bien merecían haber sido recogidos en honor de los liberales que en ellos participaron; sin embargo, insisto, no son ellos los que tienen la voz preponderante en este libro, sino los que se dicen "representantes de Dios en México". Ellos y solo ellos tienen la palabra. Ellos y solo ellos fueron sometidos al detallado escrutinio de mi lupa durante muchos años. Ellos y solo ellos fueron colocados bajo los reflectores para que pudieran ser vistos tal y como son, o al menos como yo los vi, en los escenarios mexicanos de hace dos siglos.

Ahí vemos al clero, históricamente intolerante, excomulgando a quienes hubieran jurado la Constitución de 1857, alentando a Comonfort para que diera su famoso autogolpe de Estado y provocando con ello, indirectamente, el estallido de la guerra de Reforma, financiada con los cuantiosos recursos clericales. Lo recordamos aprovechando perversamente la indefensión militar y económica de México derivadas de tres años de guerra civil para invitar en esa indeseable coyuntura a uno de los ejércitos más poderosos del mundo con el objetivo de instalar una monarquía europea, la de Maximiliano de Habsburgo, una felonía de las más aviesas que se conozcan en contra de la patria, ejecutada también por Gutiérrez Estrada, Almonte, el padre Miranda, el obispo Labastida y otros detestables mexicanos…

No ignoro la obra fundamental de don Benito Juárez ni de Ocampo ni de Santos Degollado o Manuel Ruiz o Guillermo Prieto o González Ortega o de los hermanos Lerdo de Tejada, con el debido respeto para Sebastián, ni el papel desempeñado por hombres como Ignacio Ramírez, Ignacio Altamirano, Matías Romero, Ponciano Arriaga, Ignacio Vallarta, León Guzmán, José María Mata, Valentín Gómez Farías, Isidoro Olvera, Blas Valcárcel, José María Castillo Velasco, entre otros tantos que, constitucionalistas o no, fueron unos patriotas, auténticas primeras figuras del elenco reformista. Mi respeto y mi más profunda admiración a todos y cada uno de ellos. Fueron los padres de la nación mexicana. Perdón, mil veces perdón, por no haberles concedido el espacio que justificadamente se merecían en estas páginas. Estoy en deuda con ellos.

No podemos pasar por alto cuando el mismo clero favoreció el Plan de Tuxtepec para derrocar a don Sebastián Lerdo y a José María Iglesias, unos indeseables para el alto clero, a cambio de apuntalar en el poder a Porfirio Díaz, este último la frustración del ideario liberal, según Ralph Roeder, pero, al fin y al cabo, una forma más moderna de la dictadura clerical. Claro, no podía ser de otra manera, la Iglesia jamás hizo esfuerzo alguno por impulsar el arribo de la democracia en el país; por el contrario, apoyó a los tiranos, en los que veía a los aliados naturales para garantizar sus poderes y privilegios. La cadena y las pruebas son tan enormes como evidentes. Para ya no entrar en el virreinato, cuando el control era total (a título de ejemplo, Juan de Palafox y Mendoza era virrey y simultáneamente obispo de Puebla, visitador y arzobispo de México), analicemos la suerte de un Hidalgo o de un Morelos cuando propusieron, con sus debidos matices, la independencia de México. ¿No acabaron sus días fusilados y el primero descuartizado, entre otros sacerdotes más? Basta ver las actas de excomunión de ambos curas solo por haber demandado la libertad. Posteriormente, durante todo el siglo XIX, el alto clero aparece apoyando a dictadores como Iturbide, como al siniestro Santa Anna, a Paredes y Arrillaga, a Zuloaga, a Miramón, quien gozó de poco tiempo y oportunidad para demostrar su adicción por la Iglesia y por la tiranía, hasta acabar con Porfirio Díaz y sus más de treinta años de monopolio del poder, sin olvidar a Victoriano Huerta, porque el asesino tuvo la osadía de invocar en la Cámara de Diputados el nombre de Dios, ni a la "Dictadura Perfecta" y sus otros setenta años de imposición corporativa priista que culminaron con notable éxito el desquiciamiento del país. ¿Cuándo vimos predicar a la Iglesia desde los púlpitos el amor a la democracia?

Lo anterior, el militarismo, el caudillismo y otros males impidieron que México colocara una piedra encima de la otra. Todo ello, junto con el analfabetismo y otros pesados lastres, estorbaron severamente nuestro desarrollo y obstaculizaron el afianzamiento de las instituciones democráticas.

El clero mexicano invariablemente estuvo en contra de los derechos universales del hombre, conquistados a sangre y fuego a raíz de la Revolución francesa, como lo estuvo en contra de la razón y del intelecto al prohibir la impresión y la importación de libros relativos a la Reforma, a la Ilustración, al Enciclopedismo e impedir la lectura de clásicos como Voltaire, Rousseau, Montesquieu, Diderot, entre otros, al mismo tiempo que perseguía a "quien pensara peligroso". Octavio Paz lo sentenció mejor que nadie: "somos hijos de la contra-Reforma".

En las páginas de nuestra historia quisiéramos ver aparecer, con la máxima objetividad posible, nombres de personajes eclesiásticos que torcieron el rumbo de México y que, de una forma o de la otra, permanecen sospechosamente en el anonimato, cuando todos deberíamos distinguirlos porque resulta imposible cambiar una actitud, el sentido de nuestras vidas, el rumbo y la marcha del país si no desenmascaramos o, dicho sea eufemísticamente, conocemos a estos protagonistas de la Historia. ¿Cómo detener a un enemigo y controlarlo si ni siquiera aceptamos su existencia? ¿Cómo resolver un problema cuando no reconocemos su importancia?

Hablemos, por ejemplo, de Matías Monteagudo, uno de los verdaderos padres de la Independencia; de Luis Clementi, nuncio papal; de los arzobispos Lázaro de la Garza y Ballesteros y Pelagio Antonio de Labastida y Dávalos; de Francisco Javier Miranda, cura del Sagrario de Puebla; de Antonio Reyero y Lugo, gobernador de la Mitra; de Clemente de Jesús Munguía, obispo de Michoacán; de Francisco Ortega y García, cura de Zacapoaxtla. ¿Por qué se sabe tan poco de ellos, si fueron tan importantes en la conformación del trágico destino nacional?

De sobra sé que *México ante Dios* despertará la ira de muchas conciencias retrógradas, las mismas que en su momento se hubieran opuesto no solo a la evolución, al progreso y a la paz, sino a la promulgación de la Constitución de 1857, para ya ni hablar de las Leyes de Reforma y de la Carta Magna de 1917. Hoy mismo volverían a gritar "Religión y Fueros" si a alguien se le ocurriera tocar o rozar algunos de los cuantiosos intereses o privilegios que disfruta la Iglesia católica y que fueron obtenidos, sin duda alguna, de los fieles a través de las limosnas, donativos o compra de perdones, que les arrancan aun a aquellos que carecen de los más elementales satisfactores que exige la dignidad humana. Espero la crítica de los historiadores clericales y la de los oficiales, tan mercenarios como camuflados y que han enajenado su inteligencia y sus conocimientos a cambio de unos pesos, para ponerlos al servicio del Estado o de la Iglesia. Sé que atacarán mi obra con la misma pasión con la que han confundido a este país, impidiéndole ver el rostro de sus enemigos. Bienvenida la crítica, aun la fanática. Hagamos un debate sobre la base del respeto, si es posible. Es hora.

Si a algún lector llegaran a parecerle, al menos precipitadas, las anteriores conclusiones, ¿por qué no acompañarme a la experiencia sufrida por don Valentín Altamirano, un testigo presencial, quien me contó toda la historia mientras estuvimos encerrados en una mazmorra en el infierno de la cárcel de San Juan de Ulúa, tan solo una prueba de los alcances de Díaz, el tirano?

# Capítulo 1
# El imperio de las almas

*¿A qué derecho te atienes para defender las propiedades de la Iglesia, al divino o al humano?*

San Agustín

*Nada propio posee la Iglesia, salvo la fe.*

San Ambrosio

Porfirio Díaz y el arzobispo Labastida y Dávalos queman la Constitución de 1857 y las Leyes de Reforma. Vienen en camino carretas del Estado de México, de Puebla y de Durango con más material para la pira. Anónimo, *El Hijo del Ahuizote*, febrero de 1888. Algunas fuentes citan a Ponciano Prieto como el autor de esta caricatura.

—Tú… Sí, tú, como sea que te llames, quien quiera que seas, por amor al cielo acerca tu oído a mi boca… No me dejes morir sin contarle la verdad a alguien —suplicó aquel viejo de enormes barbas cenizas y cabellera larga alrededor del cráneo calvo de toda una vida.

El anciano permanecía acostado, cubierto por unos harapos ahora irreconocibles si se les comparaba con el traje claro, el corbatín negro y la camisa blanca, la indumentaria con la que había ingresado meses atrás en una de las mazmorras salitrosas de la fortaleza de San Juan de Ulúa, en el corazón del puerto de Veracruz.

Una tenue línea de luz blanca se filtraba con dificultad por la parte inferior de la puerta de hierro oxidada y, al romper la cerrada oscuridad de la celda, me permitía ver las pequeñas siluetas de múltiples roedores siempre inquietos, huidizos, pero al fin y al cabo nuestra leal y constante compañía de día y de noche.

—Ven, ven, que me muero —insistía el vejezuelo con un hilo de voz decrépita. Expiraba. Sus lamentos me habían arrebatado el sueño.

—¿Por qué, por qué despertar…? —suplicaba yo con los ojos crispados como si elevara una sentida plegaria.

¿Quién resiste esta nauseabunda realidad de la que solo es posible escapar al dormir, al enloquecer o al morir? Tres paraísos, hermosos paraísos de la insensibilidad. Si llegara a perder la razón mi mente dejaría de torturarme con el recuerdo de mi arresto cuando, apenas anteayer, la policía porfiriana me arrancó de mi familia a media noche para venir a aventarme en esta pocilga pestilente y asfixiante, en donde la oscuridad me impide ver mis propias manos por más que me las acerque al rostro. Nunca olvidaré cómo, al hacerme entrar a empujones en la asquerosa tinaja, las ratas empezaron a trepar golosas, tal vez juguetonas, por mis pantalones. Creí perder la razón entre gritos ahogados de terror y movimientos de repulsión. Me sacudí como pude a esos asquerosos animales dispuestos a devorar cuanto encontraran a su paso: carne, tela, pelo, uñas y detritus. Toda invocación fue inútil. La vida había sido muy generosa conmigo, pues nunca antes de este fúnebre año de 1891 me había obligado a asomarme por una de las ventanas del infierno. Ningún crimen puede justificar un castigo tan devastador y perverso.

Cuando los agentes corrieron un largo cerrojo y colocaron un candado cubierto de herrumbre, al tiempo que el horror se apoderaba de mí en el interior fétido y vomitivo del calabozo, dimensioné los alcances de mis enemigos, el apetito de venganza de mis verdugos, los esbirros del dictador Díaz, quienes me condenaban, sin posibilidad alguna de defensa, a una lenta agonía. "¡Oh vosotros, los que entráis, abandonad toda esperanza!", rezaba un texto a la entrada del infierno, según Dante. Lo último que escuché aquella mañana aciaga, cuando las pisadas de mis captores se perdían, entre carcajadas, a lo largo de los pasillos arenosos de Ulúa, fue un "¡Ya cállate, pinche mariquita! ¿No quesque eras muy machito pa' criticar a don Porfirio…? ¡Ahora te chingas, cabrón!"

—Ven, ven, acércate. Nadie sabe lo que voy a decirte, por todos los santos: escúchame antes de que estos huesos viejos se los disputen los tiburones de la Isla de Sacrificios… —repitió aquel personaje que había permanecido casi mudo durante mis primeras horas de cautiverio. En realidad el viejo carecía de alternativa: o me revelaba a mí su gran secreto, fuera yo quien fuera, o irremediablemente se lo llevaría a la tumba. Me tuviera o no confianza, me conociera o no, tenía que hablar, y hacerlo pronto, muy pronto…

Las palabras, de escasa resonancia, más bien parecían suspiros. La respiración desacompasada me anunciaba la inminencia de un desenlace fatal. Un dejo de piedad, inusual en aquellos recintos demoniacos, me movió a acercarme a aquel despojo humano. Al fin y al cabo, al dejarlo desahogarse o confesarse, aun cuando yo fuera un extraño, le permitiría morir en paz. Había pues que socorrerlo.

Empecé a incorporarme sobre el tablón que hacía las veces de cama. Una vez sentado continuaba escuchando sus súplicas. El viejo veía al techo, según me lo indicaba una línea sutil del perfil de su rostro. Mis ojos se acostumbraban cada vez más a la oscuridad, y empezaba a identificar ciertas figuras antes irreconocibles. Al escuchar solo un murmullo decidí acercarme. Asusté a un par de ratas que jugueteaban sobre su pecho. Solo tuve que dar un paso antes de colocar mi oreja a un lado de sus labios. Jamás imaginé la historia que conocería ese mismo amanecer. Bien pronto perdería, claro está, toda noción del tiempo.

Al oír las primeras palabras advertí un intenso estremecimiento en la piel. Por supuesto que no se trataba de una simple confesión, la narración vulgar de una cadena de supuestos pecados cometidos por un humilde mortal, una oveja más de las tantas descarriadas del inmenso rebaño del

Señor. ¡No, qué va! Lo que a continuación me sería revelado sacudiría los cimientos mismos de nuestra sociedad e influiría abiertamente en las generaciones subsecuentes. Nada de que acúsome padre de haber estafado a mi socio o de haber engañado a mi mujer... No, no se trataba de un chisme provinciano e intrascendente de confesionario, sino de desenmascarar, de una buena vez y para siempre, al peor enemigo de México a lo largo de su dolorida historia. ¡Cuánto lamenté no haber tenido a la mano un lápiz, papel y luz para poder dejar un testimonio escrito de la cadena de atropellos sufridos por la nación a manos del clero católico! Espero que mi memoria no me traicione en estos momentos, cuando empiezo a redactar estas líneas que debe leer todo compatriota deseoso de no volver a tropezar con la misma piedra. Durante la narración imaginé y pude haber dibujado cientos de caricaturas, algunas de las cuales, pensé, llegaría a hacer si salía con vida del calabozo.

—Escucha, escucha, hijo mío —carraspeó el anciano al percatarse de mi presencia. Su voz adquirió otra intensidad, un nuevo vigor, otro timbre al comprobar mi interés por su narración. Resurgía. Ya no estaba solo ni se llevaría consigo el secreto al fondo de las aguas tibias del golfo de México—. No podía abandonar el reino de los vivos mientras alguien no supiera lo que he guardado durante muchos años, aquí, en mi pecho —advirtió en tanto señalaba con unas uñas descomunalmente largas el lugar en donde su corazón podría dejar de latir en cualquier instante—. Gracias por acompañarme, hijo mío...

Cuando intentaba acomodarme a un lado del lecho, don Valentín Altamirano empezó a disparar conceptos que yo no olvidaría jamás. Al presentir que tenía los minutos contados me hizo saber sin más rodeos que él había sido toda su vida escritor y periodista; que había trabajado en diversos diarios mexicanos; que había publicado un sinnúmero de libros, la mayoría sobre diversos aspectos de la historia patria; que después había sido editor y había sobrevivido instalado en la clandestinidad desde los primeros años de la dictadura porfirista, por haberse atrevido a revelar secretos clericales celosamente guardados. Las persecuciones de las que había sido víctima, lejos de inducirlo a trabajar en otros temas, le habían aguijoneado el amor propio al extremo de hacerlo abandonar todo para avocarse al descubrimiento del verdadero papel desempeñado por la Iglesia católica mexicana en nuestro siglo. ¿Quién dijo que el clero solo se había dedicado a la divulgación del Evangelio, su primera obligación aquí en la tierra como en el cielo...? ¿Los prelados no habían llegado a ser hasta virreyes temporales o permanentes, con lo cual se sumaba el control político al espiritual?[1] ¿Por qué los sacerdotes, en lugar de enseñar a adorar a la Divinidad, decidieron ejercer, a cualquier precio, un mezquino protagonismo político, militar y económico...? ¿Acaso se sabía que la Iglesia había financiado ejércitos y conducido, en innumerables ocasiones, a la guerra fratricida con tal de no someterse a la ley ni perder ninguno de sus odiosos y anacrónicos privilegios jurídicos y patrimoniales? ¿Por qué si era tan piadosa tenía que contar con cárceles y policía secretas, salas de tortura y ejércitos de fieles dispuestos a matar con una cruz en la mano izquierda y una espada enorme y afilada en la derecha?

Expropiar al menos algo de su ostentoso patrimonio o suprimir alguna de sus irritantes canonjías, extirpar, en fin, el tumor solo sería posible a través de una cirugía mayor que expondría la vida del propio paciente. Si no se llevaba a cabo la operación, el enfermo moriría irremediablemente; por otro lado, si esta se ejecutaba sin demora, el enfermo podría perecer desangrado.

¿Por qué nadie sabía de ciertos prelados, tan encumbrados como perversos, que habían influido en forma determinante al mismo nivel que Santa Anna, Juárez o Maximiliano y, sin embargo, su desempeño macabro se mantenía oculto, intencional y aviesamente, muy a pesar de haber torcido una y otra vez el rumbo del país?

Cualquiera que hubiera podido escrutar la expresión de mi rostro se habría percatado de la inmensa sorpresa que despertaban en mí las palabras del anciano.

—¿Tú sabes por qué razón el verdadero Padre de la Independencia fue el canónigo Matías Monteagudo? ¿Cuándo lo habías siquiera oído nombrar? Nunca, ¿verdad...? —se contestó solo el anciano.

—¿Tú sabes quién fue monseñor Pelagio Antonio de Labastida y Dávalos...? —me volvió a cuestionar a quemarropa. Sin dejarme responder, apretó de nueva cuenta el gatillo apuntándome en pleno rostro. Su aliento era vomitivo.

—Tú sabes quién fue el padre Francisco Javier Miranda y Morfi, ¿no...? —insistió sin necesidad de confirmar mi ignorancia. Decidí ya no defenderme ni tratar de disimular mi desconocimiento de esos nombres, aun cuando, respecto a Labastida, obviamente tenía cierta información por tratarse del actual arzobispo de México. Ya me preparaba a recibir la explicación del caso cuando metió otra bala en la recámara:

—¿Tú sabes quién fue monseñor Clemente de Jesús Munguía? —volvió a cargar el viejo sin permitir interrupciones—. Ni tú ni nadie, hijo mío. Son muy pocos los que conocen los crímenes y atentados cometidos por estos príncipes de la Iglesia en contra de la nación. La Iglesia los enterró bajo siete capas de tierra para que nunca se supiera nada de ellos, salvo la parte relativa a su sagrada misión pastoral, escondiendo, como es obvio, su gestión militar, diplomática, política y financiera.

Cuando don Valentín pronunció los nombres de Monteagudo, Labastida, Miranda y Munguía, trató de incorporarse como si quisiera encarar a estos personajes siniestros ocultos, según él, en la historia negra de México. Yo tal vez fruncía la frente. Tenía, por lo visto, una versión de la historia completamente distorsionada. ¿Cómo era posible que nunca hubiera siquiera oído mentar a semejantes personajes, por lo visto, protagonistas clave del siglo XIX, mi propio siglo? Para mí la Iglesia católica invariablemente había encarnado el papel de Jesús, ostentándose como su más humilde y compasiva representante. Nunca nada ni nadie podría alterar esa imagen de prístina pureza. El reino intocable del clero también era de otro mundo...

—Hay muchos pasajes de la historia ignorados, escondidos deliberadamente por los investigadores mercenarios, por los gobiernos corruptos o por los protagonistas interesados en desdibujar su participación en los acontecimientos, muchacho —adujo don Valentín pausadamente, movido por el deseo de despertar mi curiosidad—. Tal vez valiera la pena recordar que apenas hace once años, tan pronto como en 1880, Porfirio Díaz abjuró de la Constitución de 1857 —el viejo trataba de elevar el volumen de su voz sin percatarse de que me dejaba atónito—. Juárez fue a la guerra de Reforma con tal de defender precisamente la Constitución de 1857. Durante tres años interminables no solo nos matamos entre los mexicanos, sino que arruinamos al país; perdimos la brújula del progreso; encaramos nuevamente el hambre junto con el agotamiento civil, anímico, financiero y militar, solo para facilitarles a los curas la imposición del imperio de Maximiliano. ¡Los curas, siempre los curas, claro que los curas! —exclamaba don Valentín para subrayar el involucramiento de la Iglesia en cuanto episodio negro existía de la historia de México—. Después de la sangre derramada, el sacrificio y el daño sufrido para someter a los ejércitos clericales, sale Porfirio Díaz, siendo presidente de la República, con que abjura de la Constitución por cuya defensa los mexicanos habíamos destruido al país, enlutándolo para siempre.

—¿Y en qué condiciones abjuró, don Valentín? ¿Por qué lo hizo? ¿Por qué nadie conoce este hecho? —cuestioné devorado por la inquietud.

—¡Ay, muchacho! Los políticos deben ocultar la realidad para preservar su imagen. De esta depende su capital político y, por ende, el éxito de su carrera. Por todo ello recurren al chantaje, al embuste o a cualquier bajeza para cuidar su prestigio, de modo que la verdad nunca aflore y su credibilidad no se desplome.

—Pero ¿qué hizo Díaz? —insistí, harto de preámbulos.

—Escucha —me suplicaba el viejo para que no perdiera detalle alguno de su narración—. No tendré tiempo de repetirlo. Tenemos mucho de qué hablar...

Porfirio Díaz había vivido en concubinato con Delfina Ortega, su primera mujer, su sobrina, la hija nada menos que de su hermana Manuela, con la que procreó cinco hijos, de los cuales tres ya habían fallecido en esas fechas. El dictador no estaba casado por la Iglesia con Delfina, una omisión imperdonable que el día del Juicio Final podría tener consecuencias terribles para ambos, en particular para Delfina, quien al estar ya muy próxima a la muerte, a pesar de contar con tan solo treinta y dos años de edad, bien podría ser condenada, por ese hecho, a pasar la eternidad en el infierno.

El arzobispo Pelagio Antonio de Labastida y Dávalos había sido llamado al lecho de muerte de Delfina Ortega para que le administrara lo más pronto posible la extremaunción, dado que su deceso parecía inminente en esas últimas horas del 7 de abril de 1880. Sin embargo, el alto prelado le comunicó a la afligida mujer que no podría absolverla porque no estaba casada con Díaz de acuerdo con las leyes de Dios.

—Pero padre —repuso la mujer balbuceante—, convenza usted, por lo que más quiera, a Porfirio para que se case conmigo. Se lo suplico. Él no puede permitir que me vaya al infierno. He sido su compañera. Le he dado hijos. Lo he hecho feliz. Le he cumplido todos sus caprichos. Me le he entregado sin condiciones, padre, que se apiade de mí en estos momentos en que me estoy muriendo... ¡Apiádense de mí! Vaya usted a donde él, apersónese y dígale que si nunca le pedí nada, ahora sí lo hago: solo él puede salvarme, él y solo él, padre... Sé que esta es la última noche de mi vida... Jamás volveré a ver la luz del día... ¡Que se case conmigo, que se case ahora, antes de que sea demasiado tarde, padre, padre, por favor, padre...! Sería inútil hacerlo con una muerta... No amaneceré viva, lo sé, lo sé, lo sé... —repitió la mujer sin fuerza siquiera para llorar, mientras negaba con la cabeza recostada sobre la almohada empapada de sudor.

—¿Cómo voy a casarte con Porfirio, hija mía, si se trata de tu tío? Porfirio es tu tío y en primer grado, ¡por Dios...! ¿Qué es esto...?

—Padre mío, me voy. Apiádese de mí, por lo que más quiera...

—Pero si es un impedimento insalvable. ¿Cómo voy a casarte con tu tío sanguíneo...? Si por lo menos fuera un pariente político...[2]

—Padre, por favor, por favor...

El arzobispo buscó en el salón contiguo de Palacio Nacional al presidente de la República para plantearle el problema. Don Porfirio estaba ante su escritorio, sentado en un sillón forrado con terciopelo verde que ostentaba en su ángulo superior izquierdo, bordada con hilo de oro, un águila devorando una serpiente. Al ver entrar al arzobispo se puso de pie.

—¿Alguna novedad, padre? Los médicos han perdido toda esperanza. La peritonitis ha envenenado todo el cuerpo de Delfina. Puedo jurarle que la perderé en cualquier momento, ¿o no?

El ilustre sacerdote confirmó al jefe del Ejecutivo sus sospechas.

—Creo que debemos dejarla que parta en paz, Porfirio, y garantizar que su espíritu caiga en las manos de Dios y de ninguna manera en las de Lucifer.

—¿Qué quiere usted decir con que Delfina pueda llegar a caer en las manos del diablo? Ella ha sido siempre una católica ejemplar. Nunca ha faltado a la misa ni a ninguna celebración religiosa.

—Ese no es el problema.

—Entonces ¿cuál…? —repuso impaciente el presidente—. ¿Por qué podría irse al infierno…?

—Porque morirá en pecado mortal —sentenció lacónicamente Labastida.

—¿En pecado mortal ella, padre…? —cuestionó Díaz sorprendido—. Pero si es una santa, una auténtica santa. Hasta deberían ustedes beatificarla…

Omitiendo cualquier comentario en torno a esta última afirmación, el arzobispo continuó inconmovible. De sobra conocía su objetivo.

—Está en pecado, Porfirio, primero porque es tu sobrina sanguínea, segundo, porque vivió contigo como tu concubina, tercero porque tuvieron cinco hijos, y cuarto, jamás obtuvieron la bendición de Dios para formar una familia. De modo que cargarás esa losa de por vida. Tuya y solo tuya será la culpa…

—¿Casarme con ella ayudará? —cuestionó Díaz sintiéndose arrinconado.

—Sería definitivo, Porfirio, es la única manera de salvarla —agregó Labastida sintiendo a su presa en un puño.

—Cásenos, padre, cásenos de inmediato. Absuélvala. Concédale la extremaunción. Garantíceme que se irá al cielo —exclamó el presidente con una visible angustia reflejada en los ojos.

—Solo Dios puede dar esas garantías, Porfirio. Yo, por mi parte, haré todo lo posible por complacer tus deseos.

Acto seguido, y sin pérdida de tiempo, la máxima autoridad política del país, acompañada por el máximo líder religioso de México, se presentó ante Delfina Ortega. Era claro que la mujer agonizaba. Los ojos hundidos delataban la gravedad de la infección. Su respiración era acompasada. El sudor empapaba su frente y el color macilento de su tez confirmaba la gravedad de la enfermedad. Se iba: nadie podía dudarlo. Bastaba ver su mirada extraviada, los repentinos temblores, los silencios premonitorios. La muerte acechaba. El ambiente era de muerte. Ahí estaba la muerte. Tal vez esperaba de pie, paciente, recargada en un rincón, el momento propicio para utilizar su guadaña.

—¡Cásenos, padre, cásenos! —demandó el dictador.

Pelagio Antonio de Labastida y Dávalos se empezaba a colocar la estola y la mitra para iniciar el proceso de absolución, ya sin confesión por falta de tiempo, cuando volteó a ver a Díaz para dispararle a quemarropa, con el rostro impertérrito:

—Perdóname, pero no los puedo casar. Es tu sobrina, Porfirio…

—Olvídelo, padre…

—Yo puedo olvidarlo, pero Dios lo sabe todo.

—Usted logrará la indulgencia, lo sé, padre, lo sé…

—Esa podría lograrla si ambos nos comprometemos a rezar y a pedir perdón, pero hay otro impedimento mucho, mucho más grave aún.

—¿Cuál?, ¿cuál…? Dígamelo por favor —explotó el jefe del Poder Ejecutivo, quien supuestamente ya había accedido a todas las pretensiones del prelado—. ¿Cuál es el impedimento?

—Cuando juraste someterte y defender la Constitución de 1857, por ese solo hecho la Iglesia católica te excomulgó a ti y a quienes hubieran hecho un juramento similar por haber atacado frontalmente el patrimonio y los privilegios divinos. Por lo tanto, Porfirio, hijo mío, estás excomulgado desde ese año y, como tú entenderás, puedo pasar por alto, con la benevolencia del Señor, el impedimento sanguíneo, pero, eso sí, no puedo casar, de ninguna manera, a un excomulgado. ¡Me condenaría yo mismo, Porfirio querido!

—Pero, padre —insistió Díaz pensando tal vez apalancarse en sus enormes poderes políticos y militares, que estaban siendo ignorados.

—Lo siento, Porfirio, lo siento —se resignó Labastida con el rostro contrito—. Veo con profundo dolor que Delfina se irá irremediablemente al infierno, de donde no podrá salir en toda la eternidad.

—No, padre, no puedo consentirlo, me moriría de la angustia. Soy católico, creo en Dios, creo en el Espíritu Santo, creo en la Divina Trinidad, creo en las vírgenes, en los santos, en los apóstoles y en los beatos… No me haga esto, padre.

—No te lo hago yo, Porfirio: son las leyes inflexibles de Dios Nuestro Señor, que todo lo sabe y todo lo oye. De modo que si quieres impedir que esta santa mujer se vaya al infierno para que Lucifer le saque todos los días los ojos, tienes que abjurar de la Constitución de 1857 y retirar ante mí ese juramento que en nada te beneficiará tampoco a ti, en lo personal, cuando vayas a rendirle, espero que dentro de muchos años, cuentas al Gran Crucificado —el arzobispo se persignó elevando piadosamente la mirada hacia el techo.

—Porfirio, Porfirio, Porfirio —mascullaba la desgraciada mujer...

El rostro de Díaz se congestionó. Estaba desencajado. ¿Qué diría el ejército que él había encabezado para terminar de aplastar al imperio de Maximiliano? ¿Y su trayectoria como distinguido liberal? Los ojos inyectados parecían salirse de sus órbitas. Bien sabía que estaba en un callejón sin salida y que, en su carácter de militar, estaba perdiendo una batalla.

—Abjuro, padre. Abjuro. Reniego de mi compromiso con la Constitución. Me desdigo de mi juramento, pero salve usted a Delfina —concedió desesperado, a sabiendas de que arrojaba una vez más su prestigio político por la borda. ¿Qué más daba otra traición ante un pueblo desmemoriado? Se rendía vergonzosamente. Desenvainaba la espada y se la entregaba mellada al enemigo.

El arzobispo no acusó recibo de su triunfo. Permaneció de pie, inmutable. Aceptaba la concesión del señor presidente de la República, sí, pero no procedía a administrar la extremaunción. De pronto, sin mostrar la menor perturbación, teniendo a Díaz simbólicamente de rodillas, al representante del Poder Ejecutivo en sus manos, lo abofeteó con estas palabras apartadas de cualquier actitud piadosa. La Iglesia católica volvía a ser insaciable:

—Perdón, Porfirio, pero tu sola palabra no basta... ¡Perdóname! Ningún miembro de la alta jerarquía eclesiástica va a atreverse a dudar de mi dicho, conoce de sobra mi sentido del honor, pero debo cubrirme la espalda de cara a la historia y dejar ampliamente satisfechos a mis colegas: debo llevarles tu renuncia al juramento por escrito. ¡Perdóname!

Y Díaz, el mismo que en 1867 colocó a Maximiliano ante el paredón en el Cerro de las Campanas. Él, el gran liberal, ¿resultaría un farsante? ¿Toda su carrera había resultado una vulgar comedia? ¿Había jurado defender la Constitución con todas las solemnidades para después renunciar en privado a todo compromiso adquirido con su pueblo? ¿Y si se llegaba divulgar su abjuración? Ahí tienes al gran ídolo del país, al vencedor de ejércitos extranjeros, a uno de los restauradores de la República, arrodillado ante un cura y traicionando a toda la nación con tal de impedir que su mujer cayera en los brazos de Lucifer. ¿Y la patria? ¿Y la dignidad? ¿Y el sentido del honor? ¿Y la palabra? ¿Y las promesas incumplidas? ¿Y el gran líder defensor de las causas justas y de la legalidad?

Porfirio Díaz volteó a ver al rostro del arzobispo. Este no proyectaba la menor crispación. El control de cada uno de los músculos de su cara era total. Su mirada no despedía la menor emoción. ¡Con qué gusto lo hubiera puesto enfrente de un pelotón de fusilamiento! Odiaba esa vocecita hipócrita con la que le solicitaba lo insospechable... Acto seguido, clavó la mirada en el rostro exangüe de su mujer. Delfina todavía respiraba. No había tiempo que perder. Una pluma y un papel. Redactó sentado en el escritorio presidencial: "El suscrito Porfirio Díaz, declaro que la religión católica, apostólica y romana fue la de mis padres y es la mía en que he de morir. Que cuando he protestado guardar y hacer guardar la Constitución Política de la República, lo he hecho en la creencia de que no contrariaba los dogmas fundamentales de mi religión y que nunca hubo voluntad de herirla...". ¡Falso, falso, juró defender los principios liberales consignados en la Carta Magna, que traiciona en esta trágica hora! Díaz declaró asimismo que no poseía ningún bien expropiado a la Iglesia y, según le pidió el arzobispo que asentara, sí era cierto que había pertenecido a la masonería pero que se había alejado de ella... ¿Por qué renunciar a las creencias de toda una vida?

Terminada la carta, regresó violentamente a la habitación donde agonizaba su mujer para entregársela en mano al arzobispo. Le disparó una mirada de respeto, sumisión y odio. No resultaba sencillo descifrarla. Este, después de leerla y constatando que Delfina fallecía, ya no hizo ningún reparo, solo le ordenó al presidente de la República que pusiera la fecha y la firmara, a lo cual accedió Porfirio Díaz de inmediato: era antes de la medianoche. La señora Delfina Ortega de Díaz fallecería unas cuantas horas después, a las cinco de la mañana, según reza la inscripción de su tumba en el cementerio del Tepeyac.

—Por supuesto que este colosal secreto de Estado estuvo perfectamente guardado en la Mitra metropolitana, lejos, muy lejos del alcance de los historiadores y de los investigadores como yo, muchacho. Pero bueno, tú sabes muy bien que solo no se sabe lo que no se hace, ¿no? Ahí tienes a Porfirio Díaz a contraluz, desnudo, sin medallas ni condecoraciones ni entorchados ni bandas tricolores en el pecho, retratado al natural sin el alcázar del Castillo de Chapultepec al fondo. Nada, así, como es y como espero que pase a la historia, como un traidor...

Yo compartía emocionado sus puntos de vista. Me levanté movido por un impulso vital. Me pegué en las piernas con las manos abiertas. ¡Qué felicidad encontrarme con una persona como él, aun cuando fuera en condiciones tan desastrosas!

Comentaba don Valentín que era la hora de divulgar esta y otras felonías cometidas por Díaz en contubernio con la Iglesia y, además, revelar el desempeño de esos cuatro prelados mexicanos, de los que yo prácticamente desconocía su existencia.

—¿Quieres otro adelanto de lo que voy a contarte solo para que empieces a conocer más de cerca el papel que jugó el alto clero mexicano, esta vez en la instalación del imperio de Maximiliano en nuestro país? Ya verás cómo, en buena parte, la llegada del príncipe rubio se debió a la materialización del viejo sueño de la Iglesia católica de que nos gobernara un príncipe europeo. No era la primera ocasión en que lo intentaban, pero sí fue la última.

Ya posteriormente le explicaré al lector que tenga en sus manos mi *México ante Dios* el rastro que tuve que seguir para dar con documentos secretos que me proporcionó el viejo. Por lo pronto aquí va el texto original de la carta que le envía Labastida, el obispo de Puebla, a José María Gutiérrez de Estrada, un conservador radical, tal vez el promotor más destacado de la monarquía en México. Veamos la opinión de Labastida el día en que conoció a Maximiliano y confirmó la invitación de la Iglesia para venir a gobernar nuestro país:

> Castillo de Miramar, enero 20 de 1862
> Al Sr. José María Gutiérrez de Estrada
> Muy respetable y querido amigo:
> Mis primeros recuerdos son para usted.
>
> Anoche, a eso de las diez, he llegado aquí y a las once fui presentado al muy amable Príncipe, cuya vista encanta, cuya conversación atrae e instruye, cuyas maneras dulces y graves tienen tal magia que olvida uno la fatiga del viaje, lo inoportuno de la hora, la necesidad de alimento y hasta consentiría gustosamente en renunciar, con tal de prolongar la entrevista, al mismo descanso de la noche; porque en este semblante hay siempre el sello de una modestia sin igual y de una abnegación que todo lo sacrifica a la dicha de un pueblo, que el Príncipe no conoce todavía y a quien ama ya, sin embargo.
>
> Permítame usted, amigo mío, añadir que en su elogio ha quedado usted muy debajo de la realidad. Una hora de conversación me ha descubierto un tesoro moral que nunca sabremos apreciar en todo su valor. ¿Qué falta a este Príncipe? Hacíame yo esta pregunta varias veces durante las breves horas transcurridas y mi corazón y mi cabeza han respondido: nada, absolutamente nada.
>
> Ventajas superiores personales a la idea que tratara uno de dar; una instrucción variada y secundada por la reflexión; un talento que se revela en su ancha frente; una memoria fiel hasta a las cosas más pequeñas que pueden concernirnos; infinita delicadeza en la expresión de sus simpatías

hacia las personas de quienes habla o ha oído hablar; un vivísimo deseo de conocernos a todos; la solicitud del mejor amigo y del más tierno de los padres; tales son los rasgos que insuficientemente indico del Monarca que la Divina Providencia nos concede para reparar tantos desastres y resucitar a nuestra sociedad.

¡Qué castigo va a ser para la Italia su alejamiento! ¡Qué pérdida para el Austria! ¡Qué desdicha para la Europa entera! De ninguna manera extraño que haya conquistádose todas las simpatías y no me sorprenderá el universal sentimiento que ha de causar su partida. Inexplicable será nuestra demencia si no sabemos apreciar el don que nos hace el cielo cuando todo parecía perdido.

"Si voy a México —me ha dicho varias veces el Príncipe— me separaré de Europa para siempre y sin volver jamás a ella los ojos; terrible será esto, pero no me conviene hacer las cosas a medias; mi pensamiento no tendrá ya otro interés, ni yo obraré nunca sino como si hubiese nacido mexicano. Mi compañera ha tomado la misma resolución."

Mas, ¿por qué hablar a usted de cosas que ha visto? Por dos razones: primera, para renovar las impresiones que usted ha experimentado por sí mismo y unirnos en los mismos sentimientos; segunda, para dar gracias a Dios a una sola voz del don con que nos gratifica y que esperamos completará; porque esta obra es suya y perfecta como todo lo que emana de su divinidad.

Acabo de ser presentado a la augusta Archiduquesa. Es la afabilidad personificada. Ha comenzado por hacer el elogio de la lengua española que, a causa de su acento y majestad, prefiere a la italiana, sin disputar a esta última sus excelencias poéticas y su sello eminentemente musical. En seguida hablóme del proyecto que nos ocupa y disculpó al joven Gral. Miramón de no serla favorable, si al obrar así lo hacía impulsado por un sentimiento de patriotismo.

Grande es el sacrificio que van a hacer estos príncipes, pero grande será también su recompensa. ¡Vaya una pareja angelical! ¡Cuán simpáticos son entre ambos! ¡Cómo seducen cuando hablan y se sonríen! Difícil sería hallar Príncipes que les igualaran. ¡Dios se ha servido de juzgarnos dignos de poseerlos durante largos años!

A veces paréceme que sueño. ¡Bendito sea Dios por todos sus beneficios!

Por lo demás, V.E. confía, como debe ser, en la Divina Providencia, que le llenará de bendiciones para que pueda cumplir con gran provecho su trascendental encomienda, repitiéndome de V.E. afectísimo amigo y servidor. Q.B.S.M.

Pelagio Antonio de Labastida
Obispo de Puebla

Conversábamos, nos preguntábamos, nos hablábamos, nos identificábamos... Cualquiera que, con el pretexto que fuera, deseara conculcar libertades y apuñalar por la espalda a su propio país, merecía el más ejemplar de los castigos. Los que deberían estar en Ulúa eran los déspotas, no los defensores del derecho. Los papeles estaban invertidos. ¡Colguémoslos de los pulgares!

—Debes saber, Ponciano —don Valentín trató de llenar los pulmones como quien se dispone a lanzar una larga parrafada—, que monseñor Labastida financió revoluciones con el dinero de la Iglesia, claro está; intentó derrocar a Comonfort cuando este era presidente de la República, por lo que fue expulsado del país en 1856. Labastida sobornó a militares supuestamente adictos al gobierno federal para que abanderaran la causa clerical y apoyaran golpes de Estado solo para defender bienes propiedad de la Iglesia. Labastida compró a la prensa opositora, la sobornó. Labastida obsequió, nada menos que al nuncio papal, cuatrocientas onzas oro para garantizarse su nombramiento como obispo de Puebla.[3] Labastida, ya exiliado en Roma, oculto tras los hábitos del papa Pío IX, hizo que el sumo pontífice condenara la Constitución de 1857 y amenazara con la excomunión a quien la jurara. Labastida gobernaba México a la distancia durante el gobierno de Zuloaga, su compadre, aliado con el famoso padre Miranda, el verdadero poder detrás de la silla presidencial y del ejército clerical. Labastida dirigía la guerra de Reforma desde la Basílica de San Pedro, acompañado de otros. Había cura-capitán, cura-banquero, cura-empresario, cura-legislador, cura-cabildero, cura-incitador, cura-embajador, cura-inquisidor, cura-patrón, cura-funcionario, cura-importador de armas, cura-estratega, igualmente truhanes, quienes acataban instrucciones vertidas desde el alto mando militar del clero.

Me llamó poderosamente la atención el uso de cargos militares como los de curas-generales o curas-capitanes, pues yo solo había visto a los curas dando misa, bautizando o casando con miradas tristes de beatos compungidos. ¿No se trataría de una exageración? No, no, la historia de Labastida era, por lo visto, muy larga. En ese momento don Valentín solo me estaba administrando una dosis insignificante, solo algunos hechos aislados de la gran historia desconocida. Tan pronto conocí la totalidad de su "obra" decidí escribir estas líneas para la posteridad.

—Cuando finalmente Miramón y los conservadores, la reacción en pleno, fue derrotada por las tropas liberales, encabezadas por González Ortega, el general liberal juarista —continuó el viejo remachando sus argumentos como si impartiera una cátedra que yo nunca hubiera imaginado, sobre todo encerrado en esa miserable mazmorra—, el mismo Labastida, sí, otra vez él, fue uno de los más entusiastas promotores de la intervención armada de Francia en México y del segundo imperio, el de Maximiliano, objetivo que logró hasta llegar a ser nada menos que distinguido miembro de la Regencia, ya con la jerarquía de arzobispo.

Ese, ese había sido el obispo Labastida, el mismo con el que Díaz pacta la congelación de las Leyes de Reforma a cambio de que la Iglesia se dedicara a la divulgación del Evangelio y abandonara los cuarteles, los campos de batalla y la política, sin dejar, eso sí, de ayudarlo a apuntalar la tiranía, es decir, a apretar la garganta del pueblo de México, asfixiándolo, manteniéndolo, además, en el más espantoso analfabetismo. A ninguna de las partes, ni al gobierno ni al clero, le convenía rescatarlo de la ignorancia. La alianza en contra de la nación resultó todo un éxito. La pinza perfecta. ¿Qué mexicano sabía de este pacto diabólico entre Díaz y Labastida...?

Yo conocía a Labastida por la prensa. Había visto su rostro y su expresión bondadosa cuando bendecía a los feligreses al término de la misa en la Catedral, como una a la que asistí acompañado de Eugenia, ¡ay, Eugenia!, Eugenia, Eugenia, hace tres años, en 1888. Cuando salía al atrio, báculo en mano, nos arrodillábamos ante su presencia. ¿Cuándo me iba a imaginar la historia política de este purpurado que parecía extraído de un cuadro de Rafael Sanzio o de cualquier otro pintor del Renacimiento? Todo él aparentaba beatitud, paz, reconciliación, piedad, compasión y comprensión. ¿Quién se iba a imaginar que detrás de esos ropajes de seda y de esa mitra confeccionada con hilos de oro se escondía un hombre que pudiera llamar al crimen y a la anarquía a cambio de defender unos pesos? ¡Qué vulgaridad!

Entonces, movido por un impulso natural, cuestioné a don Valentín. Había llegado la hora. No pude contener más mi curiosidad: ¿Por qué sabe usted tanto de estos temas? ¿Qué lo movió a estudiarlos con tanta pasión? Alguna razón debería existir. Yo tenía la mía en relación a Díaz. Él tendría la suya en torno al clero.

Me hizo saber que él había dedicado su vida entera a la investigación y contaba con un grupo bastante nutrido de informantes secretos, muy cercanos a la propia Iglesia. Había logrado reunir archivos de una riqueza insuperable que habían sido quemados el mismo día de su arresto, pero contaba a pesar de todo con reveladores documentos originales escondidos más allá del alcance de cualquier espía y con los que yo sorprendería al México de todos los tiempos cuando los divulgara, dado que a él ya no le alcanzaría la vida para lograrlo. Más tarde me diría cómo localizarlos. Me pidió que no lo interrumpiera, pues tenía mucho qué decir.

—Espere —lo intercepté—. Ya entiendo que tiene usted esa información privilegiada, pero ¿qué lo movió a descubrir el papel de la Iglesia católica en la historia de México? ¿Por qué invirtió tanto tiempo en ello?

Don Valentín respondió como si lo hubiera mordido un alacrán tabasqueño. La herida, por lo visto, continuaba abierta.

—Yo provengo de una familia excepcionalmente católica, al extremo de que mi hermana María de la Luz ingresó en un convento contra su voluntad, convencida por mis padres y mi hermano Felipe, quien se ordenó, él sí voluntariamente, como sacerdote. Los miedos pavorosos que sufría, sobre todo mi madre, con tal de salvarnos de los horrores del averno, la hicieron cometer todo tipo de tropelías, invariablemente sobre la base de la buena fe. El camino al infierno está poblado de buenas intenciones. María de la Luz, muchacho, nunca entendió que su conducta respondía al deseo de vengarse de mi padre, quien siempre la ignoró y la despreció por su sola calidad de mujer. ¡Si supieras los desórdenes que creó en los conventos en donde estuvo alojada...! Su simpatía y su belleza eran incompatibles con la vida conventual. ¿Ya estaba irremediablemente enclaustrada? Ahora la conocerían... Ya tendremos tiempo de hablar al respecto...

—¿Y su hermano Felipe?

—Felipe es un franciscano en toda la extensión de la palabra. Él vivió, vive y vivirá como un perdido enamorado de la pobreza de Cristo... Para Felipe, como él dice, la pobreza es como "la dama de sus nobles y altos pensamientos y con la que se desposa con poética alegría". Felipe siempre ha tratado de emular la vida de Cristo. Ha vivido con las mismas carencias de bienes materiales que el Señor, según lo demuestran los relatos evangélicos. Siempre quiso dedicar su existencia al servicio de los hombres en condiciones de genuina humildad. La pobreza era el único camino para estar cerca de Dios. Compáralo con el lujo y la ostentación con la que vive el hipócrita de Labastida y sus secuaces —concluyó lanzando un aguijonazo.

—¿Y usted? —pregunté con la debida suavidad.

—Yo soy un renegado. La vida me colocó en una posición desde la cual pude contemplar la realidad interior del clero mexicano. Al haberla padecido y al conocerla a título familiar, se me despertó la curiosidad por saber cómo habría operado en el pasado esta institución maldita. ¡Cuántos daños habría causado en la historia de México, como igualmente los habría provocado en otras latitudes y en otros tiempos...! ¿Puedo continuar, señor fiscal? —agregó con simpatía mientras yo me daba cuenta de lo que me esperaba al avanzar el relato—. Lo que debes recordar siempre —volvió don Valentín a empuñar la espada— es que Labastida no solo casó a Díaz con Delfina en las últimas horas de su existencia, sino que en noviembre de

1881 también ofició el enlace del tirano con Carmelita Romero Rubio en la capilla privada de la residencia del propio arzobispo, lejos, muy lejos de la gente y de la prensa —tamborileó con los dedos como si fuera a perder la paciencia.

A través de las palabras de don Valentín me percataba de que el clero jamás se resignaría a perder sus canonjías. Las había perdido con Juárez y con Lerdo de Tejada, ¿sí…?, pues las recuperaría con Porfirio Díaz o con cualquier otro dictador que llegara al poder. El trabajo lo harían sacerdotes de las siguientes generaciones que cumplirían con el deber sagrado de rescatar a la Iglesia de Cristo, siempre viva, ávida e insaciable. La lucha sería cruel, permanente, incansable y devastadora, como habían sido las Santas Cruzadas…

—No, no los casa Eulogio Gillow, el arzobispo de Oaxaca. ¿Quién era ese sacerdote en aquel entonces? Los casa el mismísimo Labastida y lo hace, como te dije, en la capilla de su residencia…

Don Valentín insistía como si yo hubiera intentado refutarlo. Sin concederme la menor tregua, subrayó que el efecto político de recurrir a uno u otro sacerdote había sido inmenso, y por ello se había tratado de ocultar la realidad a todo trance. No en balde Díaz había donado una importante cantidad de dinero a la Iglesia a cambio de los debidos perdones y de sellar un histórico acuerdo con ella.

—¿Ya empiezas a entender cómo Díaz ha logrado mantenerse en el poder por tanto tiempo y en tanta paz? Es muy simple su estrategia: aliarse con el peor enemigo de México, el mismo que, junto con el ejército, había impedido la construcción de un nuevo país desde principios de siglo. Así y solo así se puede empezar a explicar el atraso de México.

Cuando ya parecía cerrar el capítulo, don Valentín sentenció con la voz ronca:

—El matrimonio religioso del tirano con Carmelita hizo las veces de una alianza de largo plazo entre la Iglesia católica y el gobierno. De nada había servido la sangre derramada…

¡Por supuesto que, a partir de la imposición de la dictadura, el clero incrementó sensiblemente su patrimonio! ¡Claro que las escuelas católicas se siguieron instalando a lo largo y ancho del país para garantizar el poder clerical sobre las futuras generaciones! La exigencia de mantener el monopolio de la educación no tiene otra intención que la de controlar hoy, aquí y para siempre, a los ciudadanos del mañana. Con pinzas extrajeron del cuerpo social hasta el último liberal y se desmantelaron periódicos e imprentas opuestos al régimen dictatorial y a la Iglesia católica, su feroz aliada. Todo a cambio de que el clero convenciera a los fieles de las ventajas de someterse, sin condiciones, al gobierno del dictador. Menudo pacto con el diablo. Ese era Díaz. Ese era Labastida. Ya más tarde nos ocuparíamos a fondo de semejante representante de Dios…

La Iglesia huye de la verdad como los vampiros de la luz y por ello ha recurrido a todo género de crímenes con tal de sostener su gigantesco imperio inmobiliario, financiero, agrícola e industrial y seguir aumentando su riqueza a través de la venta de indulgencias y del cobro de tributos como el diezmo, o por administrar sacramentos[4] y oficiar ceremonias. Igual cobra por bautismos y bodas que por entierros.

—Por si fuera poco —el anciano recitaba casi de memoria otros conceptos de ingresos—, ahí estaban las limosnas voluntarias u obligatorias, los legados testamentarios, los bienes de capellanías, cofradías, obras pías y dotes monásticas, además de los recursos obtenidos por celebraciones populares y fiestas religiosas, subiendo y bajando tarifas según la marcha de los negocios del México independiente… Todo un sistema perfectamente organizado para esquilmar a la nación por medio de pastores convertidos en agentes comerciales y bancarios de una corporación cuya historia se remonta casi veinte siglos…

De golpe sentí un gran malestar al pensar que ignoro el destino de las limosnas que yo mismo depositaba en el cepillo del templo domingo tras domingo. Los servicios religiosos deberían ser gratuitos para no llenar a la Iglesia de dinero negro ni concederle un poder económico que podría volver a utilizar en objetivos militares y políticos, obviamente divorciados de su ministerio.

—¿Por qué los feligreses tenemos que pagar cada trámite como si estuviéramos en una oficina de gobierno, y además, sin el recibo correspondiente? —pregunté con cierto candor al anciano.

—Por miedo —esgrimió rápidamente don Valentín—. Mientras más donativos hacen a la Iglesia, más segura sienten su salvación el día del Juicio Final. Las limosnas se entregan a un sacerdote a quien se le ha concedido un misterioso poder para influir en el más allá… Se trata de quedar bien con la Iglesia de Dios. Comprar su buena voluntad. Ganar su gracia sempiterna al someterse con la mansedumbre de un rebaño a la voz imperiosa del pastor: "Bienaventurados los pobres de espíritu porque de ellos será el reino de los cielos…".

Unos instantes de silencio me permitieron ordenar mis pensamientos. Pocos se atrevían a criticar a la Iglesia católica por el temor de incurrir en alguna causal de excomunión, cuyos efectos trascenderían a la misma muerte… Sin embargo, don Valentín se mostraba irreverente ante las supersticiones creadas para dominar a los creyentes. Recordé que Hernán

Cortés decidió destruir las enormes figuras pétreas de los dioses aztecas como parte de la conquista espiritual de México y todos los aborígenes corrieron despavoridos creyendo que caería sobre ellos una maldición divina, una venganza sanguinaria de Huitzilopochtli por haber permitido ese atentado. Cuando las estatuas en forma de serpiente y otras tantas fueron despedazadas a marrazos en plena plaza pública y no aconteció nada ni se abrió el cielo ni se produjo un terremoto ni surgió una gran inundación ni una plaga mató a cientos de miles de indígenas y, en cambio, se instaló una cruz en lo alto de los templos sin mayores represalias divinas, entonces Cortés adquirió un respeto reverencial, el poder y la autoridad imprescindibles para intimidar y alcanzar así sus objetivos políticos y militares.

Como un loco que exige ser escuchado, don Valentín Altamirano hubiera querido tomarme de la cabeza para girarla hacia la suya y garantizarse mi atención. Estaba instalado en un monólogo obsesivo.

—Nadie debe perder jamás de vista el escandaloso agio ejecutado a través de los Juzgados de Testamentos, Capellanías y Obras Pías, auténticas financieras camufladas para colocar empréstitos públicos y privados a tasas muy elevadas imponiendo, además, el pago de diversas comisiones por servicios bancarios, ni se debe olvidar el maldito diezmo aplicado a las cosechas, un impuesto injusto cobrado por la Iglesia católica que mermaba la productividad de los campesinos y que le permitía apoderarse del diez por ciento de toda la producción agrícola del país para mantener a los obispos y cabildos en un innecesario esplendor.[5] No, no se podían ignorar los ingresos derivados del arrendamiento de tierras comunales de indios, una de las principales causas de la pobreza rural que, entre otros tantos conceptos, habían hecho de la Iglesia católica el principal propietario de la Nueva España.

—Bueno, bueno —le dije, tratando de esquivar lo que parecía una nueva ráfaga de argumentos. Me urgía una explicación—. ¿Qué hace usted aquí, en esta pocilga? ¿Quién lo trajo? ¿Por qué...?

Antes de responderme, don Valentín hizo una breve pausa. Tal vez se había irritado por haberlo interrumpido una vez más. Poco tardaría en darme cuenta de mi equivocación.

Sin externar la menor molestia me dijo que había sido advertido en muchas ocasiones de los peligros que implicaba publicar textos en contra de la Iglesia o del aparato de gobierno porfirista, finalmente una unidad indisoluble, un auténtico puño de acero. El peor momento de su vida se había dado cuando unos auténticos primates entraron una madrugada a su imprenta, en donde imprimía textos considerados como disolutos por la oficina de censura de la dictadura, la cual estaba integrada, en su parte relativa, también por el alto clero.

—La policía del dictador, en evidente contubernio con las autoridades eclesiásticas, destruyó los dados, las planchas, los tipos, inutilizó las prensas, rompió a hachazos las mesas de trabajo hasta convertirlas en astillas para utilizarlas en la combustión de los libros, revistas y diversos impresos que fueron colocados en el centro de un pequeño patio para hacer una pira con mis textos secretos irrecuperables, guardados después de una vida dedicada a la investigación —recordaba don Valentín con una mezcla de coraje y de tristeza—. Con el humo se evaporaron mis esperanzas de dejar un testimonio escrito de mis experiencias vividas. Solo que todavía no acababan conmigo. Más tarde supe que uno de mis empleados le había informado a su esposa sobre los trabajos que hacíamos en las noches en mi pequeño taller. Ella, con el ánimo de salvarse ante Dios, le había delatado inocentemente a su confesor los detalles de nuestra operación. ¡Claro que la mujer fue absuelta sin tener que rezar siquiera un Padre Nuestro! Unos días después de que el sacerdote, violando el sagrado secreto de confesión, informara al gobierno de lo que acontecía en aquellas cuatro humildes paredes, se produjo el allanamiento, perpetrado por unos gorilas absolutamente ignorantes del mundo de la creación y de la divulgación de las ideas, sobre todo las políticas y las filosóficas. Todo se quemó, salvo mi anhelo de contar lo que sé en algún momento de mi existencia, de tal manera que ni mi trabajo ni mi esfuerzo se desperdiciaran, sino que alguien pudiera aprovechar mis conocimientos para seguir defendiendo la causa liberal.

Don Valentín tuvo un severo acceso de tos. Las dificultades respiratorias empezaban a ser graves. Sin embargo, era evidente que por ningún concepto se abstendría de continuar con su narración.

—¿Quién ignora a estas alturas que Porfirio Díaz, el golpista que derrocó violentamente a Sebastián Lerdo de Tejada, controla a la nación también a través de los confesionarios, de donde obtiene información vital para mantener la dictadura? —alegó como si repitiera la misma rutina—. Sobra decirte, muchacho, que cuando la mujer de mi empleado, tan ignorante como fanática, se postró ante el sacerdote para comunicarle con gran sorpresa que su marido se había quedado sin empleo y yo sin imprenta, aquel buen hombre de Dios se concretó a responder que Dios Nuestro Señor, en Su Inmensa Sabiduría, muchas veces tomaba decisiones que nosotros, los humildes mortales, obviamente no alcanzábamos a entender. "Resignémonos, hija mía: nadie puede criticar Su santa voluntad ni, mucho menos, oponerse a ella..."

El anciano se limpió de baba el bigote y la barba antes de proseguir.

—Tú, muchacho, toma tú la antorcha. El destino te ha escogido para continuar mi obra: yo no creo en las casualidades. Si estás en esta cárcel, la peor de toda la cristiandad, mil veces peor que la de la Bastilla o la de New Gate en Londres, porque estas tinajas pestilentes se comparan con los agujeros del infierno de Constantinopla o Samarcanda; si estás aquí, a mi lado, es porque eres un defensor de la libertad y de la democracia —le temblaban las manos; tragó saliva—. ¡Júrame que divulgarás cuanto yo te diga, aun cuando no te conozca! ¡Júramelo, júramelo por lo que más quieras! —me exigió mientras me encajaba las uñas en la pierna. Hubiera querido, de serle posible, zarandearme por las solapas.

Yo lo miraba fijamente al rostro escondido en la oscuridad. Es tan fácil engañar a un moribundo, pensé consolándolo y aceptando cumplir con su solicitud. El tiempo apremiaba. Ambos lo sabíamos.

—Hoy, mi único patrimonio es mi recuerdo, el mismo que deseo heredarte, muchacho.

Sufrió otro acceso de tos. Su pecho se movía agitadamente. Podía escuchar su leve respiración mientras las olas del mar se estrellaban contra los muros de la fortaleza, incrementando la sensación de una humedad de muerte. La marea estaba subiendo. Engullía todo a su paso. Tal vez un nuevo norte estaba azotando rabiosamente el vasto litoral veracruzano. Las violentas aguas del golfo de México amenazaban con reventar las paredes de la mazmorra. Los golpes furiosos de las olas al estrellarse contra los muros nos revelaban el tamaño insignificante de nuestra fragilidad.

—Quiero que conozcas, paso a paso, los detalles de la historia criminal de la Iglesia católica mexicana. ¡Qué falta le haría al clero recordar las palabras de Cristo cuando expulsó a los mercaderes del templo! —adujo elevando ambas manos en dirección al techo del calabozo como si invocara la presencia del Señor para imponer el orden en su rebaño… Las paredes empezaban a silbar mientras el viento impotente trataba de penetrarlas con sonidos siniestros. Un frío misterioso y premonitorio se colaba entre los muros.

Sin detenerse ante la presencia de un huracán convertido en interlocutor, el viejo explicó que el atraso mexicano se debía, entre otras razones, a los cuartelazos, golpes de Estado, derrocamientos, revueltas, asonadas patrocinadas por el clero y ejecutadas por el ejército, el otro gran desestabilizador de México. Don Valentín colocó la palma de su mano en mi rodilla. Sentí cómo la muerte rondaba aquella macabra mazmorra cuando su extremidad, huesuda y helada, hacía contacto conmigo. Mi primer impulso fue rechazarla para no correr su misma suerte. La narración me volvió a la realidad:

—Una de las razones por las que los malvados yanquis pudieron arrebatarnos Tejas, Nuevo México y California fue porque durante los siglos

XVII y XVIII dichos territorios permanecieron despoblados y abandonados gracias a que el clero condicionó el ingreso de los inmigrantes a que profesaran, única y exclusivamente, la religión católica, de otra suerte no podrían venir a la Nueva España a probar fortuna... Nada contaminaría su imperio de las almas. Los norteamericanos, por otro lado, facilitaron el arribo de nuevos pobladores a las trece colonias siempre y cuando fueran a buscar trabajo y a construir una vida honesta y productiva. Abrieron las puertas de par en par sin oponer obstáculo alguno. El resultado está a la vista: Estados Unidos triplicó en cuarenta años su población. En 1820 ya eran más de veinte millones de habitantes, mientras que en México la cifra se redujo a tan solo siete... Esa estúpida política clerical estimuló el apetito expansionista norteamericano y propició el gran robo, el descarado despojo del que después fuimos víctimas —sentenció aquella voz pastosa, saturada de amargura—. ¿Quién, si no el clero católico, fue indirectamente el gran culpable de la mutilación territorial que sufrió México hace cincuenta años? El clero debería indemnizar a México por los daños causados a lo largo de la historia —remató como si se hubiera resignado a dejar de luchar.

Mi compañero de tinaja abordaba un tema y continuaba con otro según los concebía en su mente arrebatada. Empecé a convencerme de la importancia de llegar a su edad con la pasión que él imprimía en cada palabra, en cada gesto, en cada pasaje narrado. ¿Por qué terminar mis días apagado, mudo, inmóvil, apático y frustrado cuando bien podía hacerlo de pie, encendido, redactando o pronunciando textos de protesta, invitando a la rebeldía, a la inconformidad, con el mismo entusiasmo de mis años de juventud? Don Valentín tomaba fuerza probablemente de su desesperación.

Yo no había entendido hasta ese momento, privado de la libertad en esa pocilga pestilente, la responsabilidad del clero católico en la pérdida de Tejas, Nuevo México y California. ¿Hasta qué punto el fanatismo religioso podía afectar los intereses de una nación?

—El clero decapitó a muchos gobiernos liberales cuando estos apuntaban en dirección de sus cuantiosos bienes; la Iglesia se negó a hipotecar su patrimonio para ayudar a financiar la guerra contra Estados Unidos; la Iglesia, sí, la Iglesia monopolizó la educación durante tres siglos y medio, de modo que para 1821, cuando Iturbide llegó al poder, México, con cuatro millones de kilómetros cuadrados, se encontraba sepultado en el analfabetismo con un noventa y ocho por ciento de la población incapaz de saber leer y escribir. ¿No fue un atentado inmisericorde del que tardaremos muchas centurias en recuperarnos?

¿Qué se podía esperar de México en semejantes condiciones? Esa inocultable realidad, esa herencia maldita, amenazaría la paz, la estabilidad y las posibilidades de construir un país justo. Si la Iglesia se había erigido como la única educadora de la Colonia, la alfabetizadora por excelencia, ¿no era, por esta sola razón, la única y exclusiva culpable de la existencia de un país de enanos supersticiosos que difícilmente crecerían? Ahí estaba una de las evidencias para demostrar la catástrofe de la unión de la Iglesia y el Estado: la una se debería haber dedicado a difundir el contenido de las palabras divinas y el otro tenía que haber hecho su mejor esfuerzo en educar, en formar, en forjar a toda la población sin elitismo alguno. ¡Cuánto daño! ¡Cuánta confusión!

—Los adultos que no saben leer y escribir —continuó don Valentín abordando un tema que, por lo visto, era su favorito— están muy cerca de la animalidad, son fáciles de conducir como un rebaño, se les puede mentir con suma facilidad, son primitivamente supersticiosos y es posible hacerlos caer sin mayores dificultades en el fanatismo religioso para apartarlos de otros objetivos inconvenientes para la Iglesia... En fin, la manipulación resultaría más sencilla en la medida en que se les mantuviera alejados de la escuela y de los libros, para garantizar, a través de la ignorancia, el pago de las limosnas, donativos y obvenciones parroquiales, se contara o no con ahorros familiares. Acuérdate que solo yo puedo salvarte del infierno y obsequiarte la eternidad.

Me irrité con la manipulación de los ignorantes. Me pareció un verdadero salvajismo. Le expuse a don Valentín que una iglesia piadosa no podía lucrar con la miseria, tratándose de una institución supuestamente dedicada a impartir protección y consuelo.

Por toda respuesta el viejo afirmó:

—Deja a los curas otros trescientos años al frente de la instrucción en nuestro país y podrás comprobar cómo la imbecilidad llegará al extremo de que se nos pueda llegar a dominar y a dirigir como una gran recua. Esa irresponsabilidad histórica la pagaría generación tras generación...

Menuda carga arrastrábamos los mexicanos. La situación no cambiaría gran cosa con un sátrapa como Díaz en el poder. Hasta la fecha, todavía se reunía a la gente en algunas plazas públicas de pueblos y ciudades para leer en voz alta las noticias. ¿Cuál era el sentido de contar con periódicos ante las masas de ignorantes? En cambio, los protestantes se salvaban a través de la lectura de la Biblia. Su propia religión los obligaba a evitar el analfabetismo. Saber leer y escribir los había unido como nación. ¿Cuándo en México se iban a vender quinientos mil ejemplares de un solo libro, como había acontecido en 1852 en Estados Unidos con *La cabaña del Tío Tom*, si solo en Puebla, Veracruz, el Distrito Federal y Guadalajara existían imprentas en 1810?[6]

Mi anciano interlocutor revivía con mis observaciones. Siempre iba en busca de su mejor argumento para tratar de convencerme.

—La Iglesia amasó durante siglos una enorme riqueza en detrimento de la prosperidad social: nada, nada les quedaba a los mexicanos que veían con espanto cómo una enorme sanguijuela llamada Iglesia católica succionaba toda la sangre de la nación, debilitando siempre a la parte de la sociedad más marginada, a la que todavía se le chantajeaba para obligarla a dar limosnas y pagar diezmos para alimentar a ese monstruo del que Jesús se habría avergonzado, más aún cuando nunca habló de fundar una iglesia.

De golpe se abrió una pequeña puerta de metal diminuta ubicada en la parte baja del muro colindante con el camastro de don Valentín. Los celadores arrojaron dos platos mugrientos de dos siglos sobre los que habría un líquido parecido a una sopa. Las ratas se precipitaron golosas sobre el caldo vomitivo. Les cedimos el honor de disfrutar nuestra comida. No había espacio para el "placer".

—¿Acaso el agio, la usura, la inaudita audacia de recaudar impuestos durante siglos, las amenazas de excomunión, las torturas ejecutadas en los sótanos clandestinos del Palacio de la Santa Inquisición, los embargos y lanzamientos de los acreedores incumplidos, esos cargos interminables de explotaciones, abusos a pesar de la extrema miseria material, exacciones vergonzosas y chantajes para garantizar la existencia en el más allá a cambio de dinero, toda esta cadena de infamias tiene algo que ver con una institución religiosa compasiva, piadosa y generosa, llamada a desprenderse de los bienes temporales? —cuestionó el aguerrido anciano.

Ya no hablaba el hombre resentido sino el joven intransigente, eternamente inconforme como en los mejores años de su dorada juventud. El tema eclesiástico incendiaba a este liberal anónimo que expiraría protestando por tantas vejaciones y bellaquerías sufridas, que solo pudo vengar, en alguna forma, cuando Benito Juárez hizo su entrada triunfal en la Ciudad de México tras derrotar a las tropas clericales al final de la guerra de Reforma.

Altamirano, sin percatarse, se convertía por momentos en una pira humana. La indignación lo llenaba de energía. El coraje le había impedido envejecer en su debida proporción. Estaba todavía a tiempo para legar un testimonio a la posteridad. Mientras hubiera vida, habría esperanza.

—El clero, sábetelo, muchacho, se vendió al ejército invasor yanqui a cambio de que este se comprometiera a respetar su patrimonio y no se opusiera al ejercicio del culto católico. La traición está presente en cada movimiento de la Iglesia.

—¿Traición...?

—¡Claro que traición! —repuso como si no hubieran transcurrido ya casi cincuenta años del gran despojo—. ¿Cuál guerra? La Iglesia católica advirtió a los feligreses desde el púlpito que atentar en contra de la vida de un soldado norteamericano equivalía a la comisión de un pecado mortal que tendría como consecuencia la excomunión y, por ende, la condena a pasar la eternidad en el infierno… ¿No te parece una felonía innombrable? ¿Por qué crees que Puebla se rindió sin disparar un tiro? ¿Cuál patriotismo? ¿Cuál, cuál, muchacho? ¿A quién le debe lealtad finalmente el clero, a Roma y a su papa, o a México y a sus presidentes, a quién? ¡No abrigues más dudas! —reanimándose como si no fuera a morir nunca—: la Iglesia no ha tenido el menor empacho en detonar una guerra entre mexicanos con tal de defender sangrientamente sus bienes. El clero —prosiguió sin darse tiempo para respirar mientras su voz parecía salir del fondo de un pozo— nos sepultó en las tinieblas desde que impidió la edición e importación de libros "prohibidos", persiguió a quien pensara peligroso… Se opuso a las ideas de Voltaire en contra del despotismo; a las de Montesquieu en relación con la división de los poderes; a las de Rousseau en torno a los derechos y libertades del individuo, y a las de Diderot y D'Alembert, enciclopedistas que exaltaron la prioridad y la excelencia de la razón… El clero le cerró las puertas a la Ilustración, al Enciclopedismo y a los filósofos franceses. ¿Entiendes…?

Cerró los puños mientras remataba sus apreciaciones con una espléndida metáfora que después yo haría mía. Me producía en el fondo una gran envidia cómo un hombre mayor podía generar una enorme catarata de ideas narradas, además, con contagiosa pasión:

—El agua estancada facilita la reproducción de gérmenes derivados del proceso de descomposición. El líquido podrido apesta, hiede, es veneno a simple vista. El mismo fenómeno —sentenció engolosinado— se da en una sociedad herméticamente cerrada como la nuestra, en donde se impide el flujo de ideas refrescantes, se castiga a los críticos, se censura a los creadores, se encarcela a los opositores, se premia a los intolerantes enriqueciéndolos y se arraiga el autoritarismo para propiciar la putrefacción del cuerpo social y político. Al asfixiar la libertad, negar el progreso y la evolución democrática, el gobierno de unos cuantos, los mismos de siempre, se solaza en una corrupción tan escandalosa como impune, solo para desarrollar un cáncer generalizado que terminará por devorar al país hasta dejarlo en los huesos.

Me vi obligado a interrumpir una vez más. ¿Por qué no se habían divulgado esos acuerdos entre la Iglesia mexicana y los invasores norteamericanos?

—Calma, calma: analicemos las explicaciones —sugerí.

—¿Tú de verdad crees que la Iglesia iba a permitir la difusión de una felonía de semejantes proporciones? El clero, no lo olvides, invariablemente avienta la piedra y esconde la mano. El desprestigio de la institución dejaría vacíos los cepillos de las parroquias, es decir, se extinguiría el imperio de las limosnas. Son muy hábiles para evitar decepciones. Se ocultan con la rapidez de un fantasma.

—¿Perdimos la guerra contra Estados Unidos por culpa únicamente del clero?

—Por supuesto que no —repuso en un tono que no ocultaba su cansancio; él deseaba no ser interrumpido pero yo necesitaba los elementos de prueba de sus afirmaciones—: la guerra se pierde, claro está, por inferioridad militar, pero sobre todo por las traiciones de Santa Anna y también porque la Iglesia conjura en medio del conflicto armado en contra de su propia patria. ¡Que nunca se te olviden la rebelión de los Polkos ni las homilías para advertir a los creyentes que si matabas o herías a un soldado norteamericano te ibas al infierno! No hay culpas absolutas, muchacho, pero el clero fue uno de los grandes responsables de la debacle...

Don Valentín Altamirano no hablaba por referencias. Había padecido en carne propia la intervención del clero en su vida personal. Las circunstancias lo habían ubicado en los extremos. Contaba con todas las dolorosas justificaciones para sostener, con hechos en la mano, su postura ideológica, el producto de amputaciones materiales, castraciones y mutilaciones profesionales, afectivas, emocionales y hasta espirituales. ¿Acaso existía alguien más devoto que él? Había sido bautizado con todo el rigor de la liturgia católica. Posteriormente sus padrinos habían sido testigos de su primera comunión y más tarde cumplió, en tiempo y forma, con el ritual de la confirmación. Comulgaba los domingos cuando asistía a misa acompañado de su familia y nunca abandonaba el templo hasta que no concluía el sermón, siempre y cuando este no se utilizara para invitar a un nuevo movimiento armado. ¡Claro que se había casado por la Iglesia y cuando sus padres se rindieron y se entregaron a la Santa Benevolencia del Señor, ambos habían recibido la extremaunción y fallecido reconfortados con la debida bendición papal! De pequeño tomó sus clases de catecismo un par de veces a la semana, respetó la Cuaresma, asistió a la iglesia los Miércoles de Ceniza exhibiendo invariablemente su cruz negra en la frente, acató los días de guardar, sin dejar de celebrar, en particular, el día de san José, su santo favorito.

—Devoto, lo fui —arguyó ufano—; sí, sí lo fui, pero ¿qué tienen que ver la religión, mis creencias, la teología, la Santísima Trinidad, la Virgen de Guadalupe y Juan Diego, los apóstoles, beatos y santos con los apetitos materiales insaciables del clero? ¿Qué relación tiene el Arcángel Gabriel con los ingenios y haciendas del clero, o Nuestra Madre Patrona María Santísima de Guadalupe con la usura que practicaban los odiados Juzgados de Capellanías, auténticos bancos fondeados con limosnas y extorsiones? Yo jamás cuestionaría mi religión ni sus dogmas y principios, pero por los clavos de Cristo, ¿qué tiene que ver la pureza de Nuestra Virgen María Madre de Dios con que los sacerdotes se nieguen a enterrar en sagrado a un muerto porque la familia carece de recursos para pagar las obvenciones parroquiales, el costo impuesto por la Iglesia para poder llevar a cabo la ceremonia de inhumación?

—¿Tú crees —continuó este auténtico patriarca en decadencia— que la Iglesia Católica, Apostólica y Romana iba a ceder su patrimonio en beneficio de los marginados y de los pobres de acuerdo a las supuestas instrucciones de Jesús, con invocaciones a la caridad y a la piedad cristianas? No, ¿verdad...? Fue necesario recurrir a las armas, a una guerra fratricida que regresaría más de medio siglo las manecillas, ya de por sí oxidadas, del reloj de la historia patria. De otra suerte jamás hubieran devuelto a la nación, entre otros bienes, el cincuenta por ciento de la propiedad inmobiliaria del país. La destrucción fue masiva, escandalosa, al igual que el luto que tuvimos que guardar, como nación, para hacer regresar al clero a las sacristías. Los crespones negros se veían en cada casa, choza o edificio.

Mientras las ratas se disputaban los restos de comida de los platos y se perseguían por todo el calabozo produciendo unos chillidos desquiciantes, don Valentín se cuestionó sin dejar de apretar mi rodilla con los dedos, aun cuando débiles, de su mano.

—¿Cómo te explicas el daño social que ocasionaron los bienes de manos muertas, esos enormes latifundios propiedad de la Iglesia que permanecieron improductivos por siglos y siglos sin que se les pudiera arrancar beneficio alguno, en tanto que millones de mexicanos morían de hambre o subsistían en una miseria aberrante e indigna a falta de tierras fértiles para trabajar? ¿Acaso los gobiernos liberales iban a poder privar al clero de sus bienes y privilegios obligándolo a aceptar pacífica y civilizadamente una ley nacionalizadora? ¡Vamos, hombre...!

Don Valentín se dio un manotazo en la frente. Los mosquitos perturbaban la conversación. Decidí dejarlo acabar sus reflexiones. Esperaba contar todavía con el tiempo necesario para externarle mis puntos de vista.

—Nunca olvides —resumió el anciano liberal su visión de los hechos como si diera ya por concluida la conversación—: "Los frailes hicieron a los mexicanos ignorantes como ellos. Sucios como ellos. Inmorales como ellos y holgazanes como ellos".

Don Valentín giró su cuerpo colocándose de costado y, a tientas, tomó mis manos entre las suyas para tratar de agregar algo más, movido por el deseo de sepultarme entre sus argumentos sin concederme escapatoria posible.

Antes de permitirle continuar decidí interrumpirlo por unos instantes. ¿Quién era yo? ¿Cuál era la identidad de su interlocutor y qué posibilidades tenía de que su mensaje no se extraviara en la noche de los tiempos? Hacerle saber algunos detalles de mi vida y, en particular de mi formación profesional, sin duda lo estimularía a agotar, de una buena vez por todas y para siempre, el resto de la pólvora. Me urgía informarle que, sin saberlo, habíamos combatido en la misma trinchera; que teníamos enemigos comunes; que éramos amantes de la misma causa; que habíamos dedicado nuestras vidas a la conquista de la libertad, el valor más preciado por el ser humano, a pesar de las traiciones, las arbitrariedades, las felonías, persecuciones, emboscadas y redadas organizadas por los reaccionarios, por los conservadores, por la policía secreta para aplastar cualquier conato de democracia. Yo luchaba contra otra dictadura, no menos implacable y feroz, que se había apoderado del gobierno como si este fuera su patrimonio personal ignorando la voluntad de la nación. Ambos estábamos en contra de la tiranía encabezada por Díaz y sus secuaces... Yo atacaba con ironías finas, consignadas en mis caricaturas. Un cartón mío, de los clandestinos, podía equivaler al contenido de un libro. El filo de mis lápices cortaba la piel de los usurpadores y cualesquiera que fueran sus socios.

¿Seguridad? ¿Cuándo desde tiempos de la Colonia se respetó la ley en beneficio de los ciudadanos? Nunca, tal y como acontece en la actualidad, desde el momento en que la dictadura porfirista detiene a cualquiera porque se le considera sospechoso de pensar temerariamente... ¿Garantías constitucionales? Efectivamente, están consignadas en nuestra Carta Magna, solo que en la práctica no pasan de ser un ordenamiento particularmente útil para decorar las bibliotecas y las oficinas de los funcionarios públicos. ¿La ley? La ley nunca ha existido. Siempre se impuso el capricho, la arbitrariedad, el influyentismo, el compadrazgo: las normas que regulan la convivencia entre los mexicanos jamás se han aplicado ni respetado. La autoridad invariablemente ha sido sustituida por el autoritarismo. La libertad la entiende el tirano como libertinaje, por ello usa un puño de acero para gobernar y para eternizarse en el poder.

—Bastó —le dije al oído, mientras el anciano me escuchaba con la respiración contenida— que yo me atreviera a exhibir en el Club de Caricaturistas una serie de mis cartones en los que me refería al derrocamiento perpetrado por Díaz en contra del presidente Lerdo de Tejada, quien había logrado materializar el sueño del Benemérito de elevar a rango constitucional las Leyes de Reforma, para convertirme de inmediato en un candidato digno de ocupar las tinajas de San Juan de Ulúa... Era claro que el dictador tenía muy poco sentido del humor...

Me apresuré a explicarle a don Valentín las razones por las cuales compartíamos esa pestilente y nauseabunda pocilga. Días después de la publicación de un cuadernillo con mis más exitosos cartones, un individuo de modales exquisitos, perfumado y bien vestido, con traje negro y pañuelo de seda en el bolsillo del saco, me visitó en la pequeña vivienda en la que habitaba con mi familia por la zona de la Merced, para invitarme a trabajar en el gobierno, tal vez como maestro de dibujo. Tendría un ingreso fijo. Por supuesto que me negué: jamás trabajaría para una dictadura. No se inmutó, por lo cual me envalentoné sin medir las consecuencias. El esbirro, que permanecía de pie a pesar de mis súplicas de que tomara asiento, me dijo con una sorprendente simpatía, absolutamente fuera de lugar en esas circunstancias:

—Mire usted, don Porfirio siempre ha sostenido que perro con hueso en el hocico ni muerde ni ladra, y por lo mismo, a usted debe convenirle un cargo público bien remunerado a cambio de que se abstenga de seguir alterando la paz del gallinero... A un señor dibujante como usted le convendría salir de esta jaula y vivir en un lugar a la altura de su dignidad.

En ese instante tomé el bastón y el sombrero de aquel pintoresco individuo y, jalándolo del corbatín y del cuello almidonado, lo saqué de mi pobre casa hasta dejarlo en la planta baja del patio de la vecindad, no sin antes advertirle la suerte que le esperaba de volver a insistir en el tema y, sobre todo, frente a los míos. Ufano, creí haberle dado una lección a ese truhán, de los que piensan que el honor de las personas está invariablemente al alcance de una chequera robusta. ¡Qué equivocado estaba el imbécil perfumadito ese!

La poderosa sensación de haber salvado mi orgullo me impidió imaginar que habría represalias: días más tarde un grupo de léperos al servicio del gobierno apedreó el Club de Caricaturistas y al grito de ¡Viva la libertad, malditos enemigos del pueblo! destruyeron durante el rabioso allanamiento todo cuanto encontraron a su paso. Esos rufianes analfabetos estaban ávidos de dañar por el gusto de dañar para satisfacer una venganza anónima que ni ellos alcanzarían a entender. De esa asociación de "genios del humor fino y cáustico" no quedó una piedra encima de la otra. El sentimiento de culpa con mis colegas me abatió y me lastimó; nunca ninguno de ellos me reclamó nada. La desaparición de nuestro centro de reunión, que con tanto esfuerzo habíamos conseguido, me hizo pasar de un sentimiento a otro: de la rabia y la impotencia, de la resignación y la depresión al deseo de vengarme. Una mañana la frustración se apoderaba de mí, y otro día no dejaba de tramar la represalia que tarde o temprano llegaría a ejecutar...

¡Qué placer tan inmenso le produce al fracasado destruir todo aquello que envidia, la razón misma de su resentimiento! El daño en propiedad ajena los reconcilia con sus miserias personales. Prívalos de lo que yo carezco. Hazlos lamer el piso. Convierte en astillas el espejo en el que se comparan con el mundo exterior. Húndelos en un barril de desechos humanos. Acaba con todo aquello que me haga sentir inferior... Dos semanas después, y una vez localizada una pequeña caja con los escasos haberes de nuestra tesorería, dieron conmigo en plena calle, y después de patearme y escupirme y tirarme del cabello me jalaron y empujaron por los adoquines de la calle de Plateros hasta conducirme, como a un animal salvaje, a un lugar cercano a la Plaza del Volador, atrás de Catedral, a donde la policía llegó supuestamente a socorrerme solo para encerrarme provisionalmente en un separo asqueroso hasta "deslindar responsabilidades" y conocer la causa de la riña callejera. Desde luego, el grosor de mi expediente colmó la paciencia de mis verdugos.

Cuando se descubrió el origen de la reyerta, ya viajaba yo, vendado y esposado, sin haber sido informado de la causa incoada en mi contra, al más puro estilo inquisitorial, rumbo a San Juan de Ulúa. En una mañana —le confesé a don Valentín— perdí mi fuente de ingresos, mi familia, mi hogar, mi medio profesional y a todos los míos para venir a podrirme en esta tinaja inmunda sin saber la razón de mi arresto ni poder ejercer el derecho de nombrar a un defensor. ¡Qué sería de mis seres queridos y de mi escaso patrimonio...!

El viejo no se dejaba impresionar. Tomó mi mano como si la hubiera estado observando por mucho tiempo aun en la oscuridad. Venía de regreso en la vida. Había conocido todos los métodos criminales del dictador para extinguir a los opositores de su gobierno. Claro que había sabido de muchos colegas desaparecidos con arreglo a la ley fuga, si no es que otros más afortunados se habían visto favorecidos con el destierro o la cárcel, como era su caso, para lo cual contaba el tirano con el ejército, la policía rural, las odiadas y no menos temidas policías urbanas, además de un inmenso y bien estructurado sistema de delatores, entre los que se encontraban los sacerdotes, quienes abastecían con información rica y oportuna a las fuerzas de seguridad para "mantener el orden".

Para el viejo, mi desgracia no pasaba de ser un asunto cotidiano. Conocía muchas anécdotas que dibujaban con líneas muy claras y precisas la personalidad autoritaria de Díaz. Una de ellas revelaba el humor negro con el que el tirano abordaba diversos pasajes de la gran comedia humana. El anciano me contó cómo Carmelita, la joven esposa del jefe de Estado, había estado recibiendo repetidas quejas de un grupo de amigas, mochas como ella, en relación con los sermones dominicales de un sacerdote rebelde que oficiaba en Tlalpan, en las afueras de la Ciudad de México. Harta ya, la primera dama llamó la atención de su marido sobre un asunto que bien podría complicarse en el corto plazo. Don Porfirio llamó a cuentas a Palacio Nacional al cura en cuestión, por lo visto, un liberal, para invitarlo a desistirse de sus discursos incendiarios.

—No puedo disimular la simpatía que me produce su causa —le expresó el tirano al sacerdote, que no podía salir de su asombro por estar en la gran Sala de los Embajadores.

—Gracias, señor presidente —dijo el cura sintiéndose muy halagado mientras el jefe de Estado lo acompañaba a la puerta y tomaba el picaporte de latón.

—Pero dígame: ¿usted cree en las apariciones?

—Por supuesto —respondió el presbítero, conmovido y deseoso de catequizar a Díaz: en ese caso, su ascenso en la carrera clerical sería vertiginoso. Pero cuando el presidente volvió a cuestionarlo, comprendió a la perfección el significado de la sutil advertencia:

—¿Y también cree en las desapariciones, padre mío?

Valentín Altamirano no deseaba desperdiciar el tiempo tan caro que podría quedarle de vida relatando las estrategias criminales de Díaz para mantenerse en el poder. Lo último a lo que hizo referencia para dejar perfectamente bien dibujada la figura política y "humanitaria" de Díaz, el perfil mismo de su estilo de gobierno, fue la descripción del contenido de un telegrama que él, Altamirano, había llegado a tener en sus manos, por medio del cual Díaz instruía al gobernador de Veracruz, Luis Mier y Terán, para que pasara por las armas a un grupo de lerdistas opuestos a su gobierno en junio de 1879, tres años después de la ejecución del golpe de Estado que lo había instalado en Palacio Nacional: "¡Mátalos en caliente!"

—¿Hay algo más que agregar? —me preguntó como si hubiera dibujado a la perfección la figura del tirano puesta a contraluz sin ocultamiento alguno—. No, no, hijo mío —retomó la conversación recostando su cabeza sobre la tabla húmeda y áspera de la mazmorra—. Se habla de Iturbide, de Bustamante, de Santa Anna, de Juárez y del mismo Díaz: que si hicieron, que si deshicieron y que si uno fue derrocado por haberse erigido como emperador y por haber disuelto el Congreso o si el otro fue un asesino artero que acabó con la vida de Vicente Guerrero o si el propio

Santa Anna volvió al poder siete u once veces, según se analice su conducta política desde un punto de vista legal, y que si apuñaló o no a la patria al vender el territorio nacional a Estados Unidos, y si Juárez fue el líder liberal que derrotó a los conservadores no solo en la guerra de Reforma, sino también en 1867 al final del segundo imperio de Maximiliano, entre otros casos más. Se habla de momentos, de hechos, de pasajes concretos, pero siempre se oculta la mano negra que invariablemente jugó un papel muy destacado en los eventos para no herir con verdades inconvenientes a intrigantes políticos y militares, banqueros y empresarios disfrazados de representantes de Dios...

Yo, hincado a ratos en el suelo húmedo o recostado sobre el tablón de madera que hacía las veces de cama, estaba dispuesto a escucharlo mientras no se le agotara la voz o la vida. Me trataba con gran generosidad, más aún cuando golpeaba afectuosamente mi mano dándome unas palmadas como si me preparara para el plato fuerte. Se trataba de un maestro, todo un maestro nacido, según me había dicho, en 1828, poco después de consumada la Independencia, y contaba por lo mismo con sesenta y tres años de edad, cumplidos en esa poza pestilente en la cual sobrevivía gracias a su fortaleza física y a su indomable necesidad de decir. Por su voz parecía tener más de cien años, pero ya cumplidos...

—Nací para decir y he de morir diciendo y protestando ante tanta ruindad. Yo estoy obligado a decirte la verdad y tú estás obligado a divulgarla, ¿lo juras, Ponciano Prieto —dijo mi nombre, que yo le había dado al principio de la conversación—, ante este montón de carne enjuta que pronto llegará al final feliz de la nada?

Cuando, con la debida solemnidad, adquirí el compromiso que las circunstancias me permitieron, me cuestionó entrando frontalmente en la materia:

—¿Acaso crees que México se independizó de España porque, según se dijo, queríamos ser un país libre y soberano que había alcanzado finalmente la madurez política necesaria para conquistar nuestro futuro? ¿Crees acaso todas esas patrañas que dicen los historiadores oficiales, unos mercenarios vendidos al gobierno o al clero, para tratar de engañar con mentiras y más mentiras hasta a quienes nos hemos preparado para descubrir sus embustes?

Me dijo que él conocía la verdad. La había vivido, llorado, lamentado y sufrido. Que le irritaba, se enfurecía cuando autores de gran reconocimiento público divulgaban embustes a sabiendas de que confundían a sus lectores, más aún cuando contaban con la solvencia moral e intelectual derivada supuestamente de la calidad de sus trabajos. Un pensador deshonesto que enajena sus conocimientos a cambio de dinero o de un puesto público o de un conjunto de diplomas y de aplausos y caravanas es un asesino social, un sujeto indeseable que en nada se distingue de cualquier otro tipo de criminal, porque la información que posee se traduce en ventajas de las que carece su público, al que desorienta intencionalmente en lugar de arrojarle luz en el camino. Esos delincuentes de toga y birrete deberían ser recluidos en una prisión con cargos similares a la perversión de menores.

Don Valentín Altamirano había conocido a lo largo de su vida a historiadores fanáticos religiosos, encumbrados catedráticos de renombre que habían engañado deliberadamente a sus alumnos y a sus lectores recurriendo a argumentos que sabían falsos y, sin embargo, insistían en la mentira para no perder una posición de respeto y consideración académica. Se intentaba evitar enfrentamientos con la Iglesia y el gobierno que bien podían traducirse en la cancelación del sobre mensual lleno de dinero en efectivo, el precio justo de su intelecto. ¿Cómo se confesarían estos "pensadores" al estar arrodillados frente a los sacerdotes? He mentido, padre, a estudiantes, al público y a la nación, en la cátedra, en mis textos, en mis discursos y en la prensa para salvar a Nuestra Santa Madre Iglesia Católica Apostólica y Romana de un desprestigio ante los creyentes y feligreses, que hubiera lastimado su imagen y, por ende, su poder político y económico. La verdad nos hubiera condenado a todos por igual. Mentí, padre mío, para salvar y salvarnos, perdóneme, perdóname Dios mío, perdónenme a los que me debo, pero he de seguir mintiendo con la misma explicación y fundamento que daré el día del Juicio Final… ¡Apiádate de mí, Jesús misericordioso!

—Mira —sentenció en voz baja el viejo como si alguien pudiera escucharnos; estaba acostumbrado a hablar así después de tantos años de persecuciones, de delaciones y traiciones incluso de sus amigos más cercanos, para ya ni hablar de extraños de la peor ralea—: yo no vivo atenazado por intereses inconfesables. Soy más libre que un pájaro a pesar de estar encerrado en esta fétida mazmorra. Presos son los que le vendieron su alma al Diablo.

Don Valentín no tenía otra alternativa más que confiar en mí, en un desconocido, creyera o no en mis promesas y en las seguridades que yo le había extendido para garantizarle el destino de sus palabras. Estas se convertirían en letras impresas en un documento veraz y útil para la posteridad. Don Valentín no dejaría nada escondido en los pliegues de su vida. Era ahora o nunca. Después de echarse el mosquete al hombro apuntó, contuvo por unos instantes la respiración y disparó:

—Nos engañaron, Ponciano —adujo en tono burlón, como si imitara a los políticos cuando cantan loas al embuste, tan útiles para arriar a las masas—. El Padre de la Patria, le pese a quien le pese, fue Matías Monteagudo y en ningún caso el cura Hidalgo, por más que este haya iniciado el movimiento de Independencia con el estandarte de la Virgen de Guadalupe en mano. La verdad —continuó con un aire de cansancio, como si hubiera repetido muchas veces la misma tesis— es que Hidalgo fue fusilado el 30 de julio de 1811, apenas unos meses después de haber convocado al pueblo a la rebelión, y eso únicamente porque Fernando VII había sido depuesto del trono por Napoleón Bonaparte. El sacerdote de Dolores, a diferencia de Morelos, nunca demandó el rompimiento con la España monárquica ni exigió que un criollo o un mestizo se ocuparan del nuevo gobierno, no: el cura Hidalgo pintó en su estandarte la imagen de la augusta patrona de los mexicanos, la Virgen de Guadalupe, con una inscripción que nunca olvidaré: "Viva la Religión. Viva nuestra Madre Santísima de Guadalupe. Viva Fernando VII. Viva América y muera el mal gobierno" —hizo una pequeña pausa—. Iturbide, y solo Iturbide, no te confundas, consuma la Independencia de México gracias al patrocinio político, económico y militar de Monteagudo, cuando Hidalgo ya llevaba diez años de muerto. ¡Imagínate…!

¿Monteagudo? ¿Quién es Monteagudo?, me pregunté avergonzado. Era la segunda vez que escuchaba el mismo nombre en una hora escasa. ¡Cuánta ignorancia! ¿Cómo desconocer el nombre de una persona que había tenido tanta influencia en el pasado de México? ¡Ah!, claro está, se trataba de un influyente católico, cuya obra política y militar, como decía don Valentín, debía ser ocultada para subrayar nada más su desempeño pastoral. Acuérdate, ya me lo tendría que haber memorizado: en asuntos clericales se trata de aventar la piedra y esconder la mano.

Para mí resultaba muy atractivo comprobar cómo la historia se iba acomodando de tal forma que un humilde cura había acaparado el mérito político de una gesta heroica, a cambio de deslavar la imagen de quienes habían coronado con éxito la Independencia de México. No imaginaba en esos momentos las verdades ocultas en las palabras pronunciadas por don Valentín.

—Escúchame bien —me advirtió el viejo haciendo su mejor esfuerzo por ser objetivo y preciso—: quienes ordenan la ejecución de Hidalgo y Morelos, dos curas católicos nobilísimos, quienes los mandan fusilar porque no estaban dispuestos a poner en juego sus intereses políticos y económicos, son los mismos de su clase, el alto clero, adinerado, rico, influyente. Los auténticos príncipes de la Iglesia católica, sus superiores jerárquicos, son los asesinos. ¡Claro que al gobierno virreinal le interesaba fundamentalmente aplastar el movimiento, sí, por supuesto que sí, sus razones eran evidentes, pero no perdamos de vista que el clero, integrante del tribunal que los juzgó a ambos, estaba igualmente deseoso de acabar, a como diera lugar, con la vida de los dos, pero por diversas razones...!

La conversación salpicada con tanta pasión era fascinante. Imposible interrumpirla.

—¿Crees acaso que el virrey ordenó que a los dos humildes sacerdotes les rasparan las manos con ácido por haber sostenido los Santos Sacramentos con los cuales fueron ungidos al ordenarse en el seminario? ¡Claro que no, los virreyes fueron inocentes de semejante crueldad! La vesania clerical de sus correligionarios, ese celo fanático y enfermizo por impedir la movilidad política y segar de un tajo la menor amenaza en contra de sus múltiples intereses, ocasionó que casi destazaran a esos dos sacerdotes en el nombre sea de Dios.

El cura Hidalgo, según el anciano, había sido fusilado con el estúpido pretexto de ser un "cismático religioso y por las opiniones heréticas que profesaba sobre varias cuestiones canónicas como la confesión auricular, la virtud eucarística, la concepción inmaculada y la realidad del infierno":

—¿Lo crees después de conocer la inscripción de su estandarte y de saber que solo pretendía una "patria feliz", una nación libre en la que la ciudadanía disfrutase la propiedad de una fracción de terreno o una casa, además de la libertad individual de opinión, de comercio, de trabajo; una patria donde prevaleciera la igualdad de trato entre la gente; un país próspero en el que se fomentaran las artes, se desarrollara la industria y la agricultura, una nación culta que contara con instrucción escolar masiva, un nuevo país, ahora sí justo, fraterno y equitativo?

Don Valentín narraba los hechos como si los hubiera presenciado:

—El día del fusilamiento del cura Hidalgo, él pidió a sus verdugos que no le vendaran los ojos ni le dispararan por la espalda, como era costumbre hacerlo con los traidores. Suplicó don Miguel que le dispararan de frente, a su mano derecha puesta sobre el pecho, a la altura de su corazón. El pelotón falló la primera descarga. Solo lograron herirlo en un brazo. Para los verdugos no resultaba sencillo pasar por las armas a un cura y temían una represalia de Dios a pesar de que otros sacerdotes, de más jerarquía, habían consolado a los soldados explicándoles que el fusilamiento se ejecutaba en el nombre del Señor para castigar a un enemigo de la religión: "Al matar a Hidalgo te salvarás... Dios te ha escogido y te premiará con el Cielo cuando aprietes el gatillo y acabes con la vida de este gran hereje que ha cuestionado la existencia del infierno". La segunda descarga de fusilería solo produjo un eco interminable que se perdió en la inmensidad del horizonte. Inexplicablemente volvieron a errar el blanco. Solo cuando el grupo de realistas dio un par de pasos al frente y accionó sus armas a quemarropa con lágrimas en los ojos, el cura de Dolores cayó medio muerto al piso. Fue necesario todavía un tiro de gracia para acabar con su vida. Acto seguido, un piadoso comandante tarahumara, de apellido Salcedo, le cortó la cabeza de un tajo con un machete que había afilado contra unas piedras ante los ojos aterrorizados del condenado. Por su gesta heroica, Salcedo recibió una bonificación de veinte pesos, que se apresuró a guardar en un paliacate mugroso.

La descripción gozaba de tanto colorido que me resultaba muy sencillo revivir las imágenes:

—Yo era muy niño, si acaso tenía siete años, cuando mi padre me contó cómo dejaron colgadas de las esquinas de la Alhóndiga de Granaditas las cabezas de los patricios, a modo de escarmiento, por diez años, hasta la consumación de la Independencia.[7] Hasta la fecha sigo soñando con esas imágenes macabras, una prueba más de la maldad de los príncipes católicos.

Me di cuenta de que don Valentín deseó en esos momentos poder leer mi mirada para medir el impacto de sus palabras. Hubiera querido verme, interpretar las expresiones de mi rostro sorprendido. Más aún cuando me contó que, un par de meses después, su padre había escuchado en una cantina de Chihuahua la conversación entre dos de los integrantes del pelotón de fusilamiento de Hidalgo, quienes, entre trago y trago, hacían alarde de su hazaña histórica por haber pasado por las armas a un sacerdote.

—¿No los mata el sentimiento de culpa? —preguntó el autor de mis días. Uno de ellos repuso con humor negro o convicción religiosa, o simplemente cinismo alcohólico:

—Mire asté: nosotros aventamos las balas, pero Dios decidió cómo repartirlas... Pregúntele a Él...

Don Valentín se incorporó pesadamente con mi ayuda hasta quedar sentado y recargado contra la pared. Las ratas se perseguían las unas a las otras como si no se cansaran de juguetear. Nos habituábamos a compartir el mismo hábitat. Empezaba a dejar de temerles. Aproveché la ocasión para ir a orinar en una esquina en donde supuestamente existía un orificio para esos fines. El olor vomitivo se desvanecía. Mi olfato, por lo visto, se acostumbraba a los hedores mortales. Las condiciones ambientales, además de la humedad y del aire enrarecido, atentaban cada día en contra de nuestra salud. A saber cuánto tiempo podríamos sobrevivir en un medio ambiente diseñado para matar lentamente.

La Iglesia católica había inventado cargos falsos para acabar con la vida de Hidalgo, había faltado a la verdad con tal de deshacerse de él, pero ¿y Morelos?, le pregunté a don Valentín a sabiendas de que me contestaría como si hubiera sido su lugarteniente. Con su relato anterior llegué a escuchar los disparos de los mosquetes y a ver incluso el rostro crispado por el dolor del padre Hidalgo cuando sintió los orificios de bala por todo su cuerpo. El viejo afirmó, arrastrando las palabras:

—A Morelos lo manda igualmente fusilar la Iglesia católica por proclamar la soberanía e independencia total de la América mexicana. Lo matan por proponer, a través de la Constitución de Apatzingán, la primera Carta Magna mexicana, un gobierno republicano con cambios radicales en la organización política y económica del México naciente. El cura Morelos exige un humanismo igualitario y cristiano, la proscripción de la esclavitud, la instrumentación de una reforma tributaria, la derogación del impuesto per cápita de los indios, proclama los derechos fundamentales del hombre y del ciudadano, la cancelación de la tortura, la abolición de privilegios, el rechazo al régimen colonial y solicita, entre otras medidas, la adopción del 12 de diciembre para celebrar a la Patrona de nuestra libertad, María Santísima de Guadalupe: un digno, dignísimo, liberal, católico, amante de la evolución y del progreso. Si se le quería castigar tal vez se le debería haber obligado a rezar siete salmos penitenciales una vez al día y a repetir una parte del rosario toda su vida al amanecer. Eso hubiera bastado.

Más adelante revelaré al lector de este *México ante Dios* cómo llegó a mis manos esta parte del texto del acta que se levantó antes de que Morelos fuera sentenciado a la pena de muerte, sesión en la que estuvo presente, entre otros prelados, el señor inquisidor honorario, doctor don Matías Monteagudo, de quien don Valentín ya me había dado referencias ciertamente terribles. El clero se había ocupado, con gran celo, de ocultar su nombre a través de los años, esfuerzo que ahora es inútil, a partir de la publicación de este libro. Monteagudo expresó:

"Que el reo 'sapit heresim' y los demás RR PP calificadores convinieron en que es hereje formal, negativo y no solo sospechoso de ateísmo sino ateísta y habiendo hecho relación de un proceso y causa criminal que en este Santo Oficio se ha seguido y sigue contra el Presbítero don José María Morelos, cura que fue de Carácuaro, por hereje materialista y ateísta y traidor de lesa majestad divina y humana, se degradará al precitado Presbítero don José María Morelos, confitente diminuto, malicioso y pertinaz; que se declarará hereje formal negativo, despreciador, perturbador y perseguidor de la jerarquía eclesiástica, atentador y profanador de los Santos Sacramentos; que es reo de lesa majestad divina y humana, pontificia y real, y que asista al auto en forma de penitente 'inter missarum solemnia', con sotana corta, sin cuello ni ceñidor y con vela verde en mano, que ofrecerá al sacerdote, concluida la misa, como tal hereje y fautor de herejes desde que empezó la insurrección; y como a enemigo cruel del Santo Oficio, se le confiscan sus bienes con aplicación a la Real Cámara y fisco de S.M., en los términos de declaración y relajación por los delitos cometidos del fuero y conocimiento del Santo Oficio".[8]

—Morelos murió cuatro años más tarde. Un crimen injustificable en el que participó la Iglesia católica. Los cargos de ateísta, reo de lesa majestad divina y humana, perturbador y perseguidor de la jerarquía eclesiástica y profanador de los Santos Sacramentos no resisten el menor soplido. Todo por el poder y el dinero. El sacerdote de Carácuaro corrió la misma suerte de otros curas patriotas, frailes bien intencionados aprehendidos junto con el padre Hidalgo y Costilla, como Matamoros, Ignacio Hidalgo, Bernardo Conde, Pedro Bustamante, Ignacio Jiménez, Carlos Medina, Mariano Balleza y Melchor de Talamantes, que murió aquí, en San Juan de Ulúa, de una fiebre. Un grupo notable de sacerdotes liberales fueron encarcelados o maltratados o fusilados aun en contra de lo ordenado por el propio papa, quien condenó con severidad a quienes torturaran a sacerdotes con tal de halagar a su amo, el gobierno español.[9] ¿Por qué razón el alto clero no excomulgaba a los realistas cuando mataban a curas rebeldes? ¿Por qué? ¿Por qué? ¿Por qué?

Don Valentín temblaba de ira.

—Los escarmientos ejemplares, como la decapitación, no surtieron los efectos esperados. Surgirían nuevos líderes a pesar de todas las temerarias consecuencias. Esos son los héroes. Luchan por alcanzar un objetivo a sabiendas de que dan en prenda el máximo valor con que cuenta un hombre: su vida. Tanto Hidalgo como Morelos cayeron víctimas de sendas traiciones. El ejército realista era, sin duda, el brazo armado de la Iglesia católica. Las altas autoridades eclesiásticas ordenaron el arresto de Morelos, otro de los suyos, y lo torturaron casi hasta el delirio para obligarlo a delatar a los integrantes del movimiento rebelde, a pesar de que los suplicios estuvieran prohibidos por la Santa Madre Iglesia para evitar precisamente el derramamiento de sangre… Por ello la Iglesia católica, siempre piadosa, había inventado tormentos muy eficientes como la pira, la inyección de agua, el potro de descoyuntamiento, que te despedazaba internamente arrancándote los miembros y extremidades sin separártelos del tronco, entre otras perversiones más. Había que crear martirios en los que por ningún concepto apareciera la sangre para no cometer pecado. Nunca olvides, Ponciano: *Ecclesia abhorret a sanguine*. La Iglesia aborrece la sangre.

Nunca imaginé que nadie recordara semejante número de detalles, hechos, pasajes y acontecimientos que retrataran con tanta claridad la historia y *modus operandi* de la Iglesia católica en México. Altamirano era un indeseable para el clero, una fuente de contaminación social, un sujeto portador de una enfermedad contagiosa, un pensador peligroso para uno de los aliados de la dictadura. Entendí al instante por qué Porfirio Díaz había cumplido con el encargo de encerrar a don Valentín Altamirano en Ulúa, de la misma manera en que encarcelaba a los opositores de su gobierno. Las fuerzas armadas porfiristas y sus diversas y temidas policías fueron, al igual que en su tiempo lo había sido el ejército realista, verdugos incondicionales al servicio de la tiranía y del clero para preservar sus privilegios y evitar cualquier daño en sus bienes. ¡Claro, claro que así había sido! ¿Quién va a creer que a Morelos lo acribillaron por ser un enemigo irreconciliable del cristianismo, traidor de lesa majestad divina y humana, pontificia y real, y lascivo, entre las veintitrés acusaciones que le fincó la Inquisición? Tal vez una de las razones de su calvario se pueda encontrar en el hecho de que la Constitución de Cádiz de 1812 establece como "única y verdadera" religión de Estado la católica, apostólica y romana, prohibiendo el ejercicio de cualquiera otra, mientras que la Constitución de Apatzingán, aunque también hace constar que la religión católica, apostólica, romana sea la que se debe profesar, omite que esta sea la "única y verdadera". Morelos también demanda la apertura indiscriminada de las fronteras, intenta subsanar la política migratoria de su Iglesia para permitir la internación de extranjeros con la condición de que estos reconozcan la soberanía e independencia de la nación y respeten la religión de Estado, sin obligárseles a que la profesen. Era una propuesta inadmisible. Calleja creía tener en su mano más justificaciones que nunca para fusilarlo al menos cuarenta veces…

Don Valentín continuó negando lentamente con la cabeza mientras se acomodaba. Mi cercanía me permitía advertir cada uno de sus movimientos. Era evidente que se disponía a terminar un primer capítulo:

—Una vez que el cura Morelos fue derrotado en Temalaca, se le fusiló en diciembre de 1815 con la guerrera puesta al revés, de espaldas al pelotón y arrodillado, como correspondía a los traidores…[10] ¿Traidores? ¿A quién…? —cuestionó exhibiendo, tal vez, una sonrisa sardónica que yo hubiera disfrutado inmensamente—. ¿Sabías que en el acta de excomunión la Iglesia católica no solo ordenó que el cadáver de Morelos fuera decapitado, sino que fue sentenciado también a la mutilación de su mano derecha para que fuera exhibida en Oaxaca?[11] Para las autoridades virreinales ambos curas eran rebeldes, pero para el clero se trataba de traidores, pero ¿traidores a qué…? Otro fusilamiento, tan injustificado como salvaje, para evidenciar el amor a Dios por sobre todas las cosas y cumplir a carta cabal con los Mandamientos: lo mataron, sí, lo mataron, Ponciano, a pesar de la prohibición divina del "no matarás" y de aquello de que amarás al prójimo como a ti mismo... ¡Cuál amor al prójimo a la voz de preparen, apunten, fuego y decapítenlo, por haber sido un distinguido patriota y un escrupuloso católico! La Iglesia católica tenía más prisa, mucho más, por acabar con la existencia de este cura mexicano verdaderamente notable.

Hablaríamos pronto, muy pronto, de la cadena de sacerdotes, obispos y arzobispos egresados en grandes hornadas, especialmente de la diócesis poblana, que persiguieron encarnizadamente a los patriotas. Ya abordaríamos la vida y obra de Labastida y de Miranda, solo que antes conocería yo la trayectoria ignorada e intencionalmente oculta del obispo Francisco Pablo Vázquez Vizcaíno, que en los años del estallido de la guerra de Independencia había excomulgado a diestra y siniestra para "sofocar el clamor universal de la libertad que resonaba en todos los ángulos del territorio mexicano". Los tres prelados, por una razón o la otra, habían torcido el destino de México. Ya habría oportunidad de hablar de ellos, pero no quería dejar pasar la oportunidad de insistir en que la vida del obispo Vázquez Vizcaíno de Puebla, claro estaba, de Puebla, se había escrito con la sangre de mexicanos ilustres desde aquellos años en que se había escuchado por primera vez el grito estremecedor de la libertad. Si el presente libro llegara a caer en manos de alguien que desee continuar la obra de don Valentín y la mía, debe subrayar los siguientes párrafos para no dejar duda de la personalidad de este sacerdote, que fue condecorado por la Corona española por haber ordenado atrapar y matar a otros curas como él:

> D. Francisco Pablo Vázquez es aquel que secretario del obispo Campillo en el año de 1812, abandonando el ministerio de paz y mansedumbre que el divino Redentor le había trazado en el Evangelio, se convirtió en un lobo devorador, haciendo por su influjo y siniestros consejos se escomulgasen, persiguiesen y fusilasen á aquellos primeros libertadores á quienes debemos hoy nuestra ecsistencia política, sin acordarse del carácter sacrosanto que de ministros del Altísimo tenían los respetables Hidalgo, Morelos y Matamoros; contribuyó y se complació de la desgraciada muerte que un gobierno bárbaro y tiránico hiciera aplicar á estos respetables hombres. Los caudales destinados por la piedad de los fieles para el culto eclesiástico fueron, con mano pródiga y sin conocimiento del obispo Campillo, entregados al Virrey Calleja para convertirlos en instrumentos de guerra y pago de los asesinos de los pueblos. Tan perversos servicios le hicieron merecer la Gran Cruz de Isabel la Católica, honor con que distinguía el déspota español á los que más se singularizaban en maldades.[12]

¡Cuánto habría cambiado el país si Morelos hubiera llegado a gobernar México materializando su ideario político consignado en los *Sentimientos de la Nación*! Solo que la Iglesia católica entendió su irrupción violenta en el escenario político como una auténtica amenaza para sus intereses materiales, sus privilegios jurídicos y políticos, tal y como lo entendieron las autoridades virreinales cuando lo identificaron como a un enemigo a vencer por haber atentado en contra del orden establecido y de su tantas veces centenaria esfera de poder.

Don Valentín Altamirano cayó en un sueño pesado. Cualquier esfuerzo, hasta el simple hecho de comer, lo fatigaba, lo extenuaba. Hablar no hubiera significado un desgaste mayor, obvio que no, pero expresarse con tanta pasión, recordar con semejante intensidad pasajes vividos o aprendidos requería obligatoriamente el empleo de toda su fortaleza física e intelectual. Había empeñado lo mejor de sí para narrar con lujo de detalle algunos pasajes de la historia clerical de México. El esfuerzo no hubiera agotado a un hombre más joven, pero sí a un anciano, preso además en una mazmorra infecta, insalubre, oscura en donde el aire enrarecido y la humedad mataban a cada instante.

Decidí dejarlo descansar. ¿Qué hacer mientras tanto? ¿Observar otra vez a las ratas? ¿Medir mi resistencia para contar el número de cucarachas que podían posarse encima de mi cuerpo antes de sacudírmelas a todas de golpe como si fuera presa de una repentina convulsión? ¿Contar cuántos mosquitos era posible aplastar con una palmada antes de contar hasta cien? ¿Levantarme y sentarme para hacer cuantas sentadillas fuera capaz con tal de no entumirme ni paralizarme? ¿Hablar en voz alta para percatarme que estaba vivo y que todavía no perdía la razón? ¿Tratar de memorizar las palabras vertidas por don Valentín de modo que a la hora de redactarlas, cuando fuera factible, no se me escaparan como cuando las palomas huyen despavoridas de una plaza al percibir un repentino escopetazo? ¿Recordar, mientras pudiera, los rostros de mis hijos, de mi esposa, de mis padres o de mis amigos? ¿O simplemente tirarme boca abajo sobre el tablón que hacía las veces de cama para tramar la venganza que tarde o temprano ejecutaría contra el tirano?

Don Valentín había sobrevivido muchos años soportando todo género de calamidades, pérdidas y traiciones, animado por el deseo de poder contar algún día lo acontecido, de modo que ni sus conocimientos ni su experiencia ni su sacrificio ni su vida pudieran convertirse en un inútil desperdicio como cuando un barco se hunde en alguna parte del océano con un inmenso tesoro a bordo y sin dejar rastro del lugar del naufragio... Esa pesadilla lo acosaba de día y de noche. Él podría dudarlo, pero yo lo sabía muy bien: por mi cuenta corría el transmitir los hechos como a mí me los había narrado. Su voz no se apagaría jamás. Yo la haría sonar y resonar en las academias, en las universidades, en la prensa, dictando conferencias ante un público culto o ignorante, vulgar o refinado, escaso o abundante. Cualquier foro, clandestino o no, contaría con el suficiente decoro como para gritar esta denuncia y esparcir las semillas para que el viento se ocupara de repartirlas.

Yo tampoco descansaría, sería eterno, nunca envejecería ni perdería energía ni esperanza, la clave para una existencia larga, mientras no encajara un cuchillo en la yugular del dictador, enemigo de la democracia, de la libertad y de la dignidad del hombre. La sola esperanza de poder degollar a Porfirio Díaz, de hundirle una y otra vez un puñal en el costado, en el pecho, en la cara, en el vientre, en la espalda, en el cuello y en tanto lugar me fuera posible antes de ser detenido por sus esbirros, me mantendría con vida y en plenitud de facultades. No hay más realidad que una ilusión, me había repetido mi padre hasta el cansancio…

Porfirio Díaz había llegado al poder como todo un golpista enarbolando la bandera de la no reelección, y sin embargo había sido reelecto en 1884 porque, como él bien decía con agudo sarcasmo: "Quien cuenta los votos gana las elecciones…". Y no solo las "ganó" con un cinismo incendiario, quiere seguir haciéndolo, contra todo lo dispuesto en el Plan de Tuxtepec… Una burla más. Una estafa. Otro miserable traidor que solo deseaba eternizarse en el poder. Por mi parte yo se lo impediría por una sola razón: estuve, estoy y estaré dispuesto a dar mi vida a cambio de la suya…

¿Cómo no iba a recurrir a la violencia, el recurso obligatorio de quienes carecen de argumentos para convencer, si Díaz había perdido en las urnas las elecciones para la presidencia de la República en 1867 y 1871 contra Juárez, y en 1872 y 1876 contra Lerdo? También había sido derrotado con votos al contender por la presidencia de la Suprema Corte de Justicia en 1867 y 1872 y, por si fuera poco, no había logrado los votos necesarios ni siquiera para ser gobernador del Estado de México ni del de Morelos. Lo que no logra conquistar civilizadamente en las elecciones, lo conquista brutalmente con las balas. Ese era Díaz, el gran fracasado de la civilidad. La democracia lo había vomitado, escupido, excluido… Pero la ambición extravía a este monstruo ávido de poder: tenía que venir a romper todas las endebles estructuras institucionales. Tenía que venir a pasar por encima de la voluntad de los mexicanos. Tenía que violar la ley, ignorarla y después adaptarla a sus necesidades personales y trabar una alianza con la Iglesia católica, la gran enemiga histórica de México, para mantenerse en un cargo que solo una minoría insignificante había estado dispuesta a concederle. Es la vida de un truhán de la política, de un asesino de la República que tanta sangre y esfuerzo había costado construir. ¿Quién le iba a creer que en las elecciones de 1877, al año siguiente del derrocamiento de Lerdo, hubiera resultado vencedor con un 96% de los sufragios cuando anteriormente no pudo triunfar para obtener un puesto de elección popular?

Mi fuerza para superar la adversidad la tomaría de la realidad: me rebelaba violentamente contra todo tipo de imposición, más aún cuando se trataba de una voluntad autoritaria y despótica como la encabezada por el tirano oaxaqueño; me sublevaba ante la repetición cínica de la arbitrariedad, de la negación de justicia, de la intolerancia política, de la estafa electoral a la nación. Díaz estimuló el exterminio de indios yaquis y mayos para entregar sus tierras en Sonora a inversionistas "convenientes a su gobierno". ¿Me podía quedar cruzado de brazos?

¿Más...? Claro que sí, por supuesto que sí: la censura periodística me indignaba, me extraviaba, me exasperaba al extremo de desear golpear y matar a quien se atreviera a prohibir la impresión y la difusión de las ideas, cualesquiera que estas fueran. Nadie podía limitar a terceros el uso de la razón con pretexto alguno. ¿Cómo se atrevía alguien a silenciar a otro, a mutilar la libertad de expresión de una nación, un derecho elemental del hombre?

Tal vez se revivían en mí las castraciones paternas infantiles, cuando era humillado y me obligaban a guardar silencio sin poderme siquiera defender. ¡Te callas o te tiro los dientes...! No te va a reconocer ni tu madre, vamos... Fui víctima de la peor de las violencias. El miedo me paralizó hasta alcanzar la mayoría de edad. Después, cualquier atropellamiento me rebasaba. La injusticia me devoraba por dentro. Los allanamientos ilegales de morada, la destrucción de imprentas, la persecución implacable de quien pensara diferente, las desapariciones intempestivas de personas, los "mátalos en caliente", las incautaciones de bienes por una supuesta causa de utilidad pública, la clausura de periódicos, la censura política y clerical, la muerte lenta, sin previo juicio, encerrado en celdas infernales como esta infecta madriguera podían despertar en mí los peores sentimientos de represalia. Me correspondía sumarme a un grupo nacionalista para empezar a desmantelar los poderes omnímodos del Estado. Yo vería cómo organizar una resistencia ciudadana clandestina para oponerla a esa autoridad espuria y feroz, dispuesta a asesinar, a robar, a alterar el recuento de los votos, a obtener secretos por medio de la tortura en los cuarteles y de la confesión en las sacristías y a apoderarse por la fuerza del más caro patrimonio de México: su libertad. Los mexicanos teníamos dignidad. Yo la defendería, la rescataría, la preservaría. ¿Soñador, idealista y romántico...? Ya veríamos. Era más cómodo sentarme detrás de la caja registradora de mi padre a cobrar las ventas del día... Sí, pero yo no había nacido para ello. ¿Qué hacer con este fuego que me consumía internamente? ¿Por qué mis hermanos varones podían pasar el tiempo despachando atrás de un mostrador, mientras la mujercita de la familia desperdicia su vida tejiendo pacientemente chambritas en tanto vuelve a dar a luz? ¿Por qué nací con esta carga que me sofoca y me ha arrebatado la paz y hasta la libertad? ¿Cómo contener el amor por la democracia que estalla en mi interior como un volcán ante la menor imposición?

No, no puedo resignarme a los fuetazos asestados en el rostro ni me someterán jamás con latigazos en la espalda ni los odiosos militares obtendrán nada de mí aplastándome la cara contra el piso ni me reducirán con patadas en las nalgas ni confesaré arrepentimiento alguno por más que me hundan mil espadas en el cuello para obligarme a pasar por encima de mí. ¡No! Ya me traicioné lo suficiente en mi infancia y en mi juventud. He pagado un precio muy alto por ello. Sería muy feliz si ahora pudiera tirarle los dientes a mi padre. Ahora que somos ambos adultos y sin ventajas para nadie. Juré respetarme a cualquier precio. Por ello estoy sepultado en esta pestilente letrina, vigilado por unos verdugos que jamás —ellos lo ignoran— podrán doblegarme. Soy un amante de los espacios abiertos, del aire libre, de los horizontes interminables, de los cielos sin final, de las bóvedas azules estrelladas e infinitas, de las aguas caudalosas, de la inmensidad del mar. No nací para resistir ningún tipo de cautiverio, ni el físico ni el intelectual. Moriré como defensor de la libertad y de la legalidad sin pensar en un sueldo ni en las rutinas ni en los dividendos ni en un puesto público ni en el soborno escondido en un sobre blanco. Jamás me someteré a ninguna ley promulgada por un primate disfrazado con uniforme militar ni acataré consignas ni amenazas veladas de otro dictador, como diría don Valentín, este vestido con casulla de seda púrpura y dotado de poderes espirituales para atemorizar y controlar a los mortales y a la nación entera, no solo al imponer castigos en la vida terrenal, aquí y ahora, sino también en el más allá y a lo largo de la eternidad.

Recordé a mi mujer. Ella ocupaba constantemente lo mejor de mi atención cuando, de alguna manera, me liberaba la obsesión por la política. El recuerdo de aquella tarde en que nos conocimos en casa de su tía Cuca me hacía sonreír y soñar aun en la irresistible ansiedad de la reclusión. Al verla supe que sería mi esposa. El presentimiento me llenó de entusiasmo y de una sorprendente familiaridad. Me comportaba como si la hubiera conocido de toda una vida. Era mía. De sobra lo sabía yo. La diferencia de edades era notable, pero nadie tenía comprada la existencia. Tal vez yo me iría antes que ella, no en balde la aventajaba con casi diez años: veintiocho contra diecinueve. ¿Cómo se le podía cerrar la puerta a la felicidad? Siempre habría un pretexto para hacerlo. Nunca faltarían los prejuicios ni los intrigantes envidiosos opuestos al bienestar ajeno. Para no ir más lejos, Juárez, mi gran héroe, ¿no le llevaba veinte años a Margarita Maza y ella había muerto antes que él? ¡Claro que el amor entre ambos nunca nada ni nadie, ni la más espantosa adversidad ni la distancia ni la guerra ni el hambre ni las carencias ni la muerte de sus hijos pudieron destruirlo! Cuando Santa Anna se casa con Dolores Tosta él tiene cincuenta años y ella tan solo quince y, por si fuera poco, Porfirio Díaz contrae sus segundas nupcias con Carmelita Romero Rubio cuando el tirano contaba cincuenta y un años y ella diecisiete… La edad no puede ser un impedimento para el amor.

A Eugenia y a mí nos unía algo interno, sólido, macizo e invisible. ¿El sentido del humor? Tal vez. Siempre estábamos listos para soltar la carcajada, a veces en situaciones de absoluta solemnidad. Cómo olvidar cuando ella me dijo después de escuchar la disertación de un reconocido intelectual, de esos más interesados en hacerse de dinero fácil y en acaparar aplausos de los lambiscones que en legar a la posteridad una obra digna y aleccionadora: "Mira, amor, los solemnes, como este robaletras, son pendejos por definición. Obsérvalo, debe tener almidonado hasta el culo". Su gracia para decir palabras soeces era inimitable. Sus citas cargadas de ironía pueblerina podían hacerme desternillar de la risa. "No puedes sentarte simultáneamente en dos bodas distintas con las mismas nalgas." "En la cama que te hagas te vas a acostar." "O chiflas o mamas, cariñito: decídete." La pasión por las letras era un vínculo indisoluble, desde luego. Su capacidad de lectura era asombrosa. No tenía la menor idea de la piedad cuando un hombre saltaba a la arena con el ánimo de refutar a una mujer poderosamente inteligente. Cuando lo tenía arrinconado, Eugenia lanzaba a diestra y siniestra argumentos demoledores, uno y otro y otro más, con los que avergonzaba y hasta ridiculizaba a su interlocutor, a quien yo después rescataba pasándole amistosamente la mano por el hombro y ayudándolo a recoger su sombrero aplastado, pisoteado y empolvado. Ya tendría tiempo de lamerse las heridas…

Eugenia era la pareja ideal: nunca entraba a la cocina porque las tortillas se le tostaban hasta convertirlas en totopos y los frijoles invariablemente los servía fríos, insípidos y escasos, sin epazote ni cebolla ni jitomate picado ni chile de árbol, en un caldo sin consistencia ni sabor. Los mangos los preparaba espléndidamente, siempre y cuando no los pelara ella. Los huevos tibios era menester retirarlos del fuego antes de que el recipiente adquiriera un color rojo vivo. Su incapacidad culinaria me fascinaba porque a mí me cautivaba comer en las fondas y, aun cuando siempre salíamos acompañados, era un gran placer patear las calles a su lado; no me perdía el feliz momento de la contemplación ni su mirada cuajada de picardía al estar sentados a la mesa. Pero ¿qué tal el día en que finalmente pudimos perder a la tía Cuca en medio de los ahuehuetes del Bosque de Chapultepec, justamente donde estaban los baños de Moctezuma? La mañana aquella en que nos pudimos librar de la santísima chaperona, más persignada y religiosa que cualquiera de las Hermanas de la Vela Perpetua, del Verbo Encarnado o de las Carmelitas Descalzas. Esa inolvidable ocasión, recargándola en el tronco de un majestuoso ahuehuete de enorme copa y generosa sombra, apretándome contra ella y sujetándome de la corteza para hacer toda la presión posible, entre beso y beso, arrumaco y arrumaco, le pedí por primera vez, sin permitirle escapatoria, que por amor al cielo me permitiera asomarme al interior de su blusa y me dejara ver los secretos escondidos bajo esa tela blanca perfectamente almidonada y planchada, detalles que debería cuidar una mujer decente y hacendosa antes de pisar la calle.

Oímos entonces los llamados, a veces ya muy impacientes, de la tía, quien, cubierta de escapularios, medallas benditas y estampitas de cualquier número de santos extraviados en el interior de su bolsa, nos llamaba con creciente preocupación:

—Eugeniiitaaa, mi vida, por Dios Misericordioso, contéstame, no le creas nada a ese hombre, que, como todos, solo quiere usarte para después desecharte como una cáscara de cacahuate… Eugeniiitaaa… —repetía una y otra vez, inyectando veneno por si la llegábamos a escuchar.

Eugenia trató de huir. Yo la retuve con vigor de acero.

—Enséñame lo que escondes bajo tu blusa y nos vamos —insistí.

—Eugeniiitaaa… —escuchábamos la voz cada vez más cerca. ¿Nos daba tiempo o nos seguía el rastro?

Fue entonces cuando, sin más, me apartó con cierta violencia. Yo me retiré caballerosamente, pensando que me había excedido. Pero para mi enorme sorpresa e histórico privilegio, ella, viéndome a la cara, con gesto desafiante, soltó lentamente cada botón hasta dejarme ver unos senos rebosantes, plenos, abundantes e insospechables, que escasamente podían esconderse tras el corpiño decorado con pequeños moños color de rosa. ¿Cómo había logrado disimularlos? ¡Cuánto pudor! ¡Oh, Dios! ¡Bendito sea el cielo por concederme este premio! Su discreción para ocultar esos poderes, ese inmenso patrimonio para gobernar, mandar, imponer y dirigir, me convirtieron de golpe en un fiel y leal súbdito, ¿súbdito?, ¿cuál súbdito?, en esclavo, esclavo incondicional. El deseo accionó algo en mi interior, algo que yo desconocía, que había permanecido oculto durante mi vida a pesar de haber conocido a muchas mujeres. Ninguna como Eugenia.

Ella era el resumen. La síntesis más acabada de la feminidad. Al verla a tan corta distancia y con la maldita tía Cuca rondando por los alrededores, de pronto sentí en el pecho el ruido de una estampida de caballos salvajes. Tenía que actuar y hacerlo ¡ya! El tiempo estaba en mi contra. Muy pronto ella se cubriría por pudor, por tensión o por la angustia de escuchar la voz del diablo cada vez más cerca. ¿Quién dijo que la belleza existía para su exclusiva contemplación? Nada mejor, además de admirarla, que poderla palpar y exprimirle hasta la última gota de placer.

Mis manos cóncavas cubrieron con una agresiva ternura, casi incontrolable, esos pechos suplicantes y sedientos. Era el momento de liberar a la fiera que habitaba en mí, sí, pero sin asustar a la paloma con un arrebato. Estaba hecha para mí. Sus senos cabían exactamente en las palmas de mis manos. Era la mejor prueba de nuestra identidad como pareja. La boca se me secó. Casi temblaba. Imposible quitar la vista de aquel territorio finalmente mío, absolutamente mío, intocado, virgen, diseñado, creado y reservado para mí por el infalible talento de Dios. Un patrimonio codiciado por todos los hombres, entre los que yo y solo yo había sido el elegido. ¡Claro que sabría apreciar el tesoro con el que la existencia me había distinguido! Le rendiría el debido homenaje cada día, noche, atardecer o amanecer al verlo o tocarlo o besarlo o acariciarlo o estrujarlo o simplemente imaginarlo si la distancia nos separaba. Gracias, Señor, si la vida es una ilusión y las ilusiones son la vida, como hombre ferviente adorador de la belleza femenina me has recompensado con creces obsequiándome dos preciosos motivos, dos irrefutables razones, dos plenas justificaciones para soñar despierto y dormir soñando.

La acaricié mientras ella se abandonaba recargando la cabeza contra el espléndido tronco del ahuehuete. Me dejaba hacer a placer. No mostraba la menor resistencia. Cerraba los ojos mientras su cuerpo se retorcía levemente y la cabeza se erguía como si quisiera alcanzar el cielo. Las yemas de mis dedos la recorrían sutilmente. A veces tocaba las líneas de su cuello casi imperceptiblemente con la mano izquierda, mientras que con el dedo índice de la derecha recorría la aureola de su pezón oculto tras el corpiño hasta hacerlo despertar, erguirse y responder. Establecimos un lenguaje mudo, una comunicación corporal entre hombre y mujer. Yo difícilmente podía controlar la respiración. El corazón me latía enloquecido como si quisiera romper la caja que lo contenía. Mis pantalones "de salir" muy pronto reventarían. Nunca olvidaría ese instante. Menos aún cuando ambos escuchamos la voz de la tía Cuca a muy escasa distancia. Eugenia me tomó de la mano y ambos corrimos como chiquillos traviesos en dirección opuesta en tanto se abotonaba y escondía nuevamente bajo la blusa a la mujer para que resurgiera la niña inocente del alcance de sus encantos. Ese día me convencí de que si a algún poder debería someterme incondicionalmente, sería al de ella. ¡Qué maravilla ser su súbdito más leal! ¡El feligrés más cumplido de su parroquia!

Me acomodé de lado sobre la tabla. Creo que en el intento aplasté a un buen número de cucarachas. Las ratas salieron despavoridas. Por ningún concepto podía perder esas imágenes, que me sacudían con más intensidad que cuando las había vivido. Podía percibir el olor del pasto húmedo que rodeaba los ahuehuetes del bosque. Recordaba, como si fuera hoy, el aroma del perfume de Eugenia, la tersura de la piel de su cuello, sus manos pequeñas, en ocasiones a la defensiva por un pudor entendible que me enervaba, el color de sus mejillas, la fuerza de su mirada cargada de insinuaciones. A veces nos caía alguna gota extraviada de la lluvia de la noche anterior desde las copas temblorosas de los árboles. Los charcos, la tierra húmeda, nos impidieron revolcarnos sobre el piso, como era mi deseo. Solo que hubiera sido imposible disimular nuestro amor ante la tía Cuca. Las manchas de nuestras ropas nos hubieran delatado. Ni Eugenia ni yo olvidaríamos nunca nuestro romance iniciado en las faldas del Cerro del Chapulín. Corté un ramito de flores silvestres para mi amada y otro para la tía, con el fundado temor de que me lo tirara en pleno rostro. Momentos después decidimos entregarnos a la autoridad.

A partir de entonces, el tiempo transcurrió aceleradamente sin que dejáramos de encontrarnos cada fin de semana en el parque de la Alameda o en el café de los chinos. Nos besábamos en el camino de regreso de nuestros paseos dominicales. Nos mordíamos los labios, nos tocábamos a la menor oportunidad, al extremo de no poder estar juntos sin tomarnos, al menos, de las manos. Llegamos en una ocasión hasta desvestirnos. Esa tarde, antes de la merienda, la pude contemplar en todo su esplendor ocultos en el salón comedor de la tía Cuca, hasta que un portazo nos hizo regresar a la realidad. La prisa con la que volvimos a arreglarnos entre carcajadas y arrepentimientos por la audacia de habernos expuesto tanto, muy bien podría haber sido un número propio de payasos en cualquier circo pueblerino. ¿Cómo ponerse casi toda la ropa en menos de treinta segundos y disfrazar el arrebato amoroso con un rostro de aquí no pasó nada, buscábamos un arete de su sobrina, tía Cuca, cuando ambos los tenía puestos?

Nos casamos por lo civil y por la Iglesia, en la parroquia y con el padre predilecto de la tía Cuca, dos días antes de la entrada triunfal de Porfirio Díaz a la Ciudad de México, el 21 de noviembre de 1876, después de que aquel había derrocado por medio de las armas al gobierno constitucional del presidente Sebastián Lerdo de Tejada, quien moriría en el destierro, víctima de una devastadora amargura. La violencia se había impuesto, de nueva cuenta, en el destino de México.

Me hubiera encantado seguir abstraído recordando pasajes de mi vida al lado de Eugenia; eran tantos y tan diversos... pero unos movimientos de don Valentín me indicaron su lento regreso al mundo de los vivos.

—Ponciano, ¿estás ahí?

—Sí, don Valentín.

—¿No me he muerto? ¿Así no es la muerte...?

—No, señor, seguimos en Ulúa, presos, enterrados en esta puerca tinaja esperando salir con vida —repuse con cierta apatía.

—Eso está bien para ti. Yo ya no tengo remedio —echó mano de su mejor ánimo—. Sé, porque lo sé, que de estas cuatro paredes saldré con las patas por delante, de modo que acércate, la narración apenas comienza...

Me hizo saber entonces la gran coartada tejida por el clero para lograr el rompimiento definitivo con la Madre Patria, de donde saldría la versión espuria de la lucha por la Independencia mexicana. Volvíamos, claro está, a Monteagudo. Ahora conocería la verdad.

—Otro embuste histórico, otro más, Ponciano querido. ¡Qué lucha ni qué lucha: para sacudirnos a España de encima bastó disparar un par de tiros, y muy aislados, por cierto! El pueblo de México jamás libró batallas encarnizadas en 1821 para conquistar finalmente su libertad ni cuentos de esos... Mentiras y más mentiras... Claro que cuando Hidalgo y Morelos encabezaron el movimiento armado la destrucción del país, en todos los órdenes, alcanzó proporciones alarmantes. Después del fusilamiento de ambos curas la rebelión, casi moribunda, fue capitaneada por Vicente Guerrero, entre otros insurgentes, a un nivel tan insignificante que ya no representaba una amenaza para las fuerzas realistas. ¿Cómo se logró entonces el rompimiento con España si el pueblo, de hecho, no participó durante la consumación de la Independencia, ni tomó la calle ni peleó en los campos de batalla para conquistar la libertad con el pecho abierto? —preguntó como quien se guarda un as en la manga—. Ya descubrirás qué bien se esconden los ensotanados, avasalladoramente ricos, tras el poder del Estado o de la religión para proteger sus intereses y continuar lucrando con las miserias de la nación.

No me resultaba difícil imaginar a don Valentín Altamirano dictando una cátedra en una universidad, contando estos episodios políticos desconocidos, ciertamente, por la mayoría de los mexicanos. La respuesta no se habría hecho esperar. La dictadura porfirista, otro tipo de Inquisición, en lugar de decapitarlo para exponer su cabeza en la Alhóndiga de Granaditas acusado de herejía, lo habría recluido en San Juan de Ulúa hasta que se pudriera en vida.

Pasaron unos instantes. Don Valentín respiraba pesadamente. ¿Ordenaba sus pensamientos o se preparaba para despedirse en cualquier momento de mí? Tal vez la fuerza lo abandonaba. Sus largos silencios me exasperaban. El tiempo lo había vencido finalmente. Yo no lo seguiría todavía por ese camino. Tenía muchos objetivos incumplidos antes de rendirme. Él había nacido en 1828 y yo en 1848. Veinte años era una diferencia considerable, más aún después de una estancia en Ulúa...

—¿Verdad que nunca te dijeron, Ponciano, quién fue Matías Monteagudo, el canónigo al que me referí al principio? —preguntó el viejo mientras yo escuchaba cómo recogía las piernas y las arrastraba sobre la tabla de madera agusanada y plagada de polilla que hacía las veces de cama.

Sin vergüenza confesé mi absoluta ignorancia. Don Valentín requería esta confirmación para impactarme más con sus revelaciones. Yo era, en este caso, el interlocutor idóneo para despertar en mí una sorpresa mayúscula, la misma que necesitaba el anciano para estimularse y recrear con detalles luminosos sus descripciones.

—Pues mira —dijo con un notable aire de suficiencia a pesar de sus dificultades respiratorias—: Matías Monteagudo es, ni más ni menos, el Padre de la Patria, él y solo él, acompañado por un grupo de sacerdotes pertenecientes al alto, altísimo clero, son quienes finalmente rompen con España y logran la independencia, para lo cual contaron con latifundistas, magnates del comercio, militares de alto rango, distinguidos integrantes de la magistratura, criollos destacados, funcionarios y burócratas sobresalientes, deseosos de cuidar su patrimonio y sus intereses políticos. Al pueblo se le concedería el crédito de haber promovido y logrado la independencia por tanto hartazgo, sometimiento y explotación... Ya nadie en la Colonia, se explicaría en los textos de historia, estaba dispuesto a resistir, ni un día más, la asfixia impuesta en todos los órdenes de la vida nacional... ¡Pamplinas, embustes y más embustes! Debes saber lo que aconteció en el interior del templo de La Profesa, la casa de los oratorianos de México, en aquel mayo de 1820...

El viejo fue a ese templo allá por 1854 y pudo recrear lo acontecido. Se sentó al entrar inmediatamente a la derecha, al lado de uno de los confesionarios colocados a la vista del público creyente para que los sacerdotes ya no pudieran abusar de las mujeres en las sacristías, donde se les "purificaba", en privado, de sus pecados. Pudo comprobar que la iglesia es una de las más hermosas de la capital. En silencio imaginó aquella histórica reunión presidida por el doctor y canónigo Matías Monteagudo, conocido por su lealtad a la Corona y por sus deslumbrantes títulos como rector de la Real Universidad Pontificia, director de la Casa de Ejercicios de La Profesa y consultor de la Inquisición mexicana cuando se sentenció a muerte a Morelos en 1815. Toda una autoridad eclesiástica. En la misma mesa sobre la que estaba la escultura de un Santo Cristo tallado en marfil, a un lado del altar mayor, se debería haber sentado el propio inquisidor en funciones, el de Guadalupe, acompañado por los obispos Ruiz Cabañas de Guadalajara y Juan Ruiz Pérez de Oaxaca, el encargado de la Mitra de Michoacán. Además, habían sido convocados el regente de la Real Audiencia, Miguel Bataller y el exinquisidor José Tirado, contando con el apoyo velado del virrey Apodaca. Se trataba nada menos que de una confabulación armada en contra de la España liberal, por el grupo más retardatario y reaccionario de la sociedad, fanáticamente adicto a la monarquía absoluta.

Para don Valentín fue muy sencillo suponer cuál habría sido el discurso pronunciado, en voz baja, muy baja, por Monteagudo durante la primera reunión secreta. El ilustre canónigo bien pudo decir que en mayo de 1814, seis años atrás, Fernando VII, una vez concluida la intervención napoleónica, había decapitado afortunadamente la era liberal inaugurada por las Cortes de Cádiz de 1812 al declarar "nulos y de ningún valor ni efecto" todos los decretos gaditanos. Con tan solo chocar las palmas de sus manos Fernando VII había espantado, afortunadamente, a los demonios del progreso. Todavía no se sentaba en el trono cuando ya ordenaba la redacción de un decreto para derogar de un plumazo la Constitución de Cádiz con el ferviente deseo de restaurar la monarquía absoluta, en el estado en que se encontraba antes de la invasión francesa de 1808. El clero español de aquellos años logró imponerse finalmente a las hordas demoniacas liberales, mientras que nosotros, aquí, en la Nueva España, pudimos respirar nuevamente en paz. El peligro había pasado. Dios le pudo sujetar las manos al diablo. Las aguas regresaron transitoriamente a su nivel. Ahora, en 1820, como todos lo sabemos, ha revivido en España la maldita peste constitucionalista... Satanás, hermanos, está otra vez de pie.

Para Monteagudo las leyes de Cádiz no pasaban de ser un conjunto de normas inaplicables, intolerables, inadmisibles: por algo habían escandalizado tanto a la Iglesia católica de la península como a la de sus colonias. Nada, ni hablar de extinguir la sacra institución de la Inquisición ni de abolir el fuero eclesiástico ni de reducir el valor de los diezmos ni de subastar bienes del clero ni de permitir la libertad de imprenta ni la de prensa. Pero ¿quién puede decir tantas imbecilidades juntas...? Monteagudo se oponía, de viva voz, a cualquier reforma social contraria a los intereses clericales. No, no, a ningún ser vivo se le tolerará atentar en contra de los poderes del Señor para mermar el poder de Su Iglesia. Nunca aceptaremos una disminución de cualquier rubro de nuestros ingresos ni nos resignaremos a la pérdida de nuestra influencia para salvar a la sociedad de los horrores del infierno ni estamos dispuestos a permanecer sentados mientras nos arrebatan los privilegios de los que hemos disfrutado en los últimos trescientos años de dominación española.

—Sí —declaró, poniéndose lentamente de pie en tanto apoyaba los nudillos sobre la mesa alrededor de la cual se tramaba la conjura—, solo que después de seis años de disfrutar la paz los liberales nos la han vuelto a arrebatar. Hoy en día don Fernando, nuestro rey, como todos lo sabemos, se ha convertido en rehén de los liberales que solo Dios Nuestro Señor, con su generosa misericordia, podrá, tal vez, perdonar el día en que comparezcan estos asquerosos gusanos ante Él, el día del Juicio Final —se persignó lentamente y besó su cruz pectoral de oro decorada con enormes esmeraldas custodiadas por pequeños diamantes engarzados—. Desde el 7 de marzo de este trágico y desesperado 1820 don Fernando se vio obligado a jurar la Constitución diabólica de 1812 que él había derogado con tanto tino y sabiduría.

Don Valentín hizo un paréntesis para decirme que Fernando VII había sido llamado, en un principio, "El Deseado", pero que por aquellos días su pueblo ya se dirigía a él como "El Narizotas" sin que nadie se preguntara la razón de semejante apodo... Por primera vez escuché una esquiva carcajada del anciano mezclada con un breve acceso de tos.

—¿Te imaginas, Ponciano, a un clero católico colonial aceptando la libertad de opinión cuando por haberte atrevido ya no a decir, sino tan solo a pensar, ibas a dar a los sótanos de la Santa Inquisición acusado de hereje? ¡Que nunca se te olviden las denuncias anónimas que con tanta eficiencia tramitaba el Santo Oficio! Podías purgar una larga condena impuesta por el tribunal eclesiástico sin que jamás llegaras a saber la identidad de tu acusador ni las razones de tu detención. Imagínate: podía haberte acusado tu propio hijo a cambio de una prebenda.

Don Valentín hablaba con suavidad. Disfrutaba la descripción.

—Si la Iglesia no toleraba la libertad de conciencia, ni siquiera tu derecho a pensar lo que te viniera en gana, ¿crees acaso que iba a permitir la existencia de una prensa sin censura para abrirles la puerta a los envenenadores de la feligresía? ¿Lo crees? Jamás aceptarían la libertad de pensamiento ni la de palabra ni la de prensa ni la de imprenta. ¡Jamás! —concluyó contundente—. La modernización del país solo se arreglaría a bombazos. Todo aparecía disfrazado de pecado, un atentado en contra de Dios, cuando en realidad se trataba de un sobado pretexto para insistir en el embrutecimiento de las masas para controlarlas y explotarlas a plenitud. En alguna ocasión escuché, de boca de un alto prelado, que los caballos y el populacho era menester conducirlos con las bridas muy cortas porque la bestia, al sentirse suelta, bien podía tirarte al piso para tundirte a coces.

Unos diez cirios, ubicados estratégicamente, iluminaban la nave central del templo, que aparecía cubierto por una débil bruma originada por la quema de incienso. En esas noches La Profesa se mantuvo cerrada para cualquier servicio religioso.

Monteagudo continuaría hablando de la inquietud de los espíritus a raíz del juramento del rey, mientras don Valentín observaba las tres naves del templo rematadas por espléndidas bóvedas sostenidas por columnas de corte gótico. Abajo del retablo principal, una obra neoclásica de la inspiración de Manuel Tolsá, atrapaba la atención el bello tabernáculo en donde se encontraban perfectamente custodiadas las hostias consagradas. En otro cuerpo destacaba una escultura esbelta de San Felipe Neri flotando entre unas nubes de las que salían disparados rayos luminosos de oro.

Los notables conjurados de La Profesa no ocultaban el horror que les producía la aplicación de la Constitución de Cádiz en la Nueva España. Monteagudo juntó las palmas de las manos sobre el pecho y contemplando el ábside del templo como si deseara invocar la comprensión divina, resumió su pensamiento de forma tal que no se dudara de sus intenciones: de la misma manera en que los veracruzanos tapian las ventanas de sus casas cuando se acerca un huracán por el golfo de México, de igual forma nosotros debemos cerrar el paso a cualquier idea liberal proveniente de la Metrópoli, para evitar, de esta manera, la destrucción de esta, nuestra Colonia, la joya más preciosa de la Corona española.[13] El silencio era total. Solo Bataller exclamó en un tono apenas audible: Santa María, Madre de Dios, ruega por nosotros…

En ocasiones yo cuestionaba a don Valentín, pero las dificultades para volver a enhebrar la aguja o los giros repentinos en la conversación me convencieron de la improcedencia de las interrupciones. Mejor, mucho mejor, dejarlo continuar con su narración, en la que ocasionalmente intercalaba detalles de humor. ¿Cómo habría sido de joven este hombre tan singular? Ya lo descubriría…

—Sangre, mucha sangre se derramaría antes de que pudiera rematarse en América en subasta pública un solo bien del clero: ni una hacienda, se explotara o no, ni un ingenio, ni una finca urbana o rural ni una empresa ni una fábrica, ni cualquiera de sus bancos camuflados pasarían a ser propiedad de los particulares en acatamiento de una ley dictada por el demonio… Defenderían los bienes "divinos" con cañones, ejércitos financiados por la Iglesia, mosquetes importados de Inglaterra o Francia, al igual que sus municiones. El Señor, según ellos, les había extendido una carta en blanco para defender Su Santísimo Patrimonio.

De modo que ni hablar de la Constitución de Cádiz. En América se consideraba que la parte relativa a la Iglesia católica había sido redactada por Satanás reencarnado en diputado constituyente y, por lo tanto, ante la insistencia suicida de la Metrópoli de imponer en sus colonias semejantes disposiciones, se organizaría la debida resistencia echando mano de la violencia o se independizaría México de España para que ningún mandamiento de la península pudiera afectar la paz y la concordia reinantes... Si tenía que estallar un movimiento de rebeldía, este nacería como una respuesta del clero mexicano ante la amenaza de perder sus privilegios y su sagrado patrimonio como se los estaban arrebatando a sus colegas peninsulares por razones que solo a ellos competían y que Dios sabría juzgar en su momento. Eso de hundirse tomados de la mano del clero español constituía una barbaridad inadmisible. ¿A quién se le ocurriría eso del libre pensamiento para que después nadie pudiera controlar a las hordas de ideólogos rebeldes que enfermarían a la sociedad...? Por supuesto que no se autorizaría el remate ni siquiera de un mantón viejo y desgastado de la Virgen de los Remedios propiedad de la más humilde de las parroquias. ¿En España sí...? Pues que México se independice de España.

El director del oratorio de La Profesa se apresuró a explicar su plan:

—Construyamos, hermanos del alma, una inmensa campana que cubra todo el territorio de la Nueva España, que tanto trabajo nos ha costado formar, e impidamos la filtración de estas leyes dictadas por el diablo que, por lo visto, se ha aposentado en toda la península —volvió a persignarse, esta vez sin besar su cruz pectoral, que pendía ostentosamente colgada de su cuello por medio de una gruesa cadena de oro. Cualquier referencia a Lucifer, sobre todo en la Casa de Dios, obligaba a exorcizar de inmediato el santo recinto.

Monteagudo se oponía a cualquier germen de democracia, a la representación popular, porque el poder dimanaba de Dios y recaía en un soberano al que la Iglesia coronaba públicamente para someterlo a sus designios. ¿Era evidente quién gobernaba? Las instituciones republicanas estaban reñidas con las monarquías porque acababan con la centralización de la autoridad, la mejor herramienta para manipular a las masas. Nosotros nos entendemos con el rey, únicamente con el soberano, a quien por conveniencia recíproca le concedemos un origen divino: jamás trataremos con representantes políticos de un pueblo que nació para obedecer. Esos modernismos, esos fantasmas, no van con la Iglesia... ¿Cómo el clero de la Nueva España iba a consentir la supresión de las órdenes mendicantes, cuando las jugosas limosnas obtenidas por los desarrapados en las afueras de las iglesias o en tanta esquina existiera ayudaban tanto a su causa? Con esos y otros recursos habían construido un imperio que jamás se desvanecería por flaqueza, timidez o cobardía: todavía no nacía quien pudiera arrebatarles el fuero y viniera a imponer la igualdad entre los hombres. ¿Cuál igualdad si ni siquiera se sabía si los mestizos y los indígenas tenían alma? Ningún mortal podría privarlos, al menos por la vía pacífica, del derecho a recaudar el impuesto del diezmo establecido por Dios para fortalecer a su Iglesia…

En días pasados el canónigo Monteagudo ya había propuesto al virrey en una reunión a puerta cerrada, cerradísima, la anulación de la Constitución de Cádiz, por lo menos la derogación inmediata de los artículos inaceptables, sin olvidar que el rey permanecía como rehén de esos engendros subhumanos llamados liberales. Sin embargo, Apodaca, después de jurar la Constitución, había decidido publicar el ordenamiento gaditano y poner en vigor las disposiciones que contenía. Su posición política no podía estar más comprometida. Si juraba la Constitución de Cádiz como lo había hecho Fernando VII, se echaría encima a la Iglesia católica y al ejército, y si no lo hacía, sucumbiría ante la presión de otros sectores como el de los masones y comerciantes. Imposible permanecer como aliado de los amotinados.

El canónigo, por su parte, resolvió, a partir de ese preciso momento, ignorar a la máxima autoridad virreinal y recurrir a su iglesia en busca de amparo y protección. No sería, por ningún concepto, la primera ocasión en que el alto clero católico se impusiera por encima de los virreyes reacios a aceptar su divina potestad. Monteagudo afirmó, de pie y exhibiendo a plenitud su ostentosa sotana confeccionada en Europa con seda negra, que la única manera de salvar a la Colonia de la contaminación liberal originada en la Metrópoli consistía en acudir a los remedios heroicos y cortar todo nexo con ella, es decir, proclamar la independencia de la Nueva España: "Rompamos los vínculos que nos atan con la Madre Patria para proteger los intereses del Señor aquí, al menos, en esta hermosa tierra de promisión americana". Esta vez Fernando VII ya no tendría la misma suerte de 1814, cuando pudo derogar la Constitución sin sufrir consecuencia alguna. Ahora el rey estaba preso.

—No pierdas de vista —interceptó don Valentín para insistir en la personalidad reaccionaria del canónigo— que Monteagudo ya había derrocado al virrey Iturrigaray en 1808, lo había encarcelado cuando este último exigió la independencia de España al producirse la invasión francesa y, años después, había mandado fusilar a Morelos, ese valiosísimo insurgente, un estadista sin precedentes… Solo que sorpresas te da la vida, el ilustre canónigo había cambiado de bando y ahora estaba del lado anteriormente defendido por Iturrigaray, por el padre Hidalgo y por Morelos. Precisamente Monteagudo, quien había mandado perseguir, mutilar y matar a quienes insistieran en estimular el movimiento de Independencia, hoy exigía el rompimiento definitivo con España, pero no por las razones republicanas y políticas de los heroicos insurgentes, sino para proteger a los de su clase y a la institución religiosa que él y sus interlocutores representaban por ministerio de Dios. ¿Sentiría alguna culpa el alto prelado?

En ningún caso se debería perder de vista que los ingresos de la Iglesia católica en la península eran iguales o superiores a los del propio Estado español. ¿Te das cuenta? Para el movimiento liberal dicha situación resultaba insostenible, como igualmente lo era la sobrepoblación de parásitos eclesiásticos, mismos que deberían ser exportados a las colonias americanas para descongestionar a la Metrópoli de un notable exceso de sacerdotes y penitentes de todas las especialidades, entre los que destacaban los mendicantes y los limosneros. En México ya existía una enorme cantidad de iglesias y por lo mismo se daba una marcada competencia por la conquista del mercado de los espíritus y de los donativos. La guerra silenciosa por las limosnas era una realidad, por lo que para ordeñar la fe, manipular la piedad, lucrar con la compasión de los fieles y explotar la ignorancia de los naturales, no se requería de ninguna manera de más zánganos importados de la península. En América, y en particular en México, ya habían aprendido la técnica para explotar inteligentemente la empresa católica. El auxilio ofrecido por la Metrópoli en materia sacerdotal era innecesario. Muchas gracias: sus servicios ya no son requeridos. La oferta debería ser rechazada. La Nueva España, una sociedad teocrática, semiesclavista, "con un recaudador en cada parroquia y un confesor en cada manzana controlando las conciencias", no requería de ayudas externas para dominar la situación.

Matías Monteagudo subrayó algunos aspectos inadmisibles a la hora de aplicar en la Colonia las nuevas leyes emitidas en la España liberal. Empezó con voz apenas audible y continuó subiendo el tono hasta llegar a extraviarse por el coraje. De ninguna manera hubiera podido continuar su exposición sentado en su sobria silla de madera. El tema podía desquiciarlo. Sin dejar de clavar la mirada en Bataller, el presidente de la Audiencia manifestó airadamente su rechazo a la supresión de la Compañía de Jesús y a la de los hospitalarios, betlehemitas, juaninos e hipólitos. Alzó los brazos y blandió ambas manos, una y otra vez, cuando se refirió a la expropiación de los bienes del Señor y cerró instintivamente los puños llamando canallas a quienes habían propuesto la reducción de un convento de cada orden por cada población.

—Es inaceptable que terceros ignorantes y enemigos de nuestra santísima organización pretendan atentar en contra de ella tocándola con sus inmundas manos heréticas. ¿Cómo vamos a permitir la presencia de Lucifer en el seno mismo de la Casa de Dios? —gritó ya fuera de sí—. ¿Cómo vamos a tolerar, señores —continuó tratando inútilmente de guardar la debida solemnidad apostólica—, la abolición de la Santísima Inquisición, la secularización de nuestras instituciones de beneficencia y, además —se detuvo para llenar los pulmones—, la liquidación del fuero eclesiástico y el militar? Unámonos al ejército. Hagamos causa común con él. Ambos nos veremos agraviados si juramos acatar una Constitución que acabará con nosotros. ¿No es un suicidio colectivo?

¡Cuánto trabajo le costaba evitar el uso de palabras altisonantes, de condenas furiosas, sobre todo cuando se encontraba amparado bajo el techo de la casa de Dios! Sin guardar las formas más elementales, sintiéndose rodeado por los suyos, con toda confianza y furor sentenció:

—Quien se atreva a jurar la Constitución de 1812 deberá ser excomulgado.

Tirado, el antiguo inquisidor, permanecía impasible, acostumbrado como estaba a escuchar los gritos de horror proferidos por los torturados en los sótanos siniestros del Palacio del Santo Oficio sin hacer siquiera una mueca ni sentir que lo traicionaba músculo alguno del rostro. Tenía la vista clavada en su anillo de oro con el escudo del Tribunal trabajado en esmalte azul celeste.

El silencio de la noche rescataba los ruidos antes apenas audibles. Ninguno de los asistentes había pedido el uso de la palabra hasta ese momento. Monteagudo escrutaba los rostros de los presentes para medir el impacto de sus palabras. Nadie pestañeaba.

—Si Fernando VII —continuó Monteagudo incontenible— sancionó dichas disposiciones contra su voluntad, ese es problema de Fernando VII: nosotros, aquí en la Nueva España, no nos someteremos jamás a disposiciones que afecten nuestros derechos. ¿A dónde vamos sin los intereses captados por los Juzgados de Capellanías? ¡Respóndanme ustedes!

Para concluir por el momento su exposición resumió su postura en una sola oración: "La independencia de la Nueva España se justifica solo para proteger a la religión católica". Mantuvo la mirada en la elevada cúpula ochavada decorada con magníficos murales pintados con temas bíblicos.

De pronto escuchamos las voces de un grupo de celadores, casi tan presos como nosotros, que hablaban de la necesidad de ir por unos costales para guardar el cadáver de uno de nuestros vecinos de celda. Mis ojos se anclaron en un lugar fijo para no perder detalle de la conversación. Ambos contuvimos la respiración. Sin previo acuerdo dejamos de hablar para escuchar lo acontecido. Hasta las ratas dejaron de corretear y los odiosos mosquitos se abstuvieron de zumbar. Con un certero manotazo maté a una cucaracha que escalaba rápidamente por mi pantorrilla derecha.

—Te dije que ese cabrón no aguantaría más de cinco días escupiendo sangre —advirtió uno de los custodios, dueño de la voz más joven.

—A ti qué te importa, estos malvados vienen a morir aquí. ¿Qué más te da que se vayan al infierno hoy, mañana o pasado? ¿Eh…? Mejor lo aventamos al mar antes de que apeste —contestó el de mayor jerarquía.

—¿Y el reporte…?

—¿Y el reporte…? —repuso el supuesto jefe en tono burlón—. Pos jálate por el mediquillo ese pa que firme el santo certificado. No es el primer infeliz que se te quiebra, cabrón.

El carcelero no podía apresurarse ni iniciar una carrera, por otro lado inútil, debido a la cerrada oscuridad del pasillo. El uso de la antorcha le permitió acelerar el paso hasta que sus pisadas se perdieron en una de las escaleras laberínticas que conducían a la superficie. Por primera vez en mucho tiempo llegó a la tinaja el aroma inconfundible del humo de un puro que disfrutaría uno de los carceleros. Se me revivieron muchos recuerdos de cuando yo fumaba después de comer y bebía un par de buenos tragos de brandy. La primera imagen que me llegó a la mente fue la de Eugenia haciendo todo tipo de aspavientos para evitar inhalar un par de bocanadas que yo le lanzaba intencionalmente al rostro. De repente experimenté un gran calor en las mejillas. La veía. Ahí estaba presente con su pelo recogido para atrás con un listón, su frente amplia, su sonrisa pronta pero difícil de arrancar a menos que mis comentarios la sacaran de su papel de señora sobria y docta. ¿Sabes, Eugenita, amor de mis amores, ilusión de mis ilusiones, que tienes los dientes como perlas?: ¡escasos! ¿Cómo evitar las carcajadas a pesar de los pellizcos o de los jalones de pelo para vengarse de mis bromas?

Momentos más tarde escuchamos los pasos de otro grupo de personas que entraban al calabozo anexo. Nadie hablaba. Don Valentín y yo interpretábamos las razones del silencio. El médico auscultaría el cadáver. Todos estarían atendiendo la revisión. ¿Ya no respiraba? El oído pegado al pecho reveló la realidad:

—Ya se fue —dijo lacónicamente una voz ronca y severa.

—¿A dónde? —cuestionó uno de los celadores—. Juro, lo juro por Dios, que no me dejará mentir, que nunca me moví de mi lugar…

Sin responder, el médico solicitó un documento para atestiguar la defunción. Lo firmaría al subir a la superficie. De inmediato ordenó que tiraran el cuerpo al mar.

—Metan en esta chingada tinaja a cualquiera de los tercos. Ya hay espacio para otro machito…

Dicho lo anterior se retiró a buena marcha. El lanzamiento del cadáver a las aguas del golfo de México se haría sin mayor tardanza. Obviamente, nadie limpiaría los restos de sangre del piso. Serían manjar reservado para el disfrute de las ratas y de las cucarachas. De pronto escuchamos un jaloneo:

—¡Ayuda, cabrón! —tronó una voz impaciente—, no te hagas pendejo… Me dejas al pinche muerto a mí solito…

—Es que no se cómo cargar el costal pa' que no se me caiga el difuntito.

—Pos como yo —repuso el otro—. Agárralo de las patas.

—Pero si las patas están de tu lado y a mí me tocó la pura cabeza.

—Pos péscate de la calva, cabrón, pero ayuda…

—¿Cómo de la calva?

—De la pelona, de la pelona, hombre, ¿no sabes dónde está la pelona?… —exclamó el superior no se sabía si riéndose o desesperado mientras el muerto se les resbalaba hasta dar un sonoro golpazo contra el piso húmedo del pasillo.

Don Valentín sintió un aguijonazo en el rostro. ¿Cuánto tiempo pasaría antes de que él mismo fuera el protagonista de una escena similar? Su mirada debería haber reflejado un horror indescriptible. La prisa con la que retomó la conversación fue una prueba palpable de su malestar. Empezó a expresarse con más dureza. Yo, en lo personal, nunca había temido la muerte. Nunca, pero bien visto, el viejo tampoco reflejaba temor alguno. En todo caso tenía urgencia por abrirse el pecho y dejarme observar todo lo que albergaba en su interior.

—¿Sabías que la Iglesia católica cuenta con una mejor estructura de organización que el propio gobierno? ¿Cómo supones que podrían controlar al país si no lo tuvieran dividido estratégicamente en diez diócesis, una más poderosa que la otra, con mil parroquias y casi trescientos conventos y monasterios? ¿De qué manera iban a operar hospitales, escuelas, orfanatos y hasta prisiones, si no es con un equipo humano profesional como el requerido por una gran empresa?

Parecía que nunca se agotaría el arsenal de argumentos con que contaba don Valentín. Sin detenerse y deseoso de ver al menos por unos momentos las expresiones de su rostro, continuó con el relato:

—Disponen de todo un ejército para administrar el imperio de las limosnas —exclamó como si me estuviera ordenando tomar nota y me suplicara apuntar los datos antes de que las palabras se desvanecieran sin dejar huella—. Ahí tienes a tres mil sacerdotes y cuatro mil clérigos regulares para atender las necesidades religiosas de los creyentes,[14] o sea, para garantizar el control espiritual de los fieles y asegurar el incremento del patrimonio eclesiástico a través de la explotación despiadada de la feligresía. Hay más curas que burócratas.

Entonces se preguntó exaltado, como si estuviera descubriendo la verdad por primera vez:

—¿A dónde va a dar el dinero de la Iglesia? ¿A las cuentas personales de los canónigos? ¿A Roma? ¿A Dios? ¿A los Juzgados de Capellanías para aumentar el número de los préstamos y la captación de intereses crecientes obtenidos a través del agio y del chantaje?

El tema parecía inagotable. Me explicó que el celibato era obligatorio en la Iglesia católica no para mantener libres de pecado carnal a los sacerdotes y a las monjas, una misión imposible, por cierto, muy a pesar de sus votos de castidad, sino que el impedimento matrimonial se debía a la inconveniencia de que los ministros de Dios tuvieran hijos y, a través de la figura de la herencia, se pudiera erosionar el patrimonio del Señor. Si un cura podía heredar a sus vástagos, entonces el negocio eclesiástico estaría amenazado de muerte gracias al amor paterno. Aquí no hay más amor que el debido, con todo respeto, a Dios... Por ello los sacerdotes no podían tener bienes a su nombre ni venderlos ni gravarlos. Su acervo material, en caso de haberlo heredado, era menester ponerlo devotamente en manos de Jesús para su purificación total...

Aduje que me parecía una gran crueldad el hecho de impedirles a los sacerdotes la posibilidad de tener familia tan solo por una razón económica que se ocultaba con pretextos inadmisibles. ¿Cuál pureza? ¿Acaso la pureza se pierde por hacer el amor? Todo parecía ser nuevamente un problema de dinero. Esos hombres y mujeres tenían que renunciar a su instinto, someterse a una estúpida limitación opuesta a la naturaleza humana para preservar el patrimonio y el poder de la Iglesia. Ya empezaba a compartir los corajes de mi singular compañero de mazmorra.

Don Valentín se había extraviado. Fui por él. Tenía que rescatarlo. Me interesaba volver al interior del templo de La Profesa en aquellos meses de mayo y junio de 1820. ¿Cómo se había logrado finalmente la independencia de la Nueva España? Era evidente que para el alto clero colonial, integrado fundamentalmente por españoles, resultaba inadmisible la aplicación de la Constitución de Cádiz por atentar en contra de sus intereses y privilegios. ¿Entonces cómo había surgido o de dónde había salido el emperador Iturbide?

Mientras el viejo imaginaba cómo las palabras del canónigo Monteagudo retumbarían en el interior del templo sagrado y consideraba el impacto definitivo que tendrían en el futuro de la Colonia, continuó observando los once retablos de estilo neoclásico que colgaban de los muros del norte y sur sin dejar de sorprenderse por la armonía que guardaban con el retablo principal, sobre todo el dedicado a la Purísima Concepción con una bella escultura tallada en madera policromada, también obra de Manuel Tolsá, para la que, se dice, la modelo fue nada menos que la Güera Rodríguez. "Siempre tiene que haber tiempo para el amor y para el arte", balbuceó.

El canónigo Monteagudo, quien en ningún momento se apeó de su papel de líder dentro del distinguido grupo de eclesiásticos, sacó de un viejo cartapacio una hoja ocre con un escudo real, un texto y una firma desproporcionada, dibujada con abundantes trazos irregulares, tal vez suscrita por algún notable de la aristocracia española, en la que se le hacía saber al director del oratorio de La Profesa las reflexiones de Fernando VII, en las que se lamentaba del papel asumido por los liberales y hacía saber su disposición de viajar a América para promover su independencia. ¡Increíble!

—El mismo rey, por esa razón, ya es uno de los nuestros —afirmó entusiasmado el alto prelado—. La Nueva España debe romper con una Corona liberal, por más que esta se le haya impuesto a don Fernando por la fuerza de las armas: es claro que la Metrópoli ya no garantiza nuestros privilegios ni los del ejército.

La lectura de la carta produjo el efecto esperado. Los pruritos y los escrúpulos se desvanecieron mágicamente. En el ambiente se percibía la conformidad de los presentes para llegar a los extremos: el rompimiento con España era inevitable. La moción había prosperado. Nadie sospechó de la autenticidad de la carta.

—Bien —prorrumpió el Gran Inquisidor—: la primera parte de la decisión creo yo que todos la hemos tomado. Debemos soltarnos a hachazos de España, cortar las cuerdas que nos unen a ella, antes de que nos hundamos juntos. Hasta ahí no hay desacuerdos ni dudas —asentó en tono doctoral sin moverse de la silla ni retirar la vista del cuadro de la Virgen de Guadalupe colgado en uno de los nichos al lado izquierdo del altar—. Pero ¿quién va a ejecutar militarmente la independencia? Necesitamos un brazo armado para aplastar a Guerrero en la sierra del sur, y una vez recuperada la paz podamos declarar la libertad. Ese debería ser el orden, salvo la superior opinión de ustedes —expresó con suma cautela acariciando el bonete puesto sobre la mesa—. ¿Quién, hermano mío —preguntó dirigiéndose a Monteagudo—, va a ser el hombre que nos independice de España y se comprometa a respetar los intereses clericales de esta santa Colonia, en el nombre sea de Dios?

Se barajaron varios nombres y diversas posibilidades, hasta que el propio canónigo Monteagudo sacó una carta escondida en la manga de su sotana y puso sobre la mesa el nombre del candidato para ser ungido jefe de la Independencia: ¡don Agustín de Iturbide!

El nombre produjo el mismo efecto que el estallido de una bomba en el tabernáculo de La Profesa.

—¿Iturbide? Pero si Iturbide fue acusado de cometer un fraude en contra del ejército —señaló el obispo Ruiz Cabañas, colocando a un lado un rosario que no había dejado de mover durante toda la conversación—. Ese hombre es un corrupto: imposible depositar en él nuestra confianza —asentó con voz suave y reposada que hizo recordar a don Valentín las palabras del poeta: las aguas profundas son tranquilas...—. Además —continuó Cabañas—, Iturbide fue acusado de fusilamientos innecesarios y de saqueos salvajes en las poblaciones tomadas por él.

Antes de que Monteagudo pudiera contestar, el obispo Juan Ruiz Pérez recordó que el propio Iturbide había sido, en un principio, insurgente, que después, por conveniencia, había adoptado el papel de consumado realista y que, por si fuera poco, la gente hablaba de que se acostaba con la famosa Güera Rodríguez —se persignó con diligencia, levantando la cabeza y cerrando los ojos mientras murmuraba una breve plegaria—, lo cual sería un pecado casi venial, si no fuera porque además el coronel Iturbide estaba casado con doña Ana María de Huarte, con quien había procreado varios hijos.

El alto prelado de Oaxaca sabía que tan solo pronunciar el nombre de la Güera Rodríguez resultaba un atentado en el seno de esa reunión secreta. ¿Razones? La bellísima mujer había compartido el lecho con varios de los ministros religiosos ahí presentes. Uno se acomodó instintivamente en la silla. Otro más no pudo contener un acceso de tos. El canónigo Monteagudo observaba impertérrito la escena. Su rostro no proyectaba la menor emoción.

De cualquier manera, Ruiz Pérez concluyó su intervención alegando que si Iturbide no había sido fiel a la causa de la Corona ni fiel a su mujer ni, tampoco, fiel a sí mismo desde que había dispuesto de haberes ajenos a su peculio y había saqueado y fusilado tan injusta como cruel e innecesariamente, por supuesto carecía de la imagen necesaria para abrazar una empresa faraónica. ¿A dónde iban con un sujeto que exhibía prendas morales de tan ínfima calidad? El fracaso estaba a la vista.

Monteagudo interceptó de inmediato los golpes contra su candidato. No permitiría que lo agredieran aún más. Su desgaste político era inconveniente para efectos de la causa.

—¿Quién derrotó finalmente a Morelos en el sitio de Valladolid, señores? —preguntó con una voz que retumbó en el atrio del templo—. No nos perdamos entre comentarios infundados —advirtió subiendo y bajando amenazadoramente el dedo índice derecho—. Iturbide, de acuerdo con Calleja, aplastó al bribón de Morelos, ese mal bicho que se atrevió a atentar en contra de la institución católica a la que le debía lealtad y nobleza. ¡Bendito, mil veces bendito, el día en que a Hidalgo le quemamos las manos con ácido, lo fusilamos y lo descuartizamos para colgar su cabeza en la Alhóndiga! ¡Bendita sea la Alhóndiga! ¡Bendito el ejemplo que dimos a los seguidores de estos rufianes! —agregó sin ocultar una furia carnicera que le surgía del fondo del alma—. Además, hermano Pérez Cabañas, ¿quién puede guardar las formas en una guerra y evitar los fusilamientos y el salvajismo? ¿Quién...? A ver, ¿quién...? Si hay que matar, matemos, pero cuidemos nuestra Iglesia, protejámosla con todo cuanto tengamos a nuestro alcance —terminó santiguándose devotamente, en tanto humillaba la cabeza sin apartar la mirada del piso de laja queretana.

—No pierda de vista, su excelencia —exclamó Bataller ajustándose el alzacuellos—, que el propio virrey destituyó a Iturbide... He ahí otro elemento crítico para descartar su candidatura.

—Cierto, pero una vez demostrada la ingravidez de la acusación, no solo se le repuso en el cargo, sino que se le concedió uno de mayor jerarquía —repuso el director del oratorio lanzando una mirada condenatoria que Bataller supo esquivar oportunamente al clavar la vista en la figura del Santo Cristo colocado en el centro de la mesa.

No hubo ningún comentario adicional entre los prelados. El silencio lo aprovechó Monteagudo para volver a jalar el gatillo:

—Como estoy convencido de que Iturbide no robó y si lo hizo debe ser perdonado, porque quien esté libre de pecado que aviente la primera piedra, y por otro lado, dudo que haya engañado a su esposa, esas son intrigas armadas por sus enemigos, por esa razón y otras tantas más, una vez demostrada su capacidad militar y la lealtad que yo garantizo al virrey y a la causa, me permito solicitaros vuestro beneplácito de modo que Agustín de Iturbide sea colocado al frente de un ejército que acabe finalmente con Guerrero. Yo obtendré la aquiescencia del virrey —adujo con aire de suficiencia— y, de suyo, sabré convencerlo de la importancia de elevar a Iturbide a la altura de esta misión histórica, como sin duda lo es la independencia de México. No en balde es un criollo amantísimo de la religión católica y devoto de Dios. Nuestro hombre cumple con las características más elementales, además de haberse mantenido alejado de la tentación masónica que se ha infiltrado como una humedad maligna en las tropas realistas. ¿Quién mejor que Iturbide para presidir un gobierno que represente la continuación del virreinal? ¿Vamos a consentir que los criollos o los mestizos o los mismos indígenas, que no pueden juntar ambas manos para producir un aplauso, vengan a dirigir este país? —cuestionó ajustándose la sotana de seda que ya acusaba huellas de sudor en las axilas.

Uno a uno los presentes levantaron su mano y concedieron un voto de confianza a Matías Monteagudo. La decisión histórica había sido finalmente tomada: ¡México rompía con España! La independencia era un hecho. Se consumaría sin disparar salvo un par de tiros. La presencia de Guerrero, según Monteagudo, se justificaba para cubrir, al menos, las apariencias y presentar algunas batallas para lograr públicamente la conquista de la libertad. ¿Cómo romper las cadenas que nos ataban a la Metrópoli sin aparentar una guerra? La independencia acordada en los términos de La Profesa también podía lograrse sin acabar previamente con Guerrero, ¿o no...? Después, llegado el caso y de ser necesario, se organizaría un ejército para combatirlo en la sierra del sur. No, no se trataba de una guerra como la librada por los insurgentes, encabezados por Hidalgo y Morelos en contra del ejército realista. El virrey Apodaca en el fondo apoyaba el movimiento y no se lanzaría contra Iturbide para atraparlo, encarcelarlo, juzgarlo, fusilarlo y decapitarlo como había acontecido contra aquellos primeros curas insurrectos, amantes de la libertad. Se haría de la vista gorda, muy gorda... Pondría a Iturbide fuera de la ley para cubrir las apariencias. En lugar de ejecutarlo por romper con la Madre Patria, le esperaba la jefatura de la nueva nación. ¿Por qué esta vez no se pasaba por las armas a los traidores ni estos, los nuevos insurgentes, podían ser ya calificados de traidores? Por la conveniencia de la Iglesia católica. Para todo efecto, la única realidad es que finalmente nos emanciparíamos de España y la Iglesia conservaría su patrimonio y privilegios.

—Nos liberábamos de la carga y de la explotación de la Madre Patria, sí —aclaró don Valentín—, pero el nuevo país nacía con una gigantesca sanguijuela gelatinosa aferrada al cuello, enredada a lo largo del cuerpo para continuarle absorbiendo la sangre a la nación hasta dejar su cuerpo seco y casi inmóvil. Solo otro católico, como Benito Juárez, sabría cómo lograr la verdadera independencia de México. Ese objetivo, bien lo supo entender el indio de Oaxaca, solo se alcanzaría separando a la Iglesia del Estado y privándola de sus bienes y privilegios. A los hechos.

Don Valentín empezó a hablar repentinamente como si el desenlace de aquel plan tramado por el alto clero fuera ya en realidad irrelevante o insustancial. ¿Qué más podía agregar ante una evidencia tan aplastante, una verdad tan reveladora como la que me había comentado? Lo más importante ya había sido dicho. La pasión desaparecía por instantes. Se desinflaba. Caía en una especie de monotonía. El tema de la participación de la Iglesia católica en la Independencia de México lo daba, por lo visto, por concluido. Punto y aparte. Abordemos otro capítulo. El tiempo apremia. Tenía tanto que contar. En unos instantes terminaría de explicarme el ángulo político, el de la supuesta conquista de la libertad de la Nueva España y que permanecía desconocido por la inmensa mayoría de los mexicanos. Me previno, eso sí, que lo del canónigo Monteagudo, aun cuando tan ignorado como indigerible, apenas equivalía a un aperitivo. El plato fuerte estaba por venir. Un eco ensordecedor retumbaba en el mar, la inequívoca señal de la presencia de un huracán. Las piedras de la celda silbaban al ser penetradas por la muerte. En cualquier momento la pálida blanca se aparecería ante nosotros. Los heraldos del viento ya anunciaban su aguerrida presencia. Los muros de la fortaleza habían resistido sus embates. No había razón alguna por la que esta misma noche se derrumbaran.

Me expuso entonces don Valentín que solo cuando Iturbide fue derrotado por las tropas insurgentes encabezadas por Guerrero y sus subalternos, en irrelevantes encuentros armados sin mayor trascendencia militar, como el de Tlatlaya y el del Espinazo del Diablo, el futuro emperador de México, brazo armado del clero, decidió cambiar la estrategia militar por la diplomática. Sustituyó el campo de batalla, en el que había fracasado, por la mesa de negociaciones para concluir las hostilidades. ¿Qué sentido tenía continuar con la violencia y la guerra si ambos, Guerrero e Iturbide, deseaban la independencia de la Nueva España aun cuando fuera por diversas razones…?

Iturbide se acercó a Guerrero, a Bravo y a Guadalupe Victoria, a través de sus cabilderos. Ya no recurriría a las armas para imponer, sino a los verbos y a los adjetivos, a las frases y a las oraciones para negociar. Cancelaría el lenguaje de los cañones. Guerrero se negó en un principio a sostener conversaciones con un coronel realista, un verdugo, un asesino, perseguidor de liberales, que ahora le ofrecía perdón. Perdón… ¿de qué? Que continuaran las hostilidades. Félix Fernández, más conocido como Guadalupe Victoria, tampoco había sido derrotado en el campo del honor. Nunca se había rendido. ¿Perdón…? Iturbide recula. Iturbide se acerca con el tacto de un consumado diplomático. Se trata, aclara, de una unión sin fracturas. Un espacio para todos con respeto y sin derramamientos de sangre ni divisiones. Extendió garantías hasta convencer al líder de la causa insurgente. Este escucha las propuestas. Las medita. Mientras tanto el futuro emperador sugiere, como un primer punto de los acuerdos a firmar en un futuro, que la religión de la Nueva España católica es y será la católica, apostólica y romana. Se abstiene, claro está, de mencionar que es la condición de condiciones impuesta por el grupo de La Profesa. Guerrero lo acepta. Se creará un ejército mexicano. Se impondrá la existencia de un Congreso. Existirán vínculos, de ninguna manera sometimiento a España. Continuará el mismo aparato burocrático. Subsistirán, eso sí, idénticos los privilegios eclesiásticos. Por supuesto que se mantendrá el pleno fuero al clero y a los militares. Tema inobjetable. Prohibido. Le bastaba a Iturbide imaginar la cara de Monteagudo si no lograba ese acuerdo para ser destituido en términos fulminantes. Adiós futuro. Adiós carrera política. Adiós imperio. Adiós corona política. Ni hablar. Se establecerá el acceso al trabajo personal por méritos y no por el pago de un precio con el que se adquiría el cargo en el gobierno. Una injusticia social. Se protegerá la propiedad privada. Se promoverá la igualdad entre europeos, criollos, indios y negros.[15]

Iturbide no se detiene en promesas: jura la absoluta independencia de España por razones que jamás le confesará a Guerrero. Propone la adopción de una monarquía moderada de acuerdo a una Constitución Imperial Mexicana que se promulgará en el futuro, "una constitución análoga al país", en la que se rechazara la de Cádiz en lo que no fuera "peculiar y adaptable al Reyno". Invitará a Fernando VII o alguien de su dinastía para gobernar al nuevo país. Las instrucciones de Monteagudo se ejecutan a la perfección. ¿Por qué someterse a la Constitución de Cádiz cuando aquí se puede promulgar una Carta Magna hecha a nuestra imagen y semejanza? Que no se me olvidara que Hidalgo había sido fusilado y descuartizado por haber demandado la independencia de España al grito de ¡Viva Fernando VII y mueran los malos gobiernos!, y que ahora el propio Iturbide proclamaba lo mismo de acuerdo al Plan de La Profesa urdido por el alto clero y a cambio no sería colocado de espaldas al pelotón de fusilamiento, de rodillas y con la casaca al revés a la hora de ser pasado por las armas, sino que le esperaban un trono, un cetro y una corona que muy pronto perdería, junto con la cabeza, pero por razones muy diversas.

Guerrero, ya convencido de la nobleza del plan para conquistar finalmente la independencia y la libertad de México, presenta, ante una tropa insurgente exhausta, al promotor más genuino e intachable del movimiento independentista:

"¡Soldados! Este mexicano que tenéis presente es el señor don Agustín de Iturbide, cuya espada ha sido por nueve años funesta a la causa que defendemos. Hoy jura defender los intereses nacionales; y yo que os he conducido en los combates, y de quien no podéis dudar que moriré sosteniendo la independencia, soy el primero que reconoce al señor Iturbide como el Primer Jefe de los Ejércitos Nacionales: Yo felicito a mi patria porque recobra en este día un hijo cuyo valor y conocimientos le han sido tan funestos. ¡Viva la independencia! ¡Viva la libertad!"

Al terminar de pronunciar esas palabras ambos líderes sellaron el histórico pacto con el abrazo de Acatempan mientras las tropas insurgentes y las realistas arrojaban al piso los mosquetes y las espadas, las carabinas y las lanzas. Un canto a la paz. Se hicieron, acto seguido, varios disparos al aire. El interminable eco producido por el rugido de los cañones para conmemorar el evento contagió a todas las iglesias, parroquias y catedrales del país. Las campanas, echadas a vuelo, respondían a la gran celebración y comunicaban con su lenguaje elocuente las buenas nuevas a la nación.

"Alabado sea el Señor", repetía arrodillado el canónigo Monteagudo mientras organizaba una misa de gracias, un *Te Deum* en la Catedral Metropolitana para festejar la conquista de la soberanía mexicana, el rompimiento de los vínculos de dependencia con la España demoniaca. México finalmente sería libre después de trescientos años de colonialismo. La explotación llegaba a su fin. El futuro era la gran promesa. Viva la libertad. Bienvenida la emancipación política. La madurez se había impuesto finalmente. El nuevo país ya contaba con la debida capacidad para conducir su propio destino. El pueblo glorioso, harto de tanto bandidaje y sometimiento, había dispuesto el ritmo y el rumbo del cambio. Ya era hora de aprender, ¿no?

—¿Quiénes celebran la independencia más que nadie? —me pregunta don Valentín con cierta sorna—. Las élites del nuevo país —responde a su estilo sin dejarme contestar—. El ejército, los comerciantes, el clero, la nobleza criolla y la peninsular festejaron escandalosamente la suscripción del Plan de Iguala el 13 de febrero de 1821. Ahí se hizo constar finalmente la independencia y se estableció la exclusividad de la religión católica "sin tolerancia de otra alguna". Los espacios de todos los involucrados serían respetados en este promisorio esquema de unión. ¿El clero? Satisfecho, satisfechísimo. Costaba mucho trabajo gritar en voz baja, pero se gritaba en voz baja. El inquisidor mandó remozar de inmediato el palacio donde operaba el Santo Oficio. Se crea el Ejército de las Tres Garantías, el Trigarante. Una alianza entre los insurgentes y las tropas realistas. Las palabras habían producido mejores resultados que las balas. La magia de la diplomacia y la fatiga del ejército rebelde después de tantos años de ejercitar la guerra de guerrillas en lo más abrupto de la sierra del sur hacían el milagro final. Gracias, Dios mío. Se suma una guarnición a la otra a lo largo y ancho del país. Se adhieren al movimiento villorrios, pueblos y ciudades. El país se va cubriendo con los colores de la futura bandera llena de simbolismos: el verde significará la independencia, el blanco, la pureza de nuestra religión, y el rojo, nuestra unión. Iturbide encarga la confección del nuevo lábaro patrio a José Magdaleno Ocampo, un sastre de Iguala.[16]

Ya solo faltaba suscribir los Tratados de Córdoba el 21 de septiembre de 1821 y presenciar el desfile del Ejército Trigarante por las calles de la Ciudad de México el día 27 de ese mismo mes, un ejército integrado fundamentalmente por soldados realistas. ¡Ay!, paradojas de la vida política de un país y de su historia. ¿Y los rebeldes? ¿Y los insurgentes? Claro que asisten, pero, es obvio, su número es insignificante. Desfilan y gritan vivas por la libertad los mismos que estaban obligados a impedir con las armas el éxito de la independencia. Cualquiera hubiera entendido una marcha masiva de insurgentes, ¿no? ¿Nacía, como se lo preguntó el poeta, un nuevo país o se producía un aborto? Lo que fuera, sí, pero México festejaría cada año, a partir de ese día, el 27 de septiembre de 1821, y para siempre la gran fiesta de su independencia...[17]

—Y que no se olvide —volvía a la carga don Valentín sin ocultar cierta sorna en sus palabras— que la Güera Rodríguez, siempre presente, logró que la fastuosa marcha militar que deslumbraba a la ciudadanía de la capital se desviara hasta pasar frente a su propia casa de acuerdo a una petición hecha a su amado. Iturbide, vestido con el ostentoso atuendo de jefe del Ejército Trigarante, tendría que apearse de su brioso corcel blanco, penetrar por su jardín, cortar una rosa blanca de las que se dan al final del verano, subir por la escalera de la residencia hasta llegar a su balcón y, después de ponerse de rodillas ante aquella auténtica aparición encarnada en mujer y sin considerar la presencia de un público estupefacto, entregarle la flor y una pluma de su sombrero besándole la mano al saludarla y al despedirse. ¿Y Ana María de Huarte, su esposa? ¡Ah!: ella estaba enclaustrada en un convento, presa por haber sido encontrada una carta redactada por la propia Güera en la que se descubría, supuestamente, una relación de infidelidad imperdonable para el Santo Tribunal de la Inquisición. ¡Falso, falso! Doña Ana estaba muy cerca de alcanzar la santidad. Fue una bellaquería en toda la extensión de la palabra, Ponciano, una bellaquería.

Al día siguiente, cuando Apodaca ya había sido sustituido por don Juan O'Donojú, el nuevo virrey, un distinguido masón que solo llegó a rubricar un hecho consumado, una Junta de 38 miembros, presidida por el propio Iturbide, proclama y firma el Acta de Independencia del Imperio Mexicano. A modo de recompensa nombra también a Iturbide generalísimo con un sueldo de ciento veinte mil pesos anuales, un millón de capital, veinte leguas cuadradas de terreno en Tejas y el tratamiento de Alteza Serenísima. Dicha junta estaría compuesta por obispos y oidores, entre otros integrantes de los sectores más conservadores de la sociedad y que contaban con nombramientos expedidos por la Corona española.

Solo un necio o un ciego se negaría a ver la mano de la Iglesia católica y, en particular, la de Matías Monteagudo, en nuestra independencia. Ahí estaban las cartas, tan comprometedoras como secretas, redactadas y firmadas por Iturbide en las que declaraba que en realidad "las Cortes de Cádiz fueron reuniones de impíos que aspiraban a la destrucción de la religión y que no trataban más que aniquilar el culto católico, comenzando por la presencia de sus ministros", y aseveraba que "la independencia se justificó y se hizo necesaria para salvar la religión católica", o una referida al Ejército Trigarante, al cual no lo animaba otro deseo "que el de conservar pura la santa religión que profesamos", de la misma manera en que le confiesa a Apodaca: "me mueve solo el deseo de que se conserve pura y sin mezcla nuestra religión, o no ha de existir Iturbide".[18]

Yo siempre me pregunté qué habría quedado de la independencia si Fernando VII y su corte de parásitos hubieran aceptado la invitación contendida en el Plan de Iguala para venir a gobernar a la Nueva España ya "libre".

Por todo ello concluí que la conquista de México la habían hecho los propios indios desde el momento en que se aliaron a Cortés para combatir a los de su propia clase y que la independencia, curiosidades de la historia, la habían logrado los mismos españoles radicados en la joya de la Corona para defender sus privilegios perdidos a raíz de la publicación de la Constitución de Cádiz. México se salvaba de la España explotadora, pero no de la Iglesia acaparadora. Monteagudo tendría todos los motivos de satisfacción a la hora de entregar sus cuentas al Topododeroso. Todavía el ilustre canónigo tendría que lidiar con la Güera Rodríguez, que quería ser emperatriz a como diera lugar. Iturbide tendría que obtener el divorcio para poder contraer nupcias. El vínculo indisoluble, jurado ante Dios, solo podía romperlo el alto clero. Ella tenía sobrados recursos y encantos para lograrlo... Ya pensaba en el joyero que manufacturaría su corona llena de esmeraldas, diamantes y rubíes. Los colores de la bandera patria. ¿El sastre? Quiero un sastre francés y los brocados de Bélgica... El príncipe de la Iglesia ocultaría su papel en la historia de la independencia de México, pero sería premiado con el cielo eterno por haber puesto a México ante Dios...

# Capítulo 2
# Los soldados de la fe

*La independencia se justificó y se hizo necesaria para salvar a la religión católica.*

Agustín de Iturbide

En la balanza de la opinión pública pesa más el prestigio de Benito Juárez que todo lo que en el otro platillo cuelga Porfirio Díaz. Esta caricatura apareció con motivo del aniversario luctuoso de Juárez. "Fígaro", *El Hijo del Ahuizote*, julio de 1888.

Una gota de agua empezó a caer, tal vez, en el interior de la tinaja. Ni don Valentín ni yo pusimos atención a su leve y puntual golpeteo. En un principio el ruido insignificante no producía molestia alguna. Fui el primero en quejarme de la monotonía de ese sonido que, con el tiempo, podía desquiciar a cualquiera. El viejo me inquietó aún más. ¿Para qué se lo había yo señalado? Era una crueldad. A partir de ese momento le sería imposible ignorarlo. Él sabía de sobra, por su experiencia en Ulúa, que después de una tormenta, un huracán o un simple norte, no tardaría en gotear el techo. La tortura sería permanente, enloquecedora. Suspendimos la conversación por unos instantes en lo que yo localizaba el lugar exacto en donde se pudiera estar originando el pequeño derrame. Buscaría la manera de tapar el orificio con algo, con lo que tuviera a la mano, probablemente con un pedazo de mi camisa. Para el anciano todo esfuerzo resultaría inútil. Él lo había intentado todo. Me impuse sin contestarle. Una vez puesto de pie pateé una rata que intentaba escalar por mi pierna derecha. El animal se quedó inmóvil después de estrellarse contra el muro. No percibí que huyera a ningún lado.

—No te preocupes si la mataste. Cuando se pudra el cadáver del bicho no podrás distinguir el hedor de la descomposición del resto de los aromas que existen en esta maldita jaula…

Pasado cierto tiempo invertido en tocar la lama del techo con mis manos y de llenarme una vez más los zapatos con nuestros propios excrementos, temeroso de dar no con otra telaraña, sino con la tarántula misma, me percaté de que nunca daría con la filtración. La fuga vendría de la mazmorra anexa o del pasillo. Tendría que acostumbrarme a convivir con la gotera de la misma forma en que lo había hecho con los roedores, los mosquitos, las cucarachas, el aire viciado y los calores infernales. Mi compañero de celda me propuso con voz pastosa, como si tuviera una flema retenida en el nacimiento del paladar, que me olvidara del asunto y regresara a mi lugar. Era menester resignarse. Sí, pero cómo, cuando el goteo empezaba a martillearme en la cabeza y un malestar, en un inicio irrelevante, amenazaba con arrebatarme el equilibrio nervioso, por cierto ya muy precario. Volví a mi camastro con la esperanza de resistir el suplicio sin que se me agotara la paciencia.

Sin saber por qué, tal vez con el deseo de distraerme, pensé en la vida de don Valentín: sabía yo tan poco de él... ¿Por qué no abundar en la historia de María de la Luz, su hermana? A través de ella podría tener más antecedentes de mi notable interlocutor. A saber si me había hablado con toda verdad y su auténtico nombre y apellido, ambos de gran prosapia liberal, respondían en realidad a los de Valentín Altamirano. ¿Él era efectivamente Valentín Altamirano? Ignoro, además, por qué razón me atrajo tanto la personalidad de esa María de la Luz Altamirano con tan solo oír su nombre.

—Cuando mi hermana nació, el 14 de junio de 1835, exactamente un día después de la conmemoración del onomástico de Santa Anna, el militar que torció como ningún otro el destino de México —imposible que don Valentín omitiera semejante referencia—, mi madre, María Magdalena, advirtió que la niña tenía un rostro virginal y, por lo tanto, debería llamarse María, y como iluminaría nuestra vida familiar, por esa razón también se le pondría de la Luz... Ahí estaba la fórmula perfecta. Desde muy pequeña mi tía Gloria, otra mocha consumada, su nombre te lo dice todo, insistió en que María de la Luz del Sagrado Corazón de Jesús tenía una aureola clara, clarísima, ¿no la ves?, alrededor de la frente, la señal divina enviada por Dios para hacerla ingresar en un convento como una de las esposas escogidas por el Señor. ¡Luz, luz, luz!

—Ella viene predestinada a cumplir una misión divina aquí en la tierra —confirmaba ilusionada nuestra madre, vestida eternamente de luto, de manera que la adversidad y la desgracia la sorprendieran ya envuelta en negros y lista para llorar la tragedia de cualquier ser querido.

—Será lo que tú quieras, hermana, pero gracias al cielo —alegaba invariablemente mi tía Gloria, Glorieta, cuando llegaba a estar eufórica— mi sobrina no tiene nombre de casquivana como tú, María Magdalena... ¡Alabado sea el Señor! Imagínate que la pobre niña fuera a jalar para allá y un día de a deveritas me la apedrean en la calle —concluía persignándose por si hubiera cometido algún pecado e invocara de inmediato la indulgencia.

Momentos después de que la matrona extrajera a mi hermana del vientre materno, mi tía Gloria inició de inmediato la lucha en contra de las fuerzas demoniacas. Ella, y no la partera, cortó el cordón umbilical y corrió a enterrarlo en el jardín para evitar los efectos del mal de ojo, al cual está propenso cualquier recién nacido. Al regresar a la habitación mi tía Gloria le retiró el camisón a mi madre para arrojarle agua con una especie de hisopo. Acto seguido, santiguó catorce veces la cabecita de María de la Luz sin dejar de repetir la señal de la Santa Cruz; rezó tres credos y ordenó a las criadas, así, a las criadas, hasta ahí llegaba su catolicismo, que barrieran lo más rápido posible los cuatro rincones del cuarto en donde se había producido el alumbramiento. Los algodones y trapos ensangrentados se guardarían para ser quemados el Domingo de Ramos, junto con una palma bendita envuelta en los cabellos de mi madre. Ella jamás estaría en falta con su religión.

—¿Y su hermana fue la luz del hogar, don Valentín, a pesar de tanto fanatismo y brujería?

—Sí, sí que lo fue —contestó el viejo, tal vez sonriendo con picardía—. Fue una niña encantadora, una joven feliz y plena, llena de energía y absolutamente audaz. Prefería jugar con nosotros, los niños, que con las de su sexo. Si se trataba de subir a un árbol ahí estaba María de la Luz siempre dispuesta a cualquier desafío. A veces ella llegaba antes que nadie hasta arriba solo para mecer la copa, sin preocuparse de que alguien le hubiera podido ver los calzones durante el ascenso ni avergonzarse porque sus rodillas estuvieran cubiertas eternamente de costras de sangre —rio el anciano sin dejar de toser—. Mari y más tarde Lu, nada de Marilú, a ella esta última abreviatura la hacía sentir vieja por alguna razón inexplicable, no solo nos ganaba a los hombres a escalar lo que fuera o a subir o a bajar o a correr entre broma y broma, sino que siempre me fascinó por su carcajada fácil y espontánea. Lu, una mujer enemiga de lo negro, invariablemente optimista, vivaracha, despierta, alegre, siempre estuvo rodeada de amigos varones de las más diversas edades. Era como la sombra protectora de un árbol, bajo cuyo follaje todos buscábamos protección. La diversión a su lado estaba garantizada.

—Mi tía y mi madre, presentadas en ese orden, educaron a mi hermana desde muy temprana edad y la convencieron de no guardar más secretos que los de la cocina y los del bordado. Una mujer para casarse bien, su único objetivo en la vida, debería ser una experta en cuestiones del catecismo, aprender el alfabeto exclusivamente para leer algunos pasajes el Evangelio y poder escribir notitas y hasta cartas destinadas al sagrado ámbito del hogar. María de la Luz podía cantar, siempre y cuando fuera en voz baja y se recabara previamente la autorización del padre Camilo, de modo que ni la letra ni el ritmo de la canción fueran contrarios a las buenas costumbres y pudieran resultar sacrílegos. Solo que mi hermana Lu y yo, acompañados de nuestros amigos, nos intercambiábamos textos, escritos y libros de todo tipo de contenido que ella leía al igual que todos nosotros. Su talento le permitió aprender a leer, a escribir y a redactar sorprendentemente bien, mucho más rápido que los integrantes de nuestra pandilla juvenil. Todo había comenzado como un juego, a saber cuánto podría llegar a necesitar Lu en la vida de estos conocimientos adquiridos desde la infancia entre travesura y travesura. Quién le iba a decir que estas habilidades no solo le permitirían sobrevivir económicamente, sino que recibiría la influencia de todas las luces del siglo en curso y de los anteriores.

Don Valentín hablaba ahora con profunda añoranza.

—Mi tía Gloria y mi madre no se cansaban de insistirle a Lu respecto a la importancia de no usar vestidos escotados ni ceñidores que apretaban la cintura y realzaban el busto. Para ellas semejantes exhibiciones monstruosas, junto con los maquillajes y los afeites, no constituían sino cebos colocados por el diablo en el cuerpo y en el rostro de las mujeres para atraer a los hombres perversos, los que una vez casados en legítimo matrimonio ante Dios les exigían a sus esposas caricias infames y besos prohibidos en lugares del cuerpo absolutamente condenados por la Iglesia, además de otras degeneraciones que nunca alcanzarían la indulgencia parcial a través de la sagrada confesión, para ya ni hablar de la plenaria, tan necesaria el día del Juicio Final. ¡Alabado sea el Señor! Sin embargo, en la parte trasera del tocador de Lu nunca faltaban los perfumes de ámbar ni los de almizcle ni el agua de rosas, unas prendas de mujer sin las cuales, según ella, no se podía salir a la calle porque se sentía desnuda. El problema comenzaba cuando mi hermana regresaba a la casa y mi madre la olía como perro de carnicería en busca de cualquier huella de pecado en su cuello o en su vestido.

—Hijita mía, tú debes vestirte y arreglarte únicamente para agradar a tu marido. De él y solo de él debes acaparar todas las miradas... Tu máxima virtud debe ser la absoluta sumisión a sus decisiones, tanto en la mesa como en la sala, en el teatro o en la cama. Él manda: nunca lo pierdas de vista. Nosotras, las mujeres, dice el padre Camilo, llevamos en el alma el pecado de Eva. Al ser tan frágiles, sordas y maleables, inclinadas al mal, solo un hombre bien nacido, como tu esposo, te podrá conducir por el camino de la reconciliación formando una familia moralmente sólida.

—Mi tía y madre adoctrinaban cuantas veces podían a mi hermana para convencerla del carácter obligatorio del acto sexual a cargo de las mujeres: si tu marido, mi niña, insiste en una posición prohibida por nuestra Santa Madre Iglesia, sométete para no despreciar sus deseos, déjate hacer aunque sea de perrito, pero corre al otro día a confesarte después de la misa con el padre Camilo, para que él te oriente y te dé paciencia y resignación ante las relaciones no deseadas. Nunca olvides que el sexo solo es permitido como medio de reproducción de la especie y que el placer es una vulgaridad, una desviación castigada por Dios. Gozar es pecaminoso, ¿entiendes?, es impropio de una mujercita con principios y de buena familia. Don Camilo, María de la Luz, no nosotras, es el único que te podrá hablar del acto carnal, de las frecuencias, modos y limitaciones, además de imponerte los días de abstinencia y de establecer los momentos y lugares en que podrás hacerlo. ¡Cuéntale todos los detalles cuando llegue el momento!

—¿Y se casó muy joven?

—Ahí comenzó el verdadero problema —aclaró sobriamente don Valentín, como si se le hubiera revivido un agudo dolor—. Mi padre había resuelto que ella debería casarse con el hijo de uno de sus socios en el negocio de la importación de vinos españoles, Ignacio, un muchacho de buena familia, bien nacido, he conversado con él, te conviene y solo quiero, como tú sabes, lo mejor para ti.

Deberías haber visto cuando mi madre y mi tía Gloria supieron de la existencia de Ignacio y de los deseos de mi padre por acercarlo a la casa... Mi tía, siempre ingeniosa, se las arregló para confeccionar una pequeña bolsa hecha con un escroto de perro callejero, dentro de la cual metió un gorrión disecado, perejil frito en el anafre con aceite rancio, una medalla de San Cristóbal para ayudar a los desorientados, unas piedras imantadas y dos uñas de canario anaranjado. Ambas sobornaron a través de terceros a la servidumbre del muchacho para que escondieran durante dos noches el objeto mágico en donde pasaría la mayor parte del tiempo. Después tenían que arrojarlo en cualquier orilla del Lago de Texcoco. Mi hermana, por su parte, tenía que tomar una pócima preparada con vinagre, raíz de eucalipto, azúcar frita, pedazos de uñas de colibrí, tres de sus cabellos, unas gotas de su flujo menstrual, así como orina vieja de dos días. Pero, claro está, fracasaron en el intento. María de la Luz casi vomita cuando le acercaron el brebaje con cualquier pretexto ridículo. Están locas, par de urracas...

—¿Y era el mejor candidato?

—Para mi padre sin duda lo era. Él, en realidad, solo pensaba en su propia conveniencia. Nunca tuvo el menor escrúpulo en entregar a su hija a un tercero influyente a cambio de mejorar su posición social y de tener acceso a una mayor participación en las acciones de la empresa. Esa era la verdadera realidad y ninguna otra.

—¿Y su hermana no se resistió?

—¡Por supuesto! Ella estaba perdida de amor por uno más ingenioso que ella, por Guillermo, capaz de matarla de la risa con sus ocurrencias; un joven con mucha labia, bien parecido hasta decir basta, pero enemigo iracundo del trabajo y de todo aquello que pudiéramos llamar sentido de la responsabilidad o del esfuerzo. ¡Que trabajen los burros, para eso nacieron!, decía riéndose sin parar. Era un viva la vida, un mosca muerta, que tenía dos novias en la misma vecindad o a veces en la misma escalera. Un auténtico experto en las artes de la seducción y, me imagino, un hombre ciertamente hábil para enloquecer de placer a las mujeres en el lecho, en donde ellas se rendían y se olvidaban de la realidad y del futuro a cambio de volver a gritar, a encarnar las uñas en la espalda del macho o a sudar frío, según me comentó en una ocasión, en el momento de las confesiones, durante una borrachera entre cuñados.

—¿Quién ganó, su padre o el galán?

—Ninguno de los dos, Ponciano. Cuando mis padres vieron perdida la situación, decidieron que había llegado el momento de ingresar a Lu en el convento con o sin su voluntad. Tal vez la autora de mis días, convencida por mi tía Gloria, ya abrigaba alguna duda en el sentido de que el diablo hubiera podido tocar a mi hermana. De modo que, con aureola o sin ella, con o sin expresión beatífica, un buen día mi padre pagó los cuatro mil pesos de dote, una fortuna, exigida por la superiora para que mi hermana pudiera ser aceptada como cualquier otra novicia...[1] Tres días después Lu estaría enclaustrada de por vida, obsequiándole lo mejor de su existencia al Señor.

—¿Y cómo hicieron para recluirla?

—A mi hermana le dio un ataque de furia, un arrebato como yo nunca había visto. Haz de cuenta que se la llevaban atada de piernas y manos al matadero a destazarla entre gritos de impotencia y palabrotas lanzadas al rostro de mis padres para luego caer en repetidos ataques de llanto. Una noche, después de padecidos esos pleitos de horror que habían convertido nuestra casa en un infierno, Lu, perdida de rabia, se fue encima de mi padre dispuesta, por lo visto, a sacarle los ojos. Le habría desfigurado la cara a arañazos o arrancado a mordidas las orejas o el cabello, de no haberla detenido. ¡Cuánta envidia me despertó su valentía! Estábamos frente a una fiera herida, que entre lágrimas, baba y maldiciones parecía una mujer completamente diferente a la que yo había conocido desde niña. Cuando venciendo todos mis miedos me atreví a protestar en nombre de mi hermana, suplicando que respetaran su voluntad y la dejaran en libertad, que la dejaran hacer y decidir, y por toda respuesta recibí un golpe paterno que me hizo sangrar dos semanas por la nariz, esta misma que me verías ahora con forma de pico de águila.

—Pero, don Valentín, su hermana ingresó en el convento, ¿sí o no? —insistí sin hacer referencia al golpe y menos a la nariz.

—Cuando se supo que mi hermana Lu deseaba casarse con Guillermo, mi tía Gloria compró a primera hora de la mañana del día siguiente una gallina negra para ponerla junto al pecho de mi hermana mientras esta dormía. De esta suerte se le transferirían todos los males al inocente pajarraco y la paz perdida volvería felizmente a nuestra familia... Después de acercar y retirar una y otra vez al animal, impidiendo a como diera lugar que cacareara, se la llevó a la cocina donde la degolló con un cuchillo. Cuando la sangre se derramó, mi tía recibió el escurrimiento en un plato que metió, junto con la cabeza del ave, debajo de la cama donde descansaba María de la Luz. Así se aprovecharían todos los poderes del líquido hechizado. El cadáver en ningún caso se debería comer, ni siquiera en un puchero como los que hacía mi madre con mucho chile chipotle, arroz y verduras de nuestro jardín, sino que debería ser enterrado verticalmente, con las patas amarillas para arriba, cubierto con hojas de epazote podridas y tres pabilos de vela sin quemar para evitar que prendiera cualquier tipo de tentación. A mí mismo me curó mi tía Gloria de una pulmonía que atrapé al nadar en el Lago de Texcoco cuando hirvió sangre de cerdo recién degollado, tres sapos a los que antes les arrancó una pata, lombrices a las que previamente decapitó, gusanos partidos a la mitad, espinas de rosales enfermos y, por supuesto, manojos de pelo mío cortados de la nuca, lo más cercano a la espalda lastimada, jamás del copete... Al día siguiente, lo juro, me levanté como nuevo...

—Interesantísimo —exclamé para no herir a don Valentín—. Pero a su hermana ¿la encerraron o no en el convento? —insistí impaciente en mi curiosidad, mostrando paciencia y cierto humor. Nos distraíamos del infierno en el que estábamos.

—No, no entró: Guillermo, el galán, el truhán se la robó dos días después de tomada la decisión. María de la Luz le hizo llegar a Guillermo, a través de Petra, una muchacha de nuestro servicio, una nota en donde le informaba lo ocurrido. Con el tiempo contado, una noche después de haber anudado las sábanas a modo de una cuerda gruesa, descendió como araña por la pared, igual que lo hacía de niña hasta caer en las ancas del caballo. Montaron durante un día completo hasta llegar más allá de Xochimilco, en donde se apearon y pernoctaron por primera vez sin que te puedas imaginar siquiera los estallidos volcánicos de mi padre.

—¿Y su madre?

—Ella se fue al reclinatorio. Ahí, sin comer ni beber agua ni abrir los ojos, con la cabeza recargada en los descansabrazos y sin moverse hasta que se le ampollaron las rodillas, en absoluta penitencia, trató de entender la decisión de Dios y de aceptar tanto su destino como el de Lu. Con un fatalismo justificado en su caso, dijo un día, al encargarse de las oraciones anteriores a los alimentos que se sometería, sin chistar, a la suprema voluntad del Señor. Él, en Su Santa Gracia, sabía lo que hacía...

—¿Y la tía Gloria…?

—Se presentó una mañana con un guajolote ciego que teníamos que destripar a la media noche para que mi hermana volviera virgen a la casa… Mi madre, levantando desfallecida la cabeza, abriendo con dificultad los ojos, tal vez viéndola entre penumbras, solo alcanzó a preguntarle: "Mira, Gloria, ¿por qué no te vas a chingar a tu madre con todo y pípila?" Acto seguido volvió a posar la frente en el reclinatorio para no volver a hablar…

—¿Y su padre aceptó lo de la santa gracia?

—Imagínate que con un golpe derribó la sopera de plata de la mesa y al salir gritó enloquecido que Dios podría irse a la mierda en ese mismo instante: él quería a Lu o la despreciaba. Ve tú a saber… A partir de ese momento mi madre, mi hermano y yo empezamos a dudar si algún día volveríamos a verla, dentro o fuera de la casa. Mi padre, por su parte, pasaba del coraje inaudito al sentimiento de culpa por haber atropellado a María de la Luz. Sin embargo era de tal manera arrogante, un caballero español del siglo pasado, que jamás reconocería su responsabilidad en lo ocurrido; ni siquiera lo hizo en el feliz momento en que agonizaba.

—¿Feliz momento…?

—Si ya has estado haciendo las veces de confesor —dijo el viejo con humor seco—, entonces debes saber que mi padre era un torturador. Nos educó con miedo, la herramienta —decía él— más eficiente para controlar a la familia y a los pueblos.

¡Claro que el temor paraliza, que si lo sabía yo!: por esa razón era tan sencillo el sometimiento silencioso de las personas.

—Pero, ¿y Guillermo? —cuestioné con aventurada confianza familiar—. ¿Se casaron y acabaron su vida felices como en los cuentos?

—Bueno, pues mira: cuando se acabó la atracción carnal y la rutina irrumpió en sus vidas, como siempre acontece, se percataron de que no tenían nada en común. Mi hermana, por lo pronto, no resistió nunca las limitaciones materiales con las que vivía, y además en absoluto pecado, por no estar casada. Guillermo le apostaba a la mujer joven y hermosa, claro está, y desde luego también al patrimonio familiar, y le fallaron los dos objetivos. La culpa, la monotonía, la soledad, porque el novio pasaba mucho tiempo "ganándose el pan" y persiguiendo gallinitas para este gallo, como él decía, la sensación de estar engañada y tal vez un par de tranquizas cuando aquel llegaba borracho, las privaciones, las humillaciones la hicieron desistir de continuar con una relación que le quitaba mucho más de lo que le daba. Fue entonces cuando buscó a mi tía Gloria para tratar de regresar a la casa.

—Y ¿cuál fue la respuesta de sus padres?

—Mi tía Gloria empezó a penetrar lentamente, como la humedad, a través de don Camilo, el confesor de mi madre. Hasta la fecha sigo convencido de que muchas mujeres escuchan más al cura del pueblo o de la vecindad que a su propio marido. El sacerdote, como ave carroñera y miserable que lucra con los problemas familiares, empezó a sembrar la idea del perdón para ganarse el cielo. Acuérdate cómo reza el Padre Nuestro: "perdona nuestras ofensas como también nosotros perdonamos a los que nos ofenden". ¿Quién eres tú para no perdonar, si Jesús, crucificado en el Gólgota, a punto de morir después de haber recibido el lanzazo de un centurión en el costado derecho, le pidió a Dios Padre: "Perdónalos, Señor, no saben lo que hacen"? El que esté libre de pecado que arroje la primera piedra.

—¿Y la perdonaron?

—El temperamento español se caracteriza por la intransigencia y el autoritarismo en todas sus modalidades. Mi padre jamás cedió ni le permitió volver a la casa porque ahí no alojaría jamás a una hija mancillada, desprestigiada, que había acabado de un plumazo con el honor de la familia. Ella, mi hermana Lu, María de la Luz, imagínate la imbecilidad, representaba el honor de todos nosotros. Su conducta ensuciaría a nuestros hermanos, a mi padre y a mi madre, a todos. Eran ideas de los tiempos del Cid, Ponciano.

—¿Y cómo terminó el asunto, don Valentín? —éste había dejado de quejarse de sus dolencias.

—La única opción que sugirieron mi tía y don Camilo consistió en buscar una nueva oportunidad en el convento, el lugar preciso en el que debería caer una impura, como Lu. La madre superiora había alegado que los cuatro mil pesos pagados anteriormente por mi padre ya habían sido destinados a las tareas ordenadas por Dios, el Supremo Creador, y que sería imposible abonarlos de regreso, pero que, además, la condición *sine qua non* para ingresar en la institución consistía en obsequiar la virginidad de las novicias al Señor, y era bien sabido que mi hermana la había perdido. De modo que cualquier intento sería infructuoso. ¡Vayan con Dios! ¡Resígnense!

—Si la casa ya no era alternativa y el convento tampoco, ¿qué quedaba entonces? ¿La casa de la tía Gloria?

—No, ni hablar, mi hermana se hubiera suicidado antes que vivir con la mocha esa, por más simpática que fuera, pues su hipocresía llegaba a niveles inauditos. No, Ponciano, no: la solución fue muy simple. La propuso una tarde don Camilo mientras remojaba una concha de vainilla en una tasa de chocolate caliente bien espumoso, como a él le gustaba. Por alguna razón que no acabo de entender, los sacerdotes son muy afectos a los postres, a lo dulce y con su carita de poder otorgar el perdón eterno, son capaces de devorar toda la alacena de dos mandibulazos como de caimán tabasqueño…

Tos, tos: don Valentín tosía intensamente mientras saboreaba su comentario.

—¿Y en qué consistió la solución?

—Muy simple —repuso secándose un líquido de la boca, cuyo color no pude distinguir en la oscuridad, más cerrada que nunca, de la tinaja—. Don Camilo sugirió, entre sopeada y sopeada, tras contemplar con el debido detenimiento el servicio de plata de mi madre, que lo mejor sería volver a pagar los cuatro mil pesos y tal vez una cantidad superior para ayudar a paliar los gastos del convento… Mi madre, María Magdalena, se horrorizó. ¿De dónde creía el sacerdote que ella podía obtener esa suma tan escandalosa? Mi tía Gloria, con su estilo de consumada celestina, le indicó al oído, murmurando a la menor distracción del cura, a veces recurriendo a señas, que ambas hablarían más tarde y desde luego encontrarían la solución adecuada.

—Entiendan —se despidió don Camilo en la puerta— que mientras más ayuden a la causa de la Iglesia de Cristo, más se los agradecerá Él a la primera oportunidad… Un punto más quisiera agregar —dejó caer su comentario mientras madre y tía ya besaban devotamente la mano del representante de Dios—, y es que yo quisiera encargarme, en lo personal, de hacer el pago cuando ustedes, hijas mías, tengan el dinero listo para entregárselo a la superiora. De esta manera nos garantizaremos el éxito y ustedes me concederán el privilegio de expresarle a ella, en el refectorio del convento, argumentos para convencerla sin que ustedes tengan necesariamente que escuchar mis razonamientos, únicamente válidos entre religiosos. ¿De acuerdo? ¿Cómo sabe ella que perdió la virginidad? Son supuestos. Solo Dios conoce la verdad. Ni yo mismo la sé… ¿Cierto? Denme el dinero, hijas mías, yo me ocuparé del resto. ¡Alabado sea el Señor!

—¡Alabado sea!

—¿Y por supuesto que ingresó en el convento?

—Una semana después empezó la mudanza. El cura sabía de sobra con cuánto dinero contaban mis padres a través de las periódicas confesiones de ambos en la parte más oscura de la iglesia. ¿Cómo escaparse? Afortunadamente Lu y Guillermo no engendraron ningún hijo, de otra suerte la solución del problema se habría complicado severamente, aun cuando siempre hay remedios para todo. Don Camilo era capaz de ejecutar todo tipo de milagros, ¿no lo crees?

—¿El sacerdote regresó algo del dinero exigido como dote adicional por el convento?

—Ni tú mismo te crees la pregunta, ¿verdad, muchacho? —respondió don Valentín intentando reír—. El cura nunca entregó cuentas de nada ni supimos qué parte de los recursos conservó a título personal o dedicó al mantenimiento de la parroquia… Nada de nada. Tema cerrado, cancelado. Carpetazo al asunto. Lu y yo nos abrazamos mientras llorábamos como críos el día en que nos despedimos en la puerta del convento un 9 de mayo de 1855, cuanto Santa Anna abandonaba por última vez el poder, que evidentemente tanto le agradaba. Nunca olvidaré que en la contraesquina del convento, donde todos nos presentamos con el rostro contrito como si llegáramos a una misa de difunto, se encontraba el famoso Hospital de San Lázaro. Ahí, a unos pasos, enfrente de una capilla, era el lugar en el que se colocaba, según me había contado mi padre, una pira para quemar vivos a los homosexuales, después de haber sido juzgados y sentenciados de manera fulminante por el Tribunal del Santo Oficio. "Se trataba de convertir en meras cenizas a esos abortos humanos." La sensación de duelo por abandonar a mi hermana en una institución religiosa se incrementó cuando recordé los horrores de la Santa Inquisición. En manos de quién la dejábamos… Aproveché el momento para entregarle, dentro del máximo sigilo, dos anillos muy baratos, tal vez de plata, diciéndole al oído que el día que uno u otro mandara el anillo a través de una interpósita persona era la señal esperada para saber que uno de los dos había fallecido.

—Cuídalo —le dije al apretar firmemente su mano—. No quiero saber nunca que me lo enviaste. Lucha hasta el límite de tus fuerzas.

¿Por qué lo hice? Tal vez un acto de amor irreflexivo, propio de la juventud. Era algo así como un pacto por toda la vida. Ella contaba con diecinueve años, yo con veintiséis. Pensé que había perdido a mi hermana para siempre. Una horrible sensación de duelo me presionaba la garganta, más aún cuando me desprendí de ella y me retiré ya sin voltear para atrás, en tanto el viejo portón de las Hermanas de la Vela Incandescente se cerraba entre rechinidos de horror para engullir a María de la Luz. Mi padre murió sin volver a ver a mi hermana. De ese tamaño eran su arrogancia e inflexibilidad castellanas. En cambio, mi tía Gloria y mi madre lloraron como beatas de sacristía muy a pesar de que, según ellas, dejaban a mi hermana en las Sagradas Manos de Dios… No sabes lo que es perder a un ser querido, queridísimo en vida —comentó como si todavía no hubiera logrado restañar la herida—. Días más tarde recibí su primera carta…

—¿Maldecía a diestra y siniestra?

—¡Qué va! Mi hermana necesitaba paz, mucha paz, para poner en orden su cabeza y su vida. Requería un tiempo de reclusión, de soledad, apartarse, en fin, de las presiones mundanas. Nadie, ni tú ni nadie, se puede imaginar siquiera el desenlace de la experiencia conventual…

Encontré esa carta y otras más, junto con documentos, libros, fotografías y expedientes muy valiosos cuando logré fugarme de la cárcel echando mano de recursos que más tarde explicaré. Toda esta información la localicé en el lugar exacto indicado por don Valentín, enterrada en cajas de madera a dos metros de profundidad, precisamente en el sótano en donde él tenía su imprenta. ¡Claro que sabía que, por una razón o por otra, tarde o temprano, irían por él! Y fueron. Solo que había tomado las debidas precauciones buen tiempo atrás. Los gorilas enviados por don Porfirio y por el arzobispo quemarían cuanto tuvieran a la vista, harían la gran pira con sus trabajos, pero nunca tendrían acceso al verdadero tesoro que yo iré regalando al lector página tras página de este breve recuento. ¿Qué tal intercalar aquí la primera carta de María de la Luz Altamirano y de Mendoza, sor Luz, enviada a su hermano Valentín a tan solo una semana de haber sido enclaustrada?

> Querido hermanito. Mi muy querido Vale:
>
> Ya no me llores. No vale la pena, créeme, niño. Los arrebatos debemos pagarlos en esta vida junto con todas nuestras culpas antes de rendir cuentas ante el tribunal de la eternidad, el día del Juicio Final. ¿Te gusta cómo redacto? La cabeza nunca debe dejar solo al corazón. Es muy peligroso.
>
> ¿Sufrí? Sí, sí sufrí con Guillermo, pero finalmente el sufrimiento se olvida con el tiempo. La mente preserva con más intensidad los recuerdos felices que los dolorosos, de otra forma perderíamos la razón. Te acuerdas, por salud mental, más de lo bueno que de lo malo y tú eres de lo bueno que me ha tocado vivir. Créeme que la soledad facilita la comprensión de nuestras actitudes y respuestas. Te ubica. Te obliga al reencuentro de tu persona. No me llores. No, no, no me llores, hermanito bonito, dice la canción: en este lugar daré con mi camino. Descubriré, sin duda, la razón de mi existencia y, al descubrirla, sabré qué vine a hacer a este mundo. ¿No es una maravilla? Alégrate cuando pienses en mí. Debes saber que estoy buscando sentido a mis días. ¿No es un motivo mucho más que superior para que estés tranquilo? Te cuento:
>
> Si un día nos conceden permiso podrás visitarme acompañado, en todo momento, de un par de monjas ancianas, quienes te guiarán después a la salida. Cuando vengas no solo conocerás el atrio, sino también la capilla de indios, el templo, el claustro, las oficinas de tornos, el jardín interior con un

pozo al centro, el portal de peregrinos, la sala *De profundis*, el refectorio, las cocinas, las bodegas, las caballerizas, el locutorio y el gran huerto en donde paso el mayor tiempo posible. ¿Sabes que te autorizan a tener animales domésticos y que si observo buena conducta bien pronto me dejarán traer al Harry para que me haga compañía? Cómo se puede vivir sin un perro, ¿no?

El día de ayer presencié una ceremonia de imposición del velo, en donde la monja postulante se comprometió, en público, a guardar los cuatro votos reglamentarios: obediencia, pobreza, castidad y clausura. Tan pronto terminó la misa y el sermón, el sacerdote oficiante, sus ministros y las demás presentes nos dirigimos a la reja del coro para encender nuestras velas con la de la novicia, en tanto las religiosas entonaban una letanía durante la cual acompañamos a la hermana hasta su celda. Tan pronto llegamos, el cura oficiante procedió a sustituir en la profesa el velo blanco de novicia por el negro, símbolo de la perpetuidad. Después le impusieron el anillo conyugal, en nombre del Espíritu Santo, para distinguirla como la esposa fiel y pura de Cristo. Al final le colocaron una corona de flores y le entregaron ritualmente una palma, el símbolo de la virginidad hasta la eternidad. La ceremonia terminó con los últimos cantos del himno *Veni Creator* o "Ven Espíritu Santo", que alude al amor del Padre, el Hijo y el Espíritu Santo que, siendo uno solo, infunden el amor y la fe, ahuyentando la flaqueza corporal, evitando el pecado y afianzando la eterna virtud en la nueva esposa de Jesucristo. ¿Qué te parece?

Después de cantar el *Te Deum*, el sacerdote entregó la nueva monja a la superiora, quien atestiguó cómo la novicia firmaba la documentación de ingreso al convento, para ser recibida formalmente por sus hermanas bajo un nuevo nombre, anteponiéndose el tratamiento de "sor".

¿Te gustaría que yo me llamara sor Mari o sor Lu? Tú dirás. Besos, Lu

P.D.: Te dejo con un beso, no sin antes contarte algo sospechoso: hubieras visto la mirada que me dispensó el cura oficiante de la ceremonia cuando pasó frente a mí entonando, vela en la mano, la letanía. Créeme que sé interpretar las miradas de los hombres. ¿De qué se trata? ¿Tú lo entiendes? No me quiero confundir, no, al menos, tan pronto... Rompe esta carta tan pronto llegue a tus manos. Amorosamente, tu, tu, tu, LU

Don Valentín y yo empezábamos a abordar el tema de la mirada del sacerdote. Nos imaginábamos las intenciones del prelado y suponíamos los recursos de los que debería echar mano una mujer para esquivar el acoso de los hombres cuando escuchamos, de pronto, un tremendo forcejeo, golpes, empujones, maldiciones, caídas, insultos de la peor ralea y juramentos sanguinarios de venganza. ¡Les sacaré los ojos, cabrones! No tardamos en darnos cuenta que se trataba del encarcelamiento de un nuevo preso político, enviado por Díaz a Ulúa para deshacerse de otro enemigo. Este vendría a ocupar el lugar del viejo recientemente muerto, tal vez, de tuberculosis. El ruidoso jaloneo rompió la paz de nuestra celda.

La feroz resistencia opuesta por este nuevo apóstol de la democracia era digna de ser recogida por la historia. Nosotros éramos testigos. Se trataba, en apariencia, de un hombre joven y fuerte, quien disparaba patadas, codazos y mordidas o tiraba de los cabellos de los celadores cuando los tenía a su alcance, negándose a avanzar, tirándose al piso o arrastrándose, tratando de sujetarse de las paredes enmohecidas, arañándolas cuando le era posible, hasta que los golpes secos asestados por las cachiporras en todo su cuerpo y los macanazos, sobre todo en la cabeza, lo obligaron a rendirse. ¿Cómo no sucumbir ciego por la sangre que le cubriría todo el rostro y con los huesos rotos? El desgraciado ignoraba que solo rodeaba los pasillos del infierno, pero le faltaba ingresar en una de las galeras. Tan pronto lo arrojaron como una fiera herida en el interior del calabozo anexo, corrieron el cerrojo oxidado y colocaron escandalosamente el candado, empezó el calvario de aquel infeliz que nunca supuso ni pudo concebir siquiera el final que le esperaba. Lucifer encarnado carecía de imaginación. Los gritos de horror no se hicieron esperar. Las ratas se le estarían trepando por todo el cuerpo en la absoluta oscuridad de la mazmorra… ¿Cómo olvidar mi experiencia personal y, desde luego, la de don Valentín? Imposible consolarlo cuando el recién encarcelado se movía de un lado al otro, chocando con los camastros y las paredes como si hubiera enloquecido, mientras se sacudía esos animales asquerosos sin poder siquiera verlos. Momentos después lloraba como todo un hombre en tanto se resignaba a su suerte. Tal vez le ayudaron algunas voces, ciertas palabras de aliento que pronunciamos cuando volvió el silencio a los pasillos y confirmamos la salida de los esbirros de la dictadura.

—Sí que nos costó trabajo este cabroncete. Mira nada más cómo me dejó la mano —fue el último comentario que escuchamos antes de oír cómo se cerraba la puerta que conducía a las escaleras.

Muy pronto supimos que se trataba de Teodoro Fernández Magón, un líder agrario enemigo acérrimo de la Ley de Tierras y Enajenación de Baldíos emitida por la dictadura y que permitía adquirir terrenos sin limitación alguna de superficie a través de una simple denuncia, se tratara o no de predios propiedad de indios, a los que nuestro vecino defendía, por lo visto, con palos, palas, azadones y arados. ¿Cómo quitarles a los indígenas descalzos y con los pies llenos de costras resecas de dos siglos su único patrimonio del que dependía su supervivencia, para someterlos a una moderna esclavitud a través de las haciendas y sus retrógradas condiciones de trabajo?

La incipiente conversación fue interrumpida cuando percibimos cómo se acercaban unos pasos marciales y una voz de trueno ordenaba que nos calláramos o nos partirían toda la madre…

—¿Entendieron, cabrones…?

Don Valentín aprovechó la ocasión para dejar de lado, al menos por un momento, la vida de Lu, a quien ya contemplaba yo con cierta familiaridad. El tema que lo devoraba no podía esperar.

Me senté encima del camastro, muy cerca del viejo. Ya no tenía por qué acercar mi oreja a sus labios. Él había recuperado la energía para seguir hablando.

—Hablamos de los años en que Iturbide se proclamó emperador, apoyado por el ejército y la plebe. Se había encontrado con un México quebrado de punta a punta y, además, con una deuda de más de cuarenta millones de pesos heredada del gobierno virreinal.[2] Una catástrofe financiera, muchacho. En 1810 los ingresos eran de casi siete millones de pesos y en 1821 la cifra se reducía a poco más de un millón, cuando los gastos eran de cuatro.[3] La popularidad del nuevo soberano empezó a declinar por tratar de rematar bienes expropiados a la Santa Inquisición desde 1813.[4] O me prestan dinero, diría el emperador, un millón y medio de pesos para enfrentar los gastos propios de mi corte y de mi gobierno, o subastamos al mejor postor el patrimonio del Santo Oficio… El clero levantó la ceja. Por otro lado, su prestigio se lastimó severamente cuando intentó expoliar a la plutocracia colonial, su antigua aliada, y finalmente se desplomó su efímero imperio a la hora en que el Congreso se declaró sede de la soberanía. Ahí, en ese momento, Iturbide tenía que haber dejado el destino del país en manos del Poder Legislativo sin enfrentársele y menos, mucho menos, disolviéndolo, desconociéndolo, solo para garantizarse un merecido lugar como traidor en la historia patria. ¿Cómo iba a tolerar el principito que el Congreso lo despojara del poder y le negara recursos para financiar al ejército? Se había convertido en un déspota. Adiós Plan de Iguala. Adiós imperio. Fue derrocado, exiliado, declarado fuera de la ley y fusilado al intentar volver al país en 1824. En ningún caso se debería olvidar la existencia de un decreto que ordenaba su ejecución inmediata, se encontrara donde se encontrara el exemperador: "Se declara traidor a D. Agustín de Iturbide, siempre que se presente bajo cualquier título en alguna parte del territorio mexicano. En este caso, queda declarado por el mismo hecho, enemigo del Estado y cualquiera puede darle muerte".[5] Así recitó el viejo la orden girada por la autoridad como si fuera parte de una rutina.

El anciano narraba con un aire de monotonía, pero a mí me resultaba difícil, dificilísimo, aceptar un decreto de esa naturaleza: cualquiera podía matar a Iturbide si lo encontraba en territorio nacional… Era una barbaridad. ¿Por qué no se autorizaba también a que quien encontrara a Díaz en plena calle o en la Alameda pudiera darle un tiro en el centro de la frente sin enfrentar consecuencia alguna? No, porque se trataría de una autoridad espuria, ilegal, la que emitiera dicha orden, me contesté yo mismo en silencio. ¿Quién puede promulgar una ley que autorice el asesinato del presidente de la República? ¿Y Díaz no representaba un poder igualmente espurio desde que derrocó a Lerdo de Tejada? ¿Cuál legitimidad tenía el tirano para mandar? ¿Entonces? Entonces las diferencias deben dirimirse sobre la base de quien sea el más poderoso militarmente hablando, quien tenga más fuerza para hacer cumplir sus determinaciones. ¿Fuerza? ¿Entonces la justicia es la ley del más fuerte?, me pregunté mientras don Valentín continuaba hablando. En efecto: el que tenga más cañones y pólvora y domine al otro tendrá el derecho de su lado. Horror, me dije al caer en semejantes conclusiones. Cuando Estados Unidos nos despojó de la mitad del territorio nacional al ponernos la pistola en la cabeza, ¿obró legalmente? Sí, desde que la ley válida es la que se impone coactivamente. ¿Quieres cambiar los Tratados de Guadalupe Hidalgo? ¿Sí? Pues invade Estados Unidos, derrota a su ejército, coloca la bandera tricolor en el techo de la Casa Blanca y del Capitolio, oblígalos a la rendición incondicional mediante la firma de un nuevo tratado para que este, el obtenido con la bayoneta colocada en la garganta de esos miserables yanquis, sea en adelante el válido. ¿Puedes? No, ¿verdad? Pues entonces el clausulado de Guadalupe Hidalgo seguirá vigente, de la misma forma en que seguirá vigente la legislación promulgada por Díaz mientras no haya alguien que la derogue por medio de las armas. Toda discusión, parlamentaria o no, será inútil en una dictadura. Él manda. Él gobierna con la pistola en la mano. Mientras nadie se la pueda arrebatar seguirá, te lo puedo jurar, al frente del país.

No era el momento de disquisiciones legales. No. Solo que un decreto que autorice a matar a quien encuentre a una persona donde se la encuentre…

—A Iturbide, quien nunca llegó a ser un héroe popular como lo fuera Hidalgo ni un líder que arrastrara multitudes como Morelos, sino un mero invento del alto clero, se le debe reconocer su deseo de haber tratado de crear un sistema de gobierno propio que atendiera a nuestra propia tradición política, a nuestros antecedentes, a nuestra historia y trayectoria, a nuestra naturaleza, a nuestros hombres, a nuestras características sociales, a nuestra geografía, a nuestras creencias y costumbres. Intentó hacer un traje a la medida tomando lo bueno o rechazando lo malo del modelo gaditano, un camino específico para México, un sistema ideado de acuerdo a los mexicanos y específicamente para los mexicanos. Se propuso preservar un gran imperio sin destruirlo, desatar el nudo sin cortarlo, comer el huevo sin romper el cascarón. Un régimen monárquico constitucional, conciliando todos los intereses en juego.

—Y tenía razón, ¿no…?

—¿Qué habíamos hecho para respetar nuestra tradición política, que se remontaba a los aztecas y mucho antes de los aztecas, cuando estos fundaron su imperio sobre la base de un gobierno teocrático militar sin el menor asomo de democracia y después padecimos trescientos años de un Estado clerical, el del Virreinato, autoritario, también tiránico, atenazado por el fanatismo religioso, cambiando la piedra de los sacrificios por la pira de la Inquisición? Nos habíamos traicionado y vuelto a traicionar, en lugar de construir una monarquía constitucional y evolucionar lentamente con ella, hicimos un violentísimo viraje de ciento ochenta grados para adoptar una Constitución Federal calcada, en buena parte, de la de Estados Unidos, aun cuando con un importante contenido gaditano, sin detenernos a pensar que los norteamericanos contaban con una experiencia republicana y liberal de la que nosotros carecíamos. No podíamos sino volcarnos y nos volcamos, una y otra vez, durante casi todo el siglo, buscando el mejor sistema de gobierno de acuerdo a nuestra historia sin percatarnos de que Iturbide tenía razón en sus planteamientos útiles y prácticos para comenzar, al menos, la época independiente.

Hizo hincapié en que la aparición del imperio mexicano amenazó la disolución de la sociedad porque el desorden ocasionado se desbordaría por lustros. Iturbide no había sabido imponerse coactivamente. La autoridad colonial había desaparecido, en efecto, pero, ¿cómo se le iba a sustituir por otra para garantizar la cohesión y la operación del país y evitar una debacle? Prescindir de España había sido una tarea relativamente fácil, pero imponer un nuevo gobierno que controlara con la mayor eficiencia posible a la nueva República o a la Monarquía Constitucional, o lo que fuera, representaba todo un desafío, más aún cuando las arcas estaban vacías y cada entidad política parecía tener una mejor solución del problema.

—La tan necesitada y amada democracia no cabía, por supuesto, en un esquema de monarquía absoluta, pero sí en uno constitucional, dotado obviamente de un parlamento, de unas cortes, al estilo de las de Cádiz, para regular y controlar los poderes del monarca en lo que el pueblo y la autoridad maduraban políticamente. Luego podríamos cambiar progresivamente.

—Yo insisto en la República federal, tal y como se instrumentó, así, de golpe, para evolucionar sobre la marcha —alegué tronando los dedos para darle más fuerza a mis argumentos.

—Bien —contestó don Valentín, animado de entrar en una discusión. ¿De dónde sacaría este hombre tanta fortaleza?—. ¿Y si te dijera que Estados Unidos insistió hasta el cansancio en que adoptáramos su forma de gobierno, que la copiáramos a sabiendas de que no era la idónea para nosotros y a sabiendas, también, de que su aplicación imprudente e inoportuna nos desquiciaría como nación joven que acababa de conquistar su independencia, porque a los norteamericanos les convenía el desorden al sur de su frontera para empezar a proyectar su maldita hegemonía en el continente? Vengan, vengan, muchachos, cópiennos, copien nuestra Constitución, se las prestamos encantados: es la mejor manera de extraviarse y de confundirse para que después nosotros podamos lucrar a placer con su caos…

Me quedé mudo en espera del remate. Este vino de frente:

—Uno de los argumentos más sólidos para probar las intenciones de los malditos yanquis tragadólares —a partir de esa fecha hice mía la expresión de don Valentín— la encontramos en la experiencia sufrida por Gutiérrez de Lara cuando hizo un viaje a caballo hasta Washington para entrevistarse con el presidente Monroe, movido por el deseo de pedirle ayuda para la causa de la independencia mexicana: "Redacten ustedes una constitución como la nuestra —repuso el jefe del Ejecutivo norteamericano— y convengamos desde ahora en que los territorios asegurados por los insurgentes con la ayuda de los veintisiete mil soldados que nosotros pondremos a su disposición, deberán pasar a ser propiedad de Estados Unidos…[6] ¿No…?

El viejo se percató de mi ausencia de argumentos. ¿Qué contestar en relación con el demonio que nos había tocado por vecino en el norte?

—Aun cuando así haya sido —aduje con el cuidado de quien camina sobre la superficie crujiente de un lago congelado—, adoptar un sistema moderno de gobierno nos iba a ayudar a crecer políticamente. Era un desafío que nos convenía enfrentar. Recuperaríamos el tiempo perdido, nos iríamos por un atajo para dar con un sistema democrático de gobierno. La democracia —le dije ufano— es el gran vivero donde germina lo mejor del género humano y mientras más rápido accedamos a ella, de más bienestar disfrutaremos en la nueva República.

—Sí, sí, hijo mío —exclamó don Valentín—, solo que un edificio no se empieza a construir por la azotea. Para comenzar te diré que el clero no permitió ser excluido de la agenda política. ¡Claro que no! Monteagudo y sus secuaces no tuvieron otra alternativa que aceptar el arribo de la República, siempre y cuando los intereses de la Iglesia católica quedaran a buen resguardo.

Si a mí me había impresionado el decreto por medio del cual se había permitido matar a Iturbide donde se encontrara, más me llamaría la atención el artículo tercero de la Constitución de 1824. A que no lo conocía yo...

—Mira, Ponciano —me recitó lentamente don Valentín el texto, advirtiéndome que su archivo mental no pudo ser incinerado por los esbirros del porfirismo—. Es mío, mío, nadie nunca podrá arrebatármelo. Escucha: "La religión de la nación mexicana es y será perpetuamente la católica, apostólica, romana. La nación la protege por leyes sabias y justas, y prohíbe el ejercicio de cualquier otra". —Si nunca habías oído hablar de las obligaciones eternas —me dijo en tono pausado—, aquí tienes una. ¿Entiendes lo que significa hacer constar en una ley suprema el carácter perpetuo de una religión? Esa sola disposición te puede dar una idea de la ambición desbordada y de la voracidad de la Iglesia para controlar, a como diera lugar, el mercado de las almas, el más lucrativo de todos. ¿O crees que esa posición de absoluta intransigencia del clero se debía a su intención de catequizar desinteresadamente al pueblo y difundir las doctrinas de Jesús sin pensar en el dinero ni en el poder político ni en las canonjías judiciales? ¡Seamos serios, Ponciano, seamos serios...! Igual que la Iglesia garantizó sus derechos y privilegios en el Plan de Iguala, de la misma forma lo hizo en la Constitución de 1824.[7] ¿Crees que iba a perder sus fueros? ¡Claro que no! El monstruo estaba de pie, vivo, armado, inclemente y despiadado.

La democracia era el objetivo principal. Precisamente de eso se trataba la conquista de la independencia en términos generales, pero se debía aceptar que cada país tenía su propia historia, sus propias tradiciones políticas, su propia idiosincrasia, sus propios usos y costumbres y, por lo tanto, eran de respetarse los tiempos y los ritmos de cada sociedad, sus niveles de analfabetismo, su cultura, sus pasiones, sus fortalezas y sus debilidades y todo ese pasado, esos valores y principios, esa concepción del mundo, de la vida y del poder, se tenían que recoger en una Carta Magna personalísima, el resumen de una nación. ¡Imposible copiar una constitución ajena por más adelantada que fuera! Las consecuencias no se harían esperar...

Para comenzar, el ejército se convertiría en juez de la vida pública por décadas. Cuidado cuando los militares deliberaban... Serían los árbitros en política nacional. En los cuarteles se aprende que el uso del uniforme en la arena política reporta enormes ganancias. Los insurgentes habían sido despreciados. En buena parte los altos mandos del ejército realista ocuparían la primera magistratura por muchas décadas y devorarían la inmensa mayoría del presupuesto del gobierno. ¿Y la educación? ¿Y el resto de los servicios que estaba obligado a prestar el gobierno que, por si fuera poco, encontró destruidas las fuentes de recaudación?

Pero no solo eso, la nueva República enfrentaba la desintegración. Guatemala había declarado su independencia de México en 1823, mientras que los españoles, obviamente resentidos, no se resignaban a perder la joya de la Colonia sin pelear, al menos, por ella. Tratarían de recuperarla por medio de su marina y de su ejército. Ciertas potencias europeas salivaban al contemplar a la distancia una presa tan suculenta como indefensa: ¡México! Por otro lado, a Estados Unidos se le debería de temer en conjunto o en parte, es decir, por los apetitos expansionistas de los estados del sur, sin olvidar los ataques de los piratas que en cuanto lugar atracaban ponían su bandera intimidatoria con el símbolo de la muerte en color blanco y el fondo negro. Administrar la libertad interior y defenderla de las amenazas externas exigía capacidades con las que no contaba el joven país rodeado de lobos hambrientos.

Habían transcurrido escasos minutos cuando los sollozos de Fernández Magón dejaron de escucharse. Si acaso se oían golpes esporádicos cuando alguna rata se acercaba a él. La paz de la mazmorra solo era interrumpida por los zumbidos de los moscos y por el ruido, por momentos enloquecedor, de la gota de agua que ya atentaba en contra de mi razón. Mientras más esfuerzos hacía para no oírla más parecía horadarme el cráneo. ¡Cuánto hubiera dado por localizarla! Pero taparme las orejas con las manos me impediría continuar mi histórica conversación con don Valentín. ¿Cuántas personas desearían estar en mi lugar? ¿Cuántas? ¡Claro que según la Iglesia y el gobierno el viejo haría menos daño encarcelado en Ulúa que imprimiendo panfletos clandestinos en su taller! Sí, pero no contaban que el "contagio" tan temido se convertiría en mi caso en una epidemia, en una peste. Al salir de la prisión, porque saldría, yo sabía que no moriría como cucaracha en esa asquerosa tinaja, publicaría el libro con las confesiones de don Valentín Altamirano. *México ante Dios* sería el título de la obra, y saldría a la luz pública tiempo después de mi liberación o de mi fuga, pero este grito de furia se escucharía por todo el país sobre la base de aventar la piedra y esconder clandestinamente la mano, al estilo más decantado del clero de todos los tiempos. De que aprendía, sí, sí, aprendía, gracias a mi maestro... Adiós los tiempos en que yo hablaba en público con el pecho abierto. Eso no era valentía, era estupidez...

Don Valentín llegó a grandes zancadas hasta el año de 1833 en la primera presidencia de Santa Anna después del derrocamiento de Bustamante, una vez suscritos los tratados de Zavaleta. Ahí, ahí comenzaba, por lo visto, la verdadera historia. Ardía en deseos de revelar la verdad oculta. Me intrigaba. Mientras escuchábamos de nuevo los delirios y quejidos de Fernández Magón por sus huesos rotos a macanazos, el viejo me contó por qué Iturbide, al disolver el Congreso, se había constituido como el primer golpista mexicano del siglo, ya posteriormente nos cansaríamos de conocer cómo había cundido el mal ejemplo impuesto por el exemperador. Él mismo nunca perdonaría a Santa Anna por haber organizado el Plan de Casa Mata para deponerlo del trono.

¿Verdad que si un mosco nos succiona la sangre lo aplastamos instintivamente de un manotazo? ¿Alguien puede permitir pasivamente que lo pique un insecto? Pues bien: mientras hablaba don Valentín sentí trepar a una cucaracha por mi pie izquierdo. Escalaba lenta y cuidadosamente por mi pantorrilla. ¿Hasta dónde toleraría yo la invasión? A cuántos juegos me prestaba yo que en mi sano juicio jamás hubiera siquiera imaginado. Sentía cada pata del bicho mientras se adentraba en la zona del muslo. Imposible resistir más. Le di con la palma de mi mano abierta cuando bordeaba mi ingle. No me molesté en sacar el "cadáver". Ya se secaría, se desintegraría y desaparecería con el paso del tiempo. ¿Qué no cura el paso del tiempo?

—Pero, bueno, muchacho, avancemos, nos falta el plato fuerte de este relato para llegar lo más rápido posible a la guerra de Reforma. Ahí es donde se estrellan civiles y clericales con la misma fuerza del mar embravecido contra las rocas; ahí se resumen, Ponciano, las luchas que han devastado a México y que le impiden crecer, respirar, evolucionar y progresar; ahí comienza la verdadera independencia de la nación, por ello, cuando Juárez corta y rebana el cuello de la sanguijuela llamada clero católico con cuanta herramienta tiene a la mano, se convierte en el auténtico Padre de la Patria; ahí, al concluir la guerra civil propiciada y financiada por la Iglesia católica, como lo veremos después, nace el México del futuro. El cielo era nuestro. El viento que mueve barcos, galeras y veleros, también lo era. El sol, el sol, fue nuestro, solo nuestro. Solo que no nos adelantemos. Antes expliquemos cómo llegamos a ese episodio tan trágico de nuestra historia, pero al fin y al cabo necesario para poder levantar la cabeza de una buena vez por todas y, tal vez, para siempre. Ya veríamos…

Yo esperaba con deleite la narración. Sentado como estaba sobre la tabla que hacía las veces de camastro, no quise recargarme en la pared porque la humedad me calaba hasta los huesos. Bien sabía yo que de una pulmonía no saldría vivo de esa celda. Me consumiría en un par de semanas hasta que, como decía don Valentín, tiraran mis restos al mar para el beneplácito de los tiburones veracruzanos.

—Tan pronto Estados Unidos reconoce el gobierno de Guadalupe Victoria y arriba Joel Poinsett a México en 1825, en su calidad de primer embajador norteamericano, empieza a tramitar la compra de Tejas.[8] Viene dispuesto a terminar definitivamente con la separación de España, al extremo de intervenir en la redacción de la ley de expulsión de los españoles, aun de aquellos que habían colaborado con el país... Y no solo eso, el diplomático también teje una intriga para provocar la salida de Lucas Alamán del gobierno y funda la logia yorkina,[9] de corte liberal, federal, anticatólica y republicana, mientras que la escocesa era centralista, antinorteamericana en principio, aristócrata, proclerical, proespañola, proinglesa y proclive a un régimen monárquico. Cada bando se coloca en un extremo en tanto Poinsett se frota las manos. La logia yorkina es vista con enorme recelo por la Iglesia. La desprecia. No la quiere. La condenará. Si hay que largar a alguien del país ese debe ser Poinsett junto con todos sus masones yorkinos, agentes de envenenamiento social... En su terreno, el clero no admite opositores de ninguna naturaleza, por más que la masonería, en ningún caso, pueda ser calificada como religión. No, no es una religión, pero por sus conceptos incendiarios, sí es un enemigo del clero mexicano. ¿No te parece extraño que el mismo día en que Poinsett presentó sus cartas credenciales hubiera felicitado al presidente Victoria por haber constituido una República federal parecida a la norteamericana? El intervencionismo a su máxima expresión y resumido en dos palabras. Las instrucciones del embajador eran muy claras: confundir políticamente a los mexicanos, intrigar con toda su habilidad y capacidad y, sobre todo, comprar Tejas, Tejas, Tejas... *Ou, Texas...!*

Los agentes del cambio fueron los masones libres, la prensa hasta cierto punto, la asamblea de representantes, los liberales, la posibilidad de hablar, de decir, de proponer y de evolucionar en el seno de una democracia naciente, pero con todas las dificultades propias de una estructura semifeudal como la prevaleciente en los años de la Colonia.

—Y tú me preguntarás con toda razón: ¿Y la Iglesia católica no se opuso, en principio y por principio, a la menor posibilidad de cambio? El clero se había seguido oponiendo, ya en 1826, a que extranjeros que no fueran estrictamente católicos poblaran cualquier parte del país. ¿No era suicida esa política de cara a los intereses nacionales? Siempre se negaron a aceptar los riesgos y las consecuencias de su posición. La intolerancia religiosa no impidió, sin embargo, que franceses, alemanes, norteamericanos y otros extranjeros entraran a Tejas, muy a pesar de las airadas condenas de los conservadores. ¡Claro que los militares controlaban el Ejecutivo, pero no pudieron suprimir el Congreso, integrado mayoritariamente por civiles! Empezaba una era de conflictos entre los presidentes y la asamblea de representantes, aun cuando ellos mismos hubieran nombrado a los diputados. Nunca nadie nos había enseñado a parlamentar ni en los años precolombinos ni en los coloniales; siglos de aprender a callar y a obedecer ciegamente. ¿Cómo aprender a negociar, a discutir, a aceptar los puntos de vista ajenos sin violentarnos cuando invariablemente se nos había impuesto el silencio, la disciplina y el sometimiento con espinas de maguey clavadas en la lengua en los años del Imperio azteca o con el fuego carnicero de la pira de la Santa Inquisición? El México independiente estaba en marcha con todos sus sobresaltos, inestabilidades, traiciones, deposiciones, incapacidades y bancarrotas. Teníamos que pagar puntualmente el costo del aprendizaje. Vivir en libertad implicaba peligros de toda naturaleza. Ya no contábamos con la sombra protectora de la Corona española. Nos teníamos que valer por nosotros mismos, hacernos respetar o resignarnos a sufrir los horrores de la impotencia. Instituciones buenas o malas, maduras o verdes, esas eran las únicas con las que contábamos. A ellas teníamos que atenernos.

Don Valentín hizo una pausa. Tal vez se preparaba a soltar un alud de argumentos a su estilo muy pintoresco. Escuchaba ya una estampida de caballos que, de golpe, aparecieron frente a mí, arrollándome sin escapatoria posible.

—Fíjate bien, muchacho, cómo se desencadenaron los acontecimientos y cómo no podíamos ser más que el resultado de una historia de trescientos años de dominio inquisitorial: al término del gobierno de Guadalupe Victoria en 1828, Vicente Guerrero, el último héroe realmente insurgente, uno de los consumadores de la Independencia de México, el llamado a ocupar, por esa simple razón, la presidencia de la República, perdió, contra todo pronóstico, las elecciones para ocupar el cargo más importante del país. El triunfador resultó Manuel Gómez Pedraza. ¿Qué hace Guerrero en lugar de aceptar civilizadamente su derrota en las urnas? Con la ayuda de Santa Anna, su compadre, organizan el famoso Motín de la Acordada, que apoya el propio Poinsett, en abierta posición intervencionista, para anular el resultado del proceso electoral. Y lo logran. Imagínate el rostro del clero cuando los yorkinos se imponen en lugar de los escoceses para ver amenazada su hegemonía... El gran rebelde de la sierra del sur, el héroe nacional, llega al poder por medio de las armas: he ahí al nuevo presidente de México. ¿Cuánto tiempo iba a poder permanecer en el cargo después de haber resuelto rematar al mejor postor los bienes de la Santa Inquisición? ¡Por supuesto que el alto clero sabía, a ciencia cierta, que después de esta enajenación de bienes clericales venía la nacionalización total y la intervención abierta en el patrimonio de la Iglesia! ¿Guerrero lo había autorizado? Guerrero tenía que evacuar el despacho presidencial. Ya veríamos los pretextos... ¿Poinsett y sus yorkinos habían participado en el diseño expropiatorio del patrimonio del Señor? Poinsett tendría que abandonar el país antes del tiempo necesario para producir un chasquido de dedos apretando el cordial contra el pulgar. ¡Zap...! ¿Qué podía esperarse de Guerrero, si cuando el Ejército Trigarante hizo su entrada triunfal a la Ciudad de México aceptó desfilar al frente de una división insignificante, extraviado en la chusma castrense, para obsequiarle a Iturbide todo el crédito político del movimiento? ¿Qué dirías si te contara que con dificultad sabía leer y escribir?[10] Qué me contestarías si te demostrara que Poinsett, el embajador de Estados Unidos, llegó a ser el amo de nuestro país, según cuenta el diplomático en una carta que tengo en mis archivos y que a la letra termina diciendo: "El general Guerrero me ha hecho grandes ofrecimientos, pero yo no renunciaría a mi país para convertirme en emperador de México".[11] ¿Entendiste bien cuando te digo que Guerrero le ofreció a Poinsett encabezar el segundo imperio mexicano? ¿Eh? —me preguntó don Valentín como si yo estuviera sordo. Solo que él ya no estaba para detenerse—. ¿Cómo redondearías la imagen de Guerrero si supieras que el Congreso decretó su incapacidad mental para gobernar?[12] ¿Eh? ¿Eh? ¿Eh? Y para rematar, ¿qué tal si llegara a tus oídos que Poinsett y Guerrero se entendían amorosamente?[13]

Por supuesto que me puse de pie al sentir que se venía encima esa avalancha de cargos. Imposible mantenerme sentado. ¿Un presidente mexicano, un héroe de la patria, ofreciéndole el trono a un embajador yanqui del que se decía era su amante? ¡Horror!

Pero la máquina no parecía detenerse. Escupía y escupía datos, fechas, acontecimientos y pasajes, uno tras otro, como si estuviera a punto de reventar. El gran maestro impartía una cátedra en la cerrada oscuridad de las cavernas.

—Iturbide da un golpe parlamentario en 1823 y, como consecuencia, es derrocado. Acto seguido Guerrero impide por la fuerza que Gómez Pedraza, el presidente electo, tome posesión de su cargo. Otro golpe, ahora de Estado, en 1828. En 1829 Anastasio Bustamante, su vicepresidente, expulsa a Guerrero del poder y ordena su fusilamiento con toda la discreción del caso. Mientras continúa la quiebra del país y no podíamos colocar una piedra encima de la otra, en 1832 Santa Anna, otra vez Santa Anna, depone ahora a Bustamante y después de una, ciertamente pintoresca, gestión de tres meses de Gómez Pedraza, se convoca a elecciones, siendo electos Santa Anna y ¿quién más?, nada menos que mi tocayo Valentín Gómez Farías, un liberal de pura cepa que se adelantó mil años a su tiempo. Entonces, si hacemos la cuenta —yo escasamente percibía cómo el viejo contaba con los dedos de las manos—, Iturbide y sus delirios imperiales, uno; el gobierno provisional nombrado al derrocamiento del emperador, dos; Guadalupe Victoria, tres; Vicente Guerrero, cuatro; Bustamante, cinco; Gómez Pedraza, seis; y Santa Anna, siete... Siete presidentes y un gobierno provisional en tan solo nueve años... ¿Te es claro el origen del caos, Ponciano?

Me quedé de pie viendo en dirección de donde estaba acostado don Valentín. Entendía. Se corría un velo que me había impedido conocer el desorden producido al adoptar un sistema de gobierno, tal vez el más difícil, sin haber estado preparados para ello. La monarquía constitucional habría impedido que cada cuatro años nos acercáramos al abismo para sustituir al jefe del Ejecutivo. Iturbide había resultado un traidor, pero sus conceptos políticos adquirirían solidez con el tiempo. No tuve mucho tiempo para concluir mis reflexiones. Cuando el viejo ya se preparaba a otra refriega, lo intercepté preguntando cómo había sido la experiencia en Estados Unidos a partir de su independencia. De esa respuesta arribaríamos a diferentes conclusiones para poder comparar la evolución de un país y del otro. Nosotros, claro está, íbamos al garete. Esa sola razón justificaba la presencia de Poinsett ofreciendo dinero a manos llenas a cambio de Tejas. En nuestra desesperación económica aceptaríamos, según el diplomático y su gobierno, cualquier oferta para satisfacer, por lo pronto, los apetitos expansionistas de Estados Unidos. Vendría un Poinsett, luego dos, tres, mil Poinsett y después, ante nuestra negativa e indefensión manifiesta por nuestro desorden, llegarían ya no diplomáticos, sino soldados, escuadrones, brigadas, divisiones, bergantines dispuestos a quitarnos lo que de sobra sabían que nos podían arrebatar con suma facilidad. Un país dotado de inmensos territorios y fértiles planicies, pero sin capacidad económica ni militar para defender sus fronteras, constituía, sin duda, una suculenta presa.

—En Estados Unidos, hijo mío, desde el arribo de George Washington a la jefatura de gobierno en 1789 hasta que Andrew Jackson llegó a la presidencia en 1829, más o menos los años en que Santa Anna y Gómez Farías llegan al poder, habían gobernado siete presidentes en cuarenta y tres años, mientras que nosotros debutamos en el México independiente con los mismos siete presidentes y un gobierno provisional, pero en tan solo nueve años, una diferencia abismal, como ya te había dicho... Casi un presidente por año... Habían sido siete presidentes en cuarenta y tres años, pero todos ellos habían dirigido al país con la misma idea en la cabeza, el mismo programa, el mismo objetivo, el mismo acuerdo, el mismo enfoque, sin desperdicio de esfuerzos. ¿Cómo no iban a llegar así a la meta, cuando Congreso y presidentes querían lo mismo, siempre lo mismo, evidentemente lo mismo?

—¿A cuántos presidentes derrocaron en Estados Unidos?

—A ninguno en cuarenta y tres años. No pasaba por la mente de los pastores calvinistas financiar cuartelazos como, en efecto, lo hicieron los sacerdotes católicos.

La Iglesia protestante jamás pensó en apropiarse del cincuenta por ciento del territorio de las trece colonias, ni tenía bancos ni hipotecarias ni policía secreta ni cárceles clandestinas, ni obtenía ingresos, todos exentos, por inmuebles adquiridos por insolvencia de sus deudores, renta de casas, de terrenos urbanos y rústicos, además de otras inversiones, ni imponía cuotas económicas por cada servicio religioso prestado, ni cobraba el impuesto del diezmo apoyándose en la fuerza pública, ni otorgaba préstamos leoninos con garantía hipotecaria, ni tenía a su disposición salas de tortura ni, claro está, jamás pensaron en derrocar ni a Jefferson ni a Adams ni a Madison ni a Monroe porque estos hubieran pensado en expropiarles un dólar... Otra idea, otro contexto, otros principios, otros objetivos... La Iglesia protestante llegó a América a cumplir efectivamente con su ministerio religioso sin pensar en acaparar la economía y la educación para controlar, espiritual y políticamente, a las masas y a enriquecerse a más no poder. Esa no era, de ningún modo, su concepción del mundo y de la vida, ni formaba parte de sus intenciones evangelizadoras...

—Pero deja, deja que te cuente del primer intento serio para que México se sacudiera a la sanguijuela de nuestro cuento —suplicaba don Valentín sutilmente para continuar con su narración—. Cuando Santa Anna llega por primera vez a la presidencia de la República en abril de 1833, ni siquiera se molesta en asistir a la toma de posesión, lo hace por poder porque prefería perseguir mulatas en su finca de Manga de Clavo en Veracruz que enfrentar los complejos problemas nacionales. Los nudos burocráticos de Estado lo atormentaban. No había nacido para vivir tras un escritorio, sino para combatir en los campos de batalla como un gran militar o pasar el tiempo en la campiña veracruzana disfrutando la brisa primaveral, tirado bajo la sombra de un manglar y acompañado de una belleza tropical. Quien enfrenta la responsabilidad del cargo es don Valentín Gómez Farías, su ilustre, ilustrísimo vicepresidente, un doctor honesto, discreto, transparente y pacífico. Este personaje de extracción liberal intentó por todos los medios librar a México de la brutal hegemonía política y económica de la Iglesia católica, acabar con un ejército divorciado de las razones que justificaban su existencia y extinguir a la aristocracia terrateniente acaparadora de grandes extensiones de tierras fértiles abandonadas. En fin, un hombre radicalmente distinto en casi todos los aspectos a ese jalapeño malviviente, un hombre veleidoso de ideas tan escasas como efímeras, de lenguaje ampuloso y engolado con el que convencía al populacho, ignorante y ávido de ilusiones. Ambos representaban el día y la noche, la sobriedad y la borrachera verbal, la realidad y la alucinación, el compromiso patriótico y los intereses personales, la honestidad y la corrupción, el progreso y la involución.

Contó que, en tanto Santa Anna se hacía el disimulado gozando los vientos tropicales del golfo de México, apostaba fortunas a los gallos, su actividad favorita que le preocupaba mucho más que los asuntos de Estado... y que nadie lo molestara cuando se enfermaba uno de sus animales más queridos porque no estaba, como él decía, ni para sí mismo.

—No había acabado la ceremonia de toma de posesión cuando Gómez Farías ya redactaba en su mente los decretos para restringir los poderes de la Iglesia católica. Influido por el doctor Mora, el ideólogo de la Reforma, otro sacerdote liberal, masón y apóstata, absolutamente convencido de que el Estado contaba con la legitimidad necesaria para nacionalizar las posesiones de la Iglesia, legalizar la libertad de opinión y de prensa, desaparecer las órdenes monásticas, cancelar el monopolio del clero sobre la educación y crear colonias en el norte del país para garantizar la integridad territorial, empezó a tomar medidas inmediatas —concluyó gozoso como si dirigiera el pelotón de fusilamiento de uno de los saqueadores de la riqueza nacional disfrazado con una sotana de seda, despojándolo previamente de su cruz pectoral cubierta de piedras preciosas para obsequiárselas a los pobres. ¡Preparen, apunten!—. Por más que los conservadores alegaban que Gómez Farías encabezaba, en su carácter de Robespierre, una parodia de la Revolución francesa, este dispuso, a través de una serie de leyes aprobadas por un Congreso liberal integrado fundamentalmente por masones yorkinos radicales, que los sacerdotes estaban impedidos de dar discursos en materia política; que declaraba clausurada la Universidad de México, la Pontificia, invariablemente dominada por la clerecía; que fundaba la Dirección General de Instrucción Pública, al frente de la cual estaría nada menos que el propio vicepresidente de la República; que se abrirían, a lo largo y ancho del país, escuelas para maestros; que establecía el derecho del clero regular para renunciar a sus votos, a las perversas mandas forzosas que podían llegar a extremos de barbarie; que quedaba abolido el impuesto del diezmo, la fuente de ingresos más importante del clero; que las confiscaciones de ciertos bienes clericales deberían surtir efectos inmediatos por necesidades financieras del Estado, es decir, se apropiaría del patrimonio de la Iglesia para, entre otros objetivos, reducir la deuda pública; que no era posible que el valor de los bienes inmuebles propiedad de la Iglesia, el terrateniente más grande de México, fuera de cuatro mil millones de pesos,[14] y que, a pesar de cobrar rentas elevadísimas, ni pagaba impuestos ni cooperaba para lograr el progreso espiritual ni el material de México; que ni el ejército ni el clero tenían por qué gozar de ningún tipo de fuero y que, por lo tanto, todos quedaban cancelados obsequiando un principio de igualdad a toda la sociedad. También modificaría la estructura del ejército, disminuyendo muchos de sus privilegios.

—¿Cómo piensa usted que voy a retener toda esa información? —alegué preocupado y no menos reconciliado con la promesa que encabezaba Gómez Farías. Finalmente se imponía la justicia.

—No te preocupes, yo la memoricé, pero además la tengo archivada y guardada junto con otros documentos no menos valiosos en donde ya sabes. Tendrás manera de recuperar la mayoría de lo aquí comentado.

Tranquilizado, lo cuestioné por la suerte de las reformas. Ya sabía yo que los mexicanos éramos espléndidos legisladores, pero incapaces de aplicar nuestras propias disposiciones y normas. ¿Cuáles fueron los alcances de las propuestas de Gómez Farías? De sobra sabía que tanto el noble doctor como Mora, el ideólogo, habían fracasado escandalosamente desde que Juárez tuvo que volver a emitir buena parte de las Leyes de Reforma hasta el año 59 fundamentalmente. Pero ¿cómo, por qué y quién descarriló el carro reformista conducido por Gómez Farías y Mora?

—Si estás en esta mazmorra solo podías ser de los míos. Gracias a Dios que te puso a mi lado para transmitirte mi experiencia, muchacho —dijo don Valentín como quien se prepara a dar un gran salto y mide sus fuerzas concentrándose en su objetivo—. Mira, Ponciano, de abril de 1833 a abril de 1834, tan solo un año, los liberales radicales se consolidaron en el poder a nivel nacional y estatal, disfrutaban de una gran mayoría en el Congreso, en las legislaturas y en los gobiernos locales; sus seguidores habían tomado muchos municipios, su programa de reformas se instrumentaba rápidamente, su propaganda llovía en todos los periódicos del país mientras sus oponentes se desbandaban, aparecía el verdadero rostro del México libre, sí, sí, pero los curas no podían permitir, en ningún caso, la confiscación de sus bienes ni la pérdida de sus privilegios ni de su poder político que se remontaba a tres siglos. Semejante proceso de destrucción no podía prosperar y, por lo mismo, el enemigo a vencer, la encarnación misma de Satanás, llegó a ser el propio Gómez Farías. Él tenía que ser abatido, destituido de su cargo y fusilado o, por lo menos, exiliado junto con toda su cáfila de bribones liberales, una recua de bandidos amigos de lo ajeno, según el clero. De ahí que las más altas autoridades de la Iglesia católica decidieran reunirse para estudiar la mejor estrategia para deshacerse del vicepresidente de la República y de la Constitución de 1824, finalmente la causante de todos nuestros males por haber establecido en su articulado un sistema federal en lugar de uno centralizado. Iturbide seguía teniendo razón. ¿A dónde íbamos con una República federal tan difícil de administrar en lugar de una monarquía disimulada en la que Santa Anna sería el soberano o el gran tirano, al que a su vez controlaría el clero? La jugada era perfecta. Impecable. Irrefutable. ¡A ejecutarla!

Recordando a Monteagudo y su exquisito estilo para arrojar la piedra y esconder la mano entre las amplias bolsas de su sotana, me pregunté cómo se las podía haber arreglado el clero para decapitar de un solo tajo al gobierno del doctor Gómez Farías.

—Imagínate que en febrero de 1834, a casi un año de consolidación del gobierno liberal, se reunieron en la sacristía de la Catedral de la Ciudad de México, esta vez ya no en La Profesa, las máximas autoridades eclesiásticas para estudiar el mejor mecanismo de defensa en contra de las recurrentes agresiones liberales capitaneadas por don Valentín Gómez Farías. ¡No faltaba más…!

Era perceptible la irritación de don Valentín, como la de quien clama justicia ante tanta alevosía y ventaja. El clero volvía a intervenir en la vida política de México con tal de salvar su patrimonio y sus privilegios.

—Entre enormes candelabros de plata y tesoros como la custodia de Borda, confeccionada con oro macizo y adornada con perlas, cubierta al frente por 5 872 diamantes y al dorso por 2 653 esmeraldas, 544 rubíes, 106 amatistas y 28 zafiros,[15] mientras los creyentes morían de hambre o no sabían leer ni escribir, se dio aquella histórica reunión, presidida nada menos que por el propio Matías Monteagudo, en la que, por instrucciones de este último, el obispo Francisco Pablo Vázquez Vizcaíno, de Puebla, el mismo cuervo ensotanado que don Valentín ya me había presentado a la distancia, expuso la síntesis más acabada, en tan solo diez puntos, para dar un golpe de Estado sin mayor tardanza en contra del doctor Gómez Farías.

—Si olvidamos nuestras obligaciones como obispos y como cristianos —adujo Vázquez Vizcaíno antes de proceder a la lectura de su plan—, mereceremos que caiga sobre nosotros la divina indignación y los suplicios eternos. No se puede dudar de la elección en tan dura alternativa. Es claro que nos corresponde obedecer a Dios antes que a los hombres.

Se trabaría una alianza secreta con el ejército, con o sin derramamiento de sangre y fueran las que fueran las consecuencias. La agenda hubiera justificado por sí misma el encarcelamiento inmediato o la expulsión del país de estos enemigos mortales de México. Jesús hablaría por la boca de sus más connotados sacerdotes. He aquí la agenda de trabajo presentada por el padre Vázquez Vizcaíno:

*1)* Derogación inmediata de las leyes anticlericales emitidas por Gómez Farías.

*2)* Derogación de la Constitución de 1824 y la promulgación de una nueva en la que se prive de toda soberanía a los Estados de la Federación de modo que todo se resuelva desde el centro. El control total del país deberá recaer en las manos de Santa Anna y de un Congreso integrado fundamentalmente por representantes de nuestra Santa Madre Iglesia Católica y Romana, otros amantes de la reacción y destacados jefes del ejército. Es la hora de la dictadura. A México le conviene el despotismo impuesto con sabiduría y virtud.

*3)* Destitución del Diablo de Gómez Farías y expulsión del país de sus secuaces. Mora deberá ser sometido al raspado de las palmas de sus manos con ácido como justamente se hizo con Hidalgo y Morelos. Acto seguido deberá ser fusilado y decapitado.

*4)* Disolución del actual Congreso integrado por demonios liberales.

*5)* Destitución de los gobernadores liberales que apoyaron a Gómez Farías y, por ende, promovieron el robo de los bienes propiedad de la Iglesia, así como la supresión de su fuero.

*6)* Clausura inmediata de los periódicos anticlericales.

*7)* Expulsión del país de los periodistas liberales o su encarcelamiento.

*8)* Religión y Fueros será el lema del presente movimiento.

*9)* Redacción de textos para ser leídos en los sermones o en las homilías en todo el país para honrar la unión católica y denunciar a sus enemigos.

*10)* Nombramiento de una comisión clerical que visite al señor presidente de la República en Veracruz para solicitarle su auxilio antes de que el país se envuelva en llamas por culpa de los liberales.

Al amparo de la cúpula de la Catedral Metropolitana y a un lado de la tumba donde descansará para siempre Agustín de Iturbide, emperador de México, ¿en qué otro lugar podía estar enterrado, si no en el máximo templo católico mexicano?, se concibió este plan retrógrada que desviaría una vez más el curso progresista de México y proyectaría de nueva cuenta a nuestro país indefinidamente al atraso.

Por supuesto que la comitiva eclesiástica se había presentado ante Santa Anna en su finca de Manga de Clavo el día y la hora convenidos en aquel mes de febrero de 1834. ¿Resultado? El jefe de la nación no se encontraba ni en la sala ni en el ya famoso Salón de la Gloria, donde estaban colocados sus reconocimientos políticos y militares, uniformes, banderas y condecoraciones. No, no estaba reposando en sus habitaciones ni se le pudo localizar en las caballerizas, ni siquiera en su palenque ni revisando las galleras, dos de ellas de plata pura, en donde cuidaba a sus gallos favoritos. Lo buscaron en el ojo de agua y nada, en el inmenso columpio en el jardín de las ceibas, en el rincón del tequila, un espacio improvisado al aire libre en donde se podía jugar la vida al cubilete; en el apancle, un pequeño brazo de río en el que le gustaba nadar desnudo y nada, nada de nada. ¿El patrón se habría ido a los cafés del puerto, perdido entre las arcadas, para apostar unas monedas lanzadas al aire con la idea de ganar un puñado de camarones con limón?

Cuando ya desesperaba el nutrido grupo de ensotanados, muy a pesar de que Inés García, la esposa del Benemérito de Tampico había servido, una y otra vez, agua de chía y de guanábana, apareció repentinamente el presidente de la República, cubierto de lodo de arriba abajo. Su eterno jefe de caballerangos sabía, a ciencia cierta, dónde dar con él cuando todo intento fracasara. A nadie, por supuesto, se le había ocurrido ir a buscarlo a los platanares, sí, los que se encontraban al final de la finca, su lugar favorito al igual que secreto, en donde el jefe de la nación se revolcaba con la mulata en turno, a cambio a veces de una recompensa en dinero, y otras tantas por el solo placer de entregarse al patrón, un chiquillo gozoso y feliz que se hechizaba ante los encantos femeninos. ¿Quién podía resistirse a ellos? ¡Por Dios!

No tuvo que dar explicaciones ni a Inés ni a la comitiva de sacerdotes que se abanicaban el rostro con lo que tuvieran a la mano. Solo el conocido obispo de Puebla, Francisco Pablo Vázquez Vizcaíno, se mantenía impertérrito y sin pronunciar palabra. ¿Acaso Jesús se había quejado el día de su calvario? El presidente mencionó que el retraso se debía a que una vaquilla no se había dejado marcar con un hierro incandescente y él había tenido que dominarla haciéndola girar del testuz hasta derribarla e inmovilizarla. Acto seguido la había aplastado contra el piso con la pierna derecha, mientras que le ataba los cuartos traseros.

—Parece mentira, dijo, que no haya hombres de campo que sepan hacer el trabajo o tal vez no se atreven o carecen de la fuerza física necesaria —aseveró ufano.

—Pero aquí no tenemos vacas, Toñis —repuso doña Inés con candor.

—Acabo de comprar cincuenta cabezas de ganado.

Tras esta muestra de su capacidad para la improvisación, Santa Anna invitó a los sacerdotes a pasar al salón comedor. Ahí se encontraba una gran mesa para conversar y escribir si fuera el caso. ¡Cuántas mujeres carecían del más elemental don de la discreción y jamás habían conocido el sentimiento de la generosidad para abstenerse de dejar en ridículo a sus maridos, convirtiéndose en sus cómplices ante una piadosa mentira! ¡Cuántas amantes habían sido ampliamente beneficiadas o recompensadas por su sentido de la prudencia y de la discreción, que les impedía exhibirse como unas sabelotodo! ¡Qué trabajo les costaba a las esposas quedarse calladas!

Dos de los obispos presentes hicieron referencia, en voz baja y cruzando miradas condenatorias, a la suciedad de la indumentaria del presidente. Monteagudo acariciaba impaciente uno de sus anillos pastorales cubierto por piedras preciosas, el mismo, el de la suerte, el que había exhibido durante las noches interminables de La Profesa, en donde se planeó con tanto éxito la estrategia para que México alcanzara finalmente su independencia de España. Su Excelencia estaba cubierto de lodo, ya seco, de arriba abajo, pero, sobre todo, era de llamar la atención que llevaba abierta la bragueta de sus eternos pantalones blancos ajustados y era muy fácil ver la botonadura de oro con el escudo del águila nacional grabado en cada uno de ellos. Además, quien lo observara detenidamente podría constatar la huella de una mordida en la comisura de sus labios y, por si fuera poco, se encontraba con el pelo enmarañado. Era muy sencillo comprobar que Santa Anna, en realidad, venía de regreso de un combate, no con una vaquilla, ¡qué barbaridad!, sino con una auténtica fiera del trópico, una mulataza, como él decía, sólida como la madera de una ceiba y de tierra caliente, de esas hembras que mueren matando...

El selecto grupo de sacerdotes hablaba de cuestiones menores, mientras servían fruta fresca en abundancia y el presidente aprovechaba la pausa para asearse y estar, de alguna manera, presentable. Entre las peripecias del viaje, los calores, el miedo a los bandidos, a los despiadados asaltantes, los dolores de espalda por el traqueteo en las diligencias, las incomodidades, el polvo, ya que estaba lejos todavía el feliz arribo de la temporada de lluvias, a los sacerdotes se les veía fatigados. A poco de haber llegado Santa Anna a la mesa y de encabezarla, se empezaron a hacer silencios cada vez más largos. Las miradas, inquietas por momentos, se empezaron a centrar en el obispo Vázquez Vizcaíno, encargado de expresar el motivo de la presencia del alto clero en Manga de Clavo.

—Estoy a sus órdenes, señores —expresó sonriente el jefe de la nación. Estaba sobradamente informado por sus agentes en la Ciudad de México de los hechos que, a viva voz, harían oficialmente de su conocimiento en los siguientes momentos.

Al Benemérito de Tampico no le era ajena la identidad de sus interlocutores, los conocía ampliamente de buen tiempo atrás, sobre todo a Monteagudo, imposible olvidarlo, y a Vázquez Vizcaíno, famoso tanto por los escandalosos niveles de sus ingresos como por sus artículos en la prensa poblana, sobre todo los relativos a la supresión del impuesto del diezmo decretada por Gómez Farías el año anterior. Ahí recordaba el alto prelado a los fieles la obligación de pagar el diezmo e instruía a los sacerdotes de su diócesis para que en el confesionario, en los sermones, especialmente en los que prediquen en la primera, cuarta, y última dominica de cuaresma, en las festividades de la ascensión del Señor, Pentecostés, natividad de San Juan Bautista, asunción y natividad de la Santísima Virgen, insistieran en el cumplimiento de esa sagrada carga, so pena de hacerse acreedores a todo género de castigos.

Ante un breve asentimiento de cabeza de monseñor Monteagudo, una clara señal de respeto a las jerarquías, el vicario poblano —quien precavidamente había vendido el grueso de sus bienes personales acumulados a lo largo del tiempo,[16] muy a pesar de la prohibición expresa de su Iglesia de contar con propiedades, para ponerlos a salvo de la furia liberal— leyó un texto que luego encontré entre los papeles que el viejo y el tiempo habían guardado celosamente. En el margen superior izquierdo encontré este párrafo, escrito probablemente con el puño y la letra de don Valentín: "El obispo Vázquez, el mismo que debiera predicar la paz, es el que desde su solio ha atizado la tea de la discordia, ha auxiliado a los facciosos con remisiones de dinero y difundido especies alarmantes, desconceptuando al gobierno y empeñándose de todos modos en extraviar a la opinión pública. Santa Anna era detestable pero, después de todo, también era imprescindible. Un día habrán de largar del país a este maldito representante de Dios. Seas quien seas, lee".

Excelentísimo señor don Antonio López de Santa Anna. Presidente de la República.

La Iglesia católica mexicana, eternamente obsecuente con los deseos y aspiraciones de los mexicanos, no se opuso, en su momento, a la promulgación de la Constitución de 1824. La realidad demuestra cómo, a pesar de nuestra mejor paciencia y escrupuloso respeto a las instituciones de la República, la nación se instala cada vez más en el peligro. Al día de hoy, en razón de la confiscación licenciosa de los bienes eclesiásticos y de la clausura de los monasterios, entre otras persecuciones y agresiones no menos graves, la santa religión se ve amenazada porque al clero proscrito se le va impidiendo cumplir con su sagrado ministerio apostólico como, sin duda, lo es la divulgación del Evangelio.

Nos encontramos en un doloroso escenario de ausencia de justicia en todos los órdenes de la vida nacional, sin seguridad personal y sin protección a la propiedad privada ni de los ciudadanos ni de la humilde Iglesia de Dios. La delincuencia es un azote de la sociedad porque el gobierno federal no controla las carreteras ni a los asaltantes, quienes roban y esquilman, sin piedad, en ciudades, pueblos y áreas rurales [...] El doctor Gómez Farías persigue y expulsa a los opositores de su gobierno y atropella las más elementales reglas de la convivencia civilizada y respetuosa, desde que al expropiar, sin causa alguna, los bienes de los particulares, invita a la anarquía y a la disolución social, para ya ni hablar de la expulsión del país de insignes pastores, cuya ausencia ha estimulado el cáncer de la impiedad para destruir todo el tejido social. Lo decimos nosotros, quienes estamos presentes ante su egregia figura el día de hoy: los pastores de este santo rebaño.

El federalismo, reconozcámoslo, ha producido una plaga de ladrones y un torrente de inmoralidad nunca vistos en estas tierras de Dios.[17] La educación ha sido prostituida, la juventud pervertida, mientras los padres luchan en vano por proteger a sus familias. El haber atacado a la Iglesia y a sus ministros es lo que ha despertado esta febril agresión de la delincuencia que ha traído el desorden y el caos entre todos nosotros, sus amados gobernados. No se pueden tocar los intereses de la gran madre educadora, nuestra dolorida Iglesia, porque se desquicia el país. Se debe restaurar, muy señor nuestro, la moralidad pública, así como la autoridad del gobierno.

El respeto al orden y a la religión, señor presidente, solo puede alcanzarse removiendo, de inmediato, a los federalistas radicales del poder, empezando por la destitución impostergable de Gómez Farías y su cáfila de bandidos. Es imperativo restaurar los valores de los viejos tiempos, los relativos al centralismo vigente durante los años de la Colonia [...]

Los hombres que detentan la propiedad integran el único grupo social capaz de alcanzar los anteriores objetivos. La quimérica igualdad, tan cantada por los liberales extremistas, fue el pretexto para privar a los ciudadanos honorables de sus bienes. No, no hay espacio para la igualdad ni se debe estimular el odio popular en contra de las clases propietarias. Por ello es esencial que la reforma del sistema electoral asegure que los hombres de bien, los dueños del capital y del dinero sean electos y la única manera de lograrlo es hacer que la propiedad de bienes sea la calificación fundamental para votar y ser votado. Quien no tenga bienes no deberá participar en el diseño del México nuevo [...]

Debemos practicar un giro constitucional hacia el centralismo para garantizar los valores tradicionales de la familia, el respeto a la nación y a sus venerables instituciones, así como el debido control del Congreso y de la prensa, esta última un auténtico agente de envenenamiento social. Con todo el dolor de nuestro corazón sangrante, nos vemos en la penosa necesidad de declarar que, por el riguroso bien de todos, ni los desempleados ni los vagabundos ni el servicio doméstico ni los analfabetos deberían votar, porque, como bien dice Lucas Alamán, lamentablemente las grandes masas no sabrían ni por qué ni por quién sufragarían.[18] Por ello, ahora más que nunca, se deben fortalecer los pilares de los que depende una sociedad civilizada: la Iglesia católica y el ejército.

En ese momento Santa Anna interrumpió abruptamente la lectura de un texto que había llevado horas redactar para adecuarlo a las circunstancias. Desesperaba. Le costaba un trabajo inenarrable concentrar la atención más de cinco minutos en un mismo tema.

—Vayamos al grano.

Vázquez sintió un bofetón en pleno rostro. Con cierto coraje y vergüenza por la humillación, no permitió que otro respondiera. Monteagudo observaba la marcha de los acontecimientos sin pronunciar palabra alguna. Estaba presente para evitar desbordamientos, controlar las mañas y ardides del Benemérito y garantizar que los acuerdos se ejecutaran puntualmente.

—No queremos, los aquí presentes, ni un día más en el poder al tal Gómez Farías ni toleraremos sus leyes anticlericales ni permitiremos la vigencia de la Constitución de 1824 —explotó Vázquez con el rostro desencajado. Hizo una breve pausa. Intentaba medir sus palabras. El coraje no le permitía ni siquiera respirar. ¿Santa Anna habría perdido de vista su estatura clerical?—. Jamás aceptaremos que los curatos sean intervenidos y despojados del cobro de los servicios eclesiásticos, ni menos, mucho menos, consentiremos en la cancelación de nuestro histórico derecho a recaudar el sagrado impuesto del diezmo ni de las primicias, ni ningún ser viviente podrá obligarnos a sacarnos un ojo aun cuando persigan a nuestros obispos, los encarcelen o los exilien. ¡Nunca! ¿Está claro?

Se puso repentinamente de pie, como si Santa Anna estuviera dispuesto a enfrentarlo.

—¡Que nunca se olvide que la Santa Sede está con nosotros, como lo están Dios, la Divina Providencia, la Santísima Trinidad y todos los santos, las vírgenes, los apóstoles, beatos y mártires católicos![19] ¡Que nadie pierda nunca de vista nuestra fuerza! —sacó el puño por la manga de la sotana en lugar de la cruz o un escapulario. Al darse cuenta de su exceso volvió a sentarse, con el semblante congestionado.

Monteagudo no podía ocultar el orgullo que le producían la actitud y el temperamento de Francisco Pablo, un hombre hecho a su imagen y semejanza, el digno heredero de una tradición eclesiástica dedicada a la defensa de los intereses de la Iglesia católica.

Santa Anna carraspeó. Permaneció mudo.

—Queremos la promulgación de una nueva Carta Magna, una absolutamente centralista, en la que los estados de la Federación se sometan obligatoriamente al centro, es decir a usted, señor, al igual que el Congreso, que no podrá ni levantar un lápiz sin su autorización, un Congreso integrado por amantes de la reacción, destacados sacerdotes, jefes del ejército y hombres de bien, en fin, un despotismo impuesto con sabiduría y virtud en el que también cabe la prensa, siempre y cuando se someta a nuestras directrices.

—Usted propone una dictadura camuflada, ¿no es cierto, padre mío?

—Llámelo como quiera, señor presidente, pero el peor castigo que se nos puede imponer a los mexicanos es que nos gobernemos por nosotros mismos. ¿A dónde vamos con una democracia, con una emancipación política, en un país poblado por menores de edad y, además, analfabetos?

—Tendré que echar a la calle a Gómez Farías.

—¡Échelo!

—Tendré que disolver el Congreso, hoy integrado por liberales.

—El uso del plural va mejor en estos casos: tendremos que disolver el Congreso... ¡Disolvámoslo!

—Tendremos, en ese caso, que destituir a los gobernadores liberales electos por el pueblo.

—¿El qué? ¿El pueblo? Destituyámoslos, hombre... ¡Qué pueblo ni qué pueblo!

—La prensa se me tirará encima...

—Clausure los periódicos opuestos a nuestros deseos.

—¿Y los periodistas sin empleo?

—Expúlselos del país o encarcélelos con el lema de Religión y Fueros. A las cucarachas hay que aplastarlas en el piso.

Se habían roto todas las formas y los protocolos. Se hablaba con franqueza.

Santa Anna permaneció mudo, impasible, mientras pelaba una naranja con un cuchillo de plata secuestrado a Isidro Barradas, el general español que años antes, en 1829, había llegado a Tampico para tratar de volver a hacer de México una colonia de España. Él, Santa Anna, lo había derrotado, y como prueba de ello había mantenido en su poder esa arma trabajada a mano por los mejores artesanos toledanos.

Recordó cómo, tan pronto como el mes de mayo del año pasado, apenas transcurrido un mes de su toma de posesión por poder, una vez publicadas las primeras leyes liberales por el vicepresidente Gómez Farías, sus agentes ya le habían reportado levantamientos armados, financiados obviamente con dinero de la Iglesia católica, tales como el del 26 de mayo de 1833, encabezado por el coronel Ignacio Escalada con el tristemente célebre Plan de Escalada, por el cual "esta guarnición protesta sostener a todo trance la santa religión de Jesucristo y los fueros y privilegios del clero y del ejército, amenazados por las autoridades intrusas". La mano negra estaba muy clara. Nunca olvidaría cómo unos cuantos días después, el primero de junio de 1833, el general Gabriel Durán organizó la asonada en Tlalpan, solidarizándose con el Plan de Escalada y declarando someterse, curiosamente, a la voluntad del presidente Santa Anna. A la semana, el 8 de junio del mismo año de 1833, el general Mariano Arista lanzó el Plan de Huejotzingo en la población del mismo nombre, por el cual por sí y ante sí desconocía al gobierno legítimamente constituido, prometía proteger y defender la religión católica y al clero secular y regular, y proclamaba supremo dictador al general Santa Anna. ¡Cuántas paradojas de la vida!, ¿no?[20]

El presidente de la República sabía muy bien de la existencia de Cuadros, el fraile mercenario que, con recursos económicos obviamente de la Iglesia, había jurado amputar las orejas de los impíos con la espada de San Pedro. Imposible olvidarlo ni perder de vista tampoco a un fraile disfrazado con peluca y armado de pistolas que fue arrestado en la Ciudad de México durante un motín en el mismísimo cuartel de Palacio Nacional, orquestado también en contra de Gómez Farías, ni la conspiración de Tehuacán, dirigida por el prior de los carmelitas de esa ciudad, fray José de Santa Anna, y los legos Francisco del Niño Jesús y Juan de los Dolores, que tenían escondidos en un tanque doscientos fusiles.[21] Los curas eran bravos, ni duda cabía. Era mejor, mucho mejor, tener buenas relaciones con ellos…

¿Y mi ejército? ¿Se iba a quedar fuera de la jugada? Claro que no: ahí estaban distinguidos militares conservadores como don Anastasio Bustamante y don Nicolás Bravo, que veían en las tendencias del gobierno de Gómez Farías unos deseos inocultables de ofender y hostilizar a la clase militar. ¿Acaso el 2 de diciembre en Chichihualco no habían publicado una proclama pronunciándose contra el gobierno y en pro de los fueros de la religión?[22] Sí, sí, pero Santa Anna sabía que Gómez Farías se las había arreglado para derrotar y sofocar todo movimiento y levantamiento armado y era por esa razón, y no otra, que la comitiva de sacerdotes lo había visitado en Manga de Clavo. Necesitaban su apoyo, era claro, clarísimo; de otra suerte, ya habrían colocado a un alto prelado en Palacio Nacional sin avisarle siquiera. La sangre, en ese caso, se hubiera derramado a raudales…

De pronto el presidente de la República se sacó repentinamente dos cartas de la manga, al estilo de los mejores ilusionistas, que ninguno de los presentes esperaba. En el mismo tono utilizado por los sacerdotes para pedir ayuda económica, una limosna para la reconstrucción de este tu templo, la Casa de Dios, así como si fuera un sacerdote resignado después de cuarenta años de apostolado, el ilustre veracruzano dijo mientras masticaba un gajo de naranja con la boca abierta:

—Está bien, señores, solo les pediría dos favores…

Ninguno de los sacerdotes pestañeaba. A Monteagudo se le contrajo repentinamente el rostro. Conocía de sobra los alcances de las condiciones solicitadas por Santa Anna.

—El primero, una suma importante para gastos del gobierno. La movilización que proponen costará mucho dinero para armar al ejército y saber convencer a mis generales de las inmensas ventajas del centralismo…

Los curas se miraron perplejos los unos a los otros. El silencio se hizo pesado. Uno de ellos, el obispo que estaba a la diestra del presidente, en tanto hacía girar hasta ocultar en la cara interna de su dedo meñique la costosa gema de su anillo pastoral, hizo la pregunta obligada:

—¿Y de cuánto estamos hablando, señor Santa Anna? —ya nada de señor presidente ni de cortesías.

Sin inmutarse, el ciudadano jefe del Ejecutivo alegó que él no había pensado en ninguna cantidad, pues la conversación lo había tomado por sorpresa. Ocultó que esperaba la visita de los sacerdotes desde 1833.

—Sería conveniente que regresáramos a la Ciudad de México con una idea en la cabeza, ¿no lo cree conveniente, señor?

El obispo Vázquez pensó que los maleantes no los habían asaltado en la ruta hacia Veracruz, pero que el robo se había producido en Manga de Clavo, precisamente en el comedor de la finca de Santa Anna.

—¿Les parece bien medio millón de pesos? Tomen en cuenta que el territorio llega más allá de las costas de San Francisco… El esfuerzo militar por imponer la nueva ley será muy intenso y demandante de recursos de los que carece nuestro gobierno —acotó Santa Anna como si pidiera un café cargado.

Más, muchas más miradas cruzadas entre los curas. Miradas cargadas de reprobación. Era imposible ocultar el coraje en cualquiera de los rostros.

No era fácil tratar con un apostador profesional, dotado de una capacidad muy educada para ocultar la menor emoción. Esto iba a costar dinero, ni modo, y mucho, muchísimo… Después de un breve intercambio visual mediante el cual se señaló a quien debería echarse a cuestas la respuesta, la voz enérgica de Monteagudo inquirió:

—¿Usted se compromete, ante nosotros, a que el dinero no irá a dar a los bolsillos de los generales? —clavó la mirada en el rostro del Benemérito de Tampico—. No queremos que el dinero del Señor se desperdicie en corruptelas.

—Cuenten con ello —respondió Santa Anna mordiéndose la lengua para no estallar en carcajadas—. Los recursos irán a donde deben ir... ¡Tranquilícense!

—En principio goza usted de nuestra aquiescencia, pero únicamente por la mitad —interceptó Vázquez en forma cortante; no estaba para regateos—. Solo necesitaremos unos días para recabar ciertos acuerdos. Además, se los pagaremos a razón de cuarenta mil pesos mensuales, eso sí, sin intereses de ningún tipo, según vayamos constatando el desarrollo de esta revolución ordenada por el Señor...[23] ¿Y en lo que hace a las destituciones y disoluciones en relación con el vicepresidente y las cámaras de Diputados y Senadores? —cuestionó el obispo dudando de todo, hasta de que él mismo estuviera sentado sobre una silla. Hablar con Santa Anna equivalía a caminar sobre un piso sumamente resbaloso y quebradizo...

—A partir de este momento tienen ustedes mi palabra de honor. No quedará ni el menor rastro de la presencia de los liberales. Ordenaré la destitución inmediata de Gómez Farías y de sus cómplices.

Los sacerdotes enmudecieron. ¿Santa Anna palabra de honor? Por otro lado, no tenían otra opción salvo la de creer en él.

—¿Y el segundo favor? —adujo otro de los obispos, que no dejaba de jugar con su cruz pectoral cubierta de rubíes.

En ese instante sentí que el viejo se acomodaba de lado sobre la tabla. No dejaba de hablar. Para mi compañero de mazmorra, Santa Anna nunca ocultó ser un oportunista que determinaba sus actitudes y decisiones con arreglo a sus intereses personales antes que a cualquier tipo de ideología. Él utilizó a los políticos para promover diferentes proyectos, desde el derrocamiento de Iturbide hasta la derrota de Gómez Farías, de la misma forma en que políticos, sacerdotes y generales lo utilizaban a él en beneficio de sus propias carreras e intereses. Nadie confiaba en él, de la misma manera en que él tampoco confiaba en la gente que conocía su perverso amor por el dinero, así como sus extravagancias en sus tratos con las mujeres y su escandaloso dispendio de los recursos públicos para fortalecer su imagen.

—El segundo favor —exclamó Santa Anna mientras pelaba una chirimoya— consiste en solicitar su amable ayuda para vestir este cambio realmente revolucionario que no se puede dar así porque sí... ¿No creen?

Los sacerdotes solo pensaban en cuánto les iba a costar el vestir el susodicho cambio. Cada vez que Santa Anna abría la boca, por lo visto, a la Iglesia le costaría miles de pesos extraídos del cepillo de las limosnas.

—Necesito su apoyo para orquestar un golpe de Estado que aparente ser el resultado del hartazgo de la gente no solo en relación con las políticas agresivas y déspotas de Gómez Farías, sino para lograr instaurar en el futuro inmediato el centralismo en lugar del federalismo suicida. No se trata únicamente de aplastar a Gómez Farías ni de despacharlo fuera del país, sino de aparentar que el pueblo quiere y exige otra forma de operación del Estado y, para lograr que se escuche su voz con la debida claridad, propone un movimiento armado. Tiene que parecer que la nación propone, Dios dispone y nosotros imponemos —exhibió una sonrisa sardónica ante la genialidad de su rima improvisada—. Reunamos a todos los partidarios que podrían acometer esta tarea para que un grupo controlado por nosotros se levante en armas.

La aprobación fue inmediata.

—Bien, señor presidente —intervino el obispo de Guadalupe devolviéndole los títulos honoríficos a Santa Anna, convertido en todo un aliado clerical como lo fuera, en su momento, Iturbide—, la idea es espléndida, más aún a la luz de un lema como el nuestro: ¡Religión y Fueros! Escojamos el lugar, la bandera ya la tenemos.

Monteagudo confirmaba en silencio sus pensamientos. He aquí a nuestro nuevo Iturbide. Una oveja realmente influyente para ayudarnos a conducir, por lo pronto mansamente, a nuestro sagrado rebaño que el Señor tanto nos ha encomendado…

—¿Qué tal Cuernavaca? —propuso Santa Anna.

—Cuernavaca —repitieron todos al unísono.

—Cuernavaca —repitió Santa Anna—, pero los gastos corren por cuenta de ustedes, con independencia de los doscientos cincuenta mil pesos acordados —insistió el presidente, congelando el júbilo clerical.

—Fechas, señor presidente, ¿cuándo?

—¿Está bien a finales de mayo?

Tras este acuerdo, Santa Anna se despidió de la comitiva de ensotanados con un "Dios los bendiga". Le preocupaba que su mulataza se hubiera aburrido de estar esperándolo entre los platanares. Tendría que ir por otra…

Monteagudo contuvo la despedida y la euforia.

—Mayo es un buen mes para ejecutar el levantamiento armado, pero antes debe usted comprometerse ante nosotros a destituir al tal Gómez Farías sin pretexto alguno. Esa debe ser su primera muestra de buena voluntad ante esta dignísima comitiva, y la segunda, general, que el Congreso que votó a favor de las leyes liberales sea el mismo que las derogue. Ya sabemos cómo se manejan estos asuntos… A partir de ese momento, y solo a partir de ese momento, empezará a fluir dinero de nuestra Santa Madre Iglesia…

Santa Anna, el Benemérito, el Instrumento Visible de Dios, el César Mexicano, sintió un aguijonazo en pleno rostro. ¿Acaso esta cucaracha negruzca, este sapo maloliente habrá perdido de vista que está hablando con el presidente de la República? ¿Cómo se atreve a ponerme condiciones en mi cara y sin guardar las formas? ¿Y si lo asustaba levantándose violentamente de la mesa, abandonando la reunión por haber sido humillado con todo y su elevada investidura? Después de unos instantes de reflexión, cayó en cuenta que un rompimiento con el alto clero solo propiciaría que este se hiciera rápidamente de otro candidato que llevaría a cabo el golpe de Estado ya no solo contra Gómez Farías, sino contra él mismo. Ambos desaparecerían del escenario político en menos de lo que se escupe un hueso de tamarindo.

—Los dos, vicepresidente y Congreso, comen de mi mano —adujo Santa Anna disimulando el malestar y golpeando ostensiblemente la palma de la mano izquierda con la derecha. Ya en otra ocasión le devolvería la estocada a Monteagudo y lo atravesaría de un lado al otro de la sotana—. Todavía no conozco quién sea tan valiente como para enfrentar el filo de las bayonetas de mi ejército.

¡Ay!, ¡ay!, si Sam Houston pudiera escucharlo, como otros tantos más. El gran hablador era incorregible. A sabiendas de que los compromisos le producían una alergia en la piel, el Benemérito no tuvo más remedio que ceñirse a las condiciones impuestas por sus visitantes. ¿Quién había ganado y quién perdido? Al tiempo… El mundo es redondo y da la vuelta…

El obispo Vázquez, siempre inquieto, le disparó a Santa Anna una última pregunta cuando ya se había dado por terminada la sesión y se habían hecho los debidos votos para alcanzar la libertad y el progreso de México:

—En la época de la Colonia los reyes españoles tenían el derecho de nombrar a los representantes de la Iglesia católica, lo que era el famoso Patronato…

—Por supuesto sé lo que era el Patronato, padre mío…

—El señor Gómez Furias, no Farías —dijo con el rostro tieso a pesar de la broma—, insiste en que su gobierno es la única autoridad para nombrar sacerdotes en las diferentes diócesis, como si la independencia no se hubiere ya realizado. Nada tenemos ya que ver con los reyes españoles… ¿Está de acuerdo en que el nombramiento de los sacerdotes es competencia exclusiva de nuestra Santa Madre Iglesia y una junta suprema de pastores encabezada por el Santo Padre desde Roma es la única que puede llevar a cabo las designaciones ordenadas por Dios y no por cualquier funcionario público de quinta categoría? Acláremelo, por favor... Esta es otra de las razones que justifican nuestra presencia hoy en su casa, señor presidente.[24]

—Lo veremos, todo lo podemos ver, padre. En principio le digo que Dios es muy sabio y nunca se equivoca...

—No entiendo eso de "lo veremos" —insistió Francisco Pablo a partir de las enseñanzas de Monteagudo: a los políticos acorrálalos, compromételos y colócalos contra la pared—. ¿Lo veremos...?

—Está bien, está bien —repuso Santa Anna pacientemente. Ya llegaría su momento—. Coincido con usted. La potestad del nombramiento de sacerdotes solo les incumbe a ustedes.

—¿Sabe usted que su regreso a la Ciudad de México equivale a la llegada del Mesías a Belén?[25]

—La venida de ustedes aquí equivale a la recuperación de México a los sagrados terrenos de Dios —contestó Santa Anna con mirada pontificia.

—¿Jura defender, y si no que Dios Nuestro Señor se lo demande, la religión y los fueros católicos?

Jurar una vez más era irrelevante, de ahí que el César mexicano lo hiciera sin reflexionar, acostumbrado como estaba a hacerlo y a incumplir de inmediato alegando todo tipo de justificaciones.

—Sí, lo juro —repuso ocultando de nueva cuenta una escandalosa risotada. Ya la soltaría cuando cabalgara a pleno galope rumbo a los platanares...

Vázquez Vizcaíno levantó la mirada y la cabeza hacia el techo para elevar la siguiente plegaria para agradecer al Señor su comprensión y su ayuda: *Accingimini et stote filii potentes, ut pugnetis adversus nationes quae convenerunt disperdere sanc ta nostra. Melius est nos mori, quam videre mala gentis nostrae, et sanctorum. Siieut autem fueril voluntas incoelo, sic fiat.*

Sin retirar la mirada de la escena, Santa Anna se despidió del grupo, y adelantándose en dirección a su caballo blanco, gritó:

—¡Inéeeees, voy a ver las vaquillas!

De esta suerte don Valentín me explicó cómo Santa Anna regresó el 24 de abril de 1834 a la presidencia para desmantelar hasta el último rastro de la administración liberal, una vez recibido, desde luego, un sustancioso préstamo de la Iglesia católica, cuyo destino final fue desconocido para siempre de los siempres... ¡Adiós liberalismo y sus vientos refrescantes! ¡Adiós a la libertad y al progreso! ¡Adiós, adiós, adiós...! El Plan de Cuernavaca estalló en esa ciudad el 25 de mayo de 1834 con el lema de "Religión y Fueros", declarando obviamente al general Santa Anna como "única autoridad en condiciones de procurar al país la debida protección". Habían secundado el pronunciamiento varios estados como el de México, Puebla, Guanajuato, Nuevo León y Durango. El país empezaba a arder, pero con un fuego perfectamente controlado. La alarma "del pueblo" cundió. Se destruyó de un solo golpe el sistema de reformas que le hubiera proporcionado a México las oportunidades, ya inaplazables, de evolución a cambio de un soborno clerical, al fin y al cabo unas monedas de oro, que en buena parte nutrirían el bolsillo de los militares. Santa Anna no creía en las reformas liberales, pero tampoco en las conservadoras, ni aceptaba el sistema monárquico ni el federal ni el centralista. Sus convicciones políticas no tenían otro alcance que sus intereses personales: esos eran sus únicos principios y su verdadera ideología. Los intereses de México eran irrelevantes.

En pocos días recibió el apoyo de todo el país, apoyo que se inició en los púlpitos y en los periódicos católicos. En un par de semanas, la derogación del sistema de los principios liberales era todo un reflejo de la voluntad popular de la nación. Por supuesto, Gómez Farías, Bernardo Couto, Manuel Crescencio Rejón y José María Luis Mora, entre otros, fueron fulminantemente cesados o expulsados, salvando escasamente la vida. Don Andrés Quintana Roo fue sustituido, claro está, por el obispo de Michoacán, Juan Cayetano Portugal. La orden de expulsión del obispo Francisco Pablo Vázquez Vizcaíno, girada con antelación por el gobierno federal, fue revocada de inmediato. Se canceló la orden de arresto en contra de Lucas Alamán, así como se desecharon otros cargos en contra de jueces de la Suprema Corte. Se clausuraron periódicos como *El Fénix de la Libertad*. En su último número sentenció en ocho columnas: "César ha cruzado el Rubicón y se ha declarado tirano".[26] *El Diario del Sol* se eclipsó con esta nota postrera antes de que el edificio completo fuera destruido por la intransigencia y el fanatismo: "El centralismo significó el regreso del poder clerical a su máxima expresión: pobre México, regresa al reino de las tinieblas".

El 13 de junio de 1835, el día de San Antonio, onomástico de Santa Anna, organizó una ostentosa cena para más de ochocientas personas, a la que fue invitado el sector más conservador de la sociedad y de la política y del ejército mexicanos. Las fiestas y manifestaciones callejeras le demostraban al dictador —un título del que nadie debería avergonzarse, porque lo había utilizado anteriormente el propio Simón Bolívar— el sincero afecto de su bien amado pueblo. Las masas reunidas en el zócalo para tomar parte del festejo vestían sombreros que exhibían un moño blanco y azul obsequiado por la Iglesia a los penitentes, obligados a rezar tres padres nuestros y que contenía la siguiente leyenda: "Que viva la religión y el noble de Santa Anna".[27] En el último momento, cuando ya agonizaba la celebración, apareció triunfalmente en el balcón central de Palacio Nacional el presidente de la República acompañado de doña Inés, el héroe que nos había rescatado una vez más de las garras del demonio, en tanto las iglesias echaban a vuelo todas las campanas y se organizaban misas de gracias en su honor en la Catedral y en muchas iglesias y parroquias. ¿No era, acaso, el mejor momento para nombrarlo "Protector de la Nación"? Así fue. Amén.

La Iglesia no se iba a quedar atrás en las celebraciones. La clerecía dispuso que los días 6, 7 y 8 de julio se celebrara un solemne triduo al Santísimo Sacramento en acción de gracias por la protección que Santa Anna había dispensado al clero, ordenando a los sacerdotes que al celebrar el sacrificio de la misa rogasen al Señor, individualmente y con toda la efusión de sus corazones, por la salud, vida y acierto en el gobierno del grande y virtuoso jefe don Antonio López de Santa Anna, restaurador de la libertad de la Iglesia. En las homilías nunca faltaron párrafos como el siguiente: "Sea mil veces bendito el hombre que con tan diestra mano ha sabido volver a Dios su legítima herencia: su memoria será eterna y agradecida hasta la consumación de los siglos, y su corona será preciosa para toda la eternidad. Su nombre lo celebrarán todas las generaciones y lo alabarán los ancianos y los jóvenes, las vírgenes y los niños; porque todos, no solo por los esfuerzos de su espada, victorioso siempre en la campaña, sino por su piedad religiosa y por su verdadero catolicismo, hemos conseguido la paz y libertad de nuestra Iglesia… Perecíamos ya; pero misericordiosamente Dios echó una benignísima ojeada sobre nosotros y se compadeció de nuestros males. A fines del último abril, hizo aparecer inesperadamente una brillante estrella, cuya hermosura, claridad y resplandores nos anunció, como en otro tiempo a los tres dichosos magos, la justicia y la paz que se acercaban y estaban ya en nuestra tierra. Esta fue… la llegada repetida del Excelentísimo Señor Presidente don Antonio López de Santa Anna a esta capital, volviendo a reasumir el mando de nuestra República, cuyos sentimientos religiosos y patrióticos lo calificarán eternamente como a un héroe digno de amor y reconocimiento de toda la nación americana".[28]

En Guadalajara y en otras tantas ciudades los gobernadores fueron sacados a patadas de los palacios de gobierno, para ser sustituidos por militares o representantes del clero o simplemente conservadores incondicionales a la Iglesia católica. Los ayuntamientos fueron dispersados, al igual que desarmadas las milicias cívicas y desmantelados todos los centros o apoyos del liberalismo: se trataba de deshacer todo lo hecho por don Valentín Gómez Farías durante su efímera estancia en el poder. Desde luego que la Universidad Pontificia y otros colegios clericales fueron reabiertos para garantizar el atraso de México, la superstición y la ignorancia a su máxima expresión. Eso sí, resultaría imposible restaurar el impuesto del diezmo muy a pesar de que la Iglesia adujo que se trataba de recursos sagrados y que quien no los pagara cometería un pecado mortal. Amenazas o no, la recaudación por ese concepto se desplomó... El pueblo se expresaba. En la Corte, los ministros opuestos a Gómez Farías fueron confirmados de inmediato. ¿El resto podía dedicarse al magisterio? No, porque el clero dominaba también en la academia... ¿El ejercicio profesional? Tampoco, porque quien los contratara podía cometer pecado mortal al estar proscritos por la Iglesia... ¿El hambre? Hijo mío, esa es una buena alternativa. Contempla el sufrimiento que Cristo obsequió a todos los mortales. Resígnate... Nunca olvides que, ante todo, eres un penitente...

—La prensa clerical también desenvainó la espada, Ponciano. Las notas las encontrarás en mis archivos personales. En estos términos lo anunciaba el periódico *La Lima de Vulcano*:

> Ayer ha salido por fin, de esta capital, el execrable Farías, abrumado con las imprecaciones más justas de toda una ciudad, la primera del mundo nuevo de Colón, sobre la que pesarán inmediatamente sus terribles desafueros... Gómez Farías atrajo, cual ominoso cometa... el cólera y la miseria; la inmoralidad y la tiranía; el espionaje y la traición; la ignorancia y el sacrilegio; la exaltación de los delincuentes y la depresión de los honrados; el triunfo de la canalla soez y el abatimiento de la porción escogida; el terror y el luto de las familias; las proscripciones, el llanto, la muerte bajo mil y más formas horrorosas...[29]

—Así, hijo mío, las clases privilegiadas: clero, ejército y ricos propietarios, unidas en horroroso contubernio, se lanzaron sobre la obra reformista iniciada por Valentín Gómez Farías y los puros, haciendo desaparecer casi por completo hasta las últimas huellas del liberalismo más puro y constructivo, sin considerar que en el seno de aquella sociedad había quedado sembrada una semilla que debía crecer, fructificar y propagarse más tarde, hasta extenderse por todo el país, acabando con las ideas de los propietarios de antaño.

—¿El Congreso? —cuestioné indignado.

—¿El Congreso? —repuso don Valentín—. La mayoría de los legisladores se negaron a renunciar a sus cargos en defensa de sus convicciones y de su representación popular. Monteagudo no había logrado su propósito. Santa Anna, un bruto, mandó a los soldados, otros brutos como él, a clausurar el Congreso y desalojar el recinto a punta de bayonetazos con el único argumento de que "sus servicios ya no eran requeridos".[30] Se ejecutó otro golpe parlamentario. El ejército mexicano, constituido nuevamente en brazo armado de la Iglesia, obligó a renunciar a los diputados después de "sugerirles" tres opciones: el paredón, el exilio o la civilizada dimisión en el nombre sea de Dios. A continuación todas las reformas legales del liberalismo fueron declaradas inconstitucionales. El obispo Francisco Pablo Vázquez Vizcaíno se persignaba devotamente y besaba su cruz pectoral agradeciendo al Señor los inmensos favores recibidos en beneficio de la patria, mientras el papa nombraba a José María Guerra como obispo de Yucatán, un cargo que el Congreso liberal mexicano se había negado a aceptar.

Los aztecas se gobernaron a través de una teocracia militar. Durante trescientos años de Colonia nos sometieron a un Estado clerical. Ahora volvían a imponerse las leyes vigentes en el medioevo. No había existido la Revolución francesa ni sus principios liberales ni el Enciclopedismo ni la Ilustración ni la reforma religiosa ni la separación Iglesia-Estado: nada. México regresaba, cubierto con pieles de animales salvajes, al centro mismo de las cavernas…

—Algo debo decirte —recalcó el viejo—. No solo fue el clero, sino los aristócratas, el ejército y las clases superiores, es decir todos los privilegiados, determinados a proteger sus intereses personales, los que cambiaron el sistema federal por el central. Todo apuntaba hacia el colapso. Pero había más, mucho más. Los caprichos del maldito clero de mierda —era la primera vez que recurría a ese lenguaje para etiquetar a los enemigos de México— se cumplieron a la perfección. Haz de cuenta que estaban sentados en Palacio Nacional dictando en el escritorio del presidente, uno a uno, sus deseos.

Se eligió un nuevo Congreso hecho de acuerdo a las necesidades de la Iglesia católica y, obviamente, de Santa Anna. La Constitución de 1824 y el sistema federal mexicano se desangraban mientras clero, ejército y santannistas lo acuchillaban por los cuatro costados. La sangría era abundante. Quince sacerdotes surgen como diputados. La Iglesia estaba bien representada en el Senado, con un veinte por ciento de legisladores confesionales.[31] Los cabilderos del presidente controlaban un treinta por ciento de las cámaras a favor de la Iglesia, sin considerar a otros representantes del pueblo totalmente proclericales. Por otro lado, el ejército contaba con una docena de oficiales, incluyendo a cuatro generales. En el Senado quedaron colocados cuando menos cinco, incluyendo oficiales del más alto rango. El nuevo Congreso mexicano estaba dominado por los sectores más retardatarios y regresivos de México. También estaban representados los hacendados, los latifundistas, los más destacados burócratas y unos cuantos legisladores del sector civil. Varios de los nuevos legisladores, ahora centralistas, antes habían sido reformistas.

—¿Y cómo justificó Santa Anna todo este atropello inaudito? Alguna justificación pública daría, ¿no? —le pregunté a don Valentín a sabiendas de que tendría una respuesta igual de contundente que un disparo de cañón.

—Sé de memoria el discurso, hijo, del 4 de enero de 1835, el día de la ceremonia inaugural del nuevo Congreso, que presidió el tirano. Estas fueron las palabras pronunciadas por Su Excelencia:

> Mi gobierno ha conquistado al monstruo de la anarquía. Los extremistas, hombres sin moral, atacaron las creencias fundamentales de la gente, enraizadas a lo largo de tres siglos de tradición, pero han sido escandalosamente derrotados. Sus facciones han sido suprimidas, sus leyes suspendidas o abrogadas, los obispos han vuelto a sus rebaños y los sacerdotes a sus parroquias. Las puertas han sido cerradas para siempre al fanatismo político y el gobierno, habiendo estabilizado al tambaleante barco del Estado, ha abierto el camino a la razón y al progreso.[32]

—Ahí tienes a Santa Anna en su máxima expresión. El máximo cínico, el más perverso embustero encabezando el gobierno de la República.

—Y por supuesto, ningún gobernado protestó, ¿verdad?

—Protestar es una señal de salud mental y social en este caso. ¿Tú crees que después de siglos de piedra de los sacrificios y más siglos de la pira inquisitorial algún mexicano se va a atrever a reclamar por algo? Imagínate: la gran mayoría de un México poblado en aquel entonces por siete millones de personas nunca estuvo involucrada en el debate intelectual ni en el conflicto político. Ya desde los treintas integrábamos un país de borregos, silenciosos y obedientes como siempre lo hemos sido. ¿Qué nos sacudiría de la fría indiferencia con que se repetían revuelta tras revuelta, golpe de Estado tras golpe de Estado, cuartelazo tras cuartelazo, en los que jamás tomamos parte ni obtuvimos beneficio alguno, sino todo lo contrario? La política nacional es como una representación teatral en la que el público reduce su actuación al aplauso o al abucheo, ¿no?

Nadie podía suponer en aquellas circunstancias que, al promulgarse la nueva Constitución centralista del 23 de octubre de 1835, conocida como las Siete Leyes, no solo se iba a torcer el rumbo y el ritmo que México tomaba para construir su futuro, por lo cual pagaría nuevamente una elevada cuota de sangre, sino que empezaría un doloroso proceso de mutilación, de disolución nacional, ocasionados por la Iglesia.

Ni a los zacatecanos ni a los yucatecos ni a los tejanos les pareció bien la idea de una República centralista ni aceptaron que los ingresos tributarios, las rentas, quedaran en posesión del centro ni consintieron en la creación de un Supremo Poder Conservador que supuestamente interpretaría la voluntad de la nación, porque de sobra sabían que quien la interpretaría sería el clero, o el ínclito Santa Anna, a saber cuál sería peor. De la misma manera rechazaron la limitación política y jurídica de convertirse en un mero departamento dependiente de las autoridades centrales sin soberanía alguna, más aún cuando, en el caso de los tejanos, además de todo lo anterior, se les prohibía la esclavitud y, por lo mismo, se les servía en charola de plata la posibilidad de escindirse del resto del país, es decir, de independizarse de México rompiendo el pacto federal. No aceptarían la pérdida del derecho de ejercer un gobierno propio, como al que ya se habían acostumbrado. Santa Anna fue a someterlos, según dijo, para imponer el centralismo a la fuerza sin propiciar, eso sí, la desintegración del país, y no descansaría "hasta izar esta bandera mexicana que sostengo entre mis manos en lo alto del Capitolio en la ciudad de Washington. Yo marcharé personalmente a someter a los revoltosos y una vez que se consume este propósito, la línea divisoria entre México y Estados Unidos se fijará junto a la boca de mis cañones".[33]

Solté la carcajada. ¿Reír en el interior de esa jaula? Sí, sí, reír. El sentido del humor salvaguarda nuestra cordura. Don Valentín reía también entre accesos de tos cada vez más preocupantes. Apenas llevábamos un par de horas de conversación y podía constatar cómo menguaban sus fuerzas. ¿Y si en cualquier momento escupía sangre? ¿Cómo saberlo?

—Ya, ya, y todo ese engendro terminó con la famosa siesta de San Jacinto…

—¿Siesta? Siesta no, Ponciano: Sam Houston sorprendió a Santa Anna en su carácter de general presidente de la República haciéndole el amor a Emily Morgan en su tienda de campaña, en lugar de tramar una estrategia de ataque o de defensa en contra de los norteamericanos invasores. ¿Cuáles mexicanos rebeldes? ¿Cuáles colonos pacíficos? ¡Falso! El resto ya lo conoces: el señor jefe del Estado mexicano fue arrestado y, una vez encadenado como perro milpero, fue trasladado a Washington, la ciudad que supuestamente iba a tomar con el poder de sus cañones, después de haber firmado, en absoluto secreto, la entrega de Texas, ahora con equis, con tal de salvar su pellejo. Ese miserable cobarde nos llenó de vergüenza a todos los mexicanos. Nos costará mucho trabajo sacudirnos el estigma santannista. No sé hasta qué punto cada mexicano tenga, en su personalidad, algo de ese pintoresco personaje que también torció, ahora sí radicalmente, la historia de México.

¿Para qué hablar más de Santa Anna o insistir en su encumbramiento ya no como presidente, sino como dictador? Lo realmente digno de destacar era que la Iglesia católica se había negado a poblar los territorios norteños, salvo que los colonos se convirtieran al catolicismo, craso error y lamentabilísima debilidad de la autoridad; pero no solo eso, ahora, al promover y patrocinar el Plan de Cuernavaca se había facilitado el tránsito a una República centralista que provocaría la disolución del país. México estallaría en mil pedazos, se desintegraría. Poco a poco don Valentín y yo compartíamos un odio: el de la sanguijuela que por lo visto aparecía involucrada, de una manera o de la otra, en cada catástrofe nacional. Ya no solo succionaba la sangre. Ahora mataba. Despedazaba. Devoraba. ¿Cuántos mexicanos sabían de la existencia del Plan de Cuernavaca y, todavía peor, cuántos conocían que este proyecto militar para desestabilizar al gobierno federal había sido orquestado por el clero y que su ejecución le había costado a México la pérdida indirecta de Tejas, y eso por lo pronto?

Don Valentín remató la conversación cuando me hizo saber que las cámaras legislativas habían nombrado a Santa Anna Benemérito de la Patria en Grado Heroico por haber tomado a la Zacatecas liberal opuesta al centralismo con lujo de traiciones, ardides y excesos de toda naturaleza.[34] ¿Un Congreso fundamentalmente clerical lo podía haber hecho de otra manera?[35]

Don Valentín, seguro estoy, no me hubiera perdonado la exclusión de estos breves párrafos redactados por el propio obispo de Puebla, Francisco Pablo Vázquez Vizcaíno, en relación con el protagonismo político y militar desempeñado por el clero católico para derribar al gobierno de Gómez Farías, derogar la Constitución de 1824, torcer brutalmente el destino de México y propiciar la desintegración del país. Los obispos simplemente se dejaron llevar de la mano por la divinidad para hundir en el atraso y en la anarquía a nuestro país, mutilándolo y entregándoles jirones de la patria a los miserables yanquis, que no tienen más moral que sus apetitos materiales, esos bárbaros mata-apaches, asesinos de pueblos enteros, genocidas, esclavistas, torturadores, vendedores de seres humanos, endiablados devoradores de dólares, cuyo único Dios es el oro. Hablan de derecho y respeto, y arrebatan los bienes ajenos a balazos. Aquí queda, a juicio del lector, este edicto clerical localizado en el archivo de Valentín Altamirano. Quien no se salga de la piel al concluir su lectura, tal vez no se ha percatado de que está medio muerto o subsiste obnubilado por el fanatismo eclesiástico. Ve, ve el cinismo. Pon atención en el descaro. Son palabras históricas pronunciadas por el obispo. Afortunadamente di con el texto:

EDICTO

NOS EL DR. D. FRANCISCO PABLO VÁZQUEZ, por la Gracia de Dios y de la Santa Sede apostólica, obispo de la Puebla de los Ángeles. A todos nuestros amados diocesanos salud y gracia en nuestro Señor Jesucristo.

[...] El año de 1834 se hará memorable en la historia del Anáhuac por haber sido para nosotros origen de todos los males y después de todos los bienes. Año de ignominia y de gloria, de tristeza y de regocijo, de anarquía, la más espantosa y de orden bien regulado [...] en que los malos triunfaron para oprimir á los buenos llenándolos de amargura, y en que los buenos se rehicieron para convertir á los malos, ó para imponerles silencio, desarmando su furor [...] El patrimonio de Jesucristo, esto es, los caudales píos destinados para alimento de los pobres y sostén de las iglesias, se entregaron por el mismo conducto á la depredación más inhumana y sacrílega, ó al saqueo más escandaloso [...], se derogó la ley civil que protegía y debía proteger en una República cristiana el sagrado y perpetuo vínculo de los votos monacales [...].

Tal es la escena funesta aunque no bien bosquejada, que durante el año corriente hemos visto representar. Mas, ¡oh clemencia del Altísimo!, ¡oh portentos de su bondad!, ¡oh arcanos incomprensibles de la eterna sabiduría! El que saca la luz resplandeciente del centro de las tinieblas hizo nacer de este caos la más ordenada, la más santa revolución que ha visto nuestra República. Gritó Orizaba, gritó después Cuernavaca, gritaron en consonancia todos los pueblos, y la religión de Jesucristo se vio enérgicamente proclamada, se vio levantada y establecida en aquel instante mismo que parecía destinado á su total destrucción.

[...] No, no olvidemos jamás al ilustre general Santa Anna, que de tantas maneras ha concurrido á este cambio venturoso [...], este ínclito caudillo de la República pone y pondrá toda su gloria en ser humilde instrumento del poder y magnificencia del Altísimo. La obra es toda de Dios: la mutación de la escena se debe exclusivamente á la diestra del Excelso y á la mediación poderosa de María de Guadalupe, Madre verdadera del mismo Dios, y madre también dulcísima de todos los mexicanos [...] Ya se ve: desde su aparición eligió este lugar, y con su planta gloriosa lo dejó santificado para hacerlo la habitación y el trono de su grandeza [...], venid, pues, apresurémonos todos a principiar con devotos festejos un siglo nuevo Guadalupano; entonemos himnos gloriosos á la que reina en Tepeyac.

[...] mandamos que en todas las iglesias seculares y regulares del obispado, á excepción de las muy pobres, se celebre con la posible solemnidad y antes de concluir este año, un triduo de misas cantadas á Nuestra Señora de Guadalupe, dedicándose la primera á pedir la conservación, prosperidad y recto gobierno del Exmo. Sr. Presidente de la República: la segunda á pedir también el acierto y sabia conducta del futuro Congreso general y legislaturas de los estados: la tercera, en fin, para alcanzar del Todopoderoso la religiosa unidad de los pueblos mejicanos, el aumento y santificación del cuerpo sacerdotal, la permanente armonía y recíproco miramiento de ambas autoridades eclesiástica y civil, que hacen toda la sustancia y aseguran la marcha feliz de una sociedad cristiana.[36]

¿Cuál no sería mi sorpresa cuando encontré una nota de la versión de los hechos redactada por uno de los historiadores mercenarios al servicio de la Iglesia y del gobierno, en donde se excluía de toda participación al clero en el derrocamiento de Gómez Farías, así como en el golpe parlamentario? La exquisita maestría con la que se aventaba la piedra y se escondía la mano queda expuesta en el siguiente párrafo escrito, claro está, con la dolosa intención de confundir a las futuras generaciones de todos los tiempos. ¿Cómo resolver un problema cuando ni siquiera se conoce su existencia? ¿Verdad que cuando una nación toma decisiones históricas con información equivocada solo pueden advenir la catástrofe y la confusión, de las que invariablemente lucran terceros? ¿La Iglesia? ¡Ah, sí! La Iglesia estaba en los confesionarios absolviendo almas, en los púlpitos difundiendo las divinas palabras de Jesús, y en el Palacio del Arzobispado estudiando la mejor manera de ayudar a los desvalidos y a los pobres de espíritu, ejecutando obras de caridad sin tener que ostentar la menor participación en la vida política del país. El clero vivía en las parroquias y en los monasterios dedicado a la oración y al ejercicio de su sagrado ministerio…

"En los años treinta, el cambio en el rumbo de la política de López de Santa Anna traería resultados funestos para la República. En efecto, Santa Anna, que debió haber definido las reformas liberales impulsadas en el breve periodo de gobierno de Gómez Farías, por el contrario, se declaró a favor del partido conservador. Deroga la legislación reformista impulsada por don Valentín Gómez Farías produciendo un grave retroceso al conservadurismo, y al mismo tiempo asesta un duro golpe al federalismo. México adoptaría la estructura de una República Central sustentada en el complejo legislativo conocido como las Siete Leyes o las Leyes Constitucionales de 1836."

¿Y el papel de la Iglesia? ¿Y el financiamiento clerical de la nueva revolución? ¿Y el derrocamiento de Gómez Farías? ¿Y la derogación fulminante de las leyes liberales, las de la evolución y el progreso? ¿Y la disolución del Congreso con el apoyo del ejército a petición del clero? ¿Y la reiterada presencia de Monteagudo y la de Vázquez Vizcaíno? ¿Y la intervención de la Iglesia católica en los asuntos de Estado? ¿Y la clausura de periódicos democráticos de línea moderna? ¿Y la persecución de periodistas? ¿Y todo el estallido propiciado porque ni la Iglesia ni el ejército estaban dispuestos a perder sus prerrogativas ni su patrimonio mal habido ni sus fueros injustificados? ¿Qué es la historia? ¿Quién la escribe? ¿Dónde está la verdad? Nada. Nada había pasado. No había a quién acusar ni delito alguno qué perseguir ni traiciones que juzgar y condenar. No existían cargos ni responsabilidades que exigir a nadie. ¡Carpetazo al asunto! Que vengan Valentín Altamirano y Ponciano Prieto a investigar. A ver si los dejamos.

En ese momento escuchamos los lamentos de Fernández Magón, nuestro vecino de tinaja. No soportaba el dolor de los huesos quebrados ni las jaquecas. En su delirio pedía sus anteojos sin percatarse de que en la oscuridad no le eran necesarios. Tal vez los había perdido durante la brutal golpiza, ¿o se habría quedado ciego? Le hablé a través de la pared. Le expliqué la realidad. Pedía agua. Moría de la sed. Agua. Agua. Agua. ¿Cómo explicarle que en el infierno no hay agua y que los celadores están sordos? Se lamentaba por la suerte de su familia, de sus hijos, de su esposa: somos humildes, pobres de a madres, lo juro por Diosito santo que no me dejará mentir, repetía verdaderamente atormentado. Vivimos de las tortillas y frijoles que yo llevo cada día…

A don Teodoro lo habían arrestado por organizar una resistencia armada en contra de los potentados porfiristas interesados en arrebatarles sus tierras. No, no, ¿de qué vivirían? ¿De qué comerían sus hijos? ¿Qué les heredaría el día de mañana? ¿Un sombrero viejo de paja amarillento, quemado por el calor del sol a la hora de trabajar la milpa? No tienen, lo juro, otro patrimonio. Por nada del mundo se los quitarían, aun cuando le rompieran todos los huesos, la cara o la espalda. Darían cualquier batalla antes de convertirse otra vez en esclavos a las órdenes de un patrón. Se defenderían con palos, piedras y cuchillos, pero no sucumbirían. Claro que en su papel de líder del grupo sería el primero en caer. Lo buscarían hasta rematarlo a pedradas o encerrarlo para que se pudriera en vida y aprendiera a no enfrentársele a los guardias rurales de Díaz.

De inmediato vino a mi mente, una vez más, el recuerdo de Eugenia. ¿Cómo se las arreglaría? Ella lavaría ropa ajena o cocinaría en cualquier fonda o zurciría o trabajaría de maestra en una escuela o despacharía en una botica o se emplearía en una tortillería y más tarde la compraría. No había manera de reducir ni de detener a una mujer como ella. Era una potranca salvaje. Rompería a coces las tablas de los establos hasta volver a conquistar su libertad. Ella, como los gorriones a los que era tan afecta, no toleraría jamás el cautiverio. De insistir en ello, un día amanecería muerta. Mis hijos a su lado estarían siempre seguros. A Eugenia nunca se le cerrarían las puertas. Siempre encontraría atajos, daría con la salida del más intrincado laberinto, no se rendiría ni se entregaría. ¿Sería que uno de los más importantes atributos de los mexicanos era la terquedad, la necedad, tan útil para enfrentar la adversidad? ¿Sería propio de la naturaleza humana o tan solo un rasgo de la nacionalidad mexicana o, simplemente, de mi esposa? ¿Hambre en mi casa? ¡Ni hablar! ¡Ahí estaba Eugenia!

En mi condición no me era irrelevante el temperamento impetuoso de mi mujer, heredado a saber de quién, porque poco se sabía de su madre y mucho de su tía Cuca. En su casa el tema maternal estaba prohibido, vedado. Demos la vuelta a la página. Olvidémoslo. Tal vez ni la propia Eugenia conocía la realidad de su nacimiento. ¿Habría corrido la misma suerte que Margarita Maza, la esposa de Juárez, quien había sido adoptada por don Antonio Maza en su más tierna edad? Cuantas veces había intentado saber algo más de la historia personal de Eugenia, me encontraba con la misma respuesta de ella: "Ya te lo he dicho todo. No sé más. Pregúntale a mi tía". Eugenia no tenía la menor curiosidad. Yo sí, por alguna razón que no alcanzaba a entender. La tía Cuca me amenazaba con la dichosa varita de mimbre cuando preguntaba de más, sin importar que estuviéramos casados o no. Yo sabía que había algo más allá de las explicaciones rudimentarias que me proporcionaban para esquivar la conversación. No es que hubiera ignorancia respecto al pasado de mi mujer, es que existía una verdad oculta acompañada de una total cerrazón, una negativa a veces discreta, otras tantas descortés y hasta ruda para abordar esos pasajes de su vida. ¿Qué esconderían? Mejor platiquemos de cuando a Eugenia le gustaba romper muñecas, las decapitaba, las destripaba, a ella solo le gustaba jugar con los niños. Lo que fuera, cualquier pretexto era bueno, pero lo cierto es que me estrellaba en un muro. ¿Datos, referencias, informes o personas o lugares, tal vez comadronas, parteras o nodrizas? Ni hablar.

—Llegó un día a esta casa, así porque sí —repuso un día la tía Cuca al sentirse arrinconada por mis preguntas—. Acuérdate que quien quiera saber, mentiras con él.

Y efectivamente, a mentiras me trajeron un día tras otro, un año tras otro. Si me dijeran que Eugenia fue adoptada en un hospicio o en un orfanato de Guadalajara, por ejemplo, ahí mismo concluirían mis indagatorias, pero saber que ambos desconocíamos hechos vitales de su nacimiento, por lo menos a mí me intrigaba e incomodaba. ¿Qué podía ser tan difícil de entender si ya éramos mayores de edad, estábamos casados ante la ley de Dios y de los hombres y, además, por si fuera poco, teníamos hijos? ¿No bastaba? Por lo visto no: la tía Cuca estaba dispuesta a llevarse el secreto a la tumba, o tal vez temía un castigo divino en el más allá si divulgaba una verdad que había prometido guardar hasta la muerte. Pero ¿cuál era la verdad? ¿Por qué negarla?

En mis reflexiones siempre estuve en paz con mi mujer y mis hijos. Además de la reclusión, sería intolerable la tortura de saber o pensar que mi familia estaría pasando hambre sin mi sostén económico. Mi suplicio sería mayor si me imaginara al casero largando a Eugenia y a mis hijos de nuestra pequeña vivienda. A la calle. Yo no soy madre de la caridad. O me pagan o los lanzo hoy mismo. No, ellos estarían bien. De sobra conocía yo la garra de mi esposa y sabía que el dinero y el afecto, el cariño, el tiempo dedicado mágicamente a mis pequeños nunca faltaría. Ella sabría educarlos, quererlos, amarlos y protegerlos disminuyendo, como en un cuento de hadas, el peso de la ausencia de su padre, quien un día bajaría de una nube de estrellas a bordo de un carruaje de plata a besarlos y a abrazarlos para no volverlos a abandonar jamás…

Eugenia ya tendría tiempo para llorar a solas mi desgracia, mi arresto, nuestro dolor, nuestra separación, pero en el fondo no podía ignorar que yo regresaría a su lado tarde o temprano. Yo también sabía luchar en contra de la adversidad. Tal vez ese era uno de mis defectos. Yo la provocaba, la atraía para desafiarla, encararla, enrostrarla, cachetearla para demostrarle que siempre la vencería. Los obstáculos me estimulaban, jamás me detenían. Sabía crecerme al castigo. Si había podido con mi padre en mis años de niño y había logrado dominarlo con armas insignificantes, ¿cómo no podría superar la adversidad cuantas veces saltara repentinamente frente a mí a la mitad del camino? Ya veríamos cómo saldría de Ulúa. No lo sabía, por supuesto que no lo sabía, pero saldría, ¡ah, que sí saldría…! A los hechos.

Eugenia sabía que daría con ella aun cuando se hubiera cambiado muchas veces de domicilio, de ciudad, de estado, de país, de continente o de nombre, hubiera enflacado o engordado, envejecido o rejuvenecido. Eugenia era mía. Mis hijos también. Yo no era un enemigo fácil de vencer. Tenía imaginación y una fuerza interna con la que derrumbaría muros, abriría mares y océanos, nadaría a contracorriente, remontaría espacios como las aves, derribaría a gigantes, me enfrentaría a mil monstruos como en la mitología clásica, no escucharía el canto de las sirenas ni mis alas se derretirían como las de Ícaro. Yo me sentía el gran héroe de la epopeya y siempre llegaría a arrodillarme ante mi dama para poner a sus pies la cabeza de la Hidra, de la Gorgona o del Minotauro. Nadie podría conmigo. La sensación de poder que habitaba en mí me daba un valor indestructible que me llenaba el pecho de calor y placer. ¿Un cuento? Tal vez, solo que por nada cambiaría la sensación de seguridad que me había ganado después de luchar por años sin más armas que mi imaginación y vencer, sí, siempre había vencido y lo seguiría haciendo. Algo me lo decía al oído. Yo lo sabía. Esa voz gratificante me acompañaba de día y de noche y, por supuesto, no me había abandonado en Ulúa ni me abandonaría.

¿Infidelidad? Yo me había dedicado en cuerpo y alma a mi mujer. En el mundo podrían existir millones pero yo, lo juro, solo tengo ojos para Eugenia. Ella resume a todas las mujeres de la historia, del presente y del futuro. Le he dado cuanto soy, cuanto tengo, cuanto poseo, cuanto represento y cuanto sueño. Todo. Todo es todo. No tengo nada más que entregarle, salvo mi vida, que comparto con ella desde que nos conocimos. ¿Qué me falta? ¿Qué puedo reclamarme si ella llegara a traicionarme? Nada. No es imposible que algo similar pudiera acontecer, lo único seguro es la muerte, y si llegara el caso yo, antes que cuestionarla, me preguntaría, en mi fuero interno, las razones de mi fracaso. ¿Dejé de besarla tan pronto la veía? ¿Dejé de honrarla como mujer cada instante de mi existencia en la sala, cuando no estaban los niños, en el comedor, en la pequeña terraza, por supuesto en nuestro lecho, en la tina o al salir de ella, cuando su piel estaba húmeda y apetitosa, o mientras se maquillaba de pie frente al pequeño espejo del baño, con la bata abierta, momento en que yo la sorprendía atacándola por la espalda como un bellaco arrebatado, arremetiendo contra ella hasta perder la fuerza de las piernas y caer ambos al piso perdidos entre carcajadas amorosas; o en la cocina, en la noche, cuando me preparaba una quesadilla y se ponía el breve delantal con el que me atormentaba con tan solo verla, o en el día de campo o al salir de merendar en cualquier fonda del centro, oportunidad que aprovechábamos para meternos en el hotel más barato, de acuerdo a nuestras posibilidades, sin maleta ni nada, únicamente para comérmela, devorarla?

Yo a Eugenia la honré en la cama; en el escritorio cuando escuchaba sus comentarios agudos e imprevisibles, propios de una mujer ágil, sensata y enterada; en la mesa cuando traía alimentos insípidos, crudos o quemados, unos manjares que ya hubieran soñado los emperadores y procónsules romanos; a la salida del teatro cuando discutíamos la trama hasta violentarnos sin concedernos tregua: era una lucha de inteligencias; en la educación de los niños, un espacio muy de ella en el que yo observaba con deleite cómo formaba a nuestros hijos con el ingrediente indispensable para comprender los difíciles problemas escolares: el amor, las caricias, la comprensión y los arrumacos que se traducen en seguridad y paz. Así, sintiéndose amado y querido, cualquiera aprende. Yo la respeté en nuestra insignificante vida social. Invariablemente le di su lugar, la escuché, la admiré, la seduje con la mirada mientras se expresaba en público, la impulsé, la animé, la protegí, la hice sonreír, la hice reír hasta reventar en carcajadas contagiosas, la acompañé en las cuestas arriba, la apreté contra mí cuantas veces sentí necesidad de mostrarle mi apoyo, me convertí en cómplice de sus travesuras, la detuve sin más cuando sentí la cercanía del abismo sin medir las consecuencias, la añoré, se lo demostré y sentí haber cumplido como hombre, como marido, como padre, como amante, como confidente, como amigo cuando lloramos o disfrutamos juntos. Más no puedo. No podría. Voy y fui siempre hasta el límite de mis fuerzas en mi relación con mi Eugenia: la razón, la esperanza, el motivo, el deseo, la necesidad, el orgullo, el premio, la recompensa de mi vida.

¿A dónde voy con esta parrafada? A decirte simplemente, lector querido y respetado que ya has escuchado algunas confesiones de don Valentín, que si yo tuviera que sufrir el desprecio de la infidelidad tendría que entender que Eugenia no era para mí, sino para otro hombre. Que yo no fui suficiente pareja en su vida, que se cansó, que la cansé, que la aburrí, que necesitaba aire, otros aires, que yo la asfixiaba con mi amor, que la mataba, que la desesperaba, que volteaba la cabeza y derramaba la vista en busca de más, algo más que no fuera yo, un complemento, un agregado, la pieza faltante del rompecabezas. Una tragedia así, estando yo en la cárcel o fuera de ella, me convencería de la necesidad de abandonarla para siempre, porque si entregarle todo lo que soy y todo aquello en lo que puedo soñar no fue suficiente, Eugenia no era para mí. Nunca fue mía, totalmente mía, y esa parte volátil que nunca pude poseer habría sido la que finalmente acabara con nosotros. Nada tendría que reclamarle a Eugenia, nada: en todo caso me habría puesto frente al espejo de mi vida ubicándome en una realidad que jamás hubiera querido ver.

Solo le preguntaría por qué teniéndolo todo, finalmente no teníamos nada. ¿Una debilidad? ¿Un paso en falso? ¿Un traspié? ¿Una tentación más fuerte que ella y que lo nuestro y que nuestros hijos y que nuestro presente, nuestro pasado y nuestro futuro y nuestra relación y nuestros planes y nuestra compañía y nuestro amor y nuestra devoción? Puede ser. Trataríamos de arreglarlo, de sumar, de componerlo, pero yo siempre sabría que mi suerte, nuestra suerte, se reduciría al esfuerzo de reparar una copa de cristal con el mejor pegamento de la tierra, y que al volver a echar el vino de la vida en el cáliz, gotearía por las fisuras hasta agotarse; con lo único que podría llenarlo sería con algo más sólido, tal vez toda la mierda de mi existencia. ¡Adiós, Eugenia!, le diría sujetándola del rostro y clavándole la mirada en sus ojos de fuego: nunca fuimos el uno para el otro. Digamos que fue un sueño muy bonito del que nunca quise despertar.

Solo que sé, con perfecta claridad, que ella me espera y tiene toda la razón para hacerlo. Volveré a su lado soñando que lo que vivo es realidad porque, como ya lo dijo el poeta mucho mejor que yo, la vida es sueño y yo, por lo pronto, confiando ciegamente en mí y en mi concepción de ella, seguiré soñando a sabiendas de que la realidad no existe, solo existe la imagen que tengo de Eugenia y que me habrá de acompañar para siempre, pase lo que pase...

—La mujer de Fernández Magón debería hablar, al menos un par de horas, con mi hermana María de la Luz —adujo don Valentín, quien inexplicablemente había permanecido callado, extraviado tal vez en recuerdos familiares al igual que yo.

—¿Por qué? —repuse serenamente saliendo de mis reflexiones.

—Si intercambiaran experiencias personales podrían comparar los obstáculos que una y otra han enfrentado para tener una justa dimensión de los problemas y poder contemplarlos desde distintas perspectivas.

—¿Su hermana Lu ha sufrido mucho en la vida después de su ingreso al convento?

—María de la Luz me hizo llegar a trasmano el reglamento vigente en su convento, que era conocido como *Regla y constituciones que han de guardar las religiosas de la Orden de las Hermanas de la Vela Incandescente.* Ni en los cuarteles encuentras semejante rigidez y disciplina. Baste con decirte que las monjas no pueden recibir ni enviar cartas ni papeles fuera del convento, porque si se habían encerrado en esas santas paredes era precisamente para estar aisladas con el menor contacto humano externo posible con tal de dedicarse únicamente al servicio de Dios, solo de Dios en su calidad de esposas de Cristo, privándose de todo goce mundano. La incomunicación era total, Ponciano, solo podían hablar entre ellas respecto a temas de caridad cristiana. Punto. El resto del tiempo tenían que guardar un estricto silencio al extremo de evitar un simple cruce de miradas. Si alguna escuchaba pasos y existía la posibilidad de encontrarse con otra monja en un pasillo era obligatorio bajar la vista para no dar con la de alguna priora, para ya ni hablar de la superiora.

—No me puedo imaginar esa tortura, sobre todo impuesta a quienes somos emotivos y efusivos por naturaleza. ¡Cuánta soledad! ¡Horror!

—Otra regla inescapable consiste en impedir que los capellanes, sacerdotes y otras personas pernocten en el convento para ayudar a bien morir a las enfermas o con cualquier otro pretexto. El aislamiento debe ser absoluto; por ello, para apartar las tentaciones, los muros de los conventos son tan altos y se encuentran aislados de otros edificios. Si una monja subía a una azotea sin autorización por escrito se le penalizaba con la privación del velo por un año.

—O se tiene vocación o anhelarás estar mejor en el infierno, ¿no?

—Sí, Ponciano, pero no olvides que a mi hermana Lu la enclaustraron por la fuerza. Cuál vocación ni qué nada… Solo piensa que a las cinco de la mañana se toca a prima para que la comunidad rece durante una hora con reloj de arena, además de otros ejercicios espirituales con duración de dos horas más, hasta las ocho, momento en que inicia la misa el Rezo del Santísimo Nombre de María, y solo al concluir se les permite a las hermanas ir a sus respectivos oficios y destinos.

—Todo ello, obviamente, sin hablar y sin cruce de miradas.

—Salvo que una de ellas quisiera pasar días y noches encerrada en el calabozo, lugar muy poco deseable. Ahora bien, si crees que ahí terminaron las oraciones te equivocas, porque a las once, antes de la comida, comienza el primer examen de conciencia, para lo cual cierran las oficinas de tornos, portería y locutorios. El segundo examen se lleva a cabo antes de llegar la noche. El último acto de comunidad, el de la bendición, obliga a las religiosas a tener una junta de recreación y, a las doce y media, previa señal dada con la campana interior, se proceda a rezar el Rosario de Nuestra Señora, para luego dormir y reiniciar la jornada con la aurora y con el toque para rezar maitines y laudes.

Por el conocimiento de causa con el que se expresaba el viejo, parecía haber sido uno de los capellanes con derecho a ingresar a los conventos y, por lo mismo, sabía los detalles y pormenores ignorados por la mayoría de los creyentes.

—Ninguna monja tiene derecho a pensar lo que le venga en gana. Tú bien podrías decir que eres dueño absoluto de tus pensamientos, solo que ellas están obligadas a confesar hasta la más íntima de sus fantasías para purificarse a diario e impedir la presencia de Satanás en cualquier momento del día y de su vida. La perfección del mecanismo se logra cuando cada una es vigía de las otras y de sí misma.

—Pero si Dios supuestamente lo sabe todo, ¿por qué las monjas deben confesar sus faltas, sus errores, sus malas acciones o pensamientos? ¿No es una contradicción? —cuestioné para ampliar las posibilidades de lucimiento de don Valentín Altamirano.

—De acuerdo contigo, solo que, de prosperar tu tesis, la Iglesia perdería una de sus herramientas más útiles para controlar tanto a la clerecía como a los creyentes, como sin duda lo es la culpa, que debe ser vivida intensamente. Para las monjas la confesión es ineludible porque signa su relación con Dios, con el poder. La mentira es un pecado que acarrea graves consecuencias. Debes escupir en público lo que tengas guardado hasta en la última tripa. Vomitar ante terceros tus reflexiones más personales, no tanto para saber si ofendiste a Dios, sino para que tus superiores estén advertidos de tus desviaciones o posibles descarrilamientos, que pueden atraer a otros fieles o hermanas de la orden.

—Todos tenemos, don Valentín, pensamientos inconfesables. Yo mismo no me atrevería a comentarle a Eugenia lo que se despierta en mi interior cuando una mujer se me acerca de más, voluptuosamente. ¿Cómo voy a decirle lo que me sacude la mirada pícara de una hembra en celo?

—Claro que todos hemos tenido y tenemos pensamientos inconfesables, solo que estos son como las aves del mal, no podemos permitir que se posen sobre las ramas de nuestro árbol de la vida, pero debemos impedir, eso sí, que aniden por el daño que pueden ocasionar. Ahí tienes otra de las ventajas del protestantismo: tú te confiesas ante Dios en comunicación directa con Él, sin intervención de nadie más, mientras que en el catolicismo, además del acto de contrición, el del arrepentimiento por haber ofendido a Dios, las monjas deben recurrir a un sacerdote, quien escuchará a la infractora sin que ambos puedan verse ni tocarse para evitar cualquier contacto entre hombre y mujer. En esas condiciones machistas de superioridad, porque nunca acontece que un cura se postre ante una priora para comunicarle sus pecados, las monjas deben narrar y explicar hasta los más íntimos detalles de su comportamiento, así como revelar todas y cada una de sus fantasías y responder a un interrogatorio que puede prestarse a muchos abusos, como en el caso de mi hermana María de la Luz, que ahora mismo te contaré.

Era muy difícil ocultar el resentimiento en las palabras de don Valentín. Yo advertía un destino terrible en el ingreso obligado de Lu al convento. No tardaría, sin embargo, en conocer la verdad. Lo que me despertaba un morbo insuperable era conocer las intimidades, en muchas ocasiones eróticas, de las hermanas de la orden y que fueran escuchadas por un sacerdote, quien había hecho votos de castidad, había renunciado a su sexualidad y supuestamente se había abstenido de tener relaciones íntimas, en especial con las monjas cercanas a él y con otros curas. ¿No tendrían erecciones al escuchar las revelaciones carnales o eyacularían o se masturbarían en el interior de los confesionarios? ¿Cómo renunciar a ser hombre por una simple promesa incapaz de anular la fuerza indomable de los instintos?

—Ya sabrá el sacerdote si reprendía a la monja, la exaltaba, la exoneraba, la absolvía o la perdonaba en el nombre de Dios, pero para ello, en todo caso, debería cumplir una penitencia que podría consistir en la elevación de oraciones, plegarias, ayunos y mandas que implicaban el sacrificio de algo importante o el ofrecimiento de cumplir con un objetivo muy caro y doloroso.

—He oído que en muchas ocasiones la penitencia podría llegar a las laceraciones y al dolor corporal, un verdadero salvajismo.

—¿Salvajismo? —dijo don Valentín como si yo no tuviera idea de lo que hablaba—. Yo podría fundar varios museos religiosos exhibiendo toda clase de objetos de tortura como testimonio de los castigos y flagelaciones usados por las religiosas para purgar los pecados, en particular los de la carne: ahí están los cilicios, parte del hábito de las monjas, hechos con sacos o tela burda y áspera para lastimar y raspar la piel; las fajas de cerdas o de cadenas múltiples de hierro con puntas, que se entierran hasta hacer sangrar a la penitente, quien con llagas muy dolorosas y la carne viva, expuesta, todavía tendrá que resistir otras aplicaciones hasta casi perder el sentido. ¿Cómo se puede entender que las monjas debían colocarse coronas de espinas en homología con el sufrimiento de Cristo? ¿Cómo aceptar la existencia del palo codal, que se colgaba del cuello hasta que fue transformado en un collar con cuentas de hierro? ¿No crees que la palabra salvajismo queda corta ante esta barbarie a la que llega una Iglesia supuestamente piadosa? Las torturas son demenciales, impropias de una institución supuestamente dedicada a aliviar el dolor. Estos suplicios hablan más de la presencia de Lucifer en los conventos que de Jesús mismo. Él jamás hubiera consentido semejante barbaridad.

—¿Y dónde queda aquello de amaos los unos a los otros?

—En las disciplinas, Ponciano, en las disciplinas, que son instrumentos con varias ramas de cáñamo, correas o cadenas útiles para la flagelación. Son muy similares a los azotes, hechos de cuerdas anudadas o de varas para aplicarse de la misma manera; los abrojos son de metal, con un sinnúmero de púas o de pelotillas, bolitas de cera con puntas de vidrio para los mismos efectos. Como verás, los instrumentos de penitencia son parte del menaje de conventos y celdas, son como los metates o las cucharas o las planchas de carbón de nuestros días. La verdad no veo muchas diferencias entre los manicomios y los conventos.

El repertorio de torturas aplicadas en los conventos parece no tener límite. ¿Dónde estaba Dios cuando pasaba todo esto? ¿Dónde está ahora mismo cuando estamos en este agujero inmundo condenados a una muerte lenta y a una larga agonía?

—Cualquier objeto que haga daño es bueno para la flagelación. Pero no basta. Los objetos de penitencia deben ser hechos especialmente para este fin, y manufacturados por las mismas monjas que se someten con placer, orgullo y satisfacción a los castigos. Hasta ahí llegaba la perversidad, hasta el disfrute del sufrimiento, Ponciano. ¿En qué estado crees que las monjas abandonaban los claustros cuando lograban hacerlo, porque la inmensa mayoría de ellas eran encerradas de por vida? Mi hermana sí pudo contarme cómo un grupo de monjas destinaba todos los viernes al castigo. En su dormitorio colectivo, por la noche, en camisón y con la luz apagada, "para no vernos los cuerpos", se azotaban las unas a las otras, devolviéndose entre sí el castigo cada vez con más violencia en la medida en que el dolor por los latigazos les despertaba más coraje y hasta ira. Lu decía que ella "le daba duro a la cama para que oyera la maestra de novicias" mientras se quejaba y lloraba por los dolores insoportables. En varias ocasiones llegaron a consolarla para que disminuyera su castigo, porque lo más importante era el arrepentimiento. Lu, Ponciano, siempre fue una gran actriz.

¿Acaso de estas instituciones diabólicas y perversas pueden salir mejores seres humanos? ¿Qué tipo de personas egresan de las cárceles? ¿Díaz cree que después de un tiempo en Ulúa no tendré otra alternativa que perdonarlo? ¿No pasará por su mente que cada minuto de estancia en esta pocilga solo me sirve para incubar más resentimiento y rencor? ¿Cuándo podré desahogarlo?

—Si crees que ya lo oíste todo te equivocas, Ponciano querido. Además de dichos castigos, existen otros para quienes cometen por primera vez faltas muy graves, para ya ni hablar de las reincidentes. Ni tú ni nadie, Vale, me decía Lu, se puede imaginar siquiera lo que es pasar un mes encerrada en una celda de castigo, en absoluta soledad y sin probar alimento, salvo sorbitos de agua, ni mucho menos el horror del emparedamiento, cuando te metían en un espacio tan reducido que te impedía sentarte o acostarte, y que lo sellaban a piedra y lodo sin que se pudieran oír tus gritos de locura, angustia y desesperación…

—Si su hermana hubiera escuchado los de usted cuando lo empujaron en esta tinaja, o los míos o los del pobre Magón… ¿Hasta dónde puede llegar la perversidad del ser humano? A veces pienso que cada persona antes de nacer fue tocada por Lucifer para cumplir un papel en la vida, solo que hay unos que se exceden y otros que nos negamos a caer en la tentación exquisita de la maldad.

—Gracias a Lu lo sé todo. Ella me dijo cómo las monjas se lastiman para demostrar su amor a Dios. Si él había sufrido, ellas deberían acompañarlo por la Vía Dolorosa para obedecerle y amarle hasta la muerte. ¿Te imaginas que las monjas deben ocultar sus senos, una de las máximas gracias de la anatomía femenina, para evitar caer en tentaciones, y para lograrlo deben aplastarlos, deformarlos, oprimiéndolos con una gran cantidad de prendas como fajas, camisetas, corpiños, fondos, blusas, chalecos, sacos, chales, todas superpuestas, además del velo que cubre la cabeza y parte de la cara, permitiendo la desnudez solo en la cara y en las manos? ¡Cuánta perversión! ¡Cuánto esfuerzo para reprimir lo natural, lo bello, lo hermoso, y ocultar la sexualidad inherente al ser humano!

—Siempre han renunciado a ser mujeres y los sacerdotes a ser hombres. Personas asexuadas, abortos divorciados de las maravillas de la verdadera vida.

—Si quieres hablar de mujeres asexuadas te cuento cuando las monjas son rapadas por un sacerdote o por una religiosa de mayor jerarquía, como la superiora, y se les despoja a navajazos y tijeretazos de ese mágico encanto femenino que es el arreglo tan delicado de su cabello, cuyo manejo es especialmente útil para hechizarnos a los hombres.

—Supe que sor Juana se hacía rapar...

—Ella se hacía rapar, efectivamente, porque no quería salir ni medir su debilidad ante la tentación. Mejor, mucho mejor era dedicarse a estudiar y a leer. Sor Juana tenía otras aspiraciones e inclinaciones... Ella encontraba satisfacción sexual con mujeres de su misma condición y hasta llegó a deleitarse en el lecho nada menos que con la esposa del virrey —don Valentín dejó caer sus palabras con picardía—. En algunos casos el rasurado a navaja ocurre en el noviciado, antes o durante la ceremonia de profesión o casamiento con el Señor. ¡Cuántas veces las monjas lloraban desesperadas cuando la mutilación les hacía enfrentar la realidad con la máxima crudeza! La sensación de pérdida era infinita, así como el abandono de tantos valores a los que habían renunciado antes de su enclaustramiento de por vida. El cabello de las mujeres simboliza valores, principios e identidad incomparables con los sentimientos de un varón. No me imagino lo que significará dejar de vivir intensas emociones por el amor a Dios. El rapado, siempre brutal, es un contacto con la muerte en vida de la mujer, lo cual, Ponciano, las debe conducir a cuestionamientos muy severos, como la disposición a contraer nupcias y prescindir de la maternidad, otro instinto sin el cual no existiría el ser humano. ¿Cómo sería el mundo si todos siguiéramos al pie de la letra los perversos fanatismos y renuncias católicos? Para comenzar, no existiría la humanidad ni sana ni enferma, no existiría.

Todo parecía indicar que la estancia de María de la Luz en el convento no se había reducido a un mero intercambio de cartas secretas, secretísimas, con don Valentín, sino que había algo más de fondo, de tal manera delicado que había torcido la vida del viejo. Yo lo percibía por los tonos de su voz, por sus silencios y por la forma en que se intensificaban los calificativos vertidos, en fin, por el coraje que empezaba a asomar en cada palabra que revelaba, además, el dolor escondido.

—Déjame decirte, querido Ponciano —exclamó don Valentín con un coraje creciente—, que en los votos de obediencia que hacen las monjas al ingresar a la orden se encuentra una de las posibilidades de chantaje más perversas que puedes imaginarte. Mi hermana me lo contó todo, absolutamente todo, grandísimos cabrones. Escúchame bien: el voto de obediencia es una de las más altas expresiones de la humildad y de virtuosa aspiración de todo cristiano, una cualidad ineludible de las religiosas. Se trata, en concreto, de la obediencia a las decisiones y mandatos venidos desde cualquier peldaño de la jerarquía, cuya violación implica la comisión de un pecado que solo se podrá purgar con reprimendas y castigos especiales.

—Sí, sí, acontece casi lo mismo que en los cuarteles, en donde las órdenes no se discuten. ¡A callar!, es una orden, sargento —aduje animado de imprimir un poco de sentido del humor y para destacar que en ambas instituciones, en el ejército y en la Iglesia católica, no era posible oponer defensas racionales en contra de las instrucciones superiores. Estas se acatan sin chistar. Se acatan porque se acatan sin pedir la opinión ni el beneplácito de nadie. O cumples con mis órdenes o te excomulgo o te fusilo después de juzgarte ante un tribunal de guerra por insubordinación, la cual ocasiona penas tan severas como excesivas. ¡Qué lejos estaba de saber que había exhibido mi sentido del humor en el momento más inoportuno en esa larga conversación nocturna!

—Así es, Ponciano, así es, ¿te acuerdas de cómo terminaba la carta mi hermana María de la Luz cuando ingresó al convento?

—Sí, sí, me acuerdo vagamente de la mirada de un cura.

—Yo te la repito de memoria para que hablemos el mismo idioma:

> Te dejo con un beso, no sin antes contarte algo sospechoso: hubieras visto la mirada que me dispensó el cura oficiante de la ceremonia cuando pasó enfrente de mí entonando, vela en la mano, la letanía. Créeme que sé interpretar las miradas de los hombres. ¿De qué se trata? ¿Tú lo entiendes? No me quiero confundir, no, al menos, tan pronto... Rompe esta carta tan pronto llegue a tus manos. Amorosamente, tu, tu, tu, LU

—¿Te acuerdas? ¿Te acuerdas? ¿Te acuerdas?

—Por supuesto. Lo tengo claro ahora. No me va usted a decir que...

—Sí, sí te lo voy a decir —exclamó don Valentín tratando de chocar, por lo visto, su puño contra la palma abierta—. El miserable cura ese, conocido como el padre Villanueva, empezó a buscar pretextos, uno tras otro, con el ánimo de acercarse a mi hermana en los momentos permitidos por la famosa "Constitución" del convento, el depósito de todas las reglas aplicables a todas las enclaustradas.

Después de tanto preámbulo en torno a la rigidez ética conventual, a los rezos, a las plegarias, a los castigos y a las flagelaciones, una vez aceptado que las oraciones eran el centro mismo de la vida monacal, ahora resultaba que cualquier esfuerzo para espantar al demonio de los conventos era inútil. El diablo encarnado en el placer de la piel siempre resultaba triunfante.

—¿Y cómo se las arregló el padre Villanueva para entrevistarse con su hermana ante tanta rigidez, tantos candados? ¿No que las monjas se vigilaban entre sí?

—Efectivamente, Ponciano, pero si el agua siempre busca una salida, la maldad, unida al sexo, invariablemente encontrará un espacio, una coyuntura para tocar con la yema del meñique los hábitos, una oportunidad para un breve guiño, una mirada furtiva, una carta clandestina codificada, un disfraz para llegar a reparar en el convento una cañería o el panadero que ingresa distraído en el refectorio —advirtió don Valentín una parte de las posibilidades de hacer llegar un mensaje o de satisfacer de alguna manera el placer de respirar, al menos, algo del aire que el ser amado o deseado hubiera podido inhalar en cualquier momento del día en el convento.

Villanueva era un viejo zorro, un abad perverso que había tenido muchas experiencias sexuales impunes muy a pesar de todos los controles, limitaciones, prohibiciones y amenazas para no violar los votos de castidad, además de juramentos y promesas empeñadas ante los altares, crucifijos y asambleas presididas por notables eclesiásticos desde el mismo día de su ordenación. La experiencia de este maldito le permitió aprovecharse de mi hermana. Villanueva, quien tenía un rostro de vejiga por la parte adiposa que colgaba a modo de papada, nariz aplastada, boca grande, dientes amarillentos, dedos gordos, grasientos como su cara, vientre obeso, estatura media, cabellera escasa escurrida hacia delante para cubrirle una parte de la frente, vestía su eterna sotana sin los suficientes botones y chorreada por chocolate o por cera de las velas, conocía las costumbres de los conventos, los horarios, los momentos dedicados al reposo durante los meses de calor veraniego, las reclusiones en el invierno, las pausas merecidas cada viernes después del capítulo *de culpis*, cuando las monjas colocadas boca abajo, con el rostro pegado al piso confesaban ante su comunidad sus pecados, errores propios y ajenos, todos. Conocía al detalle cada movimiento del convento desde la hora y el día de las misas solemnes, de las procesiones dentro de los claustros, de las novenas, del momento exacto para tocar a prima o para iniciar el Rezo del Santísimo Nombre de María o el primer examen de conciencia o la bendición o el Rosario de Nuestra Señora. Todo. Lo sabía todo. Por ello mi hermana no podía recurrir a cualquier pretexto para huir de la presencia de este Lucifer camuflado de beato.

Yo ya ardía en deseos de saber lo acontecido; sin embargo, el viejo daba largos rodeos para llegar al corazón del tema.

—Todo comenzó cuando él, el bribón de Villanueva, que un día habrá de consumirse lentamente en la galera más ardiente del infierno sentado en un palo puntiagudo cubierto por espinas de hierro, repasó con la vista, de arriba abajo a la novicia, a mi hermana, a María de la Luz, a Lu, y después de aprobarla a satisfacción, intuyendo que tendría a su alcance una presa fácil por su ignorancia en cuestiones conventuales y sabiéndola indefensa, sola, aislada, abandonada por su padre y su familia, llena de prejuicios y temores, y eso sí, habiendo averiguado a fondo sus antecedentes y de haber hurgado en su breve pasado, e instalado en su calidad de capellán, empezó a confesarla, una vez convencida la priora de la necesidad de dedicarle una atención especial a la recién llegada para reencauzar debidamente a esta hija extraviada y confundida del rebaño del Señor…

—¡Dios!

—¡Sí, Dios! —repuso el viejo—. Dios nunca estuvo presente cuando este mamarracho le fue inculcando a Lu la importancia de someterse a las instrucciones y deseos de sus superiores. ¿No había hecho un voto de absoluta obediencia arrodillada ante el Gran Crucificado? Él, Villanueva, tenía la manera y los instrumentos para purificarla, librarla de toda culpa y hacerla expiar sus pecados sin dejar huella alguna de ellos con tal de facilitar su ingreso en el cielo después del Juicio Final. Yo te limpiaré, te prepararé, te ayudaré, te conduciré de la mano por los laberintos de Dios hasta ponerte devotamente en sus manos para que disfrutes de una eternidad complaciente y feliz con todas las bendiciones, hija mía, solo que deberás atenerte estrictamente a mis deseos, complacerme en cada una de mis peticiones, dejarte conducir con una sonrisa por los caminos y atajos que habrán de llevarnos a la felicidad universal, el gran objetivo de los mortales.

—¿Y qué tengo que hacer, padre mío? —repuso Lu con candor.

—Confesar tus errores y pecados con el máximo detalle posible, necesito saber la verdad, toda la verdad por más que te avergüence o te duela, de otra suerte no podré evaluar la gravedad de tus faltas y, por lo mismo, me será imposible absolverte, con lo cual correrás graves peligros de ir a dar al purgatorio, María de la Luz, un lugar más negro que el hocico de un lobo, maloliente, incómodo, eternamente húmedo y habitado por alimañas que te amenazarán de día y de noche sin dejarte durante siglos, hija mía…

—No, padre, no, lo diré todo, aun aquello que escondí a mis amigas y confesores antes de ingresar a la orden…

—Bien, mujer de Dios, pero no solo eso, también deberás honrar como buena católica tu voto de obediencia, a sabiendas de que violarlo te puede acarrear graves perjuicios aquí en la tierra como en el más allá. ¿Harás cuanto te ordene sin reparar ni protestar con tal de salvarte?

—Sí, padre, lo juro…

—Si no cumplieres tu promesa, que Dios te castigue con sus máximos poderes por no haber sido humilde ni abnegada y haber desoído su santísima voluntad.

—Que me castigue, padre, que me castigue…

—Lo que el malvado de Villanueva ignoraba, y que Dios en Su Santa Gloria le arranque los ojos con los pulgares, es que Lu iba a aprovechar los momentos de confesión para introducir, precisamente por el oído del sacerdote, todo el veneno que pudiera juntar para volverlo materialmente loco, y de ser posible, al día o a la semana siguiente. Si el curita creía que Lu era una perita en dulce, una bruta que pudiera manejar a su antojo y hacer de ella lo que le viniera en gana, cuando le viniera en gana, explotando su inocencia, sus prejuicios, su miedo y su ignorancia, se equivocaba de punta a punta. Lu, mi Lu, ¿podemos decir nuestra Lu, Ponciano?, ella, que se había formado entre hombres, trepando por los árboles, estando permanentemente con las rodillas raspadas, los conocía a la perfección, por ello le fue muy sencillo inocular en cada palabra transmitida por la oreja de Villanueva una dosis letal de fantasías carnales como nunca las había escuchado el mierda del obispo, al extremo de que, según me contó en una carta clandestina, con la tinta corrida por las lágrimas derramadas pero por las carcajadas que soltó al escribir los pasajes, el cura depravado resoplaba y se golpeaba levemente la cabeza en el interior del confesionario, masturbándose enardecido por la narración de Lu sobre la primera noche que pasó al lado de Guillermo. Le contó al patán de Villanueva cómo habían llegado cerca de Xochimilco después de cabalgar horas y horas para huir de la rabia de mi padre:

—La entrepierna me dolía horrores, señor cura, ¿se imagina usted lo que es viajar en las ancas de la bestia durante casi un día y con las piernas completamente abiertas?

—No, no hija, ¿qué se siente?

—Las nalgas, padre, las sentía irritadísimas por la falta de experiencia, usted entiende, la fricción constante me tenía loca. Nunca había montado tanto tiempo. Los pantalones que le robé a mi hermano Vale la noche anterior para resistir mejor la cabalgada estaban empapados. No sé si era mi sudor o el del animal…

—Y las piernas, ¿te costó mucho trabajo cerrarlas?

—Al principio, al apearme, no podía caminar ni dar un solo paso. Estaba acalambrada. Las ingles, aquí padre —explicaba señalándose con las manos—, lástima que no pueda ver —se puso de pie, con una mano a la altura del pubis—, me dolían como en los peores días de mi menstruación.

—Hija mía…

—Sí, padre, las nalgas me ardían, la piel de la entrepierna la tenía rozada, las ingles me pulsaban, latían con fuerza, el dolor de la espalda era apenas soportable mientras que mis senos también se quejaban porque al ir a galope tendido se me agitaban de un lado al otro, porque se me fue aflojando el corpiño… Hubiera usted visto el movimiento de mi blusa desabotonada por el calor de la mañana. Tenía que contener mis pechos con la mano izquierda, porque con la derecha tenía que sujetarme de la silla para no rodar por el piso con todas mis pertenencias, padre.

—¿Y al llegar la noche, María de la Luz? —preguntó Villanueva tartamudeando.

—No, ¿cuál noche? Espéreme, padre, teníamos que comer en cualquier casa de huéspedes y si se pudiera, tomar un par de tequilas para hacerme de valor… Todavía recuerdo que comimos un puchero de gallina, unos tacos dorados, una salsa molcajeteada, membrillo y café de la olla. Más tarde…

—Yo creo, hija mía, que este no es el momento más conveniente para hablar de recetas de cocina… —repuso la voz instalada detrás de la pequeña celosía que separaba al pecador del representante de Dios.

—Es que usted me dijo que narrara todos los detalles, padre…

—Bien, pero tú sabes a qué me refería yo, ¿no…?

—No, señor cura, ¿a qué se refería usted…? ¿Quisiera explicarme…? —María de la Luz se hacía la sorprendida. De sobra sabía las intenciones de Villanueva y quería exhibirlas en el atrio del convento o en los jardines o en el patio donde estaba el pozo. Que todos lo supieran…

—Me entiendes, ¿no?

—No, padre, no entiendo, solo cumplo con mis instrucciones de contarle todo. Obedezco, solo obedezco. Cumplo con mis votos de obediencia, padre Villanueva.

—Joder con su hermanita —interrumpí en tono festivo—. Villanueva, por lo visto, subestimó los poderes, muy femeninos, de su supuesta víctima.

—Cierto, Ponciano: nunca supo con quién se metía. Tú puedes abusar alguna vez de alguien, pero no puedes abusar siempre de todos, ¿no crees? Con Lu se metía con una mujer de sus tamaños. La priora estaba horrible y vieja, ¿verdad…? Por supuesto que prefería una mujer candorosa como las tantas que habrían pasado por el confesionario y que él habría desflorado en la huerta del convento en momentos en que las monjas iniciaban una procesión por los claustros. No, no, no, María de la Luz era de otro calibre a pesar de su juventud.

Don Valentín dijo que el sacerdote pensó en un momento pedirle a Lu que lo llamara por su nombre, Gregorio, pero hubiera sido un tremendo error. Todos lo conocían por el padre Villanueva. Imposible acercarse tan de golpe y brutalmente. Por otro lado, al sacerdote no le quedó otra opción que escuchar y escuchar hasta el final del relato. Otra trampa más de Lu, Ponciano, porque la priora, la superiora y otras tantas monjas más empezarían a sorprenderse por el tiempo dedicado a la novicia recién ingresada. El padre Villanueva está empeñado en auxiliar espiritualmente a María de la Luz, no suspendamos su sagrada encomienda…

—Continúa hija mía, continúa.

Después que María de la Luz contó cuánto habían tardado en traer el cambio y luego, una vez pagada la comida, el tiempo que les había llevado ir al baño y asearse y refrescarse antes de continuar el viaje, todavía habían tenido que esperar a que el caballo agotara el pienso y reposara unos instantes adicionales antes de volverlo a ensillar; entonces, al paso, sin sentirse ya perseguidos, caminaron entre los maizales, sentándose ocasionalmente a la sombra de un sauce llorón o de un pirú para planear su futuro. Su matrimonio. Te quiero para toda la vida, María de la Luz: tú no eres mujer para solo una noche, sino para hacer una vida a tu lado. Se desplazaron con lentitud dejando beber al caballo ocasionalmente en las márgenes del lago de Xochimilco o en algunos de los canales, según se acercaban al centro de la población.

—Finalmente, al anochecer, llegamos a otra casa de huéspedes, padre…

—¿Y qué pasó entonces? —repuso el cura retorciéndose en la banca del confesionario.

—Padre mío, no me obligue a contarle mis intimidades de mujer.

—¡Hazlo! Si quieres purificarte, si quieres librarte de toda culpa, si quieres estar en paz en este santo convento, debes contarme todo con lujo de detalles para poder absolverte, una vez conocido el tamaño del pecado, hija mía —ordenó el sacerdote sin imaginar que mi hermana percibía las alteraciones de su respiración y que se percataba, con toda claridad, del nivel de excitación que lo dominaba.

—No me atrevo, señor…

—No soy señor, dime padre o Gregorio —ahora sí había estado a punto de cometer un error que, con toda seguridad, hubiera destruido su estrategia. No estaba listo para abrir sus cartas de esa manera tan precipitada.

—Juraste obediencia, hija mía…

—Pero es que… esto no se lo diría ni a mi madre siquiera…

—Estás ante Dios, que todo lo sabe y todo lo perdona, confía…

—Pero me da pena, padre —adujo Lu sin ignorar que ella estaba ya dominando la situación. Ella gobernaba al sacerdote. Los papeles se habían cambiado. "De bruta, hermanito querido, no tengo un pelo. De algo me sirvió vivir y convivir tanto tiempo con hombres. Los conozco como la palma de mi mano."

—Entonces te lo ordeno: ¡cuéntame!, o te irás ya no a un simple calabozo, sino al de castigo…

Lu empezó a gimotear, para lo cual tenía una facilidad asombrosa. Entre sollozo y sollozo, sabiendo que enloquecía al cura, empezó a contarle, inyectándole cada vez dosis mayores de veneno en los oídos… Después de que Guillermo pagara por anticipado la noche en una casa de huéspedes, ambos llegaron a la habitación, que tenía tan solo una cama, una veladora, una vela, un par de imágenes de la Virgen de Guadalupe, un piso de barro muy humilde, un clavo oxidado para colgar la ropa y el baño afuera, en el pasillo. Rápido se dio cuenta de que tendría que bañarse a jicarazos…

—Al grano, niña, por lo que más quieras…

Al cerrar la puerta de la habitación Lu sentía asfixiarse. Pequeñito como era el cuarto, se convirtió en un nicho. Se sofocaba. Apenas y podía respirar. Guillermo también estaba muy turbado, como tímido. Imposible dar el siguiente paso. Hablamos de tonterías para evitar el creciente malestar, una incomodidad propia del pudor. Era la primera vez que estaba frente a un hombre de verdad, no con los amigos de su hermano, con quienes trepaba por los árboles. El compromiso era claro. Inescapable.

—En ese momento, padre, Guillermo me besó en el cuello estando ambos sentados en la cama.

—¿Y…?

—Yo crucé las manos y le pedí a Dios que parara, que no me atormentara, que me dejara salir volando de aquel cuarto.

—¿Y saliste…?

—No…

—¿Entonces que pasó…? —iba a decir carajo, pero se contuvo. La habría asustado.

—Me dejé hacer, padre…

—¿Y…?

—Me besó más y más, padre, más mucho más y yo devolví los besos que me hacían perder de golpe todos los miedos…

—¿Y…? ¿Y…? ¿Y…?

—De repente me arrepentí. Sentí que los ojos de mi madre me veían por la estampa de la Virgen de Guadalupe. Que me estaba observando.

Que ya me condenaba y negaba con la cabeza, me maldecía, padre Villanueva, me maldecía —dijo la bruja de Lu, para extraviar al sacerdote. Cuando ella me contó este pasaje reímos a carcajadas. Fue uno de los pocos motivos que tuvimos para hacerlo.

—¿Te arrepentiste, hija...?

—Sí, padre, me arrepentí...

—No me digas que ahí acabó todo.

—Yo le pedí que me respetara. Que no estaba lista para eso que íbamos a hacer. Que me perdonara. Que me dejara salir. Que me olvidara.

—¿Y él te dejó ir, así como así, ya que estaban ahí...?

—Él no cedió y trató de meterme la mano por abajo de mi blusa y yo traté de contenerlo pero sin pedirle que la sacara. Debo confesar que la apreté firmemente contra mi pecho pidiéndole que me dejara en paz. Sus dedos inquietos me hicieron temblar de placer. Él insistió mientras que con la otra mano me abría las piernas y me tocaba por encima de los pantalones de mi hermano Vale... ¡No sabe usted qué sensación! Entendí a todas las mujeres de la tierra. ¡Qué afortunadas éramos!

—¡Qué Vale ni qué Vale...! ¡Ni qué fortuna ni qué nada! ¿Qué pasó...? ¡Cuenta! ¡Cuenta!

—Me recostó suavemente sin dejar de besarme ni un instante como para que yo no perdiera el valor y quisiera escaparme. Me acarició toda sin quitarme la blusa ni los pantalones. Recorrió con sus manos cada palmo de mi cuerpo mientras yo me desvanecía y lo dejaba hacer a placer, padre. Solo me acuerdo que me retorcía como víbora en comal, padre...

—¡Santísimo Dios de los mortales!

—Me abrió la blusa, padre, me la quitó como un maestro. Yo ya tenía un seno de fuera, el resultado de la batalla preliminar por salvar mi virginidad, padre... Entonces me tiró de los pantalones hasta quitármelos. Y se siguió con mi corpiño, padre... Sentí una mezcla entre emoción y miedo, padre Villanueva, es imposible describirlo... Luego me quitó los calzones. Estaba completamente desnuda a la luz parpadeante de la veladora. Me traté de tapar con las sábanas. Yo ya no sabía qué hacer con la mirada penetrante de la Virgen de Guadalupe...

—¡Cuenta, hija mía, cuenta, por lo que más quieras...!

—Guillermo, el hombrón, se puso repentinamente de pie sin retirarme la mirada de los ojos. Yo no sabía si cerrarlos o no. Solo pensé en cubrir mis pechos que palpitaban, padre, los pezones parecían estar a punto de estallarme. Mis pechos estaban duros, rebosantes... Entonces, padre Villanueva, vino la peor parte, la que nadie sabe, solo Dios y ahora usted...

—Bueno, bueno, pero no te calles, no te detengas...

—Se quitó su camisa y de inmediato se zafó las botas, que fueron a dar a quién sabe dónde... Para no hacerle el cuento largo, se bajó la bragueta y con ella los pantalones y todo lo que tenía que quitarse. Yo nunca había conocido un hombre desnudo, se lo juro, padre, se lo juro, se lo juro, ¡ay!, ¡ay!, ¡ay...!

—Di, di, di, no pares, no pares...

Silencio.

—¿Y qué pasó entonces? —insistió el prelado. Silencio.

—Te estoy hablando, María de la Luz: ¡Obedece! ¡Obedece!

Silencio.

—Habla, ¡por Dios...!

Villanueva se asomó entonces por la celosía sin poder distinguir a la pecadora. Al haberla perdido de vista, ¿se habría desmayado?, salió del confesionario solo para confirmar sus sospechas. Lu se había ido en el preciso instante en que la conversación adquiría el tono esperado, el nivel idóneo en que las fantasías se materializan en luz, el momento deseado en que las palabras se convierten en carne y la imaginación produce aromas enervantes, la boca se seca, la voz enronquece, los sudores fríos se precipitan por la espalda, los músculos se tensan, las manos tiemblan y buscan un asidero, la sangre se agolpa en la garganta, en la cabeza hasta hacer estallar el cuerpo en mil pedazos. Sí, pero Lu ya no estaba para coronar esos sueños. Faltaba la mujer, las palabras candentes, rítmicas, dejadas caer, una a una, con una intención alevosa, el castigo impuesto a los sedientos que mientras exigen agua, agua, agua, se les niega con una sonrisa sardónica y el movimiento lento y pendular de un dedo índice que burlándose confirma la imposibilidad de acceder a lo solicitado. El telón había caído a mitad de la función cuando la soprano interpretaba el aria más hermosa, la de la melodía más contagiosa. Los candelabros fueron apagados repentinamente. La comedia ha terminado. ¿Una señal de Dios para concluir violentamente la representación? Qué Dios ni qué Dios, Villanueva le exigiría una explicación a Lu. ¡Ah, que si se la exigiría...! Pero ¿qué haría mientras tanto con él mismo? Toda esa fuerza alertada, ese vapor contenido, tendría que desaparecer, desvanecerse, dentro del mismo continente. Echarle agua a la flama. Extinguirla brutalmente. Más le valía a María de la Luz tener una respuesta válida, de otra suerte pagaría caro, con un castigo ejemplar, el pecado de haber violado su voto de obediencia. Por lo pronto, Villanueva buscaría a Cecilia, una monja ya muy socorrida de amores y absolutamente dispuesta a la purificación cuantas veces lo demandara el sacerdote para ganarse el perdón eterno de Dios... Él la encontraría en el dispensario o en los lavaderos, muy a pesar de que sor Ceci tuviera su regla en esos días. Bastaba hacer la señal de la Santa Cruz para que ella entendiera la importancia de la instrucción...

—¡Cecilia, ven aquí a mis pies en este instante o te condenarás! ¿Entendiste, Cecilia?

Un ataque de tos seca, salida del fondo del alma, se apoderó de don Valentín. ¡Cuánta angustia me producía no poder ayudarlo! El único recurso accesible e imaginable consistía en incorporarlo sobre la cama de madera, no sin antes aplastar un buen número de cucarachas, cuyos chasquidos bien pronto empecé a saborear, para darle una serie de leves palmadas en la espalda levantándole la cabeza con el ánimo de ayudarlo a respirar, aun cuando fuera el aire venenoso de la tinaja. Los accesos, cada vez más prolongados y violentos, casi le impedían volver a inhalar, incluso cuando concluían. Se iba. Los espasmos eran de horror. El viejo permanecía agotado, tirado boca arriba, inerte. Lo auxilié con el temor de que en cualquier momento lo recostaría ya sin vida, al haber estallado por dentro. La cabeza sería la primera en reventar. Al tocarle los hombros y los brazos sentí que enderezaba a una osamenta. Los tejidos, los músculos, habían desaparecido para siempre. Le quité los zapatos para improvisar una almohada de modo que no yaciera totalmente en plano, dificultando las aspiraciones. Ni así, con semejante angustia a cuestas, el viejo se resignaba a dejar de hablar. Tal vez desde ese momento lo haría con más ímpetu que nunca. Limpiándose los labios de no sé qué líquidos con el dorso de la mano, continuó la narración.

—Ahora, hijo mío, ya conoces la responsabilidad de la Iglesia católica en la pérdida de los territorios norteños —la tos difícilmente le permitió hablar en un principio—. Primero, se negó a poblarlos imponiendo condiciones ridículas, de los tiempos de las Cruzadas, sin percatarse que al dejarlos abandonados solo estimulaba el apetito territorial de los insaciables piratas norteamericanos —asentó como el juez que se acerca al dictado del párrafo definitivo de la sentencia—. Segundo, cuando obispos y arzobispos unidos declaran en 1833 la derogación de la Constitución de 1824 para imponer un gobierno centralista —volvió a la cargada—, les facilitan a los tejanos el pretexto esperado para escindirse de México, lo cual trató de impedir Santa Anna solo para exhibir abiertamente nuestra impotencia militar en esa catastrófica campaña de 1836, que le aportó a Estados Unidos la información necesaria para declararnos cómodamente la guerra total tan solo diez años después. Y bien visto, ¿cuál guerra? Se trató de una alevosa invasión armada para despojarnos de medio país, ya no solo de Tejas —concluyó golpeando el camastro con el puño—. Lo sabían,

Ponciano, sabían a la perfección que éramos un país indefenso desde la independencia y más aún después del escandaloso fracaso de San Jacinto. Lo sabían también por los informes redactados por su cuerpo diplomático acreditado en nuestro país. Robarnos era fácil y lo hicieron: nos despojaron de nuestros bienes como cualquier delincuente callejero, encañonándonos con pistolas en las sienes...

La tos constante de don Valentín empezaba a ser una obsesión para mí.

—Cuando en febrero de 1837 el presidente Jackson le prestó a Santa Anna el *Pioneer* para navegar de regreso a México después de haber suscrito, en secreto, otros tratados vergonzosos, diferentes a los de Velasco, Santa Anna ya era un aliado secreto de los norteamericanos y, por ende, su socio. Les interesaba más vivo que muerto, tal vez para "negociar" en el futuro la venta de más territorio. *Our very best friend Santi Ani*... Por ello el Benemérito, sabedor de las traiciones cometidas en contra de sus propios compatriotas, se hace acompañar, una vez de regreso en Veracruz, por un piquete de soldados yanquis al mando del teniente J. Tatnall hasta las mismísimas puertas de Manga de Clavo, para que se pudiera dedicar a sus ocupaciones favoritas... ¿No es una muestra de cinismo o de miedo insuperable que te tengan que escoltar soldados extranjeros en tu propio país? Su sentimiento de culpa era tan grande que no podía pasar por alto la posibilidad de ser linchado por sus propios paisanos. ¡Menudo líder!

Sin permitir interrupción ni dolerse por los quejidos continuos de Magón, don Valentín pasó como un relámpago por la Guerra de los Pasteles, sí, la de 1838, aquella en que los franceses invasores, con pretextos absurdos, obligaron de nueva cuenta a la patria a ir en busca de uno de sus mejores hijos, el pródigo, Antonio López de Santa Anna, quien llevaba ya un año en su finca después de haber jurado ante cuanta persona le prestó oídos que jamás volvería a la política, sobre todo después de los acontecimientos de San Jacinto. Su vida, el resto de sus días, los pasaría, según él, en el olvido, en el ostracismo de la campiña veracruzana. Pero ¡oh, Dios!, la nación no se lo iba a permitir, y por ello fue a buscarlo en su calidad de soldado insuperable, para que defendiera al México invadido, esta vez, por otra potencia extranjera, con la integridad de sus principios, su capacidad de convocatoria y su perspicacia militar.

Ahí, en el desembarco francés en Veracruz, durante la intensa refriega, un artillero enemigo había errado el tiro para herir al Benemérito solo en la pierna izquierda, misma que le habría de ser amputada, para permitirle a su amado pueblo apodarlo nada menos que el Quince Uñas... El viejo se preguntaba por qué al regreso de Santa Anna de Washington los veracruzanos, conocedores de la derrota de San Jacinto, de su vergonzoso arresto por las fuerzas enemigas y de algunos supuestos tratos oscuros con los norteamericanos, sus compatriotas no lo habían lapidado como el peor traidor conocido en la historia patria, y más aún cuando lo vieron regresar escoltado de Washington. ¡Los males que se hubiera ahorrado México si el presidente Jackson o Sam Houston lo hubieran mandado colgar después de la masacre de El Álamo o sus paisanos lo hubieran linchado en las calles del puerto en lugar de ovacionarlo como a un gran héroe...![37]

—O simplemente, escúchame —alegaba don Valentín como si yo quisiera interrumpirlo—, se debería haber expedido un decreto similar al que se emitió para fusilar a Iturbide, una vez declarado enemigo del Estado, y autorizando a cualquiera a matar a Santa Anna de encontrarlo en territorio mexicano... ¡Qué bien le hubieran hecho al pueblo de México si cualquiera de ellos hubiera segado la vida de este auténtico truhán...!

Santa Anna nunca forjó la nación ni intentó la consolidación del Estado ni el bien de la patria ni el fortalecimiento de la República: solo buscó el poder para sí, la gloria, la conquista y reconquista de la presidencia al estilo de un vulgar jugador de naipes. El Quince Uñas apuesta la vida, va su honor en prenda cuando juega a las cartas, a los gallos, a la masonería, a la política, a las mujeres, a la monarquía, a la presidencia, al federalismo, al centralismo, a los partidos, a la gente, a los funcionarios, al país. Jugará con todos y logrará que todos lo hagan con sus reglas. No se compromete con nada ni con nadie. México es de su propiedad y por ello mueve y remueve a los funcionarios como si fueran los peones que limpian los establos de sus gallos de pelea en Manga de Clavo. Todo se puede. Todo es válido. El mexicano consiente todo y es de escasa memoria... Ese era el aliado del clero. El hombre en el que depositaba sus mejores esperanzas, su brazo armado, su apoyo incondicional para salir invariablemente airoso de los enfrentamientos con la adversidad... Iturbide terminó sus días fusilado y Santa Anna, otro presidente de clara orientación clerical, ¿acabaría colgado de cualquier ahuehuete?

El presidente Anastasio Bustamante había gobernado al país rodeado de sacerdotes, después de los horrores de San Jacinto.[38] ¡Claro que el clero estuvo metido hasta en el último expediente de su administración, controlando hasta las rúbricas del más elemental oficio! ¿Podía ser acaso de otra manera? Solo que su eterno enemigo, quien ya lo había derrocado de la presidencia en 1831, el mismísimo príncipe veracruzano, esta vez lo volvería a expulsar de Palacio Nacional en 1841, pero rodeado de otros golpistas, como los generales Valencia, y Paredes y Arrillaga, entre otros. Los militares se disputaban el poder como si se tratara de una mujerzuela borracha que se negara a salir de una cantina pueblerina. La jaloneaban de los brazos, de la cabellera y hasta de las piernas. Cuando Bustamante finalmente fue depuesto del cargo con arreglo a las Bases de Tacubaya, la alta jerarquía castrense no estaba, sin embargo, dispuesta a cederle a Santa Anna, al "Protector de la libertad de los pueblos", el "Benemérito de la Patria en Grado Heroico", el "Benemérito de Veracruz", el "Napoleón del Oeste", el "Gran Elector", el "Gran Almirante y Mariscal de los Ejércitos", el "Padre del Anáhuac", el "Ángel Tutelar de la República Mexicana", el "Visible Instrumento de Dios", el "Inmortal Caudillo", el honor de volver a encabezar el Poder Ejecutivo. ¡Ni hablar! Ya vimos que gobierna desde Manga de Clavo o desde su nueva finca El Encero... Sabemos que es venal, tramposo, jabonoso, resbaladizo, inconsistente, traidor por naturaleza, inasible, incontrolable, indefinible políticamente, no, no, no más Santa Anna: ya tuvimos bastante, además ahora nos corresponde a nosotros el turno al poder... Entre los militares, es evidente, no pueden llegar a un pacto. ¿Quién iba a gobernar ahora que Bustamante ya no estaba en ese convulsivo 1841?

No se debía ir muy lejos por la respuesta. De repente tocaron las campanas de la Catedral Metropolitana de la Ciudad de México. No se convocaba a misa a todos los feligreses, solo a los generales beligerantes, a quienes se les conminaría a sentarse alrededor de una mesa de mármol con incrustaciones perfectamente talladas de piedras preciosas, propiedad de la Iglesia católica. El sermón no se daría desde el púlpito de la galería central del máximo templo mexicano, sino en el suntuoso Palacio del Arzobispado.[39] Ahí, en ese preciso domicilio, en Tacubaya, por supuesto ante la presencia del alto clero y los sublevados, se fijó nuevamente el destino de México. La máxima autoridad católica del país, el ilustrísimo señor arzobispo de México, doctor don Manuel Posada y Garduño, acompañado por su padrino de consagración, nada menos que monseñor Matías Monteagudo —otra vez Matías Monteagudo, de larga trayectoria política en México desde que se constituyó como Padre de la Independencia y, después, de las Siete Leyes, y de intervenir en la derogación de la Constitución de 1824, entre otras odiseas—, decidió, con el báculo en la mano izquierda y la mitra debidamente ceñida, mientras impartía la bendición apostólica con la derecha, que desde luego Antonio López de Santa Anna debería ser investido nuevamente presidente de la República. Así lo dispuso Dios y se acabaron los alegatos en el nombre sea de la Magnífica Virgen María. Punto final. A persignarse. A rezar dos padres nuestros al amanecer y otros tantos más antes de entregarnos al sueño reparador. ¿Ya te persignaste, Mariano Paredes? ¡No! ¿Y tú, Gabriel Valencia? ¡No! ¿Y tú, José María Tornel y Mendívil? ¡No! Pues todos a confesarse. ¡De rodillas ahora mismo! Y Santa Anna, ¿por qué él no, señor arzobispo? De él ya conocemos sus pecadillos, además nadie puede atreverse a cuestionar las divinas palabras ni las infalibles decisiones de Dios, nuestro amado y reverendísimo Señor, el dolorido Crucificado. ¡A callar! La Iglesia gobernaba, sin duda alguna.

Según avanzaba la conversación, empecé a experimentar un gran vacío en el estómago. La sensación de hambre puede ser muy molesta, pero mucho peor es la convicción de saber que pasarían muchas horas, días o semanas, tal vez meses, antes de que pudiera saciar el apetito. El malestar adquiere otras dimensiones ante la incertidumbre. Empecé a arrepentirme de haberles permitido a las ratas disputarse el único alimento, por más que fuera un caldo vomitivo, que podría comer a saber en cuánto tiempo. ¿Cuándo me iba a imaginar que anhelaría ingerir una sopa que hasta los propios roedores escupirían? Nadie sabe lo que es en realidad una necesidad hasta no padecerla. Hoy devoraría un pedazo de pan duro remojándolo, si fuera posible, con un poco de agua. Un manjar. Un banquete. El máximo obsequio al paladar. No hay, en efecto, mejor salsa que el hambre. Un pequeño temblor apareció en mis manos. Mis piernas perdían su acostumbrado vigor. Si supiera que mañana podría llevarme a la boca algo sólido de inmediato me sentiría mejor, mucho mejor.

El arzobispo Manuel Posada y Garduño y Matías Monteagudo habían encumbrado a Santa Anna nuevamente hasta las alturas de la presidencia de la República, con el grave inconveniente de que el Gran Crucificado había decidido regresar al Reino de los Cielos a esta última santa oveja de su rebaño, a monseñor Monteagudo, dando por concluida su labor pastoral en beneficio del dolorido pueblo de México. Don Valentín me indicó cómo dar con la nota necrológica referida a la muerte de esta inmunda cucaracha intervencionista que tanto cooperó al saqueo, al atraso y a la inmovilidad de México y que fue publicada en *El Siglo XIX* el 17 de octubre de 1841:

> Necrología. A los tres cuartos para las nueve del día 13 del presente mes de octubre de 1841, falleció el Sr. Dr. D. Matías Monteagudo, arcediano de esta santa iglesia metropolitana, y ex-prepósito de la Congregación de San Felipe Neri de México.
>
> Invadida la España por los Franceses en el año de 1808 [...] el padre Monteagudo opinó por la separación del virrey [...] Estuvo en contra del filosofismo de los liberales y de la masonería [...] y tratando de libertar á esta América de la gangrena que ha devorado á la España, tomó de su cuenta hacer nuestra emancipación... El gusto de ver realizada su empresa se le acibaró bien presto con la serie casi no interrumpida de revoluciones que han

ocurrido después de hecha la independencia. La última que hemos sufrido contribuyó mucho á quitarle la vida; una granada desprendida sobre su aposento en una de estas noches inmediatas, aumentó el pathema de ánimo que lo afligía, no menos que ver convertida en cuartel la casa Profesa... Sí varón justo, lleva hasta el trono del Altísimo tu amor á este buen pueblo, que llora tu ausencia, y que te pide sin intermisión recojas ya los frutos de tu ardiente caridad gozando de una paz inalterable.

[...] Un amigo de los muertos, que nada pueden darle ni quitarle.

Ya en la propia nota necrológica aparecía la confesión esperada: "¡Tomó de su cuenta hacer nuestra emancipación!" ¿No era clara la evidente participación de este alto prelado durante los años de la guerra de Independencia? ¿Por qué lo habían negado, lo negaban y lo negarían? ¿Que descansara en paz? No, no, ¿por qué en paz...? Que estuviera encerrado en una sala de tortura de la Santa Inquisición, la maldita institución que él tanto patrocinó, sentado eternamente sobre el potro de descoyuntamiento para que cada día se repitiera el mismo tormento, estirándolo salvajemente sin llegar a separarle los miembros y extremidades del tronco, sin derramar sangre pero, eso sí, despedazándolo por adentro. Ese era realmente un premio para quien había traicionado a los suyos destruyéndolos en lo anímico, en lo espiritual, en lo material, en lo intelectual al impedir lecturas luminosas y en lo físico. ¿Jesús propuso la tortura? ¿Jesús propuso el enriquecimiento de sus apóstoles? ¿Jesús propuso la creación de ejércitos y su financiamiento con cargo a las limosnas que hubiera rechazado por principio? ¿Matar por defender unos bienes que Él nunca hubiera deseado tener? ¿Excomulgar, fusilar, raspar las manos con ácido y descuartizar sacerdotes porque pretendían la libertad y el progreso de su país?

La ceremonia luctuosa del canónigo Matías de Monteagudo inició cuando el cuerpo embalsamado del gran jerarca de la Iglesia católica, cubierto con su capa, la cabeza con la mitra dorada que utilizó en tantas ocasiones, las manos reposando sobre el pecho deteniendo el báculo y los pies desnudos para demostrar sus convicciones franciscanas salió del Palacio de Tacubaya, desde el que había dirigido, la mayoría de las veces instalado en el anonimato, los destinos de México. Los más importantes prelados de la ciudad y parte de los del país, además de políticos, empresarios, periodistas y otros distinguidos personajes de la sociedad acompañados por altos oficiales del ejército vestidos con sus uniformes de gala se concedían recíprocamente el honor de cargar por unos momentos el cadáver con la mirada clavada en el piso y el rostro contrito ante la pérdida irreparable del gran guía de los católicos mexicanos y de la nación... En las esquinas se escuchaba el llanto compulsivo, arrebatado, de Magdalenas que contagiaban a los asistentes con su terrible dolor. Algunas de ellas dejaron de gimotear repentinamente porque había concluido el tiempo por el cual habían sido contratadas. Ni una lágrima más. ¡A casa! A esperar la muerte de otro dignatario. Mientras tanto a guardar las peinetas, las mantillas, la ropa y los velos negros, todos negros.

Enormes masas de curiosos se arremolinaban muy cerca de donde se escuchaba el tétrico redoble de los tambores y era posible oír el agudo sonido de las fanfarrias que anunciaban el duelo nacional, la señal esperada para descubrirse la cabeza, hacer una genuflexión y persignarse. Mientras avanzaba el cortejo, el arzobispo de la Ciudad de México, doctor don Manuel Posada y Garduño, impartía la bendición a ambos lados de la calle congestionada por creyentes sin dejar de elevar plegarias en latín para ser contestadas con monótono acento por el coro de la Catedral. Un acólito encabezaba la procesión sosteniendo con ambas manos levantadas un crucifijo. Las mujeres podían asistir a las exequias como parte del público, pero no se les autorizaba participar en ceremonias necrológicas para evitar complicaciones innecesarias… De cuando en cuando, al escuchar sentidas saetas cantadas por creyentes desde los balcones decorados con hermosos herrajes, el desfile se detenía para que el homenaje rendido por el pueblo no pasara inadvertido al ilustre difunto. Muchos feligreses arrodillados lloraban con el rostro congestionado asestándose sonoros golpes en el pecho en tanto gritaban desesperados perdón, perdón, perdón, al ver el perfil violáceo de quien hubiera sido uno de los máximos sacerdotes mexicanos de la historia: ¡Monseñor Monteagudo, monseñor Monteagudo, líbranos de la Santa Ira del Señor por los pecados cometidos! ¡No permitas que nos castigue arrebatándonos a nuestros seres queridos enviándonos más peste, sequía y terremotos! ¡Ahora que tan cerca estás de Dios, ruega por nosotros para que ya no nos mande más inundaciones ni epidemias y que los cometas que surcan por las noches el infinito ya no sean presagios de catástrofes! Amén, amén, amén. ¡Haz que me saque la lotería! Amén, amén, amén.

—Poco, muy poco de lo que te he contado, ha tenido la fuerza para estremecerte, sacudirte e invitarte como nunca a la rebelión, hijo mío. Lo que vas a escuchar te marcará para siempre. Dejará una profunda huella en ti, en tus hijos y en tus nietos. Será imposible que olvides semejante atrocidad —me advirtió don Valentín con una repentina solemnidad.

Era la primera ocasión en que hacía una breve introducción antes de ingresar a un tema que ya se anticipaba terrible. Su tono de voz era inconfundible. ¿Qué podría ser después de todo lo que el viejo me había revelado desde el papel de la Iglesia católica y de Monteagudo en la "guerra" de Independencia, la Constitución de 1824 y sus disposiciones perpetuas para preservar los poderes y el patrimonio clericales, Poinsett y Vicente Guerrero, para rematar con el golpe de Estado ejecutado por el clero contra Gómez Farías, para ya ni hablar de la renuncia de Porfirio a aplicar la Constitución de 1857 con tal de "salvar" a su mujer de modo que no pasara la eternidad en el reino de las tinieblas?

—De la misma manera en que el clero solicitó en 1834 el apoyo a Santa Anna para descarrilar al gobierno liberal de Gómez Farías, la Iglesia católica, a su vez, apoyó en 1841 el cuartelazo que te acabo de mencionar, para reinstalar al Ángel Tutelar de la República Mexicana en Palacio Nacional. Ya me resulta difícil contar cuántos derrocamientos de presidentes de la República y de gobernadores ejecutaron con el dinero de Jesús, y digo con el dinero de Jesús porque cuando se pretende tocar el patrimonio de la clerecía, esta alega el carácter divino de su patrimonio por ser propiedad del Señor... ¿No es correcto entonces afirmar que si el clero financió múltiples golpes de Estado, estos se ejecutaron con dinero de Jesucristo? ¿Estaría Él de acuerdo en que las limosnas millonarias y los intereses cobrados por capitales entregados a través de préstamos, entre otros tantos rubros de ingresos, se destinen a desestabilizar a un joven país recién independizado, muera quien muera? ¿Esa es la manera de ayudar a los pobres o de enseñar catecismo?

No abrigué la menor duda de que si don Valentín hiciera memoria para recordar los cuartelazos patrocinados en México por la Iglesia en todo el siglo no solo lo lograría, sino que la lista sería interminable. Pero recordé la importancia de ubicar a don Valentín de modo que no perdiera el hilo de la conversación.

—Bueno —adujo lentamente ordenando sus ideas—, a partir de 1841 Santa Anna llegó a Palacio Nacional en su carácter de presidente-dictador. Ni él mismo, por supuesto, podía escapar a las sugerencias, hijo mío, ni a las advertencias, escúchalas, por Dios, ni a los caprichos propios de un régimen clérigo-militar: gobernar sin la Iglesia representaba un problema grave, pero al hacerlo con ella, la dificultad podría resultar mucho peor. El clero, como decía un viejo compañero de oficio, está invariablemente dispuesto a financiar una revuelta, pero su voluntad se agota a la hora de dar apoyo económico para sacar a flote y sostener por un tiempo al nuevo gobierno instalado gracias a su patrocinio financiero y político. El sistema tributario, tan eficiente en la Colonia, se encontraba desquiciado. La única autoridad bancaria era el clero, con una organización recaudatoria excelentemente bien fincada y arraigada en todo el país, solo que pedirle una ayuda voluntaria a fondo perdido, tal y como las obtenía la Iglesia católica a través de sus limosnas, era punto menos que imposible. Las ayudas eran, en realidad, préstamos con garantía hipotecaria o con cargo a los ingresos aduanales, pero eso de que te presto y devuélvemelo cuando sea tu santa voluntad, hijo mío, y si no que el Señor te lo demande el día del Juicio Final, era un trato improcedente, prohibido, grosero que podía ser sancionado como pecado mortal y hasta considerado causal de excomunión. ¡Qué audacia…! Me pagas hoy, aquí, ahora mismo, ahoritita… ¡Financieramente hablando no hay mañana!

Santa Anna, el presidente-dictador, elevado al máximo poder mexicano por la Iglesia, se las tuvo que arreglar como fuera estando rodeado de maleantes encabezados por él, por el gran maestro de las corruptelas, para vestir a su corte o a su gabinete con lujos escandalosos sin detenerse ante la magnitud de los despilfarros de gran impacto e irritación social… Ni un quinto, señor presidente, ni un quinto, repetía mecánicamente el clero: ni un quinto, para eso están los recursos del Estado…

¿Cómo iban a prestarle a Santa Anna, cuando además se sabía de sobra su proclividad al juego, a las peleas de gallos, a las mujeres, al boato y al dispendio? Su fama bien ganada como alto funcionario venal y podrido moralmente lo descalificaban para cualquier tipo de empréstitos. Los ensotanados no se cansaban de repetir que sí, que en efecto, como rezaba la vieja definición, el Benemérito era un hijo de puta, pero era nuestro hijo de la gran puta, con el debido respeto a la Santísima Trinidad… Los rumores bien fundados hablaban de la existencia de cuatrocientos ochenta y tres mil acres de su propiedad en Veracruz, que le reportaban veintiocho mil pesos al año derivados de la venta de ganado y del arrendamiento de terrenos, así como diversas casas en la capital de la República, de donde obtuvo los ingresos necesarios para entregar a sus hijas dotes de cincuenta mil pesos…[40] Nadie ignoraba que el origen de dichos bienes era un claro producto de la corrupción, de sus tratos privados con agiotistas y empresarios, de sobornos recibidos en metálico por contratistas del gobierno y obviamente de sustracciones ilícitas del tesoro nacional, su caja personal.

¿Dónde estaba la ley? ¿Dónde estaban las instituciones? ¿Dónde estaba la autoridad?, me preguntaba en silencio mientras don Valentín continuaba su relato. Por instantes crecía mi deseo de fugarme de la cárcel para hacer justicia no con leyes ni con normas, qué va, se requerirían pistolas, armas, para aplastar al nuevo malhechor que de esa misma forma había arribado a la presidencia. Necesitábamos cinco, diez, mil Juárez para cambiar el rostro de este país.

La tiranía encabezada por Díaz era una marcha atrás, un retorno violento a los primeros días de la independencia. Sí, sí, ¿dónde estaba la ley en el gobierno porfirista? ¿Dónde estaban también las instituciones? La autoridad estaba ahí, en efecto, presente, ¿pero ¿cómo debía entenderse una autoridad que operaba al margen de la Constitución y atropellaba y fusilaba y mataba en caliente y reprimía y abusaba de su poder y perseguía y desaparecía y encarcelaba arbitrariamente y limitaba el derecho de expresión y el de asociación y privaba de su patrimonio a los gobernados por la fuerza, a su capricho? Volvíamos al despotismo de Santa Anna, a la disolución de los Congresos o a la imposición de representantes populares que solo representaban al dictador y a nadie más. Regresábamos a un centralismo aberrante que tantas vidas, destrucción y atraso habían costado ya a la nación. ¿Santa Anna no clausuró periódicos? Díaz lo hizo igualmente. ¿Santa Anna no volvió tantas veces como se le dio la gana al poder después de sus largas estancias en Veracruz? Díaz ya no regresó a su natal Oaxaca: había decidido mantenerse eternamente en el cargo hasta que Dios lo separara de él. ¿Santa Anna no pactó con el clero para acceder a la presidencia de la República? Díaz se mantuvo en Palacio Nacional después de trabar alianzas con la Iglesia católica. ¿Santa Anna no ignoró la Constitución y respetó solo aquella parte que le convenía? Díaz renunció, en los hechos y por escrito, a aplicar la Carta Magna de 1857... Atrás, vamos para atrás y yo aquí, encerrado, enclaustrado, maniatado mientras un bribonzuelo, el supuesto jefe de la nación, impone sus deseos criminales para gobernar. ¿Dónde está la educación laica, aquella por la que lucharon Mora, Gómez Farías, Juárez, Melchor Ocampo y los hombres de la Reforma? ¿Dónde, dónde, dónde? Mi libertad, quiero mi libertad y un cuchillo... Un cuchillo, quiero un cuchillo...

Mientras yo me hundía y me extraviaba en mis pensamientos, don Valentín llegó a grandes zancadas al tema que le apasionaba, el que le secaba la escasa saliva, el que le enronquecía la voz, el que le aceleraba el pulso, el de la breve introducción, el que había torcido su vida junto con la de su hermana Lu y lo había conducido brutalmente al estudio del comportamiento de la Iglesia católica en este siglo. De esta tarea faraónica habría de sacar a la luz pública las verdades ocultas encerradas en diversas cajas enterradas bajo muchas capas, cúyas llaves llevaban los sacerdotes en las bolsas de doble fondo de sus sotanas...

Empezaba a entender que el envenenamiento del viejo en contra de la Iglesia había comenzado cuando María de la Luz fue encerrada en un convento contra su voluntad. Ella lo había provisto de una temprana información contándole los horrores que se vivían a partir del momento en que las novicias se convertían en esposas del Señor. El infierno era poca cosa comparada con los tormentos de la vida monacal, más aún si la reclusión había sido obligatoria, como en su caso. Y no solo eso, en el fondo de su ser también culpaba a la Iglesia por la destrucción de su madre, doña María Magdalena, invariablemente vestida de negro en espera de la tragedia ordenada por Dios para castigar su conducta; sus miedos, sus temores a la venganza divina le habían arrebatado la alegría de vivir, reduciendo sus espacios existenciales a una mera jaula en que el rigor católico ya ni siquiera le permitía sonreír: todo era pecado, todo era una falta a la moral, todo era una provocación para despertar la ira del Señor de la que había que cuidarse. Estaba amordazada, angustiada porque Dios bien podría sancionar a cualquiera de sus hijos por faltas involuntarias cometidas por ella. Jesús, decía en sus plegarias nocturnas: si eres justo y sabio, como sin duda lo eres, por favor no castigues a mis hijos por culpa de esta humilde sierva... ¿Qué tal un día en que al pasar frente al altar y hacer una breve genuflexión, antes de dirigirse a la sacristía, su rodilla no alcanzó a tocar el piso de laja de la parroquia, lo cual fue para ella una terrible irreverencia que le quitó el sueño por muchos meses muy a pesar de las reiteradas confesiones y de los donativos crecientes entregados al padre Camilo para obtener el perdón? Mi padre se había resignado a correr la misma suerte que su mujer. Solo esperaba las instrucciones para ir a misa o el momento de sentarse a la mesa porque el párroco estaba invitado a la merienda. Estaba absolutamente domesticado de acuerdo a la rigidez moral católica.

¿Y su hermano Felipe? Él, a diferencia de Lu, había ingresado por un deseo personal al seminario para ordenarse como sacerdote. Desde muy pequeño sintió que esa, y no otra, era su vocación. Las discusiones con Valentín para disuadirlo habían sido inútiles. Un fanático no escucha, no razona, no critica, no filtra: está frente a la verdad revelada, la verdad absoluta. ¿Tiene acaso algún sentido ir en busca de algún argumento o de una posible refutación?

Con el tiempo habían abandonado gradualmente su comunicación epistolar. La distancia y las diferencias acababan con su relación hasta que la vida misma los ubicó en frentes distintos al estallar la pavorosa guerra de Reforma. Se hicieron rivales irreconciliables. Uno instalado en el ala clerical, conservadora, y el otro en la pura, liberal. Felipe mismo, con tal de purificarse, pidió la excomunión de su hermano y hasta llegó a estar dispuesto a ganarse la buena voluntad de Dios ordenando con una fusta en la mano la ejecución de Valentín, colocado de espaldas al paredón para acabar con su vida y la de todos los herejes de su clase durante esos años aciagos. Las pasiones se habían desbordado. El Señor, en Su Santa Gloria, había decidido matar, y siguiendo las voces asesinas de los curas se organizó el asesinato masivo de los amantes de la libertad. ¿Cómo recuperar a su hermano? ¿Cómo no llenarse de resentimiento y de rencor contra la Iglesia después de que los prejuicios religiosos habían acabado con su madre y extinguido el patrimonio paterno, privando al autor de sus días de toda ilusión por vivir? ¿Cómo perdonar al clero maldito si su hermana Lu, la que trepaba los árboles con los niños, había dislocado su existencia desde que ingresó al convento, aun cuando ella había sabido ejercer una serie de represalias que me habían dejado boquiabierto, risueño y de alguna manera reconciliado? Y finalmente, él, el propio don Valentín, ¿no estaba en esta asquerosa mazmorra agonizando, lanzando, a quien lo escuchara, un último grito de protesta por los atropellos cometidos por la Iglesia en la vida de los fieles, en su formación cultural y política, en la familia, en la economía de la nación y en el desarrollo político del país? ¡Claro que dedicaría su tiempo, su memoria, su talento, su coraje y su imaginación hasta rendir el último suspiro para combatir a esta institución demoniaca disfrazada con los hábitos de la humildad, del perdón y de la reconciliación!

Al volver a oír la voz de don Valentín salí abruptamente de mis reflexiones.

—El populacho exigía en las calles un gobierno regulado por la Constitución de 1824 mientras el Congreso demandaba igualmente la imposición de la ley. Sin embargo, todo fracasó —adujo don Valentín chocando tal vez las yemas de los dedos de su mano izquierda contra los de la derecha, como quien va a perder la paciencia— cuando, gracias a los acuerdos alcanzados en el Palacio del Arzobispado en octubre de 1841, Santa Anna creó una junta compuesta por dos representantes de cada departamento de la República, desde luego nombrados por él mismo, imagínate el cinismo, para que lo eligieran nada menos que presidente, tomara posesión inmediatamente del cargo y se dejaran satisfechos, eso sí, los mínimos requisitos exigidos por la democracia... ¡No faltaba más! Quedaron sin efecto las Siete Leyes de 1836, excepto en lo relativo al Poder Judicial. La autoridad del Benemérito sería irrestricta en todo el país. La dictadura a su máxima expresión.

Para sorpresa de propios y extraños, en 1842 se vota sin discriminaciones por la integración de un nuevo Congreso Constituyente que agrupando a liberales y a conservadores pudiera lograr una definición fundamental: ¿La nueva República sería federal o central? La mayoría de los nuevos legisladores resulta de extracción liberal. Se va imponiendo la idea de restaurar la Federación como en 1824. Sabás Sánchez Hidalgo propone nada menos que la nacionalización de los bienes del clero, incluidos sus capitales invertidos. Todos los impuestos eclesiásticos, ¡menudo concepto cavernícola! Además, los derechos por servicios prestados a los creyentes serían abolidos de inmediato.[41] Se tolerará la práctica de otras religiones en privado, ¡qué audacia!, aunque la católica sea la oficial del Estado; se permitirá la enseñanza laica sin obligación de enseñar la doctrina católica romana y se estimulará la prensa libre, siempre y cuando no choque con el dogma religioso. Un proyecto de enormes beneficios económicos para la nación.

¿Que qué…? ¿De qué se trata esta pesada broma…?

El clero frunce el ceño. Levanta la oreja. Arruga la nariz. Tuerce el morro. Los enemigos de Dios siempre están al acecho. Llaman de inmediato a sus cabilderos. ¿Qué pasa? ¿Qué sucede? Con los bienes del Señor no se juega, son sagrados, intocables, no son de este mundo. ¿Quién habla de nacionalizarlos? ¡Palabra maldita! ¡Anatema! El castigo será ejemplar… Convocan otra vez a los altos jefes de las fuerzas armadas. Las leyes y resoluciones de los Congresos los combate la Iglesia enfrentando a las masas con el gobierno, y si no, a bombazos. La Federación es además un suicidio en este país. Se debe concentrar la autoridad de preferencia en una sola persona, eso sí, lo más dependiente posible del clero. ¿Quién puede controlar veinte o más pequeñas repúblicas autónomas? Sería el final del país y de los intereses patrimoniales eclesiásticos. No, no es admisible. En su discurso de apertura del Congreso, Santa Anna no deja duda alguna respecto a su posición en torno al federalismo: "Declaro, con absoluta certeza, que la multiplicación de Estados soberanos e independientes, precipitará nuestra ruina".[42]

Los liberales, a pesar de todo, imponen su criterio. Resurgen los años felices de 1833, cuando Gómez Farías estaba al frente del país. Se da a los departamentos una considerable autonomía, se les otorgan las facultades necesarias para que tengan sus propias constituciones, operen su Poder Judicial, administren sus impuestos. Se impone la división de poderes a nivel nacional. Es la libertad, el feliz momento de la República democrática. El Congreso determinará el tamaño del ejército y las cuotas de reclutamiento. Los departamentos tendrán su propia guardia nacional sin fuero alguno…

¿Que qué…? ¿Qué pasa? ¿Qué sucede? Con los privilegios del ejército, el que ejerce el monopolio del uso de la fuerza, no se juega.

Se escuchan voces que exigen sacar las cuarteleras, las pistolas, aun las de duelo, las espadas con empuñadura de oro y hoja de acero prusiano, los uniformes de gala, las botas, las fustas y las guerreras de los armarios. Desempólvenlos. Tengan listo mi caballo. Quiero el mosquete con la cacha de plata…

Ante la evidente imposibilidad de imponer su voluntad, cansado de lidiar con los enmarañados problemas burocráticos, Santa Anna marchó a

Veracruz en busca de mulatas, harto de la insistencia del clero por sostener el centralismo contra viento y marea, dejándole la responsabilidad de la presidencia interina a Nicolás Bravo.[43] Para los legisladores es claro que la historia de 1833 y 1834 se repite. No hay duda de que Santa Anna, el Benemérito, trama un nuevo golpe parlamentario. Las únicas dudas son el cuándo y el cómo, pero de que viene, viene... Malo, muy malo el retiro a su lujosa finca veracruzana. Es la señal del rompimiento del orden jurídico, de la revuelta, del caos. Ha dejado instrucciones secretas firmadas para que Bravo las ejecute en términos de lo acordado en tiempo y forma... Sin sorpresas para nadie y una vez conciliados los intereses militares y clericales para desconocer las disposiciones emitidas por el Congreso que a ambos afectaban, se da el primer cuartelazo, organizado obviamente por obispos y generales. Ambos grupos están de acuerdo y coinciden en la necesidad de confirmar a Santa Anna en el cargo. Se trata del Plan de Huejotzingo de diciembre de 1841. Adiós libertad. Adiós progreso. Adiós justicia. Adiós bienestar. Adiós esperanza. Volvemos a donde comenzamos, al mismo punto. El Excelentísimo Señor Benemérito de la Patria y General de División Don Antonio López de Santa Anna conocía y aprobó dicho plan, redactado cuidadosamente, de la misma manera en que se suscribió el Plan de Cuernavaca de 1834. Él y solo él subsistía como jefe del Estado mexicano. ¿No estaba claro el ardid?

Los hechos ya no podían contenerse, de la misma manera que resultó imposible impedir el destierro de Gómez Farías y de Mora. El Congreso fue disuelto, entre ensotanados y uniformados, para crear una Junta Nacional Legislativa, la cual se dedicó a redactar las nuevas Bases de Organización Política de la República Mexicana.[44] Los periódicos de corte liberal, las voces del pueblo, fueron clausurados. Se silenció *El Siglo XIX*, *El Cosmopolita*, *El Estandarte Nacional*, *El Voto Nacional* y *El Restaurador*, entre otros tantos más.[45] La odiosa dictadura santannista no tardaría en convertirse en un auténtico flagelo para la población del país. Santa Anna va y viene a la Ciudad de México. Un nuevo Congreso lo elige presidente en 1843. Gobierna a través de misivas, de rumores y de Canalizo, su vicepresidente, un títere, una marioneta en la realidad y a la vista de los gobernados. Aumenta los impuestos a falta del apoyo económico de la Iglesia. "Un real por cada rueda de coche, un real por cada perro, un real por cada ventana que se abra a la calle, un real por cada canal que arroje aguas que la lluvia deja caer por las azoteas. La agricultura está gravada con el setenta y cinco por ciento del valor de las cosechas..." El caos es mayúsculo. Tejas es anexada a Estados Unidos en 1845. Muere Inés, su adorada esposa. Se retira a su finca. Regresa precipitadamente a la Ciudad de México cuando se percata de que recuperar Tejas le acarrearía el título de Benemérito Universal y Eterno. Es la mejor estrategia para volver a distraer a la opinión pública. Lo había hecho con la invasión española de Barradas en 1829. Repitió la escena en 1836, cuando Tejas trató de independizarse. Resultó la misma jugada cuando los franceses invadieron Veracruz en 1838 y él fue al rescate de la patria pagando un precio muy elevado al haber resultado mutilado de una pierna. Había lucrado políticamente con la amputación de su extremidad: pobrecito don Antonio, decía el pueblo, premiémoslo con la presidencia de la República. Compensémoslo. Ser víctima en México reporta inmensos dividendos. Ahora es Texas, otra vez Tejas, solo que ya escrito con equis… Pide un presupuesto extraordinario al Congreso. ¿De dónde sacar ese dinero? Somos un país pobre. Resignémonos… Canalizo manda al ejército para cerrar definitivamente las puertas del Congreso mientras Santa Anna ya se encuentra lanzado en plena campaña militar.

Entre una gran efervescencia militar José Joaquín Herrera finalmente derrocó y aprehendió al César Mexicano en 1844 y lo desterró a la isla de Cuba al año siguiente. ¿Por qué, por qué no lo fusiló, por qué teniendo preso a Su Excelencia no lo colgó del árbol más cercano? ¡Aplástenlo! ¡Átenlo al potro de descoyuntamiento! ¡Introdúzcanle doce litros de agua por la boca con un embudo y luego golpéenlo en la espalda para que se inunden sus pulmones y muera de asfixia, tal y como se hacía en los años de la Santa Inquisición. ¡Qué suerte! Houston lo deja ir vivo al igual que lo hace Jackson. Los franceses no supieron apuntar y tan solo pierde una pierna en lugar de la cabeza durante el combate, y ahora Herrera, teniéndolo preso, no lo envenena o lo ahorca o lo empareda caritativamente como acontecía en los conventos. Después, la catarata de derrocamientos continúa: Mariano Paredes y Arrillaga depone a Herrera, el verdugo de Santa Anna un par de años atrás, para ser electo presidente de la República a partir de 1846, uno de los años más trágicos y dramáticos de la historia de México. ¿Quién apoya a Paredes y Arrillaga con dinero para que aseste un nuevo golpe de Estado en contra de un gobierno liberal? ¡El clero! Sí, la Iglesia católica abasteció con fondos al famoso general para desestabilizar una vez más al país, a pesar de que ya se escuchaban en lontananza los tambores de la guerra contra Estados Unidos…

La recepción organizada en la Ciudad de México para agasajar al golpista fue impresionante. El *Te Deum* con el que los más altos prelados obsequiaron a Paredes se llevó a cabo con los máximos honores. La aclamación ciudadana era similar a los mejores años del santannismo. El populacho lo recibió con vítores, vivas y gritos, mientras que el ejército mexicano, su ejército, disparaba series de cañonazos de salva con la artillería uniformada de gala. El sonoro eco de las descargas se extraviaba por la zona del Tepeyac. Las campanas de catedrales, parroquias e iglesias repiqueteaban desde las primeras horas del amanecer hasta ya entrada la noche. A un lado de la Plaza de la Constitución, frente al sagrario, se encontraba un enorme arco florido con el nombre de Mariano Paredes escrito con rosas rojas de Xochimilco, en tanto las bandas interpretaban marchas militares y música popular. Las ovaciones se escuchaban por doquier. Los silbidos de júbilo le daban un gran toque mexicano a esta fiesta en la que se celebraba la inestabilidad política de la nación. Los sombreros de paja desafiaban una y otra vez los aires cuando concluían diversas porras que animaban la celebración del atraso en que la chusma y los léperos, conmovidos hasta las lágrimas, lloraban hasta el delirio...

El clero continuó incrustado en el corazón del poder político mexicano a lo largo del gobierno de Mariano Paredes y Arrillaga, al extremo de que el recién ungido presidente de la República, por intrigas, presiones y apoyos clericales, nombró al doctor Luciano Barrera, obispo electo de Chiapas, como ministro de Justicia, y a un nutrido grupo de obispos de las nuevas diócesis que existían en el país como diputados, a los que el arzobispo Posada y Garduño bendijo con el rostro encendido por la alegría.

Solo que no todo en la vida era felicidad y campanas a vuelo, ya que muy pronto Paredes y Arrillaga se convertiría en el único presidente mexicano distinguido con el muy raro honor de haber recibido una carta contenida en un sobre blanco con marco negro, proveniente de la Casa Blanca, en la que el gobierno de Estados Unidos declaraba la guerra a México en 1846. El clero controlaba hasta el último de los pasos de Paredes, al extremo de haberlo convencido a través de doña Josefa, su mujer, otra fanática creyente como María Magdalena, la madre de don Valentín, de las ventajas de importar un soberano extranjero para dirigir los destinos de nuestro país ante la manifiesta incapacidad de los mexicanos de gobernarnos por nosotros mismos. Paredes se reúne una y otra vez con el embajador Salvador Bermúdez de Castro para estudiar los detalles de la nominación del monarca hispano, que sería don Enrique, primo de la reina Isabel II de España, quien contaba con tan solo quince años de edad.[46] Se cartea igualmente con Gutiérrez Estrada, exiliado en Europa, para que cumpla con los trámites respectivos ante la realeza en España. Lleva a cabo interminables reuniones con el ministro de Francia en México, el barón de Ciprey, autor de la frase de que "la monarquía es el único remedio que podía salvar a México", y con el arzobispo Posadas.[47] ¿El clero involucrado ahora en un movimiento antipatriótico para "guardarle un lugar a su majestad", el futuro rey europeo de la República Mexicana?[48] ¿Santa Anna exiliado, disfrutando en Cuba los nobles vientos caribeños en tanto aprende a bailar chuchumbé, ya no le era útil? ¿Tenía la Iglesia católica que importar a un príncipe de una Casa Real de Europa para gobernar México? ¡Cuánta inestabilidad había creado y crearía esta "santa" institución que había olvidado los misales y la Biblia en los cuarteles, en los Congresos y, ahora, hasta en cortes europeas!

Mientras que en México se discutían en las lujosas alcobas del poder las posibilidades de convencer a un monarca extranjero para dirigir un nuevo imperio, el segundo después de Iturbide, y en los Congresos se debatían las ventajas de adoptar una República centralizada o federal, en la Casa Blanca un grupo de buitres estudiaba detenidamente cada movimiento de su presa para caer al unísono sobre ella, ahora que estaba tan distraída, eliminando cualquier posibilidad de defensa. Aguzaban la vista para contemplar desde las alturas el alcázar del castillo de Chapultepec. Afilaban el pico contra las piedras y ejercitaban las garras estirándolas y encogiéndolas para sujetar bien a la víctima y asfixiarla para después desgarrarla y devorarla a placer. ¡Cuál águila calva, era un buitre negro con el pico lleno de sangre y pedazos palpitantes de vísceras! Polk daba los últimos detalles para provocar una guerra contra México. Su obsesión consistía en hacerse de los ricos territorios norteños, que continuaban obviamente abandonados. Tejas ya se había anexado a los Estados Unidos el año anterior, 1845. Ahora los yanquis venían por California y Nuevo México, además de una buena parte de Sonora, Chihuahua, Coahuila, Nuevo León y Tamaulipas. Si Sam Houston había derrotado al ejército mexicano en San Jacinto en 1837 contando tan solo con mil doscientos soldados, ¿por qué ahora la armada y la marina norteamericanas no podían aplastar, con mucha más facilidad, a las insignificantes fuerzas de su vecino del sur? Necesitaban, además, una salida por el suroeste al océano Pacífico. Si México se negaba a vender civilizadamente esa parte de su patrimonio, pues incivilizadamente, con las bayonetas puestas en la garganta, nos obligarían a entregar lo que era tan nuestro…

Entre los documentos localizados en el sótano del taller de don Valentín encontré este artículo firmado por un tal Martinillo que resumía como nadie el momento político de la época:

> A nadie debe sorprender el atraso económico mexicano si no se pierde de vista que, en 1822, Iturbide resolvió que México debería ser imperio… En 1824 decidimos ser una República federal… En 1836 abortó el proyecto de República federal y adoptamos un gobierno central clerical a través de las famosas Siete Leyes… En 1841 se propusieron las Bases de Tacubaya… En

1843 se adoptan las Bases Orgánicas, más centralismo retrógrado, para que en 1846 volviéramos a ser República federal. Más de veinte años después llegamos al mismo punto en el que comenzamos, pero habiendo pagado un precio muy elevado por la búsqueda de soluciones. ¡Cómo nos ha costado conciliar intereses, tan encontrados, para poder tomarnos de la mano y juntos emprender el camino más conveniente para la nación!

¿Hasta ahí el daño por no acertar a definir qué tipo de gobierno queríamos? ¡Por supuesto que no! Iturbide es el primer militar que asesta un golpe de Estado parlamentario en 1822, en el México ya independiente. A partir de ese ejemplo, en 1829 Vicente Guerrero es derrocado por medio de un golpe de Estado, como lo será el gobierno de Bustamante en 1831, el gobierno interino de don Valentín Gómez Farías y su Congreso liberal en 1834, el último gobierno de Bustamante en 1841, más el perpetrado en contra de Santa Anna en 1844, sin olvidar el ejecutado en contra de José Joaquín Herrera en 1845... En 1846, en plena guerra en contra de Estados Unidos, Paredes y Arrillaga entrega el gobierno al general José Mariano Salas, quien, a su vez, lo cede nuevamente a Santa Anna y a Gómez Farías, otra vez unidos después de la primera experiencia que sufrieron en 1834. Todo este relato del México Negro, en el que, por una razón o la otra, Santa Anna regresa once veces al poder...

Un gigante rubio, vulgar y grosero, conocedor de nuestra descomposición interna y de nuestra indefensión militar, solo esperaba la señal dada por un clarín para robarnos el patrimonio de nuestros abuelos...

—Ya, ya di muchos rodeos —exclamó don Valentín—; es la hora de la verdad, Ponciano —insistió el viejo disculpándose porque toda la historia de México le parecía fascinante y en ocasiones hacía hincapié en diversos temas, pero esta vez prometía no desviarse—. Te juro que este capítulo es de los de más difícil digestión, te lo juro. Tú mismo lo podrás juzgar, hijo.

Se refirió entonces a la guerra entre Estados Unidos y México estallada con un pretexto absurdo por la Casa Blanca, capitaneada por James Polk. Los norteamericanos habían intentado comprar los territorios del norte de México en 1825, desde la nominación de Joel Poinsett como su primer embajador acreditado en nuestro país. Un diplomático yanqui tras otro, como Butler, Shannon, Ellis y Thompson hasta llegar a Slidell, habían fracasado en sus intentonas. Nada, los mexicanos no vendíamos ya no se diga un kilómetro cuadrado, ni siquiera un centímetro del patrimonio de la nación. La avaricia se había colmado con la llegada de Polk al gobierno yanqui, al extremo de que las hostilidades se rompieron en junio de 1846. La invasión armada había comenzado por Tejas, mientras los mexicanos seguíamos discutiendo en las cámaras de representantes y en la prensa las ventajas del centralismo... Paredes y Arrillaga, el presidente, entregó el cargo a Nicolás Bravo y se dijo dispuesto a enfrentar al enemigo sin ocultar, en todo momento, el pánico que lo dominaba y que trataba de disimular ahogándose en alcohol francés cada noche mientras su esposa invitaba, una y otra vez, al arzobispo a tirarle agua bendita al presidente en el rostro, en las manos y en la ropa hasta que estuviera completamente seco el hisopo, sin que aquel dejara de dormir la mona con la boca abierta llena de baba, para ver si así abandonaba las bebidas embriagantes y recuperaba lo más rápido posible la conciencia para que atendiera los críticos asuntos de Estado. No, no, los milagros no funcionaron ante la magia del coñac embotellado durante el primer imperio napoleónico... El embrutecimiento y el miedo eran incurables. No había bendición que lo salvara.

El proyecto de Paredes y Arrillaga de incorporar a un soberano español encabezando al Estado mexicano con el objetivo de intimidar a nuestros vecinos del norte con una alianza militar europea que los hiciera desistir de sus planes bélicos había abortado.[49] No pudo consolidar la traición. La violencia había estallado. La sangre ya se derramaba a raudales en Tejas y Coahuila y bien pronto se extendería a Tampico, Veracruz, Mazatlán, Los Ángeles, San Francisco, Chihuahua y Sonora, entre otras ciudades importantes. México se teñía de sangre mientras los yanquis interpretaban su odioso *Yankee doodle*.

Las arcas nacionales estaban vacías como desde el primer día del imperio de Iturbide, es decir, desde la conquista de nuestra independencia. ¿A quién recurrir para hacernos de fondos para la defensa de la patria? Obvio, a la única institución que había acaparado y acaparaba la riqueza de la nación: la Iglesia católica.

—¿Crees acaso, Ponciano, que a esta perversa institución llena de agiotistas le importó un pito y media flauta el destino de México? Nos sabía quebrados y sin capacidad de crédito internacional, a los pies del invasor y, sin embargo, no solo no dio sino un par de mendrugos para financiar la guerra, sino que saboteó las más caras posibilidades defensivas y ofensivas con tal de no ver lastimados sus intereses. La guerra, créeme, la perdimos por culpa de Santa Anna y del clero católico, sin ocultar, desde luego, nuestras debilidades militares. El conjunto nos condujo al desastre, pero hubiéramos podido ganar si no nos dividimos...

Intrigado por la narración, preferí que el anciano continuara con la explicación antes de externarle mis puntos de vista. Tan solo hacía cuarenta y tres años que había concluido el conflicto armado de 1848 y todavía estaba vivo, como sin duda lo estaría por siglos, en la mente de las generaciones de mexicanos.

El viejo expuso cómo se las había arreglado Gómez Farías para lograr la repatriación de Santa Anna de la isla de Cuba y cómo, ya en plena guerra y con medio país invadido, habían sido nuevamente nombrados presidente y vicepresidente de la República, repitiendo la fórmula de 1833. ¿Un suicidio político y militar? Tal vez: el doctor Gómez Farías no podía decirse sorprendido porque conocía al César Mexicano, más aún cuando el mismísimo Benemérito lo había sacado a patadas de Palacio Nacional en 1834, en ejecución de una serie de acuerdos secretos con el alto clero. ¿Podría repetirse algo similar en 1847? Santa Anna había dado todas las garantías del caso con tal de volver a ocupar la jefatura del Poder Ejecutivo y contar con la gloriosa oportunidad de defender a la patria con el pecho abierto, así, expuesto al aire, sin mostrar la menor cobardía al enfrentarse a una auténtica lluvia de balas enemigas. Cuentan ustedes, señores, con la garantía de mi palabra. La empeño como prueba de mi determinación... ¿Acaso no constituía un honor caer en el campo de batalla víctima de las balas del invasor? Pasaría sin duda a ocupar un lugar muy digno como héroe epónimo. Soñaba con una estatua ecuestre colocada en el centro de la Plaza de la Constitución con ambas patas delanteras al aire, la señal clara para los entendidos de que el guerrero había muerto durante el combate. Una sola pata al aire hubiera sido ofensivo, denigrante, una agresión, una falta de ortografía, una indignidad: significaría haber muerto a raíz de las heridas recibidas en batalla, solo que horas, días, tal vez meses después. Esa muerte era infamante, vergonzosa. Había que descartarla. Las instrucciones para el artista podían ser diversas, pero eso sí, el animal jamás debería aparecer con las cuatro patas en el suelo, la señal de haber perecido por causas naturales. Un militar pierde la vida con el sable desenvainado, degollando adversarios para cortarles después el cuero cabelludo en señal de victoria...

—La primera razón de auténtico sobresalto en la visión política de Gómez Farías, circunstancia que desde un principio lo hizo dudar de la factibilidad de su proyecto, fue el hecho de ver cómo el Protector de la Nación rompía el bloqueo naval impuesto por Estados Unidos. Sí, sí, a pesar de las órdenes expresas y explícitas emitidas por el presidente Polk de no permitir el paso de ninguna embarcación a Veracruz, Santa Anna logró romper el bloqueo, encallar su breve lancha de remos, tocar tierra firme y dar un discurso cargado de vena patriótica. Gómez Farías, Ponciano, cerraba los ojos oprimiendo los párpados. Se negaba a creer lo que le decían sus sentidos... ¿Cuál hubiera sido la actitud de Gómez Farías si alguien le hubiera pasado a trasmano el texto del siguiente telegrama y le hubiera murmurado al oído que Polk había instruido a Bancroft, secretario de la Marina norteamericana, para que permitiera el paso de Santa Anna entre los más de cien barcos de Estados Unidos anclados frente a Veracruz? ¿Qué podía haber detrás de todo ello? Sospechoso, ¿no? ¡Cuidado con el Protector de la Nación!: "Si Santa Anna intenta entrar por los puertos mexicanos lo dejará usted pasar libremente. Polk".[50]

¡Si el noble doctor Gómez Farías hubiera sabido que cuando Santa Anna puso un pie en Veracruz ya había pactado, en secreto y desde Cuba, con el presidente Polk, a través de Alejandro Atocha, los términos para que México perdiera la guerra a cambio de treinta millones de dólares![51] El Benefactor de la Patria vendería una estrategia a los norteamericanos para acabar con las hostilidades a la brevedad posible y suscribir un tratado internacional, por medio del cual México entregaría los territorios al norte del río Bravo a cambio de esa cifra. Obviamente el acuerdo no establecía, no podía establecer, limitación alguna para que Santa Anna dispusiera del dinero a su antojo, si es que este, por una mera casualidad del destino, llegara a dar a las arcas de la Federación.

Don Valentín aclaró que cuando había relatado esa traición sin nombre ejecutada por Santa Anna había despertado un gran escepticismo entre sus interlocutores. Lean el diario del presidente Polk, está publicado. Ahí constan las entrevistas del jefe de la Casa Blanca con el embajador santannista. Y para quienes continuaran con las dudas, que estudiaran la correspondencia y los archivos de Alexander Slidell Mackenzie, el representante de Polk en las conversaciones diplomáticas. Si todavía subsistían las suspicacias, que se consultaran los diarios de la época tanto en Estados Unidos como en México. Valía la pena analizar con detenimiento el *New York Sun*.

Yo le creía a don Valentín. ¿Cómo no hacerlo ante el acopio de información histórica que manejaba? Un hombre de su edad y en su condición no tenía razón alguna para mentir.

Los acontecimientos se vinieron sucediendo unos a otros. Salió a la conversación el hecho de que los mexicanos, ya reagrupados, podrían haber regresado a atacar las ciudades tomadas por los norteamericanos y que estaban protegidas por escasas guarniciones, dado que la fuerza militar principal estaría destinada a la toma y al sometimiento posterior de la Ciudad de México. Un plan bien orquestado con arreglo a la guerra de guerrillas rompiendo las líneas de abasto de dichas ciudades, no solo de alimentos, sino de pertrechos militares, hubiera asfixiado a la larga al ejército yanqui. ¡Claro que Scott habría tenido que distraer una buena parte de sus contingentes para ir a defender o a recuperar lo ya dominado! Los mexicanos hubiéramos podido aprovechar esta división de hombres, para que, además de los venenos y de los sabotajes de la más diversa índole, hubiéramos podido aterrorizar a los invasores. ¿Por qué responsabilizar de todo a la armada? ¿Dónde estaba el pueblo? ¿Verdad que era un fantasma?

El momento culminante se dio cuando se tocó el tema de la rebelión de los Polkos. Ahí, precisamente ahí, se había inclinado el balance de la guerra a favor de Estados Unidos. Que quedara claro que no habíamos salido derrotados únicamente por la tan mentada inferioridad militar.

—¡Falso! ¡Falso! ¡Falso! —arguyó don Valentín—. Si perdimos fue, entre otras razones, porque la Iglesia católica volvió a traicionar a México, sí, una vez más, entre tantas otras, volvió a traicionar al país al que tanto le debía, como sin duda es el caso de la deuda contraída por paisanos, instituciones o empresas con la patria.

El gobierno mexicano carecía de recursos económicos para financiar la guerra. Era evidente. O se carecía de presupuesto o se lo robaban los militares o se tenía que destinar al pago de la deuda pública o a satisfacer la nómina burocrática o a enfrentar el resto de obligaciones a cargo del Estado. De modo que de dinero ni hablemos. No había. No hay y tal vez no habrá, y menos, mucho menos para sufragar los gastos derivados de un conflicto armado con Estados Unidos de Norteamérica. ¿Quién acaparaba el ahorro de los mexicanos? ¿Quién monopolizaba la mayoría de los haberes de la nación y no estaba dispuesta a ceder ni media moneda de plata? ¿Quién se negó a acatar las leyes emitidas por don Valentín Gómez Farías e hipotecar sus bienes para que México se hiciera de recursos para defenderse en el peor conflicto armado de su historia?[52] ¡La Iglesia católica! ¡La Iglesia católica! ¡La Iglesia católica...!

Ahí estaba otra vez de pie don Valentín Gómez Farías, el hombre idóneo para enfrentar una crisis de Estado tan catastrófica como la de 1846 y 1847. El hombre de su tiempo. Santa Anna, el presidente, se dedicaría con todos sus "pormenores" al diseño de una estrategia militar para "defender a la patria amenazada", mientras que don Valentín vería la forma de obtener los recursos para largar a los gringos mucho más allá del río Bravo. El 11 de enero de 1847 decreta la nacionalización de los bienes del clero, así como su venta en subasta pública.[53] El 15 de enero dicta el reglamento para la ocupación de bienes de manos muertas.[54] ¿No entrega la Iglesia católica voluntariamente sus bienes en garantía para facilitar al gobierno la obtención de préstamos nacionales o extranjeros? ¿No...? Pues entonces dicta la nacionalización tan esperada. La ansiada decisión que revertiría el proceso de generación de riqueza, pero a favor de la sociedad. Circularía un inmenso patrimonio en beneficio de la nación. Esta vez no habría un Santa Anna que, en contubernio con el clero, hiciera abortar sus planes para materializar la verdadera independencia de México. El Benemérito estaría firmemente al lado de la patria. Gómez Farías aprovecharía el momento de la invasión para ejecutar sus viejos planes liberales, hacerse de las herramientas mágicas del progreso social acaparadas por la Iglesia católica y salvar, simultáneamente, al país, cada vez más amenazado por los invasores.

—Usted, señor Farías, desconoce que, de acuerdo con el Concilio de Trento, la Santa Madre Iglesia puede excomulgar a quienes intenten subastar bienes propiedad del Señor…

—En primer lugar, dicho Concilio les obligará a ustedes como institución religiosa, pero México no tiene por qué someterse, de ninguna manera, a un acuerdo de esa naturaleza. Eso, por un lado, por el otro, puede usted proceder a excomulgarme cuando le plazca y tantas veces le plazca: mi obligación es hacerme de recursos para ganar la guerra y expulsar a esos maleantes del territorio mexicano. Hablamos de quince millones de pesos, si acaso el uno por ciento de sus activos, señores. Si ustedes abren el puño para prestar, no regalar, esa cantidad insignificante, podremos seguir viviendo en paz…

—Si ustedes niegan la validez del Concilio nuestra Iglesia no aceptará gravamen alguno a cambio de ningún tipo de crédito ni tolerará expropiaciones de sus bienes cuantas veces ustedes intenten hacerlo ni consentirá la realización de subastas de su patrimonio. ¿Está claro? A ustedes, herejes impíos, no les preocupa la excomunión, claro está, pero deben saber que aquella persona, aquel feligrés, aquel creyente, que se atreva a comprar o a participar siquiera en una puja en la que se rematen al mejor postor nuestros bienes, será excomulgado de inmediato… ¡Fuera del Imperio de Dios! ¡Fuera del paraíso! Veremos quién gana. De modo que ni un peso ni menos quince millones… ¡A saber, además, cuánto dinero de los feligreses y de Dios iría a dar al bolsillo de sus generales en lugar de destinarlo a la compra de armamento!

—Ganaremos nosotros porque actuaremos de acuerdo a la ley. La ciudadanía, lo verá usted, comprará, sin más, los bienes eclesiásticos expropiados. Nosotros tenemos la razón legal, además de la moral. A los adquirientes, sépanlo bien, no les importará, salvo medio bledo, la amenaza de excomunión. Créame que en muchos casos el dinero, el interés económico, se antepone a la religión. Además es muy claro que ustedes venden el perdón o lo subastan como nosotros hacemos con sus bienes. ¡No vengan a darse ahora baños de pureza! ¿Por qué temer si el perdón finalmente está al alcance del bolsillo de los ricos? Cualquiera puede comprar indulgencias como en el siglo xvi… En lo que hace a la corrupción del ejército, ese es un pretexto clerical para no ayudar a la defensa del país… ¡A saber también cuánto dinero de las limosnas se lo embolsan ustedes para su enriquecimiento personal!

Silencio. Un largo silencio en relación con el tema de las indulgencias contra las que tanto luchó Martín Lutero… Silencio también, tal vez más largo aún, en relación con el desvío de recursos para fines ajenos a la divulgación del Evangelio.

—De acuerdo, pero no olviden que para hacer valer la ley, para ejecutar sus diabólicas expropiaciones, deberán recurrir a la fuerza pública.

—Nosotros, como autoridad civil, la emplearemos tantas veces sean necesarias, porque el gobierno mexicano no le reconoce a su Iglesia otro poder más que el espiritual.

—Eso cree usted: nosotros veremos la manera de enfrentarlos con lo primero que tengamos a la mano. Nos sobran los recursos, no solo económicos, para defendernos. Vemos con sorpresa que ustedes, los herejes, carecen de una buena memoria. Acuérdese de cómo lo sacamos a patadas de la vicepresidencia de gobierno en el año de 1834. Tal vez requiera usted otra probadita de nuestra autoridad y de nuestro poder…

—Esos fueron otros tiempos, otro país, otra coyuntura internacional y otro Santa Anna. Todo ha cambiado desde aquel entonces. Ya nada es igual. Los escenarios y los protagonistas son totalmente diferentes…

—Se equivocan: no hay nada nuevo bajo el sol. Además de necios, arbitrarios y desmemoriados, los herejes son ilusos. No nos subestime, señor. Sabemos devolver los golpes y en donde más duelen. Créame: somos expertos en dolor humano… Hemos aprendido a través de los siglos cómo tocar…

—¿Y todo aquello de que si te golpean pon la otra mejilla?

—¡Cuentos, esos son cuentos y chantajes, señor Furias…!

—¿Entonces me insinúa usted que utilizarán los dineros de las limosnas, los dineros de Dios, para organizar un ejército en contra de su propio país y matar, matar y matar fieles o no…?

—Lo pone usted muy dramático: nosotros solo defenderemos los bienes del Señor, es parte de nuestro ministerio…

—¡Imposible! El quinto mandamiento, precisamente de la ley de Dios, establece con la debida claridad: ¡No matarás! Matar no puede ser parte de su ministerio…

—Salvo que ustedes nos roben y nos saqueen…

—Salvo nada, señor, salvo nada… Ustedes no pueden matar ni mandar matar abierta o encubiertamente. No pueden, no… Si ustedes se enfrentan por la vía de las armas al gobierno mexicano se condenarán ante la nación, ante Dios y ante el diablo. El clero, supuestamente siempre piadoso, no puede dividir al país y convocar a una guerra fratricida solo para proteger unos bienes a los que no tienen derecho y que el propio Jesús despreció cuando expulsó a los mercaderes del templo…

—Usted no es nadie para juzgar la Santa Voluntad de Dios.

—Perdóneme, pero usted tampoco, muy a pesar de su alta investidura.

—Las leyes de nuestra Iglesia son superiores a las humanas. Nosotros nos regimos por disposiciones de carácter divino. No nos pueden juzgar con normas temporales.[55]

—Escúcheme bien: todo eclesiástico, sin excepción de jerarquía, perteneciente a la Iglesia mexicana, es súbdito del gobierno de la nación y por ello, sin excepción de fuero, está obligado a someterse a las leyes de la República.

—Viviremos entonces una agonía tranquila y grave como la de los mártires, señor Furias…

—La religión católica condena la rebelión, el asesinato, la opresión de los inocentes, y la madre de Dios no puede permitir los crímenes, eso mismo decía el acta levantada por sus antecesores clericales antes de fusilar y decapitar al cura Hidalgo,[56] y ahora sucede que ustedes incitan a la rebelión, asesinan, oprimen en el nombre de Dios y matan, matan y matan.

—No me va impresionar con textos anacrónicos y falsos.

—Cuídese mucho de invitar a la violencia en contra del gobierno, y más ahora que el país se encuentra invadido.

—Cuídese mucho de expropiar bienes del Señor o de gravarlos de alguna manera. Encontrará usted un puño de acero envuelto en un guante de terciopelo…

—¿Debo entender que tenemos entonces a dos enemigos en casa, uno el ejército yanqui y el otro el ejército clerical, y que México debe luchar en contra de ambos, al mismo tiempo, y con lo que tenga a su alcance?

—Véalo como quiera: de nosotros no obtendrá ni una triste moneda partida por la mitad.

—No me deja más oportunidad que abrirle el puño con el uso de la fuerza.

—¡Será entonces fuerza contra fuerza con el país, invadido o no, se divida o no la nación y estalle o no una guerra fratricida![57] ¿No quieren una guerra doméstica en plena invasión? ¡Dejen entonces en paz los sagrados bienes del Señor! Ustedes, los liberales, tienen la palabra. ¡Viva la hermosa reacción! ¡Si nos tocan tendrán su merecido castigo aquí en la tierra, como en el cielo! Se los juro por los clavos de Cristo, por las espinas de su corona ensangrentada y por la Cruz del Gólgota…

Gómez Farías no era un político al que se le pudiera amedrentar fácilmente. Emite uno y otro decreto para ejecutar, ahora sí, el viejo proyecto frustrado durante su efímero gobierno de 1834. Esta vez Santa Anna, el Padre Protector de todos los Mexicanos, supuestamente lo apoyará incondicionalmente. El ilustre doctor abriga sus dudas al respecto, pero no tiene más alternativa que continuar con sus planes. ¡Es ahora o nunca! Da un paso adelante. Ya no promulga decretos salvando todas las dificultades imaginables; ahora, en el fatídico mes de febrero de 1847, empieza a enajenar bienes expropiados a la Iglesia. El vicepresidente es incapaz de imaginar que el fanatismo y las presiones religiosas para obstaculizar sus planes llegan al extremo de tratar de impedir por cualquier medio la promulgación de sus leyes. Por principio de cuentas Huici, el oficial mayor de Hacienda, se negó a firmar el ordenamiento, temeroso de ser fulminado por alguno de los terribles anatemas de la Iglesia. Tiene que ser sustituido por el joven abogado Antonio Huerta, quien, al hacerse cargo del ministerio, firmó decididamente. Don Andrés López de Nava, ministro de Justicia, ocupa el puesto que algunos timoratos habían rehusado igualmente por miedo a las venganzas clericales. Surgió entonces otro problema: ¿quién publicaría el decreto? El primer alcalde, agobiado por los prejuicios medievales de entonces, se negó categóricamente a hacerlo. Pero apareció entonces otro joven, Juan José Baz, miembro también del Ayuntamiento, quien se ofreció a promulgarlo y lo hace sin importar las consecuencias al haber despertado la ira del Señor.[58]

Gómez Farías no se encuentra solo: Zavala, el gobernador del Estado de México, expide una ley para hipotecar los bienes del clero y ayudar a financiar la guerra. Un diputado federal insignificante, representante del estado de Oaxaca, que exhibe dificultades para expresarse en público, un indio de piel oscura, de baja estatura, incapaz de sonreír, llamado Benito Juárez, también vota, con la debida solemnidad, por gravar los bienes del clero en quince millones de pesos.

Dada la gravedad de la situación se convoca a una nueva reunión de sacerdotes, en la que, desde luego, estaba presente el padre Francisco Pablo Vázquez Vizcaíno, quien acostumbraba amenazar en cada sermón: "Cualquier persona o autoridad que ocupe los bienes de la Iglesia o los usurpe, incurre en excomunión, hasta que no restituya enteramente lo usurpado".[59] La intolerancia era total.

Los purpurados se vuelven a encontrar en la Catedral de México, en el mismo lugar en donde se reunieron trece años antes, en 1834, cuando le solicitaron a Santa Anna la fulminante renuncia de Gómez Farías y la inmediata derogación de las leyes anticlericales, ahí donde se encuentran *El triunfo de la Iglesia*, *El tránsito de la Virgen* y la *Entrada de Cristo a Jerusalén*, los enormes cuadros de Villalpando y Correa. Una nube de incienso cubre prácticamente los rostros. Las voces son inconfundibles. Es la noche, otra larga noche de México, comenzará a partir de esa cita. El clero trama a puerta cerrada un nuevo golpe de Estado. Su patrimonio, no así su derecho a divulgar el Evangelio, está en juego. Santa Anna, el César, no se encuentra en la Ciudad de México, ha marchado al frente de un ejército, improvisado en la inmensa mayoría, para enfrentar en el norte del país al general Taylor. Voluntarios no lleva, no lo acompañan, a diferencia de Scott y de Taylor, quienes cuentan con miles a sus órdenes. Bastó una llamada a través del clarín en ciudades, pueblos y rancherías norteamericanos para que se alistaran miles de jóvenes sin saber si su ingreso en el ejército respondía a su deseo de luchar por su patria o de sumarse al despojo de un país indefenso. De cualquier manera, como guerreros naturales van entusiasmados por la sola posibilidad de matar impunemente. El reclutamiento mexicano ha sido forzoso, sin considerar a los militares profesionales al servicio del Estado. ¿Nadie se anota espontáneamente para defender a la patria amenazada? No, no hay tal. Varias entidades de la Federación se abstienen de enviar hombres y dinero. No se trata de problemas inherentes a sus localidades ni a sus intereses regionales. Se declaran, pues, neutrales. ¿Cómo es posible que con el país invadido haya estados que se declaren neutrales porque las guerras de la nación no son necesariamente las suyas? ¿Puebla? Neutral. ¿El Estado de México? Neutral. ¿Yucatán? Neutral. Tabasco, Chihuahua, California, neutrales… ¿Para qué seguir contando? Menudo futuro…[60] La rabiosa batalla habrá de llevarse a cabo en La Angostura, en Coahuila, a finales de febrero de 1847.

He ahí el momento apropiado, el más oportuno, la coyuntura idónea, ninguna mejor para asestar la puñalada. El país invadido por la armada norteamericana. El grueso del ejército a veinticinco días de distancia a marcha rápida, antes de poder regresar a la Ciudad de México e intentar sofocar una rebelión armada. La confusión es total. Veracruz a punto de ser bombardeado por Scott y por Conner, el comodoro de la Marina de Guerra de Estados Unidos encargado de destruir el primer puerto de entrada a México. Las arcas nacionales se encuentran vacías. La desesperación ciudadana alcanza su máxima expresión. Es obvio el miedo al futuro. ¿Cuál será la actitud de los invasores ante un México derrotado y humillado? Había llegado la oportunidad tan deseada por la Iglesia católica para defender sus intereses. Era la señal del cielo. El mensaje divino enviado a través del lenguaje cifrado de las estrellas. Cualquiera que lea en las noches la bóveda del firmamento podrá interpretar las incontestables instrucciones del Señor. Si los norteamericanos nos han extendido las más sólidas garantías de que no intentarán sustituir el catolicismo por el protestantismo que ellos profesan y, por otro lado, han prometido no interferir en los servicios religiosos que nosotros brindamos a los fieles ni atentarán en contra del sagrado patrimonio del Señor, entonces, hijos míos, con Santa Anna distraído en otros menesteres, ha llegado la feliz oportunidad con la que Dios nos ilumina para defender como mejor convenga nuestros intereses... Sacad, pues, los cuchillos, divinos pastores y herid, hundid el acero en las carnes famélicas de la nación, precisamente ahora que se encuentra de espaldas...

En aquella ocasión, con el enorme portón de la Catedral Metropolitana cerrado a piedra y lodo, en el espacio sagrado, rodeados de sus cinco naves, capillas, imágenes y pinturas con temas bíblicos, enfrente del Altar del Perdón y del Retablo de los Reyes, se tramó el plan orientado a acabar nuevamente con la figura de Valentín Gómez Farías, asfixiando financieramente a la República y desquiciando brutalmente el sistema defensivo del país. Ahí, en aquella mesa improvisada, en el seno del mayor templo de los mexicanos, el alto clero empezó a redactar otro capítulo de la misma historia negra que ayudaría a los invasores a alcanzar sus propósitos, mutilaría para siempre a la nación y dejaría una profunda huella, una cicatriz indeleble en pleno rostro. ¡Por supuesto que el clero volvería a lanzar la piedra y a esconder rápidamente la mano entre las generosas mangas de la sotana! Claro que sí, pero aquí estoy yo, Ponciano Prieto, para contar todo lo que vi, oí y después investigué para que mis conclusiones no las pudiera refutar ningún párroco pueblerino ni ningún arzobispo enfundado en sedas y oro, sentado en los ostentosos salones de recepción de sus palacios, diseñados para deslumbrar a los muertos de hambre que subsisten enterrados en jacales de muerte. ¿A ver quién puede rechazar mis argumentos? Sacaré a la luz pública los motivos de vergüenza del clero católico. Todos aquellos males que causaron al país en diferentes momentos de su historia habré de revelarlos aquí, en este *México ante Dios*, una lectura obligatoria para quien ya no desee tropezar con la misma piedra y esté interesado en desenmascarar, con profundo dolor, a los causantes de la inmensa mayoría de nuestros males, aquellos que nos invitaban a arrodillarnos y a buscar el camino de la pureza... ¡Miserables!

Francisco Pablo Vázquez Vizcaíno, obispo de Puebla, explicó el complejo entorno del país en razón del desafortunado regreso de Gómez Farías a la vicepresidencia de la República y de la invasión norteamericana. Hizo saber que la quiebra de las finanzas públicas no era, obviamente, responsabilidad de nuestra Santa Madre Iglesia.

—Somos inocentes de la incapacidad operativa del gobierno, de los desfalcos, del arcaico sistema de recaudación de impuestos y de la adopción de un sistema federal, tan indeseable como especialmente útil, solo para precipitar la desintegración de este país permanentemente acosado por la tragedia. Si los generales saquean las arcas de la nación y los funcionarios públicos ignoran cómo operar la hacienda mexicana, que Dios nos perdone, pero a nosotros no nos corresponde educar a los altos jerarcas del ejército ni a los encumbrados burócratas y, por ende, en ningún caso será nuestra la responsabilidad por la derrota que se avecina.

A continuación, el propio Vázquez reveló el plan a seguir con la concreción de un connotado estratega. Su lenguaje era el de un capitán sacerdote. Santa Anna había salido rumbo al norte del país para enfrentar a Zacarías Taylor. Está lejos, muy lejos…

Ni cuando un sacerdote levanta ambos brazos ante el cielo y exhibe la sagrada hostia ante los fieles se da un silencio tan singular. Ninguno de los prelados se atrevía siquiera a parpadear.

—Tan pronto sepamos, amados hermanos, que nuestro querido general Santa Anna está llegando a su destino y ya le es imposible regresar en el corto plazo, es cuando nosotros debemos hacer estallar, aquí mismo, en la capital de la República, un golpe de Estado en contra del diablo miserable de Gómez Farías. ¡Es imperativo derrocar a este demonio ahora mismo, cuando sabemos que no podrá defenderse! La jugada es magistral, hermanos del alma y de nuestras penas: cuando caiga la Ciudad de México, habrá caído todo el país y nosotros habremos rescatado, por segunda vez, a nuestra amada Iglesia de las manos perversas e inmorales de los liberales. Los yanquis están con nosotros. Dios nos los ha enviado para cuidar mejor lo Suyo…

Yo tuve en mi poder el texto manuscrito redactado de puño y letra por el propio obispo y que sirvió de agenda de trabajo en aquella histórica reunión. He aquí cómo Vázquez Vizcaíno resumió la estrategia completa que jamás ha salido a la luz. Lee, lee, se te ha de estremecer el cuero como a mí desde el primer día en que pude darle lectura al texto que te obsequia don Valentín Altamirano:

> A) He sostenido largas conversaciones con Moses Yale Beach, embajador secreto del presidente Polk, y me ha extendido todas las garantías de respeto, tanto en lo relativo al ejercicio del culto, como en lo que hace a la preservación del patrimonio de la Iglesia católica.
>
> B) El ejército de Estados Unidos de Norteamérica, por su parte, se ha comprometido con nuestra Santa Madre Iglesia a respetar el ejercicio del culto católico, así como a no tocar su patrimonio, en la medida en que nosotros, los miembros del clero, logremos convencer a los feligreses, desde el púlpito o de los confesionarios, o por otros medios a nuestro alcance, para

que nunca, en ninguna circunstancia y con ningún pretexto, los creyentes atenten en contra de la vida de un soldado norteamericano, sobre la base de que un ataque con cualquier arma, piedra, veneno o machete, equivaldrá a la comisión de un pecado mortal que tendrá como consecuencia la excomunión con todas sus consecuencias, entre ellas, la de pasar la eternidad en el infierno... Así y solo así el protestantismo dejará de ser una amenaza para la Iglesia católica mexicana.

C) Moses Beach coincide con nosotros en que es el mejor momento para atacar a nuestro enemigo común, el gobierno de Gómez Farías,[61] por lo que debemos destinar recursos suficientes y oportunos de nuestra Iglesia para que ciertos soldados de élite ejecuten el levantamiento a las órdenes del general Matías de la Peña.[62] Un grupo seleccionado de jóvenes de gran solvencia económica, habitantes de la Ciudad de México, adscritos a los batallones Independencia, Hidalgo, Mina y Bravo, conocido como los Polkos, llevará a cabo la asonada de acuerdo a una señal acordada. Todos los hilos han sido debidamente amarrados con dicho general, quien coordinará la sublevación de estos auténticos soldados de la fe.[63]

D) Sabemos que el levantamiento en la capital impedirá el envío de tropas de esta a Veracruz y que se puede dislocar la defensa mexicana, pero no podemos desaprovechar la preciosa coyuntura de acabar con Gómez Farías ahora que se encuentra solo, aislado y en nuestras manos. La Iglesia es primero.

E) Tan pronto el Benemérito regrese a Palacio Nacional para apagar la sagrada flama de la rebelión e impedir la inevitable caída de Veracruz, nos reuniremos con él para condicionar cierta ayuda económica a la destitución de Gómez Farías. Entonces y solo entonces estudiaremos los montos para, en su caso, tratar de ayudar económicamente al presidente.

F) He garantizado que la ciudad de Puebla, además de Jalapa de Enríquez y Perote, se rendirían sin disparar un solo tiro y que empeñaríamos nuestro mejor esfuerzo para que la resistencia civil en la capital de la República sea insignificante.[64]

—Fue una canallada, don Valentín —troné de coraje ante un golpe tan artero como inoportuno. Entendía el rencor del viejo en contra de la Iglesia católica. Estaba mucho más que justificado. ¡Cuánta ruindad! ¡Cuánta mezquindad! ¡Cuántas traiciones y ausencia de principios y valores de la institución que más debe tutelarlos e impulsarlos en lugar de destruirlos!

Ningún lugar mejor que en estas páginas para dejar incluida la nota enviada por Juan Morales, encargado militar de la defensa de Veracruz, al saber que nunca llegarían los refuerzos demandados con urgencia para defender la plaza, puesto que se había producido un levantamiento armado en la capital de la República:

> Un puñado de valientes, descalzos y mal vestidos, pero sin más afecciones que las que inspira el verdadero patriotismo, son todos mis recursos; los elementos que pudieran cooperar a un absoluto triunfo se me han escapado mientras más afanosamente los he pedido. Entre tanto, en esa capital la discordia civil hace derramar la sangre de los que podrían verterla en defensa de la patria. Veracruz ha quedado sometida a sus propias fuerzas, como si realmente no perteneciera a la unión nacional.[65]

—Martinillo, el periodista, y yo —explicó el viejo— vimos desfilar una noche fría de febrero de 1847 a esos "soldados de la fe" que pasarían a la historia como los "Polkos", amantes de la polka, el baile más conocido de la época en las altas esferas de la capital de la República. Lucían uniformes de gran lujo para distinguirse así del grueso del ejército, como un cuerpo militar muy especial… Martinillo contó, con su habitual sarcasmo, mucho mejor que yo lo acontecido en aquellos años durante la rebelión de los Polkos:

> Los escapularios, las medallas, las vendas y los zurrones de reliquias que en docenas pendían del pecho de los pronunciados, especialmente de la sibarita y muelle juventud que forma la clase de nuestros elegantes, habrían hecho creer a cualquiera que no conociera nuestras cosas, que allí se encontraba un amplio campo de mártires de la fe, que todo serían capaces de sacrificarlo a la incolumidad de su religión, vulnerada por las impías leyes de ocupación de bienes eclesiásticos.[66]

Entre los documentos encontré este otro, ciertamente estremecedor, que confirma un reporte de Beach dirigido a Polk y a Buchanan:

> Disuadí a los obispos de enviar ningún dinero a Santa Anna sobre todo cuando Scott está por llegar a Veracruz.[67] No es casualidad el abandono financiero por parte de la Iglesia al que se someterá a Santa Anna con el inicio del ataque norteamericano en las costas del golfo de México. He empatado los dos eventos.

Y esta otra proclama histórica del general Valentín Canalizo para la posteridad:

> Después de que nuestro ejército afronta los peligros, la traición y la cobardía se esmeran en proclamar la anarquía para buscar a México un funesto destino. Se acaba de establecer el orden y se proclama el desorden [...]. Se necesita reforzar a Veracruz y los miserables que tienen miedo inconfesable de presentarse ante los enemigos exteriores, tienen la osadía de provocar una guerra fratricida.[68]

¡Claro que Santa Anna regresó intempestivamente de La Angostura después de haber ganado la batalla que deseaba perder... y destruyendo en su catastrófica retirada a la mayor parte del ejército mexicano por hambre, enfermedades y desbandada! ¡Claro que cesó nuevamente a Gómez Farías y de la misma manera en que lo había hecho en el año de 1834! ¡Fuera, fuera de aquí, maldito hereje buscapleitos! ¡Claro que el Visible Instrumento de Dios olvida su deuda moral con Gómez Farías: a él le debía, al menos en esta ocasión, la presidencia del país! ¡Claro que la historia se había repetido como se repetiría siempre en México! ¡Claro que la Iglesia católica amenazó con la excomunión mayor a quien osara tocar su patrimonio! ¡Claro que "la Iglesia declara que es nulo y sin ningún valor ni efecto cualquier acto, de cualquier autoridad que sea, que tienda directa o indirectamente a gravar, disminuir o enajenar cualesquiera bienes de la Iglesia! ¡Claro que sostiene que en ningún tiempo reconocerá hipotecas, gravámenes o enajenaciones que se hicieren por las autoridades, sean a favor de la nación o de los particulares, en fin, que solo la fuerza privará a la Iglesia de sus bienes y contra esa fuerza la Iglesia protesta del modo más solemne y positivo"! ¡Claro que la Iglesia del Estado de México excomulgó al gobierno y a los diputados federales!

Cuando empieza el bombardeo sobre el Puerto de Veracruz los cañones horwitzer y paixhans funcionan a la perfección. El eco de las detonaciones se pierde en la inmensidad del Atlántico. Los techos de tejas de las casas vuelan por los aires hechos pedazos. Se derrumban las torres de las iglesias. Los campanarios caen al piso cuando los artilleros graduados en West Point apuntan como en un juego para derribarlos. Celebran con alaridos apaches cuando aciertan en el blanco. Se abrazan y lanzan, una y otra vez, sus cuarteleras al cielo. La guerra es divertida para estos chiquillos traviesos que nunca madurarán. El incendio cunde por todo el puerto. Los habitantes corren despavoridos en busca de refugio. Llueve metralla. El cielo se desploma como si lloviera fuego. "Se convierten en astillas las marimbas, los requintos, las guitarras y se hacen jirones los sombreros de cuatro pedradas, los trajes blancos y los paliacates colorados. Mueren los maestros de siquisiri, los intérpretes de sones, los de zapateado y las mulatas. ¡Ay!, las mulatas… Se improvisa un hospital de sangre. Las mujeres aportan sábanas y escasas vendas para atender a los heridos. Muchas se improvisan como enfermeras al lado de los médicos del puerto. No pueden contar con apoyo de tropas de la capital de la República porque están dedicadas a extinguir el levantamiento de los Polkos."

Los yanquis —¡óigase bien esto!— llegaron a México con la espada desenvainada y directamente apuntada al corazón del poder eclesiástico. Su postura anticatólica se comprobó cuando el ejército norteamericano quemó el templo de San Francisco, en Monterrey, y lo convirtió en caballeriza o cuando la compañía de voluntarios de Walter, del ejército de Scott, saqueó la parroquia del Sagrado Corazón de Jesús en Coatepec, así como el coronel Wynkoop la iglesia de Perote, ambas en Veracruz.

No podía dejar de incorporar en este *México ante Dios* la proclama publicada por el general Scott el 27 de mayo de 1847 en la que ya son claros los acuerdos entre el ejército yanqui y la Iglesia católica para abstenerse de tocar lo más sagrado de esta última, su patrimonio adquirido a través de los siglos.

Proclama del general Scott:

> El ejército americano respeta y respetará siempre la propiedad de la Iglesia mexicana, y desgraciado aquel que no lo hiciese donde nosotros estamos. Marcho con mi ejército para Puebla y México, no os lo oculto; desde estas capitales os volveré á hablar; deseo la paz, la amistad y la unión; a vosotros toca elegir si preferís continuar la guerra; de todos modos estad seguros de que nunca faltará á su palabra de general, Winfield Scott, Jalapa, 11 de mayo de 1847.[69]

Scott declaró igualmente, en su célebre Manifiesto de Jalapa, que su presencia en México obedecía, entre otros objetivos más importantes, al propósito de destruir al partido monarquista. Había llegado a desarmar el nuevo proyecto imperial mexicano encabezado por el propio presidente de la República y los ministros de Francia y de España, sí, pero ninguna manifestación más hostil a la Iglesia como cuando, en Veracruz, los norteamericanos establecieron lo que en ese instante era la más escandalosa y anticatólica de las prácticas, la transgresión más grave y ostensible de los cánones confesionales: la sustitución del matrimonio religioso por el matrimonio civil. Muchos soldados enemigos que quisieron unirse con mujeres mexicanas lo hicieron con la mayor facilidad, sin recibir otra aprobación, de acuerdo con las leyes de su país, que el asentimiento de sus propios jefes. ¡Claro que la Iglesia católica no solo perdía autoridad, presencia y poder al carecer del derecho de conceder el sagrado sacramento del matrimonio, no qué va, también dejaba de perder una cantidad importante de recursos al no poder impartir la bendición nupcial ni garantizarse que los hijos de esas relaciones maritales asistieran a las ceremonias religiosas católicas, dejando a la entrada una limosna, un donativo voluminoso, una humilde dádiva, hijo mío, para este humilde templo del Señor. La bancarrota espiritual y, la peor de todas, la material. Ahí, precisamente ahí, de las uniones de pareja ante Dios, comenzaba el ciclo económico que después abarcaba a toda la familia. Era pues imperativo que se respetara la religión católica a como diera lugar.

Pero había más hechos que yo debía conocer puntualmente, como cuando los dignatarios de la diócesis de Puebla cumplieron lo prometido con el alto mando del ejército invasor al facilitarle el acceso tanto a la propia ciudad de Puebla como al Valle de México y a la capital misma de la República.

A mi salida de la cárcel, después de una extenuante búsqueda, di con el expediente abierto a nombre de don Anastasio Cerecero, historiador brillante y testigo presencial de aquellos sucesos, quien hizo en los siguientes párrafos la relación más detallada de aquella alevosa conjura clerical:

> Luego que el general Scott se posesionó de la plaza de Veracruz, entró en relaciones con el Obispo de Puebla, D. Pablo Vázquez, por conducto del cura Campomanes, de Jalapa, y el obispo le dijo: "Si me garantizas que serán respetadas las personas y bienes de los eclesiásticos, yo te ofrezco que en Puebla no se disparará un solo tiro". "Aceptado", dijo el general americano. El encumbrado sacerdote, para cumplir su palabra, hizo que sus agentes intrigaran en el Congreso del Estado para que el hermano del propio secretario del obispo, D. Rafael Inzunza, fuese nombrado gobernador, y este, luego que se encargó del gobierno del Estado, pasó una comunicación al gobierno general, en que le decía que no teniendo Puebla elementos con qué defenderse, no debía esperarse que aquella ciudad hiciera resistencia al ejército invasor. Hizo más aquel prelado: por su influencia, don Cosme Furlong, que era el comandante general, despachó a Izúcar de Matamoros todo el armamento y material de guerra que habían dejado en la plaza los cuerpos que por ahí habían transitado para atacar al enemigo en Veracruz y en Cerro Gordo. El general Santa Anna, que después de haber sido derrotado en ese punto con las pocas fuerzas que había logrado reunir en Orizaba y sus seis piezas de artillería mal montadas, se dirigía a Puebla, creyendo encontrar allí restos del armamento y municiones para armar con ello a la plebe y organizar la resistencia, nada encontró y tuvo que venirse hasta San Martín Texmelucan.

> Esto lo vi yo; lo de la comunicación de Inzunza me lo refirió don Manuel Baranda, que era ministro de Relaciones [...]. La traición se extendió a México. Cuando el ejército americano marchaba ya sobre la capital, se dio parte una noche al general Santa Anna de que el obispo de Puebla había seducido al arzobispo de Cesarea [Irizarri], gobernador de la Mitra de México, para que siguiera el ejemplo poblano.[70]

¡Claro que el alto clero fue en oprobiosa comitiva encabezada por Vázquez Vizcaíno para demandar la intervención de Scott para detener la venta de inmuebles propiedad del clero![71]

—¡Imagínate las negociaciones entre Scott y Vázquez! ¡Imagínate la cara de Santa Anna cuando llega a Puebla en busca de hombres y armamento y resulta que Cosme Furlong había despachado fuera de la ciudad esos carísimos recursos humanos y materiales por órdenes del obispo y dejando, por lo tanto, desprotegida la plaza! ¡Imagínate...! ¡Imagínate el poder del obispo Vázquez Vizcaíno como para intrigar en el Congreso con tal de imponer a su propio gobernador, con la idea de garantizarse la rendición incondicional de la ciudad... ¡Imagínate a la ciudad de Puebla con sus balcones de magníficos herrajes llenos de gente ovacionando a su paso a los invasores! ¡Imagínate a las mujeres aventándoles claveles a los soldados norteamericanos! Y no solo eso, también había que imaginar al maldito obispo, ese Francisco Pablo Vázquez Vizcaíno, el mismo que prohibió la lectura de Rousseau y de Voltaire, ese hombre de las cavernas, obsequiando a las tropas norteamericanas con un espléndido *Te Deum* con todos los honores en la Catedral poblana. ¡Imagínate a la banda de la marina de guerra de Estados Unidos tocando el *Yankee doodle* exactamente enfrente del palacio del obispo Vázquez Vizcaíno el mismo día de la caída de Puebla, para agradecerle al prelado sus atenciones y las facilidades concedidas a Scott y al ejército norteamericano! ¡Imagínate a Vázquez Vizcaíno visitando los cuarteles del enemigo y recibiendo prácticamente honores militares como si se tratara de un jefe de Estado por haber patrocinado con tanta camaradería la causa yanqui! ¿Crees posible que exista alguien tan desnaturalizado como para obsequiar una misa de gracias a quien invade tu país y todavía mata a los tuyos para robarte a mansalva tu territorio? —cuestionó el viejo precipitadamente como si quisiera agregar algo, tal y como lo hizo—. Todavía recuerdo que se prohibió el consumo de bebidas alcohólicas y la reunión de más de tres personas en lo privado o en lo público,[72] y también el lenguaje reptante que utilizó Vázquez Vizcaíno en sus homilías para convencer a sus fieles de los inconvenientes de atacar a los invasores. Aquí lo tienes:

Nos reducimos á lamentar en el secreto de nuestro atribulado espíritu los deslices de la flaqueza humana, y os exhortamos muy de veras, amados hijos nuestros, á que dóciles como hasta aquí lo habéis sido, escuchéis la voz de la Iglesia para no ser tenidos por gentiles o publicanos, a que desechéis las persuasiones de quienes pretenden engañaros con falsas doctrinas, y a que no ofendáis al Señor dejándoos llevar tal vez de un celo obsesivo faltando á los deberes de la caridad cristiana que nos previene amar a quien nos aborrece, bendecir á quien nos maldice, y hacer bien á quien nos hace mal. Si la presente tribulación es una prueba, sufrámosla con resignación para salir de ella purificados como el oro, y si es un castigo de nuestras culpas tratemos de enmendarlas eficazmente para que el Señor levante de sobre nuestras cabezas su formidable azote. Así lo suplicamos á su infinita misericordia por la intercesión de su Purísima Madre, y á vosotros, amados hijos nuestros, os damos con todo el sincero y paternal afecto que os profesamos, nuestra Pastoral bendición en el Nombre del Padre, y del Hijo y del Espíritu Santo.[73]

—¡Hijo de puta! —mascullé de rabia.

—¡Claro que hijo de puta y no una vez, sino mil veces! Ese obispo mal parido que no nació de vientre humano, sino tal vez de hiena, no solo bendijo la bandera de las barras y de las estrellas, sino que todavía le facilitó su palacio al general Winfield Scott, que venía ya muy cansado después de una larga campaña por la sierra mexicana...

—¿Qué les importa más a los católicos, la patria o su salvación personal el día del Juicio Final?

—Pusiste el dedo en la llaga. Por supuesto que no se puede generalizar; no, claro que no —repuso el viejo en tono condescendiente—. Murieron desde luego muchos miles de mexicanos que no creyeron en esas sandeces y mataron o hirieron como pudieron y con lo que tuvieron a su alcance a los invasores, pero, eso sí, hubo otros tantos que por miedo a una represalia divina cayeron en el garlito y dándose varios golpes de pecho, santiguándose y persignándose, se olvidaron de México, se lo entregaron a los invasores en charola de plata sin haber al menos tratado de sacarles los ojos con los pulgares... ¡La patria está antes que nada, y si Dios y sus representantes aquí en la tierra se resisten a aceptar este elemental compromiso con la sangre, con tu historia y con tu vida, pues Dios y sus representantes están equivocados y ahora sí, con todo respeto por la expresión vernácula: Que Dios, Nuestro Señor, me perdone. Mi prioridad es mi patria...

—¡Claro que Santa Anna perdió en Cerro Gordo, en Churubusco, en Molino del Rey y en Chapultepec, en fin, todas y cada una de las batallas en contra de los yanquis! Era lo prometido, lo esperado. ¡Claro que nunca pudo cobrar algo del dinero pactado con Polk! ¡Claro que cae la Ciudad de México y la resistencia civil es vergonzosa porque muy pocos atacan a los norteamericanos para no resultar excomulgados!

—¿Resistencia? ¿Alguien dijo resistencia? —preguntó el viejo y soltó un suspiro—. No hubo prácticamente resistencia, salvo un par de eventos sin mayor trascendencia, que dejaron muy mal parados a los capitalinos. La amenaza de excomunión pudo más que la defensa de la ciudad —confesó bajando la voz—. A mí me hubiera gustado —alegó recuperando el tono— que, por ejemplo, no les hubiéramos vendido víveres en ninguna parte del país para romperles su línea de abasto desde Veracruz y condenarlos así al hambre. Toma en cuenta que eran diez mil soldados los invasores y nosotros éramos casi seis millones de habitantes en toda la República —adujo como si de repente quisiera levantarse del lecho mortuorio, tomar un mosquete y salir a matar a la calle curas o yanquis, lo que fuera—. ¿Por qué no envenenamos a sus caballos o los matamos cada noche por medio de una guerra de guerrillas? ¿Por qué teníamos que aceptar sus monedas de oro a cambio de alimentos? ¿Por qué no se explotó con más eficacia el creciente malestar existente en los altos círculos políticos norteamericanos en torno a la "Mister Polk's War"? Si se hubiera jugado con el escandaloso desgaste del presidente Polk en las altas esferas del gobierno, tal vez con dicha información diplomática se habrían podido desfasar los acontecimientos, atrasarlos, burocratizarlos, con tal de que la oposición devorara al jefe de la Casa Blanca. El Congreso norteamericano hubiera podido ordenar el regreso de su ejército… El tiempo corría a nuestro favor. Hubiéramos podido agotar la paciencia de los legisladores yanquis y cancelar el proyecto bélico de Polk, el mendaz, como era conocido en los círculos políticos de Washington.

—Ahí sí que cabía la advertencia religiosa, pero a la inversa, don Valentín: el clero tenía que haber conminado a la población a no ayudar a los norteamericanos ni con agua ni con víveres ni con auxilio médico por las espantosas diarreas que padecían: cualquiera que ayude a un soldado norteamericano de cualquier jerarquía será excomulgado por la ley de Dios… ¿Qué tal? Mata a un maldito yanqui y te ganarás el Paraíso, hijo mío. Envenénalos y tú y todos los que se apelliden como tú, en las próximas mil generaciones, recibirán la bendición de Dios.

—Eso hubiera equivalido a crear patria, hijo, tienes razón. Una población indefensa, ya abandonada a su suerte por su ejército, tiene muchos recursos a su alcance para matar, por más que Scott bombardeara las casas donde suponía que se alojaban quienes habían lastimado a sus muchachos. Aventar piedras desde las azoteas nunca fue suficiente resistencia.

—¿Cuáles recursos, don Valentín?

—Los venenos, hijo. Todo aquello que comieran o bebieran podría haber estado envenenado. Las famosas Margaritas, esas "damas de compañía", en lugar de convivir con los soldados a cambio de dinero y emborracharse con ellos, enseñándoles a bailar con nuestra música y a cantar nuestras canciones, los podrían haber intoxicado, tal y como hicieron muchos pulqueros; y no solo eso, Scott ordenó que la población de la ciudad alojara a sus soldados confundiéndolos con sus propias familias, en sus mismas casas... Ahí cabía la conjura perfecta: no podía pasar por las armas a todas las familias mexicanas que hubieran aceptado vivir con esos salvajes. Era el momento de un plan ciudadano para acabar con ellos y sus costumbres con las que contagiaban como la peste misma.

—Todo parece que la guerra acabó como si se tratara de una fiesta entre buenos amigos, solo faltaban las piñatas.

—No, no fue tal: la herida la tenemos abierta hasta la fecha. Nos llevará muchos años, décadas o siglos superar el traumatismo. Solo que las supersticiones, miedos, amenazas, chantajes, traiciones, sabotajes y prejuicios constituyeron nuestra aportación a nuestra propia derrota.

Scott, Moses Beach y Vázquez Vizcaíno se abrazarían más tarde en el palacio del obispo poblano. Los objetivos se habían alcanzado sobradamente. El prelado y el embajador secreto bebieron el mejor tequila de la reserva del renombrado sacerdote que extendió todo género de garantías también a nombre del arzobispo Juan Manuel Irizarri y Peralta, gobernador de la Mitra de México, en el sentido de que la resistencia civil en la capital de la República sería insignificante, casi similar a la poblana, querido general. Su amistad tan promisoria, sin embargo, no se pudo extender por muchos años porque el obispo murió meses más tarde, a finales de ese lamentable 1847. En su lápida quedaron inscritas las palabras: "Fieles, rogad a Dios por un pecador".

—¿Y por qué duró tanto la guerra a pesar del acuerdo secreto entre Santa Anna y Polk, además del otro, igualmente inconfesable, entre el propio Polk y la Iglesia católica? ¿Se imagina la impresión que el jefe de la Casa Blanca tenía de los mexicanos después de tantas traiciones cometidas por nosotros en contra de nuestra propia patria? —pregunté sentándome a un lado del camastro del viejo.

—Muy sencillo, muchacho: Santa Anna pensaba que el aplastante avance norteamericano intimidaría al Congreso mexicano, al Poder Judicial, a la prensa y a la ciudadanía en general, y que todo México se precipitaría a firmar un tratado antes de que Estados Unidos se engullera el país completo, pero se equivocó de punta a punta. Los mexicanos nos negamos a cualquier tipo de rendición incluso después de la caída de Matamoros y de Monterrey y de La Angostura y de Veracruz y de Puebla, ¡ay, Puebla!, e incluso cuando cayó la Ciudad de México. Santa Anna hizo todo lo posible por perder batallas y precipitar el acuerdo, pero falló en sus cálculos: no tomó en cuenta la resistencia de sus compatriotas a vender y a ceder tierra, dependemos de ella al igual que los árboles, ni consideró hasta qué punto el político mexicano que enajenara un solo metro cuadrado sería pasado por las armas y exhibido como un traidor, violador de tradiciones mucho más que ancestrales, de acuerdo a una sentencia inapelable que dictaría el tribunal de la historia.

—Ahí tiene usted un argumento para demostrar que el pueblo mexicano no es un fantasma y que sí existe, al menos para algunos asuntos.

—Pues sí, escasos, por cierto, muy escasos asuntos —respondió con pesadumbre.

—Y entonces, ¿por qué perdimos la guerra?

La pregunta cargó de energía al viejo. Como si tomara aire y se diera un impulso, respondió con entusiasmo, no por la desgarradora derrota, sino por la oportunidad de poder dar su punto de vista, en el entendido de que la verdad, la absoluta verdad histórica, como él decía, no existía.

—Perdimos, hijo —me percataba de cómo volvía a contar con los dedos—, primero, porque carecíamos del armamento de largo alcance que sí poseían nuestros implacables enemigos. Ellos, además, contaban con obuses de poder explosivo, mientras que los nuestros solo eran destructivos... Segundo, perdimos por la superioridad en materia de capacitación y adiestramiento militar... Tercero, por encima de todas las razones, fuimos derrotados en razón de las traiciones de Santa Anna y las de la Iglesia católica, otra vez la Iglesia católica, felonías que nadie conoce y que han permanecido escondidas hasta que publiques un libro con esta suma de verdades ocultas que te he venido revelando: la guerra no la ganaron los yanquis solo por medio de sus cañones, sino que lograron arrebatarnos, despojarnos de medio país, aprovechando el poder de los púlpitos. Fue una combinación mortal: granadas y verbo; bombas y amenazas de excomunión; inteligencia militar norteamericana y sabotaje en el alto mando mexicano para propiciar la derrota...

¡Claro que a los curas les interesaba la firma del tratado de paz para acelerar la salida del ejército norteamericano del territorio nacional a pesar de todas sus promesas vertidas para respetar el catolicismo! ¡Claro que tenían miedo de que Estados Unidos se anexara el país entero y se impusiera el protestantismo, con lo cual se extinguiría su poder y se cancelaría el santo negocio de las limosnas! ¡Claro que Polk no anexa todo México a Estados Unidos, *all Mexico*, porque al sur del río Bravo existían seis millones de indígenas que se convertirían en auténtico plomo en las alas del águila calva norteamericana! ¡En esas condiciones jamás remontarían el vuelo a las alturas soñadas por los Padres Fundadores! ¡Claro que tendrían que exterminarlos, tal y como habían hecho con los navajos, cherokees y apaches, entre otros tantos más! ¡Claro que solo así construirían el país que creían merecerse! ¡Claro que los tratados de paz, los de Guadalupe Hidalgo, los que legalizan el hurto del siglo, se firman en el nombre de Dios Todopoderoso, como si el Señor hubiera estado del lado de los invasores![74] ¡Claro que Estados Unidos no absorbe a todo México porque el Congreso de aquel país ya no deseaba más estados esclavistas ni indios mexicanos torpes, ignorantes y atrasados! ¡Claro que los millones de indígenas mexicanos impidieron que nuestro vecino del norte engullera todo México! ¡Claro que la guerra acabó con el prestigio de la casta militar y exhibió, una vez más, la ausencia de la Iglesia católica, las dos instituciones mayormente responsables del caos mexicano! ¡Claro que los mexicanos no apoyaron al padre Celedonio Jarauta, otro sacerdote maravilloso, ínclito y períınclito, cuando este, una vez vencido México, propuso la guerra de guerrillas antes que suscribir cualquier tipo de tratado de paz y de cesión de tierra en un México intervenido! ¡Claro que dejamos solo a ese singular héroe! ¡Claro, claro, claro que el clero logró salvarse de este segundo intento liberal orientado a socializar los bienes de la Iglesia, de modo que beneficiaran a toda la nación! ¡Claro que el ejército norteamericano le ofrece a Santa Anna un espléndido banquete en la finca del Benemérito y lo escolta hasta el puerto de Veracruz para preservar la integridad física de *Santi Ani*, su gran socio y amigo! ¡Claro que Justo Sierra le ofrece a Polk la anexión de todo el estado de Yucatán! ¡Claro que en el Brindis del Desierto de los Leones un grupo selecto de mexicanos le solicitó a Scott que se convirtiera en el próximo presidente de México![75] ¡Claro que un indio recio, gobernador ya de Oaxaca, Benito Juárez, le impide a Santa Anna pisar el territorio de su estado en su fuga del país después de haber perdido la guerra! ¡El maldito cojo de todos los demonios no lo olvidará! ¡La guerra de Reforma, ya muy próxima, colocaría a México nuevamente ante Dios! Ya sabríamos de qué lado estaba Él… ¿Cuándo se le rendirían cuentas? ¡Claro que México estaba otra vez ante Dios!

# Capítulo 3
# Los bandidos de la cruz

*Dios está con los malos cuando estos son más… Para Francisco de Asís la pobreza es "aquella condición dichosa del cristiano que, contento solo con Dios, prescinde de todo lo demás".*

MARTINILLO, columnista de *Pueblo en Llamas*

*Tenemos el sagrado derecho de conservar el poder…*

PADRE FRANCISCO JAVIER MIRANDA Y MORFI

*¿Por qué México, mi país, es tan extraño que está formado, a mitad y mitad, de una fuente inagotable de ternura y de un pozo profundo de bestialidad?*

BENITO JUÁREZ

*Señor: dame castidad y continencia… pero no aún.*

SAN AGUSTÍN DE HIPONA

*Cómico*, enero de 1891.

María de la Luz continuó buscando, mientras pudo, la paz interior necesaria para reconstruir su existencia. ¡Por supuesto no pasaría, en ningún caso, el resto de sus días encerrada en un convento! Además, recién había descubierto su pasión por el teatro. Soñaba con representar diversos papeles en un escenario. ¿Por qué, al menos, no intentarlo? De sobra sabía que por el hecho de ser mujer en aquellos años, cuando seguía vigente la sobra del ya desaparecido Santo Oficio, constituiría un desafío. Le sería muy difícil superar los prejuicios sociales y religiosos, pero para eso eran los retos, para vencerlos. En cada libreto veía la posibilidad de ser una persona distinta, la protagonista de otros tiempos, con costumbres propias de diferentes latitudes. ¿Por qué no ser Juana de Arco o Juana la Loca o sor Juana Inés de la Cruz, la misma Juana de Asbaje y Ramírez de Santillana, o María Estuardo o Isabel La Católica y representar los amoríos con Cristóbal Colón, o Constanze, la mujer de Mozart, la eterna rechazada por el genio de la música, o Josefina, la primera esposa de Napoleón, que engañaba al emperador hasta con los soldados rasos de su ejército imperial? Ella, Lu, se hubiera deleitado actuando en las tablas la vida de Agripina la Mayor, la madre nada menos que de Calígula, que confinada por Tiberio pereciera en el islote de Pandataria, donde se dejó morir de hambre. O Afrodita o Atenea, ¿no tenía acaso el cuerpo y el talento para ser una diosa o una semidiosa como Cleopatra, perdida de amor por Marco Antonio? ¿Qué tal ser una diosa o vivir cien, doscientas o mil vidas en los libretos o en las bambalinas poseída por el pánico antes de entrar a escena? Lu, tercera llamada, tercera… ¡Horror!

La mente era una herramienta útil y divertida para vivir y volver a vivir, para viajar y amar a través del recuerdo o la imaginación. Ahí, en sus dominios, tenía la más absoluta libertad de pensamiento y de conciencia. ¡Claro que nunca confesaría ninguna de dichas fantasías a otras monjas ni a la superiora ni a la priora, ni mucho menos al degenerado ese, podrido, de Gregorio Villanueva! Soñaba en su celda absolutamente sola, recostada y con los ojos entornados, pensando en figuras muy fuertes, como Catalina de Médicis o la famosa papisa Juana, menuda audacia, o Ana Bolena, esposa de Enrique VIII, o María Antonieta, la de Luis XVIII, ambas decapitadas. ¿Qué sentiría una mujer al sentir la caída vertiginosa de la hoja afilada sobre su frágil cuello, sobre todo después de constatar el poder de la musculatura de un verdugo enmascarado, cuya identidad debería quedar siempre oculta para evitar las represalias del pueblo?

¿En qué pensaría una reina llevada al patíbulo para morir en la guillotina ante miles de curiosos ávidos de ver rodar su cabeza por el piso, muy a pesar de su origen divino?

En sus libretos hablaría de la represión femenina, sobre la base de no ignorar jamás aquello de "hombres necios que acusáis a la mujer sin razón, sin ver que sois la ocasión de lo mismo que culpáis". Sí, claro que defendería a las mujeres de la humillación de que se les considere inferiores, cuando los inferiores son los machos que les niegan la dignidad. De algo le había servido la lectura de los libros prohibidos que le conseguía Vale, su hermano, violando todos los controles de la Inquisición, cuando esta todavía encarcelaba y torturaba por "pensar peligroso".

Algo estallaba en su interior. Bien sabía Lu que la reclusión conventual le sería útil para volver a acomodar sus ideas, organizar su vida en otras condiciones, planear su futuro y evitar caer, en lo sucesivo, en "ataques amorosos" que podrían llegar a descarrilar su vida para siempre. Había mujeres, sí, que contemplaban el intercambio carnal como un mero trámite frío, mecánico, inevitable para garantizar la supervivencia del género humano. Los animales nacen, crecen, se reproducen y mueren. Final de los padecimientos en esta vida de perros. Soy un instrumento, un aparato útil para darle vida a seres humanos, quienes al adquirir conciencia me darán la espalda para no volverse a acordar jamás de mí. ¿Mi marido? Ese nunca dejará de ser el farol de la calle, el más simpático y ocurrente, siempre y cuando yo no esté presente. Llegará a casa harto de estar con otras mujeres, apestando a perfume barato o caro y me despreciará, se deshará de mí como de un perro al que se le avienta el hueso para entretenerlo en un rincón. No: Lu no era de esas. Ella gozaba el sexo, lo disfrutaba. Tener un hombre atrapado entre sus piernas representaba una de las hazañas más placenteras de la existencia. ¡Al diablo con la reproducción! Abramos el paso a la pasión mientras se pueda y mi cuerpo lo quiera. De la misma manera en que hay hembras que no advierten diferencia alguna al comer platillos muy condimentados y no saben distinguir el sabor de un puchero sin sal del de una pata de venado asada al vino tinto y servida con ciruelas al jerez, pues todo sabor les es igual, ella, Lu, tenía, para su buena fortuna, muy desarrollado el disfrute del sexo. ¿No era una bendición divina poder vibrar con tanta intensidad hasta gritar de locura, sacudiéndose, sujetándose de la espalda del ser amado como si fuera el último espasmo de su existencia, arañándolo sin percatarse, estremeciéndose como cuando es inminente una erupción volcánica, mientras que las otras esposas, en su mayoría, tenían que resistir en actitud receptiva, pasivas e inmóviles, la tortura del amor, el dolor de la penetración y los bufidos agónicos del macho reducido al peor aspecto de su animalidad?

El teatro era su gran oportunidad para saciar su sed de vivir. Sí, en el escenario radicaba una de las grandes posibilidades de su realización; la segunda, sin duda, se encontraba en el lecho, otra de las razones para justificar su existencia. Una más, la tercera, era identificable a partir del tiempo dedicado a estar sentada en el escritorio pergeñando ideas, cazándolas, localizándolas, iluminándolas en plena noche con una de las velas de cera en permanente llanto y poniéndolas en blanco y negro hasta que los primeros rayos de la alborada le anunciaban la hora de retirarse a descansar. La cuarta, bien lo sabía, se refería al hecho de rodearse de hijos que la amarían con admiración, porque al haberse atrevido a explotarse con valentía, al haber exprimido cada instante de su vida con la convicción de la temporalidad de los mortales, al estar en paz con ella misma, sería una madre comprensiva, sonriente, impulsora y precavida cuando tuviera que hacerlo. Volvería a vivir con las experiencias de sus vástagos, perdida entre carcajadas o acompañándolos en el llanto. Ante cada puerta cerrada, Lu siempre diría: ¿Tocaste esta otra? ¿Te dirigiste a esta persona o a aquella o a esta más de acá, allá o acullá? ¿Agotaste las posibilidades…?

La existencia, tan efímera por cierto, había que vivirla con todas las capacidades y la máxima intensidad, imprimiendo en cada instante lo mejor de uno con garra, con coraje, con deseo y con intención. ¿Qué sentido tenía flotar en las natas, en la superficie, sin conocer el fondo ni las razones ni los verdaderos motivos?

—Esa era ella, Ponciano, una joven, una mujer llena de vibraciones, pasión, audacia, simpatía y ganas de vivir antes de asistir a la pérdida irremediable de sus facultades y a la resignación que, como ella misma decía, recibiría con una sonrisa en el rostro. Cuando se empiece a apagar la flama yo estaré aplaudiendo de pie, en el teatro, la gran comedia de mi vida. Vale, hermano… Arrepiéntete de lo que dejaste de hacer, pero nunca de lo que hiciste…

—¿Y por qué lo dice usted con esa voz?, don Valentín —pregunté al constatar el repentino cambio de ánimo. El que parecía apagarse de nueva cuenta era mi compañero de celda.

—La vida no siempre te permite cumplir con todos tus planes ni ejecutar todos tus proyectos. En ocasiones, una puñalada por la espalda asestada en cualquier esquina por un enmascarado para robarte unas monedas de oro, un accidente, una tragedia repentina descarrila tu trayectoria sin que puedas oponerte a la desgracia. Eres impotente, pequeño, indefenso y hasta candoroso…

—¿Por qué tanto proemio? ¿A qué se refiere…? —pregunté sorprendido e inquieto.

—Escucha, hijo —respondió don Valentín con profundo pesar, como si se estuviera arrancando una gran costra y la herida volviera a sangrar. Su hablar se hizo lento, arrastraba las palabras como si el dolor le impidiera pronunciarlas—: lo que le pasó a mi hermana me afectó para siempre. A partir de ese momento decidí declararle la guerra al clero. Igual que el cáncer devora las esencias del ser humano, la Iglesia católica devora lo mejor del pueblo de México. Perdí la paciencia, me extravié junto con ella. El dolor nos unió para siempre.

—¿Qué aconteció?

—Lo que en un principio comenzó como un juego estuvo a punto de acabar en tragedia, muchacho. El cura ese, Villanueva, empezó una cacería discreta, pero al fin y al cabo cacería, para poseer a mi hermana. Cuando iba al convento caminaba con cara de beato a medio morir, mirando siempre el piso, pero intuyendo quién se acercaba solo por la manera de caminar, tenía la mirada educada de un lince y descubría antes que nadie la identidad de las monjas, como si las venteara, las adivinara con su olfato de fiera ávida de sangre, con las manos ocultas entre las amplias mangas de su sotana, donde escondía una daga siempre lista para degollar…

El viejo contó cómo el padre Villanueva llamó públicamente a mi hermana, a través de la superiora, para no despertar la menor sospecha, a un pequeño despacho que se le había habilitado en el segundo piso, a unos pasos de la oficina de la priora, para que pudiera dedicarse a la salvación de las almas y practicar las actividades espirituales ordenadas por el Señor. Desde las primeras entrevistas Lu se percató del cambio radical de estrategia del sacerdote. Ya no tomaría atajos ni la atacaría de frente, era obvio que su procedimiento sería diferente. Tendría que ganarse paso a paso, palabra por palabra, actitud por actitud, dulce, complaciente, cálido y comprensivo, la confianza de la novicia. A nadie, absolutamente a nadie, menos a él, le interesaba el escándalo. Asustar a la muchacha, presionarla en exceso, podría resultar contraproducente. Uno, porque podría enterarse medio convento de sus planes y, dos, porque se le podría escapar esa suculenta presa, la mejor que había estado a su alcance en muchos años. Piel blanca, pelo castaño claro, alta, delgada, buen talle, caderas generosas, senos altivos, nariz roma, perfil principesco, manos alargadas, de pianista, mirar dulce, sonrisa pronta y contagiosa, pies chicos, hablar candente, verbo bailarín, temperamento impetuoso, ademanes temerarios, espontánea, abierta, jocosa, dispuesta a la felicidad, de naturaleza optimista, recepción candorosa, susceptible y animada ante las caricias audaces sin linderos marcados que indicaran la proximidad de terrenos prohibidos en lo relativo al amor. ¡Una maravilla!

Por la "oficina" del padre Villanueva había pasado un sinnúmero de mujeres de baja estatura, acomplejadas, morenas, de dos colores en las manos, el claro en las palmas encallecidas de tanto barrer, lavar ropa o plancharla, trenzudas, de pelo negro, calladas, mudas, dóciles, insensibles, pómulos salientes, mirada extraviada, subordinadas desde el momento en que comenzó la historia, anímicamente mutiladas, resignadas, de lenguaje limitado, ignorantes, malolientes, incapaces de retirar la mirada del piso o de ver al rostro de sus interlocutores, torpes, supersticiosas, de aliento de azufre antiguo, sepultadas en prejuicios, desconfiadas, recelosas, tímidas, escépticas, sobrias, con la misma personalidad de un ídolo de piedra. Resultaba evidente el peso de los trescientos años de Inquisición, de mutilaciones espirituales e intelectuales y de autoritarismo. Inditas, no quiero inditas en mi lecho: que se queden en el petate… se decía con su particular sentido del humor el sacerdote oficiante del convento de las Hermanas de la Vela Incandescente, dedicado a la purificación de las almas.

El padre Villanueva adoptó el papel de cura profesional, adusto, serio, hermético, accesible y comprensivo ante la debilidad de los fieles. Se reunió una y otra vez con María de la Luz del Sagrado Corazón de Jesús. Hablaron de otros temas, sentados en lados opuestos del escritorio. La distancia era clara. Las intenciones también. Mucho le habían sorprendido a María de la Luz las cortinas negras pegadas a la pared, entrando a mano derecha, en la oficina del prelado. ¿Qué esconderían esas pequeñas telas de terciopelo? ¿Un altar? No, porque sobresaldría su volumen. Tendría que ser la pintura de una deidad, tal vez el dibujo al carbón del Redentor, a saber… Ella reveló que su hermano Felipe también era sacerdote, que provenía de una familia esencialmente católica, que había cometido un traspié con su antiguo novio, que estaba muy arrepentida por el daño que ella misma se había ocasionado, además del que les había provocado a sus padres, a sus hermanos y a su familia en general, que estaba avergonzada y que la vida le había enseñado, padre, el alto precio que debemos pagar por los deslices. Que la experiencia había sido muy dolorosa y traumática, que jamás se dejaría llevar de nueva cuenta por los impulsos, que usaría la cabeza, que impediría los acaloramientos y los arranques apasionados que solo conducían a la perdición, a la pérdida del honor, a la apatía, al llanto, al desconsuelo y a la escisión entre sus seres queridos…

Mes tras mes el sacerdote adoptó esa altura adusta en su papel de representante nada menos que de Dios, Nuestro Señor, que todo lo sabe y nada ignora, hija mía. Un día, sin sumarse al doloroso proceso de reconciliación de Lu ni preocuparse por su integridad espiritual, se levantó mientras replicaba uno de los argumentos vertidos por ella y después de darle la espalda por unos instantes, mientras recorría con la mirada aquella comarca humedecida por la lluvia, giró para colocarse a un lado de María de la Luz. Se acercaba dando paso por paso, sigilosamente, como la fiera que acecha a su presa. Se sentó pesadamente, con toda su obesidad a cuestas, sobre la silla contigua, cruzando los brazos sin dejar de hablar de banalidades. Se concentraba en cerrarle el paso a su víctima, acorralándola, cercándola, inmovilizándola para tratar de disparar cuando la tuviera a distancia de tiro. ¿A dónde va un cazador sin paciencia, sin saber esperar, sin apuntar, sin retener la respiración, sin saber cuál es el momento preciso para apretar el gatillo o soltar la cuerda del arco? En ocasiones, y para consolarla, le ponía una mano sobre la rodilla cubierta por los hábitos. La golpeaba paternalmente, con el auténtico cariño del confesor, subiendo a veces hasta el muslo, el mismo que habría acariciado a placer, devorándolo, el malvado de Guillermo. En otras circunstancias, después de provocarle el llanto con una ternura infinita invocando el eterno agradecimiento de los padres que nos habían dado la vida, aprovechaba el santo padre para acariciarle devotamente el rostro, tan suave como la mejor cerámica. ¡Cuánto hubiera deseado acariciarle el pelo, la cabellera de seda que le perturbaba los sentidos, solo que ella la ocultaba, según las normas del convento, bajo una cofia que le impedía ver sus dimensiones de mujer. Por algo estaba prohibido que las monjas y sus superioras mostraran siquiera las patillas. ¡Espantemos al diablo tentador…!

Una y otra reunión y el prelado acercaba la silla a la de Lu o dejaba su mano cada vez por más tiempo sobre su muslo. Ella no le concedía mayor importancia al hecho, pero para el sacerdote, sin duda, representaba un avance notable ante el desprecio, el rechazo que había experimentado en otras ocasiones. Insistía entre el calor de la conversación subiendo la mano sobre la pierna de la monja hasta que ella delicadamente se la bajaba sin hacer mayores comentarios. Poco a poco se empezó a entablar un disimulado combate. Entre palabras y palabras, confesiones y absoluciones, insinuaciones de obediencia e invitaciones discretas a la condescendencia, el cura ponía y ella quitaba. El padre Villanueva se excedía y ella lo limitaba. El cura presionaba y ella lo rechazaba. Así empezaron a llegar después de casi cuatro meses de revelaciones y penitencias, ninguna de ellas en relación con la fuga nocturna con Guillermo de casa de la familia Altamirano, con una lucha de fuerzas. El sacerdote se sobrepasaba y ella se oponía, a veces con cierta sonrisa, y otras con expresión de cansancio, fatiga, desgano y hasta de hartazgo. ¡Claro que el desbordamiento y la frustración del cura tenían que llegar, y llegaron!

Una mañana de lluviosa de 1856, cuando Lu llevaba menos de un año en el convento, pero a ella le parecía haber estado eterno tiempo enclaustrada, el padre Gregorio Villanueva recibió como de costumbre a su presa obsesiva y monja favorita. Estaba harto de haber empleado sus mejores recursos y de haber fracasado en cuanta estrategia, bien meditada, había intentado. Nada. Un rechazo tras otro. El desprecio era una constante. Sus sugerencias eran desoídas. Sus insinuaciones, en apariencia, no eran comprendidas, seguían su camino sin hacer blanco, perdiéndose en la nada. La había abordado, con la debida discreción, en el templo, en el claustro, en las oficinas de tornos... Se había acercado delicadamente a ella en el jardín interior, en el portal de peregrinos y en la sala *de profundis*. Había aprovechado, mes tras mes, la menor oportunidad para conversar con ella en el refectorio, al pasar distraídamente por las cocinas cuando Lu tenía que lavar la losa o guardar los víveres en las bodegas o en las despensas. No había cejado en su esfuerzo de dar con ella en las caballerizas, durante el cepillado matutino de las bestias, una penitencia adicional porque se había encontrado polvo en los hombros del Cristo de mármol negro ubicado en la cabecera de su cama. Habían tenido cruces esporádicos de miradas en el locutorio y habían conversado en el gran huerto sin mayores resultados. ¿Resumen...? Nada, nada de nada...

¡Claro que había intentado arrumacos disfrazados, pero sin ninguna respuesta! ¡Había recurrido al dolor de estómago para que ella le tocara la parte baja del vientre, como si quisiera consolarlo de su terrible dolencia! Vea al doctor, padre... Después le había insinuado una caricia. Fracasó. Sugerido un masaje. Fracasó. Ante la negativa se lo suplicó. Fracasó. Despechado, fracasó. Humillado con todo y su jerarquía y sus poderes de este y del otro mundo, fracasó. Desesperado, la amenazó y fracasó. La chantajeó y fracasó. En el intercambio de palabras, fracasó. Ante todos los intentos fracasó, fracasó, fracasó...

María de la Luz no estaba dispuesta a ceder ni a envenenarse la vida, ahora en el interior del convento, donde buscaba paz. No, no y no... Venía escapando del dolor y de la confusión y de ninguna manera deseaba sufrir más ni extraviarse ante un supuesto salvador de almas. ¡Qué pesadillas podía llegar a vivir una mujer dueña de un físico impresionante como ella! Su belleza ¿era una bendición o una maldición? Despertaba, por lo visto, los peores instintos animales en los hombres. ¿Dónde estaban la ternura, la seducción, el intercambio de miradas, el coqueteo en una probable relación que tuviera algún futuro? ¿A dónde iba con un degenerado como el padre Villanueva? ¿Qué podía esperar de él? ¿Dios la castigaría por ceder? ¿Así era de injusto y arbitrario? ¿La encerrarían en la celda de castigo? ¿Con qué cargos? ¿Cuál sería la justificación del encierro? ¿Expulsión? Ni hablar: un régimen carcelario como el de los conventos y monasterios contaba con las medidas, sistemas e instrumentos para hacer escarmentar a las rebeldes impías, a las renegadas y a las pecadoras de la peor ralea. Nunca, ninguna de ellas, caería en la reincidencia. Las penas eran de tal severidad que garantizaban el comportamiento adecuado de las inquilinas del convento sin requerir de ninguna ayuda externa para hacer entrar en orden y lograr el arrepentimiento total de las infractoras. Lu se sometería a la penitencia que fuera, a las calumnias, a la sed, al hambre, a la flagelación y a la tortura supuestamente ordenadas por el Señor en una de sus casas y en relación con una de sus esposas. Lo que fuera, pero no se entregaría, no se rendiría, no se traicionaría…

Pues bien, aquella mañana fría, húmeda, gris, cuando el santo padre Villanueva se dio por vencido después de haber probado todas las estrategias imaginables y de haber intentado casi todos los sistemas de abordaje previsibles, una vez agotada la posibilidad del chantaje, además de otras suspicacias, el sacerdote decidió absolver de sus pecados a María de la Luz y abandonar cualquier alternativa de purificación por la vía sexual. Entiende, por lo que más quieras, que al tocar mi miembro, al acariciarlo y agitarlo, obtendrás, de inmediato, la indulgencia plenaria eterna: ya nunca tendrás que confesarte, hagas lo que hagas… Contarás con el perdón infinito y divino por el resto de tu existencia aquí, ahora y en el más allá, hija mía. Mi pene es la luz, es la fuerza, el origen mismo del universo. Sin él no existiría el ser humano. Al tocar esta parte bendita de mi cuerpo te iluminarás por siempre y para siempre…

Como fracasó en cada uno de sus planes, harto ya de tanto desprecio, decidió no volver a tener contacto con ella y, para despedirse, le pidió que, de pie, se colocara frente a las cortinas negras de su oficina. Sí, sí, las mismas que habían intrigado a María de la Luz desde el primer momento en que pisó esa especie de confesionario.

Sabiendo que finalmente se sacudiría al granuja ese disfrazado de representante de Dios, Lu accedió a pararse frente a las cortinas con su conocido candor, con la inocencia que siempre la había caracterizado. Sería la última vez que estaría a solas con el sacerdote. Ya no tendría que ocultarse de él, ni buscar pretextos para evadirlo y no entrevistarse con él. Llegaba la paz de nueva cuenta a su vida. Ahora podría dedicarse en cuerpo y alma al reencuentro con ella misma, con Lu, María de la Luz. Al fin y al cabo ese había sido uno de los propósitos y justificaciones de su reclusión. Si su tía Gloria y su propia madre, María Magdalena, hubieran sabido de las intenciones perversas de Villanueva, desde luego la habrían etiquetado con los peores calificativos, insultándola por atreverse a culpar a un hombre puro e inocente: no oses faltar a la suprema majestad de un sacerdote… Es claro que no tienes remedio, eres una perdida, una extraviada, lo demostraste desde que huiste con Guillermo y te le entregaste como una cualquiera. Tenía razón tu padre cuando se avergonzaba de que fueras su hija. Mira que atentar de esa manera tan ruin en contra de uno de los pastores de Dios… Calla, calla, tus blasfemias me ofenden, me humillan… Mi confesor me condenará a penitencias indecibles por haberte siquiera escuchado. ¡Lárgate!, mala mujer: nunca nadie te perdonará… Parece mentira que lleves en tus venas sangre de mi sangre…

Una vez colocada María de la Luz frente a las cortinas, el padre Villanueva le acercó la cara a la distancia de un palmo, pidiéndole que cerrara los ojos porque muy pronto se encontraría de frente con el Señor: eres una privilegiada, eres una elegida, la felicidad eterna te espera, hija mía… Cuando Lu esperaba que se corrieran las cortinas para conocer finalmente el secreto que escondían, el padre Villanueva colocó su mano izquierda, cálida y receptiva, sobre la nuca de la monja inconquistable, con la derecha tomó la parte trasera de la cabeza y, una vez apoyados firmemente los pies en el piso, después de contar, uno, dos y tres, le estrelló el cráneo contra la pared con tal violencia que sor Lu cayó desmayada como si la hubiera fulminado un rayo. Las sospechosas cortinas no escondían la pintura de ninguna deidad ni un dibujo al carbón del Redentor. No, no, qué va, todo lo que había era piedra, piedras de río, con las que se había construido el convento para albergar a las esposas del Señor…

Sor Lu se desplomó, volviéndose a golpear la cabeza contra el suelo. A esa hora ninguna monja podría haber escuchado un grito ni un trancazo. Nada. Todas estarían comiendo en el refectorio. Era, además, el momento de las oraciones para dar gracias a Dios por los favores recibidos antes de ingerir los sagrados alimentos. El padre Villanueva aprovechó la ocasión para desvestir a María de la Luz, no sin antes comprobar que la puerta estuviera cerrada. No le preocupó, en absoluto, que la monja sangrara profusamente por la nariz y por la boca, ni mucho menos le alteró ver pedazos de dientes tirados sobre el suelo de barro rojo cocido. Por fin pudo contemplar los senos con los que había soñado desde que María de la Luz pisó por primera vez esa casa de Dios. La deseó, la soñó, la idealizó, se masturbó, una y otra noche, con el solo recuerdo de su cara. Ahora la tenía ahí, a sus pies, ya completamente desnuda, indefensa, suya para siempre. Podía hacer con ella lo que le viniera en gana sin sufrir la menor resistencia o rechazo. Un enorme moretón aparecía gradualmente en la frente de Lu al tiempo que se inflamaba por instantes y las órbitas de los ojos se le congestionaban con sangre. Respiraba. En ocasiones tosía por tragar sangre al estar boca arriba.

El sacerdote se despojó de la sotana, que arrojó virulentamente al piso con todo y cruz pectoral. Los escapularios adheridos al cíngulo se extraviaron entre la tela arrugada. De pie, desnudo, el representante de Dios ostentaba varias cadenas delgadas de oro colgadas del cuello, junto con un sinnúmero de medallas de plata con figuras de vírgenes y santos. Contemplaba la belleza inigualable de su nueva víctima. Entonces se arrodilló, abrió las piernas de María de la Luz del Sagrado Corazón de Jesús y la penetró a placer una y otra vez sin obtener la menor respuesta; luego la volteó boca abajo y siguió hasta saciarse, mientras resoplaba como un búfalo salvaje. Acto seguido cayó a un lado de la doncella mancillada, pero al fin y al cabo su doncella, quien parecía dormir el sueño de los justos. ¡Claro que no era virgen! ¡Que si lo sabía él…!

Tras reposar unos instantes, el merecido descanso del guerrero, el padre Villanueva se volvió a vestir, besó repetidas veces su cruz pectoral, limpió la sangre del piso dejando manchada la cara de Lu, le recompuso adecuadamente los hábitos para dejarla presentable y la llevó, arrastrándola sobre el piso, hasta el último escalón de la escalera que conducía al patio central del convento. Ahí la dejaría abandonada. Un accidente, un terrible accidente había acontecido. Habría de transcurrir al menos una hora para que alguna de las monjas delatara lo acontecido. Mientras tanto, él iría al refectorio a disfrutar los sagrados alimentos, bien merecidos después de una ardua jornada de trabajo. Cuando Lu despertara y delirara hasta volver al mundo de los vivos, él, el padre Villanueva, la confortaría con todos los auxilios espirituales haciéndole saber los riesgos que correría si se atrevía a revelar la verdad.

—Es muy sencillo, hija mía: si tú cuentas la realidad de lo acontecido, yo diré que trataste de tocar mis partes nobles metiéndome la mano debajo de la sotana y que yo me resistí prometiéndote que te encerraría, por lo menos un mes, en una celda de castigo. Madre Superiora: esta pecadora irredenta requiere una sanción descomunal antes de que contamine a todo este rebaño, cuya pureza espiritual nos ha sido encomendada. ¡Emparédela, superiora! ¡Flagélela, priora! Es una mala hija de Dios. Ya lo sabíamos desde que llegó impura a este santo convento después de haber cometido todo género de deslices con cuanto hombre encontró a su paso. ¡Sepultémosla viva, hermanas!, créanme, es una persona que ingresó por perversa y descarriada, sigue siendo perversa y descarriada y morirá, sin duda, perversa y descarriada... Tu palabra contra la mía, maldita monja de mierda...

Van apareciendo en la bruma, surgen lentamente de la espesura, como si salieran de un bosque, los personajes que tarde o temprano determinarán el futuro de México. Los rostros apenas son identificables. Son los grandes actores de la escena política mexicana de mediados del siglo XIX, figuras desconocidas en su mayoría, pero que jugarán un papel determinante como diseñadores del destino del país, forjándolo, destruyéndolo, construyéndolo, intrigándolo, sojuzgándolo, armándolo, desarmándolo, derrotándolo, educándolo, ignorándolo, confundiéndolo, orientándolo, atrasándolo, impulsándolo, libertándolo, atorándolo...

Ahí aparece don Benito Juárez, instalado como gobernador de Oaxaca, su estado natal, desde 1847, durante los últimos días de la guerra contra Estados Unidos. Un solo libro lleva consigo, además de otros apuntes: se trata de la Constitución de 1824 y del proyecto de una nueva Carta Magna. José Ignacio Gregorio Comonfort Ríos, nacido en Puebla, surge en 1853 como administrador de la Aduana de Acapulco, nombrado por Santa Anna, después de haber ejercido diversos cargos legislativos. Melchor Ocampo se presenta como exgobernador de Michoacán y como ministro de Hacienda en 1850; Santos Degollado, diputado y exgobernador, también de Michoacán en 1848; Jesús González Ortega, ilustre zacatecano, hombre de armas, distinguido político de corte liberal; Miguel Lerdo de Tejada, regidor de la Ciudad de México en 1852; José Lázaro de la Garza y Ballesteros, nombrado arzobispo por una bula papal en 1850, al igual que Clemente de Jesús Munguía y Núñez, elevado al rango de obispo de Michoacán en ese mismo año. Antonio López de Santa Anna, quien se hará nombrar Príncipe Presidente, Dictador y Su Alteza Serenísima. Antonio Haro y Tamariz, ministro de Hacienda del César Mexicano en su última administración. El ilustrísimo Luigi Clementi, delegado apostólico de Roma, toma su lugar oficialmente en marzo de 1853, rodeado de enormes cirios pascuales votivos. Dos años más tarde, el 23 de marzo de 1855, Pelagio Antonio de Labastida y Dávalos será preconizado obispo de Puebla. Su consagración se llevará a cabo un año más tarde. Francisco Javier Miranda y Morfi, a quien se le había encomendado la cura de almas en varias parroquias, entre las que se cuentan las de Perote, Puente Nacional, San Felipe Ixtacuixtla, Temapache, Zacatlán, Naranjal, Chignahuapan y Necaxtla, se hace cargo del sagrario de Puebla bajo la tutela del propio Pelagio Antonio. Ahí empiezan a aparecer, aun cuando en segundo término, Leonardo

Márquez y Miguel Miramón. Cada uno de ellos entrará en escena en el momento adecuado al iniciar la segunda mitad de este siglo.

A unos se les verá estudiando textos constitucionales; otros aparecerán engrasando su mosquete o afilando la hoja de su espada; ciertos jerarcas de la Iglesia harán presencia en el escenario arrodillados y ofreciéndole al Gran Crucificado una cruz en la mano derecha y una pistola en la izquierda; veremos a los diplomáticos acudir a los centros de poder en busca de apoyo para cualquiera que sea su causa; altos prelados, cubiertos por seda color púrpura, harán uno y otro viaje a Roma para pedirle al papa orientación, apoyo y recursos económicos; sabremos de militares vistiendo uniformes de gala y de campaña, periodistas, espías, intrigantes, hombres de negocios, latifundistas, liberales y conservadores, sin perder nunca de vista que la gran víctima en la tragedia que se avecina se llama nuevamente México.

Todo parecía indicar que don Valentín se encaminaba a la parte más candente de su relato. Nos acercábamos, a pesar de los vientos huracanados, al corazón mismo del meteoro. Yo ya sabía, a ciencia cierta, que el eje central de su relato iba a ser la guerra de Reforma, un episodio, como tantos otros, desconocido por la inmensa mayoría de los mexicanos, pero de incalculable trascendencia en la vida del país.

—Juárez, el gobernador, mostró sus dimensiones como operador político, como administrador y como estadista, de esos que nacen cada quinientos años, Ponciano —me advirtió don Valentín mientras sorbía algunos tragos del líquido vomitivo, llamado eufemísticamente sopa, que nos acababan de empujar por la puertilla de metal. Cualquier alimento era bueno para no perecer de hambre. Contar, contar era el único propósito del viejo desde que habíamos iniciado la conversación.

Don Valentín resumió la vida de Juárez desde su ingreso a un seminario oaxaqueño con la idea de convertirse en sacerdote, pero muy pronto la vida le haría dar un vuelco a la abogacía. Más tarde resultaría curioso contemplar al futuro Benemérito de las Américas luchando, con el grado de teniente, durante la invasión de Barradas en 1829, el último intento de España para recuperar la gran joya de su corona, o bien, dando clases de física y posteriormente de derecho canónico y civil. Pero si algo había marcado su carrera política desde muy temprano, habían sido los sucesos del pueblo de Loxicha, cuando todavía el fuero clerical impedía que los sacerdotes fueran juzgados por los tribunales civiles. En esa dolorosa coyuntura llegó a conocer, en carne viva, el poder omnímodo de la Iglesia católica constituyéndose en una de sus víctimas, una violenta y cruda confrontación con la impotencia que habría de marcarlo para siempre.

Todo comenzó cuando un grupo de indígenas, como él, lo contrató como abogado para que los defendiera ante los excesos del cura de la localidad, quien cobraba las obvenciones parroquiales, es decir, los cargos por servicios eclesiásticos, como casar a una pareja o conceder la extremaunción a un moribundo, mucho más allá de los aranceles autorizados. El coraje del sacerdote demandado llegó al extremo de hacer encarcelar a los ciudadanos inconformes, incluido su representante legal, don Benito Juárez García. Privado de la libertad por un verdadero atropello que revelaba abiertamente el contubernio entre el clero y la autoridad civil, el indio de Guelatao humillado, impotente y frustrado, resolvió a partir de entonces luchar por destruir el poder funesto de las clases privilegiadas y por la separación definitiva, política y jurídica, de la Iglesia y el Estado. ¿Cómo era posible que los curas pudieran exigir a través de los tribunales el pago de las limosnas, siendo que los insolventes podían perder hasta la libertad en caso de no liquidar su importe en tiempo y forma? La herida había sido demasiado profunda y duradera. Trabajaría intensamente para acabar con la prepotencia económica y política del clero. Acabaría con la arbitrariedad eclesiástica. ¡Que si acabaría con ella...! Comenzaría por derogar cualquier fuero eclesiástico. Impondría un principio de igualdad ante la ley. Nadie podría ser juzgado por tribunales especiales...

Don Valentín saboreaba cada pasaje de la vida de Juárez. Nadie podría dudar de sus preferencias históricas con tan solo escucharlo hablar.

—Tras visitar nuevamente la cárcel en 1836, acusado por el gobierno reaccionario de Santa Anna, Juárez se nos pierde de vista hasta 1841, cuando resurge como juez Civil y de Hacienda, cargo que ocupa hasta 1844, cuando es nombrado ministro de Hacienda del gobierno de Oaxaca. ¿Ves cómo se encamina al estrellato este indio que llega de la sierra a la capital de su estado allá por 1818, sin hablar castellano? Si tienes la garra, la fuerza, la determinación de alcanzar tu objetivo sin asustarte ante el tamaño del esfuerzo para lograrlo; si estás dispuesto a jugarte el todo por el todo después de haber tomado la decisión que, por sí sola, justificará tu existencia, ya nada ni nadie podrá detenerte. La adversidad únicamente te servirá de acicate. Llegarás a la meta porque llegarás a la meta... Y ese era Juárez, muerto apenas hace diecinueve años, muchacho. ¿No sabía español? ¡Lo aprende! ¿Ignora cómo leer y escribir? ¡Estudia! ¿No quiere ser seminarista? ¡Renuncia a ser cura! ¿Desea ser abogado? ¡Se inscribe en la escuela de derecho! ¿Decide iniciar la carrera por la judicatura? ¡Llega a ser juez, pero entiende que su camino es el de la política, solo así podrá ejecutar el gran sueño que empieza a gestarse en su interior! ¿Hace falta ser gobernador de su estado para empezar a materializar sus ideales? ¡Es gobernador! Su prestigio como hombre honorable y capaz, de extracción liberal le permite aspirar a la presidencia de la República. El salto de San Pablo Guelatao a Palacio Nacional es enorme. ¿La máxima aspiración de un abogado podría ser la presidencia de la Suprema Corte de Justicia de la Nación? ¡Accede como cabeza del máximo tribunal de los mexicanos! ¿Faltaba el último paso? ¡A darlo! Llega a ser el jefe del Ejecutivo a partir de enero de 1858. Había jurado defender la Constitución y las leyes que de ella emanen. ¡Pues a defenderla! ¿A costa de la guerra civil? ¡A costa de lo que sea! ¿La guerra? ¡La guerra civil con tal de separar para siempre del cuello a la sanguijuela que devoraba desde siglos atrás la sangre de México! Al concluir la guerra civil, como si ningún castigo fuera suficiente para México, se iniciará una intervención europea, la francesa, porque el clero jamás iba a permitir la pérdida de sus privilegios después de la derrota militar ante los liberales, entre otros objetivos... A luchar entonces a brazo partido en contra de los nuevos invasores, invitados fundamentalmente por la Iglesia católica, hasta vencerlos. ¿Que no fusilara a Maximiliano? ¡A pasarlo por las armas! Era conveniente despejar toda clase de dudas: quien vuelva a invadir México se juega la vida... ¡Solo la enfermedad, la muerte misma, pudo someter a este formidable indio zapoteco, el verdadero forjador de la nacionalidad mexicana!

Don Valentín me contó la gestión de Juárez como gobernador, desde su juramento el día de la toma de posesión hasta que, después de entregar el cargo, Antonio López de Santa Anna lo exilió del país en 1853 porque, entre otros resabios, don Benito no le había permitido el paso por Oaxaca cuando aquel huía enloquecido después de haber perdido la guerra contra Estados Unidos en 1847. Yo encontré en el archivo secreto del viejo el texto que obligatoriamente tuvo que leer Juárez antes de ocupar el cargo como jefe del Ejecutivo de su estado. Resulta intolerable comprobar la intromisión y la influencia determinante de la Iglesia católica en todos los órdenes de la vida de la nación:

> Yo, Benito Juárez, nombrado gobernador del Estado libre de Oaxaca, juro por Dios y los santos evangelios que defenderé y conservaré la religión Católica, Apostólica y Romana, sin permitir alguna otra en el Estado, que guardaré y haré guardar la Constitución Federal, la Constitución Política y las leyes de este Estado, y que ejerceré fielmente el cargo que el mismo Estado me ha confiado.[1]

—Cuando don Benito se retiró del cargo, un año antes de que Santa Anna, Su Alteza Serenísima, lo expulsara del país, el estado de Oaxaca tenía sus finanzas equilibradas muy a pesar de haber invertido en la represión de motines militares y en la erradicación de una agresiva epidemia de cólera morbo. ¡Adiós a los eternos déficit y a los sospechosos faltantes de tesorería! Oaxaca volvía a ser solvente, más aún después de haber atacado con gran éxito el cáncer de la corrupción. Aplicó la ley con todo el rigor contenido en su articulado. Las reglas del juego fueron repentinamente claras. La sociedad sabía a qué atenerse en sus relaciones con el gobierno. El árbitro finalmente funcionaba. Los castigos por violaciones o usurpaciones se ejecutaban puntualmente y las medidas ejemplares surtían los efectos esperados. Se descubría finalmente el rostro de la bonanza. En la aplicación de la Constitución, una tarea tan simple, Juárez encontró la solución de todos los problemas. ¿Los oaxaqueños votamos una ley a través de la representación popular? ¿Sí? ¡Pues a cumplirla pase lo que pase por principio de orden! Operaba desde sus inicios aquello de que el respeto al derecho ajeno... Juárez surgió como un gran conciliador social al promover un proyecto bien definido de gobierno y escoger colaboradores de todos los bandos.

—¿Y su postura anticlerical? —cuestioné interesado en saber cómo había jugado la experiencia en Loxicha durante sus años de gobernador.

—Debes saber que, sorprendentemente, hasta la Iglesia católica cooperó en su administración —repuso don Valentín mientras yo le retiraba el tazón inmundo y lo colocaba en el piso para que las ratas dieran cuenta de los restos del líquido—. El clero cooperó al convocar a los fieles a la construcción de caminos, de un puerto, de asilos, de hospitales, sobre todo cuando el cólera atacó frontalmente a la comunidad; cooperó como una institución eficiente para recuperar su función social. Cooperó, cooperó, cooperó, justo es decirlo: fue una prueba de lo que se podría hacer si se sumaban fuerzas como la Iglesia moderna apartándose del cartabón medieval...

—¿Y también cooperó con Melchor Ocampo cuando fue gobernador de Michoacán?

—Don Melchor, el segundo padre de la patria, curiosamente también vivió durante su gobierno en Michoacán una experiencia traumática, similar a la de Juárez, que sin duda le dejaría marcado para siempre.

Ocampo, siendo gobernador de Michoacán en 1851, tuvo noticia de una mujer muy humilde que había solicitado al cura Agustín Dueñas que enterrara gratuitamente a su difunto marido, por estar postrada en la más espantosa miseria y carecer de recursos para pagar los gastos del entierro. El sacerdote, verdaderamente harto de encontrarse con la esposa afligida ya fuera a la entrada de la sacristía o a un lado del altar, siempre suplicando, o en el portón de la parroquia, desesperada por no poderle dar a su cónyuge cristiana sepultura, padrecito, una mañana de febrero de ese año la tomó por los hombros y viéndola directamente a la cara le disparó estas palabras en pleno rostro:

—Pues si no tienes con qué enterrarlo, sálalo y cómetelo, porque yo no les he de dar de comer caridades a los vicarios, al sacristán y al campanero.[2]

Una vez informado Ocampo del caso, lo encaró con la siguiente amenaza:

—O le concede usted todas las bendiciones del caso y entierra este humilde difunto o yo los entierro a los dos juntos… De modo que escoja.

Lo anterior no solo fue suficiente para que Ocampo, indignado, pagara los gastos del sepelio, sino para que pusiera en la mesa de los debates algunas de las ideas generadoras de la Constitución de 1857 y de la Reforma en 1859. Recordó a Gómez Farías, el viejo maravilloso, el padre de la Reforma, cuando legisló para obligar al entierro de las personas en cementerios civiles y nunca más en las iglesias, arrebatándole un jugoso negocio al clero. Antes de enviar al Congreso de su estado una reforma en relación con los aranceles y las obvenciones parroquiales que causaría escozor en las filas del clero local, escribió el siguiente texto, que tal vez utilizaría en la exposición de motivos:

> Los indios regarán la tierra con el sudor de su rostro, trabajarán sin descanso hasta hacerla fecunda, le llegarán a arrancar preciosos frutos, y todo ¿para qué? Para que el clero llegue como ave de rapiña y les arrebate todo, cobrándoles por el bautismo de sus hijos, por celebrar su matrimonio, por dar sepultura a sus deudos. Demos tierra a los indios y dejemos subsistentes las obvenciones parroquiales, y no haremos más que aumentar el número de esclavos que acrecienten las riquezas del clero.

Hay acontecimientos que te sacuden y cambian tu vida. ¿Por qué no recordar el giro radical que experimentó Lutero en su destino cuando paseaba en una pequeña barca de remos en un lago de Alemania y un rayo mató a su compañero de navegación? Así de traumática fue aquella experiencia padecida por don Melchor.

De nada sirvieron las amenazas ni las advertencias de excomunión lanzadas contra Ocampo: ¡A trabajar en la reforma legal! No era posible la proliferación de hijos ilegítimos, de mujeres prostituidas y de adulterios ante la dificultad de contraer nupcias de acuerdo con la ley de Dios, simplemente porque las parejas carecen de dinero para pagar los honorarios impuestos arbitrariamente por los sacerdotes. ¡Basta de cobrar lo que les venga en gana por todas las ceremonias religiosas que van desde la primera comunión a la extremaunción, de la confirmación al matrimonio y hasta las bodas de plata y oro, a la bendición de casas, vehículos, animales, ganado, ranchos y empresas! Todo cuesta. Es un comercio voraz. Impongamos una tarifa. Fijemos un arancel. Impidamos que la Iglesia participe en asuntos de la sola incumbencia del Estado y estimulemos el proceso a la inversa, porque el clero finalmente está integrado por un conjunto de súbditos del gobierno que deben estar sometidos al imperio de la ley sin excepción alguna. ¡Cuidado con los curas que amenacen con la excomunión o con castigos terribles en el infierno a los creyentes insolventes que no puedan pagarles sus servicios! ¡Debería ser pecado mortal lucrar con la ignorancia y los miedos espirituales ajenos!

—Pero hasta la fecha, don Valentín, el clero cobra arbitrariamente cada servicio como si fueran banqueros o agiotistas, y además están exentos de todo tipo de impuestos. ¿Cuál igualdad? Cuando Eugenia y yo nos casamos nos cobraron los tapetes, los arreglos de gladiolas blancas ubicados en los pasillos, a los lados de las bancas, cada uno de los cirios y de las veladoras del altar, el alquiler del templo, y nos hubieran cobrado el coro o la orquestita de cuerdas si hubiéramos tenido dinero para pagarlos. Hoy mismo, o paga usted o no lo casan y lo lanzan al amasiato y al eterno pecado… Hoy mismo, o le paga usted al cura o el muertito se le va al infierno sin bendición alguna… Hay que comprar boleto para irse al cielo en esta dictadura… ¿Y si no se puede adquirir?

—¡Claro! —tronó don Valentín—. Porque el traidor de Porfirio Díaz derogó por la vía de los hechos una buena parte de la reforma juarista con tal de trabar una alianza con el clero para darle una supuesta estabilidad al país, ante la voracidad de estos endiablados representantes de Dios que con nada se calmaban, en lugar de aplastar a esas malditas cucarachas ensotanadas contra el piso, tal y como ya lo habían logrado don Benito y Sebastián Lerdo de Tejada. Díaz no solo es un traidor por haber llegado al poder a través de un golpe de Estado enarbolando la bandera de la no reelección y haberse reelecto, sino por haber ignorado la pérdida de vidas, la destrucción y el atraso que sufrimos todos los mexicanos para regresar a la Iglesia católica a los templos y sacarla de los cuarteles y de los Congresos. Nada sirvió. Todo fue inútil al final. Juárez debe estar pateando todavía las tablas de su ataúd… ¡Cuánto desperdicio!

Yo tenía un fundado interés en aprovechar a este hombre, un auténtico depósito de sabiduría, mientras contara con vida:

—¿Cómo se conocen Ocampo y Juárez? —pregunté con gran curiosidad.

—Mejor te cuento la historia completa para que no nos perdamos en la conversación.

Explicó que la guerra contra Estados Unidos había acabado con el prestigio de la casta militar y exhibido el egoísmo y la ausencia de patriotismo de la Iglesia católica, las dos instituciones mayormente responsables del caos en nuestro siglo. ¿Qué habíamos aprendido como nación después de sufrir semejante despojo territorial? ¿Habíamos cambiado las condiciones para impedir que más tarde se repitieran los acontecimientos? ¿La catastrófica experiencia de la derrota se había traducido, acaso, en mejores programas de educación, de mejoramiento material para despertar a los mexicanos ese sentimiento natural de amor a la patria? ¿Qué era la patria para un lacandón, un huichol o un tarahumara? ¿De esa terrible sensación de mutilación, de orfandad, de vacío y de impotencia, después de haber sufrido un asalto a mano armada, habíamos tomado las providencias necesarias para evitar que volviera a producirse una situación similar en el futuro? Es decir, ¿habíamos invertido el dinero de la indemnización, los miserables quince millones de dólares pagados por Estados Unidos y todos los recursos que pudiéramos comprometer, en escuelas, en universidades, en tecnológicos para formar a las nuevas generaciones, forjarlas y extinguir, en la medida de lo posible, las desigualdades sociales, elevando los niveles económicos e intelectuales de una nación analfabeta, supersticiosa y dividida? ¿Algún día México podría estructurar un sector industrial, agrícola, financiero y comercial pujantes, generar abundantes fuentes de empleo y de riqueza para propiciar una voluminosa recaudación tributaria destinada a construir un mejor país con puertos, carreteras y vías férreas, y además integrar un ejército de profesionales bien pertrechado y capacitado para defender convenientemente nuestras fronteras? ¿Podríamos lavar de alguna forma la vergonzosa mancha que había empañado nuestro honor y amor propio? ¿Ahora sí nos respetaríamos entre todos nosotros para evitar que cualquier contingencia interna o externa nos tomara desunidos?

—Hoy, Ponciano, a cuarenta y tres años de que los malditos gringos abandonaron nuestro país contando, entre carcajadas, el botín, mientras nos dejaban tirados en el piso con un tiro en la cabeza, ¿ya instrumentamos los cambios necesarios para defendernos, en lugar de seguirnos arrebatando el poder como cavernícolas, con la diferencia de que ahora usamos mosquetes y no garrotes para imponer el orden? ¿Ya sentamos las bases del progreso?

Por supuesto que mientras la Iglesia católica y el ejército no fueran sometidos al rigor del gobierno civil, todo esfuerzo seguiría siendo inútil. El resultado de la invasión armada norteamericana no los apartaría de su lucha por el poder ni los ablandaría, por mínima y elemental compasión, para renunciar a sus privilegios en aras del bienestar de la patria. La patria es tema de composiciones poéticas propias de escolares. ¡Nada más! A otro perro con ese hueso. Tendría que estallar una revolución, producirse una sangrienta matanza entre mexicanos, una cruenta guerra fratricida, para someter al clero con la fuerza de las armas, obligándolo a recluirse de donde nunca debió salir, del interior de las sacristías para dedicarse al catecismo, como las mujeres mayores bordan pacientemente en espera de la merienda, en tanto las fuerzas castrenses regresarían a punta de bayonetazos a sus cuarteles en espera de instrucciones de la autoridad constitucional facultada para impartirlas. A los rebeldes o inconformes, la purga, la gran purga: que traigan una guillotina como las que se pusieron de moda durante la Revolución francesa. Si viéramos caer las cabezas ensangrentadas de Santa Anna, de Tornel, Paredes y Arrillaga, además de la del padre Francisco Javier Miranda, para ya ni hablar de la de monseñor Pelagio Antonio de Labastida y Dávalos, entre otros tantos curas, militares y políticos más, nuestro país volvería a respirar en paz.

Don Valentín analizó en forma sucinta los años posteriores a la culminación de la guerra a partir de finales de 1847, por lo que se refirió al breve gobierno del general Pedro María Anaya, el mismo que se había rendido a los norteamericanos en el convento de Churubusco, con aquello de que "si tuviera parque no estaría usted aquí...". El mismo que también se sumó alevosamente a la rebelión de los Polkos del lado del clero y, por ende, en contra de México.

—Parque sí tenía Anaya, Ponciano, Santa Anna lo había enviado, pero con un calibre diferente para precipitar la rendición de la plaza e intentar el último recurso para cobrar algo del dinero acordado con el jefe de la Casa Blanca. Había que imaginarse la desesperación de los soldados cuando no podían cargar sus fusiles porque las balas no entraban por los cañones... Las maldiciones se escuchaban por todo el valle de México mientras el César Mexicano sonreía sardónicamente...

Pasamos a vuelo de pájaro, antes de entrar en el gran tema que yo me paladeaba, por el gobierno de Manuel Peña y Peña, quien accedió a la presidencia de la República en su carácter de presidente de la Corte cuando Santa Anna, derrotado, huía por las montañas del sur para llegar despavorido a Veracruz y embarcarse en el primer barco que saliera a donde fuera, esa era la actitud del Napoleón del Oeste. ¡Un barco, un barco, aunque nada más tenga una vela y un remo! Mi esposa Doloritas ya viajará después, si es que puede... Yo ya mandé fuera del país mis principales valores: mis depósitos en Manning and Mackintosh...[3]

Peña y Peña pasaría a la historia por haber sido él quien negociara con Nicholas Trist, embajador de Estados Unidos, los términos del Tratado de Guadalupe Hidalgo, por el que México perdería la mitad de su territorio en el entendido de que se trataba de "hechos consumados", puesto que los invasores ya se habían apoderado de la Alta California y de Nuevo México con la misma estrategia utilizada para robarnos Tejas, la Tejas mexicana escrita con jota... ¿Qué hacer?

El Congreso eligió después a José Joaquín Herrera, el "presidente sin mancha", para que condujera al país hasta entregarle el poder a Mariano Arista, electo en 1851. ¿Quién no había oído hablar de Arista después de que había perdido en 1846 las batallas de Palo Alto y de Resaca de la Palma al inicio de la guerra? Pasaría a la historia por ser el jefe del Estado mexicano que vivía con su amante en Palacio Nacional y no solo por eso, sino porque durante su mandato se agotaron los quince millones de pesos que Estados Unidos había impuesto como indemnización por robarse los territorios del norte o absorbían todo el país... El dinero recibido se había gastado en el pago de parte de la deuda inglesa y en los sueldos de la creciente burocracia. México se quedaba sin los dólares de la "venta de los territorios", sin los territorios mismos, por supuesto, sin los recursos que propiciaron cierta paz en tanto se dilapidaban, con las entradas aduanales muy mermadas por el contrabando y por la reducción de los aranceles en Tampico sin la debida autorización del gobierno federal, sin energía ni ilusiones ni esperanzas, muy a pesar de los esfuerzos de Arista por hacer un buen gobierno sin agiotistas y sin partidas superfluas, en fin, un gobierno austero al estilo del presidente Herrera.

La moral nacional se precipitaba sin control, en caída libre, franca, sin obstáculos, en dirección al abismo del que, por lo visto, jamás saldríamos. ¿Qué hacer? ¿A quién llamar para que viniera a rescatar a este país extraviado y eternamente quebrado? ¿Quién era el iluminado que podía lograrlo? ¿A quién se podría saludar como el Salvador de la Patria en caso de extrema urgencia e inaplazable necesidad? ¿Quién conocía a los mexicanos como su propia mano y les daba de comer en ella? ¿A quién le creían? ¿En quién confiaban? Que no hubiera más dudas: ¡El clero y el ejército tomarían la decisión! ¿Quién más en un país de menores de edad? La decisión no tardó en volver a recaer en la persona de Antonio López de Santa Anna, el gran bribón, un connotado rufián, embaucador, traidor, embustero, como lo demostró al levantarse en armas contra Iturbide o durante la invasión de Barradas en Tampico, al que derrotaron los huracanes y la fiebre de las costas del golfo de México y nunca los cañones mexicanos, según él llegó a decir con su lenguaje ampuloso y engolado. El

Visible Instrumento de Dios que había renunciado a sus facultades constitucionales para rendirse, una y otra vez, ante la imponente majestad de la Iglesia y que acabó con el doctor Gómez Farías, una figura tan central como devastadora en el proceso histórico de México. El mismo cobarde que vendió parte de la patria, Tejas, en San Jacinto, con tal de que no le lastimaran el cuero. El podrido presidente mexicano que le vendió a Polk la estrategia para ganarle la guerra a México a cambio de treinta millones de pesos que nunca llegó a cobrar, salvo en una mínima parte, por motivos ajenos a su voluntad.

¿Quién decidieron la Iglesia católica, los grandes propietarios y el ejército que volviera a dirigir con su conocida sapiencia e integridad moral los destinos de la nación? ¡Claro que Antonio López de Santa Anna Pérez de Lebrón! Lo traerían con todo y sus achaques, ya muy cerca de cumplir los sesenta años de edad, mientras que Dolores, ¡ay! Lola, Lolita, Lola, exhibía esos veinticinco años perfectos, antojadizos, deseosos, plenos. Ella disfrutaba los ambigúes y él los odiaba. Ella solicitaba oportunidades para lucir sus vestidos, sus joyas, su belleza, su ostentosa edad. Él venía de regreso de la vida y se hartaba. Se empezaba a encorvar el gran jinete. Había engordado. Sin ser alcohólico, la nariz se le convertía, por instantes, en una notable pelota que agredía su vanidad, en tanto que el labio inferior parecía desprendérsele de la boca exhibiendo su dentadura amarillenta. No, no era lo mismo: se dolía de la pierna izquierda, la mocha, la perdida gracias a la mala puntería de un artillero francés durante la Guerra de los Pasteles en 1838. Como era bien sabido que numerosos grupos de fanáticos religiosos seguían a Santa Anna, "el mocho", empezaron a ser identificados de esa manera por su inclaudicable adicción al gran impostor, ampliamente conocido por su defecto físico. Así surgirá el partido de "los mochos"; el ejército de "los mochos"; el periódico de "los mochos"; el Congreso de "los mochos...". El pueblo, siempre sabio, sabía con quién estaba la Iglesia y calificaba las preferencias eclesiásticas con su conocido humor negro. Ya no solo era el vendepatrias y el Quince Uñas, ahora era el ¡Puto cojo de mierda, el maldito mocho de todos los infiernos! El incondicional general al eterno servicio del clero.

Pero Doloritas, hay Lola Lolita Lola, treinta y cinco años más joven que el César Mexicano, estaba tan llena de encantos como de vida. Deseaba con todo el poder de su juventud disfrutar sus vestidos de encaje bordados por monjas de Bruselas, sus largos guantes negros y blancos para lucirlos en los exquisitos soirées del Castillo de Chapultepec o de Palacio Nacional. ¿Para qué tenía en su alhajero esas joyas que el perínclito Benemérito le había regalado para conmemorar los momentos más relevantes de su matrimonio? Tenía broches con brillantes, rubíes y esmeraldas engarzadas para tener siempre presentes los colores de la bandera nacional. Sus anillos de diamantes montados en oro blanco o en oro amarillo de ninguna manera podían permanecer guardados en sus estuches forrados en terciopelo negro. Sus aretes de perlas, sus collares de zafiros, todos ellos producto de la inigualable capacidad de ahorro del Gran Señor de los Ejércitos, sin que nunca nadie pudiera siquiera atreverse a sugerir que se trataba del producto de la corrupción, porque Lolita, tú sabes que todo lo que yo tengo es producto legítimo de mi esfuerzo y su origen no es otro más que el sueldo que he devengado como presidente de la República o como militar del ejército de la patria durante tantos años. Quien osara sostener lo contrario podría ser enviado a pasar unas largas vacaciones en Veracruz, encerrado en una de las celdas de San Juan de Ulúa. Las diademas y las pulseras que esperan ser disfrutadas en los mejores eventos de la capital y que tenía escondidas entre sus zapatos en la finca de Turbaco, Colombia, finalmente podría exhibirlas en las veladas diplomáticas y políticas de la capital de la República. ¿Cómo hacer para gozar en público vestido, calzado, guantes, abrigos, chales, abanicos, paraguas, diademas, anillos, pulseras, broches y todo tipo de colgajos manufacturados por artesanos franceses e italianos si su marido, el Libertador de México, cada día se encontraba más menguado en sus fuerzas y enviaba, sin percatarse, señales inequívocas de envejecimiento? El Salvador de la Nación se cansaba mucho más que antaño…

¿Dónde quedaba aquello de que una mujer joven podía inyectarle vitalidad, entusiasmo, amor a la vida, devolver la pasión perdida a un hombre mayor? A Doloritas le habían dicho que no se preocupara por la enorme diferencia de edades entre su marido y ella. Los sesenta años de él podían convertirse en cuarenta, treinta del Ángel Tutelar de la República Mexicana, con tan solo tocar la piel tersa y perfumada de una chiquilla. La sola contemplación de esos senos jóvenes y obsequiosos, plenos y desafiantes, lo haría regresar de inmediato a los años de la dorada juventud. El solo acercamiento de ambos cuerpos desnudos le transmitiría a través del sudor o de los aromas la fortaleza necesaria para volver a conquistar el mundo. Sin embargo, la fortaleza de Santa Anna se veía menguada día con día, al extremo de que su creciente obesidad impedía que se le pudiera comparar con aquellas épocas en que establecería las nuevas fronteras de México a través de las voces elocuentes y ensordecedoras de sus poderosos y certeros cañones. ¿Te acuerdas cuando se iba montando a caballo hasta Tejas sin apearse, salvo para volver a montar, esta vez a una de las mulatas que invariablemente formaban parte de la comitiva de mi general? Su personal de servicio íntimo…

Las intrigas en la Ciudad de México para propiciar el regreso al poder presidencial de Antonio López de Santa Anna continuaban a un ritmo, por demás, notable. Lucas Alamán, sin ocultar en ningún momento su formación reaccionaria, encabezó el movimiento para repatriar a Santa Anna contando, por supuesto, cómo no, con el apoyo incondicional del clero para llevar a cabo semejante atropello en contra de la nación, que únicamente podía acabar con un derramamiento de sangre. ¿Por qué volver a pensar en Santa Anna? ¿Por qué no mejor analizar la posibilidad de volver a incorporar a don Valentín Gómez Farías o de llamar a Melchor Ocampo para encabezar un nuevo gobierno a cinco años de la conclusión de la guerra con Estados Unidos? ¡No, Valentín Gómez Farías no! ¡No, Melchor Ocampo no! ¿Acaso no se entiende que ambos monstruos atentarían en contra de los sacrosantos intereses del Señor? El hombre llamado a regir los destinos de México tiene que ser un comprometido proclerical, un hombre dispuesto a defender con su propia vida el patrimonio de la Iglesia católica y decidido a empeñar su imagen histórica con tal de preservar los fueros, la religión y el ejército, las únicas tres herramientas especialmente útiles para rescatar esta pintoresca sociedad del atraso ancestral en que ha vivido sepultada. ¿Qué tal Haro y Tamariz...? Además, ha participado intensamente en el derrocamiento de Arista...[4] No recurramos a eufemismos ni adivinanzas ni apuestas ni a quinielas: el único personaje dotado de la debida capacidad para cuidar los intereses del clero y de las fuerzas armadas no podía ser otro más que Antonio López de Santa Anna. Él, el Quince Uñas, era el otro gran actor formado para imponerse ante la figura de ese maldito hereje de Ocampo, que ya había enviado leyes al Congreso de su estado para devastar la hegemonía católica que había sangrado al país en los últimos trescientos años.

Alamán le hace llegar una carta a Santa Anna por medio de nuestro mutuo amigo Antonio Haro y Tamariz, invitándolo a volver a la presidencia de la República en los siguientes términos:

> Es el primero, conservar la religión católica porque creemos en ella, y porque aun cuando no la tuviéremos por divina, la consideramos como el único lazo común que liga a todos los mexicanos, cuando todos los otros han sido rotos, y como lo único capaz de sostener la raza hispanoamericana y que puede librarle de los grandes peligros a que se está expuesta. Entendemos también que es menester sostener el culto con esplendor, y los bienes eclesiásticos, y arreglar todo lo relativo a la administración con el Papa, pero no es cierto, como han dicho ciertos periódicos para desacreditarnos, que queremos inquisición, ni persecuciones, aunque sí nos parece que se debe impedir por la

autoridad pública la circulación de obras impías e inmorales. Plan razonable y conforme a la época: nada de inquisición, nada de persecuciones anacrónicas, pero nada tampoco de sinrazón republicana. Estamos decididos contra la Federación; contra el sistema representativo por el orden de elecciones que se ha seguido hasta ahora; contra los ayuntamientos electivos, y contra todo lo que se llama elección popular, mientras no descanse sobre otras bases... Estamos persuadidos de que nada de esto lo puede hacer un Congreso, y quisiéramos que usted lo hiciese, ayudado por consejeros poco numerosos que preparasen los trabajos. Estos son los puntos esenciales de nuestra fe, que hemos debido exponer francamente y lealmente, como que estamos muy lejos de pretender hacer misterio de nuestras opiniones, y para realizar estas ideas se puede contar con la opinión general que está decidida a favor de ellas, y que dirigimos por medio de los principales periódicos de la capital y de los Estados, que todos son nuestros. Contamos con la fuerza moral que da la uniformidad del Clero, de los propietarios y de toda la gente sensata que está en el mismo sentido... Creemos que estará usted por las mismas ideas, más si así no fuera, tememos que será gran mal para la nación y aún para usted.

En tal caso, recomendó al desterrado que quemase la carta y se olvidase del asunto.[5]

¿Cómo prosperó la ejecución del plan? Muy sencillo: el clero, el ejército y los grandes propietarios hicieron estallar en Guadalajara el llamado Plan del Hospicio, de la misma manera que en 1834 la propia Iglesia católica había detonado el Plan de Cuernavaca para hacer regresar a Santa Anna de su finca de Manga de Clavo y decapitar las promesas liberales del gobierno de Gómez Farías. El mismo cuento de siempre. La propia Iglesia mandó doscientas cincuenta onzas de oro para provocar la defección de las tropas del gobierno y facilitar la caída de Arista.[6] Sobornaba al ejército una vez más para lograr su cometido... El dinero proveniente de las limosnas se invertía otra vez en armas para desestabilizar al país.

Una mañana, a principios de enero de 1853, mientras Santa Anna arreglaba todas sus condecoraciones ordenándolas cuidadosamente en una vitrina forrada con terciopelo rojo y colocaba pequeños letreros para indicar el país del que eran originarias, así como el jefe de Estado que se las había impuesto al Visible Instrumento de Dios, un mayordomo vestido de levita que no ocultaba el acento de los colombianos del norte anunció la presencia del padre Francisco Javier Miranda, Antonio de Haro y Tamariz y de Miguel Lerdo de Tejada, entre otros representantes de la sociedad mexicana que habían viajado a Colombia para invitar formalmente a Santa Anna a reintegrarse a México en su calidad de presidente de la República.

Después de invitarles un tinto cargado y de resistirse, en un principio, "al honroso cargo que ustedes me ofrecen, el mismo que yo aprovecharía para catapultar a la patria hasta las gloriosas alturas que se merece por sabia disposición divina", finalmente aceptó volver al país al que él tanto le debía, en el que había abierto por primera vez sus ojos y por el que nunca terminaría de llorar las injustificadas desgracias que había padecido. Soy deudor eterno…

Una vez asegurado el histórico retorno de Su Excelencia, el padre Miranda y el obispo Munguía confirmaron su obsesión en contra de Melchor Ocampo, el diablo michoacano que había amenazado gravemente a la Iglesia católica al promulgar leyes que habían ofendido la sensibilidad del Señor y atentado en contra de Su Santísimo Patrimonio.

—Además, mi general Santa Anna —adujo Miranda en términos familiares—, Ocampo volverá ahora como gobernador y estamos seguros de que viene decidido a insistir en la cancelación definitiva del diezmo, uno de los escasos ingresos de la Iglesia que en ocasiones cobramos en algunos estados porque su vicepresidente Gómez Farías, como usted mejor que nadie lo sabe, lo derogó desde 1833.

Santa Anna respondió como si conociera a Ocampo de toda la vida. Con el tono intolerante y dictatorial que utilizaría durante su última administración como presidente de México, ofreció y garantizó el exilio de don Melchor.

—Dos decisiones tomaré al poner un pie en tierra firme en el Veracruz de mis amores: el primero, largar fuera del país, sin la menor consideración ni respeto ni tardanza, al tal Melchor Ocampo, endemoniado hereje enemigo de las causas de Dios, y el segundo, ¡lo juro por Dios!, expatriar a patadas al cochino indio maloliente, ese zapoteco también engendro del demonio, llamado Benito Juárez, que me negó el paso por Oaxaca cuando los gringos me perseguían por toda la sierra para vengarse por lo de El Álamo, infames rencorosos, y no tuve más remedio que refugiarme de pueblo en pueblo, disfrazándome cuantas veces fue preciso para tratar de salvar lo que quedaba de la patria.

—¿Juárez? ¿Benito Juárez, el exgobernador de Oaxaca? —cuestionó Miguel Lerdo de Tejada, quien se había atrevido a servir un banquete al general Winfield Scott, general en jefe del ejército norteamericano, en el Desierto de los Leones, para proponerle, durante el histórico brindis, nada menos que la presidencia de la República, tan pronto se firmaran y ratificaran los tratados bilaterales que darían por concluido el conflicto armado entre México y Estados Unidos.[7] ¡Winfield Scott convertido en presidente de la República a petición de unos patriotas! *Sweet Lord…!*

—Sí, el mismo tipejo... Ese imbécil indio enano hace que casi me cueste la vida, cuando por poco me alcanzan los soldados norteamericanos. Que dé gracias al Santísimo si no lo mando a fusilar después de fumarme unos puros de mi querida tierra veracruzana... De modo que cuenten con ello —se limpió delicadamente las comisuras de los labios después de dar un sorbo al café—. Expulsaremos de inmediato al tal Ocampo y al mal bicho de Juárez. ¿Cuándo se ha visto a un cochino aborigen zapoteco con semejantes pretensiones? Nunca pierda de vista, padre —adujo dirigiéndose a Miranda—, el conocimiento que he adquirido de mis semejantes: nuestro país necesita el gobierno de uno solo y lo demás, palos a diestra y siniestra. Ya llegará a mi edad y entonces conocerá que se sabe más con el tiempo y la experiencia que con los libros.[8] Congresitos y libertad de prensa, ¡vamos hombre!

—Otro punto más, Su Excelencia —insistió Miranda sin quitar el dedo del renglón—. Son sabidos los bienes que posee Melchor Ocampo en Michoacán, según me ha indicado monseñor Clemente de Jesús Munguía, obispo de Morelia —se frotó las manos mientras Santa Anna arrugaba el ceño, sabedor de que el clero invariablemente pediría, exigiría, sin darse jamás por satisfecho ni resignarse a aceptar lo solicitado. Siempre habría más, mucho más...—. Es por ello que requerimos de su comprensión para que expropie todos los bienes de Ocampo tan pronto llegue usted a Palacio Nacional. Si los alacranes ya pican en el piso, no les demos alas... Él, el diablo de Ocampo, ha iniciado, junto con otros liberales, una escalada de agresiones contra los representantes de Dios para apoderarse de Su patrimonio. A todos nos corresponde detenerlo como se pueda.

—¿Cuál cree usted que ha sido la respuesta del presidente Arista —cuestionó el padre Miranda— ante las solicitudes del gobernador Ocampo de atacar los fueros y los bienes de la Iglesia católica? ¿Cree usted que Arista se opuso acaso al gobierno de Zacatecas cuando exigió a curas y vicarios el pago de contribuciones por sus beneficios a sabiendas de que son anticanónicas dichas disposiciones? —antes de que Santa Anna pudiera contestar, el prelado repuso—: ninguna, señor, ninguna, por ello debemos correr a los liberales que vengan con ideas nacionalizadoras y modernas: uno por hacer y el otro por permitirlo. Todos estamos de acuerdo, Iglesia y clero, en que Arista tiene los días contados.

—Miranda, ¿te acuerdas de Francisco Javier Miranda, el padre Miranda del que te hablé, Ponciano, al comenzar nuestra conversación? Es el sacerdote absolutamente desconocido en la historia de México y que aparece por primera vez, de manera sobresaliente, en la segunda repatriación de Santa Anna. Esta serpiente reaccionaria, como ninguna otra, fungió como poderoso detonador en el estallido de la guerra de Reforma. Él, junto con Labastida y Dávalos, y Garza y Ballesteros, encabezan la nueva dinastía reaccionaria una vez desaparecidos Matías Monteagudo, Manuel Posada y Garduño y Francisco Pablo Vázquez Vizcaíno. Él, Miranda, heredero de otra generación de prelados incendiarios, prendió la mecha. Él, por medio de la confesión, utilizó a la madre de Comonfort para que este, ya ungido presidente, se diera un autogolpe de Estado. ¡Era un demonio, Ponciano, un demonio!

El viejo me hizo saber cómo el mismo Miranda se había desempeñado como destacado militar y agente financiero durante el conflicto armado iniciado en 1858 y cómo había llegado a ser el poder detrás del trono durante los gobiernos espurios de Zuloaga y de Miguel Miramón, presidente y general de todos los ejércitos reaccionarios y clericales.

Ya me contaría el papel jugado por este sacerdote graduado, por lo visto, en una academia militar y no en un seminario, llamado Francisco Javier Miranda. Él había propiciado un par de peligrosísimos movimientos armados en 1856, claro está, en el estado de Puebla, uno de ellos en Zacapoaxtla, con los que hizo tambalear al presidente Ignacio Comonfort, cuyo gobierno finalmente derrocó cuando este último, débil, indeciso y confundido, no ejecutó en sus términos el Plan de Tacubaya de diciembre de 1857, otro plan adicional orquestado por el clero para derogar la Constitución promulgada ese mismo año, pero que al salirse de control conduciría a México a la más pavorosa guerra fratricida conocida en su historia. Y, sin embargo, ¿quién sabía de la existencia de Miranda?

Acomodando la cabeza del viejo arriba de los zapatos que había yo improvisado a modo de almohada, aduje que ya habíamos analizado un sinnúmero de golpes de Estado, asonadas, insurrecciones, levantamientos armados y cuartelazos organizados, financiados y ejecutados por la Iglesia católica. Sin hacer mayores esfuerzos de memoria recordaba, uno, el Plan de La Profesa, el de la independencia, en el que la mano del clero, a través de Monteagudo, ya me resultaba tan inocultable como inolvidable; dos, el Plan de Iguala; tres, el Plan de Jalapa, a través del cual se derroca a Guerrero; cuatro, el Plan de Huejotzingo, el de 1833, el antecedente del Plan de Cuernavaca que finalmente acabaría con Gómez Farías; cinco, el Plan de Tacubaya de 1841, que el señor arzobispo de México, doctor don Manuel Posada y Garduño y Matías Monteagudo aprovecharon para reinstalar otra vez a Santa Anna en la presidencia; seis, el Plan del Hospicio, que encumbra de nueva cuenta a Santa Anna en el poder una vez repatriado de Colombia; siete, el Plan de Zacapoaxtla; ocho, el Plan de Puebla para concluir, nueve, con el golpe de Estado del Plan de Tacubaya, el de 1857. El clero, el clero, el clero se veía detrás de cada movimiento desestabilizador... ¡Cuánto había dislocado la marcha de México!

—Se te escapan varios —acusó de golpe don Valentín—. Ya te contaré otros casos en los que se evidencia la función de la Iglesia católica como el principal agente promotor del caos político, social y económico de nuestro país, por lo cual fue prácticamente imposible poner una piedra encima de la otra. Baste decirte, por ahora, que Miranda no solamente coadyuvó al derrocamiento del presidente Comonfort y al estallido de la guerra de Reforma, sino que posteriormente, cuando el clero mexicano y su ejército fueron escandalosamente derrotados por los liberales juaristas, entonces este miserable cura, en unión de otros mexicanos conservadores ultraclericales, solicitaron la intervención armada francesa para que viniera a destruir militarmente a las tropas diezmadas y fatigadas, las del pueblo enemigo de los ensotanados, con las que Juárez había logrado ganar finalmente la guerra civil. ¿Cómo resistir el embate de uno de los ejércitos más preparados y mejor pertrechados del mundo entero cuando el país se encontraba quebrado financiera y anímicamente? Los liberales les ganaron la guerra de Reforma a las fuerzas armadas de la Iglesia católica, ¿sí? Pues que México entero se prepare, advirtió el clero, porque ahora el pleito será en contra de las tropas napoleónicas, a ver si también pueden con ellas... Nunca, en ningún caso, permitiremos que nos arrebaten nuestros privilegios: que no se pierda de vista que defenderemos con sangre los sacros dineros del Señor... Jamás debería yo olvidar que Francisco Javier Miranda y su superior en el orden jerárquico, el arzobispo Pelagio Antonio de Labastida y Dávalos, fueron determinantes en el proceso de convencimiento de Maximiliano para que, junto con Carlota, vinieran a gobernar este país. ¿Te acuerdas que un cuarto de siglo más tarde Labastida coaccionó al presidente Díaz para que renunciara a la Constitución de 1857 con tal de evitar que Delfina Ortega, su concubina, se fuera al infierno? Es el mismo, Ponciano, el mismo...

El 15 de noviembre de 1852 Francisco Zarco, un periodista liberal de altos vuelos, publica la siguiente columna muy digna de ser rescatada, más aún cuando el clero organizaba un nuevo golpe de Estado en contra de la nación. ¿Cómo sentenciará Dios a los sacerdotes el día del Juicio Final, cuando era claro que no les importaba desestabilizar al país con tal de cuidar sus intereses?

> ¿Qué exige la revolución? ¿Qué pide? ¿A dónde se dirige? Exige que las personas ilustradas que rigen los destinos de la República cedan el puesto á los aventureros; exige la desaparición de los liberales y la exaltación de los serviles [...]. La falta de virtudes evangélicas de nuestro clero, la corrupción

de costumbres de la mayor parte de ministros del altar ha hecho, y con razón, que se crea o se suponga como autor de las revueltas de Michoacán al clero de aquella diócesis. Este por su parte no contradice la opinión general que sobre este punto reina: no procura traer al orden á los incautos que se han seducido. Frío espectador de los desórdenes, que él tal vez fomenta, viendo destrozarse el rebaño que se le ha confiado, deja con el mayor estoicismo que se asesinen los hermanos.

El cabildo eclesiástico de Guadalajara, tomando parte en el motín de aquella ciudad; un malhadado *sacerdote* se presenta en las filas de las tropas leales para comprar á peso de oro el perjurio y el crimen. La Mitra de Morelia permanece muda en medio del combate, sus palabras de paz y concordia no resuenan: ¿qué se han hecho las virtudes del cristianismo? ¿Ha olvidado el clero, por ventura, los esfuerzos que hizo por derrocar la simiente de la libertad? [...] ¿Se le ha olvidado ya que para derrocar á los gobiernos de 33 y 47 derramó el oro profusamente entre sus *queridos hijos* y *hermanos en Jesucristo*? Ahora protege la revolución y por eso calla, ó respeta sus juramentos, y en este caso, ¿por qué no cumple con lo que prescribe su sagrado ministerio? La disyuntiva es apremiante, y nosotros esperamos que por el propio decoro de esa respetable clase se vindique aunque sea por medio de *El Universal*, *Voz de la Religión* y *Omnibus*, periódicos que como todos saben están vendidos á sus intereses.

La revolución de Jalisco, el Plan del Hospicio, no proclama ningún principio, ninguna reforma, ninguna mejora, es el grito de una soldadesca desenfrenada, es el alarido de cobardía, es el eco de las malas pasiones. Si ese movimiento trajera bienestar para las masas; si por él consiguiera nuestro pueblo esa felicidad por la que hace tanto tiempo suspira; si viera, en fin, que se le iba a devolver el ejercicio pleno y completo de su soberanía, entonces, lo aseguramos, por todas partes no se verían más que entusiastas vivas y alegres exclamaciones.

Si bien los militares figuran como los protagonistas del levantamiento que propone el retorno de Santa Anna, no menos cierto es el hecho de que ha sido el clero, y nadie más que el clero, quien ha convocado a esos aventureros con el objeto no solo, desde luego, de derrocar al presidente Arista, sino sobre todo, de comenzar una verdadera cruzada en contra de un liberalismo mexicano que ya, con Ocampo en Michoacán y con Juárez en Oaxaca, daba muestras persistentes de su madurez y de la solidez de sus miras. La historia de la segunda mitad del siglo XIX en México será la historia de esa cruzada y de estos y otros hombres, que parecían gigantes como suelen decir por ahí.

Por otra parte, el pueblo conoce demasiado á sus *generosos protectores*, sabe lo que puede esperar de ellos y la suerte que se le aguarda á la República.

El Congreso, dominado por la oposición clerical, entre la que se encontraba nada menos que el mismo padre Miranda investido como diputado por el estado de Puebla, después de un intenso y fecundo cabildeo que aquel encabezaba, obviamente negó fondos al presidente Arista para sofocar la rebelión de Jalisco y, claro está, en 1853 el jefe legítimo de la nación tuvo que abandonar el cargo, gracias a una nueva conjura eclesiástica, con todo y su hermosa y joven amante con la que vivía en el Palacio Nacional, "prefiriendo el destierro a las agitaciones sangrientas", exiliándose en Europa, donde moriría poco tiempo después. ¿Qué hacer si ni militares ni sacerdotes ni legisladores querían a Arista en la presidencia y a todos ellos los manejaban los altos jerarcas católicos? La Iglesia tenía a sus hombres colocados estratégicamente en las cámaras de representantes, en el gobierno, en la prensa, en el ejército y en el corazón mismo de la sociedad a través de los confesionarios.

Claro estaba que Santa Anna apresuraría la marcha para regresar a la brevedad de Colombia a la Ciudad de México. Nunca había aparentado mayor sacrificio al aceptar la presidencia. Se presentaría en Palacio Nacional en abril de 1853, después de múltiples recepciones, entradas triunfales, ceremonias en su honor, acartonadas, ciertamente teatrales; misas de *Te Deum*, repiques de campanas a toda hora, cánticos entonados por grupos escolares o religiosos, desfiles militares, estallidos de cohetones, lectura de poemas dedicados a reconocer la gloria sin igual del hijo pródigo, rechiflas festivas, bandas de guerra interpretando marchas castrenses, enormes arcos florales decorados con el nombre del Salvador de México, cañonazos de salva, formación y revisión de tropas en varias ciudades. El jolgorio popular parecía incontenible. El César Mexicano contesta con cierta apatía las ovaciones del público. Las calles se encontraban saturadas de ciudadanos esperanzados en el porvenir, en la justicia que finalmente llegará junto con empleos y prosperidad. De los balcones repletos de mujeres llovían claveles y rosas sobre los transeúntes. La "gente decente" deseaba volver a ver a su protector. Nadie quería recordar los episodios vergonzosos ni las traiciones cometidas por "el maldito mocho hijo de la gran puta" durante la guerra contra Estados Unidos, concluida tan solo cinco años atrás, ni volver a poner sobre la mesa los acontecimientos de San Jacinto ni los tratados firmados en secreto. ¡No, nada de eso! La fiesta, la fiesta: sirvan pulque, mucho pulque y champán y whisky de acuerdo con las posibilidades de cada quien… Los batallones tocan un himno recién compuesto para recordar eternamente al héroe de Veracruz. Los regimientos de artillería, de granaderos, la infantería en pleno, la caballería suriana vestida de gamuza amarilla homenajea por doquier al nuevo jefe de Estado.

Don Valentín Gómez Farías exhibe los acuerdos inconfesables celebrados entre Polk y Santa Anna para que este último se dejara ganar la guerra en 1847 a cambio de treinta millones de dólares. Hace constar las visitas realizadas por Alejandro Atocha a la Casa Blanca, quien a nombre del Salvador de la Patria hace la atractiva oferta al jefe de gobierno norteamericano. La traición no tiene límites. Nunca se había conocido una felonía de semejantes proporciones cometida por un mexicano en contra de su propio país. Los hechos revelados con rabia por don Valentín se pierden entre el griterío del populacho dedicado a la recepción del Visible Instrumento de Dios y entre el estruendoso repique de las campanas que llaman insistentemente a misa…

—La vida, querido Ponciano, está envuelta en paradojas, curiosidades y casualidades —exclamó el viejo volviendo a toser ferozmente. Al recuperar la respiración precisó que Antonio de Haro y Tamariz, quien junto con el padre Miranda y otros más habían ido a invitar a Santa Anna a regresar a la patria, fue designado ministro de Hacienda. El nombramiento era conveniente porque De Haro era civil sin nexos conocidos con el ejército. Su fidelidad al Benemérito era incuestionable, al igual que su honradez intachable. Su dominio de varios idiomas, sus contactos entre los prestamistas le facilitarían su desempeño financiero con las grandes potencias, además de sus buenas relaciones con el clero y con la banca doméstica y foránea. Haro, ¡ay paradojas de la existencia!, Ponciano, tiempo después va a nombrar nada menos que a Ignacio Comonfort administrador de la Aduana de Acapulco, uno de los lugares en donde se incubaría el Plan de Ayutla de 1854 que acabaría, de una buena vez por todas y para siempre, con la despreciable era santannista. ¡Claro que el Gran Señor de todos los Ejércitos nombró a Lucas Alamán, otro de los grandes responsables de su repatriación, ministro de Relaciones Exteriores y a Tornel, igualmente fanático proclerical, lo mandó al Ministerio de Guerra![9] El clero, en forma, volvía a gobernar. Santa Anna era su títere, otra vez su títere. ¿Y México? ¡Ay!, otra vez México.

El viejo tosió con fuerza y me dijo, después de limpiarse la boca con el dorso de la mano para sacudirse tal vez las flemas que se habían acumulado en su bigote:

—Una de las mejores maneras de demostrar la participación de la Iglesia en el Plan del Hospicio, además de que fue suscrito por diversos sacerdotes, es que tan pronto llegó Santa Anna al poder revocó de un plumazo las leyes que, de una u otra manera, directa o indirectamente, pudieran haber afectado los intereses clericales. El Estado mexicano se redujo otra vez a ser un mero brazo de la Iglesia. El gabinete era de corte totalmente clerical.[10]

Tan pronto llegó al poder en ese abril de 1853, "Antonio López de Santa Anna, Benemérito de la Patria, General de División, Gran Maestre de la Nacional y Distinguida Orden de Guadalupe, Gran Cruz de la Real y Distinguida Orden Española de Carlos III y presidente de la República Mexicana", entre otros cargos y distinciones más modestas, según encabezaba sus decretos, ejecutó una intensa estrategia de persecuciones en contra de quien ejerciera o defendiera los más elementales derechos públicos, los del hombre, los de una sociedad civilizada y moderna. Por supuesto que, a sugerencia del clero y por conveniencia propia, terminó de golpe con la libertad de expresión, mutiló a la prensa, imponiendo penas draconianas, multas desproporcionadas y hasta absurdas, además de reclusiones en prisión sin causa legal que fundara el procedimiento. El jefe de la nación condicionó la impresión y la distribución de periódicos al depósito de importantes sumas de dinero para permitir la circulación de los diarios o semanarios. La censura inquisitorial volvía a imponerse en México.

—¿Quién crees, Ponciano, que fungía como ilustre consejero de Estado durante la dictadura de Santa Anna? Francisco Javier Miranda y Morfi, el padre Miranda, para que no te compliques la existencia y te expliques un sinnúmero de decisiones de Su Alteza...[11]

Empezó a aplicar la pena de muerte a los enemigos de la dictadura. Al Benemérito de la Patria en Grado Heroico, al Gran Almirante y Mariscal de los Ejércitos, le parecieron insuficientes sus títulos, por lo que decidió designarse, además, como su Alteza Serenísima y Príncipe Presidente. ¿Cómo contemplarse frente al espejo, en su dimensión real, sin medallas ni cordones ni broches de oro ni espadas curvilíneas ni guerrera ni charreteras ni uniformes de gala ni el sombrero tricornio, así, al natural, desnudo, como era en realidad, al igual que todos los humildes mortales? ¿Cómo prescindir de un enorme cuadro donde apareciera el César Mexicano, el Napoleón del Oeste, montado a caballo sobre nubes, flotando entre vapores y aromas a glorioso incienso, con la cabeza coronada con hojas de laurel de oro ascendiendo lentamente rumbo a la eternidad? No, no éramos iguales, no, no lo éramos. Las diferencias saltaban a la vista. Verme como soy y no como me sueño me hubiera producido un daño devastador. ¡Los pintores, que vengan los pintores de la corte, no, no perdón, de mi dictadura, no que va, otra vez perdón, quiero decir de mi gobierno!

El tirano concentró en el puño todos los ingresos de la nación, aun los de los municipios. Era evidente la cancelación definitiva de la estructura federal, la que tanto odiaba el clero por impedirle ejercer los controles políticos necesarios para someter al país a través de la figura de un dictador. ¿Qué era más fácil: dominar a toda la nación a través de un sistema de división de poderes que deberían operar de forma independiente, autónoma y soberana, o tener a sus órdenes a un Príncipe Presidente, Su Alteza Serenísima, el Gran Dictador, a quien se manipulaba como una marioneta desde los hilos localizados en los diversos palacios del arzobispado? ¿Quién ha hablado de democracia? Tenemos que perseguirla con la cruz en la mano, de la misma manera en que se espanta a Lucifer cuando pretende ingresar en los templos.

La policía secreta fue creada para investigar y descubrir la intimidad del comportamiento social, tarea vital que se enriquecía notablemente a través de los confesionarios. El César Mexicano integró un ejército hasta de noventa mil hombres, a sabiendas que carecía de los recursos necesarios para sostener unas fuerzas armadas de semejante dimensión. El Benemérito de Tampico requería vestir a su corte con lujos ridículos y costosos que el menguado presupuesto mexicano jamás podría financiar. Hasta los empleados de ínfima categoría estaban obligados a usar uniforme. Se volvió a incorporar la Gran Orden de Caballería de Guadalupe, fundada en los años del imperio de Iturbide, nombrándose obviamente Gran Maestre de ella al propio dictador, quien repartió cruces, pergaminos y condecoraciones entre los condes, duques o marqueses de la época colonial, los obispos y los altos funcionarios del gobierno, quienes se exhibían en público con grandes capas negras o rojo intenso, collares de oro y broches con piedras preciosas, enormes sombreros con largas plumas multicolores, botas altas de charol, camisas de seda sin faltar las espadas de acero refulgente colocadas al lado izquierdo, abajo de la cintura de los encumbrados aristócratas a los que el pueblo, muerto históricamente de hambre, pero eso sí, con gran sentido del humor, los empezó a distinguir como los *huehuenches*.

Claro que Ocampo y Juárez, además de Ponciano Arriaga, José María Mata y Juan Bautista Ceballos fueron expulsados del país. ¿No era clara la agresión hacia los liberales inspirada, obviamente, por el clero? ¿Por quién más podría ser? Se ejecutaban puntualmente los acuerdos de Turbaco. Francisco Javier Miranda y el alto clero se frotaban las manos. Juárez pasaría un tiempo otra vez en la cárcel antes de poder salir al destierro a finales de 1853 mientras suplicaba, encerrado en un calabozo de Veracruz, que unos pasos marciales dados cada día al amanecer por un piquete de soldados no se detuvieran abruptamente frente a su celda para que un sargento pronunciara sonoramente el nombre de ¡Benito Juárez! y acto seguido saliera escoltado, después de despedirse de sus compañeros de galera, hacia el paredón, en donde, con una camisa blanca abierta y parte del pecho expuesto, vería por última vez la tenue luz de la alborada.

Ningún lugar más apropiado que las páginas de mi *México ante Dios* para incluir, entre estos párrafos, uno redactado por el propio Juárez cuando fue encarcelado, como yo lo estuve, en la fortaleza de San Juan de Ulúa. El viejo me decía que tal vez había habitado la misma mazmorra que ocupábamos y respirado estas hediondas miasmas encerrado en estas cuatro paredes, en las que si hubiera pasado más tiempo de reclusión forzosa con toda seguridad habría perecido y cambiado con ello el destino de México.

—No me hubiera extrañado que las propias ratas hubieran devorado el cadáver de don Benito porque él ni agonizando ni delirando se habría quejado ni externado el menor malestar ni solicitado ayuda. Simplemente habría fallecido sin proferir lamento ni maldición alguna. Dejemos hablar a Juárez:

> El Castillo de San Juan de Ulúa en el Puerto de Veracruz es uno de los lugares más siniestros que puede uno imaginarse como prisión. Algunas de las celdas y galerías carecen de ventilación, y al subir la marea quedan por debajo del nivel del mar. En sus paredes, empapadas por el agua, se forman, como en las cavernas, estalactitas y estalagmitas, y es en estas paredes humedecidas donde, a veces, se encadenaba a los prisioneros, quienes se veían obligados a permanecer de pie. Cualquier celda está diseñada para quebrantar la salud y el espíritu de un hombre.

El general presidente, escoltado permanentemente por una guardia suiza, pasaba buena parte de su tiempo

> hablando de fiestas y de procesiones, de bailes y tertulias y de ceremonias de pura etiqueta, discurriendo largamente sobre los colores de las libreas, sobre el sitio que debían ocupar sus coches y los de sus señoras en los paseos y lugares públicos y sobre los asientos en que deberían sentarse en las ceremonias religiosas. Muchas de sus providencias estaban consagradas a estas puerilidades, mientras hablaban de prisiones y confinamientos, de destierros y de ejecuciones, porque aquellos hombres, tan amigos del solaz y del placer, tan bien hallados con la ociosidad y con la molicie eran, sin embargo, duros de corazón y tenían la fiebre del exterminio cuando se trataba de asegurar lo que ellos llamaban el orden público, con el castigo de los que, en su caso, podrían perturbarlo.[12]

Lucas Alamán soñaba con "una aristocracia del intelecto y de la riqueza que gobernaría sabiamente con el apoyo del clero", mientras que el ejército propiciaría el desarrollo económico hasta hacer de México una nación rica, culta y poderosa. Para Alamán la experiencia republicana había sido un aborto, el rompimiento de las tradiciones nacionales que las teorías liberales habían convertido en anarquía después de tres siglos de paz colonial. Alamán pretendía establecer en México una monarquía constitucional con un príncipe europeo a la cabeza, sin ignorar el malestar que ocasionaban en la sociedad las ideas monárquicas.

El gobierno de Santa Anna se precipitó en el vacío cuando murieron Lucas Alamán y el general Tornel. Como si lo anterior no hubiera sido suficiente, todavía tuvo que aceptar la renuncia de Haro y Tamariz cuando este, inopinadamente, intentó tocar los bienes del clero para ayudar al financiamiento del sector público. ¡Fuera! ¡Largo! A partir de ese momento gobernaría él solo, dando palos a diestra y siniestra. Ya Su Excelencia lo había advertido desde Turbaco, al conversar ampliamente del tema con el padre Miranda. Se convertiría en un auténtico dictador en el sentido más amplio de la palabra, sin que por ello descuidara su principal objetivo, consistente en traer a un soberano europeo a gobernar México.

> Autorizado por la nación mexicana para constituirla bajo la forma de gobierno que yo creyere más conveniente para asegurar su integridad territorial y su independencia nacional de la manera más ventajosa y estable, y considerando que ningún gobierno puede ser más adecuado a la nación que aquel que por siglos ha estado habituado y ha formado sus peculiares costumbres: confiere al Sr. José María Gutiérrez de Estrada poderes para que cerca de las cortes de Londres, París, Madrid y Viena pida un monarca para México derivado de alguna de las casas dinásticas de tales potencias.

Los nuevos ministros santannistas entregaron concesiones para abrir tabernas, cantinas, casas de juego y prostíbulos, concediéndoles todas las facilidades para practicar impunemente el contrabando. Las finanzas nacionales, como siempre, hacían agua por proa, popa, estribor y babor. Se decretaron diversos impuestos, contribuciones de urgencia, gravámenes apremiantes para financiar el gasto de este nuevo imperio camuflado:

> Dos reales mensuales por cada canal. Un peso a cada pulquería, hotel, café y fonda de una sola puerta y tres a cada una de las demás. Medio real por cada puesto fijo o ambulante. Cinco pesos por cada coche, carretela o carruaje de cuatro asientos, dos pesos y medio por los de dos. De tres a cinco pesos los carruajes de alquiler. Dos pesos por cada caballo frisón y de silla. Un peso mensual por cada perro; después por cada animal doméstico. Las penas van desde la pérdida de los animales hasta las multas. La multa por no hacer

espontáneamente el pago es la triplicación de la cuota. Doscientos pesos a los que murmuraran o censuraran al gobierno. Por supuesto, quedan exentos del pago, el Jefe Supremo del país, el arzobispo, los secretarios del despacho, representantes de naciones extranjeras y los de las legaciones del gobernador del distrito y el comandante general. El 9 de enero de 1854, el ministerio de Hacienda expide un decreto en el que especifica la contribución por las puertas y ventanas exteriores de edificios urbanos y rústicos. El 23 de febrero, otra contribución directa por las luces exteriores de cada casa, vivienda o local. Poco después, se prohíbe la introducción de impresos que ataquen o censuren las disposiciones del gobierno...

Se suscribió una ley de conspiradores para combatir a los "revoltosos", a los renegados, quienes eran sometidos a juicios sumarios para ser fusilados de inmediato, o bien se les desterraba a poblaciones alejadas de la capital o hasta al extranjero. ¡Que nunca se olvidara que un jugoso filón de ingresos para el gobierno santannista consistió en vender indios mayas como esclavos para mandarlos a Cuba! Estos aborígenes no pasan de ser unos parásitos, un lastre para México. No perdemos nada vendiéndolos.

No había tesorería de gobierno alguno, en las condiciones económicas mexicanas, con la capacidad de sostener el tren de gasto del Salvador de la Patria. Un ejército mayor en número al de Estados Unidos, una burocracia creciente, un dispendio público alarmante, inmensas cantidades del ahorro público dedicadas al financiamiento del boato, como si se tratara de una corte imperial de gran prosapia; la escasa actividad económica, el peso de la deuda externa y la menguada recaudación tributaria bien pronto condujeron a Santa Anna a la asfixia financiera, que enfrentó a su gobierno con unos acreedores foráneos, principalmente europeos, acostumbrados a "negociar" parados a un lado de la boca de los cañones de la marina de sus países.

¿A quién iba a recurrir Santa Anna para obtener los recursos necesarios con tal de continuar el proceso de desquiciamiento económico del país? ¿A los agiotistas? Por esa sola razón, no eran recomendables. Sus tasas de interés precipitarían con mayor velocidad el arribo del nuevo caos. La banca externa tampoco le concedería empréstito alguno, en la inteligencia de que no había podido cumplir con sus amortizaciones contratadas con otras instituciones financieras foráneas. Los préstamos forzosos impuestos a extranjeros podrían acarrearle consecuencias militares internacionales. Deshojando la margarita llegó a la conclusión de que la Iglesia católica sería la única institución dotada con la suficiente capacidad económica como para auxiliarlo en las heroicas tareas de rescate de la patria, que no incluían, desde luego, política alguna de contracción del gasto. No, qué va... Por supuesto que el clero se negó. Yo te traje de Colombia. Yo te encumbré hasta la presidencia. Yo no me opuse a tu nombramiento de Alteza Serenísima ni comenté siquiera la decisión de instaurar la dictadura perpetua que, aun cuando conveniente, parecía un poco exagerada... Yo no objeté tus uniformes de gala ni tus largas capas negras ni tus broches de oro ni tus excesos ni tus ostentosos banquetes ni el tamaño de tu ejército ni critiqué el dispendio de tu gobierno, siempre y cuando te abstuvieras de cualquier injerencia, directa e indirecta, en relación con los dineros del Señor, que, como es bien sabido, se destinan en su totalidad a aliviar las cargas de los desposeídos, a auxiliar a quienes caminan descalzos por la vida, a ver por aquellos incapaces de contener el llanto, los pobres de espíritu, alabado sea Dios en las alturas... No, hermano Antonio, las limosnas son para proteger a quienes duermen en petate y buscan en el cielo explicaciones para entender los motivos de Jesús por haberlos castigado con tanta severidad en este paso temporal de su existencia: esta es la Iglesia de los pobres, señor presidente, por más que el arzobispo Garza y Ballesteros gane ciento cincuenta mil pesos, o sea tres veces más que usted como jefe de la nación.

Estados Unidos buscaba la mejor opción para construir una línea de ferrocarril que cruzara de la costa Atlántica a la del Pacífico salvando el obstáculo de las Rocallosas. Nada mejor que aprovechar el paso por La Mesilla, abiertamente territorio mexicano, sentencian los ingenieros norteamericanos. El general Lane ocupa la apetecida región mexicana en nombre de su gobierno. Así, sin más. Esto ahora pertenece a mi país. Punto. Si tienes alguna diferencia entiéndete con nuestros cañones. Se abre la opción diplomática y aparece como negociador enviado por el presidente Franklin Pierce, a sugerencia que le hiciera Jefferson Davis, su secretario de Guerra, el embajador James Gadsden, claro está, un connotado ferrocarrilero, a hablar de lo único que sabe un yanqui: de chantajes y de dólares. ¿Cuánto cuesta?, es la pregunta que saben hacer en todos los idiomas. Si el precio no les parece simplemente sacan la pistola y, apuntando a la cabeza del vendedor, le pagan lo que a su juicio es procedente. Es una manera moderna de robar: te doy ciertas monedas a cambio de tu patrimonio o te mato, escoge... Lo anterior es para que reconozcas la importancia de llegar a acuerdos siempre dentro de la ley...

Operan estos malvivientes al amparo de un principio diabólico especialmente diseñado para convencer a las personas que ya en principio carecen de escrúpulos: "Nunca te arrepientas de herir en causa justa". ¿Es claro? Tienes permiso de robar, de matar, de violar, de asaltar y de cometer cualquier villanía o atropello, siempre y cuando la causa sea justa. ¿Justa para quién? ¿Quién establece lo que es o no justo? Mi conciencia, y ella me ha extendido una licencia abierta para delinquir en la misma medida en que yo sienta justificada mi conducta. Me quedo con esto, a partir de ahora ya es mío... Te devuelvo lo que yo desee y te pago lo que yo quiera porque eso es lo justo... Miserables hampones. ¿Dónde queda la ley? Si de esa manera actuara la humanidad, ¿en dónde estaría? Ya se encontrarían en algún momento con alguien, con un gigante, superior en fuerzas a ellos, que les impondrá la misma regla. Todo esto que anteriormente te pertenecía, ahora pasa a ser de mi patrimonio. Es lo justo. No me duelen prendas al herirte en causa justa. Por lo pronto dame lo que tengas puesto: es justo... me lo inspiró la Divina Providencia...

Santa Anna giró desesperado la cabeza en busca de dinero. Se hundía. Se volvía a hundir lenta y progresivamente hasta desaparecer, tal vez ahora sí por última vez, del escenario político mexicano. En su agonía financiera, y temiendo un nuevo golpe de Estado, decidió acercarse a James Gadsden a pesar de odiarlo por sus actitudes irreverentes, su rostro mofletudo, sus ojos de un azul intenso, opacos, sin expresión. Un ferrocarrilero es enviado como diplomático a comprar tierras para desarrollar su propio negocio. He ahí a los yanquis... *How much?* Viene investido con todos los poderes: por un lado exhibe el dinero, ¡ay!, el dinero, y por otro lado hace saber que, de rechazarse su generosa oferta, procederá el despojo territorial con el apoyo del ejército de su país y sin indemnización alguna... A Santa Anna nunca dejaban de sorprenderle las inmensas nalgas del diplomático, que con dificultad podía acomodarlas en una sola silla. Gadsden, por su parte, veía al dictador mexicano como un ave de rapiña invariablemente dispuesta a devorar la carroña. No se toleraban. Recurrían a la más sofisticada diplomacia, a la hipocresía para convivir y dialogar exclusivamente en términos de dólares.

Tan solo unos meses después de haber tomado posesión de la presidencia de la República, Santa Anna invitó a Gadsden a tomar té en Palacio Nacional para negociar la oferta económica hecha por el embajador yanqui. Su propuesta original, planteada desde la presentación de sus cartas credenciales, establecía la compra a México de "algunos territorios adicionales del norte del país", como la mitad de Tamaulipas, la totalidad de Coahuila, Nuevo León y Baja California y algunas fracciones de Chihuahua, Durango y Sonora.[13] O nos vende lo que queremos o lo tomamos por la fuerza, *mister president: Remember Texas!* El Benemérito de la Patria requería desesperadamente los recursos, por lo cual, además de insistir paralelamente en su proyecto monarquista con representantes de su gobierno acreditados ante las cortes europeas, decidió vender La Mesilla, un territorio de menos de cien mil kilómetros cuadrados al norte de Chihuahua, y firmar, por lo pronto, un tratado con Washington con ese mismo nombre. Dinero. Dinero. Dinero, o naufragará mi gobierno. ¿Qué podía importarle a Su Excelencia la enajenación de más territorio a casi seis años de la firma obligatoria de los tratados de Guadalupe Hidalgo en los que México perdió dos millones de kilómetros cuadrados? Mis paisanos carecen de memoria: vengan los recursos o no podré pagar ni el pienso de mi caballo...

No se podía perder de vista la urgencia de firmar el nuevo tratado con el embajador Gadsden por temor a un nuevo cuartelazo, del que ya se hablaba efectivamente por doquier. Santa Anna lo veía venir, husmeaba otro estallido social o militar en cualquier parte del país, lo venteaba en el ambiente como buen experto que había sido en organizarlos. La sola posibilidad empezaba a arrebatarle el sueño. ¿Quién lo encabezaría? ¿Cuándo se produciría? ¿Con cuántos hombres y armas contarían los sublevados? El Benemérito no podía ignorar sus divergencias con el odioso gordo, el representante de Estados Unidos. ¿Quién podría financiar encubiertamente el movimiento? ¿El clero? ¡Ni hablar! No lo ayudaría a él con sus dineros sagrados, pero tampoco se sumaría a su derrocamiento. Lo mejor sería apretar el paso y vender, vender a la brevedad La Mesilla, más tarde negociaríamos Coahuila, Nuevo León, Baja California y parte de Chihuahua, Durango y Sonora. Santa Anna pide cincuenta millones de dólares. Pero si es un desierto, contestan desde Washington. Gadsden ofrece veinte millones. Su Alteza Bajísima acepta. Al final el Congreso norteamericano autoriza solo diez. El César, necesitado de dinero, se somete una vez más, no sin volver a humillarse ni dejar de burlarse del embajador de Estados Unidos. La próxima vez quiero tratar con tu padre y ya no con un menor de edad.

¿Plenipotenciario? ¡Ja!

El tratado se firma el 30 de diciembre de 1853. Siete millones se pagarán en el momento del intercambio de ratificaciones y tres cuando se fije la línea fronteriza definitiva. La patria no pasa de ser un fraccionamiento que se subasta al mejor postor.

—Sí, Ponciano, sí, solo que el tratado no solo contemplaba la venta de La Mesilla, sino que en su cláusula octava concedía un derecho de paso ferrocarrilero a Estados Unidos por el golfo de México al océano Pacífico, a través del istmo de Tehuantepec, sin que aquel país quedara obligado a ningún tipo de derecho aduanero o de cualquier otro impuesto. Falta la debida autorización del Congreso mexicano...[14]

¿Cuál Congreso? Aquí no hay más Congreso que yo ni más jueces que yo: ¡Se acabó el cuentito de la democracia, que ni el clero ni yo deseamos! Una parte de los recursos derivados de la enajenación territorial llegarían a mediados de 1854. Un alivio, una cálida palmada en el hombro, un breve, por cierto muy breve suspiro.

—¿El antecedente del Tratado de McLane-Ocampo por el que tanto han criticado a Juárez, porque se dice que entregó el país a los norteamericanos?

—¿Han criticado, muchacho? Solo el clero y sus escritores mercenarios lo han intentado como una represalia por la expropiación que Juárez ejecutó sobre sus bienes. Era claro que la Iglesia no se iba a quedar con los brazos cruzados ante un atentado de semejantes proporciones en contra de su patrimonio, y por ello es entendible su venganza: su misión en la vida no iba a ser otra que la de manchar la imagen histórica del Benemérito de las Américas... Pero ya hablaremos del tema...

Mientras tanto Juárez, Maza y Mata habían zarpado de Veracruz rumbo a Cuba y de ahí viajarían a Nueva Orleáns con el objetivo de encontrarse con Melchor Ocampo, quien integraba un reducto liberal integrado por los expulsados, enemigos feroces del santannismo, en aquel puerto norteamericano. El patrimonio de Juárez consistía en lo que llevaba puesto. Eso era todo. Mantenerse en otro país en el que no se hablaba castellano, con otras costumbres y, además, sin contar con los recursos más elementales para sobrevivir implicaba un desafío. Una vez más se sometían a prueba la tenacidad, la inteligencia y la imaginación del zapoteco. No sabía cómo sobrevivir en situaciones tan adversas, pero eso sí, sobreviviría hasta llegar al límite de sus fuerzas. En inglés, en chino o en ruso. Era lo mismo. Margarita, con quien había contraído nupcias el 31 de julio de 1843 y procreado seis hijos en diez años —faltarían seis más—, sabría, sin duda, no solo sacar adelante a su numerosa familia, sino le enviaría regularmente recursos haciendo, tantas veces como pudiera, el milagro de la multiplicación de los panes. Ocampo contaba con recursos para sobrevivir en el destierro, no así Juárez, quien tenía que buscar la solución para comer tan pronto pusiera un pie en Nueva Orleáns. Otro inconveniente tenía el oaxaqueño: su concepto de la dignidad no le permitía aceptar dádivas ni donativos ni ayudas de terceros para salir adelante en esa coyuntura tan desfavorable. Ganaría su subsistencia con el producto de su esfuerzo. A veces el sentido del honor constituye un estorbo, ¿no? El mundo exterior ya se presentaba con suficientes dificultades como para colocar todavía nuestros propios obstáculos personales y complicar así la materialización de nuestros anhelos...

Lo primero era sobrevivir. Ya más tarde verían la manera de sentarse alrededor de una mesa en la casa de huéspedes donde habitarían, para empezar a plantearse el sistema de reformas constitucionales que requería México para reorientar la gran nave de la nación hacia los horizontes de progreso que Ocampo, Juárez y Arriaga divisaban a muy corta distancia. El destierro les curtiría la piel. Se las encallecería. Las carencias los fortalecerían. El dolor los embravecería. Las perspectivas los entusiasmarían, el apetito de venganza los animaría. La oportunidad de ejecutar los grandes cambios requeridos tan pronto regresaran a México constituía una fuente generosa de optimismo. No podrían sucumbir. No, no podrían. Ni siquiera el vómito negro podría segar la vida de Juárez. Su misión era muy superior a cualquier contingencia.

Margarita Maza de Juárez estableció en el pueblo de Etla una tiendita miscelánea que ella atendía, de donde se haría de algunos centavos para sostener a sus numerosos hijos y ayudar económicamente a su marido. Ocampo, Mata, Montenegro, Cepeda Pereza, José María Maza y Juárez, entre otras víctimas del último periodo santannista, todo el grupo de aguerridos liberales, auténticos prohombres de la República, demócratas convencidos, los constructores del México del futuro, padecerían en Nueva Orleáns la peor de las penurias. Ocampo se contrataría como alfarero. Juárez aprendería el oficio de la manufactura de puros. Muy pronto torcería el tabaco con sorprendente habilidad. Su semblante no delataba emociones. Su temperamento estoico quedaba de manifiesto ante sus compañeros cuando transcurrían días y más días sin probar bocado. ¿De qué estaba hecho este indio? ¿Sacaría la fuerza y la energía del espíritu de sus ancestros? Tal vez los siglos de privaciones sufridas los habían endurecido y preparado para resistir cualquier catástrofe y superarla sin mover ni un solo músculo del rostro ni proferir queja.

Con Juárez siempre se podía contar para cualquier servicio. Invariablemente estaba dispuesto a ayudar o a aconsejar, por ejemplo a Mata, en el cortejo de la hija de Ocampo, su preferida, que acompañaba a su padre para ayudarlo a resistir los dolores del destierro. De la misma manera que discutía con Ponciano Arriaga las noticias del día y analizaba la gradual caída, el desprestigio y la asfixia del gobierno de Su Alteza Serenísima, cooperaba en los trabajos de cada uno de los exiliados para que faltara lo menos posible en la casa de huéspedes. Siempre se le vio ecuánime, sin que las malas noticias lo desalentaran. De alguna parte sacaba energía para animar a aquellos que sentían perder toda esperanza y preferían regresar a México a morir en paz. Ahí estaba invariablemente la palabra de aliento, el compromiso, la serenidad y el rostro sobrio, las palabras contadas, la mirada penetrante, oscura, con el brillo de la obsidiana, la parquedad, la incapacidad de llorar por el infortunio ni de alegrarse aventando el sombrero al aire por el arribo de los buenos tiempos. Nada. Estaba siempre inmóvil; la mayor parte de las ocasiones, mudo, pero eso sí, tenía siempre la expresión de estímulo necesaria, el calificativo esperado, el comentario tan breve como reconfortante, así como el concepto político deslumbrante. Nunca nadie sabía qué pasaba en su interior ni podía esperar un estallido de júbilo. Ninguno de los desterrados imaginaba darle un abrazo a Juárez ni recibir una palmada de apoyo o de resignación de su parte ni tener algún contacto físico con el zapoteco. En ningún momento dejó de ser un ídolo petrificado que pronunciaba dos palabras, las idóneas, las procedentes, las exactas. ¿Para qué más?

Ninguno de los exiliados olvidaría la ocasión en que Juárez le obsequió a Ocampo uno de los puros recién torcidos en el taller tabacalero, donde prestaba sus servicios. Al final de la cena Ocampo lo rechazó con un comentario que pretendió ser festivo y humorístico, pero que hirió en lo más profundo los sentimientos del exgobernador de Oaxaca:

—No, señor, gracias —dijo sonriente don Melchor en espera de una respuesta ocurrente del oaxaqueño—, indio que chupa puro, ladrón seguro…

El silencio que se produjo no era posible escucharlo ni en el camposanto. Juárez levantó la cabeza lentamente hasta clavar la mirada en los ojos de quien había sido diputado, senador, gobernador de Michoacán y candidato a la vicepresidencia de la República. Todo un personaje. Solo advirtió con una solemnidad que no dejaba dudas de su terrible malestar:

—En cuanto al indio, no lo puedo negar, pero en lo segundo no estoy conforme —adujo Juárez dejando caer lentamente cada palabra en tanto escrutaba el rostro de Ocampo para medir el efecto causado.

La nobleza de Ocampo salvó la situación. Al constatar el disparate cometido se disculpó una y otra vez, llegando a colocar su mano sobre el puño cerrado del zapoteco, quien dio por terminado el incidente alegando que tenía que ir al puerto en espera de una carta de Margarita. Todos los presentes aprendieron la lección. Era un incondicional de la causa y de sus amigos, sí, pero su sentido de la dignidad y del honor tenía fronteras muy definidas. A nadie convenía saltar por encima de ellas.

A pesar de que Juárez contaba con 47 años de edad y Ocampo con 41, el michoacano pudo influir de manera determinante en la personalidad de Juárez y en su concepción de los cambios requeridos por México. Los dos habían ingresado al seminario y desistido de la carrera del sacerdocio. Ocampo dominaba varios idiomas, había leído a Voltaire, a Rousseau, a Balzac, a Hugo y se había deleitado con Pierre-Joseph Proudhon, autor al que él mismo tradujera al español y cuya lectura compartiera con el oaxaqueño, al igual que su estancia en Europa al principio de los años cuarenta. Ambos concluyeron, durante sus paseos por las orillas del mar y por el puerto de Nueva Orleáns, sobre la importancia de destruir la prepotencia del ejército y de la Iglesia católica.

Ahí, en aquel lejano puerto norteamericano, las máximas figuras de la historia de México empezarían a enhebrar las primeras ideas que más tarde se materializarían en la expedición de las Leyes de Reforma, dictadas en condiciones que nunca ningún mexicano quisiera volver a oír ni a recordar. Ocampo insistía en la necesidad de cortarle las uñas al clero, en nacionalizar sus bienes y repartirlos en la sociedad para que la nación compartiera esas gigantescas riquezas concentradas en manos intolerantes, egoístas, asesinas, ávidas y aviesas. Le resultaba inadmisible que la Iglesia católica operara como un comercio camuflado. Juárez, conocedor de la historia clerical y militar de México, revelaba la importancia de cancelar privilegios como los fueros, de tal manera que todos los mexicanos fuéramos iguales ante la ley. En la misma medida en que no se limitara el comportamiento de los sacerdotes a la enseñanza del Evangelio y la de los militares a memorizar técnicas de guerra para utilizarlas cuando las instituciones, y no ellos en lo personal, lo requirieran, México estaría impedido de construir el futuro que se merecía.

Ocampo y Juárez pasaron muchos días, muchas horas, caminando por el puerto de Nueva Orleáns, conversando en uno de los modestos cafés ubicados en el barrio francés o bien recorriendo lentamente uno de los brazos del Misisipí o sentados en las bancas del puerto, observando las maniobras de carga o descarga.

El michoacano nunca olvidaría cuando Juárez le comentó la enorme ventaja de poder contar con un río de más de seis mil kilómetros de longitud, que regara más de medio país comunicándolo, produciendo inmensos beneficios agrícolas, generando riqueza a su paso por valles y praderas; es decir, envidiaba la existencia de una vía fluvial que cruzara México a lo largo y ancho, sin olvidar la importancia de los afluentes.

—Imagínate, Melchor, las facilidades de comunicación que hubiéramos tenido de haber podido contar con una vía navegable como el Misisipi. Habrían proliferado puertos y ciudades en ambas márgenes del río. El comercio interior no solo nos habría unido, sino que hubiera sido un espléndido agente de creación y distribución de riqueza, al que se habría sumado la ventaja del ferrocarril tan atractivo, sencillo y económico en estas enormes planicies norteamericanas. Sin embargo, nos tocó un territorio dividido por enormes nudos montañosos que han aislado a nuestras ciudades, separándolas, en lugar de acercarlas para trabajarlas más eficientemente. Nuestra configuración geográfica impide que todos los mexicanos podamos tomarnos de la mano para dar un gran salto. Quién tuviera un Misisipi...

Era evidente que fincaban una amistad de largo plazo, largo aliento, fundada en la convergencia de ideas políticas y en el diagnóstico necesario para estimular el crecimiento económico del país. Ambos mexicanos desterrados conocían de sobra los principales problemas que aquejaban a la nación y coincidían en la mejor estrategia para resolverlos. A veces detenían su marcha y se encaraban para tratar de convencerse el uno al otro, incluso con la sola mirada. Otras veces Ocampo ponía su mano izquierda sobre uno de los hombros de Juárez y, sin dejar de hablar, blandía el índice derecho como si se dirigiera a una audiencia y pusiera el acento en cada palabra vertida. Ponciano Arriaga, quien en algunas ocasiones acompañó a ambos personajes en sus paseos por el Misisipi, no se cansó de repetir las imágenes que recordaba cuando el exgobernador de Michoacán tomaba del brazo a Juárez mientras la pasión lo desbordaba hasta llegar a alzar la voz.

¿Por qué unas personas dedican su existencia a la venta de carruajes, de planchas de carbón, de productos farmacéuticos o invierten su tiempo en el desarrollo de su voz o en el dibujo al carbón de un simple violín o en dar sermones en las iglesias para evitarles a los penitentes castigos mayores en el más allá, mientras que a otros los sofoca, los angustia, la realidad social de su país, sin poder desahogar, ni mucho menos, sus ansiedades a la hora de publicarlas ni de plantearlas en un auditorio saturado de seguidores? La única manera de liberarse consistía en tener acceso al poder para ejecutar su ideología y materializar sus planes. Había quien salía del atolladero con un coñac. Fin de las preocupaciones. A otra cosa. ¡Un nuevo coñac! Así de fácil. ¿Por qué torturarse con un destierro y sufrir tantas privaciones? ¿Por qué este apostolado político? ¿Por qué no vender carruajes de cuatro y seis caballos? ¿No era más simple?

En uno de tantos atardeceres, cuando el cielo de Nueva Orleáns parecía caérseles encima al no poder soportar el peso del exilio, Ocampo le expresó a Juárez su deseo de volver a México tan pronto la dictadura de Santa Anna estuviera arrinconada con un plan organizado para liberar al país, de una buena vez por todas y para siempre, del peso de la Iglesia y del ejército. La nacionalidad se forjaría dentro de un proceso liberal. Solo era posible llegar a ser una sociedad libre si se formaban individuos libres.

—El liberalismo ha impedido la formación de una oligarquía hereditaria, Benito. ¿Te imaginas al imperio de Iturbide sin la presencia de los liberales? Hoy gobernaría Agustín III. Mientras nosotros deseamos transformar, evolucionar y progresar, los conservadores son adoradores del orden colonial y amantes de la época más retardataria del medievo.

Juárez escuchaba sin perder una sola palabra de los argumentos vertidos por su paisano, en tanto se prendía un puro torcido por él.

—Mira, Benito —cuestionó Ocampo enfáticamente—, ¿qué hace la Iglesia creando un nuevo tribunal de la censura a la vieja usanza inquisitorial, inmiscuyéndose en la prensa, limitando el derecho de expresión, únicamente porque no desea ver lastimados sus privilegios? ¿Cuándo vamos a detener esta barbaridad? ¿Cómo es posible que alguien suprima el derecho de decir, no a un individuo, sino a toda una nación, solo para dejar a salvo sus intereses?

Había temas que incendiaban a don Melchor.

—Somos un país independiente, pero de ninguna manera libre —remachó el michoacano sin retirar la mirada del rostro de Juárez.

El indio zapoteco contempló la silueta imponente de un hombre de mediana estatura, moreno, de cabellera negrísima que le rozaba los hombros. Ojos chicos, nariz alargada, boca enorme, pero de labios tan delgados que parecían una herida en aquel rostro de líneas acentuadísimas,[15] delicado, expresivo, atractivo. Su mirada reflejaba una arrogancia legendaria.

—Ahí tienes al clero controlando también la educación para que las futuras generaciones de mexicanos salgan de las cavernas de la inquisición hechas a imagen y semejanza de la Iglesia católica: ¿se te ocurre una fórmula más eficaz para garantizar la inmovilidad y detener toda evolución? Debemos educar a las masas para que nunca nadie las vuelva a sojuzgar ni a hechizar ni a asustar arrojándoles incienso a la cara. Para mí siempre fue evidente que la Iglesia se negó históricamente a educar para evitar que a la larga los nuevos graduados pudieran arrebatarle o desconocer su autoridad o desconocerla. El control es férreo. La oscuridad en la cueva es total. De esa manera los extraviados seguirán a una misma voz, la del líder ensotanado, el que lleva la antorcha.

Ocampo tocaba un tema en el que Juárez era especialmente sensible: el de la educación. El zapoteco recordó cuando llegó a la capital de Oaxaca sin saber hablar siquiera castellano. ¡Cuánto les debía a los libros! ¡Cuánto les debía a sus maestros! ¡Cuánto le debía a la universidad! Gracias a ella ahora contaba con un título de abogado, lo que le había permitido ser juez, diputado, ministro y gobernador. ¡Cuánto agradecimiento sentía por la academia! ¡Cuánto deseaba que todos los suyos, indios y no indios, fueran capacitados, adiestrados, educados, incorporándolos al progreso que sin duda se merecían por su sola calidad de hombres!

El pecho de don Melchor parecía ser una hoguera. Sin detenerse habló de los latifundios improductivos propiedad de la Iglesia, una parte importante de los famosos bienes de manos muertas que la Iglesia católica había adquirido a cualquier título, ya fuera por donación o por insolvencia de los antiguos propietarios de inmensos territorios, que no habían podido liquidar los créditos otorgados por los Juzgados de Capellanías. ¿Cuáles juzgados? ¡Eran bancos camuflados para colocar los fondos piadosos! La Iglesia, Benito, ha dominado históricamente la minería, así como el Congreso, el gobierno, la universidad, la prensa y el ejército que siempre comió y come en su mano, al igual que la economía en lo general. ¿Qué tiene que ver todo esto con su ministerio, con las razones que justifican su existencia religiosa?

Juárez, de hablar parco, reservado, al lado de Melchor Ocampo experimentaba una sensación de efervescencia interior. Se exaltaba. Se inquietaba. Desesperaba. El michoacano tenía la capacidad de sacudirlo, de obligarlo a ir hasta por la última piedra para no quedar atrás en el combate de inteligencias.

—¡Claro! —aseveró Juárez mientras el tibio viento del golfo de México le acariciaba el rostro—, la Iglesia católica se ha negado a modificar el orden colonial en el que nacieron, se multiplicaron y afianzaron sus privilegios. ¡Obviamente se va a negar a cualquier cambio! Antes están ella y sus intereses que el progreso del pueblo: el clero jamás reconocerá razón alguna para contribuir al bien común, salvo que le sean pagados sus servicios. ¡No hay generosidad, hay avidez económica! No hay altruismo, sino intereses financieros. Mientras siga monopolizando, Melchor, los recursos materiales y morales del país el clero seguirá constituyendo el obstáculo más poderoso para la integración de la nación.

Sin duda la posibilidad de asistir a una conversación entre estos dos héroes de la República hubiera constituido todo un privilegio. A la fuerza de la razón se sumaba la pasión, una férrea condición para acometer con furia sus propósitos orientados, en todo caso, al bienestar de la sociedad. Ya empeñarían lo mejor de ellos para lograrlo al regresar del destierro. ¿Cuántas personas podían imaginar los sentimientos que afloraban al sufrir el malestar del exilio? Los liberales expulsados de México por la fuerza de las armas para evitar "que sus ideas contaminaran al pueblo", la separación obligatoria de la patria, incubaba en ellos un marcado apetito de venganza. Lejos de producir resignación, apatía o desgano, despertaba coraje, furor, ansiedad por volver a ocupar los altos puestos de mando necesarios para cambiar los patrones de donde solo podía surgir la mediocridad y el atraso en todas sus manifestaciones. Nadie quería un México sin futuro, sin cambios, sin compartir la riqueza, sin educación. ¡Claro que extrañaban a la familia, a sus hogares, a la tierra, a la comida, a su música, a su paisaje, a sus calles, a sus periódicos, a su vida misma en el lugar en que habían nacido! Si alguien llegó a pensar que la distancia los cambiaría, se equivocaba de palmo a palmo. La separación forzosa los hacía más aguerridos, tercos y seguros de la validez de su ideario. ¿Quién podría contenerlos de regreso cuando ocuparan una curul, un cargo en el Ejecutivo o un puesto en la prensa?

Juárez insistió en que los fueros le repugnaban; que no sería fácil abolirlos; que la ley debería ser la misma para todos los mexicanos; que debería ser obedecida indiscriminadamente, porque donde cabía la excepción ya no se daba la igualdad, y donde faltaba la igualdad, faltaba la justicia, y donde faltaba la justicia se producía la descomposición social que, tarde o temprano, haría estallar al país hasta convertirlo en astillas. Los fueros eran una invitación a la revuelta, debilitaban el espíritu nacional y eran contrarios a la moral pública, a la paz y al equilibrio político de la nación.

En ese momento Ocampo lo interceptó con la siguiente pregunta:

—Si un cura tiene derecho a no acatar una ley que sí obliga a las mayorías, ¿quién manda finalmente en México, Benito...? Quienes se puedan dar el lujo de estar por encima de la Constitución son los que realmente gobiernan en el país, y esos son los sacerdotes y los soldados, muy malos consejeros para establecer un orden republicano y democrático. En los cuarteles y en las iglesias está prohibido pensar, ¿te das cuenta, Benito? El dogma católico es enemigo de la razón, de la misma manera en que los militares deben acatar las órdenes sin chistar, sin replicar, sin refutar. ¿Eso es lo que queremos para nuestro país, o queremos entes pensantes, libres, abiertos, inteligentes, críticos que propicien a la evolución y el despertar de la mente en lugar de aspirar a su sometimiento masivo? Desde la independencia nuestro país ha estado dirigido por militares o por obispos disfrazados de políticos o ambos han gobernado escondidos atrás del sillón presidencial. Ahí tienes una explicación de todo.

El aroma del mar, el rutinario oleaje que mojaba las costas de la Luisiana, la tranquilidad del ambiente en el que flotaban las gaviotas o se dejaban caer a lo lejos los pelícanos en busca de alimentos, se prestaba para comunicarse y conversar. Si algo les sobraba era tiempo para planear y encontrar coincidencias ideológicas que se traducían en unión, en alianzas y en el diseño de estrategias políticas. Del conocimiento recíproco de los exiliados en esa coyuntura que les ofrecía la vida saldría la generación de mexicanos que cambiaría el destino de la patria. Bendito sea el destierro, señores obispos...

—No nos engañemos, Melchor, solo podremos abolir el fuero católico y el militar a través de la guerra. Tendremos que matarnos entre todos los mexicanos para que finalmente podamos ser iguales. Solo la democracia hace al hombre hermano del hombre y no su vasallo ni su súbdito.[16]

No solo padecíamos injusticias jurídicas y políticas por el fuero, sino que los privilegios también se daban en el orden cultural. Los desequilibrios educativos eran abismales y ahí, precisamente ahí, iniciaba la gran carrera de las injusticias que tarde o temprano amenazarían a todo el organismo social.

—Imagínate que un día, en mis años de gobernador de Michoacán, un campesino me confesó con lágrimas en los ojos que "nosotros, los ignorantes no queremos ser descomulgados".

—¿Y qué te pasa si te descomulgan, como tú dices? —cuestioné.

—Pos qui mi voy al infierno.

—¿Y qué pasa si te vas al infierno?

—Pos que ai me voy a sentar en una piedra harto caliente qui mi va a quemar las nalgas, siñor don Imilchor.

—Pero al morirte tu cuerpo se convierte en polvo y si te vas al infierno ya no hay nada que te pueda doler ni arder porque ya no tienes nervios ni vida ni existencia ni nada, ¿no?

—Eso mesmamente dígaselo asté al padrecito qui quesque habla con Dios... Si no hago lo qui él me dice no solo mi jode a mí todititito en esta vida, sino en todas las qui mi sigan a mí y a mi familia... ¡Cuidadito con los curitas...! Yo antes no creiba qui eran unos jijos de la chingada, pero sí qui lo son, don Imilchor. A todo el pueblo lo tráin harto jodido con su santo infierno y ai di asté si no pone dinero en la chingada canasta el día de la misa porqui si condena pa siempre, verdá de Dios... —agregó aquel muerto de hambre mientras se persignaba.

Ambos hombres sonrieron con la anécdota narrada por Ocampo, quien sentía un particular placer cuando lograba arrancar una expresión del rostro de Benito Juárez, cualquiera que esta fuera. Le resultaba muy difícil descifrar si Juárez estaba triste, deprimido, entusiasmado, feliz o exuberante. Su conducta siempre era la misma. Eso sí: ya se había resignado a no escuchar jamás una carcajada del ídolo zapoteco.

—Ya verás cómo Dios no protestará ni nos castigará cuando empecemos a fusilar a los curas malditos: Él sabe que tenemos toda la razón y la justificación para hacerlo —exclamó Juárez con voz apenas audible. A continuación agregó que el verdadero cristiano, el seguidor de Jesús, tenía que adoptar la actitud de San Francisco de Asís. Jesús, un amigo devoto de quienes vivían esclavizados por la tiranía, era pobre, caminaba descalzo, si acaso lo hacía con unas sandalias desgastadas. Francisco fue siempre un perdido enamorado de la pobreza de Cristo. La amaba, la practicaba en todos sus extremos. Entendía la carencia de bienes materiales como una muestra de amor a Dios, de comprensión de sus propósitos y de capacidad de servicio a todos los hombres.

Ocampo no tardó en percatarse de la admiración que Juárez sentía por ese santo.

—Para Francisco la pobreza es "aquella condición dichosa del cristiano que, contento solo con Dios, prescinde de todo lo demás". ¿Lo ves, Melchor, lo ves? Cuando Francisco lee en el Evangelio que Jesús exigía de sus discípulos despojarse de sus dineros, de sus dobles vestiduras y de su calzado como una prueba de autenticidad, el santo lo cumple al instante. Quien deseara ingresar a la orden ya conocía los requisitos... La pobreza era el primero.

Don Melchor guardaba silencio. Escuchaba. Observaba. Asentía.

—Cuando Asís descubre que el Señor no tenía ni dónde reclinar la cabeza —adujo Juárez mostrando detalles de la vida del santo— se negó, Melchor, a fundar convento alguno: viviría en simples lugares a la intemperie o en chozas que llamaría eremitorios. Para morir, a diferencia de los príncipes de la Iglesia actuales, quiso ser expuesto sobre el duro suelo, sencillamente desnudo, como Cristo desnudo fue bajado de la cruz y colocado en los brazos de su madre dolorida.

Los curas actuales distan mucho de vivir en la pobreza. Viajan en lujosos carruajes, visten ropajes de seda bordados con hilos de metales preciosos, ostentan alhajas y cadenas de oro, cruces pectorales y anillos pastorales y, por si fuera poco, no viven en jacales sino en inmensos palacios, opulentas viviendas diseñadas por los mejores arquitectos de la época, que en nada se parecen al pesebre donde nació el Niño Dios. ¿Y las enseñanzas de Jesús?

Ocampo volteó a ver a Juárez. Su estatura era de un metro cincuenta y cinco centímetros. De complexión fuerte y sana, de rasgos acusadamente indios, invariablemente bien rasurado, llevaba peinado el cabello negro con raya del lado izquierdo. ¿Quién podía decir que había sido el mejor gobernador de Oaxaca? ¿Cómo juzgar a una persona por su físico? Hacerlo constituía un atentado. Juárez era de una profundidad insospechada. A simple vista se le podría contratar como mocito, pequeñito, insignificante, tráeme un café, anda, te ganarás una propina, pero bastaba cruzar un par de palabras con él para apreciar sus dimensiones, no solo de hombre o de gobernante, sino de estadista.

—Los curas se niegan a caminar descalzos y a vestirse con sotanas de manta como nosotros los indios —exclamó Juárez—. ¡Claro que se niegan a aceptar las fronteras establecidas entre Dios y el César! Nada de que al César lo que es del César y a Dios lo que es de Dios: nuestro es lo de Dios, sí, evidentemente que sí, pero también lo es lo del César, y a quien se oponga lo excomulgo, y si la excomunión es insuficiente, hago que lo recluyan en Ulúa, y de salir vivo e insistir, entonces lo desterraré con todo el poder del Estado, mi Estado, y de reincidir y volverse a internar en el país dándome sobradas muestras de incomprensión, entonces haré que lo fusilen. Antes pensaba que los sacerdotes de nuestros días eran como los fariseos de antaño, los mismos falsos curas sin virtudes que oficiaban en el templo de Jerusalén, y estaba equivocado, porque ahora no solo buscan el poder político y el económico, sino que mandan matar o derrocar a quien atente contra su autoridad o sus privilegios. Y esto último no lo practicaban los fariseos.

Juárez se detuvo de pronto. Su rostro, como siempre, no proyectaba la menor emoción. Solo deseaba hacer un alto en el camino mientras la boca le sabía a sal marina:

—¿Te fijas, Melchor, cómo Jesús siempre estuvo al lado de las víctimas de la tiranía y los actuales obispos, para mantener su poder y privilegios, se encuentran invariablemente del lado del tirano? ¿No aprendieron nada del Gran Predicador? Han estado siempre con Iturbide o con Santa Anna y con el dinero del pueblo, pero nunca con el pueblo. Los verás siempre al lado del poderoso.

—Y del pobre también, siempre y cuando sea una fuente de ingresos, Benito —intervino Ocampo sonriente, sin olvidar su experiencia como gobernador—. ¿Ves cómo no existe ninguna posibilidad de entendimiento? Vivimos en los extremos.

Ocampo agregó que las diferencias entre conservadores y liberales eran insalvables; que invariablemente se había calificado mal a los conservadores, puesto que estos deberían ser etiquetados como clericales, así, sin eufemismos:

—Entre ellos y nosotros nunca podrá haber arreglo. Coincido contigo, Benito, tarde o temprano tendremos que recurrir a las armas para dirimir nuestras diferencias. Estamos frente a lo blanco y lo negro. No hay zonas grises ni negociación posible. Vivimos en los extremos porque tenemos principios distintos, objetivos diferentes, absolutamente irreconciliables. Nunca nos pondremos de acuerdo en Congresos ni en parlamentos. Si habremos de coincidir en algún lugar, será en el campo de batalla... Solo así los someteremos a la ley.

—Sí, sí, Melchor, sometámoslos a la ley, bien, muy bien —comentó Juárez como si ya hubiera escuchado mil veces la misma cantaleta—, pero no iremos a ningún lado sin expropiarles sus bienes, las uñas, las garras, para que no sigan compitiendo ni desafiando los poderes del Estado. Tienen que entender que las fuerzas armadas son para el país y no el país para las fuerzas armadas. Es intolerable un régimen teocrático militar, similar al de los aztecas, a estas alturas del siglo XIX.

—Tendremos que saber convencer de que no se trata de una agresión a la fe de los creyentes: no prohibiremos que se cante la misa ni que se impartan los sacramentos ni que se cumpla con los rituales y la liturgia. Invariablemente respetaremos las creencias de terceros, son sus convicciones, sus principios. ¿Cómo imponer una religión o perseguir a sangre y fuego al estilo de los conquistadores españoles? No, ¿verdad? —cuestionó Ocampo, separando los conceptos—. Una cosa es el clero y otra cosa muy distinta es la religión.

—Nosotros podemos ser todo lo respetuosos que quieras, pero los más elementales derechos del hombre chocan con los principios de la religión católica. ¿Cuál fraternidad, cuál igualdad, cuál legalidad si militares y sacerdotes viven en un mundo aparte de la sociedad?

—Eso mismo habla de las dimensiones de nuestra tarea, Benito. No solo lucharemos contra el clero y sus aberraciones, tendremos que convencer al pueblo que no estamos en contra de la religión, sino en contra de los abusos de la Iglesia como institución. Insisto en que no es un conflicto religioso. Nada tienen que ver aquí la Santísima Trinidad ni el arcángel Gabriel…

—Sí, Melchor, pero el alma mexicana está hecha de sentimiento religioso, de superstición, temor infantil a las represalias de Dios y a la influencia del diablo —repuso Juárez mientras contemplaba cómo se desplazaba a su lado un hombre grande, bien vestido, tal vez se trataba de un finquero, el patrón que caminaba por delante, fuete en la mano derecha y la izquierda en la cacha de la pistola, mientras un grupo de esclavos negros encadenados, descalzos, lo seguían caminando tal vez en dirección de los campos algodoneros del suroeste norteamericano.

En Nueva Orleáns, a un lado del puerto, existía un mercado de esclavos en el que los seres humanos se subastaban al mejor postor tomando en cuenta el peso, la edad, la consistencia muscular y la mirada. Bastaba con que esta contuviera una expresión desafiante, que dejara ver el coraje y el resentimiento, para que se depreciara el valor de la persona. Una manzana podrida precipita la descomposición de las demás en la canasta. Se trataba de evitar los conflictos en los campos algodoneros. Los que son fuertes y resignados a su suerte, dóciles y manejables, tienen un mayor valor en el mercado. Ya José María Morelos y Pavón había decretado el final de la esclavitud en 1815. Ahí sí que teníamos una ventaja importante en relación con los Estados Unidos. El propio Juárez no podía olvidar cuando leyó un contrato de compraventa de esclavo que el cura Hidalgo suscribió para que trabajara en su finca. En esos momentos, más que nunca juraba en silencio acabar con la servidumbre feudal que tenía sometidos a todos los de su raza.

Ocampo no se distrajo. Retomó la conversación al recordar el hecho de la secularización de la Misión de la Alta California en 1833 para que no se cobraran los servicios religiosos ni los casamientos ni los bautizos ni los entierros ni el otorgamiento de cualquier sacramento. Los clérigos, explicó, vivirían con un sueldo para que pudieran subsistir sin lucrar con su profesión ni poder esquilmar, sobre todo a los pobres, a los humildes. Todo servicio en la Iglesia católica será gratis por disposición de ley. Gratis, gratis, ¿te das cuenta, Benito? ¡Gratis!

Lo único que estimulaba a los desterrados como Ocampo y Juárez, además del resto del grupo de liberales exiliados en contra de su voluntad en Nueva Orleáns, era sin duda la esperanza de saber de la caída del gobierno de Santa Anna, así como de volver a tener la oportunidad de gobernar al país como en los promisorios años de Gómez Farías, en los que el águila nacional de México parecía empezar, una vez liberada del lastre que pesaba sobre las alas, a remontar definitivamente el vuelo hacia la libertad y hacia el progreso.

—No tardaremos en volver, Melchor, y cuando lo hagamos, impondremos nuevamente las leyes del patronato para que el gobierno tenga otra vez el derecho a nombrar a los sacerdotes en todos los niveles de la organización eclesiástica, tal y como lo intentó don Valentín Gómez Farías en 1833 hasta que Santa Anna lo destituyó del cargo. Cuando regresemos ya nunca más volverá a haber Santa Annas ni Paredes Arrillagas ni Bustamantes ni Iturbides: conformaremos una nación democrática, en donde existirá una clara división de poderes sin participación del clero ni del ejército: ya supimos de lo que son capaces... No les permitamos volver a poner un solo pie en el gobierno.

Benito Juárez concluyó:

—A veces me imagino lo que hubiera sido de Santa Anna y de México si aquel hubiera aprovechado el enorme arrastre que tenía para construir un nuevo país. ¿Qué bases dejó sentadas con toda la capacidad de convocatoria que tenía? ¡Cuánto desperdicio! Se trata, Melchor, no vayamos muy lejos, de un gran ambicioso, pero sin ideales ni objetivos ni fines. Un líder hueco, carente de propósitos, de planes. Ni él mismo sabe a dónde va con toda la gente que le sigue, y cuando se percata de que llegó al abismo renuncia y se esconde...

Ahora Ocampo guardaba silencio. Era claro que masticaba sus ideas. Ordenaba su cabeza. Le admiraba la paciencia de Juárez, la confianza en sí mismo, la capacidad de esperar de la que él carecía. La inflexibilidad del michoacano era su peor enemiga, al igual que la intolerancia, ambos defectos que en política podían resultar catastróficos.

A la distancia, un barco de cuatro velas se dirigía tal vez a Cuba, de donde Benito Juárez había llegado hacía un par de meses. Ocampo desafiaba al viento cuando dijo que el clero siempre se había opuesto a la separación de la Iglesia del Estado, a la división de poderes, a la libertad de cultos, a la enseñanza laica y obligatoria, a la libertad de asociación y de conciencia. Nada, Benito, nada, tenemos un pie libre y el otro anclado en el pasado. Así será imposible caminar, avanzar, descubrir y progresar: solo nos quedará soñar como lo estamos haciendo ahora.

Juárez se volvió a detener. Tomó con su mano izquierda el brazo derecho de Ocampo:

—Todo ha comenzado con un sueño, Melchor. Todo comenzó con el surgimiento de un ideal, de una esperanza, de un deseo, por más remoto que este fuera, de modo que vamos bien. Si ya soñamos es porque tenemos algo qué construir, algo qué hacer, algo por qué luchar y mejorar, algo por qué vivir distinto al amor y a la familia. Pero si tenemos un sueño ya hemos recorrido más de la mitad del camino. Cuando regresemos a México, y esto ya es parte del ideal, comenzaremos por suprimir los fueros... Nos pronunciaremos a favor de la desamortización de los bienes del clero antes de nacionalizarlos para que no se rompa el mecate y estalle la guerra. Los sacerdotes no podrán exigir a los fieles remuneración alguna y menos obligarlos a pagar los servicios religiosos a través de los tribunales. Estará prohibido que reciban limosnas, aun cuando los creyentes las ofrezcan voluntariamente por bautizos, entierros o casamientos o lo que sea. ¡No más donativos hipócritas para comprar perdón y la paz eterna! ¡No más bancos propiedad de la Iglesia de los que depende el crecimiento del país! Además, Melchor, el Estado mexicano debe conceder la libertad para que cada quien cultive su entendimiento como más le convenga.

Melchor Ocampo dejó hablar a Juárez. Era tan raro que dijera dos palabras juntas que prefirió no interrumpirlo. Finalmente salía de su hermetismo y descubría algo de lo que habitaba en su interior. Ocampo se percataba de las dimensiones de este hombre tan pequeño de estatura y tan grande en su concepción política del Estado. Que hable, que hable, es la hora de Juárez.

—Tenemos que zafarnos las manos, soltar los brazos, recuperar toda la fortaleza del organismo social. Vivir en un triángulo con tres libertades: la religiosa, la política y la social. Ninguna autoridad puede tener el derecho de prohibir a ningún hombre los actos que tienden a adorar a Dios del modo que su conciencia le dicta. ¿Cómo es posible que alguien, Iglesia o gobierno, trate de regular las relaciones del hombre con Dios? Pedirme que no piense o que lo haga como disponga un tercero, quienquiera que sea, es pedirme, simplemente, que no exista como persona. Yo adoro a Dios como se me dé la gana.

Juárez concluyó con una sentencia que conmovió a Ocampo:

—Y para que no haya dudas, seré católico quiéranlo o no los Congresos, los gobiernos o las leyes; quiéralo o no la jerarquía eclesiástica mexicana, quiéranlo o no los ejércitos. ¿El clero va a decidir si soy o no católico cuando mi comunicación es con Dios, con los santos, las vírgenes y los apóstoles?[17]

—Por esa misma razón soy deísta, Benito: creo en Dios como Suprema Causa Ordenadora del universo, pero me opongo frontalmente a los sacerdotes porque ellos, y solo ellos, han prostituido a la religión.

—Estamos en lo mismo, Melchor: yo no necesito de ninguna manera intermediarios para hablar con Dios ni con la Virgen de Guadalupe. Nadie podrá arrebatarme jamás mis creencias religiosas. Solo a Dios corresponde juzgar mis pensamientos. Los hombres que lo hacen, esos sacerdotes movidos por la avaricia, solo quieren apoderarse de más herramientas para dominar. Es una estrategia política.

—¿Vas a hacer venir a Margarita aquí a Nueva Orleáns, Benito? —preguntó Melchor al estar frente a la puerta de la casa de huéspedes.

—Imposible —repuso el oaxaqueño—; venir aquí con los seis niños solo complicaría mi vida y la de ellos. Además, ¿con qué pago los boletos del pasaje y, peor aún, con qué los mantengo? No, no, Melchor, tendré que esperar, tal vez años, antes de volver a verlos. ¿Y tú no piensas casarte nunca?

—No por el momento…

—¿Ni a pesar de que ya tienes hijas?

—Ni a pesar de que tuviera las que fueran. No pienso casarme, soy muy poca cosa para mi mujer…

Ocampo tomó del brazo a Juárez y se perdieron tras una puerta mágica, tras de la cual se escribía a diario la historia de México: El porvenir es nuestro, Benito, no de los hombres del pasado.[18]

María de la Luz permaneció inconsciente, anestesiada, dormida todo un día y parte del siguiente. El impacto contra el muro había sido brutal. Exhibía una herida pronunciada en la frente, el ojo derecho amoratado, cubierto por un enorme cardenal y la nariz desviada. Estaba desfigurada. De nada sirvieron los socorros proporcionados por las monjas. Cada una decía tener una fórmula mágica para esos casos. Todas tenían una referencia y una receta casera, la de alguien con conocimientos incontestables. Ni la tía Gloria hubiera podido revivirla con sus santos menjurjes, exponiéndolos a la luz de la media luna siempre y cuando el eco macabro del aullido de un lobo se perdiera en el infinito horizonte del Valle del Anáhuac.

La superiora, María del Socorro, sugirió que fueran por Beto, el boticario, el que despachaba atrás de lo que años antes hubiera sido el tétrico Palacio de la Santa Inquisición, pero ni con todas las sales inhaladas logró que Lu recuperara la razón. Alguna otra monja propuso que pusieran debajo de la cama unas ollas con agua hirviendo para ver si el calor la devolvía en sí. De cualquier forma sería útil para espantar a los malos espíritus que nunca dejaban de rondar los cuerpos frágiles. Fracasó. También fracasó. Los doctores que la habían visitado se habían despedido con un "Dios dirá", sin atreverse a dar un diagnóstico en relación con el peligro de fallecer que corría la querida hermana. No hubo más remedio que dejar al tiempo y a la decisión suprema e irrevocable de Dios la recuperación de la apreciada monja.

María de la Luz ya tenía que ver, obviamente, con todas las hermanas del convento. La conocían y la estimaban, sobre todo porque había logrado arrancar a la superiora los permisos necesarios para divertirse después del Rezo del Santísimo Nombre de María con juegos de mesa de su invención, totalmente inofensivos, casi infantiles: nadie, en su sano juicio, podría calificarlos como atentatorios de las buenas costumbres. Si en alguna ocasión se escucharon carcajadas en el interior del Convento de las Hermanas de la Vela Incandescente, fue a partir de esas noches en que María de la Luz inició unos espacios felices de convivencia entre todas las monjas, de cualquier jerarquía, a las que contagiaba con su paz y felicidad. ¿Cómo no buscar insistentemente la compañía de sor Luz, una chispa en la oscuridad de un claustro de tal manera encerrado que, de ser posible, se le hubiera negado el paso al propio sol?

El convento tradicionalmente permanecía sepultado en la oscuridad a partir de la puesta del sol. Si acaso una que otra habitación, tal vez la de la priora o la de la superiora, permanecían con la luz encendida, pero, justo es decirlo y reconocerlo, unos meses después del arribo de María de la Luz los cirios pascuales encendidos anunciaban vida y risas en el interior de esa santa casa en la que vivían las esposas del Señor. Fue Lu, sin duda Lu, la que les enseñó a las demás el sabor del atole preparado con chile, alteró las recetas de las cocineras que preparaban rutinariamente la comida en el convento. Cambió la tradicional papa hervida acompañada de un huevo duro y de agua de chía por unas enchiladas, bien picantes, que la tía Gloria le había enseñado a preparar con chile habanero, hija mía, para que todos se acuerden de ti... Bien pronto la empezaron a identificar como la reina del molcajete. Nadie como ella para tortear la masa y preparar unas gorditas con pollo deshebrado, salsa verde, queso rallado, cebolla y unos pedacitos de chorizo. ¿Quién si no María de la Luz iba a poder convencer a la propia superiora de las saludables ventajas de tomar un vasito de pulque cuando se festejara el cumpleaños de cualquiera de las hermanas? ¿A quién se lastima, madre, con este pequeño pecadillo? ¿Verdad que no se ofende la memoria de Dios al brindar por la salud de cualquiera de nosotras? Las porras y los vivas abiertos o velados para festejar la audacia de Lu se hacían cada vez más frecuentes.

En las mañanas, después del primer examen de conciencia y de elevar las oraciones de ritual y antes de entrar al refectorio para comer los sagrados alimentos, Lu también inventó unos divertidos juegos de jardín. Ya no solo se veía la luz encendida en algunos cuartos durante las noches, ahora también de día se podía palpar la vida y escuchar la felicidad en el interior de ese recinto carcelario. ¿Qué pasará en el convento?, se preguntaban todos los paseantes o los transeúntes. Pocos sabían que Lu era una de sus inquilinas y su presencia, tarde o temprano, habría de sentirse. Todavía una que otra mocha se persignaba al cruzar por la fachada del convento y oír las risotadas de las esposas del Señor, como si estuvieran muriendo víctimas de una borrachera descomunal. ¡Ay, Lu, Lu, Lu…! ¿Verdad que Dios quiere la felicidad en todo su rebaño y autoriza a sus pastores para que la estimulen? ¿Verdad, verdad, verdad?

Pero la verdad es que, en tanto María de la Luz volvía en sí, el convento cayó en la tristeza de siempre. El orden y el rigor, por lo visto, se habían vuelto a imponer. El más escrupuloso silencio volvió a reinar, según marcaban los viejos cánones. Ya no se daban los juegos de mesa nocturnos ni los de jardín ni las monjas corrían alrededor del pozo, en el patio central, sin dejar de lanzar gritos de escuinclas traviesas. ¿A quién se agraviaba con ello…? Las cocineras regresaron a la rutina. Se sirvió, de nueva cuenta, la sopa de nabos insípida, sin condimento alguno, como si las salsas picantes sugeridas por Lu jamás hubieran existido. En señal de duelo por el estado de salud de sor Luz, los rezos, las plegarias y las oraciones, el rosario y el credo se escuchaban a todas horas sin descanso. Cuando las monjas se encontraban en un pasillo ya no bajaban la mirada ni guardaban silencio, sino que se consultaban entre sí para saber si María de la Luz había recuperado la conciencia. ¿Viviría o no viviría? ¿Quedaría afectada de sus facultades mentales? ¡Que todas pidan por ella! ¡Madre, por favor, otra misa para sor Luz! ¡Que vuelva a ser la misma de siempre!

Una mañana lluviosa y fría, María de la Luz empezó a abrir los ojos y a balbucear algunas palabras. De las expresiones y sonidos incoherentes comenzó a delirar. Repetía una palabra con bastante insistencia: Vale, Vale, Vale…. ¿Qué era Vale, quién era Vale? ¿Tendría un enamorado? ¡Ni hablar! ¡Es una santa mujer! ¡Ve a confesarte por tener esos pensamientos pecaminosos! Lu movía la cabeza de un lado al otro y apretaba los labios como si se negara a aceptar algo, como si rechazara una realidad. Era de llamar la atención la manera en la que se llevaba ambas manos a las ingles y se estiraba en la cama hasta que su cabeza hacía contacto con la pared solo para repetir no, no, no y volver a relajarse como si desapareciera el maleficio.

El padre Villanueva hacía repetidas visitas con diferentes pretextos para conocer el estado de salud de esa querida monja que ya no debía llamarse sor Lu, como le decían las de más confianza, ni sor María, como se dirigían a ella las más apartadas, ahora debíamos bautizarla con el nombre de sor Felicidad, sor Alegría, por la que debemos pedir todos los días para que Dios, por ningún concepto, nos la pueda arrebatar. Si algo le preocupaba al padre Gregorio Villanueva era curiosamente lo que Lu llegara a decir mientras deliraba, solo para descubrir si en su inconsciencia Dios o el diablo se habían apoderado de ella, en cuyo caso tendría que convocar una misa para pedir que el Señor no abandonara a Su esposa más entusiasta y plena.

Por momentos, Lu empezó a reconocer los rostros de las monjas que por ningún concepto estaban dispuestas a apartarse de su lecho de dolor o de muerte. Una de ellas comentó que, en una ocasión, al bajar precipitadamente la escalera en la que Lu había tropezado, ella también había estado a punto de caer, por un descuido, al pisar sus propios hábitos. Afortunadamente Dios había impedido que rodara y se partiera la cabeza con los escalones. Pongamos un barandal para sujetarnos. Que a ninguna de nosotras nos llegue a suceder una desgracia similar a la de María de la Luz.

—¿Qué me pasó? —preguntó Lu, abriendo pesadamente los ojos.

—Rodaste escaleras abajo, hermana —repusieron todas al unísono, como si integraran un coro.

Las monjas volvieron a respirar. Una de ellas corrió a comunicar a la superiora la buena nueva. De golpe, tanto el pasillo como la celda donde deliraba María de la Luz se vieron congestionados con la llegada de las hermanas que acudían interesadas a conocer el último detalle de su recuperación. Lu volvía a ser, como siempre, el centro de la vida del convento. La capilla de indios, el templo y el claustro se vaciaron repentinamente. Ni en el refectorio ni en la cocina ni en el locutorio ni en el huerto quedó una sola hermana. Todas se apresuraron a llegar al mismo lugar. Hasta sor Adriana, la jefa de cocina, llegó corriendo, limpiando con su delantal el cuchillo con el que picaba las verduras.

De pronto, tal y como aparece el sol en el cenit después de una interminable tormenta, lo mismo aconteció en el convento de las hermanas del Convento de la Vela Incandescente cuando Lu no solo abrió los ojos, tan grandes como los tenía, sino que obsequió a las presentes con una generosa sonrisa, la suya, la que transmitía calor interno. ¿Habría estado muy grave? Por alguna razón todas la estaban acompañando y dieron gracias al cielo por haberle permitido hablar, ver y volver a sonreír. No cabía duda: Lu estaba de regreso. Esta vez el Señor no la llamaría para ubicarla eternamente a su lado derecho. Sor Cecilia, a la que el padre Villanueva llamaba a cuentas de manera recurrente para "purificarla", corrió al jardín para subir a Harry, el perro de sor Luz, y poner al animal, con todo y las patas llenas de lodo, en la cama donde descansaba. Cualquier recurso que le reportara ilusión a María de la Luz era válido. Acostada como estaba, acarició con la mano izquierda el rostro compungido de Cecilia, mientras que con la otra rascaba el lomo del famoso perro. Bastaba un chiflido de Lu para que el perro corriera de un lado al otro del convento, aun si se encontraba chapoteando a un lado del huerto. Era evidente quién era su ama.

Lu acusó un terrible dolor en la cara, por lo que se llevó mecánicamente ambas manos a la frente. Sintió su rostro inflamado y congestionado. Rápidamente advirtió la desviación de su nariz y la falta de un diente del lado derecho de la boca. Hacía, por lo visto, un recuento de los daños. Sor Cecilia la tranquilizó al hacerle saber que una vez había visto a un doctor enderezar la nariz de un herido torciéndosela hacia el lado opuesto de la desviación.

—Esto debemos hacerlo de inmediato, antes de que selle el hueso y se complique la corrección —sentenció la "doctora" sor Cecilia al tiempo que salía en búsqueda de la hermana Marianne, que en la vida de antes, en la de "afuera", había sido enfermera. La coquetería de Lu no tenía límite. Para ella resultaba inadmisible verse frente al espejo con un defecto físico de esas proporciones.

Cuando sor Marianne le enderezó la nariz a María de la Luz y se produjo un chasquido estremecedor, seguido de un aullido diabólico, cuyo eco rebotó en las colinas, montañas, volcanes y cerros circundantes de la Ciudad de México, una a una las monjas volvieron a sus ocupaciones habituales, persignándose y dando gracias a Dios por la recuperación de su querida hermana. Únicamente sor Cecilia permaneció a su lado, sin soltarle la mano, colocándole paños mojados con agua fría para disminuirle la inflamación, momento en que hizo su aparición el padre Villanueva. El sacerdote se quedó petrificado ante esa escena inesperada, como si ahora él se hubiera estrellado contra un muro. Experimentó un vacío en el estómago. El corazón dejó de latirle. Solo pensó en darles la bendición. ¿Por qué tenían que reunirse precisamente sor Luz y sor Ceci cuando había tantas monjas en el convento? Claro está: tenían que ser ellas dos, precisamente ellas dos... ¡Demonios! ¿Qué se habrían podido confesar entre las dos mujeres? ¿Cuánto se habrían dicho entre sí o entre todas? ¿Sabrían ya de sus relaciones "amorosas" con otras hermanas de la Orden y de los escondites donde habían enterrado los fetos de las que, en su imprudencia, habían resultado embarazadas? ¡Taradas! ¿Y las osamentas de las muertas sepultadas debajo de los calabozos de castigo? De seguir esparciéndose el rumor como corre una mecha prendida, bien pronto todo el convento sabría la verdad. El padre Villanueva, protector de esa Santa Casa de Dios, no ignoraba su destino de llegarse a divulgar su historia carnal, no solo en relación con sor María ni con sor Cecilia, sino en torno a algunas otras hermanas, si se animaban a denunciarlo armándose de valor para no ceder ya al chantaje ni someterse a la coacción: sería expulsado y degradado y, tal vez, hasta condenado a pasar el resto de sus días en una de las cárceles de la Iglesia católica, en las que el gobierno carecía de jurisdicción en razón del fuero clerical.

María de la Luz experimentó un rechazo instintivo cuando sintió la mano del sacerdote posarse encima de su frente con el ánimo de consolarla por el accidente sufrido en la escalera. Pobre hija mía... Ella no recordaba nada de lo ocurrido. De lo único que tenía memoria, y muy vaga por cierto, era de los últimos momentos transcurridos en la oficina del padre Villanueva hasta que él iba a descorrer la cortina para mostrarle el generoso rostro de Dios... Luego, luego ya no tenía claro lo del rayo luminoso e inmaculado ni lo que escondía el altar ni la salida de la oficina del sacerdote ni mucho menos haberse tropezado en la escalera ni haber rodado escaleras abajo. Entendía los golpes en la cabeza, pero no el terrible malestar en el sexo, un dolor permanente similar al de la cara y al de la frente, como si en cada lugar le latieran simultáneamente más de mil corazones.

Cuando el padre Villanueva abandonó la celda, presa de todo género de preocupaciones y de angustias en relación con su futuro, yo jamás me recuperaría de una denuncia de estas dos mujeres, antes me moriría de la vergüenza, decidió deshacerse de ellas, pero no expulsándolas del convento con cualquier pretexto ni enviándolas a la ciudad para que ahí se derrumbara aún más su honor. No: lo mejor sería privarlas de la vida o de la razón, de modo que ninguna de las dos pudiera hablar ni acusarlo ante nadie, garantizarse su silencio eterno, porque si llegaban a enjuiciarlo no solo ellas dos, ¡qué va!, sino también el resto de las afectadas, podrían sentenciarlo a morir emparedado, el peor suplicio que podía imponérsele a él, un hombre que ni siquiera resistía la inmovilización del cuerpo como cuando, siendo muy joven, llegaba a jugar con sus colegas del seminario. Se sofocaba. Gritaba. Pateaba. Mordía. Arañaba. Enloquecería si llegaban a encerrarlo en un espacio reducido sin aire y sin luz, más aún si la celda no pasaba de dos metros cuadrados. Se agitaba produciendo espasmos repentinos con tan solo imaginarse encerrado, atado de pies y manos, abandonado boca abajo en una mazmorra con las ventanas y las puertas clausuradas con piedras, ladrillos y arenas adhesivas, sin alimentos, sin agua y sin poder respirar hasta perecer, dando alaridos propios de una fiera enjaulada. Nadie escucharía sus peticiones de auxilio si, además, le llenaban la boca con esparadrapos usados, tal y como él lo había hecho con otras hermanas, en otras circunstancias, para torturarlas de un modo que ni siquiera Lucifer, en sus momentos de máxima creatividad, hubiera podido imaginar.

Tenía que deshacerse de ambas monjas y a la brevedad posible, antes de que la mecha encendida llegara al barril de pólvora. Había que actuar con la máxima velocidad, precaución y destreza.

Sor Cecilia continuó conversando con María de la Luz. Ambas se acercaron íntimamente durante la convalecencia hasta convertirse en amigas inseparables. Obviamente llegaron, desde luego antes de lo previsto por el padre Villanueva, al terreno de las confesiones que, primero, comenzarían por escandalizar a María de la Luz y más tarde la irritarían al extremo de jurar venganza. Lo de ella, lo de Lu, había sido un mero juego de niños en comparación con las vejaciones sufridas por sor Ceci. Como la nobleza obliga, sor Luz no tuvo mayor escrúpulo en narrar a su hermana, con el mismo lujo de detalle, lo acontecido en sus relaciones con el padre Villanueva, un puerco, un marrano, un cerdo de esos que deberían quemar vivo entre chillidos de horror en las piras de la Inquisición. Estos degenerados eran los que efectivamente tenían que ser incinerados en público después de desenmascararlos al leer en voz alta la infame cadena de acusaciones y no sin antes haberlos sometido, día a día, noche a noche, a las famosas torturas practicadas en los sótanos del Santo Oficio.

A la mañana siguiente, Cecilia le contó a Lu cómo el padre Villanueva había seguido una terrible estrategia al colocarla muy cerca de una cortina ubicada al entrar, a mano derecha, en su oficina y, al estar lista para descubrir el origen del universo, había sido tomada por la cabeza estrellándosela contra el muro hasta destrozarle la cara y hacerla caer ensangrentada e inconsciente al piso. De pronto, María de la Luz entendió todo: ella también había sido víctima de la misma barbaridad sufrida por Cecilia y tantas otras más. A saber… ¡Claro que Villanueva también la había ultrajado, por eso los dolores tan intensos en el bajo vientre! ¡Claro que también le había estrellado la cabeza contra el muro! ¡Claro que ese cochino sacerdote degenerado habría abusado de ella mientras se encontraba desmayada, sangrando! ¡Claro que no tenía ni principios ni alma ni piedad cristiana ni sentimientos ni compasión! ¡Claro que ese depravado habría violado a un sinnúmero de monjas como ellas! ¡Claro que no podían ser las únicas víctimas de los ultrajes!

Solo que el padre Villanueva ya las había visto juntas. Resultaba muy sencillo concluir que algo estaría tramando para ocultar, a como diera lugar, sus fechorías. ¿Quién ejecutaría antes su estrategia? ¿Ellas o el santo padre? Empezaba una carrera contra el tiempo. Tengamos cuidado con lo que comemos. No nos apartemos la una de la otra ni para ir al baño. Cerremos nuestras celdas por las noches. No nos perdamos de vista cuando nos confesemos con él. ¿Por qué no podemos hacerlo con la superiora? ¿Por qué ese privilegio tenía que recaer en un hombre? Hagamos guardias mientras una descansa. Protejámonos.

Los días transcurrieron. La inflamación de Lu cedió gradualmente. Su nariz recuperó su aspecto normal en tanto se resignaba a vivir sin un diente mientras alguien le ayudaba a encontrar remedio en la ciudad.

En una ocasión, mientras leía sentada en el patio central, a un lado del pozo, algunos poemas de sor Juana Inés de la Cruz y temerosa de los alcances macabros del padre Villanueva, decidió escapar del convento, acompañada, eso sí, de Cecilia, si es que esta se aventuraba a seguir su suerte. La idea ya la tenía madurada. Más tardó en cerrar su libro de poemas que en llegar al lavadero en donde casi siempre se encontraba Cecilia. Ella y solo ella debía conocer sus planes. Antes de informárselos la hizo jurar, por las espinas ensangrentadas de la corona de Cristo, que si, por alguna razón, no la apoyaba en su propósito de fugarse, al menos le garantizara total discreción para evitar ser descubierta antes de tiempo. Si tenía que cometer pecado mortal al no revelar el preciado secreto al padre Villanueva durante la confesión, él debía conocer cada pliegue de la vida y de los pensamientos de las monjas, que pagara la penitencia rezando cuantos padres nuestros fuera necesario, pero que no la delatara. ¿Un pacto entre hermanas? ¡Pacto entre hermanas!

María de la Luz comprobó de inmediato la presencia de una aliada ciega, fanática de su causa, incondicional. Sor Ceci llegaría a donde tuviera que llegar con tal de lavar su sangre envenenada. ¿Sabes lo que he tragado durante tantos años? ¿Te imaginas cuánto rencor tengo acumulado desde que me estrelló, como a ti, contra el muro, para luego violarme y chantajearme hasta el día de hoy? Nadie puede suponer siquiera a la fiera que habita en mi interior. Si pudiera vengar cada manoseo, cada penetración, cada ultraje, cada beso, uno más asqueroso que el otro, cada advertencia, cada noche que pasé en el calabozo de castigo, cada eternidad en la que terminaba masturbándolo para volverme a citar al día siguiente. No, no, María: tú nunca fuiste violada mientras las medallas, las cadenas, los escapularios y las cruces que colgaban del cuello de este miserable cura se columpiaban en tu rostro, como una burla, mientras arremetía y volvía a arremeter dentro de ti cada vez con más fuerza, hermana... Cuenta conmigo para lo que sea. Matarlo sería un placer. Mutilarle el miembro para impedir que lastime a cualquier otra monja sería la gran satisfacción de mi vida. Muchas mujeres me lo agradecerían. Tengo una navaja afilada bajo mi colchón para cortarle la lengua y los testículos. Se los cosería lentamente, feliz de la vida, con hilo grueso alrededor del hocico. Si estoy loca, Lu, recuperaré la cordura cuando lo haga. No le temo a Dios ni al infierno. Ni en la eternidad tendría yo paz si no llego a tener el escroto del padre Villanueva en mis manos. ¿Quieres más?

Cuando Lu salió de su azoro y pudo volver a hablar, después de repasar sorprendida y en silencio el rostro de su querida colega, las monjas acordaron tener un plan listo para cuando el padre Villanueva citara a alguna de las dos para "hacer el amor" en los pasillos, casi a un lado de las celdas de castigo, donde generalmente se encontraban. Era un lugar bien pensado por él y donde casi nadie circulaba, salvo en las horas del servicio de los sagrados alimentos a las hermanas ahí confinadas.

Más pronto de lo que pensaban, el padre Villanueva convocó a Ceci. Hace mucho que no te confiesas, hija mía, debes hacerlo mañana mismo. Nos vemos en el lugar de siempre...

Las dos habían descubierto, ayudadas por un par de antorchas, unos espacios diminutos reservados, sin duda, para las condenadas a penas mayores, como el emparedamiento. Encontraron al menos tres sitios destinados para estos efectos. Esa misma tarde, movidas por el odio y el asco, juntaron las piedras, los ladrillos, la arena que haría las veces de adhesivo, una cuerda para atar al sacerdote, unos trapos para metérselos en la boca de manera que nadie pudiera escuchar ni sus quejidos ni sus lamentos ni sus súplicas, sin faltar, desde luego, un gran garrote con el que despedazarían la cabeza del representante de Dios. Todo estaba listo. El palo lo tomarían de las caballerizas, de los establos que separaban a un animal del otro. Escogerían uno con el peso requerido.

Lu llegaría en el momento preciso para que el barbaján no abusara de Cecilia y le descargaría un golpe tan brutal o más que cuando el padre le estrelló la cara contra el muro. Acto seguido lo maniatarían, lo arrastrarían hacia uno de los espacios reservados a las emparedadas en la parte más escondida del pasillo. Una vez ahí, alojado el cuerpo del sacerdote, construirían rápidamente la pared y se escaparían. Estaban resignadas a perder los escasos bienes de su propiedad abandonados en sus respectivas celdas. No volverían a pisarlas. De los calabozos saltarían a la libertad. Treparían por la pared del convento, a un lado de la huerta, y cuando Lu alcanzara la parte alta de la barda, tarea que ejecutaría con suma facilidad por sus habilidades adquiridas de niña, le echaría una cuerda a Cecilia para jalarla y así poder huir juntas en busca de un nuevo destino.

La noche anterior, Lu no pudo conciliar el sueño. Estaba segura de que en cualquier momento aparecería el padre Villanueva con un cuchillo para degollarla. Se esperaría hasta que se desangrara y luego tal vez alegaría que un ladrón se había metido en la noche al convento para abusar de la monja más guapa y robarla. ¡Malditos perros del infierno: deberían mutilar a los ladrones y a los violadores! Juro que, por lo que a mí hace, elevaré a diario mis oraciones, organizaré misas para que Dios jamás permita que estos criminales lleguen a pisar siquiera la antesala del Paraíso...

No era difícil imaginar la facilidad con la que el padre Villanueva podía obtener un permiso para pernoctar en el convento. Claro, padre, claro, usted como vicario de Cristo solo velará por nuestra buena fortuna.... María de la Luz y Cecilia conocían de sobra las mañas de este ilustre prelado y no estaban dispuestas a confiarse ni a dejar nada al azar. El padre Villanueva era Satanás en persona y, por lo tanto, tenían que ser más rápidas, adelantarse a sus planes.

—Acuérdate —le había dicho su madre, doña María Magdalena—, nunca pretendas tomar a una víbora por la cola. ¡Asegúrate de agarrarla por la cabeza para evitar mordidas!

En esas reflexiones se encontraba Lu cuando la tenue luz de la alborada comenzó a tocar la ventana de su celda. Comenzaba el día, sin duda uno de los más importantes de su existencia. Jamás volvería a dormir en el convento. Ya vería cómo se las arreglaría para sobrevivir. La vida conventual no era para ella. No, ni mucho menos. Vería la forma de hacerle llegar a Valentín una nota pidiéndole ayuda, dinero, su presencia para comentarle lo acontecido y pedirle consejo. Felipe, su otro hermano, no haría nada por ella, para él todo era igualmente pecado y resultaba inútil cualquier intento de acercamiento. En su fanatismo podría llegar a denunciarla con tal de llegar a verse libre de culpa o de pecado. ¿Qué harían Lu y Ceci una vez en libertad? Ya tendrían tiempo de pensar en ello, por lo pronto, tenían que desnucar con un sonoro garrotazo a ese engendro de maldad que era el padre Villanueva.

El miedo combinado con el coraje aumenta la fuerza física, alerta los sentidos, multiplica la agilidad, estimula la audacia y tonifica los músculos y el espíritu. Ese mismo sentimiento experimentó María de la Luz cuando observó cómo sor Cecilia se dirigía por el pasillo lentamente, sin mostrar preocupación alguna, hacia las celdas de castigo, en tanto ella contemplaba la escena escondida y completamente inmóvil. Todo se producía a la hora indicada. Los planes se desarrollaban con una precisión matemática. Ninguna monja tenía que estar en ese lugar a esa hora. Todas estarían elevando sus plegarias vespertinas y preparándose para la merienda.

No tardó en aparecer el padre Villanueva, una asquerosa masa de manteca humana, siguiendo los pasos de la hermana Cecilia. Se le veía inquieto. Volteaba nervioso de un lado a otro. Lu estaba segura que el muy barbaján ni siquiera traería calzones debajo de la sotana; era muy práctico. Tal vez, eso sí, escondía un cuchillo, una hoja afilada para deshacerse de Cecilia, su "amante" de tanto tiempo. Nunca tomes a las víboras por la cola, le martillaba el consejo en la cabeza. No tenía tiempo que perder. Con tan solo llegar, así, sin preámbulos ni seducción previa ni caricias ni arrumacos ni besos ni la más elemental ternura, se aprovecharía una vez más de la monja, abusaría de ella brutalmente, a su estilo, el de un salvaje, el de un degenerado, para luego degollarla, enterrarla e ir en busca de María de la Luz. Cuando constataran su ausencia y las buscaran, simplemente diría que se habrían escapado del convento, madre superiora, ya sabe usted que las cabras tiran al monte…

Entonces María de la Luz decidió salir de su escondite y atacar al padre Villanueva. En la oscuridad, estiró su mano hacia el lugar en el que había escondido el garrote la noche anterior… pero no estaba ahí. Se aterrorizó. ¿Y si alguien lo había tomado? ¿Qué tal el jardinero? Los gritos del sacerdote la paralizaron:

—¡Toma, perra, toma…! —jadeaba gritando mientras ultrajaba una y otra vez a una de las hermanas de la orden de la Vela Incandescente. A veces se detenía y le golpeaba el rostro con ambas manos. Cecilia yacía boca arriba con las piernas abiertas, mientras el sacerdote la poseía con su acostumbrada brutalidad, así, salvajemente, como los animales.

María de la Luz siguió buscando el garrote, a gatas, desesperada. En una esquina oscura sintió la herramienta, que probablemente había resbalado, y entonces se acercó sigilosamente, perdida entre la penumbra, temblando pero asiendo el garrote con toda la fuerza que le permitían sus manos y sus brazos. Cuando estuvo a un paso y vio la silueta del sacerdote sobre la hermana, le preocupó la posibilidad de golpear también a Cecilia en un momento crítico, en el cual no podía caber duda. Tal vez una sombra hizo girar repentinamente al padre Villanueva. Solo pudo observar de reojo la figura de una mujer y el viaje de un enorme palo que se precipitaba sobre su nuca. Para evitar el impacto, el cura se movió y Lu solamente acertó a golpearlo en la espalda. Doliéndose del golpe, logró levantarse con gran pesadez para tratar de perseguir a la autora del atentado. Su asquerosa obesidad no le ayudaba en nada. Cecilia, mientras tanto, caía en pánico y gritaba desesperada al percatarse del fracaso de sus planes. En cualquier momento la mataría.

El padre Villanueva sacó, de algún pliegue de su sotana, un afilado cuchillo. En su afán de dar con Lu, no se percató de que permanecía escondida en un recoveco en el que tal vez descansaba, para siempre, una de las hermanas de la Orden, otra pecadora que habría sido acusada de perversión…

El cura no había caminado dos pasos cuando recibió un feroz impacto del garrote en plena cara, de tal manera devastador, asestado con tal furia y coraje, que cayó al piso sin haber tenido tiempo de pronunciar una sola palabra, ni una queja, ni un lamento, nada. Ni siquiera puso las manos en el piso para amortiguar la caída. Se desplomó como si un saco de papas hubiera caído desde un quinto piso. Así, fulminado, inmóvil, inerte. El ruido del cabezazo fue similar al producido cuando una enorme calabaza se estrella contra el suelo y se derraman la pulpa y las semillas.

Las sandalias de María de la Luz se fueron empapando gradualmente de un líquido viscoso. Apareció el reflejo negro producido por un charco alrededor del cuerpo del sacerdote. Lu permaneció inmóvil, presenciando la escena entre la bruma de la noche, en esa oscuridad en la que apenas es posible distinguir siluetas. Villanueva no se movía. Tal vez no respiraba, en tanto ella jadeaba. Nunca se imaginó sor Luz que unas manos más poderosas que las de ella le iban a arrebatar el garrote sin mayor aviso, para saciar una venganza histórica:

—¡Toma ahora tú, hijo de la gran puta! —repetía como una enloquecida sor Ceci mientras destruía con golpes de horror la cabeza de ese sacerdote demoniaco—. ¡Toma, toma, grandísimo cabrón! —golpeaba compulsivamente—, por todas las que debes, miserable cabrón, cabrón, cabrón… ¡Toma, mamarracho, violador, hijo del diablo, toma! —gritaba cada vez con menos fuerza, según se iba debilitando y desahogando—. ¡Toma por cada vez que me violaste! ¡Toma por cada vez que me tocaste con tus cochinas manos! ¡Toma por cada vez que me chantajeaste! ¡Toma por cada vez que me amenazaste con el emparedamiento, maldito criminal! ¡Toma, sacerdote del infierno que lastimaste a tantas mujeres! ¡Toma!

Las manos de sor Cecilia se cubrían de sangre. No por ello dejaba de golpear la cara, la nuca, la frente, la boca y todo el cráneo del representante de Dios. María de la Luz observaba atónita la escena. Simplemente la dejaba hacer. Cecilia tenía que vomitar hasta la última vejación, hacer salir de su alma todo el rencor acumulado; solo de esta manera encontraría la paz por el resto de sus días. Era el gran momento de la hermana Ceci, la gran oportunidad de su existencia. Había que dejarla saciarse hasta que sus brazos no le respondieran y no pudiera ni siquiera levantar el garrote para caer arrodillada o tal vez desmayada, exhausta y sin aliento al lado de su victimario.

El momento no tardó en producirse. De repente, sor Cecilia cayó de rodillas llorando desconsoladamente. Era un llanto sano, reconfortante, gratificante. Sus heridas no tardarían en cerrarse. Resultaba imperativo no interrumpirla, dejarla sola, tal vez acariciándole la cabeza como una muestra de apoyo y comprensión. María de la Luz ya no tenía por qué continuar golpeando al sacerdote. Lo que había visto era suficiente para recuperar su tranquilidad. Si algún dejo de venganza todavía anidaba en su interior, se había desvanecido con tan solo recordar la furia de sor Ceci. Compensaría cualquier malestar al recordar al sacerdote atado y con la boca llena de trapos, encerrado y emparedado en un lugar en el que tardarían muchos años en dar con él, como tardarían en encontrar una explicación por la desaparición de dos monjas, además de la del padre tan querido y respetado por muchas de las hermanas, siempre y cuando fueran mayores de sesenta años…

En cuanto la hermana Cecilia dejó de gimotear y recuperaba la razón, María de la Luz le pidió que fuera por los trapos y por la cuerda, de modo que si no estaba aún muerto el sacerdote, situación del todo remota, no pudiera salir jamás del emparedamiento. Ella, por lo pronto, jalaría el cuerpo del cura, lo arrastraría hasta la cripta donde descansaría para siempre. Al regresar, Cecilia llenó con telas la boca del sacerdote, al tiempo que se percataba de la ausencia de dientes. El cuerpo continuaba tibio. Tal vez no había fallecido todavía. ¿Respiraría? ¿Quién tenía tiempo para comprobarlo? Por otro lado, ¿a quién le importaba? En absoluto silencio y como si fueran expertas, lo hicieron girar boca abajo para amarrarle las manos y los pies. Acto seguido, sacando fuerza de la angustia y de la desesperación, jalaron el cuerpo del cura hasta recluirlo en un pequeño espacio rodeado por tres paredes. Solo les faltaba la cuarta, de acuerdo con la más decantada tradición católica de los castigos ejemplares… Rápidamente, a la luz de un par de teas, empezaron a colocar y a unir las piedras con una mezcla de agua y arena para que quedaran bien adheridas. Bastaron dos horas en una creciente oscuridad para terminar la construcción del pequeño muro, cubriendo hasta el último orificio con mezcla. Al salir, María de la Luz recordó haber visto uno de los zapatos del padre Villanueva. Regresó con él en la mano después de haber buscado inútilmente el otro, que seguramente todavía llevaría puesto. Mientras, Cecilia corrió por unas cubetas de agua de los lavaderos para esparcir y limpiar la sangre que había quedado en el pasillo: debían borrar sus huellas.

Faltaba el último número para concluir sus planes tramados con tanta precipitación y certeza. Este corría a cargo de María de la Luz. Ella tenía que escalar el muro a un lado de las caballerizas para alcanzar la libertad. Como si tuviera diez años, se trepó con una facilidad asombrosa sin que los hábitos conventuales le estorbaran durante el ascenso. Una vez arriba, Cecilia le alcanzó el garrote, que ella aventó a la calle, además del zapato del padre Villanueva. A continuación, Ceci le tiró un pedazo de cuerda que Lu atrapó al primer intento para jalar a su hermana a lo alto de la barda. Ya en la calle, ambas corrieron sin rumbo. Volaban. Flotaban. Sonreían. Tan pronto llegaron a la fuente de la iglesia de San Lázaro, a un lado de donde se instalaba la pira inquisitorial, las dos mujeres se asearon las manos y la cara, además de ayudarse recíprocamente a lavarse las manchas de sangre de los hábitos. Después de enjuagar el garrote y el zapato, los tiraron en un terreno baldío y se encaminaron a la casa de la familia Altamirano, en donde encontrarían a Valentín, para que suministrara dinero de modo que pudieran huir lo más rápidamente posible del lugar. ¿Cómo se iban a ver dos monjas caminando en la noche con un garrote y los hábitos ensangrentados? Mañana sería otro día. Mientras caminaban y recordaban lo sucedido, Cecilia se arrepentía de no haber tenido tiempo para mutilar al padre Villanueva y arrojar el trofeo a un perro callejero. Todo terminó cuando ambas hermanas, tomadas de la mano, emprendieron una carrera hacia la libertad. ¿Estarían borrachas? ¿Dos mujeres disfrazadas de monjas a esas horas de la noche, cuando no eran tiempos de carnaval? El mundo estaba loco, ni quién lo dudara...

Santa Anna temía, con justificada razón, un cuartelazo y el cuartelazo llegó. ¡Claro que tenía que llegar en la forma de vientos huracanados que volverían a destruir cuanto encontraran a su paso! Los excesos a los que se había llegado durante el gobierno del Dictador Perpetuo serían no solamente recordados por la generación que los padeció, sino por muchas más. Su Alteza Serenísima había esquilmado a la población a través de impuestos aberrantes, perseguido a periodistas, encarcelado a liberales destacados opuestos a su política, clausurado periódicos y llenado los patíbulos de sangre de un sinnúmero de patriotas. ¡Desterremos a quien proponga el libre pensamiento y la difusión indiscriminada de las ideas! A ver, aquí, ahora mismo, un pelotón de fusilamiento sin juicio previo y sin nada para este que se dice librepensador... Preparen... La ciudadanía no solo estaba harta del escandaloso peculado cometido por los funcionarios de todos los niveles, sino que también se encontraba severamente irritada por el despilfarro en el gasto público que proyectaba al santannismo, y por ende al país, a una nueva quiebra igual o más escandalosa y temeraria que las anteriores. Los privilegios concedidos al ejército para comprar su lealtad y apoyar el régimen, más la enorme catarata de canonjías concedidas al clero para garantizar la paz de la República, sin dejar de considerar el creciente rumor en torno al arribo de una nueva monarquía europea, apoyada por los conservadores y clericales, para regir los destinos de México, precipitaban la descomposición del ambiente. Se desenterraba el viejo proyecto del presidente Paredes y Arrillaga. ¡Necesitamos un rey, un rey europeo, de preferencia español, que cruce el Atlántico para venir a gobernar nuestro país! ¡Alguien con autoridad interna y respeto internacional! El peor castigo, por lo visto, que se les podía imponer a los mexicanos es que se gobernaran a sí mismos…

La Iglesia católica impulsaba la venta de más territorio a Estados Unidos[19] con tal de no cooperar económicamente con la administración del nuevo Mesías Mexicano.

—Denme dinero. Mi gobierno se hunde…

—Venda usted territorio, Príncipe Presidente, nosotros no podremos financiarlo. Los recursos de Dios son sagrados, usted bien lo sabe, Su Alteza Serenísima… Ni un real, Su Excelencia, ni un real partido por la mitad…

Los norteamericanos, encabezados por el embajador James Gadsden, tampoco lo apoyarían en lo sucesivo ni, por el momento, comprarían más que La Mesilla, cuyo primer pago sería hasta julio de 1854, a un año de iniciado el gobierno de Santa Anna. En todo este entorno catastrófico al que había conducido principalmente la Iglesia católica en su insistencia suicida por repatriar al Benemérito, primero estaba la salvaguarda de los intereses clericales que la supremacía de la nación. Solo faltaba la gota que derramaría el vaso: la insolvencia económica para amortizar los pagos de la deuda exterior bien podría propiciar una intervención armada foránea. ¿Cómo olvidar la famosa Guerra de los Pasteles, cuando Francia cañoneó a México porque un panadero no recibió sus pagos en tiempo y forma?

La conjura en contra de Santa Anna estalla el primero de marzo de 1854. El Plan de Ayutla, suscrito originalmente por Florencio Salazar, proclama, claro está, el derrocamiento del tirano, la abolición de la tiranía y la convocatoria para la celebración de un nuevo Congreso Constituyente. La gran esperanza de Juárez y Ocampo empieza a materializarse. El levantamiento anuncia el final del Dictador Perpetuo. Aun cuando, en un principio, Santa Anna desprecia el movimiento, no deja de presentir el peligro, sabe leer las señales; de la misma forma, la Iglesia católica se siente sorprendida y apuñalada por la espalda. Esta vez el clero no es el promotor, como en otras ocasiones, de medio centenar de cuartelazos que sacudieron al país después de la consumación de la Independencia. No, en el nuevo levantamiento armado no están los conservadores ni los clericales ni los "hombres de bien" con todos sus recursos ni sus abogados especializados en interpretaciones torcidas de la ley ni figuran los creyentes fanáticos ni los confesores, celosos guardianes de los secretos familiares imprescindibles para controlar a la sociedad. No, esta vez el levantamiento armado no se va a financiar con las sagradas limosnas ni es producto de un impulso visceral de cualquier militar ávido de poder: emerge de las entrañas mismas del pueblo, harto de explotaciones y abusos.

La noticia prende como reguero de pólvora. Los exiliados de Nueva Orleáns avientan entusiasmados sus sombreros al aire y brindan eufóricamente con ron negro. Es el momento de apoyar, de regresar, de pedir ayuda, para aplastar definitivamente a este monstruoso caudillo que durante tantos años ha asolado a la República, la ha atrasado, la ha prostituido, la ha confundido, la ha pisoteado, la ha esquilmado, la ha ignorado, saboteado y chantajeado. Y, claro está, Santa Anna solamente es la marioneta conveniente a un poder mucho mayor, invencible, omnipotente, omnisciente, omnipresente: el alto clero católico.

El objetivo a alcanzar es triple, según Ocampo, según Juárez, según Arriaga, según Maza, según Mata, según Montenegro: uno, decapitar a Santa Anna, que traigan una guillotina, la más precisa, exacta y afilada que exista. Es la hora de la guillotina para este maldito bribón carente de principios y de sentimientos, capaz de vender a su patria por un puñado de pesos, como ya lo hizo en San Jacinto, durante la guerra contra Estados Unidos y al vender La Mesilla... Dos, regresar a como dé lugar a los ensotanados a sus sacristías, no sin antes haberles expropiado todos sus bienes, sus sagradas limosnas que destinaban al financiamiento de revoluciones en contra de la República. Tres, degradar y destituir y encarcelar o expatriar, exiliar y desterrar a los altos mandos del ejército que, o se habían convertido en el brazo armado de la Iglesia o en una peste política que contaminaba al gobierno y a la nación. Pobre de aquel país en el que los militares piensan, deliberan o gobiernan. ¡Fuera con ellos! ¡Fuera con el clero! ¡Fuera con Santa Anna! ¡Hagamos un nuevo México! Un México de instituciones, un México de libertades, un México con enormes posibilidades económicas para todos. ¡Que por ningún concepto las vuelva a acaparar la Iglesia católica! ¡Hagamos la revolución educativa! ¡Construyamos vías generales de comunicación! ¡Tengamos instituciones solventes! ¡Constituyamos tribunales eficientes que impartan justicia expedita, esa palabra que han gritado a voz en cuello generaciones de mexicanos! ¡Justicia! ¡Justicia! ¡Justicia...!

¡Proclamemos la división de poderes! Y preparémonos para vivir siglos y más siglos, muchos siglos de progreso, de bienestar y evolución.

Santa Anna, ciertamente inquieto, busca al embajador Gadsden para insistir en la venta de más territorio mexicano. Su Excelencia sabrá convencer al Congreso mexicano... Sin embargo, el diplomático se encuentra del lado de quienes suscribieron el Plan de Ayutla y, por supuesto, apoya a los desterrados de Nueva Orleáns de la misma manera que desprecia a Santa Anna por haberlo humillado ante el gobierno mexicano y ante la Casa Blanca cuantas veces quiso. Frente a la negativa, le solicita el pago del importe total acordado por la venta de La Mesilla. Gadsden alega la imposibilidad de ayudarlo porque difícilmente podrá modificarse lo convenido. En julio se le pagarán siete millones de dólares tan pronto el Congreso norteamericano ratifique el tratado. Los tres restantes se liquidarán cuando se establezca la nueva línea fronteriza. Lea por favor el tratado suscrito entre nuestras dos naciones, *Mister President*... Punto. Asunto cerrado. Cosa juzgada. Carpetazo al asunto.

Florencio Villarreal, el primero en levantar el pendón de la libertad en Ayutla, el verdadero autor de la idea, busca el consejo y el apoyo de Ignacio Comonfort, el administrador de la Aduana de Acapulco, el nombrado casi en contra de la voluntad del dictador perpetuo cuando Antonio Haro y Tamariz todavía era ministro de Hacienda. Ignacio Comonfort, de origen poblano al igual que Tamariz, acepta el reto y decide, a su vez, pedir el apoyo de don Juan Álvarez, el caudillo del sur, muy a pesar de que este había contribuido a la repatriación de Santa Anna. Sabía de su arrepentimiento. ¡Claro que le presenta un Plan de Ayutla ya modificado! Claramente se advierte la mano conservadora. Ya no se habla de proclamar una República federal, sino un régimen republicano, así de amplio, en el que desde luego cabía otra vez el sistema centralista anhelado por los conservadores, por los clericales.[20] En el proyecto original se hablaba de estados federales. En el modificado por Comonfort vuelven a aparecer los departamentos, una designación grata y reconfortante para la Iglesia, es claro: Comonfort es un liberal moderado opuesto a los radicales y aun cuando, en el fondo, perseguía objetivos similares, la gran diferencia estribaba en el tiempo para alcanzarlos. Los puros, los extremistas, argüían hoy, aquí, ahora mismo, no hay mañana. Es en este instante. México ya no puede esperar. Comonfort llevó, desde un principio, otros ritmos, plazos diferentes, diversos estilos para convencer sin precipitaciones ni volcaduras por las prisas. Ya veríamos, Ponciano, en qué se convertiría su moderada indeterminación...

Los liberales de Nueva Orleáns envían a Eligio Romero, su representante, para entrevistarse con Juan Álvarez e Ignacio Comonfort, entre otros. Resultaba imperativo poner en sus manos el proyecto político y jurídico elaborado por los ilustres desterrados. Comonfort consideró radical y extremista la propuesta, si bien recoge algunos conceptos. Las solas observaciones del poblano hacen dudar a Melchor Ocampo respecto a las convicciones, empuje y temperamento de Comonfort. Aprende a desconfiar de él. Discute con Juárez. Aduce que una revolución sin objetivos progresistas sería un retroceso. Sugiere no apoyar el Plan de Ayutla a menos que aquellos se comprometan a aceptar las medidas anticlericales y antimilitaristas del programa liberal.

Benito Juárez sostiene que el hecho de ubicarse en los extremos podría provocar una respuesta armada del clero.

—Nos echarán encima, Melchor, a todas las hordas de mochos... Se romperá la cuerda antes de empezar a tirar de ella. Primero lleguemos al poder, instalémonos, consolidémonos, y una vez afianzados, habiendo sujetado la mayor cantidad de cabos sueltos, instrumentemos todas las reformas que la patria necesita. Pero insisto, antes debemos llegar.

El grupo acuerda recabar, antes que nada, la aceptación de Juan Álvarez respecto al clausulado y principios del programa liberal. ¿Para qué hablar de plazos ni de nada, si ni siquiera existe conformidad en lo fundamental? Ya luego se verá la manera más eficiente para instrumentar los cambios requeridos por el país.

A pesar de que se libran algunos combates, en algunos casos sangrientos, se perpetran asesinatos en masa y se ordenan ejecuciones, el movimiento iniciado con el Plan de Ayutla avanza gradualmente. El dictador, presa de una inquietud creciente, no hay enemigo pequeño, decide ir en persona a sofocar la rebelión al mismísimo puerto de Acapulco. No me importa que Juan Álvarez haya sido uno de los padres de la Independencia. Lo degollaré con el filo de mi espada y me traeré su cabeza para colgarla en una de las esquinas de Palacio Nacional. De esta manera nunca nadie olvidará la suerte que le espera a quien decida oponerse a mis designios, ejecutados y cumplidos en términos de la voluntad inatacable de Dios.

Sin embargo, el fuego del trópico surge de las entrañas de la sierra. Los calores asfixiantes, los animales ponzoñosos, las terribles enfermedades, el agua contaminada, los eternos sudores, el terreno accidentado, difícil y peligroso, las dificultades para surtir las líneas de abasto, además de los combates eventuales, la guerra de guerrillas, terminaron por derrotar al gran Señor de los Ejércitos, a quien se vio llegar a la Ciudad de México cabizbajo, perplejo, azorado y desesperado. Su destino estaba escrito en el cielo. La decisión era irreversible. ¿Qué hacer con una tesorería quebrada, sin la ayuda económica del clero, sin capacidad crediticia, sin prestigio social y ahora militar, sin el apoyo de Estados Unidos, con la amenaza de otra intervención armada extranjera por insolvencia financiera y el estallido de un movimiento armado con raíces inexplicablemente largas? ¿Qué alternativa tenía el Benemérito de la Patria en Grado Heroico? Yo, yo lo sé, yo, yo sé cuál era la única opción al alcance de este líder digno y milagroso para evitar que sucumbiera en la ignominia y abrirle la posibilidad de que la historia invitara a las nuevas generaciones a escribir su nombre con letras de oro en los recintos parlamentarios del país: Antonio López de Santa Anna debería asir su espada de acero refulgente, tomarla por la empuñadura de oro, plata y concha nácar, y hundírsela sin más en el vientre para demostrarle a la patria compungida su incapacidad de sobrevivir al peso aplastante de la derrota sobre sus espaldas de Dios griego e inmaculado.

¿Qué hizo después de mandar a su hijo a combatir la revolución en Michoacán "con instrucciones de fusilar a cuantos hubieren auxiliado a los rebeldes y de incendiar los pueblos que les hubieran dado acogida"? ¿Qué siguió a continuación de la orden girada para prender fuego a los caseríos que hubieran alojado a los facciosos de Ayutla y de quemar el ganado y de arrasar sus cosechas?[21] ¿Quién no hubiera deseado perder la vida en el campo de batalla "herido en el pecho", sosteniendo un lábaro patrio entre las manos? ¿Verdad que todo soldado medianamente digno hubiera soñado morir en los brazos de la victoria? En cambio, a este encumbrado militar digno de aparecer en una ópera bufa en lugar de caer víctima de las balas del invasor se le ve llenando unos baúles con monedas de plata robadas y fugándose al extranjero, porque estos malditos indios no comprenden mi grandeza…

Santa Anna enajenó los ricos metales de Fresnillo después de masacrar a cientos de zacatecanos; logró hacerse de dinero vendiendo las salinas nacionales, los fondos piadosos de las Californias, los bienes de temporalidades y cuanta propiedad pública tuvo a su alcance. Por él no solo hubiera vendido La Mesilla, sino también Sonora, la Sierra Madre, las penínsulas de Yucatán y de Baja California, y subastaría al mejor postor a sus propios hijos, de tener algún valor en el mercado los vástagos de este maldito chacal.

Para él la patria es una ranchería habitada por sus peones, uno más ignorante que el otro: un hato de bueyes que deben ser arreados con lazos, con tiros al aire y chiflidos, igual que se persigue a las gallinas con gritos y sombrerazos para hacerlas entrar al corral. Jamás intentes hacer entrar en razón ni convencer con argumentos a un conjunto de reses. Por ello no tiene empacho en mandar a uno de sus capataces, al señor Bonilla, llamado con toda pompa embajador plenipotenciario, a Washington, dotado con un buen número de hojas en blanco que llevan ya su firma y el sello del escudo nacional para aprobar o reprobar la mejor conveniencia de los señores Rafael de Rafael (un empleado mafioso de las fuerzas clericales, un auténtico hampón contrabandista de armas, un escritor español muy vehemente, un exaltado furioso de las ideas retrógradas, expulsado del país por el presidente Arista, también un incondicional del padre Francisco Javier Miranda, el consejero de Estado de Santa Anna, a quien llamaba en sus cartas "hermano mío, amigo de mi corazón")[22] y Juan Nepomuceno Almonte, el embajador mexicano ante la Casa Blanca. ¿Qué más da enviar mensajeros de ínfima categoría con hojas firmadas en blanco por el propio presidente de la República que podrían comprometer grave y amenazadoramente a la nación? México era algo así como Manga de Clavo para Santa Anna.

El 13 de agosto de 1855, una mañana gris, apagada, en que la muy noble y leal Ciudad de México amanecía con una llovizna escasa pero persistente, corrió la espectacular noticia de que Su Alteza Serenísima, el Excelentísimo Señor General Antonio López de Santa Anna Pérez de Lebrón, presidente de la República, Comendador de la Orden de Guadalupe y Gran Cruz de Carlos III, había abandonado sin que nadie se percatara la capital de la República en dirección a Veracruz, en donde se embarcaría para navegar hacia San Thomas, en el Caribe, "para esconder su vergüenza y su derrota", antes de llegar a Turbaco, Colombia. Escúchalo bien, Ponciano, que lo escuchen todos: el Ángel Exterminador cometió el peculado más escandaloso de que se tenga memoria al decidir fugarse como un vulgar bandido, un robavacas cualquiera, con los cuatro millones restantes en la tesorería del gobierno federal, derivados de la venta del territorio patrio. Es decir, la rata coprófaga se echaba al agua al advertir el peligro, a pesar de que tan solo un día antes, cuando el rumor ya no era un vientecillo aislado, sino que había adquirido categoría de huracán, había declarado: "El general Santa Anna no es un cobarde ni un imbécil para huir como se supone, ni está dispuesto a degradarse con la huida", se leía en los periódicos, cuando el barco *Iturbide* ya lo esperaba listo para zarpar en las tibias aguas del golfo de México.

Ni el terrible dolor del derrocamiento ni su catastrófica gestión como rector de los destinos del país le impidieron disfrutar a bordo de dos mulatas veracruzanas, hechas de maderas preciosas talladas por las manos expertas del trópico. ¿Cómo escapar al peso de su responsabilidad histórica si no era recogiéndolas a su paso por su finca El Encero? ¿Cómo fugarse de la realidad que lo invitaba a un llanto, muy breve, por cierto, del que saldría muy pronto, siempre y cuando no se le agotara el arsenal de champán que llevaba para resistir las inclemencias de la navegación en alta mar?

Doloritas, mi vida, mi amor, Lola, Lolita, Lola, salgo antes que tú rumbo al exilio porque no soporto el peso de la pena. Ya me alcanzarás…

Nadie mejor que la prensa de la época para recoger el contraste de aquellos días:

> Todavía ayer atravesaba el dictador en su carroza dorada, con sus cuatro frisones que herían el suelo con sus herraduras de plata, entre aquella multitud que lo contemplaba llena de espanto. Sus húsares en tropel tras de la carroza, con los sables relucientes, sus dormanes flotando, prendidos al hombro y montados en caballos fogosos, cubiertos de espuma, escoltando a aquel hombre que decidía soberano de los destinos de México. Sus cuerpos de la guardia elegantes y disciplinados, paseando sus banderas frente al Palacio, al son de los múltiples tambores y clarines. El lujoso ejército con todo el orgullo irritante de la dictadura. Las músicas roncas de la caballería que se arrojaban como los genízaros sobre las masas populares, y el dictador preguntando a sus próceres y cortesanos, ¿qué dice México de mis granaderos?
>
> Y entre los grandes saraos, donde lucían los diamantes de las damas como luceros de las constelaciones y aquella corte de generales llenos de condecoraciones, de diplomáticos bordados, de dignatarios, todos obedientes a una mirada, todos plegados a una sonrisa. Y el influjo de aquel hombre en todo el territorio, temblando todos al oír su nombre, palpitando al esperar sus órdenes y arrodillados frente a su retrato y descubiertos en presencia de la efigie. ¿Y los hombres dignos en el fondo de los calabozos o en el destierro? Y todo aquel aparato deslumbrante y toda aquella grandeza convertida en cenizas esparcidas por el viento y arrojadas al olvido, en una sola hora, en un solo instante.
>
> ¡Sueños eternos de poderío y de grandeza, llevados al patíbulo de la deshonra! ¡Sangre vertida en los patíbulos y en los campos de batalla para escribir la historia! No quedaba como resto de aquel cuadro de óptica, más que las estatuas despedazadas y el anatema de un pueblo que recogía de aquel mar de infortunios y de desdicha los nuevos gérmenes de sus libertades. El incendio cundió en todas las ciudades y pueblos de la República, los mandarines huyeron espantados y la nación quedó toda envuelta en las oscuras sombras de la revolución. Así cayó en los abismos de la historia la más terrible de las dictaduras.[23]

Ese mismo día los estudiantes irrumpieron en el palacio del Benemérito en Tacubaya y rompieron muebles, destruyeron vajillas, se robaron los artículos de plata restantes, arrancaron las alfombras y los tapetes para hacer una gran hoguera con ellos y con los cuadros y objetos que encontraron a su paso. De acuerdo con las últimas instrucciones del prócer, un triunvirato integrado por el presidente de la Suprema Corte y dos generales ancianos se ocuparía de gobernar el país, pero un grupo de militares oportunistas, deseosos de lucrar con este nuevo vacío de poder, nombraron presidente provisional al general Martín Carrera. Claro estaba: en aquellas circunstancias no era muy difícil pasar por alto la presencia de Melchor Ocampo y de Benito Juárez, ya de regreso de Nueva Orleáns, y trabajando este último al lado de Juan Álvarez después de haber sido ignorado y humillado por su presencia física hasta ser reconocido como el exgobernador de Oaxaca.

Benito Juárez había llegado a Acapulco en julio de 1855, gracias a que entre todos los desterrados habían pagado el costo del pasaje, unas semanas antes de la caída de Su Alteza Serenísima, a una aldea que "devoraba con lepra sus casas y bohíos". Unos cuantos pescadores y agricultores con técnicas de más de mil años de atraso, misérrimos ganaderos, la mayoría de ellos con la piel manchada, por algo serían conocidos como "los pintos", lo contemplaban con la ropa hecha pedazos y los zapatos humildísimos, sin saber que este hombrecillo zapoteco estaría llamado a gobernar el país por catorce años en otros episodios intensamente dramáticos de la historia.

En sus primeras entrevistas con Juan Álvarez, sentados a la sombra de una palmera en medio del incandescente calor del trópico, Juárez le hace un breve retrato de Santa Anna arguyendo que "como soldado era valiente, pero desconocía la técnica de la guerra y por ello es que nunca había ganado una verdadera batalla. Como gobernante es un perfecto desastre: carece de sentido nacional, tiene todos los prejuicios de su casta criolla, considera a las masas mestizas e indias como rebaño de idiotas, eternos niños incapaces de hacer algo consciente por su propio destino. Como hombre es una contradicción continua: tiene rasgos generosos para caer, inmediatamente después, en mezquindades repugnantes. Se enfrenta a los peligros con valor heroico para acobardarse después ante un simple chismorreo. Ama y odia intensamente. Miente siempre, espera de continuo algún milagro que haga resplandecer su estrella. Tiene en el fondo de su ser algo así como el convencimiento de que ha nacido para hacer historia, para hacer mundo".[24] Sí, sí, pero una porquería, don Juan…

La sorpresa de Juan Álvarez es mayúscula. Crecerá en la medida en que el indio zapoteco le explique su concepción de un Estado moderno. Las medidas urgentes a tomar. Hablan de educación, de la importancia de la academia, de la trascendencia de contar con vías de comunicación para hacer circular la riqueza a lo largo y ancho del país. No se imagina usted lo que es el Misisipi. Imposible evitar el tema de la impartición de justicia.

Por supuesto que lo llama a su lado. Los dos indios, prietos, casi de la misma estatura, se entienden de inmediato. No hay complejos ni mezquindades. Hay futuro. Se debe construir hoy en la tarde. Mañana al amanecer. Ya. Han sido víctimas del mismo dolor. Álvarez lo llama a su lado para redactar cartas, textos y proclamas. El zapoteco se convierte en su puente con el mundo exterior. Llega a ser imprescindible. Su manejo del lenguaje lo seduce. Su agudeza política lo convence. Su visión de México lo estimula. Su imaginación lo instruye. Su coraje lo fortalece. ¡Juárez, Juárez!, que venga Juárez. ¿Dónde está Juárez?

Es muy importante entablar un diálogo con el embajador Gadsden para cobrar los tres millones de pesos pendientes de la venta de La Mesilla. Ante un hecho consumado solo queda sacarle el máximo provecho. ¡Imposible retractarse! La revolución va a requerir de recursos. El nuevo gobierno de seguro encontrará la tesorería quebrada. Así ha sido siempre desde Iturbide. Cambiemos este estado catastrófico de las finanzas nacionales. Yo lo logré como gobernador de Oaxaca. Resulta imperativo nombrar un gobierno. Elegir a los miembros de su gabinete.

—Don Juan: tenemos que convocar a la nación para crear un Congreso Constituyente en donde los curas, señor, deben estar del todo excluidos, ya no podemos permitir que los sacerdotes legislen. "Como el pensamiento de esta revuelta es constituir el país sobre las bases sólidas de libertad e igualdad y restablecer la independencia del poder civil, es indispensable excluir al clero de la representación nacional."[25] Ni la Iglesia ni el ejército deben gozar de ningún privilegio ante la ley. Sacerdotes y soldados de cualquier jerarquía deben ser iguales ante la Constitución: suprimamos los fueros. Es imposible que una parte de la sociedad sea juzgada por tribunales especiales y la otra tenga que enfrentar el rigor de las normas fundamentales. Acerquémonos a la Ciudad de México. El asiento de los poderes federales. Existen muchos militares deseosos de sustituir a Santa Anna e impedir que nosotros lleguemos para instalarnos en el poder. Nuestro esfuerzo se desperdiciará. Abandonemos la sierra. El dictador se ha fugado, como corresponde a un cobarde. No podía actuar de otra manera. No tendrá ningún empacho en disfrutar en el extranjero el botín obtenido, sobre todo después de haber vendido una parte de México para sostener una causa personal.

El clero, por su parte, no se iba a quedar con los brazos cruzados, según avanzaba vertiginosamente el Plan de Ayutla y sus integrantes empezaban a dirigirse a Palacio Nacional. ¿Liberales en el poder? ¡Ni Dios lo quiera! El 23 de marzo de 1855 Pelagio Antonio de Labastida y Dávalos había sido preconizado obispo de Puebla. Él organizará sangrientamente, empleando todos los recursos a su alcance y apelando siempre a la divina comprensión de Dios, el rechazo feroz, rudo, violento e implacable, a una Constitución de corte progresista en la que no se contemplen los privilegios históricos del clero. El ejército, que venga el ejército santannista a defender sus prerrogativas... Que se presente armado, con uniformes de campaña, no los de gala. Es la hora de las armas, no de las conversaciones ni de las negociaciones. Jamás llegaremos a un acuerdo con quienes quieren robar los bienes del Señor y tratar a sus pastores como simples ciudadanos de cara a la ley. ¡Somos representantes de Dios! ¿No es suficiente argumento para que cualquiera humille la cabeza?

—Monseñor Labastida, Ponciano, nació en 1816, en Michoacán, cubierto por la luz de las estrellas, que iluminaron su camino hasta ordenarse como un digno representante de Dios. En la carrera que tenía delante de sí, su fortuna, su buena presencia y sus numerosas relaciones, sumadas a su tacto exquisito y a su talento natural, fueron poderosos auxiliares para su porvenir. Desde muy joven ocupó importantes puestos eclesiásticos, entre ellos dos ricos curatos y un provisorato, cuyos beneficios exorbitantes le permitieron aumentar su fortuna y, con ello, refrendar la consideración y la amistad de monseñor Clemente de Jesús Munguía, obispo de su diócesis, otro ejemplar retardatario que, como sabes, le declaró la guerra abierta a Melchor Ocampo y obviamente al país.

Don Valentín me contó que el nombramiento de canónigo de Labastida fue la recompensa de su servilismo, especialmente útil para aumentar sus relaciones con el alto clero de las diócesis, a las que llegaba su prestigio precedido de un renombre halagador. De ahí que cuando muriera el viejo obispo de Puebla durante la última dictadura del general Santa Anna, fuera relativamente sencillo para monseñor Munguía obtener el nombramiento para Labastida, su querido paisano. Claro está, tuvo que sugerir diversas intrigas —Munguía siempre daba con la forma correcta de inmovilizar a sus enemigos hablándoles al oído— y gastar fuertes sumas de dinero para pagar el silencio de los sacerdotes opositores y así poder obtener la mitra para su paisano michoacano. Una buena cantidad de monedas de plata vale más que el mejor argumento, Ponciano. La próxima vez serás obispo, por lo pronto recibe estas onzas de oro como agradecimiento por tu beatísima comprensión respecto a la inapelable decisión del Señor...

Solo faltaba cumplir con un último requisito: obtener la sanción del papa. Como la ley otorgaba al presidente la facultad de nombrar a los obispos, pero subordinaba la decisión al acuerdo final del Santo Padre, Labastida se presentó de inmediato ante Luigi Clementi, el nuncio del sumo pontífice en México, de quien obtuvo la "bendición" inmediata y se arregló con él mediante la entrega de cuatrocientas onzas de oro, además de un anillo pastoral de mayor valor con brillantes engarzados, cortesía de monseñor Munguía, a modo de reconocimiento apostólico…

El nuncio le comunicó directamente al Santo Padre que monseñor Labastida había obtenido, por supuesto, los votos unánimes, tanto del clero como de los poblanos, entre quienes, en realidad, no pasaba de ser un ilustre desconocido que Clementi hizo pasar por beato, Su Santidad, un hombre admirable lleno de compasión y amor probado, probadísimo hacia el prójimo… La Divina Providencia lo ha colmado, sapientísimo padre, de un saber profundo e incontestable: reúne todas las virtudes de un apóstol y posee, como muy pocos en estos territorios de Dios, el más alto grado de la humildad cristiana…[26] Y claro está, fue nombrado obispo…

—Para concluir solo debo decirte que monseñor Labastida fundió una serie de objetos hechos con metales preciosos y reunió una gran cantidad de alhajas provenientes de las iglesias de su ahora diócesis y después de venderlas aparentó enviar una parte del producto de la venta a Roma, a San Pedro, para demostrar al papa el inmenso agradecimiento experimentado por el clero poblano y el de México, en virtud de la Declaración Dogmática de la Inmaculada Concepción de la Virgen, cuando en realidad una parte de esa enorme suma de dinero fue remitida a los agentes secretos que trabajaban en Europa para apoyar el viejo movimiento de importar a México una monarquía, a la cabeza de la cual debería colocarse a un príncipe español: el mismo propósito de Paredes y Arrillaga y de Santa Anna, o tal vez solo del clero católico y de un grupo muy cerrado de conservadores fanáticos.

Otra parte, ciertamente menor, fue entregada al gobierno de Santa Anna para ayudarlo a combatir el levantamiento armado surgido en el estado de Guerrero, el Plan de Ayutla, que ya representaba un serio motivo de preocupación. ¿Son perros liberales? Sí, monseñor… Acabemos con ellos antes de que se multipliquen…

—Pero hizo su carrera eclesiástica sobornando a un obispo y a un nuncio papal, ¿no, don Valentín…?

—Evidentemente, muchacho, he ahí la podredumbre que les ocultan a los creyentes cuando enseñan el catecismo.

Labastida, al igual que Matías Monteagudo y Francisco Pablo Vázquez Vizcaíno, irá a donde tenga que ir. Llegará a donde tenga que llegar. Morirán quienes tengan que morir. Sacrificará lo que tenga que sacrificar, dinero, poder, prestigio: he dicho que lo que sea, pero esa Constitución inspirada por el diablo, impía y herética, no se promulgará, menos aun si ya se excluye al clero de su participación apostólica a la hora de redactarla.

¿Pretenden prescindir de nosotros, la luz del universo? ¡Veremos! ¿Dinero para la contienda militar que ya se entrevé? ¡Dinero! ¿Apoyo desde las sacristías y desde los púlpitos para fortalecer la causa conservadora? ¡Apoyos! ¿Formación de un ejército bien pertrechado y dispuesto a matar, a aplastar, a ahorcar y expulsar del territorio nacional a quienes ataquen la causa clerical? ¡Formémoslo! ¡Integrémoslo! ¡Armémoslos! Pero jamás permitiremos que se atente en contra del sagrado patrimonio de Dios.

Tan pronto Santa Anna abandona el poder, unos días después, se levanta en armas Antonio Haro y Tamariz con el dinero obtenido de las limosnas. Acata las instrucciones de Labastida. Es el hombre del obispo poblano. Su brazo político y militar. Proclama el Plan de San Luis Potosí en contra del triunvirato nombrado por Santa Anna para sustituirlo en el mando de la República. Lo acompaña por supuesto Francisco Güitián, un encumbrado militar que cobra sus abundantes emolumentos en la nómina secreta de la Mitra poblana. Labastida le pregunta a Francisco Javier Miranda, el operador de sus designios, el ejecutor de sus planes con una gran experiencia política y una decidida vocación eclesiástica, quien además funge, para cubrir apariencias, como el encargado del curato de la propia Catedral de Puebla, el responsable de *curar* a las almas afligidas, doloridas o perturbadas, sí: ¿Qué podemos esperar del Plan de Ayutla encabezado por un par de indios malditos, uno pinto, analfabeto y famélico, y el otro, un zapoteco que solo puede expresarse, si acaso, en su dialecto cerril y que nunca ha comido caliente, ambos rodeados de una cáfila de bandidos liberales?

Se trata de dos levantamientos armados, uno el del Plan de Ayutla proclamado por un grupo de liberales moderados y radicales que proponen un nuevo orden para el país, y el otro el retardatario, el inmovilista, el financiado y patrocinado por el clero, el de Labastida, otra insurrección más financiada por el clero católico mexicano que a través del Plan de San Luis, enmascarado como siempre, pretende impedir a todo trance que los progresistas accedan al máximo poder mexicano. ¿Quién habrá de gobernar el país, los de Ayutla o los de San Luis? Haro sostiene que la Iglesia está obligada, por los mandamientos divinos, a impedir "que cualquier jefe de motín, que se da el título de gobierno, pueda entregar el patrimonio de la Iglesia para sostener sus depravados intentos". Labastida, en estrecha comunicación con Haro y abasteciéndolo con generosos recursos propios de la diócesis de Puebla, que cubre también el estado de Veracruz y Tlaxcala, le ordena reorganizar el ejército santannista, prácticamente intacto, el tradicional brazo militar de la Iglesia católica, para combatir con todo el poder de las armas a los "pintos", los sublevados de Ayutla, unos muertos de hambre que no son dueños ni de lo que llevan puesto. No importaba en ese momento que Haro y Tamariz hubiera sido ministro de Hacienda con Santa Anna ni que hubiera lanzado un proyecto para sanear el gasto público lanzando una emisión de bonos garantizada por los bienes eclesiásticos. En todo caso habría sido un desliz. Es nuestro hombre. Ya entendió. Ha hablado con el Señor a través de nosotros. Lo hemos perdonado. Nos será leal hasta la muerte, si no, a los hechos. Haro y su familia eran católicos fervientes. Varios de sus hermanos habían seguido la carrera eclesiástica...

Comonfort convoca a una reunión con Haro y Doblado en Lagos de Moreno, Jalisco, para llamar a la conciliación y no provocar más derramamiento de sangre, más aún ahora que ha huido el tirano y tenemos por delante la gloriosa tarea de reconstruir el país sin destruirnos entre nosotros mismos.

—El objetivo de nuestro movimiento consiste en ofrecer toda la protección y respeto a la propiedad, al clero, al ejército y cada una de las clases que componen la gran familia mexicana, mientras que ustedes en el Plan de Ayutla no tocan expresamente estas cuestiones —adujo Haro sin disimular su consigna ni las órdenes vertidas por Labastida.

—Unos quieren convertir el orden en instrumento de las tiranías y otros pretenden hacer de la libertad una protectora del libertinaje. La paz se hará en México solo cuando logremos conciliar estos principios, y la mejor manera de lograrlo es a través de un Congreso Constituyente en el que serán tomados en cuenta todos los intereses —respondió Comonfort animado de la idea de reunir en un bloque a los beligerantes.

—Se dice que los curas no podrán ser parte de ese Congreso, Ignacio —volvió a insistir Antonio Haro en el centro de sus preocupaciones. No olvidaba que se dirigía a un subalterno que él mismo había nombrado administrador de la Aduana de Acapulco y que ahora se perfilaba como candidato a la presidencia de la República cuando Juan Álvarez, un anciano enfermo y cansado, incapaz de manejar con éxito la problemática política actual, lo nombrara su sucesor.

—Eso déjamelo a mí, Antonio, tenemos que incluir al clero como una parte de la representación nacional en este Congreso Constituyente. Además —agregó Comonfort para llegar a un acuerdo—, me parece imperativo que te hagas cargo de una cartera en el gabinete de don Juan. México es de todos y todos cabemos en un nuevo acuerdo político. Hagámoslo juntos.

El camino quedó libre de obstáculos. Don Juan Álvarez ya tenía el acceso garantizado a la presidencia interina de la República. Comonfort tenía que convencer a los liberales de Ayutla de la procedencia de los acuerdos pactados en Lagos de Moreno. ¿Un Congreso con curas? ¿Un conservador como Haro, extraído de la Inquisición medieval, en el gabinete? Ya veríamos…

Los liberales avanzan en lo político y en lo geográfico. Melchor Ocampo se une al grupo de Ayutla en Cuernavaca. También se siente la presencia de Ponciano Arriaga. Al mismo tiempo que el movimiento liberal significa una esperanza para muchos, para la Iglesia no deja de ser una amenaza. ¿Por qué el progreso…? ¿Por qué las nuevas ideas…? ¿Por qué no dejar las cosas como se encuentran eternamente? ¿Por qué, Dios mío, promueves o autorizas la evolución social cuando ya conoces de sobra las consecuencias? ¿Por qué negarse a entender las inmensas ventajas de la hermosa reacción? Votar en contra del inmovilismo debería ser considerado un pecado mortal excluido de cualquier indulgencia, por más que se quisiera pagar por ella.

El talento y la agudeza política de Ocampo son reconocidos de inmediato. Es el hombre que necesita la revolución. Juárez lo recibe con una enorme alegría interior exhibiendo, si acaso, una breve, muy leve sonrisa. Si acaso, le extiende la mano para darle la bienvenida. ¡Cuánto control de sus emociones! ¡Cuánta incapacidad de expresar sus sentimientos! Álvarez es electo presidente en los términos del Plan de Ayutla. Ungido con el cargo y después de celebrar un *Te Deum* por la elección del viejo revolucionario, este nombra a Melchor Ocampo como ministro de Relaciones Interiores y Exteriores; Ignacio Comonfort, ministro de Guerra; J. Miguel Arrioja, ministro de Gobernación; Ponciano Arriaga, ministro de Fomento; Guillermo Prieto, ministro de Hacienda, y Benito Juárez García, ministro de Justicia e Instrucción Pública. Los pasos se van dando de acuerdo con lo planeado. El 17 de octubre de 1855 Álvarez convoca a un Congreso Constituyente. La convocatoria fue la misma que se expidió en diciembre de 1841 con las modificaciones que las exigencias de la nación reclamaban en aquellas circunstancias. Nacerá finalmente una República Democrática representativa, contra todos los deseos del clero.

Juárez y Ocampo proponen la supresión del ejército como medida de orden, de paz y de economía, pero Ignacio Comonfort se opone férreamente a la propuesta. La condena como general de las fuerzas armadas y como ciudadano. "Nadie le negaba su valor militar pero tampoco nadie le concedía el valor civil." Era un moderado y con eso quedaba dicho todo: sería una rémora para el desarrollo del programa liberal del país. La moderación de Comonfort era más bien producto del miedo que de su benevolencia, paciencia y realismo. Temía no solamente a los sacerdotes, los militares y los poderosos económicamente, sino también, y de modo principal, abrigaba un profundo miedo por su querida y anciana madre, por quien dio a los conservadores, entre otras razones, algunas de las ventajas que estos podían desear y que conducirían a México a un pavoroso estallido social sin precedentes.

Efectivamente, doña Guadalupe Ríos de Comonfort jugaría un papel desconocido en la vida política de la nación al extremo de torcer su destino en razón de la piadosa intervención de su confesor, el padre Francisco Javier Miranda.

—El clero, otra vez el clero metido en la médula de la vida política y militar del país —diría don Valentín sin poder respirar—. ¡Velos!, ahí los tienes, ya no solo en las sacristías, en los confesionarios y en las misas, sino también como la sombra de los poderosos, mejor dicho, de las poderosas. Ya verás cómo el padre Miranda, aprovechándose de la conocida influencia que doña Guadalupe ejercía en su hijo Nachito, criatura del Señor, hace que ya como presidente de la República abdique de su cargo y propicie el estallido de la guerra más pavorosa conocida entre mexicanos. ¿Quién iba a decir que la anciana y su confesor, el padre Miranda, el curador de almas, fueran unos de los grandes culpables del incendio y destrucción del país durante tres años?

Ocampo no era un hombre que anduviera por la vida con contemplaciones. Tan pronto se percató de que Comonfort saboteaba los planes liberales, no a la supresión del ejército, preservemos íntegro el patrimonio de la Iglesia católica, no incurramos en el error de caer otra vez en una República federal, invitemos a los sacerdotes a formar parte del Congreso Constituyente y del futuro gobierno, Melchor Ocampo renunció a los quince días a su cargo, al igual que Guillermo Prieto. De nada valieron las súplicas de los suyos. No tenía la paciencia ni la inmensa capacidad de espera que Juárez llevaba en la sangre, heredada de sus ancestros zapotecos, de otra suerte hubiera sido la fama de Ocampo la que traspasara las fronteras mexicanas hasta alcanzar talla mundial. Su intolerancia llegaba a extremos alarmantes cuando no se comprendía ni siquiera lo obvio, lo elemental, o bien desesperaba porque sus interlocutores escondían sus verdaderas intenciones con argumentos y actitudes pueriles. La falta de autenticidad lo irritaba, imposible convivir con sujetos así: no era posible aceptar la cerrazón ni el desprecio de la causa liberal cuando se trataba de los únicos argumentos válidos para rescatar al país del marasmo. Su radicalismo e intransigencia, en ocasiones, provocaron temerarios descarrilamientos en su carrera política, circunstancias que le impidieron aprovechar a plenitud su determinación, su temperamento fogoso, su tenacidad, sus conocimientos, su perspicacia política y la agudeza de sus enfoques filosóficos y políticos, que bien hubieran podido encumbrarlo como líder máximo de México. Juárez, por su parte, también presentó su renuncia, pero no le fue aceptada ni él insistió emotivamente en retirarse del cargo. Al tiempo, al tiempo... Paciencia, paciencia, paciencia: has de ver pasar el cadáver de tus enemigos por la ventana de tu casa. No me importa ir despacio... Ya sé que la aguja horaria tarda veinticuatro, no doce horas, en dar una vuelta completa a la carátula del reloj. Aprendamos a esperar para que no aborte el movimiento...[27]

Juan Álvarez nunca imaginó la recepción que le tributarían los habitantes y el gobierno del Distrito Federal al ingresar a la ciudad por las inmediaciones de Tlalpan.

El pueblo acudió con gran entusiasmo a recibirlo. La gritería, entre la que sobresalían los alaridos de los pintos, constituía una novedad. Desde el desfile de las tropas norteamericanas en septiembre de 1847 no se había presenciado un espectáculo similar. Todos los balcones de la capital estaban inundados de gente. Curiosamente, las campanas de los templos repicaban a vuelo. Se formó una valla compacta desde la puerta principal de Palacio hasta la entrada de la Catedral. Alguien recordó también el paso del Ejército Trigarante, cuando Iturbide, y no Guerrero, acaparaba las ovaciones de la población el 27 de septiembre de 1821.

Los mexicanos de la capital nunca habían tenido la oportunidad de contemplar de cerca a sus paisanos de tierra caliente, los del sur, una mezcla de raza india primitiva y de la negra con una enfermedad cutánea, transmitida de padres a hijos, que la medicina no había logrado vencer ni erradicar.

"Se ordenó el cierre de comercios, se acordó que los edificios estuvieran iluminados durante tres noches; que se hiciesen salvas de artillería en los momentos de su entrada; que las músicas tocasen durante la noche enfrente del Palacio y que el último día, de los tres dispuestos para regocijos públicos, tuviesen fuegos artificiales. Desde una hora antes de que se aproximase a la capital, ya el pueblo, ávido siempre de novedades, se aglomeraba en las calles por donde debía pasar el anciano general y presidente interino. Cuando penetró en la ciudad todos los ojos se fijaron en él y en los soldados del sur que, por primera vez, eran conocidos en México. El aspecto de esta tropa formaba un pronunciado contraste con el verdadero ejército mexicano. Este, bien vestido y con bastante instrucción en el manejo de las armas, se presenta con el aparato atractivo de los ejércitos europeos, mientras el del sur no se distinguía del resto de los habitantes de aquel estado más que en el fusil."

El clero, su mortal enemigo, esperaba, sin embargo, a Juan Álvarez con palio y ciriales en la puerta del templo para conducirlo al lado izquierdo del altar mayor. Álvarez había derrocado a Santa Anna, el hombre de la Iglesia, su político favorito, su orgullosa creación, su verdugo a sueldo y, peor aún, lo había depuesto del cargo sin consultárselo ni armar el plan conjuntamente y, además, se había atrevido a convocar a un Congreso Constituyente que emitiría disposiciones contrarias a la Suprema Voluntad de Dios. ¡Una temeridad!, sí, pero más lo era la sorprendente audacia de rodearse únicamente de los desterrados de Nueva Orleáns, todos ellos furibundos liberales, enemigos declarados y confesos de los más grandes despropósitos clericales.

Para la inmensa sorpresa de todos y para confirmar la actitud históricamente hipócrita de la Iglesia católica, se cantó un *Te Deum* en honor del héroe sureño, el que, sin duda, cometería todo género de tropelías en su contra, mientras los sacerdotes proferían en silencio o en latín las maldiciones más hirientes dirigidas al caudillo sureño y a su gente, ¿gente…?, ¿eso es gente…?, sin dejar de aceptar el arribo de momentos difíciles impulsados por una generación de mexicanos dispuesta a abrir espacios políticos y a cambiar para siempre el rostro de la nación. El clero sería sentado finalmente en el banquillo de la historia para juzgar sus infamias y canalladas.

A la mitad de la ceremonia religiosa celebrada en la Catedral los pintos prorrumpieron en alaridos, esos gritos que hacían resonar en las montañas a través de ecos prolongados como si se tratara de coyotes o lobos heridos, seguidos de estruendosos ¡vivas! al general Álvarez y a la libertad. Su actitud atentaba en contra del protocolo litúrgico, ignoraba los usos y costumbres, rompía con las más caras tradiciones relativas a las maneras más adecuadas y educadas, violando el respeto antiguo que había prevalecido en el máximo templo de los mexicanos, en donde invariablemente se habían cantado las misas dentro de una atmósfera de escrupulosa armonía y consideración.

—No te imaginas el rostro de estupefacción de los frailes, querido Ponciano, sobre todo cuando estaban acostumbrados a guardar las formas más rígidas y a imponer el silencio más severo, salvo cuando las circunstancias exigidas por el rito dispusieran lo contrario.

Los regimientos de los surianos se alojaron en patios, pasillos y escaleras de Palacio con sus respectivas familias. Las oficinas y salas de juntas fueron convertidas de inmediato en habitaciones cubiertas de petates y anafres donde las mujeres de los soldados cocinaban tacos, caldos, pucheros, tasajo, totopos y pinole.

—Hubieras visto a las gallinas y a los chivos caminar por el Patio de Honor… Hubieras visto a lo que olía Palacio Nacional entre humos de leña o de carbón o de incienso y olores de fritangas, sin olvidar que muchos de los surianos satisfacían sus necesidades fisiológicas en el lugar más próximo, sin obsequiar a terceros ninguna deferencia especial.

¿Quién mejor que Martinillo para describirnos el entorno?

Aquel palacio que todavía ayer se cuidaba por guardias almibarados era un campamento desordenado, gritos, pleitos, borracheras, algazara y pistoletazos. Las escaleras estaban inundadas, los salones de recepción, donde habían lucido sus mantos bordados los Caballeros de la Orden de Guadalupe, se encontraban llenos de soldados surianos que entraban arrastrando sus machetes y salían a todas horas a ver al tío Juan, su padre y caudillo. Era tal el desorden, que como estábamos en pleno invierno y los surianos sentían un frío espantoso, cortaban los árboles que había en la prolongada banqueta del atrio de la Catedral y hacían leña para calentarse y calentar el fogón. ¿Qué podía importarles a ellos un árbol si habían nacido entre bosques que resisten los vientos, las tempestades, las lluvias más implacables y hasta la presencia del hombre mismo?

Mientras estuvieron los surianos en la Ciudad de México no dejaron de escucharse pleitos callejeros en pleno sereno, seguidos de disparos o de ruidos pintorescos producidos por los machetes al ser afilados en las banquetas durante las riñas entre capitalinos y provincianos. Se les veía caminar con un calzón ancho y blanco de tela de algodón, sujeto a la cintura por una faja, camisa suelta que cae encima de los calzones, sombrero de petate de inmensas alas y sandalias sumamente ordinarias. El aspecto de estos soldados repugnó desde el primer momento al pueblo de la capital y pronto se estableció entre este y aquellos un terrible antagonismo que originó sangrientas riñas. Los sureños eran violentos, agresivos, intolerantes, bárbaros y depredadores al extremo de ser considerados los hunos del sur.

—Sí, pero esos hombres habían hecho la campaña militar y habían destruido para siempre a Su Alteza o a su bajeza serenísimas, como tú quieras. Ellos se habían alzado finalmente con la victoria que ya nadie podría arrebatarles. Nadie podría quitarles en lo sucesivo el destacado lugar que, sin duda, ocuparían en la historia.

Las intrigas eclesiásticas, sin embargo, estaban a la orden del día. El sacerdote Francisco Javier Miranda, otra vez el padre Miranda, el incansable padre Miranda, promovía sublevaciones e insurrecciones, desprestigiaba al gobierno, asustaba a los fieles con prédicas y a la ciudadanía con artículos publicados en los periódicos en torno a las funestas consecuencias que podían derivarse de la promulgación de una nueva Constitución. Ahí estaban sus columnas en *La Verdad Demostrada*, *El Universal*, *La Sociedad*, *El Espectador*, *El Católico* y *La Cruz*, que le valieron no pocas persecuciones. Tenía una innegable capacidad para crear el pánico, atar con detalle los hilos de la conjura y estimular eficientemente la sedición. Juárez, preocupado por la influencia y la capacidad de convocatoria del sacerdote poblano, el verdadero motor de la intriga, intervino para convencer al presidente Álvarez de las ventajas de privarlo de la libertad e impedir, de esta suerte, que continuara derramando el veneno de la reacción entre la comunidad católica que asistía a las misas no solo en Puebla sino en el resto del país, o entre los lectores de periódicos, en muchos casos susceptibles de ser confundidos con amenazas infundadas o con peligros inexistentes.

Miranda, el *alter ego* del obispo Labastida, supo por filtraciones de sus agentes en el gobierno federal que venían por él, que había una orden de arresto en su contra, que sería encerrado en una prisión federal sin acusación legal justificada.

—¿Qué podemos hacer, santo padre? —le preguntó a su superior mientras movía impaciente las cuentas de un rosario pasándolas entre los dedos de la mano derecha—. ¿Acaso debo permitir que estos infieles, herejes me crucifiquen igual que al Señor? Sí, sí, sí, padre mío, necesitamos lucrar políticamente con una víctima para que los creyentes se den cuenta de los atropellos a los que puede llegar el gobierno. Dejaré que me prendan, padre. ¡Perdónalos, Señor, no saben lo que hacen! Tengo detectado al Judas que ya le ha revelado a la policía todos mis movimientos. Desde la cárcel seguiré luchando por la Razón Divina.

Labastida lo contemplaba con auténtica admiración, ¿admiración?, no, no qué va, devoción, lo reverenciaba con auténtica devoción. Este hombre ve más que yo, ve más que la mayoría de los mortales. Percibe lo que nadie percibe y se adelanta a los acontecimientos, tal y como los ilusionistas preparan su suerte para salir invariablemente con una gran sorpresa ante su público. Dejémoslo actuar: él sabe mejor que nadie lo que hace. Algo habrá entrevisto que prefiere dejarse atrapar a huir… ¡Ay!, padre Miranda, ¡ay!, padre Francisco, qué ojos y qué sentidos te ha obsequiado el Señor…

—Usted sabe muy bien que nadie podrá desviarme de la causa. Convenceré a la escolta que me lleve encadenado a la Ciudad de México del atropello que comete. Les haré saber que están provocando la ira de Dios por ser yo un pastor de Su Iglesia. Humillaré a mis celadores para mostrarles las consecuencias de su conducta y advertirles el peligro que corren de ser condenados a pasar la eternidad en el infierno. Me encargaré de seguir mandando mis artículos a los periódicos, que serán publicados con un seudónimo. Continuaré hablando con mis leales para precisar los detalles del golpe de Estado que habrá de acabar con Álvarez y su pandilla, incluido, claro está, Comonfort. El imbécil de Nacho… Mire usted que haber consentido en la convocatoria para redactar una nueva Constitución sin la concurrencia de la Iglesia…

El presidente Álvarez ordenó, de inmediato, cinco días después de su llegada a la capital de la República, el arresto del sacerdote, quien fue sacado con fuerza armada de su casa en Puebla el 20 de noviembre de 1855 y conducido inmediatamente a la Ciudad de México, en donde se le recluyó en una celda "con centinela de vista" en el cuartel de San Hipólito, perteneciente al decimoprimer regimiento.[28] Sin duda se trataba de un muy singular representante de Dios que debería ser apartado de todo contacto con la sociedad al consignársele en una prisión fuertemente custodiada o excluido del país ejecutando su expulsión por medio de un decreto fulminante. ¡Fuera con él!

La prensa conservadora clamó contra aquel acto arbitrario, al igual que el prelado Pelagio Antonio de Labastida y Dávalos, obispo de Puebla, quien se quejaba porque había sido atropellada la autoridad que él ejercía respecto a los sacerdotes de su diócesis. Él no contrariaba la orden dada por el presidente, orden que respetaba y debía presumir estaría muy bien fundada. Que lo que extrañaba únicamente era el modo de proceder sin mutuo acuerdo, sin aviso previo de la aprehensión del reo y a quien se le había separado del servicio de la parroquia y enviado a México sin que lo supiese su obispo, que estaba a pocos pasos del Palacio de Gobierno de Puebla y del curato del sagrario. Alegó que al padre Miranda siempre se le había visto pronto en obsequiar las más leves insinuaciones de los depositarios del poder público, por lo que su aprehensión sin contar previamente con la autoridad eclesiástica hace que se trastornen completamente los principios en que descansan ambas autoridades.[29]

—Una blanca palomita, ¿no, Ponciano? Como si no se conocieran los pasos de Miranda ni se supiera su capacidad de movilización de masas a través del púlpito, de la prensa y de otras actividades encubiertas. ¡Claro que las peticiones de Labastida, cada vez más airadas, fueron desatendidas por el gobierno del presidente Álvarez y, por supuesto, por su ministro de Justicia, quien aceleraba ya los trámites para lograr el destierro del sacerdote sedicioso a la brevedad posible!

—Aquí, en esta misma celda, en esta precisa mazmorra en que nos encontramos, tal vez estuvo dos meses preso el padre Miranda en su viaje previo al exilio, Ponciano...[30]

A casi una semana del arribo del presidente Juan Álvarez a la capital, Juárez resolvió destruir la prepotencia de la Iglesia y del ejército. El Ministerio de Justicia y Negocios Eclesiásticos se convertía de golpe en la cartera más importante del gobierno de Juan Álvarez. No había tiempo qué perder. Don Benito intuía el cambio de estafeta. En cualquier momento Comonfort sucedería en el cargo a Álvarez. Se convertiría en el líder máximo de Ayutla y, obvio está, el plan original sufriría un viraje radical hacia la vertiente conservadora, la que despreciaba Ocampo y, por supuesto, el grupo cerrado de liberales radicales. Resultaba imperativo actuar de manera inmediata. A saber, el destino de la revolución en manos de Comonfort...

El momento idóneo llegó en una de las ausencias del ministro de Guerra.

—Claro está, Ponciano, hay quien sostiene que Comonfort conocía los planes de Juárez y que aún así permitió que el oaxaqueño le "sacara la firma" a Álvarez. Es muy probable, hijo, Comonfort sabía de sobra las consecuencias de cometer un atentado en contra de la Iglesia. Tal vez llegó a pensar que la audaz jugada juarista precipitaría la salida del cacique sureño. Ni las fuerzas armadas ni la Iglesia católica tolerarían una mutilación política y jurídica de semejantes proporciones. No se equivocó. Aprovechó la fuerza y la influencia de Juárez en el seno del gabinete para destruir a Álvarez. El indio zapoteco logró promulgar el 25 de noviembre de 1855 la ley que concluiría con los fueros militares y eclesiásticos. Finalmente se sometería a las clases privilegiadas a la jurisdicción de los tribunales civiles y del derecho común. Se ejecutaba, al menos, una pequeña parte de los planes trazados desde Nueva Orleáns.

La Ley Juárez organizó la administración de justicia y en ella se puso la piedra fundamental de la Reforma. Su más ferviente deseo siempre consistió en restablecer el imperio de la ley y el prestigio de la autoridad. Suprime los tribunales especiales: no hay más derecho que el de todos. No existe el derecho de cada uno, por ello los tribunales eclesiásticos y los militares dejarían de conocer de los negocios civiles. Se separan jurisdicciones. Adiós a los fueros. Nadie puede ostentar un privilegio de cara a la ley. No pueden existir dos justicias. ¿Una para unos y otra para otros? Establezcamos un principio de igualdad judicial. En 1824 se aceptó la Constitución federal a cambio de la supervivencia de los fueros. Esta vez se acabó: tendremos una Constitución federal y, además, sin fueros para nadie.

En el partido conservador, aun en el sector moderado, contemplaron con auténtico espanto la nueva ley. El arzobispo de México, don Lázaro de la Garza y Ballesteros, declaró que era contraria a lo dispuesto por la Iglesia, que era nula, que se ignoraba, sí, sí, que se ignoraba, que de cualquier manera los tribunales eclesiásticos juzgarían a quienes hubieran cometido algún delito. El obispo Munguía manifestó que "la supresión del fuero no era de la incumbencia del gobierno sin previo acuerdo del sumo pontífice y que deben suspenderse sus efectos en tanto se llega a este acuerdo".[31] "El poder, ministerio y personalidad católica no están ni entran en la órbita del gobierno temporal. Cualquier alteración en los privilegios de la

Iglesia requiere el acuerdo previo de esta. No existe ley alguna, emitida por los hombres, que pueda modificar su estatus." Labastida mencionó que "el despojo del fuero es cosa que no tiene nombre... Los mismos fieles consideran estas disposiciones como una expresión de odio... y como el anuncio de nuevos trastornos que convertirán a México en un cuadro horrible".[32] El clero quería seguir constituyendo un Estado dentro del Estado. Para nadie podía pasar inadvertida la feroz propaganda revolucionaria que promovía el clero en contra de la Ley Juárez. Los púlpitos se convirtieron en tribunas desde donde se lanzaban terribles invectivas contra el partido liberal, exagerando las tendencias de este y presentándolo como un enemigo feroz de la Iglesia y de sus ministros.

Miranda muerde el polvo encerrado en la cárcel. Lo sabía, lo sabía, lo sabía, se dice mientras choca furiosamente el puño de su mano derecha contra la palma de la izquierda. Su reclusión forzosa no le impide comunicarse por escrito con el padre Ortega de Zacapoaxtla ni, obviamente, con el obispo Labastida. Las noticias lo desesperan. ¿Comonfort está pintado en la pared? Lo sabía, ¡claro que sí!, su madre me lo dijo una y mil veces. Él no es confiable como lo fue Santa Anna. Este le pide permiso a un pie para mover el otro. ¿Cómo se atreve Juárez a atentar así en contra de Dios? ¿No les preocupa despertar la ira del Señor? ¿Cómo se atreve a ponernos a los representantes de Dios a la misma altura de los civiles? ¿Estará enloqueciendo este maldito indio desnutrido? Tan somos diferentes que por ello hemos tenido y tendremos tribunales especiales. Si no temen el Juicio Final espero que teman nuestras bombas...

Si bien el anuncio de un Congreso Constituyente encargado de redactar una Carta Magna, sin la presencia de los sacerdotes, constituyó en sí mismo una amenaza en contra de los intereses clericales, la ley sobre la abolición de fueros eclesiásticos ya fue entendida como una abierta declaración de guerra contra la Iglesia católica. Los beligerantes pasaron entonces a formarse en sus respectivos frentes. Los bandos estaban muy claros. Lo que estaba en juego, también. Ningún sacerdote estaba dispuesto a permitir que su religión y sus creyentes fueran reducidos a una mera secta. Por lo pronto, no se recurriría a las armas, sino a la utilización de un instrumento probado y de gran eficiencia para extirpar de raíz cualquier agresión en contra de la Iglesia de Jesús: el derrocamiento, el golpe de Estado. Desaparecido el jefe de la nación se impondría otro afín a los intereses conservadores y clericales. ¿Para qué una revolución? ¿Para qué un baño de sangre? Basta con acabar con Álvarez y con Juárez. Comonfort, el hombre a quien la revolución consideraba héroe y salvador tan solo hacía dos meses, empezaba a ser repudiado amargamente por su falta de energía y su asociación con los puros. ¿Quién es Comonfort? ¿De qué lado está? Se temía que llegara a perecer como sus antecesores y perecería como sus sucesores, por la bancarrota o por un levantamiento armado o por ambos simultáneamente. El nombre de Antonio Haro volvía a escucharse sonoramente como el gran guardián del tesoro eclesiástico y el mejor cancerbero de los intereses de Dios.

El gobierno no ha acordado todavía con Su Santidad, el papa, la validez de esa norma asesina, la cancelación de los fueros eclesiásticos…[33]

El gobierno soberano no tiene por qué consultar ni pedir autorización a ninguna autoridad espiritual, militar o política extranjera. ¿Sabe usted lo que es la soberanía de un Estado?

La ley es contraria a la religión.

¡Falso! La Ley Juárez no toca ningún principio religioso, solo establece en la sociedad la igualdad de derechos.

El clero obligará a los creyentes a la desobediencia de esa ley.

Ustedes serán responsables de desacato a la autoridad.

Todo parece indicar que estamos frente a una lucha de poderes que puede desembocar en una guerra.

De lo único que se trata de es de modernizar a nuestro país. Ya no vivimos en la Edad Media. Al César lo que es del César y a Dios lo que es Dios. Además, defender con las armas privilegios terrenales no parece ser un capítulo consignado en el Evangelio, ¿no?

La Iglesia católica jamás enviará sus expedientes para que los tribunales civiles impartan la justicia que a nosotros nos incumbe.

Sus resoluciones, señores sacerdotes, no serán obligatorias. Se acabaron los tiempos en que se apoyaban ustedes en la coactividad del Estado mexicano para imponer sus determinaciones.

Ningún clérigo puede ser arrestado ni embargados sus bienes ni ejercerse ningún otro acto de jurisdicción civil sobre los representantes de Dios en la tierra.

Antes no podían ser arrestados ni embargados, sí, en efecto, tan pronto se promulgue la legislación juarista, podrán serlo sin ninguna duda. Ahí radica todo el poder del Estado, en imponer sus acuerdos aun con la fuerza pública sobre toda la sociedad, sin excepciones.

¿La emplearán contra la Iglesia?

Solo si esta insiste en negar las facultades del gobierno. Resígnense. Son otros tiempos.

Esperemos que no se les olvide que nosotros también podemos tener nuestros recursos para hacer valer nuestras determinaciones. La abolición o reducción del fuero eclesiástico llevaría a una guerra de religión, cuyas características serían extremas por la firme adhesión de todas las clases a las antiguas creencias.

¿Esos son sus conceptos de la patria? Si un Congreso o una representación popular deciden votar una ley, ¿se opondrían a ella a pesar de ser la suprema voluntad de la nación?

Aquí no hay otra Suprema Voluntad que la del Señor y a ella debemos plegarnos todos.

¿Y quién interpreta la voluntad del Señor?

Nosotros, los pastores de almas.

¿Y quién los nombra a ustedes?

Dios.

¿Dios o el papa, otro hombre como ustedes o nosotros?

Entramos al terreno de la fe. Ahí nunca nos entenderemos.

Entramos al terreno de la fe o en el del chantaje. Hay una diferencia abismal entre ambos.

Ustedes, los del gobierno, están en el terreno de la conciliación o en el de la provocación.

Estamos en el terreno del respeto a la voluntad de la nación expresada en el Plan de Ayutla. Tenemos el voto de la mayoría.

Aquí solo hay Un Voto y vale, créame por todos los suyos, los del pueblo incluidos. Un voto, el de Dios.

Entiendan que los negocios civiles de los eclesiásticos nada tienen de espiritual. ¿Por qué si una persona cae en la insolvencia ante un crédito contratado con una entidad financiera propiedad de ustedes va a ser juzgada por un tribunal eclesiástico? Si un inquilino no les paga la renta de una de sus miles de casas compradas con las limosnas, a partir de ahora será juzgado por un tribunal civil.

Hace siglos que el caso lo atienden nuestros tribunales eclesiásticos y no existe razón por la que cambiar este estado de cosas.

Eso es lo que se llama reacción. La negativa a aceptar el arribo de los nuevos tiempos con argumentos obsoletos.

Dios no es obsoleto.

No cambie el tema. Una cosa es la religión y las cuestiones de la fe y otra, muy distinta, la jurisdicción civil o la eclesiástica en cuestiones temporales, materiales, para explicarme mejor. Mire el daño que se ha causado al país cuando ustedes han abanderado movimientos armados con el lema de la Religión y Fueros…

Y los que seguiremos acaudillando, señores.

En Francia, apenas hace siete años, en 1848, el clero llamaba a acatar y a obedecer a la nueva República, aclarando que la libertad, lejos de atacar, se hermana perfectamente bien con la religión. En Estados Unidos, por si fuera poco, existen a un tiempo todas las religiones sin monopolios espirituales y el clero católico se distingue por su prudencia, por su moderación y por su respeto a las leyes y autoridades.[34]

Francia y Estados Unidos tienen otra historia, otra educación, otra trayectoria.

Bien, esa es la idea de México: no seguir siendo víctimas de nuestra historia ni de nuestra educación... Queremos otra trayectoria.

La trayectoria establecida por Dios para cada pueblo debe respetarse.

Si ustedes se mezclan en política, el clero sale lastimado, al igual que el Estado y la propia religión. Todos perdemos si no respetamos nuestros campos de acción. La mayoría del clero mexicano no da motivos de queja, solo son ustedes, la alta jerarquía, un grupo pequeño de prelados, los que detienen, tuercen y desvían la ruta del país.

A nosotros nos corresponde ilustrar y sostener que el fuero es un derecho divino que ningún ser humano nos puede arrebatar.

¿Por esa razón ustedes utilizan los púlpitos para excitar a la nación en contra nuestra invitándola a la desobediencia y llamándonos herejes?

Quien profese las ideas de ustedes debe ser declarado hereje y excomulgado.

Otra vez la guerra.

Tantas veces sea necesaria para defender lo que nos corresponde.

El poder teocrático que ustedes ostentan se reduce a que todas las clases de la nación trabajan para el clero y el clero absorbe, el clero acumula sin remediar en nada la miseria pública, sin aliviar en lo mínimo la suerte de sus hermanos. Revísense sus cuentas y el sobrante, esas enormes sumas que encierran y distraen de la circulación, facilítensele al industrial, al agricultor y al marinero, préstense al artesano sin trabajo, a la viuda desvalida y al huérfano desamparado y formando con exorbitantes sumas un gran banco nacional, protéjase con ellas a la República, ya que la República, por tan largos años los ha protegido.[35]

¿Que nos revisen nuestras cuentas? Debes saber, querido hermano, que nuestras cuentas no solo no se las enseñamos al gobierno ni al Santo Padre, sino tampoco a Dios, Nuestro Señor, el día del Juicio Final... ¿Para qué si Él todo lo sabe y lo perdona con su inagotable misericordia?

Los periódicos conservadores, por su parte, repetían en diversos tonos aquellas acusaciones; escribían largos artículos para probar la divinidad de la religión católica y ponían en circulación toda clase de rumores, por absurdos que fueran, con tal de que contribuyeran al objeto que se habían propuesto: desprestigiar a las autoridades, detener la corriente reformista que apenas se había iniciado con la ley de convocatoria para el constituyente y la ley de administración de justicia.

A esto debemos añadir el descontento de aquel ejército santannista vencido, fanático y retrógrado y sus insubordinaciones en los cuarteles, sus asonadas y revueltas, además de la parte activa de las mujeres y de las familias formando un todo terriblemente reaccionario. El conflicto estaba planteado. Se pensaba en licenciar a la vieja tropa retrógrada y corrupta para integrar unas fuerzas armadas modernas y progresistas. Ya veríamos...

Ocampo tuvo razón una vez más: Privar a los generales y a los obispos del fuero, Benito, equivale a darte un tiro en el centro de la frente y otro en el corazón de don Juan... Los curas derrocarán al gobierno de Ayutla y a ti te echarán por lo menos a patadas del gabinete. Estás rodeado de fanáticos clericales.

Era el momento esperado. La revuelta no se hizo esperar. La gota efectivamente derramó el vaso. Acabó con la paciencia de Labastida. El grito de "Religión y Fueros", el mismo que se escuchó en 1834 cuando Santa Anna cesó a Gómez Farías en la vicepresidencia y en otros tantos momentos de la historia patria, se volvió a oír en buena parte del país. Los dineros del clero se destinaron de nueva cuenta a financiar ejércitos, cuartelazos y levantamientos militares. Comonfort hizo las veces de alambrista. Si apoyaba a Juárez, entonces los conservadores y los clericales lo devorarían vivo, y si, por el contrario, se oponía a la ley y la condenaba, se echaría encima a toda la causa liberal. Ya los conocía después de haber tratado a Ocampo. Eran unos intolerantes impresentables...

Los conservadores vieron en la figura de Juan Álvarez a un hombre cansado, blandengue, manipulable por los liberales y que firmaría cualquier decreto o iniciativa legal promovida por Juárez sin más cuestionamientos de aquel con el que le gustaba dirigirse a su ministro de Justicia y Negocios Eclesiásticos: ¿Adónde firmo, don Benito? Le auguro un largo camino en la política...

Era menester deshacerse de él, del indio sureño que había logrado el derrocamiento de Su Alteza Serenísima. Golpeando fuerte en la cabeza de Juan Álvarez se desplomará el resto del cuerpo. Sería el gran final, el nuevo gran final de la era liberal. Ni el clero ni el ejército deseaban verlo encumbrado en la presidencia de la República ni podían siquiera imaginar el futuro de México con un gabinete integrado por Ocampo, Juárez, Prieto y Arriaga, entre otros. Además de todo lo anterior, el padre Miranda había vuelto a tener razón. Si la Constitución se redactaba y se promulgaba durante la gestión de Juan Álvarez, el clero, el ejército y los hombres de bien de este país no superarían el rencor en los siglos por venir. Buscarían la venganza una y otra vez. Aquí y allá. Hoy mismo. Mañana. En todo momento y en cualquier coyuntura. Atacarán de improviso, como una fiera herida.

—Todo el articulado de la nueva Carta Magna estará, de principio a fin, en contra de la Iglesia católica. ¿No es mucho mejor quemar el agujero fétido donde se incuban las víboras que esperar a su crecimiento para después perderlas en el campo? De ese Congreso Constituyente no saldrá nada bueno para el clero. Actuemos sin tardanza o perderemos el control. Escúchenme bien: mientras no acabemos con Comonfort correremos peligro. Es como una hoja sujeta a los caprichos del viento… No solo lo conozco en detalle por su desempeño político y público, créanme, sé de su comportamiento íntimo y de su cobardía, de sus indecisiones y de sus miedos. Imagínense que tiene dos hijas fuera de matrimonio y no se atreve a decírselo a su madre, quien me lo ha comunicado a través de la confesión. Ese pobre diablo no imagina que la vieja sabe mucho más de lo que él supone y que yo a través de ella lo he visto muchas veces a contraluz, transparente, así, como fue, es y será. A mí no me engaña. He aprendido a manejarlo a través de su madre, sé de sus alcances y limitaciones y, por lo mismo, no descansaré hasta acabar con él… Entiendo que debemos deshacernos, antes que nada, de Juan Álvarez, pero, acto seguido, no consintamos que Ignacio Comonfort, Nachito, lo suceda como presidente. Nunca sabremos a qué atenernos con él. De consentirlo, no solo desaparecerán los fueros, sino que se atentará en contra del patrimonio de Dios, licenciarán al ejército, es más, lo disolverán y con él desaparecerán nuestras posibilidades de defender las garantías, los derechos y los justificados privilegios con los que hemos sobrevivido en los últimos siglos.

Esto le había comentado el padre Miranda en una carta a su superior, el obispo Labastida.

La primera parte de la estrategia, o sea la sustitución del cargo de Juan Álvarez, se ejecutó en tan solo catorce días contados a partir de la publicación de la ley Juárez. Todo comenzó cuando Haro y Tamariz, después de una conversación sostenida en la Catedral de Puebla con el obispo Labastida, viajó a Guanajuato para convencer al gobernador Manuel Doblado de las ventajas de levantarse en armas en contra de Álvarez, el gran líder de Ayutla y de su ministro de Justicia, don Benito Juárez.

—Tenemos que sacarlos a los dos, Manuel, son órdenes del obispo Labastida. Insiste en que no podemos dejar a este par de alacranes de Álvarez y de Juárez en el poder porque sería nuestro final. No podemos permitir que cada día acumulen más fuerza ni más autoridad ni más prestigio. La derogación de todo lo actuado nos será mucho más difícil en la misma medida en que transcurra el tiempo y continuemos tolerándoles la promulgación de medidas legales y más tarde constitucionales que atenten en contra de todo lo que somos, en contra de todo lo que tenemos como Iglesia, como ejército y como sociedad. Acabemos con ellos antes de que sea demasiado tarde, y para ello te propongo que desempolves el estandarte con la leyenda de Religión y Fueros y te levantes en armas para hacer que ambos regresen a sus respectivas sierras, uno a la del sur y el otro a la de Oaxaca. De la sierra vienen, que a la sierra regresen… Ya cuando liberemos al padre Miranda nos ocuparemos de Comonfort.

—No me digas, Antonio, que solo quieres acabar con Álvarez porque es una amenaza contra la Iglesia —dijo a Haro y Tamariz el gobernador de Guanajuato, un hombre maleable, sin estructura ósea, dispuesto a lo que fuera con tal de acumular poder.

—La verdad es que Comonfort me ofreció, como tú sabes —adujo Haro—, un cargo en el gabinete, y mientras más rápido nos deshagamos de este vejestorio de Álvarez más cerca estaré yo mismo de la presidencia… ¿Entiendes?

El plan resultó de una eficiencia impecable. Tan pronto como el 6 de diciembre de 1855, Manuel Doblado se levantó en armas proclamando, obvio es decirlo, la presidencia de Ignacio Comonfort. El cacique de Ayutla añoraba las montañas del sur, así como el clima cálido de la costa sin los fríos invernales de la Ciudad de México… Al sentir la punta de la espada de Doblado en la garganta entendió llegado el momento de partir. ¿Quién puede controlar la violencia que se va a desatar? Santa Anna afortunadamente ya no está. Él, don Juan, lo ha largado del poder. Ha cumplido con la parte más importante del Plan de Ayutla. Se siente en paz con la patria. Estos pobres y viejos huesos ya no dan para más… Ignacio, Ignacio, que venga Ignacio…

De acuerdo con lo programado, solo dos días después del alzamiento Juan Álvarez le entregó el cargo a Ignacio Comonfort, a pesar de la oposición del Consejo de Gobierno que advertía acertadamente la ausencia de facultades del presidente para designar a su sustituto. Por si fuera poco, el presidente interino convoca a Comonfort a Palacio Nacional para establecer las bases de la transmisión de poderes. El general poblano se niega inexplicablemente a asistir, por lo que don Juan Álvarez, no obstante sus achaques y enfermedades, decide ir él mismo hasta la casa de Comonfort, su ministro de Guerra, para suplicarle que aceptara la presidencia.

El día 12 de diciembre, después de la toma de posesión de Comonfort como presidente de la República, doña Guadalupe Ríos, su señora madre, nunca estuvo más orgullosa, el líder sureño se retiraría con sus pintos a la

Sierra del Sur. Concluía entre la rechifla popular y los insultos otro episodio más del Plan de Ayutla. La ciudad volvía a estar transitoriamente en paz.

La primera decisión que toma Ignacio Comonfort como presidente de la República consiste en suprimir fulminantemente el gabinete liberal para integrar uno moderado y desviar al país de los objetivos planteados en el Plan de Ayutla. Ese sería su primer paso hacia el abismo, en el que no solo caería él sino todo el país a raíz del estallido de la guerra de Reforma. Doña Guadalupe Ríos de Comonfort visitó, visiblemente emocionada, al obispo Labastida en Puebla para celebrar la expulsión, en primer lugar, de los liberales, y en segundo, la ascensión, hermosa palabra, ¿no?, a la jefatura de gobierno de mi hijo Nacho.

—Como verá usted, señor obispo, Nacho es un buen hombre, será un gran presidente católico, solo basta hablarle a un oído distinto al que utiliza cuando escucha a Juárez para hacerlo entrar en razón… Tantas veces tenga usted diferencias con él invíteme a su palacio para que busquemos juntos la manera de conquistar el mejor favor de Dios… Hoy vengo dispuesta a confesarme y a comulgar, padre: quiero limpiarme de culpas para poder ver, como siempre, al Señor a Su cara y seguir guiando mi vida con los rayos de luz que salen de su cabeza. ¿Vendrá usted hoy en la tardecita a comer un chocolatito calientito con unos bizcochos con chochitos que yo mismita le prepararé?

En el gabinete del presidente Comonfort no aparecían por supuesto ni Juárez ni Ocampo ni Prieto ni Arriaga. En su lugar figuraban Luis de la Rosa, Ezequiel Montes, José María Lafragua, Manuel Payno, Manuel Filiseo y el general José María Yáñez. Mientras Juárez abandonaba su ministerio después de haber promulgado la ley de fueros y se dirigía a Oaxaca para presidir una vez más el gobierno de su estado natal, Ocampo no se sorprendía, pero sí se arrepentía por no haber rechazado, desde un principio, el Plan de Ayutla. Comonfort va a descarrilar el proyecto liberal, había concluido en sus reflexiones, que después les externaría a quienes habían sido sus queridos compañeros de destierro. Él carece de la formación política, del peso de las convicciones filosóficas, para acometer con éxito los planes trazados en Nueva Orleáns.

—Escúchenme bien —les advirtió ya en Cuernavaca a Juárez, Prieto y Arriaga—. Apártense de esta persona. Quiera Dios que este hombre no hunda la nación en un baño de sangre…[36] Un hombre tan pequeñito en sus visiones políticas, tan temeroso, tan pusilánime e indefinido conducirá inexorablemente a México por la ruta del estallido social. Él desea quedar bien con Dios y con el diablo y finalmente se pondrá en manos de este último para desgracia de México…

—Mira, Ponciano, ya que por algo tienes nombre de héroe liberal —exclamó don Valentín y su voz resonó en la mazmorra—, debes saber algo que muy pocos mexicanos conocen… —carraspeó mientras una espantosa zozobra se iba apoderando de mí. Jamás había experimentado una sensación similar. Se me empezaban a entumir los brazos y las piernas. Me petrificaba. La garganta se me cerraba. Moví la cabeza haciéndola girar lentamente esperando una mejoría gradual. Nada…

En tanto trataba de recuperarme el viejo continuó:

—Ni Miranda ni Labastida, ni la Iglesia católica en general, iban a permitir que Comonfort continuara en el cargo. Era menester ponerlo a prueba prematuramente y envenenarle la presidencia, colmarle el camino de obstáculos, hacer abortar su gobierno, mostrarle tan solo una pata del monstruo que lo iba a devorar para que imaginara el tamaño del enemigo a vencer. ¿Qué hacer? ¡Derrocarlo! Así de simple. ¿No habían largado ya a Juan Álvarez con todo y su Plan de Ayutla? Manos a la obra, señores sacerdotes… Otra vez manos a la obra: la intentona golpista estalló, Ponciano, el mismo día en que Comonfort tomó posesión, o sea el 12 de diciembre de 1855. La señal era muy clara: No gobernarás en paz, Nachito, ni siquiera el primer día de tu mandato, argumentaba Miranda en tanto se dirigía, debidamente custodiado, rumbo a Veracruz, para abordar un barco rumbo al exilio.

Algo se convulsionaba en mi interior y estallaría en cualquier momento. Don Valentín, ajeno a mi malestar, continuó hablando:

—¿Acaso has oído hablar alguna vez en tu existencia del levantamiento armado de Zacapoaxtla? ¿Tenías noticia de esto?

—No, no tengo la menor idea de qué se trató ese levantamiento —repuse con absoluta honestidad llevándome instintivamente la mano izquierda a la garganta y la derecha a la frente. Empezaba a ahogarme. Sin embargo, todavía pude hablar—. Parece que no se acabarán los golpes de Estado clericales en este siglo —hice un último esfuerzo por controlarme. Me recargué contra la pared pero con las manos, de modo que mi espalda no hiciera contacto con el muro húmedo. En aquel momento preferí el piquete de una araña que una mortal pulmonía.

—No eres el único, hijo, nunca nadie ha oído hablar de Zacapoaxtla y, sin embargo, esta intentona clérigo-militar estuvo a punto de descarrilar al gobierno de Comonfort que, sin duda, hubiera sido sustituido por un segundo imperio encabezado por Antonio Haro y Tamariz. Me encantaría poderte ver a los ojos para confirmar tu sorpresa en este tema que la Iglesia también ha escondido para cuidar su imagen apostólica, solo que yo te contaré algo que no has oído ni imaginado siquiera.

Don Valentín insistió en que la vida de Francisco Javier Miranda, el sacerdote encargado del curato de Puebla, ciertamente ignorada, debería ser recogida para hacer de ella una biografía fascinante. Ahí, en esa región de Zacapoaxtla en la sierra poblana, Miranda se había formado como cura, por lo que le fue relativamente sencillo reclutar creyentes agradecidos que, con el tiempo, se convertirían en legiones de seguidores armados para defender a balazos la causa de Dios…

Zacapoaxtla será pues una especie de enclave de la reacción durante los años siguientes. Difícil es imaginar lo que pasaba por la cabeza de aquellos hombres que al grito de Religión y Fueros entregaron o estuvieron dispuestos a entregar la vida, tal vez sin entender cabalmente el significado del lema. El terreno había sido abonado por décadas, con siglos de postración y abandono, lo que permitió a los delirios de Miranda aprovechar el fanatismo inoculado a través de tantos años para ofrecer en sacrificio a una parte del pueblo escoltada por militares generosamente sobornados.

Miranda, ese desconocido representante de Dios, el mismo que había influido en el seno de la Iglesia católica para propiciar la repatriación de Santa Anna, que saboteó desde su curul como diputado federal por el estado de Puebla los intentos del presidente Manuel Arista para obtener la ayuda económica necesaria y oportuna del Congreso para oponerse al Plan del Hospicio organizado, claro está, por el mismo clero; este hombre de Dios que se opuso al Congreso Constituyente que ya se preveía contrario a los intereses del clero y del ejército, intrigó, aun encerrado en la prisión del Hospicio, no solo para provocar la renuncia de Juan Álvarez, sino, junto con su superior, el obispo Labastida y Dávalos, derrocar también al gobierno del presidente Comonfort por ser un político veleidoso, incoherente, esquivo e indefinido, clerical y anticlerical, liberal y antiliberal, monárquico y antimonárquico, que bien habría podido conducir al país a un baño de sangre.

Resultaba muy curioso advertir que tanto Ocampo como Miranda vertían los mismos adjetivos en torno a la figura de Comonfort, pero por diversas razones. La única gran diferencia consistía en que Melchor Ocampo no tenía la menor intención de organizar un movimiento armado para asestar un golpe de Estado, mientras que Miranda y Labastida estaban dispuestos y decididos a hacerlo desaparecer de los escenarios políticos, antes que los liberales acabaran con la Iglesia católica. Comonfort no era el hombre para defenderla. La guerra sería a muerte. El clero requería la presencia de un político fuerte, determinado, pero sometido incondicionalmente a los deseos de la alta jerarquía eclesiástica. Un hombre de Estado confiable que defendiera con su vida, si fuera necesario, el sagrado patrimonio de Dios, así como los privilegios de sus representantes, aquí en la tierra como en el cielo. Y resultaba evidente que Comonfort no llenaba los requisitos... No, no los llenaba... Que si lo sabía el padre Miranda después de confesar a su madre en tantísimas ocasiones en que tuvo oportunidades doradas para practicar las preguntas adecuadas.

El cura Ortega de Zacapoaxtla, amigo incondicional de Miranda, ya había acordado junto con este todos los detalles para ejecutar la insurrección. Apresuran el movimiento según las instrucciones que Miranda había vertido desde la cárcel para hacer estallar el movimiento el día de la toma de posesión de Comonfort como presidente interino. El cura de Zacapoaxtla, Francisco Ortega y García, quien había llegado a ese cargo gracias a los santos oficios del padre Miranda, curiosamente a mediados de ese 1855, sería el encargado de hacer detonar una nueva guerra civil entre los mexicanos. El clero había tomado sus providencias.

"En los acuerdos de Lagos de Moreno Comonfort se salió con la suya. En Zacapoaxtla nos desharemos de Comonfort por no saber defender, a pesar de su arraigado catolicismo, los intereses de nuestra Iglesia", le había hecho saber el padre Miranda a su homólogo Ortega por escrito. "Ya nos ganaron una vez. No permitiremos que nos vuelva a pasar."

Zacapoaxtla era una villa ubicada en la parte nororiental de la Sierra de Puebla, muy mal comunicada y agraviada por un clima lluvioso y frío la mayor parte del año. En una convocatoria el padre Ortega hizo saber a la feligresía que con la caída del general Santa Anna la nación había abrazado con entusiasmo el Plan de Ayutla, pero que en lugar de haber garantías sociales, Comonfort solo había producido la persecución de las dos clases más respetables de la sociedad, el clero y el ejército, por lo tanto el Plan de Ayutla no había servido más que como un pretexto para asegurar el triunfo de un partido débil y contrario a las instituciones de la República. ¡Por supuesto que los sacerdotes sí serían electos diputados para participar en el Congreso Constituyente con la idea de ayudar a diseñar un mejor país para todos los mexicanos! Cualquier negativa en ese sentido no se resolvería con plegarias ni con rezos ni con rosarios, no: cualquier diferencia se iba a dirimir con la voz invariablemente piadosa de las armas. ¡A balazos, como Dios manda...!

Una de las grandes preocupaciones del obispo Labastida y Dávalos consistía, sin duda, en ocultar su intervención, así como la de Miranda, en el levantamiento armado de Zacapoaxtla. De sobra sabía el prelado las consecuencias que podían derivarse si se llegaba a descubrir su intervención en el intento de derrocamiento del presidente Comonfort. ¿Un grupo selectísimo de curas financiando un golpe de Estado en contra del gobierno mexicano? ¡Alabado sea el Señor!

Las reuniones para precisar los planes militares y tejer las redes de creyentes que apoyarían el golpe tenían que llevarse en absoluto secreto. Cualquier filtración sería altamente nociva para la causa católica. No era posible que los dineros de la Iglesia se destinaran al financiamiento de revueltas ni de insurrecciones armadas.

Labastida, o mejor dicho el general obispo Labastida, se reunía, con toda la discreción requerida por el caso, con Antonio Haro y Tamariz para acordar con él los términos del alzamiento en Zacapoaxtla, que él encabezaría tan pronto se formalizara. El propio Haro sería elevado a la calidad de emperador de México, siguiendo un antiguo proyecto monárquico, o bien, simplemente lo constituiría en presidente de la República para que, por supuesto, echara por tierra la Ley Juárez, repusiera a la Iglesia todos sus privilegios e interviniera en el Congreso Constituyente, de tal manera que los intereses clericales no fueran afectados en ninguna circunstancia.

Haro, más que nunca, era el hombre idóneo. Había que capitalizar su coraje, dado que en los acuerdos de Lagos de Moreno su paisano poblano, el propio Comonfort, le había ofrecido una cartera en su gobierno, promesa que desde luego había incumplido.

—Comonfort me engañó, señor obispo. Comonfort hizo abortar con falsas promesas el Plan de San Luis Potosí que tramamos aquí, en esta misma Catedral, a la salida de Santa Anna para combatir el Plan de Ayutla. Comonfort es un embustero que en ningún caso debe permanecer en la presidencia de la República y menos si desde ahí va a aprovechar su alta investidura para lastimar los intereses de nuestra Santa Madre Iglesia. Comonfort debe desaparecer y con su ayuda apostólica habremos de lograrlo. Ayúdeme, padre, a saciar mi sed de venganza…

El obispo Labastida se reunió en muchas ocasiones con Francisco Güitián, Luis G. Osollo, Juan de Olloqui y con Severo del Castillo, militares integrantes del propio ejército federal, los primeros adscritos al estado de Puebla y el último a la capital de la República. Aclararon durante sus conversaciones con el santo padre los momentos idóneos en que apoyarían el movimiento de Zacapoaxtla para desmoralizar a la nación y también al gobierno del presidente Comonfort. El plan se diseñaba como si fuera un gran juego de ajedrez. No solo se daba por descontada la participación de la reina o del rey o de los caballos, torres o alfiles, sino cuándo lo harían, en qué circunstancias se moverían y qué objetivo perseguía cada uno.

Una vez resuelta la estrategia financiera, la política y la militar, ya solamente faltaba la clerical. Por esa razón convocó únicamente al padre Ortega para ultimar detalles en torno al papel que jugarían los demás clérigos de la diócesis, los que tendrían que apoyar el movimiento desde sus respectivas parroquias a través de los púlpitos.

Lo que en un momento pareció un movimiento militar insignificante, tal y como Santa Anna contempló al Plan de Ayutla desde sus inicios, él, así con un evidente desprecio por la notable incapacidad de quienes lo promovían, Traconis, el gobernador de Puebla, mandó nada más y nada menos que a Francisco Güitián,[37] a Luis G. Osollo y Juan de Olloqui para que sofocaran el movimiento de Zacapoaxtla. Quiero que me traigan aquí, expuso mostrando las palmas de sus manos, las orejas del cura de Zacapoaxtla, pero además lo quiero vivo para que yo mismo ordene los tres pasos previos a su fusilamiento: preparen, apunten, fuego... Demuestren su capacidad y lealtad al ejército...

¿Cuál no sería la sorpresa de Traconis cuando en lugar de que Güitián, Osollo y Oyoqui combatieran el alzamiento en Zacapoaxtla y le llevaran las orejas y al propio cura Ortega para que lo pasaran por las armas, esos militares exsantannistas, para la sorpresa no solo del gobierno del estado, sino del propio Comonfort, se sumaron sorprendente y alevosamente al cura de Zacapoaxtla? Era claro que todo el estado de Puebla podría caer en manos de un nuevo clero militarizado. Nosotros nunca pelearemos contra nuestra Iglesia ni atacaremos a sus pastores de almas...

En la realidad los acontecimientos no se sucedieron tal y como lo habían idealizado Labastida y Miranda. En primer lugar, porque este último ya había sido desterrado y Haro y Tamariz, por su parte, había sido igualmente aprehendido, acusado de tratar de derrocar al gobierno para imponer una monarquía. Una vez descubiertos unos documentos que lo incriminaban, Haro fue arrestado y también condenado al exilio inmediato. Labastida se sintió atado de manos.

Los hechos se desenvolvieron así: fuertemente custodiado, Antonio Haro y Tamariz se dirigía de la Ciudad de México al puerto de Veracruz para abordar el barco *Penélope*, de bandera francesa, destinado a abandonar el país a la brevedad. Pero ¡oh sorpresa!, más sorpresas, muchas más sorpresas: en un punto del camino cerca de Orizaba, conocido paradójicamente como Salsipuedes,[38] Haro logró escapar a la custodia de sus captores y huir hasta llegar nada menos que a Zacapoaxtla, ¿a dónde más iba ir este ilustre varón?, el foco de la insurrección, desde donde ahora sí capitanearía el movimiento militar, del cual saldría investido como emperador o como presidente, según las instrucciones que en su caso vertería el obispo de Puebla, don Pelagio Antonio de Labastida y Dávalos. Nacerá el Imperio de Anáhuac, con una declaración que no dejará dudas de la identidad de sus patrocinadores: "la religión de este país es y será siempre, sin tolerancia de ninguna otra, la católica, estableciéndose la monarquía hereditaria como sistema de gobierno".

El obispo Labastida recurrió una vez más al oro para comprar los favores de terceros.[39] Lo hizo cuando sobornó al obispo Munguía para ser preconizado obispo y recurrió a la misma maniobra para comprar el favor de Luigi Clementi, el nuncio apostólico, de tal manera que el papa le autorizara de manera expedita su nombramiento, como aconteció. ¿Por qué ahora, en semejante coyuntura histórica, no iba a echar mano del tesoro de la Catedral de Puebla para terminar con el gobierno de Comonfort, según lo había acordado con el padre Miranda a un lado del altar mayor? ¡Llenemos las alforjas de los soldados federales con dinero santo, limosnas purificadas y benditas, para garantizarnos el éxito de la campaña militar! Prediquemos las rebeliones desde los púlpitos. Habrá una lucha sorda y encarnizada. Dios así lo ha dispuesto. Ahora mismo ya ni siquiera está en las manos de Comonfort la posibilidad de conjurar el ataque. Sigamos Su Santa Voluntad.

Labastida sustituyó la mitra por la cuartelera. Al mismo Miguel Miramón le externó su esperanza de que antes de que se diera la primera batalla el movimiento se habría extendido por toda la República. No será solo Puebla, don Pelagio, todo el país se pondrá de pie como un solo hombre, rifle al hombro, lanza en ristre, para defender los sagrados intereses de nuestra religión. Haro le comentó que las fuerzas federales eran muy superiores, mejor armadas e integradas por soldados más o menos profesionales. En cambio, las nuestras no pasan de estar formadas por reclutas de alguna manera aguerridos que defienden su lugar en el cielo, según la bala llegara a acabar con su vida.[40]

El obispo Labastida se expresaba como todo un estratega enfrente de Osollo, Haro y Miramón, subrayando la importancia de contar con la bendición de Dios para ganar. De antemano tenemos garantizado el éxito. Tengamos confianza entre nosotros. El Señor velará por nuestra sagrada causa.

—Si triunfamos —dijo Labastida—, México nos abrirá sus puertas, no habrá ya a quién combatir y podremos nombrar a nuestro futuro emperador para que, guiado por la Luz Divina, rija la suerte de nuestro país. Si perdemos, ya entonces Dios nos dirá qué hacer —agregó el obispo sin dejar de dudar de la habilidad de Haro para cubrirse de gloria en el campo del honor.

Labastida observaba con deleite la imagen de Miguel Miramón para convertirlo en su futuro brazo armado, en el justo heredero de Santa Anna para manejarlo a su antojo, dada la vocación religiosa de este bravo militar que yo sabré forjar de acuerdo a mis propias necesidades políticas y económicas. Su juventud es mi mejor garantía. Tendremos dictador para rato. Aun cuando yo ya no esté presente, porque Dios me haya llamado para rendir cuentas definitivas, dejaré garantizados los derechos y el patrimonio eclesiástico para ganarme un lugar al lado del trono de oro de Dios Padre. ¿Haro o Miramón? ¡Ilumíname!

Cuando los militares y el reducido grupo de civiles abandonaron la Catedral de Puebla para ultimar los detalles de la batalla, Labastida se dijo que el Constituyente era la verdadera tempestad para la Iglesia... A la mayoría les ha asustado la ley Juárez y, sin embargo, no se percatan de que el futuro Congreso es una nube negra, ominosa, de la que va a surgir el gran rayo que nos aniquile. Todo comenzó en Ayutla y concluirá con la Constitución de 1857. ¡La Iglesia estaría naufragando! Dios mío, apiádate de mí. No permitas que esta institución, sagrada durante tantos siglos, sucumba en mis manos. Yo no quiero formar parte de la generación que no supo defender el patrimonio de Dios ni los privilegios de sus representantes en la tierra. ¡Ay, Señor, solo soy un simple pastor de almas! ¡Señálame el camino con tu luz blanca y diáfana para llegar a donde Tú lo dispongas! ¿Cómo impediré que la Iglesia naufrague y se convierta en secta si llegaran a tolerarse otros cultos profanos, diabólicos, heréticos? ¡Jamás podría yo permitir que el protestantismo convierta a México en un país de chamanes en donde se vuelva a imponer la brujería o la idolatría! ¡Imposible no entender que después de la Ley Juárez vendrá la expropiación del patrimonio eclesiástico, el despojo de nuestros bienes, la nacionalización de la caja de nuestro tesoro, el elemento de nuestro poder y de nuestra grandeza![41] ¿Cómo tolerar que la ley esté por encima de nuestra cabeza cuando siempre la hemos tenido a nuestros pies? ¡Horrible, horrible...! Nuestra autoridad se hará añicos, nuestro poder se convertirá en una espada sin filo, desaparecerá el miedo, el respeto con el que ancestralmente se nos ha contemplado para que de nosotros no quede ni sombra ni memoria...

Labastida empezó a dudar de la calidad moral de Haro y Tamariz, pensando que era un jesuita ambicioso que terminará por saquearnos y hasta traicionarnos. Respecto a Severo Castillo, no perdió de vista que acababa de pasarse del bando liberal al clerical a cambio de dinero. ¿Qué hacer con un militar que les ha jurado fidelidad a ambos partidos? ¿Cómo fiar en su palabra? Nuestro futuro, el de nuestra Iglesia, solo tiene un nombre: ¡Miramón!

El presidente Comonfort, convencido de que históricamente Puebla, el estado que lo vio nacer, había sido un foco de insurrección clerical, decidió mandar a la tropa federal encabezada por Severo del Castillo ¡no,

Dios, por favor, no, no, no! para aplastar ese nuevo movimiento armado, que ya se había extendido hasta llegar a tomar la ciudad de Puebla el 23 de enero de 1856. Ya no se trataba de unos soldados que jugaban al golpe de Estado, sino de unos expertos militares que estaban poniendo en juego al mismísimo gobierno de la República. ¿Qué tal si se adhería al movimiento Michoacán, donde el obispo Munguía, amigo de toda la vida de Labastida, bien podía secundar a su colega? ¿Y Veracruz, que estaba dentro de la misma diócesis poblana? ¿Qué tal si el puerto caía también en manos clericales y se apropiaban de todos los impuestos al comercio exterior mexicano, las divisas y metales de los que dependía el gobierno tanto para pagar la deuda exterior como para subsistir económicamente? No, no, el nuevo cuartelazo por supuesto que no era una broma. El Plan de Ayutla bien podría irse por la borda después de todos los inmensos sacrificios para poder ejecutarlo y, sobre todo, después del éxito alcanzado al derrocar a Santa Anna, ahora sí, en apariencia, para siempre.

Pero claro está, querido lector que lees estas páginas de *México ante Dios* que me inspiraran los conocimientos de don Valentín Altamirano, las sorpresas tenían que continuar y Severo del Castillo y sus hombres, que integraban un nutrido contingente de soldados federales destinados a extinguir la insurrección, al llegar a Zacapoaxtla se adhirieron a Güitián, a Osollo, a Olloqui y a Miguel Miramón, todos ellos a las órdenes de Haro y Tamariz.[42] La amenaza militar ya era desproporcionada. Zacapoaxtla, Zacapoaxtla, ¿verdad que ya nunca olvidarás lo acontecido en Zacapoaxtla?

Traición tras traición. Al gobernador Traconis lo traicionan Güitián, Osollo y Olloqui. Al presidente Comonfort lo traiciona Severo del Castillo. Los militares, Dios mío, los militares. ¿Con quién están los militares: con la Iglesia o con la patria? ¿Cómo podía saber Comonfort que el siguiente regimiento, también de exsantannistas, no lo iba a desconocer en medio de la batalla o de la campaña? ¿Con quién contaba realmente? En su desamparo se vio a bordo de un paquebote rumbo al exilio o tal vez fusilado. ¿Por qué, por qué, por qué, si soy católico y busco una reconciliación con todos los mexicanos a través de una nueva ley suprema que vea por los intereses de la nación?

Comonfort sintió cómo una hoja afilada de acero refulgente le atravesaba la espalda, saliendo la punta del arma justo abajo del esternón, a un lado del estómago. El pánico cundió en la Ciudad de México. La atención del país se centró de nueva cuenta en Puebla.

¿Qué pasaba otra vez en Puebla? ¿Estallaría ahora sí una guerra a nivel nacional? Para los creyentes resultaba imposible aceptar que el clero católico, el mismo que juzgaba los pecados y absolvía o condenaba a los feligreses, el propio juez espiritual, estuviera organizando, y financiando en forma encubierta como siempre, otra revuelta para derrocar nada menos que al gobierno federal. Comonfort decidió entonces, en su carácter de general, encabezar todo un ejército integrado cuando menos por diez mil hombres para marchar hasta Puebla y volver a imponer el orden republicano.

"¡A quien apoye a Antonio Haro y Tamariz se le perdonarán todos sus pecados!",[43] decían los curas en las parroquias de la diócesis. Es el momento de sumarnos al levantamiento armado de Zacapoaxtla y de Puebla: quien tome su fusil y defienda los intereses de la Iglesia católica será absuelto... Al cura de Zacapoaxtla se le veía predicando en las esquinas, en las calles y en las plazas contra los herejes liberales, tratando de organizar una cruzada contra ellos.[44] Por cada infiel que matéis, obtendréis la divina benevolencia del Señor...

Martinillo escribió en aquellos días:

> Aquel eclesiástico revoltoso, el tipo, el padre, podría decirse de toda la serie de bandidos que confundiendo la religión con el pillaje se lanzan al robo y a la matanza echando bendiciones con el mosquete y asestando golpes con el crucifijo, lo es el cura de Zacapoaxtla. Levantó antes que nadie el estandarte de la rebelión a favor de los fueros, entró a Puebla con sus huestes como los clérigos batalladores de la Edad Media, se rehusó a que se le comprendiera en la capitulación. De Santa Anna a la Reforma.[45]

El presidente de la República convocó a Félix Zuloaga, un antiguo general santannista que se había convertido a la causa de Ayutla, y a Doblado, el gobernador de Guanajuato, ahora ya del lado de Comonfort, para que juntos se dirigieran a San Martín Texmelucan y de ahí a Puebla para exigir una rendición incondicional a Haro y a Labastida. La intriga había trascendido las puertas de la Catedral de Puebla. Solo no se sabe lo que no se hace... Sin embargo, una duda continuaría asaltando al presidente Comonfort durante todo el camino: ¿qué tal si Zuloaga, su propio compadre, o el tal Doblado seguían el ejemplo de Güitián, de Osollo, de Olloqui y recientemente de Severo del Castillo y también lo traicionaban a media sierra o lo acuchillaban o lo mataban a tiros o lo envenenaban en una de las noches de campaña? ¿Quién le garantizaba que Zuloaga no había sido ya generosamente sobornado por el obispo Labastida y su pandilla de sacerdotes, como el prelado había hecho con otros funcionarios y militares para alcanzar sus objetivos? Ya se conocían los alcances de ese sujeto. Quien dudara que estaba dispuesto a todo vivía en un grave error. Todo es todo.

Mientras avanzaba el movimiento armado organizado por el padre Miranda y ejecutado, en un principio, por el cura de Zacapoaxtla, y Puebla caía en manos de los rebeldes y se esperaba que otras ciudades sucumbieran también a manos de los ejércitos clericales, en la Ciudad de México el 18 de febrero de 1856 se declaraba la apertura del Congreso Constituyente. La gran promesa de la revolución estaba punto de cumplirse. Nacería un nuevo país con patrones de conducta más liberales, con más derechos y facultades más acotadas para la autoridad. El nuevo marco jurídico estimularía a la economía. La prosperidad invadiría a la nación. Se crearía más riqueza y se repartiría mejor. México se enfilaba finalmente al arrancadero. En materia educativa se ejecutaría una revolución como la intentada por Gómez Farías veintitrés años atrás.

—¿Quién crees que presidía el Congreso que redactaría la nueva Constitución a promulgarse en febrero de 1857? —me preguntó el viejo con inusual ilusión.

El silencio fue mi mejor respuesta.

—Tu tocayo, muchacho, Ponciano Arriaga, el desterrado con Juárez y Ocampo a Nueva Orleáns... El hombre con quien discutieron, día con día, la mejor estrategia para lanzar a México en dirección de las estrellas. Ese gran ideólogo y reformador, enemigo mortal de Santa Anna, quien lo envió a prisión en 1841, el que nunca dejó de preocuparse por los campesinos ni por la educación gratuita ni abandonó jamás la lucha por la libertad de conciencia. ¿Cómo alguien puede privarte de tu derecho a pensar, ya no de decir, sino de pensar, de razonar respecto a lo que desees? ¡Nunca debemos olvidar cómo apoyó al ejército mexicano durante la intervención norteamericana y cómo se opuso a la cesión de territorios nacionales! ¡Nunca!

A pesar del atentado militar que estaba cometiendo el clero católico en su propio estado natal en esos mismos momentos, el presidente de la República, don Ignacio Comonfort, acompañado de su gabinete y de diversas corporaciones, comunidades y representaciones, y ante treinta y ocho diputados, algunos de ellos constructores del futuro de México, expuso lúcidos razonamientos, fijó claramente su postura política y se atrevió a denunciar los abusos de la Iglesia católica. Imagínate la importancia de la insurrección clérigo militar que el propio presidente se vio obligado a dedicarle en esa sesión solemne unos párrafos de su discurso. Esta vez en Zacapoaxtla y Puebla se habían localizado los brotes infecciosos que amenazaban con enfermar a todo el cuerpo social:

Señores diputados:

La gran promesa de la revolución está cumplida, y yo doy mil gracias a la Divina Providencia por haberme escogido para abrir las puertas del templo de las leyes a los representantes del pueblo. Cuando hace dos años me decidí a tomar parte en la defensa de la libertad de mi patria, muy lejos estaba de esperar que algún día me vería elevado a este puesto de inmensa responsabilidad y de sublime honor. No aspiré a él porque medí su altura y mis fuerzas; no lo ocupo con satisfacción porque la desgracia que nos persigue ha hecho, bajo muchos aspectos, estériles mis patrióticos pensamientos. Pero, como al aceptar la presidencia de la República juré cumplir el Plan de Ayutla, estoy resuelto a hacer hasta el sacrificio de mi vida para salvar la situación en que nos encontramos.

Una reacción que se levantó de entre los escombros del despotismo vencido ha entorpecido la acción del gobierno, oponiendo graves y poderosas dificultades al perfecto desarrollo del programa administrativo que formó con mi acuerdo el ministerio. Los amigos de los abusos, mal contentos con una administración que anunciaba el sólido restablecimiento de la libertad, del progreso, de la justicia, del orden y de la moralidad, impulsaron a una parte del ejército a la más vergonzosa defección; y, si bien hasta ahora no han encontrado eco en un solo pueblo de la República, han reunido una fuerza militar que desde Puebla compromete la tranquilidad y obliga al gobierno a destinar a la guerra todos sus recursos y el tiempo de que debiera disponer para plantear las mejoras materiales y morales que reclama el bienestar de la nación.

Testigos todos y víctimas muchos de vosotros del tiránico poder que durante veintisiete meses oprimió de una manera inaudita a nuestro desgraciado país, es inútil que en este momento os recuerde la serie de males que sufrimos ni los sacrificios que a los amantes de la libertad costó la redención de la patria. Solo os diré que los que entonces fueron instrumentos y medios de la tiranía son los que hoy han vuelto a abrir las mal cerradas llagas de una sociedad, cuyos verdaderos intereses quieren subordinar torpemente a la ambición de las personas.

El gobierno consagrará todos sus esfuerzos a sofocar la reacción y espera que la sabiduría del Congreso le preste eficaz apoyo sancionando un pacto fundamental que asegure la independencia y la libertad y arregle con tal concierto la administración interior que el centro y las localidades tengan dentro de su órbita los elementos necesarios para satisfacer las exigencias sociales. Ensayados todos los sistemas de gobierno, habréis podido conocer sus ventajas y sus vicios y podréis, con más acierto que los legisladores que os han precedido, combinar una Constitución que, adaptada exactamente a la nación mexicana, levante sobre los principios democráticos un edificio en el que perdurablemente reinen la libertad y el orden. Yo espero de vuestro patriotismo que os consagraréis sin descanso a este santo trabajo, el más esencial de vuestra misión y el que puede conducirnos al término de tantas desgracias.

Para la revisión de los actos de la administración anterior y de la presente podéis contar con todos los datos que existan en los ministerios y en las demás oficinas dependientes del gobierno, las que desde hoy quedan abiertas para vosotros.

Con la misma lealtad con que he sostenido el Plan de Ayutla sostendré al Congreso Constituyente como la legítima emanación de la voluntad nacional. Representantes del pueblo: el juramento que habéis presentado os impone muy sagrados deberes, cumplidlos con fidelidad y os haréis dignos de la gratitud pública. Representantes del pueblo: la patria espera de vosotros su felicidad.[46]

El aplauso tributado al jefe de la nación fue espontáneo y largo. Mientras disminuía en intensidad, Ponciano Arriaga empezaba a ponerse de pie. El señor presidente del Congreso Constituyente se daba tiempo para responder al primer magistrado hasta que se produjera un silencio total. A este hombre de cara afilada, de barba muy bien cuidada, gran masón, de hondas ideas humanitarias recogidas por las páginas de la historia, uno de los constructores del nuevo Estado mexicano, quien había solicitado casi diez años atrás la creación de una Procuraduría de los Pobres y que había pugnado en cuanto foro tuvo por la defensa de las garantías individuales y de los derechos de la nación, ¿cómo no dedicarle una devota atención? ¡Fíjate qué pieza política!

Excelentísimo señor:

El interés de la solemnidad presente no es tan solo del pueblo de México: pertenece a la causa de la civilización, es el interés sagrado de la humanidad. Las tradiciones de los pueblos libres son idénticas; las ideas de todos los hombres generosos, son hermanas… ¿Quién podrá echar en olvido la horrible esclavitud con que se quiso afrentar a la patria de Hidalgo y de Morelos? ¿Quién podrá negar que la revolución de Ayutla es un episodio de la gran revolución del mundo liberal y cristiano?

Con razón, pues, habéis invocado el nombre de Dios y bendecido su adorable providencia, benemérito ciudadano, porque, después de haberos dado constancia y esfuerzo para derrocar la tiranía peleando como soldado del pueblo, os designa ahora para inaugurar esta ceremonia como magistrado del pueblo. Del pueblo, excelentísimo señor, del independiente, libre y soberano pueblo mexicano, que es gloria y orgullo nuestro repetir esta palabra, en este lugar y en este día.

La augusta asamblea, en la que se ven tantas víctimas del bárbaro despotismo que intentó matar la luz de la verdad, destruir la moral y derogar la ley inviolable del progreso; esta asamblea de mexicanos liberales y justos, reconoce los eminentes servicios que habéis prestado al bien de la libertad y de los principios democráticos; ha podido apercibirse de las dificultades con que habéis combatido y puede medir las que os quedan todavía por vencer. Pero ve al gobierno rodeado de todos los prestigios de la opinión pública; observa que las preocupaciones y los odiosos privilegios que en otro tiempo pusieron en conflicto los intereses de la reforma ceden hoy el campo al razonado escrutinio, al sano criterio de los pueblos; compara los días pasados con los presentes y siente y conoce que, después de tantas vicisitudes, tocamos por fin en la vía de la regeneración del país. La sociedad está conmovida, inquieta, no ha podido todavía entrar en sus quicios; pero ¿qué paralelo puede formarse entre el estado presente y la última época de prostitución y oprobio, la más vergonzosa de todas las épocas que se registran en la historia de México? Si seguimos, ciudadano presidente, con voluntad firme y recta las huellas que ha marcado la gloriosa revolución de Ayutla, si consultamos con sana intención y limpia conciencia las manifestaciones de este espíritu que surge de la conciencia nacional, la moralidad y la unión nos harán fuertes; y entonces, ¿qué podrá contra la soberanía del pueblo, qué contra la nación entera un puñado de hombres ciegos de ambición personal, engañados por ilegítimas esperanzas, seducidos por el falso brillo de intereses pequeños y bastardos?

Por espacio de muchos años el pueblo mexicano, sufriendo resignado todas las tristes consecuencias de la guerra civil, las extorsiones del despotismo, los males de la anarquía, las calamidades del aspirantismo y la mala fe de sus mandarines, ha dicho en lo más íntimo de su esperanza: algún día llegarán al poder hombres de honor, de moralidad y de conciencia; algún día serán cumplidas las promesas y respetados los juramentos; algún día las ideas serán hechos y la Constitución será una verdad. ¿Ha llegado este día?... Los presentimientos del pueblo son una revelación providencial... El pueblo cree... El pueblo espera... Por el honor de la causa liberal no burlemos su fe, no hagamos ilusoria su postrera esperanza.

Ardua sobremanera es la tarea encomendada al Congreso Constituyente; gravísima la responsabilidad de los llamados por la nación a constituirla. Sin embargo, contamos con todos los elementos del pueblo, con la dolorosa experiencia de todas nuestras desgracias, con este irresistible y vivo deseo de la mejora, con esta inquietud moral que precede a los grandes sucesos, con la fe en el porvenir, y, sobre todo, con la confianza de Dios.[47]

El Congreso Constituyente derivado del Plan de Ayutla era una representación popular mestiza con contadísima participación criolla. La mayoría de los diputados eran individuos de ideas liberales avanzadas entre los que estaban, claro está, Valentín Gómez Farías, don Valentín, el padre de la Reforma, ¿cómo podía estar ausente a pesar de su edad?, Francisco Zarco, Ignacio Ramírez, José María Mata, Melchor Ocampo, Guillermo Prieto y otros tantos más. Uno de los primeros actos del Congreso consistió en confirmar la validez de la Ley Juárez, mientras que el clero ejercía la más intensa oposición declarando herético el promisorio proyecto legislativo por atacar a la religión y a sus santos cimientos. A través de pastorales el clero promovía la desobediencia al gobierno, demandaba el inicio de hostilidades, el estallido de la guerra por todos los medios posibles con tal de acabar, derrotar, fusilar o desterrar a los enemigos de la independencia y de la soberanía de la Iglesia que se habían propuesto subyugarla al poder temporal, despojándola de sus bienes legítimamente adquiridos y atacando, sin justificación alguna, a los ministros del santuario. ¡Hemos de vengar, lo juro, las injurias hechas al Altísimo!

En las primeras sesiones Ocampo y Mata sacudieron el histórico recinto parlamentario al presentar dos documentos escrupulosamente guardados, tan sensacionales como reveladores, unas pruebas irrefutables, adquiridas durante el destierro en Nueva Orleáns. Las pruebas dejaban al descubierto la verdadera conducta de Antonio López de Santa Anna, Su Alteza Serenísima, cuando la famosa siesta de San Jacinto con Emily Morgan, imponente belleza de mujer tallada en las mejores maderas del trópico, una siesta que tanto le costó a México en 1836, o sea veinte años antes, cuando, en connivencia con los aventureros tejanos, contrajo el compromiso de hacer que fuera reconocida la independencia de Tejas, celebrando al efecto un convenio secreto. Cuando Ocampo leyó el texto de los Tratados de Velasco en voz alta, muy alta, de modo que nadie dejara de escucharlo, un silencio crispante se apoderó del Congreso, que fue roto por repentinos gritos de ¡traidor!, ¡traidor!, ¡vayamos por él y degollémoslo en el atrio de la Catedral![48]

Los trabajos legislativos se iniciaron de inmediato. Cada palabra contaba, las comas también. Se trataba de volcar principios políticos, recoger ideologías, proponer cambios, conceder derechos o cancelarlos, consignar valores igualitarios, imponer la libertad de opinión, de conciencia, de tránsito, de asociación, de imprenta, de difusión de las ideas. Se sentarían las bases del futuro político, económico, social, religioso y cultural de México. Una tarea faraónica que no se había logrado materializar en 1824 ni en 1836 ni en 1841 ni 1847. Se convertirían en astillas muchos privilegios, limitaciones, patrimonios y monopolios. ¿De quién era México? ¿De los mexicanos? Pues a ellos estaba dirigida la nueva Carta Magna.

La ceremonia para honrar las armas nacionales y desearle suerte al presidente Comonfort y al ejército federal en la defensa de los intereses de la nación se llevó a cabo en el Bosque de Chapultepec, precisamente a un lado de los baños de Moctezuma. Si Comonfort resultaba derrotado, ¡adiós nueva Constitución, adiós la conquista de derechos y la revocación de privilegios! México volvería simplemente a la época de las cavernas. ¿Por qué se ha escrito tan escasamente respecto a esta singular batalla entre el gobierno y el clero, un auténtico conflicto armado entre la Iglesia y la autoridad civil? O se habían quemado las pruebas y las evidencias o los historiadores mercenarios al servicio del clero habían contado a su conveniencia lo acontecido. ¡Claro que era vergonzoso que en lugar de crucifijos los sacerdotes usaran fusiles! ¡Claro que los curas deberían ocultar todo rastro de sedición e incluso incendiar archivos! Años más tarde, durante la dictadura porfiriana, acometerían con éxito notable la destrucción de los anales con tal de esconder para siempre la verdad.

El antiguo jardín de los emperadores aztecas se encontraba inundado de militares y de civiles curiosos, estos últimos deseosos de ver de cerca la guardia nacional que momentos antes había desfilado por las calzadas de la ciudad. De pronto una serie de clarines anunció la llegada del presidente Comonfort, un hombre de mediana estatura, robusto, de abundante cabellera, frente amplia y ancha, con el rostro un poco picado por las viruelas y con una marcada inclinación hacia el lado derecho. Bajó demacrado de la carroza negra que lo había transportado hasta ese histórico lugar. Una mujer, en apariencia su madre, lo había acompañado hasta esa zona del bosque. ¿Habrían discutido como siempre? Era realmente imposible hacerla entrar en razón. No podía dejar de contemplar la vida a través de la religión. Si salía bien, así lo quiso Dios, mil gracias, Jesús; si resultaba todo contrario a sus deseos, entonces, resignémonos, así lo quiso Dios… Era inocultable que un gran malestar lo atenazaba. ¿Cómo, querido Nacho, vas a hacer armas en contra de los poblanos, unos humildes sacerdotes que no le han hecho nada a nadie? No quiero ni imaginar que tú, Nachito, mi hijo, hijo de mis entrañas, vayas a despertar la ira de Dios… ¡Abstente! ¡No vayas! Te partirá un rayo a medio camino… El presidente no podía disimular una expresión de melancolía y de dolor.

Al tomar asiento protocolariamente bajo un dosel especialmente diseñado, el arzobispo de México bendijo con notable apatía, según pasaba enfrente de cada una de las banderas de los batallones formados en rígido orden castrense. Cuando unos cadetes regiamente vestidos llevaron los estandartes hasta donde se encontraba sentado el presidente Comonfort, empezaron a desfilar los cuerpos ante el jefe de la nación y una parte de su gabinete. Presentaban armas y saludaban marcialmente. No podía faltar el regimiento de la Independencia, el mismo que había peleado dignamente en Churubusco hasta la rendición incondicional, supuestamente por falta de parque.

El general presidente Comonfort, de pie, humillaba sensiblemente la cabeza ante la presencia de las banderas, en tanto que detonaban salvas de artillería y la tropa entonaba un cántico marcial para darse valor antes de dirigirse al campo de batalla.

Fue entonces cuando el general Zuloaga se levantó y dirigiéndose a su compadre, el presidente de la República, se cuadró chocando los tacones de sus botas, y llevándose marcialmente la mano derecha a la cabeza, expresó en voz muy alta y firme, la de un hombre de gran temperamento y entereza: "La brigada de mi mando reitera el juramento de fidelidad que tiene prestado: los jefes, oficiales y soldados que la forman no mancharán su hoja de servicios con una defección casi criminal".

Curiosamente, a doscientos kilómetros de distancia, el general arzobispo Labastida también bendecía banderas y los estandartes, pero los de Haro, los de Miramón y los de Severo del Castillo, cuando se los presentaban al solicitar el elevado favor de Dios. Su mano cubierta por un guante blanco subía y bajaba rítmicamente sujetando el hisopo y haciendo una y otra vez la señal de la Santa Cruz mientras repetía: "Santifico los lábaros patrios para que nuestros soldados, hijos, padres y hermanos en general, conquisten la victoria a la que el Señor, en su inmensa sabiduría, nos ha convocado, aquí, en esta plaza, el día de hoy".

—En menudo predicamento habían colocado al Dios Padre, ¿no, Ponciano…? ¿Qué bendición gozaba de más poder, más autoridad y podía llegar con más facilidad y claridad a Dios? ¿La del arzobispo Garza y Ballesteros de la Ciudad de México o la del obispo Labastida en Puebla? ¿La batalla se resolvería en términos de la mayor jerarquía eclesiástica? ¿Con quién estaba finalmente Dios? ¿Con la República federal democrática o con la tiranía o con un nuevo imperio mexicano encabezado por un nacional o un príncipe español?

El terror se incrementó cuando se dio finalmente la salida del ejército de la Ciudad de México rumbo a Puebla. Según avanzaba Comonfort al paso, montado en su caballo, recargando los codos en la silla, o con cada vuelta de la diligencia que lo conducía al terreno del honor, el escepticismo se apoderaba de él. ¿En quién se puede confiar en un país como el nuestro, en donde los militares se venden al mejor postor y los sacerdotes compran con su dinero a las fuerzas armadas destinadas al mantenimiento del orden? Dios, apiádate de mí...

Haro ya se había hecho dueño de Puebla. Labastida pasaba el tiempo arrodillado en el reclinatorio, pidiendo el favor de Dios, o estudiando los mapas en donde se llevaría a cabo la batalla. Estudiaba las más diversas alternativas militares. Ya se había hecho de un libro de Wellington y lo leía en las noches, inmediatamente después del devocionario. Haro analizaba la factibilidad de tomar la Ciudad de México según se lo habían aconsejado en su alto mando. Si hubiera atacado con determinación habría podido tomarla. Las posibilidades de conquistarla eran inmensas.[49] Miembros de sus fuerzas, incondicionales de la causa clerical, le habían garantizado el éxito porque las tropas radicadas en la capital de la República se pronunciarían a favor de Haro tan pronto se hiciera presente en las márgenes del lago de Texcoco. Sin embargo, no dio el paso adelante. Cometió, en otro orden de ideas, un error similar al del padre Hidalgo. Comonfort, por su parte, avanzó en busca de su destino y del de México. Llegaba decidido a enfrentarlo en los propios linderos de su estado. La batalla finalmente se dio en los alrededores de Puebla, resultando victorioso el ejército federal. Comonfort volvió a respirar. Hacía tiempo que solo podía llenar los pulmones a media capacidad. Exhaló un largo, interminable suspiro. ¿Se cerraba un capítulo más? ¿Ya podría gobernar en paz y vigilar de cerca los trabajos del Constituyente?

—¿Quién crees, querido Ponciano —me preguntó don Valentín—, que fue a avisarle a Labastida que el ejército clerical había sido derrotado por Comonfort?

Imposible que semejante pregunta faltara, ¿no...?

—Lo ignoro, don Valentín, lo desconozco —confesé sin mayores preámbulos.

—No pierdas de vista que la batalla se libró en el mes de marzo y para aquel entonces nuestro amigo el padre Miranda ya se las había arreglado para regresar del exilio disfrazado de carmelita descalzo. Has de saber que Miranda volvió discretamente del exilio sin que nadie lo persiguiera ni lo descubriera. Se había dejado crecer la barba y el pelo e igual aparecía vestido de militar que de maestro de escuela, de vagabundo o campesino o borracho callejero. Las sotanas permanecerían guardadas mucho tiempo en el curato. Ahora ya no curaría solo las almas de los poblanos, sino las de una buena parte de la sociedad mexicana enferma, muy enferma de herejía. Nunca dormía en el mismo lugar. Nunca confesaba su verdadera identidad, ni hablaba del mismo modo para que nadie pudiera identificar ni su voz ni su manera de expresarse. De esta suerte Labastida volvió a contar con su brazo derecho, el necesario para atar metódicamente los hilos de la intriga, de la sedición y de la sublevación armada. Miranda no dormía, solo tramaba. Si Comonfort había resultado vencedor en esta pequeña cruzada, no acontecería lo mismo en las subsecuentes, en donde el padre Miranda se encargaría de vencer a ese medio hombre y medio mujer, medio liberal y medio conservador, medio militar y medio político, medio patriota y medio traidor. El Plan de Ayutla no se aplicaría. De eso se ocuparía la Iglesia. ¿Y la Constitución que se promulgaría en 1857? De esa ya ni hablemos. Menos, mucho menos. La haremos abortar, y si llega a nacer, la asesinaremos en la mismísima cuna ante los ojos de sus propios padres...

Después de que el presidente Comonfort le concediera una tregua a Haro y Tamariz, fijemos las bases de la rendición, Antonio: discutamos con palabras, no con proyectiles; dirimamos nuestras diferencias en la mesa de negociaciones y no en el campo de batalla, este aprovechó la buena voluntad del presidente, su blandura, su melancolía, su bondad, su candor, su inocencia, su predisposición para aceptar el bien, las buenas intenciones, la nobleza confundida, mal entendida, de lo que tanto se quejaba Ocampo, para engañarlo y correr a refugiarse en la ciudad de Puebla, parapetarse en ella en lugar de rendirse de acuerdo con lo prometido, hacerse fuerte en sus calles, parques y alamedas, traicionar su palabra, ignorarla, obligando al general Comonfort, no se sabía si enfurecido o decepcionado, a tener que sitiar la plaza movido por el deseo de tomar preso a Haro a como diera lugar para fusilarlo, ahora sí, frente a sus hombres, sin corte marcial ni juicio sumario, nada, a pasarlo por las armas por embustero, falaz, mendaz. Eres un hombre sin el menor sentido del honor. Lo abofetearía una vez colocado frente al pelotón.

El ejército liberal sitió a la ciudad de Puebla sin olvidar el conocido lema militar aprendido en la escuela: "Ciudad sitiada, ciudad tomada". El general Comonfort, quien siempre se inclinaba por el principio religioso, mandó suspender el fuego el Jueves y el Viernes santos. ¡Imposible matar en Sábado de Gloria! Sus subalternos lo criticaron aduciendo que en la guerra y en el amor todo era válido. En ningún caso se debería ofrecer tregua a esos maleantes, sacerdotes disfrazados con uniformes militares. ¡A ellos se les debía atacar cualquier día de la semana y a cualquier hora de la mañana! Finalmente, el 25 de marzo se rindió Puebla incondicionalmente.

Claro que Comonfort tomó la plaza, pero no sin impedir que Haro, Miramón, nuestro amado y futuro nuevo Santa Anna, como bien decía Labastida, además de Osollo, lograran evadirse el 8 de abril de 1856 y llegaran a abordar la fragata *Penélope*, anclada en la Isla de los Sacrificios frente a Veracruz, de donde zarparon en dirección a Europa. Se había salvado inexplicablemente la República. El gobierno de Comonfort no había caído a pesar de que el presidente sabía que quien hace una revolución a medias cava su propia tumba.

¿Por qué? ¿Por qué la cava? Pues por perdonar al resto de los militares sublevados, quienes habían hecho un gran negocio con la Iglesia al enajenar su dignidad militar a cambio de las monedas entregadas por Labastida. Ellos ya habían demostrado sus tendencias y su estructura moral. Eran unos traidores, y quien traiciona a unos traiciona a todos. Acabemos con ellos. ¿Cómo construir un país con semejantes individuos? Dejarlos vivir en lugar de fusilarlos constituía un claro error. Los generales aprehendidos no le pagarían a Comonfort con la misma moneda. Si un día se encontraran con los papeles cambiados, lo fusilarían sin más, sin consejo de guerra ni juicio sumario ni nada. ¡Pelotón...!

La ley santannista del 11 de agosto de 1853, llamada "Sobre Conspiradores", disponía que los sublevados que hubieren suscrito planes revolucionarios y asistido a reuniones conspiratorias serían castigados con la pena de muerte y con la confiscación de sus bienes.

¿Cómo privarlos de la vida sin recurrir a una disposición vigente que lo autorizara, aun cuando hubiera sido emitida en los años de la dictadura, sin pasar a la historia como unos asesinos, por más liberales que fueran?

El clero no tardó en intervenir para tratar de evitarles el paredón a sus militares incondicionales, sus secuaces, a quienes les quitaron rosarios, cruces, cadenas, pequeños misales, medallas, estampas de santos y escapularios para no exhibir huellas delatoras. Había que esconder la mano de Dios de toda sospecha... Los sacerdotes pidieron perdón para los militares vencidos, lo suplicaron, si fuera necesario de rodillas, piedad para el que sufre, el que esté libre de culpa que aviente la primera piedra, son jóvenes, se equivocaron, Dios mío, ayúdanos: "por un desgraciado error se atrevieron a hacer armas en contra del Supremo Gobierno... y que si en consideración a clase ni grado de culpabilidad, van a ser trasladados a climas mortíferos para servir en clase de simples soldados y sufrir tormentos y menosprecios más sensibles e ignominiosos que la misma muerte o se les someterá a otra medida de rigor tan inusitada como el fusilamiento, violenta y general como la que se pretende tomar, más bien que para evitar ulteriores excesos, sirve para estampar un sello de baldón y desprestigio sobre todo al ejército mexicano, que el excelentísimo señor presidente, más que nadie, debe estar interesado en conservar en todo su lustre y decoro. La personalidad moral del ejército sufre todas las resultas de esa rígida providencia. La fe en las capitulaciones se perderá de aquí en adelante por efecto de la violenta interpretación de la concedida a los vencidos de Puebla, por lo que se suplica se sirva templar el rigor con el que se ha procedido al castigo de unos desgraciados, que se rindieron en esperanzas de mejor suerte y que hoy se ven presa de la más acerba desesperación".[50]

Claro que no hubo penas mayores para los sublevados. El clero tomaba nota de la debilidad de Comonfort. El presidente creía que el perdón concedido se convertiría en agradecimiento para su persona y para su gobierno. ¡Falso! Se equivocaba de punta a punta. Al contrario: ya le habían tomado la medida para futuras ocasiones. Más adelante, pronto, muy pronto, se demostraría la importancia y autoridad que el clero le concedía a su gobierno...

—¿Ahí acabó Zacapoaxtla? ¿Así concluyó la efeméride poblana?

—No, no, que va. Todavía faltaba desarmar al monstruo eclesiástico, el causante de todos los males. Ahí estaba el obispo Labastida dándole la bienvenida a Comonfort en el atrio de la Catedral poblana:

—Señor presidente, cuánta alegría invade mi corazón y el de nuestros pobres fieles... El regocijo que compartimos con el Señor es una muestra insignificante de nuestro agradecimiento por haber liberado a Puebla de sus captores... Gracias, Dios mío, que favoreciste a las armas federales para que pudieran rescatar a nuestro rebaño de las manos de la maldad. El sol sale de nuevo. La noche ha vuelto a quedar atrás. ¡Viva el futuro! ¡Viva México!

Sin embargo, a pesar de la fastuosa ceremonia de recepción que le obsequiara el obispo Labastida a Comonfort, este último no pudo menos que disparar a bocajarro al concluir la ceremonia del *Te Deum* cantado en su honor en la Catedral de Puebla:

—Señor obispo —lo acusó abiertamente mientras repasaba el ábside con la mirada—: usted utilizó el dinero de su diócesis para ayudar a los rebeldes de Zacapoaxtla en lugar de dedicarlo a rescatar a los pobres de la miseria. Se ha equivocado usted al tratar de derrocar al gobierno de la República que yo encabezo.

El obispo palideció tal y como si alguien hubiera estado espiando sus conversaciones o leyendo sus instrucciones.

—Soy inocente de cualquier cargo —declaró, fingiéndose agraviado—. La queja es tan inoportuna como injusta, porque como lo recordarán más de dos mil personas que me oyeron durante la última misa, reduje mi homilía a resaltar los caracteres del Espíritu Santo que se hallaban retratados en el alma de la Santísima Virgen para reforzar el argumento de su Concepción Inmaculada y afirmar una vez más el dogma de fe. Desconozco, señor presidente, cómo se me puede acusar de semejante villanía.

Sí que los sacerdotes eran jabonosos, pensó Comonfort.

—No vengo a reclamarle lo que dijo usted o no dijo en la última misa, por Dios, señor obispo, no pretenda usted confundirme —insistió enfáticamente el presidente—. Yo puedo probarle a usted el papel sedicioso que jugó el padre Miranda, adscrito a esta diócesis, a partir de que supo de la convocatoria al Congreso Constituyente, y también sé, créame que lo sé, de los dineros que usted le dio tanto al padre Ortega de Zacapoaxtla como a Antonio Haro y Tamariz para financiar la revuelta en mi contra. Usted y solo usted es el único responsable de las muertes, de la destrucción y del peligro que corrió mi gobierno.

Al sentirse arrinconado e ignorado, ¿cuáles pruebas podría tener el presidente de la República en su contra?, el obispo Labastida no tuvo empacho en aceptar que efectivamente había prestado algunas cantidades a Antonio Haro, ya que cuando tomó la plaza de Puebla "no había tenido otra alternativa más que reconocerlo como gobierno y ayudarlo económicamente como tal".

—Le juro a usted que mientras fue revolucionario no le di a Haro ni un centavo de los bienes de la Iglesia.[51]

—Usted ha fomentado la rebelión con bienes de la Iglesia y continúa mezclándose en política abusando de su ministerio, procurando extraviar a la opinión pública, provocando la insurrección para hundir al país en los horrores de la anarquía.

—Pero es que…

—Pero es que nada, señor obispo, ¿cómo se atreve usted a decir que reconoció el gobierno de Haro y que por ello le dio el dinero de las limosnas, cuando es por todos sabido que Miramón, Osollo y sobre todo Haro no pasan de ser unos maleantes, traidores a la patria que deben ser pasados por las armas? ¿A la presencia de estos forajidos, prófugos de la justicia, es a lo que usted llama gobierno? —Comonfort y Labastida cruzaron el portón y llegaron al atrio de la Catedral; tronaban cohetes, volaban palomas, la artillería federal hacía detonar cincuenta disparos de salva.

—Usted sabe que yo no miento, señor presidente.

—Digamos que usted no miente y que está muy confundido. Para sacarlo del error, señor obispo, y recordarle cuál es el destino que deben tener sus fondos económicos, le anuncio desde ahora que he decidido intervenir su diócesis para garantizarme que, de aquí en adelante, los dineros de los fieles, la recaudación de sus templos, vaya a dar a manos de los pobres y no a la de militares inescrupulosos amantes de la anarquía y adoradores de la corrupción.

—Usted no puede hacer eso, señor general —ya nada de presidente ni de respeto a las jerarquías.

—Puedo por dos razones, señor obispo: cuento con las facultades legales y tengo un ejército superior al suyo para imponer mis determinaciones, de tal manera que usted no pueda oponerse a mis decisiones.

—¿Y si me resistiera? No pierda usted de vista que la intervención en los bienes de Dios chocaría con la causa de la religión, que no puede separarse de la causa nacional. De permitir semejante atentado pasaría yo de ser príncipe de la Iglesia a ser un empleado del gobierno civil por tenerme que someter a la voluntad de un interventor. Soy delegado de la silla apostólica y no puedo consentir la intervención porque el día de mañana me diría usted cómo predicar el Evangelio, lo cual sería insostenible.

—Lo que no debe usted perder de vista es que mi decreto en nada atenta en contra de las creencias religiosas mías y de mis paisanos poblanos. Esto es un castigo desvinculado de la teología y vinculado al comportamiento irresponsable y antipatriótico que usted ha encabezado.

—Como bien decía mi dignísimo predecesor, el ilustrísimo obispo Francisco Pablo Vázquez Vizcaíno en un caso similar al presente: "Si no obedezco seré odiado de los hombres y sufriré en lo temporal quizá las mayores penas; pero si desprecio los cánones, si olvido mi obligación como obispo y como cristiano, mereceré que caiga sobre mí la divina indignación y los suplicios eternos. ¿Se puede dudar de mi elección en tan dura alternativa? ¿Dejaré de persuadirme que me importa mucho más obedecer a Dios que a los hombres?" —Labastida actuaba como si fuera a ser sacrificado, al igual que lo fue San Sebastián—. Esta será, señor excelentísimo presidente —volvió al protocolo—, si me asiste la gracia del cielo, mi única regla de obrar y porque mis deberes de pastor se extienden indispensablemente a la instrucción de la grey que está bajo mi cayado... Si me resolviese a callar en materia tan importante, sería, por el contrario, el más indigno y el más reprensible de todos los sacerdotes, porque como dice Martino V en su bula *Inter Cunctas*, el error que no se resiste queda con esto aprobado... Para concluir —iba a dirigirse al presidente como hijo, pero prefirió abstenerse de tomar semejante licencia—, san Gregorio añade que debo amonestar a mis ovejas para que no pasen con su obediencia más allá de los límites debidos y evitar así que, sujetándose a los hombres más de lo que es necesario, se vean precisados a venerar sus faltas... *Admonendi sunt subditi ne plus quam expedit, sint subjecti; ne, cum student plus quam necesse est hominibus subjici, compellantur vitia eorum venerari* —dijo mientras se persignaba viendo al cielo.

A continuación el obispo simplemente murmuró al oído del presidente:

—Me resistiré entonces hasta que usted y su gobierno tengan la autorización del papa para emitir una resolución de esa naturaleza.

Comonfort encaró al obispo escudriñándole el rostro. Labastida tenía una mirada bondadosa perfectamente estudiada para convencer aun en las peores circunstancias. Era un hombre alto, de complexión robusta, y no tenía el menor empacho en exhibirse cubierto de joyas; con lo que valían su cruz pectoral, sus anillos y mancuernillas se hubieran podido construir varias escuelas en el estado de Puebla.

—Si usted intenta resistirse, no solo intervendré sus bienes, sino también se los expropiaré, señor obispo. ¿Quiere usted que yo le agradezca el hecho de haber derrocado prácticamente a mi gobierno para instalar a Haro en mi lugar? ¿Cree usted que no conocíamos sus planes?

—Le pido perdón en todo aquello en que me haya equivocado y perdono también, yo a mi vez, a quienes hayan intentado enlodar mi nombre calumniando mi conducta. La historia nos presenta ejemplos de los castigos impuestos por la silla apostólica a la debilidad de los pastores, así como cuenta en el número de los mártires a los que han muerto defendiendo tales bienes.

—Créame, señor obispo, que los castigos que imponga o deje de imponer la silla apostólica me son irrelevantes en esta trágica coyuntura que les costó la vida a miles de mexicanos —repuso el presidente—. El dinero no es Dios, señor obispo, no confundamos los términos, ese es un argumento para idiotas. Por favor, ya no lo utilice. Aquí estamos hablando de que usted organizó un golpe de Estado en contra de la República y que, apoyado o no por la silla apostólica, pagará las consecuencias —el jefe de la nación quería concluir la conversación.

—El gobierno carece de competencia para legislar en materia del patrimonio de Dios.

—Ojalá que siempre tuviéramos a la vista aquella célebre sentencia de san Ambrosio: "Nada propio posee la Iglesia, sino la fe", obispo Labastida —repuso Comonfort, harto del tema—. No es patrimonio de Dios, señor obispo, es de la Iglesia, nuestra Iglesia, la Iglesia de todos: usted está poniendo a prueba las instituciones del país para demostrarle que mi gobierno tiene toda la competencia para legislar en el tema eclesiástico. Lo verá usted, señor...[52]

El presidente se despidió del obispo sin alargar su mano y sin obtener, claro está, la bendición que tanto necesitaba. El diálogo había sido muy ríspido pero necesario, inevitable. Comonfort no perdía de vista que la diócesis poblana poseía, como parte de su patrimonio, cuando menos el cincuenta por ciento de los bienes raíces del Estado. Tras dar un par de pasos el presidente se detuvo y giró, decidido, para encontrarse con la cara desencajada del obispo:

—Debe usted saber —su tono vibraba como si le hubiera colocado al obispo una pistola en la frente; fugazmente pensó que su madre le reclamaría severamente por semejante trato a un representante de Dios— que no solamente puedo intervenir su tesorería para indemnizar al gobierno federal de los gastos que usted le obligó a realizar en forma innecesaria, además de tomar parte de esos recursos para ayudar a los pobres que han visto enlutados sus hogares por culpa de usted, sino que también podré, como ya le dije, expropiar todo su patrimonio, pero escúcheme bien —requirió de toda la atención del prelado, que ahora sí no podía disimular su azoro—: si todo lo anterior fuera insuficiente —estaba a punto de jalar el gatillo—, procederé a desterrarlo del país por tiempo indefinido.

Dicho lo anterior, el presidente caminó hacia su berlina cupé mientras Labastida, enfurecido, regresaba a la sacristía sin devolver ningún saludo a los creyentes que se retiraban de la Catedral una vez concluida la ceremonia. Solo tenía una idea en la cabeza: hacer traer de inmediato a la señora Guadalupe Ríos de Comonfort y, por supuesto, al padre Miranda. Mira lo que nos han hecho…

Días después, dos emisarios del presidente Comonfort se presentaban ante el obispo Labastida entregándole el texto de un decreto, ya publicado, que ordenaba la intervención de los recursos de la Catedral de Puebla:

> Considerando que el primer deber del gobierno es evitar a toda costa que la nación vuelva a sufrir los estragos de la guerra civil. Que a la que acaba de terminar y ha causado a la República tantas calamidades se ha pretendido dar el carácter de guerra religiosa. Que la opinión pública acusa al clero de Puebla de haber fomentado esa guerra, por cuantos medios han estado a su alcance; que hay datos para creer que una parte considerable de los bienes eclesiásticos se ha invertido en fomentar la sublevación:
>
> Considerando, igualmente, que cuando se dejan extraviar por un espíritu de sedición las clases de la sociedad que ejercen en ella, por sus riquezas, una gran influencia, no se les puede reprimir sino por medio de la alta política, pues de no ser así, ellas eludirán todo juicio y se sobrepondrán a toda autoridad. Considerando, en fin, que para consolidar la paz y el orden público es necesario hacer conocer a dichas clases, que hay un gobierno justo y enérgico, al que deben sumisión, respeto y obediencia, he venido a decretar y decreto lo siguiente:[53]
>
> Mi gobierno ha decidido intervenir los bienes de la diócesis de Puebla a fin de indemnizar a la República de los gastos hechos para reprimir la reacción que en esta ciudad ha terminado… A los habitantes de la misma ciudad, de los perjuicios y menoscabos que han sufrido durante la guerra

> y que previamente justificarán y a las viudas, huérfanos y mutilados que han quedado reducidos a este estado por resultado de la misma guerra.[54]
>
> La intervención decretada continuará hasta que a juicio del gobierno se hayan consolidado en la nación la paz y el orden público.[55]

—A pesar de las amenazas, las advertencias, los chantajes y los sabotajes para impedir que sus órdenes pudieran ser evitadas, el presidente Comonfort no solo intervino los bienes de la arquidiócesis poblana, sino que las circunstancias, Ponciano, lo obligaron a proceder de inmediato al destierro fulminante del obispo Labastida. Maldito alacrán ensotanado, ¿no…? Escucha, Valentín, hijo —exclamó el viejo, sintiendo cómo iban menguando sus fuerzas en cada palabra—: Labastida se opuso, por supuesto, a la confiscación de los ingresos de la Catedral de Puebla. Ni siquiera quiso abrir la caja fuerte que se encontraba en la sacristía, detrás del vestuario requerido para la celebración de las diferentes fiestas religiosas. El obispo todavía intentó dar un soborno a los representantes del gobierno federal para que se abstuvieran de intervenir las arcas de su diócesis. Nada, no logró nada. La escasa prensa liberal poblana presentó al obispo como un hombre voraz que abusaba de las ventajas concedidas por el púlpito, desde donde excitaba al pueblo, desde la misma cátedra de san Pedro, a la revolución y a la desobediencia al gobierno.

Entendí que no solamente no permitiría la intervención administrativa de sus bienes, sino que también recurrió al envenenamiento de los representantes del gobierno. Cuando quedó claro que estaba dispuesto a privar de la vida a las personas que osaran tocar con sus manos heréticas los sagrados dineros de Dios y el presidente Comonfort tuvo noticia de un sermón pronunciado el 11 de mayo de 1856, decidió sin más ordenar su destierro, muy a pesar de las súplicas de su madre: no podía permitir que Labastida dijera: "Con bastante dolor veo que el pueblo cristiano mira con desprecio que se atente en contra de los bienes eclesiásticos…".

En cualquier momento estallaría en Puebla otro conflicto armado para defender esos bienes. El alto prelado de nueva cuenta invitaba a la sedición, al igual que muchos sacerdotes recibían la consigna de predicar contra el gobierno y aconsejar la desobediencia a la autoridad, sin que les preocupara que se convirtieran en conspiradores. Dios los perdonaría. Jesús murió en la cruz. Ese es nuestro destino.

En la mañana del 12 de mayo de 1856 apareció encima del escritorio del gobernador de Puebla, don Juan B. Traconis, la orden de destierro de Pelagio Antonio de Labastida y Dávalos.[56] Ese mismo día, a las 12:30 de la mañana, se le comunicó al prelado la decisión inapelable de que abandonara el país horas después, vía Veracruz. Mientras tanto se le mantendría preso en el interior del Palacio del Obispado. Solo se le autorizaría ir a la santa iglesia Catedral de Puebla a recoger algunas de sus pertenencias, siempre y cuando lo hiciera acompañado, únicamente acompañado, por la respectiva escolta.

Labastida pidió explicaciones. Creía estar soñando. ¿Qué harían en su lugar Matías Monteagudo, Francisco Pablo Vizcaíno? Por lo pronto estarían pateando las tablas de su ataúd.

Son órdenes, señor.

Pero ¿quién las emitió? Son órdenes.

Quisiera hablar con el autor de semejante atentado.

La única autorización con la que contamos consiste en darle a usted hasta las tres de la tarde para que arregle su equipaje. Después lo meteremos en el carruaje, con o sin baúles, con o sin el uso de la fuerza, con o sin su voluntad, para partir de inmediato rumbo a Veracruz.

¿Saben ustedes que soy delegado apostólico?

Silencio.

¿Se percatan ustedes que están hiriendo mi dignidad como jerarca de la Iglesia?

Silencio.

¿No le temen a la ira de Dios por tratar así a uno de sus representantes en la tierra?

Silencio.

¿Le comentarán ustedes a su confesor, el que vela por su salud espiritual, lo que están haciendo conmigo?

Somos militares, señor: no podemos interpretar las órdenes, solo debemos acatarlas sin chistar, así, shhh…

Uno de ellos intentó tocarlo por el brazo. La ofensa fue mayor.

Soy representante de Dios: al que me toque lo partirá un rayo…

La escolta no dejó de sorprenderse por la presencia de un hombre vestido completamente de negro, con la cabeza cubierta, que en todo momento les dio la espalda, sin permitirles ni ver su rostro ni escuchar su voz, aun cuando se encontraban en la recámara del obispo llena de crucifijos, vírgenes, veladoras, imágenes de santos esculpidas en mármol o talladas en madera, pinturas al óleo de todos los tamaños con el tema de la Gran Patrona de los todos los mexicanos, en donde Labastida preparaba, junto con su mayordomo, su equipaje. El encapuchado era sin duda el padre Francisco Javier Miranda, el padre Miranda.

—No se te olvide mi alhajero, Pepe, ni mis mancuernillas de esmeraldas, las que me regaló el obispo Munguía, ni mi colección de relojes suizos. Mis cruces pectorales, ¡ah!, sí, empácalas todas: se las enseñaré en Roma a Su Santidad, el Santo Padre Pío Nono. Guarda mis sotanas aquí, mis camisas allá. A ver cómo haces para llevarnos mi coñac favorito, del que bebo un par de chupitos antes de dormir. Quiero estos libros y estos cuatro Cristos, en particular el de los cuatro clavos...

Al abordar la diligencia uno de los integrantes de la escolta alcanzó a oír:

—Francisco, te quedas con el estandarte. Tú y el obispo Munguía son los únicos que podrán continuar el movimiento en México. Yo te apoyaré con dinero y consejos desde Roma, pero por Dios Nuestro Señor, acaba con Comonfort, ya que yo no pude con él.

Un periódico clerical de la época describió de esta manera los hechos:

> La multitud, el pueblo casi entero de la ciudad se agolpaba alrededor del carruaje, queriendo ver al digno prelado y manifestándole el pesar de verle partir. Un duelo general reinaba en las familias y en el semblante de la mayoría se dibujaba el furor reprimido por la fuerza a que no era dable resistir o el dolor más profundo por la fuerza de caballería que, mandada por el general Morelt, custodiaba al desterrado, procuraba con su bélica actitud, contener al pueblo que siguió a su obispo hasta las puertas de la ciudad.
>
> Los habitantes de Puebla demostraron un verdadero sentimiento de dolor por la disposición dictada por el gobierno contra un sacerdote que no se había ocupado más que en hacer el bien de sus diocesanos. El carácter dulce, amable, conciliador del ilustre obispo, joven aún; su vasta instrucción, sus virtudes, su conducta evangélica, el haberse mantenido constantemente ajeno a la política y respetuoso siempre a las autoridades civiles; todo esto, unido a su noble presencia, a su fisonomía franca y benigna, a su porte digno, a sus maneras distinguidas y a su dulce afabilidad, hacían de él una persona estimable en el más alto grado de acepción de la palabra. Don Pelagio Antonio de Labastida se ocupó desde que entró, sin pretenderlo, al episcopado de Puebla, en obras de utilidad y de mejoramiento: el Colegio Seminario recibió notables mejoras, proporcionando el señor obispo, de su particular peculio, fuertes sumas para el fomento de aquel plantel, donde introdujo mejoras de sumo provecho y proporcionando a los alumnos comodidades de que hasta entonces habían carecido: no descuidó tampoco el fomento de las escuelas destinadas a la niñez, y los huérfanos, las viudas, los enfermos sin auxilio y los ancianos sin recursos encontraron en su caridad los recursos necesarios para aminorar sus necesidades.[57]

Sí, sí, por más resistencia que opuso sin perder nunca de vista que trató de envenenar a los interventores, además de que posteriormente trataría de asesinarlos; muy a pesar de que trató de sobornar a la autoridad civil para que no se llevara a cabo la intervención y de haber estimulado el golpe de Estado, el obispo Labastida y Dávalos abordó, entre los insultos lanzados al aire por los veracruzanos, un paquebote inglés acompañado por su mayordomo, el señor don José María Rojas, y el presbítero don José María Zamacona. Su furia se incrementó notablemente al hacérsele saber que los señores interventores del gobierno federal, esos honorables recaudadores que entregarían los recursos eclesiásticos a los pobres, como lo había prometido Comonfort, simplemente se embolsaron el dinero de las limosnas gastándoselo en parrandas, borracheras y en la adquisición de bienes personales, en el entendido de que se trataba de fondos benditos que les traerían buena suerte. ¡Con qué gusto les hubiera yo puesto ácido en las palmas de las manos, tal y como hicimos con Morelos, para luego rasparles la piel a esos canallas! Yo sería el primero en arrojar una tea a la pira para quemarlos vivos. Mientras existió la Santa Inquisición nunca se produjeron estos desmanes. Todo tiempo pasado fue mejor... Nosotros siempre educamos mejor que en los cuarteles. La disciplina y el respeto deben imponerse con fuego.

—Cuando la nave en la que viajaba el distinguido prelado se perdió en el horizonte la causa liberal descansó, pero solo por algunos días, porque Francisco Javier Miranda, el padre Miranda, acataría al pie de la letra las instrucciones de Labastida, además de lo que pudiera hacer de acuerdo con su propia inspiración, que no era poca. Labastida, sentado a un lado del solio papal, no perdería ni un solo detalle de la marcha de los negocios eclesiásticos en México, no solo a través de los años en que estallaría la guerra de Reforma, Ponciano, sino por la gestión determinante que desarrolló en Europa para materializar el sueño dorado de los clericales y de los conservadores para crear un trono en México, en el cual finalmente sentarían a Maximiliano de Habsburgo y su esposa Carlota. Quien pensó que el obispo Labastida aprovecharía el exilio para meditar y orar se equivocó. No solo convencería al papa del atropello cometido en contra de la Iglesia católica mexicana y de sus príncipes, sino que lo animaría a lanzar bulas mortales desde Roma para que los creyentes se apartaran de los reformadores liberales so pena de excomunión. ¿Quién se iba a imaginar a Pelagio Antonio de Labastida y Dávalos de regreso en México años después, pero convertido en cabeza de la Regencia del gobierno imperial de Maximiliano? ¿Quién? ¡Habrase visto una traición semejante cometida por un mexicano en contra de este país! Sabemos cómo terminó Miramón sus días, fusilado por Juárez en el Cerro de las Campanas, lo sabemos, Ponciano, pero ¿y Labastida...? Solo te recuerdo que, ya como arzobispo, casó a

Porfirio Díaz con Delfina Ortega y, por supuesto, también casó con arreglo a la ley de Dios al dictador con Carmelita Romero Rubio, a la que este tan solo le llevaba treinta y un años, casi los mismos que Santa Anna a Dolores Tosta. A los tiranos les gustan las niñas tiernas, muy tiernas, ¿verdad?

Ya no pude escuchar una sola palabra más. Repentinamente perdí todo el control de mi persona y me vi tomando con ambas manos unos pequeños barrotes de la puerta de metal de la mazmorra. Mientras la pateaba una y otra vez con ambos pies y gritaba miserables, mamarrachos, abran esta puerta, no tengo por qué estar encerrado en esta letrina, me voy a morir, me voy a morir, golpeaba también con mis manos para ver si alguien se apiadaba de mí. Al ver que me ignoraban empecé a tirar puñetazos contra los muros y a patear las paredes hasta lastimarme las manos y los pies y caer llorando al piso, rodeado de excremento.

—Es normal que te pase esto, muchacho, calma, ten calma, yo también pasé por ahí a los días de llegar a esta maldita tinaja.

—¡Váyase a la mierda, viejo de mierda! —grité desconsolado—. Usted, sus historias, su Iglesia católica y todos sus curas infernales se pueden ir al carajo. Dios y todas su vírgenes que también se vayan mil veces a la mierda. Juárez, sí, Juárez, Ocampo, Maza, Mata, Arriaga, se pueden ir juntos al carajo. Que todo el mundo se vaya al carajo. Yo también me puedo ir al carajo. ¡Ay!, ¡ay!, ¡ay…!

Algo me estaría diciendo don Valentín mientras yo pegaba con las palmas de las manos en el piso y no dejaba de gritar ¡Eugenia, Eugenia, Eugeniaaa…! ¿Dónde estás, Eugenia, mi vida, mi amor? ¿Dónde estás, Eugenita, mi vida, mi amor…? Clamaba al cielo llorando compulsivamente. Si en ese momento el viejo se hubiera podido levantar para ayudarme, sin duda, lo hubiera estrangulado o le hubiera azotado la cabeza contra el piso o hubiera arrojando contra un muro su cuerpo a punto de convertirse en esqueleto.

Yo ya no quería vivir. Me derrumbaba. No podía estar ni un día más encerrado respirando ese aire nauseabundo, viciado de mil vidas, de mil intestinos y de mil vejigas donde solo las cucarachas podían sobrevivir, y además, sin poder mirar siquiera mis manos. Así de cerrada era la oscuridad.

Todo lo que yo creía de mí era falso. Pensaba que la adversidad me haría crecer y que estaba forjado para resistir el más severo de los castigos. No tenía imaginación. Nadie puede suponer lo que es Ulúa. El infierno en la tierra. No resisto tener la camisa húmeda pegada al pecho y a la espalda. Necesito ver el sol: no he podido contemplarlo desde que nací. Se ha borrado toda mi vida. Esta comenzó cuando llegué aquí. No tengo pasado. No sé quién soy. Solo sé que me asfixio. Cada momento se mueven los muros, me estrechan, me cercan. Ya no puedo moverme ni levantar la cabeza. Las paredes me sofocarán, me aplastarán, necesito espacio, aire, luz, agua, un color. ¿Cómo son los colores? ¿Cómo es el rojo? ¿Cómo es el azul? ¿Cómo es el verde? ¿Cómo es el día? ¿Cómo es un atardecer en la playa, un trago de tequila o un beso de mujer?

¿Cómo es una mujer? ¿Cómo es Eugenia? ¿Cómo es su pelo, sus manos, sus ojos, su piel, sus senos? ¿Cómo son sus perfumes, sus vestidos, sus sandalias? ¡Cuánto he dejado de cuidarla, cuánto he dejado de quererla, de protegerla y de amarla! ¡Cuántas veces me he abstenido de decirle lo que la quiero, lo que la necesito! ¡Cuánto he dejado de homenajearla, de ensalzarla y de ver por ella! ¡La iba a perder, para allá iba yo! ¡Si un día salgo de esta celda maldita la voy a tratar como a una diosa, como lo que es, una aparición! ¡Cuánto he dejado de leer, cuánto he dejado de estudiar, cuánto he dejado de aprender y de soñar! ¡Cuánto desperdicio! ¡Cuántas veces he dejado de acariciar a mis hijos o de besarlos o de decirles lo importante que son en mi vida! ¿Por qué siempre me presenté como padre, como el guía, como el rector, como el educador, como el tirano, en lugar de acercarme a ellos como el amigo, como el compañero de juegos, como el confidente y cómplice que también le esconde verdades a su madre? ¿Por qué no descendí hasta tener su edad y me revolqué con ellos en un jardín hasta mancharnos los pantalones con lodo y comimos golosinas para que nos doliera el estómago al mismo tiempo y Eugenia nos mandara castigados a la cama sin cenar? ¿Qué he hecho con mi vida...? ¿Qué, sin explotar mis sentimientos, la razón de la existencia, por miedo, pudor, precauciones estúpidas o prejuicios?

¡Cuánto he aprendido en esta prisión! ¿Cómo pudieron pasar tantos años sin que comprendiera cuáles eran las esencias de la vida? Ahora que las he descubierto y las he memorizado, tal vez ya no tenga oportunidad de demostrar cuánto me arrepiento de haber vivido en las natas, en la superficie, sin llegar a conocer las entrañas de la existencia.

Recordé entonces que había decidido huir, que yo no acabaría mis días ahí, encerrado como un perro, sin producir, sin revelar mi misión en la vida, sin cumplir mi papel, mis objetivos, mis deseos. Mientras seguía llorando desconsolado negando todo lo que decía don Valentín, mandándolo cuantas veces hablaba al carajo y pidiéndole que se callara de una puñetera vez, estúpido viejo amargado, por mí ya se podía morir un millón de veces, su vida me era irrelevante, recordé que había decidido fugarme y para tal efecto tenía que contar los pasos que había del último escalón al pasillo, según los daban los celadores cuando se acercaban a nuestra celda. De esta suerte conocería la distancia exacta para poder correr en la oscuridad como si todo Ulúa estuviera iluminado. Si lograba apagar la antorcha de los celadores, ellos difícilmente podrían dar conmigo al estar fuera de la mazmorra, dado que yo podría correr mientras que ellos tendrían que ir a tientas. La sola posibilidad de escaparme me devolvió la paz.

Saldría, saldría, saldría porque tenía que salir. Yo no había nacido para morir en una letrina, hundido en heces fecales y respirando un aire podrido. Tenía otros planes. Jamás aceptaría lo que Porfirio Díaz había dispuesto para acabar con mis ideales. Eran diez pasos y medio hasta mi celda. Corriendo a toda velocidad serían tres grandes zancadas. El resto sería alcanzar la superficie, el patio central, treparme por uno de los cañones y aventarme al mar. Después los tiburones tendrían la última palabra. Pero tampoco había nacido para que me devorara un escualo. Tarde o temprano estaría frente a Eugenia, frente a mis hijos, frente a mis libros y deslizando el dedo índice por el filo de una espada para encajársela en el estómago a Porfirio Díaz. Yo tenía una deuda con mi país y matar al tirano era una forma muy eficiente de amortizarla, me dije mientras me arrastré hasta llegar a mi camastro, donde me desplomé sin darme cuenta de que daba un gran cabezazo contra la madera.

Desperté aturdido, pero aliviado. No sé cuánto tiempo dormí ni si las ratas caminaron o no sobre mi cuerpo, ni si hicieron lo propio las cucarachas; lo único que sí noté es que me faltaba pelo. Era claro, los roedores se lo habían comido mientras yo descansaba.

Don Valentín no me hizo la menor reclamación. Entendía mi arrebato y no tenía tiempo para declararse ofendido. Yo había dormido, él agonizaba. Yo llegaba, él se iba. Yo soñaba, él se moría. Yo quería aprender, él deseaba enseñarme. Yo quería la revancha, él solo deseaba ejecutarla llenándome de argumentos.

Entonces me contó el segundo gran golpe asestado por el clero contra el gobierno del presidente Comonfort, ya a finales de aquel 1856. Miguel Lerdo de Tejada, el mismo que había invitado en 1847 a Winfield Scott, el general en jefe del ejército norteamericano, a que se convirtiera en presidente mexicano, el mismo curioso personaje de extracción liberal que fuera por Santa Anna a Colombia para convencerlo de la conveniencia de volver a México con la idea de que encabezara un nuevo gobierno, el mismo que le había propuesto a Comonfort que México se convirtiera en un protectorado de Estados Unidos, había logrado escalar hasta convertirse en el ministro de Hacienda de aquel. Su comportamiento, su figura, su bigote y patillas perfectamente recortadas, así como su indumentaria, hablaban de un hombre de marcada extracción aristocrática. Sus opiniones, por lo general tan bien sustentadas como absolutamente radicales, no dejaban de sorprender ni a sus compañeros de gabinete ni mucho menos al jefe de la nación.

—Miguel Lerdo de Tejada, hermano mayor de Sebastián, propuso y logró la promulgación de una ley histórica, útil, Ponciano, para remover uno de los mayores obstáculos para alcanzar la prosperidad y el engrandecimiento del país. Nadie podrá quitarle ese mérito, por más que haya sido tan objetable su comportamiento personal y político. Se trataba de obligar a la Iglesia a la enajenación de sus fincas, terrenos y edificios y, en general, su patrimonio inmobiliario, es decir, hacer circular sus bienes, esa enorme parte de la propiedad raíz, la base fundamental de la riqueza pública, que debería volver a las manos del pueblo. La experiencia española mostraba el camino para devolver a la nación los bienes de la Iglesia, pagándole a esta un precio justo y en dinero sin recurrir a la expropiación ni a los peligros de una convulsión social. Lerdo no pretendía, de ninguna manera, confiscar los bienes del clero, sino hacerlos cambiar de propietario, mover esa riqueza muerta, improductiva. Las tierras serían compradas por terceros, entre los que, obviamente, no podían encontrarse las propias autoridades eclesiásticas, que no podían readquirirlas, debiendo conformarse con poseer los edificios religiosos y, por supuesto, el dinero obtenido con la venta de las tierras. El propósito no fue tributario, fue económico. El fisco solo recibiría el cinco por ciento del traslado de dominio.[58]

Francisco Zarco interviene en el debate con su pluma puntual y oportuna: "pero la ley tiene una mira más elevada, tiene un objeto altamente social, tiende al desestanco de la propiedad, a dar a esta más valor librándola de la esterilidad de la mano muerta, a dividirla, a subdividirla y hacerla productiva, a poner en circulación grandes capitales, a disminuir el número de proletarios y a aumentar el de propietarios, a desarrollar la industria y la agricultura, a hacer que la propiedad mejore sin cesar en continuas permutas, a desarmar el poder teocrático y a consolidar por fin las instituciones democráticas, interesando a los pueblos en su conservación".

Con la Ley Lerdo se efectuó en el curso de unos pocos meses un traslado de la propiedad en una escala gigantesca, traslado que repercutió en la economía y en la sociedad. Trescientos millones se ponen en circulación después de trescientos años. Según su autor, "es una resolución que va a hacer desaparecer uno de los errores económicos que más han contribuido a mantener entre nosotros estacionaria la propiedad e impedir el desarrollo de la industria que de ella depende... Se trata de poner en circulación una masa enorme de bienes raíces que hoy se hallan estancados... El fisco también se va a beneficiar porque dichos bienes que hoy permanecen exentos en manos de la Iglesia, al ponerse en manos de los particulares causarán los impuestos patrimoniales respectivos. El aumento de las rentas del erario no puede esperarse sino de la prosperidad de la nación, por lo que se ha preferido el beneficio general de la sociedad a unos ingresos momentáneos en el tesoro público".[59]

Vamos, vamos: que el pueblo adquiera los bienes eclesiásticos sin que se pueda alegar robo o hurto. ¿No es una maravilla la solución legal y política? Nadie puede argumentar la existencia de un despojo. ¡Que se le pague al clero un precio justo! Todos quedaremos contentos. ¿La Iglesia? La Iglesia traducirá sus bienes raíces, la mayoría ociosos e improductivos, en dinero en efectivo para ponerlo a trabajar en otros renglones de la economía, ya sea como inversionista o como prestamista: de cualquier manera generará riqueza el movimiento de los capitales derivados de la venta. Hará negocios como nunca pudo suponer al generar tantos recursos disponibles. ¿El fisco? El fisco impondrá gravámenes que antes no recaudaba al colocar la propiedad inmobiliaria en manos de particulares que no podrán alegar exención tributaria por tratarse de un patrimonio propiedad de Dios, porque Dios, ya lo sabemos, no causa impuestos de ninguna naturaleza. ¿Los nuevos propietarios? Los nuevos propietarios sabrán explotar sus adquisiciones, extrayéndoles rendimientos y ventajas que jamás soñaron sus antiguos tenedores. La sociedad tendrá muy pronto un nuevo rostro.

¿Que qué...? ¿La Iglesia se iba a quedar cruzada de brazos cuando se le va a privar de un patrimonio que le llevó trescientos años adquirir? ¡No me hagan cuentas ni me expliquen lo que me conviene! No necesito clases de finanzas y menos, mucho menos, de estos diablos liberales que saben esconder las verdades como nadie con argumentos que únicamente convencen a los imbéciles: prohibirnos tener bienes equivale a quitarnos los medios para atender a muchos y muy importantes objetivos de nuestro ministerio. No solo jamás obedeceremos la ley, incitan el obispo Clemente Munguía desde Michoacán y el padre Miranda, después de coordinar la resistencia en buena parte del país, sino que el creyente que ose adjudicarse uno de nuestros bienes, cualquiera que este sea, será por ese solo hecho acreedor no a una excomunión simple, sino a una mayor, inmediata y fulminante, con todas las consecuencias en esta y en la otra vida. ¿Está claro? Si alguien adquiere un bien que la Iglesia fue obligada a vender con el uso de la fuerza, será excomulgado de manera fulminante. Desde cada púlpito de la más humilde parroquia pueblerina hasta la más imponente de nuestras catedrales, vomitaremos todo género de verdades en contra del gobierno, a quien llamaremos públicamente ladrón de la Iglesia, vulgares rateros que vienen a apropiarse del Sagrado Patrimonio de Dios. Nadie podrá imaginar el tamaño del desbordamiento. Incendiaremos al país en cada misa y llamaremos a la destrucción si no se deroga de inmediato la ley. Apliquemos la regla de nada para nadie. Muy simple. Déjame en paz con tus lúcidos argumentos económicos con los que deseas apropiarte del patrimonio divino. ¿No te basta acaso la maldita Ley Juárez con la que se nos privó del fuero? ¿Ahora se trata de quitarnos nuestros bienes con todo el disimulo posible? ¿Cuánto tiempo pasará antes de que nos quieran arrebatar también el derecho a divulgar las sagradas escrituras? ¡Vayamos por las armas!

Empezaron, claro está, a menudear los pronunciamientos, que eran sofocados con enormes esfuerzos militares y económicos. En lugar de que el gobierno dedicara esos recursos a la educación o a la salud pública, tenía que distraer sus menguados fondos para sofocar insurrecciones clericales que estallaban a lo largo y ancho del país. Durante las homilías y a lo largo de la confesión, a las mujeres se les utilizaba para convencer a sus familias de las ventajas de derogar tanto la Ley Lerdo como la Ley Juárez, y se les inducía a que presionaran al Congreso y a la presidencia, de modo que no prosperara la legislación liberal. Los sacerdotes tenían instrucciones expresas de aprovechar la influencia de las madres, las hermanas, las tías y las abuelas en el corazón del hogar. Cualquier oportunidad de comunicar veladamente los deseos y la posición de la Iglesia era espléndida, ya fuera durante la hora de los sagrados alimentos o durante la sobremesa o en las tardes que dedicaban al bordado o en las mañanas, cuando se molía el cacao, tal vez para hacer mole. La cocina era un lugar inmejorable para hablar al oído de las hijas; se hablaba en la merienda con los hijos varones y en la misma cama con el marido mientras se colocaban "la pecadora", una sábana con un agujero en el centro para hacer el amor sin que tuvieran contacto los cuerpos. El placer sexual es un pecado. Apártate de él, habría dicho el padre Villanueva...

Donde estallaba un motín, donde se producía un alzamiento, donde se incendiaba militarmente una región, donde se proclamaba un nuevo pronunciamiento para derrocar al presidente Comonfort, ahí estaba invariablemente un cura que dirigía el movimiento perdido entre la tropa, sin que por ello se dejara de distinguir su sotana entre los uniformes.

Comonfort era el alma del Partido Moderado. Sus ministros habían sido escogidos en aquel núcleo, por lo que su gobierno solo podía asumir una línea moderada. Los auténticos liberales no cejaban en demostrar su desconfianza y su escepticismo. ¿Cuál desamortización? ¡Vayamos a la expropiación de todos los bienes de la Iglesia! Son propiedad del pueblo de México. Devolvámoselos a sus antiguos y legítimos propietarios. Basta de estar jugando a la reformita...

—El presidente quería navegar en dos aguas, ser puro y conservador, ser parlamentario liberal y cura, ser liberal, sí, pero moderado, en los extremos se tensa el mecate hasta que se rompe. Comprende que debe intervenir esa riqueza ociosa, olvidada y enterrada. Carece del arrojo necesario para instrumentar los cambios a fondo. No concurre en él la audacia ni la temeridad del héroe que libra las grandes batallas. Son escarceos, no combates cuerpo a cuerpo en los que los grandes generales se juegan todo, ejército contra ejército, palmo por palmo, espada por espada. No ha llegado a este mundo para ser el gran líder de esta nación. Vayamos lento, despacio. Tenemos tiempo. Hay esperanza. No nos precipitemos. Avancemos, eso sí, pero sin caernos. Resistamos las críticas de quienes quieren marchar más rápido sin percatarse de que van al precipicio. Tantas preocupaciones y cuidados no le impiden cometer un grave, gravísimo error: la Ley Lerdo no discrimina y también interviene en las propiedades de los indios, pobres, abandonados e ignorantes. El texto confunde "la posesión tenida en comunidad", con la "tenida por comunidades", lo que trajo la expropiación de las miserables tierras de los pueblos, especialmente los indígenas, quienes, por su parte, traban una alianza con la Iglesia para desatar una guerra santa. Su furor es tan justificado como predecible. Ya Juárez enmendará el error cuando publique las Leyes de Reforma, pronto, muy pronto, Ponciano...

Las amenazas de guerra, las advertencias incendiarias, no fueron en vano. Tanto el padre Miranda como el obispo Munguía, además de otros prelados de San Luis Potosí, Guanajuato, México y Guadalajara se avocaron a diseñar una estrategia para derrocar, ahora sí, al gobierno federal encabezado por Comonfort. No perdían de vista la advertencia de Labastida cuando sentenció antes del destierro: "el futuro Congreso es una nube negra, ominosa, de la que va surgir el gran rayo que nos aniquile para siempre". La preocupación central consistía, claro está, en impedir la ejecución de la Ley Juárez y de la Ley Lerdo para disminuir sus efectos a la mínima expresión, sí, pero no perdían de ningún modo de vista lo que se tramaba en contra del clero en el interior del Congreso Constituyente. La promulgación de la próxima Carta Magna bien puede suponer nuestra desaparición como institución religiosa en México. ¡Cuidado con el rayo que nos puede aniquilar para siempre!

El obispo Labastida no cejaba de escribir al menos tres veces por semana, girando instrucciones cuando la información se lo permitía. Requería datos, detalles, rumores, hechos, conjuras, planes en general, ¿qué pasa...? ¿Qué acontece...? ¡No me tengan en ascuas...! El arzobispo Garza y Ballesteros, según el periódico *El Siglo*, "se encuentra gravemente enfermo de una afección cerebral". Es descalificado. El padre Miranda pierde un gran aliado en la estructuración de la revuelta. Sobornan a parte de la tropa para que no acuda en el momento indicado al llamado de auxilio de Comonfort.

Se trabaja activamente para que el movimiento estalle en el mes de agosto en Puebla, claro que en Puebla. El destierro de Labastida, todo parece indicarlo, será breve, muy breve. Los emisarios se cruzan en todas direcciones; los capitulados de Puebla, aquellos que no fueron fusilados en razón de la tibieza y falta de determinación de Comonfort y que se les invitó a observar buena conducta después de jurar colocando la mano derecha sobre las Santas Escrituras que no volverían a tomar las armas en contra del gobierno, lealtad a la patria, señores, antes que a su Iglesia, se siguen reuniendo en Guanajuato y en San Luis. En la capital de la República se habla de quienes reciben dinero o se lo piden a las corporaciones eclesiásticas como condición para sumarse a la causa. Algunos de los desterrados han vuelto al país disfrazados para colocarse al frente de la conspiración. El destierro deja de ser efectivo como castigo. Ya no atenta en contra del honor de las personas. Antes solo se podía regresar cuando la autoridad así lo disponía. Ahora la dignidad no cuenta. ¡Abajo la Ley Juárez! ¡Abajo la Ley Lerdo!

Los conspiradores se reúnen casi públicamente. Trabajan con descaro. Se ha descubierto un complot dirigido por oficiales de línea y padres dominicos. Esta vez ya no fue necesario disfrazar al movimiento haciéndolo estallar en Zacapoaxtla. Puebla, que sea Puebla, otra vez Puebla. Ahí, en esa plaza, el padre Miranda sabe atar como nadie los cabos de la sedición. Se intenta, sin éxito, asesinar a los interventores para sabotear la orden y secuestrarles cuanto documento tuvieran en su poder. En Puebla estallará el movimiento, más tarde se va ramificar por todo el país. ¡Adiós, Comonfort! ¡Adiós! ¿Qué tal Zuloaga, su compadre, para reemplazarlo…? Haro ya no quiere volver a México. Prefiere disfrutar su fortuna en Europa. Es más, mucho más cómodo. Miranda arma a los barrios poblanos en contra del gobierno. Se descubre la conjura al extremo de que el gobernador de la Mitra tiene que darse a la fuga.

En San Luis Potosí el clero se opone a las adjudicaciones de las fincas con toda la insolencia y petulancia del siglo XVI. Están resueltos a hacer la contrarrevolución. El partido reaccionario, el clerical, el conservador, da los últimos toques de la insurrección. Se habla sin tapujos en contra de los liberales, fulminan excomuniones y libelos amenazantes. Se preparan las armas espirituales y las explosivas. Se mide la cantidad de pólvora disponible, así como los recursos para garantizar el éxito del cuartelazo. El día 6 de octubre de 1856 se conoce la noticia de la muerte de doña Isabel López de Gómez Farías, esposa del prócer liberal. Don Valentín siente tener los días contados. ¿Qué hacer sin ella…? Intentan asesinar a Francisco Zarco.

Ezequiel Montes, ministro de Comonfort, envía una misiva a las autoridades católicas:

> Por segunda vez tengo el honor de dirigirme a V.S.I., llamando su respetable atención de orden del Excmo. Sr. presidente sustituto de la República, sobre la conducta incalificable de algunos eclesiásticos, que con sus palabras y su ejemplo, suscitan la rebelión contra el supremo gobierno [...]. No puedo ni debo pasar en silencio que para restablecer la paz alterada por los malos sacerdotes, el supremo gobierno tiene que mover tropas, y que consumir fuertes sumas de dinero [...], no será remoto que se vea obligado a dictar algunas medidas que hasta hoy no han formado parte de su programa; pero que se van haciendo necesarias por las dificultades que incesantemente se le promueven al gobierno en su marcha, por una parte del clero secular y regular.

—La respuesta, querido Ponciano, es para enmarcarla:

> José A. Reyero Lugo, canónigo de esta santa iglesia Catedral, y gobernador de la Mitra angelopolitana, por ausencia del Ilmo. Sr. Obispo, Licenciado D. Pelagio A. de Labastida y Dávalos. Salud y gracia en nuestro señor Jesucristo a nuestros muy amados diocesanos [...]. Nos, hoy que, aunque indigno, por su divina providencia obtenemos la autoridad eclesiástica, para gobernar esta diócesis, os encargamos obedezcáis y respetáis a las autoridades seculares, porque de Dios viene toda potestad en el cielo y en la tierra; y por lo mismo, os exhortamos y encargamos que imploréis las misericordias divinas por la intercesión de Nuestra Madre Patrona María Santísima de Guadalupe, para que nos alcance las gracias y loas para este gobierno, que se gloria de ser católico, a fin de que acierte en sus disposiciones.

—Pero esta medida será solo, una vez más, Ponciano, un gesto vacío para ganar tiempo y cubrir las apariencias. En nada se parece semejante declaración pública a los acuerdos nocturnos tomados en el seno de las sacristías ni al lenguaje procaz utilizado ni a las venganzas juradas en el interior de dichos recintos. Cualquiera que escuchara las conversaciones con los ojos cubiertos sin tomar en cuenta el lugar en donde se celebran las reuniones ni la indumentaria de los asistentes, bien podría concluir que se encuentra en un cuartel y que los generales deciden de pie, alrededor de una mesa, la mejor estrategia para vencer al enemigo.

Como pude constatar después, cuando hallé los papeles ocultos de don Valentín, Miranda contestó a una carta enviada por el presidente de la República en los siguientes términos:[60]

Excmo. Sr. Presidente Sustituto Ignacio Comonfort:

México, octubre 18 de 1856

Muy Señor mío: El señor don José Gener me ha hecho presente, á nombre de V., el deseo que tiene de que tengamos una entrevista, mediante las garantías que yo desee para la seguridad de mi persona. Aunque no sé á punto fijo cuál será la idea de V. al dispensarme la honra de la indicada entrevista, creo haberla comprendido, y he tenido la pena de excusarme por dos razones: la primera es, de que ya otra vez he sido víctima de un ofrecimiento por parte de V. que creí sincero y de buena fe. Me refiero pues a la época en que, desatada una injusta persecución contra mi persona, manifestándome V. ser extraño a ella, y aparentando interés hacia mí, me favoreció, sin que yo lo solicitase, con una carta de recomendación para D. Francisco Ibarra, y al mismo tiempo, estando mi suerte exclusivamente en sus manos, por haber ocupado en esos días la presidencia, reagravó mi prisión, aprobando la arbitrariedad del Sr. Soto, que me confió a la fortaleza de Ulúa, y V. me lanzó al destierro, negándome el ser oído en juicio como lo pedí repetidas veces. Esta circunstancia gravada profundamente en mi alma, es un dique levantado entre ambos, que impedirá mientras tenga vida el que me preste a toda relación, que estribe en la fe de su palabra. La otra razón es, la de lo inútil que sería nuestra conferencia en su objeto final. Porque, ¿cuál puede ser ese objeto? No otro que el de vencer mi voluntad, suponiéndome móvil de la revolución que se verifica en la República, para que influyese en los ánimos de los que han tomado las armas. […] No soy yo, Sr. presidente, ni lo es una determinada persona el móvil de la revolución, sino que lo es el sentimiento unánime de los pueblos… cuya fuente se llama voluntad nacional.

[…] De todo lo expuesto, aunque tan brevemente, se deduce que el vencer la revolución no está en poder de sus caudillos, ni en el de V. La revolución está consumada en lo moral. La cuestión ya no versa sobre si triunfará o no triunfará, sino si triunfará hoy o triunfará mañana. En las manos de V. está únicamente emplazar la cuestión, no está resolverla; está el ensangrentar á la nación, no está el salvarla; está el emplear dinero en compras y ventas, no está el vencer. ¡Ojalá conozca V. estas verdades! Discúlpeme V. por que se las haya presentado con desnudez, porque el mal de los gobernantes es el vivir engañados; y porque cuales quiera que sean las consideraciones que el puesto de V. y mi situación personal me impongan, son más fuertes las que obren en mi conciencia respecto del bien público. V. escogerá el extremo que más le agrade entre los intereses nacionales y los de su persona; pero la patria fallará sobre la justicia de la elección. Soy de V. atento servidor. Q.B.S.M.- *Francisco Javier Miranda*

Al fin las perpetuas conspiraciones que los reaccionarios tramaban en Puebla han tenido resultado. En octubre estalla una rebelión acaudillada por el coronel Orihuela, que estaba escondido en aquella ciudad. Los sublevados proclaman el imperio de don Antonio López de Santa Anna, la anulación de la Ley Juárez, de la Ley Lerdo y la cancelación de la intervención de los bienes del clero poblano. El periódico *El Siglo XIX* publica en su primera página: "al parecer toda la maniobra ha sido dirigida por el famoso padre Miranda, quien lleva un tiempo en esa ciudad y que ha hecho varios viajes a otros pueblos". Es incansable. Igual se le ve hablando con militares de una localidad o de un regimiento que con creyentes o con sacerdotes de su diócesis o de otra. Es irrelevante. Nació intrigante, es intrigante por naturaleza y morirá intrigante. No le alarma la inminente llegada de la Brigada Zuloaga. Con favor de Dios lo venceremos dándole dinero a la tropa o convenciéndola del error de oponerse a los dictados del Señor con argumentos o simplemente a balazos.

Se da un segundo enfrentamiento entre la reacción y el ejército de la República. Miranda, Orihuela y Miramón, este último, ya de regreso del exilio, cometen el mismo error, imperdonable error militar: deciden pelear calle por calle y casa por casa en el centro de Puebla, tal y como ordenaron, en su momento, seis meses atrás, el obispo Labastida y Antonio Haro y Tamariz. Olvidan de nueva cuenta aquello de que "Ciudad sitiada, ciudad tomada". Comonfort espera noticias desde Palacio Nacional. ¿Cómo es posible que se hubieran prestado a un segundo sitio? La esperanza del clero es que se sumen al movimiento muchas plazas del interior del país. No estamos solos, señor presidente, no solo es Puebla la que se levanta en armas, son todos los amantes de la libertad...

Para el 31 de octubre de 1856, De Gabriac nos regala uno de los retratos más acabados que se hayan hecho del padre Miranda:

> Se habla de la defección del general Parrodi en Guadalajara, de la presencia en México del coronel Osollo y del célebre padre Miranda, autor, jefe y director de todas las conspiraciones desde hace quince meses; siempre perseguido por la policía y nunca detenido; presente en todos los lugares donde lo llama la reacción y sin que pueda ser sorprendido en ninguna parte; disfrazado de general, de coronel, de teniente, de burgués, de lépero; se presenta en todos los giros y bajo todas las formas sin tener jamás la que busca la policía. Se acaban de ofrecer veinte mil pesos a quien logre capturarlo y entregarlo.

Una semana después, el 6 de noviembre, reporta el diplomático francés: "Se asegura que, pese a lo activo de las búsquedas de la policía, el coronel Osollo y el padre Miranda están en México organizando la revolución y el ejército secreto que deberá realizarla, inspeccionando el terreno de la acción y distribuyendo los papeles a cada jefe".

El 5 de noviembre Zuloaga se incorpora a las fuerzas que sitian Puebla. Doblado, también convocado por Comonfort, arriba a Querétaro, desde Guanajuato, al mando de sus tropas. Se combate, mientras tanto, acremente en el centro de Puebla, en un cerco cada vez más reducido. El día 18 de noviembre "se asegura que Orihuela ha dejado el mando de los rebeldes. Antes de ayer en la tarde fue derrotado el padre Marín, que con cien hombres quería entrar a la plaza". Los rebeldes se encuentran nuevamente en un callejón sin salida. Miranda desespera. No siente el peso de la adversidad como un castigo de Dios, sino como producto de la torpeza de sus generales adictos. ¿Cómo explicarle a Labastida el nuevo fracaso? ¿Qué dirá el papa Pío IX? El padre Miranda manda envenenar al gobernador Traconis, el mismo que había ejecutado con lujo de violencia la orden de destierro del obispo Labastida aquella mañana trágica del 12 de mayo de 1856. "Tiene usted tres horas para abandonar la ciudad, señor obispo..." Una de las sirvientas, devota fanática, le administra las gotas letales para acabar con su vida. Le darás, le dice el padre de San Camilo, su confesor, a instancias de Miranda, este compuesto revuelto en el chocolate, hija mía, tan pronto lo beba estarás a salvo el día del Juicio Final. Gozarás del perdón eterno. La capitulación de Puebla es irreversible. Se agota el parque, el agua, los alimentos, la voluntad y también la esperanza. La esperanza también se agota. El cerco, de cuarenta días, fue intensísimo. La rendición se da finalmente el día 4 de diciembre.

Orihuela y Miramón se desvanecen entre las sombras de la noche. El primero es aprehendido, en su fuga ya descarada, en Piedras Negras por el general Pueblita. No sabe si fusilarlo o no. Pide instrucciones. Espera. Aténgase a la voluntad de Dios, le manda decir el coronel-padre Miranda a su militar subalterno. Miramón se dirige subrepticiamente a Toluca para continuar la sedición y prender focos, muchos focos de insurrección.

Llamando a la unión liberal y secundado, entre otros, por el propio Zarco, Juan Álvarez emite un manifiesto a la nación que se reproduce en *El Siglo* el mismo día 12 de diciembre, y en el que entre otras cosas se dice:

> Cuando algunos apóstoles del evangelio trocan su ministerio de paz y de dulzura por la espada para ensangrentar el suelo de la patria, y en una palabra, cuando se hacinan los elementos todos para que suene la hora terrible de la disolución social, forzoso es romper el sello del silencio y dirigirse a la nación.

A las seis de la tarde del día 11 del mes actual, el señor general Pueblita en cumplimiento de la orden expresa del Sr. general D. Tomás Moreno… ha mandado fusilar a Orihuela, el cabecilla de la última asonada de Puebla. Ayer, a las seis de la tarde, el supremo gobierno ha recibido una comunicación del Sr. general Moreno, en que le participa que Osollo, la primera espada de la reacción, ha sido completamente derrotado en Orizaba por el Lic. D. Ignacio de la Llave. Lo mismo aconteció en San Luis Potosí y en Cuernavaca, en donde los antiguos capitulados de Puebla fueron derrotados.

El país levantaba lentamente la cabeza y mientras veía al cielo se preguntaba, ¿por qué tenemos que colocar otra vez a México ante Dios?

# Capítulo 4
# Las campanas llaman a muertos

*No solo lucharemos contra el clero y sus aberraciones, sino tendremos que convencer al pueblo de que no estamos en contra de la religión, sino en contra de los abusos de la Iglesia como institución.*

Melchor Ocampo

*Convertidos los sacerdotes en granaderos de la Iglesia, han ametrallado la pobre nave de San Pedro, han turbado la fe de los fieles, el reposo, la oración y el silencio de los claustros.*

F. Sánchez Solís

*Cuando Miramón abandonó el país solo repetía como un enfermo mental Calpulalpan, Calpulalpan, Calpulalpan… ¿Cómo es posible que un pueblo absolutamente católico haya perdido la guerra, una guerra armada para defender al catolicismo?*

Martinillo

"Bando reeleccionista". Caricatura atribuida a Daniel Cabrera,
*El Hijo del Ahuizote*.

—Prepárate, Ponciano, hijo mío. Llegamos a dos finales: el de mi vida y el de este relato, en el que te quedará evidentemente claro por qué la Iglesia católica no tuvo mayor empacho en encender la mecha y hacer volar por los aires lo que quedaba de nuestro país después de la guerra de Independencia y de tantos años de caudillismo santannista, además de las insurrecciones, asonadas, golpes de Estado y levantamientos armados que organizó junto con los eternos militares ávidos de poder.

Don Valentín sabía que le faltaba ya tan solo un esfuerzo adicional para concluir su relato, y que el desenlace era inminente, como la conclusión de una epopeya sinfónica. Todos los músicos tomarían sus instrumentos y los harían sonar a la orden del director. Ya no se escucharía por intervalos a las cuerdas y más tarde a los alientos, no, ahora toda la orquesta, al unísono, haría vibrar al público. Los timbales nos harían sentir el arribo del esplendor.

—Habrás de saber los pormenores de la promulgación de la Constitución de 1857, así como los recursos que empleó la Iglesia para oponerse a todo trance a su sometimiento. Fue escandalosa la invitación a la desobediencia civil a la que convocó el propio papa desde la silla apostólica de San Pedro, Ponciano. ¿Verdad que se van despejando las dudas en relación con el rompimiento de relaciones entre la Santa Sede y México? Te contaré la esencia de la guerra de Reforma, conocerás las tripas de este pavoroso conflicto armado al que convocó el alto clero. Verás cómo se desangró nuestro país al retirar a la Iglesia católica, a esa gigantesca sanguijuela, gelatinosa y asquerosa, del cuello de la nación después de tantos siglos de devorar sus esencias. Fue como intentar la separación de unos siameses. Habré de reseñarte, con lo que me quede de aliento, cuáles fueron los alcances verdaderos del tratado McLane-Ocampo y por qué los liberales ganaron la guerra habiéndola iniciado sin un cartucho y sin un peso en un país mayoritariamente católico. ¿Empiezas a entender…? —hizo una pausa para subrayar la importancia de su afirmación—. Un país como México, absolutamente devoto y creyente católico, se inclina hacia el lado de los liberales para destruir los poderes eclesiásticos, a sabiendas de que su actitud no estaba reñida con las apariciones de la Virgen de Guadalupe ni con su religión. El pueblo mexicano le ganó la guerra a su Iglesia sin perder la fe ni temer los castigos de Dios y sin resentir castigo divino alguno...

Don Valentín emitió un largo suspiro.

—¿Y tú creías que el clero iba a perder la guerra, a resignarse, a someterse a la Constitución y a las leyes y a las instituciones de la República? Pues apréndetelo de memoria: tal y como te dije antes, tan pronto el clero asumió su derrota militar, ¡imagínate a una Iglesia que fue necesario vencer por la fuerza de las armas!, decidió imprimir ahora sus mejores esfuerzos para invitar al ejército francés, bien pertrechado, fresco y extraordinariamente bien capacitado, en fin, uno de los más poderosos del mundo, para que viniera a aplastar a las tropas juaristas, exhaustas, agotadas moral, física y económicamente, con el objetivo de imponer a un príncipe europeo, a un archiduque austriaco bien intencionado, un monarca de corte liberal, pero absolutamente ignorante de la realidad que enfrentaría al venir a gobernar. ¿Qué entenderá la Iglesia como patria? ¿Verdad que es y será insaciable e ignorante de los más elementales sentimientos? Tampoco les resultó Maximiliano, porque sería fusilado por Juárez en el Cerro de las Campanas... ¿Iban ahora sí a rendirse? ¡Eso nunca, en ningún caso, en ninguna circunstancia! Siempre resurgirán, como un enemigo invencible similar a la Hidra: por cada cabeza que le cortes le nacerán mil más.

Don Valentín movía los pies compulsivamente, según podía yo advertir por un escaso rayo de luz, tal vez un reflejo, que entraba por la parte baja de la puerta de metal.

—Tan pronto se restaura la República y una vez muerto Juárez, se elevan a nivel constitucional las Leyes de Reforma. El Benemérito nunca pudo incluirlas en la Carta Magna, así de ruda fue la resistencia aun después de que el clero perdió la guerra. Curiosamente, tres años después, Porfirio Díaz derroca, por la vía de las armas, al gobierno de Sebastián Lerdo de Tejada, otra auténtica amenaza en contra de los intereses eclesiásticos. Se confirmaba, una vez más, la política histórica de la Iglesia de asociarse invariablemente con un tirano o con un monarca de poderes omnímodos como Iturbide, Santa Anna, Miramón y ahora con el propio Díaz, otro oaxaqueño, este lamentablemente infame, un nuevo gran tirano que se eternizaría en el poder protegiendo los privilegios clericales que habían desangrado a México. La Iglesia siempre buscó a un dictador afín para gobernar tras el sillón tapizado con terciopelo que ostenta el águila y la serpiente bordados en hilo de oro. ¿Cuál democracia? ¿Cuál régimen federal? ¿Cuáles derechos universales del hombre? ¿Cuáles principios de la Revolución francesa? Aquí y ahora, que todo el pueblo de México meta la cabeza en una tinaja llena de mierda como esta en la que nos encontramos, Ponciano. No hay más libertades que las establecidas por nosotros a través de Dios. Por algo somos sus representantes en la tierra.

Don Valentín tosía. En ocasiones ni siquiera se podía escuchar su voz. Entonces repetía, a mi solicitud, la narración. Sus suspiros se multiplicaban. En uno de ellos tal vez expiraría y yo me quedaría sin conocer el resto de la historia. ¿Me perdería el desenlace, lo mejor, la versión anticlerical de la guerra de Reforma, la escondida a la opinión pública? ¿Quién iba a dar entonces este grito de dolor, este alarido rabioso, si el viejo se me moría tirado como un perro en la maldita plancha roída por la polilla? Apenas habían transcurrido unas cuantas horas y, sin embargo, para mí parecían ya siglos desde que había empezado a contarme la historia criminal de la Iglesia.

María de la Luz y Ceci, sor Lu y sor Ceci, habían pasado un par de noches en una casa de huéspedes en la calle de Plateros, casi enfrente de lo que había sido el Palacio de Iturbide. Con el dinero que les proporcionó Valentín pudieron comprar un par de vestidos, zapatos y comida para sobrevivir una corta temporada. Una mañana después de almorzar unos tamales oaxaqueños y un chocolate atrás de la Plaza del Volador, desde donde se podía ver parte de lo que había sido el Palacio de la Inquisición, resolvieron que a ambas les convenía separarse, porque sin duda ya las estaría buscando la policía o tal vez las autoridades clericales. En aquel tiempo, bien entrados los años cincuenta, el fuero eclesiástico impedía que los delincuentes de la esfera clerical pudieran ser juzgados por los tribunales civiles, razón por la que ambas monjas no podían ignorar su suerte si llegaban a ser descubiertas y aprehendidas, acusadas del asesinato de uno de los sacerdotes más generosos, sabios, piadosos y virtuosos de los escogidos por Dios para guiar Su santo rebaño. ¡Las harían hablar sometiéndolas a azotes y castigos inimaginables! Tal vez acabarían emparedadas en vida a un lado del padre Villanueva. No, no, Lu, huyamos, huyamos: no me veo el resto de mi vida enclaustrada y rezando. No, no… Yo quiero ser madre, tener varios niños, amarlos, amarme, vivir, educarlos en libertad, hacerlos hombres y mujeres de bien, verme en ellos, oírlos reír, contemplar su sonrisa, consolarlos, disfrutar su niñez, su juventud, sus primeros amores, ayudarlos en sus estudios, prepararlos para ser felices y plenos. No tengo una profesión en la vida ni la tendré, hermana, solo seré madre, una madre universal, la que todos quisieran tener. Yo puedo, Lu, sé que puedo. He sufrido demasiado como para no volcarme en amor hacia los míos. Es falso que no puedas dar lo que nunca recibiste. Yo nunca los recibí, pero estoy llena de afectos y de amor que quiero entregar…

María de la Luz se quedó pensativa. Sintió como si una larga aguja le perforara el cuello. Cecilia hubiera podido pasar por una criada como las que había en las casas de la gente adinerada, a quienes se desprecia por su aspecto físico y humildad cuando la aristocracia y las clases pudientes deberían envidiar sus sentimientos, su nobleza y su bondad, imposibles de evaluar en términos monetarios. Sor Ceci era dueña de una inteligencia que tal vez nunca llegaría a cultivar. Si millones de mexicanos como ella hubieran podido tener acceso a la academia... El argumento que más había calado a sor Lu fue aquel de la madre universal: "No tengo una profesión en la vida ni la tendré, hermana, solo seré madre, una madre universal, la que todos quisieran tener". ¡Cuánta riqueza escondían esas palabras!

Efectivamente, la madre superiora del Convento de las Hermanas de la Vela Incandescente, al percatarse de la ausencia de ambas monjas y del padre Villanueva, inició una investigación para conocer la realidad de lo acontecido. ¿Se habrían escapado juntos? No, ni hablar, nadie podría dudar de esas santas mujeres de escrupulosísima conducta. ¿Quién no había aprendido a querer a sor Luz? ¿Quién no había sentido la presencia de Ceci en los días de soledad, de opresión y de amargura o durante las noches de doloroso enclaustramiento? Ahí estaba ella, invariablemente lista para paliar el dolor ajeno. Prestaba su cobija o compartía un pedazo de pan o enjugaba las lágrimas de las demás o se le encontraba a un lado del lecho, secando la frente de una hermana enferma. ¿Por qué dos monjas tan queridas, que se habían vuelto imprescindibles para la comunidad conventual, habían desaparecido como el humo? ¿Por qué un sacerdote tan abnegado, dedicado a las cuestiones espirituales, amante probado de Dios, un hombre limpio, transparente, íntegro y devoto, todo un amoroso pastor de su rebaño, el confesor ideal, comprensivo e invariablemente accesible como el padre Villanueva, un representante ejemplar de Dios, simplemente no había vuelto a pisar el convento, y lo que es más, a partir de cierto día ni siquiera le había pedido a la superiora la gentileza de que le abrieran el portón para poder abandonar el convento, como acostumbraba hacerlo sin excepción? Se le vio entrar, pero no se le vio salir... Él nunca pernoctaba en esa sagrada casa de Dios, salvo cuando una de las hermanas estaba a punto de ser llamada por el Señor para rendirle cuentas sobre su estancia aquí en la tierra y en su carácter de esposa fidelísima. ¡Cuántas veces lo vimos administrar los santos óleos a una moribunda! ¿Te acuerdas de su rostro lleno de paz cuando alguna de nosotras fallecía? ¡Qué manera de impartir consuelo! ¿Y se fue así, sin más, sin dar ninguna explicación? ¿Así porque sí...? ¿No sería que en el fondo esas monjas eran un par de depravadas que convencieron al santo padre de huir juntos...? ¡Dios, ilumíname!

Los inspectores de la Iglesia, un sector de la policía secreta al servicio de Jesús, se presentaron en la casa de la familia Altamirano no solo para informar de la repentina desaparición de María de la Luz, sino para tratar de averiguar su paradero. Era muy sospechoso que hubieran faltado los tres de golpe, ¿no…? Tanto su madre, María Magdalena, como la tía Gloria se persignaron repetidamente al conocer la noticia. La tía Gloria, sin poder resistir el llanto, fue a su habitación por un rosario, el bendito por el señor arzobispo José Lázaro de la Garza y Ballesteros, uno eficiente y poderoso, no el que le había obsequiado el padre Camilo cuando María de la Luz se internó en el convento. Se requería uno de mayor influencia. No todas las bendiciones ni las plegarias tenían el mismo peso para invocar a Dios y pedirle, con la mayor autenticidad e intensidad posibles, que cuidara a su niña. ¿Dónde estaría? ¿Qué habrá sido de ella? María Magdalena no entendía nada. Las escasas comunicaciones enviadas por su hija reflejaban una paz justificada y entendible a partir de su enclaustramiento, un bienestar muy gratificante, fiel reflejo de que María de la Luz estaba encontrando su camino y recuperando el desequilibrio perdido. En cualquier momento, bien lo sabía ella, su única hija estaría lista para iniciar una nueva vida, porque de ninguna manera podía verla ni imaginarla pasando hasta el último de sus días enclaustrada. No ignoraba que su hija era pólvora seca. Su temperamento indomable tarde o temprano la haría salir del convento, pero eso sí, cuidando las formas.

¿Qué explicación se dan ustedes? ¿Cómo lo entienden? ¿Qué pudo suceder? ¿Cómo pudieron escaparse? ¿No se les habrá pasado la mano en uno de los castigos y en lugar de azotarla en su celda para espantar cualquier rastro del mal la habrían encerrado en una mazmorra o bien la habrían emparedado, como se contaba que llegaba a suceder en los conventos, donde la disciplina era más estricta que la militar?

El padre de María de la Luz escuchaba, sentado en la sala, a los policías clericales. De pronto, sin esperar a que concluyeran su exposición, golpeando con las palmas sobre los brazos del sillón, se levantó y abandonó la estancia murmurando:

—Es una perdida, es una perdida, una perdida…

Ni siquiera respondió a la súplica de su esposa de que, por respeto a los asistentes, se abstuviera de dejarla a solas con ellos. La tía Gloria advirtió que, además de las plegarias, prepararía un menjurje con huevos de codorniz pintados de negro, uñas de gato callejero, plumas de colibrí y un ojo de pescado para que, untándolo en alguna de las prendas de María de la Luz a medianoche y apretando fuertemente los párpados, pudiera ver con precisión en qué lugar se encontraba. El ojo de pescado era la clave;

así había hecho ella para localizar a su marido hasta que logró descubrirlo tirado en una cama, perdido de borracho, en un prostíbulo de mala muerte detrás del Palacio de los Virreyes. ¡Viejo pendejo!

—Cállate, Gloria, por favor, no es hora de tus tarugadas, ¿no te das cuenta de que la vida de mi hija está en peligro?

Valentín y el servicio doméstico dijeron no tener noción del paradero de María de la Luz. Ninguno de ellos había ido por cartas ni por comunicado alguno en los últimos días, ni la habían visto ni oído una sola palabra sobre ella. Todo había transcurrido de la misma forma en que la dejaron el primer día en el portón del convento.

—¿Buscaron en todas partes?

—Sí. Recorrimos palmo a palmo el convento y no dimos con nada. Ni una huella. Nada, señora. Nos llama profundamente la atención que ni las monjas ni el sacerdote hayan pedido las llaves para salir, permiso que desde luego hubiera sido rechazado en el caso de las hermanas. Las llaves siempre estuvieron en su lugar, por lo que pensamos que treparon por uno de los muros para huir sin detenerse a pensar que Dios Nuestro Señor las perseguiría con toda la fuerza de su coraje para vengar la afrenta que le habían hecho dos de Sus santas esposas. Imagínense que ni siquiera se llevaron sus objetos personales, su ropa o sus misales. El escritorio del padre Villanueva está intacto, con todos sus objetos y los cajones cerrados, como si en cualquier momento fuera a regresar el santo varón. ¿Qué les parece? ¿Se los habrá llevado Dios como a Jesús después de la crucifixión? ¿Será un milagro, una nueva resurrección en nuestros días? ¡Alabado sea el Señor!

—Eso puede ser —respondió la tía Gloria sin medir sus palabras—; de la misma manera en que Lázaro se levantó ya muerto y *andó*, estas niñas han de haber hecho el milagro de los muros. Levitarían como el santo. Pediré audiencia con el arzobispo, precisamente: él tendrá la explicación. Por algo se llaman igual.

Los alguaciles no le hicieron caso.

—Pero además, señora mía —aclaró uno de ellos, que ostentaba una cruz roja bordada en la capa—, el padre Villanueva es un hombre tan entrado en carnes que jamás hubiera podido trepar por paredes tan altas.

—Así es, doña María Magdalena —repuso el otro—. No solo el padre Villanueva no pudo de ninguna manera escalar esas paredes ni con la ayuda de todas las monjas del convento, sino que ni su propia hija ni sor Cecilia podían haber salvado semejante obstáculo para llegar a la calle. Al tirarse desde lo alto de la barda se podrían haber roto las piernas o la cabeza o un brazo. Nuestras monjas carecen de la agilidad necesaria para burlar los linderos del convento. Podríamos concederle a un hombre experimentado la posibilidad de escalar una de las paredes del claustro, siempre y cuando haya practicado esa habilidad desde muy niño, pero una hermana de las nuestras jamás podría haber acometido una empresa de esa naturaleza con éxito.

—Levitaron, levitaron, ¿por qué no me creen? —insistió la tía Gloria—. ¡Milagro, milagro, milagro…!

En la puerta, los policías se despidieron suplicando a las dos mujeres y a Valentín que les reportaran cualquier rastro de los desaparecidos. Los registros del convento hablaban de que la familia de Cecilia vivía en un pueblo cercano a San Luis Potosí, hasta donde la policía habría de llegar para preguntar, igualmente, por la suerte de una de las hermanas de la orden de la Vela Incandescente.

María de la Luz se había ido a vivir a Guadalajara con el ánimo de prestar sus servicios en un teatro, empleándose de lo que fuera con tal de estar cerca de los actores, sobre todo en los ensayos, para aprender las técnicas de actuación. Se comunicaba con su hermano Valentín mediante muy espaciadas cartas, escritas lentamente con la mano izquierda, de modo que su caligrafía no fuera identificada, y haciéndose pasar como un amigo. Los textos, escritos en clave, le permitían a Vale descifrarlos con la imaginación de un niño. Al fin y al cabo, a eso habían jugado durante los años de su infancia. Se entendían. Se volverían a entender.

A las cinco semanas de la llegada de María de la Luz a Guadalajara, durante un ensayo de *Herman o la vuelta del cruzado*, María de la Luz repentinamente se desvaneció mientras estaba sentada en una de las butacas del pasillo derecho. El plumero y la escoba fueron a dar al piso con todo y cubeta llena de agua. El teatro estaba tan oscuro que nadie se percató del vahído y por lo tanto nadie le pudo proporcionar ayuda. Al poco tiempo recuperó la conciencia, no sin alarmarse severamente de su estado. Claro que sí, ya le había extrañado la ausencia de su última regla. Había sido siempre tan puntual. Y jamás había padecido los dolores que aquejaban a tantas mujeres de su entorno… ¿Y los mareos durante el viaje? ¿Y los ascos y las náuseas? ¿Y el cansancio permanente y desconocido en ella, siempre llena de energía? ¿Qué pasaba? De pronto, un terrible estremecimiento la sacudió. Se le erizaron los cabellos. No, no puede ser, dime que no, Dios mío, dime que no es cierto lo que me está pasando, Gran Señor de las Alturas, no, por favor dime que no, dime que no estoy embarazada del padre Villanueva.

Hijo de perra, ¿cómo te atreves a manchar mi vida, a torcerla contra mi voluntad? ¿Por qué, Señor, vuelves a ponerme al demonio en mi camino? ¿Por qué insistes en medir mi fuerza cuando de sobra sabes la que tengo? Pero gracias, mil gracias por haberme permitido acabar con tu hijo, que lastimó a tantas mujeres como yo. Gracias por haberme permitido hacer justicia con mis propias manos. ¡Maldito criminal, te han de calcinar los testículos en el infierno un día y al otro, ya sanado, te los volverán a quemar, cada vez con más dolor, pedazo de excremento humano agusanado…! Perdón, Señor de los Cielos…

Hizo rápidamente las cuentas con los dedos: había transcurrido aproximadamente un mes y medio desde que ese salvaje malviviente, ese hijo de la gran puta, le había estrellado la cabeza contra el muro mientras ella esperaba ver una luz sin igual, blanca, diáfana, la de la alborada, que anuncia la aparición de Dios. Sí, sí, bien se explicaba los dolores en el bajo vientre cuando recuperó la conciencia después del atentado. El padre Villanueva había abusado de ella a pesar de haberle roto la nariz y los dientes, tirada en el piso en medio de un charco de sangre. Las cuentas no podían dejar lugar a dudas. Coincidían. ¿Qué hacer? ¿A quién recurrir? Imposible abortar. Ella creía en Dios, había sido educada en términos de lo dispuesto por la religión católica. Un aborto equivalía a un asesinato. Si el señor le había mandado esa cruz para que la cargara toda su vida, lo haría. Jamás se opondría a lo dispuesto por la divinidad. En un aborto se jugaría la vida. ¡Ni hablar! Además, ¿quién se atrevería a hacerlo? ¡Pagaría cualquier precio, pero su hijo nacería! No es que hubiera hijos ilegítimos, había padres malditos…

¿Quién le iba a creer que ese hijo que nacería en ocho meses, a mediados de 1857, era la consecuencia indeseable de una violación perpetrada por uno de los representantes de Dios? Eres una perdida, una mujerzuela, me da vergüenza que seas mi hija, puta, mil veces puta, te pudrirás en el infierno sin que yo pueda rescatarte aunque me pase el resto de mi vida rezando o le regale todo el patrimonio familiar a don Camilo para lograr tu indulgencia, le habría podido decir su padre, mientras que su madre tal vez se dejaría caer en el reclinatorio sin pronunciar palabra, para no volver a hablar jamás. ¿Su tía Gloria…? Ella no le prepararía brebaje alguno ni a la luz de la luna ni a la de las estrellas, simplemente le pediría resignación sin juzgar, en ningún momento, las intenciones ni las decisiones del Señor. Su hermano Valentín la abrazaría, la besaría, la comprendería, le creería, claro que le creería y la apoyaría sin condiciones; sí, su compañía sería muy valiosa, pero al final de cuentas ella llevaría en el vientre al hijo de un auténtico monstruo que afortunadamente ya había recibido su merecido. ¿Quién cargaría con la criatura sino ella misma y por siempre de los siempres? Después de darle el pésame la dejarían sola en su habitación, cargando toda su pena. María de la Luz tendría que permanecer con ella misma. Su mejor o su peor compañía. Ya veríamos… ¿Felipe, su otro hermano? Era sacerdote, ¿qué podía esperarse de él? En ningún caso debía olvidarse ni perderse de vista que el engendro demoniaco era de ella. De acuerdo o no, estaba incapacitada para impedir que naciera el hijo del diablo de su propio cuerpo. Claro está, no podría oponerse al nacimiento del pequeño Satanás porque así lo había dispuesto nada menos que Dios, y ella no era quien para cuestionar Su santísimo proceder.

Dios mío, si ya me mandas este castigo tan terrible, ayúdame dándome fuerza para resistirlo. Ten piedad de mi debilidad. Soy una humilde mujer de la que además sabes, porque lo sabes, que soy totalmente inocente: yo jamás me presté a las insinuaciones ni a las declaraciones de ese perfecto e infeliz cochino que jamás debió ser Tu pastor ni Tu curador de almas. Jamás deberías haber permitido que naciera un puerco así, ¡oh, Señor!

María de la Luz no le externó a nadie su situación ni pidió ayuda ni se confesó en cualquiera de las iglesias de Guadalajara por miedo a dar pistas sobre su paradero. Se echó la gigantesca cruz a cuestas y decidió esperar a que el tiempo le dejara ver su futuro con más claridad, de la misma manera en que cuando te envuelve una tolvanera es menester esperar a que se asiente el polvo para volver a ver el camino. Ya sabré qué hacer, lo único que decidiré, por lo pronto, es no decidir nada.

Tendría que ahorrar cuanto pudiera y como pudiera, pidiéndole ayuda a Vale, hermano mío, mándame lo que tengas porque no tengo ni para pagar el desayuno... Quien fuera sor Luz, la monja tan querida y solicitada por sus compañeras, la luz del convento, no podía ignorar que tan pronto su abdomen se fuera expandiendo, más posibilidades tenía de ser cesada de su empleo, con lo que se complicarían gravemente las posibilidades de manutención de su hijo. Sabía que la echarían del teatro a más tardar en cinco o seis meses, por lo cual no solo tendría que abandonar su pretendida carrera de actriz sino abrazar cualquier otra, la que le aportara recursos económicos para salir adelante de este nuevo trance en el que la había colocado Dios. ¿Tendría que interpretar su embarazo como una señal divina para abandonar su futuro histriónico? Si de eso se trataba, entonces ¿qué nuevo mensaje le mandaría Dios para saber cómo ganarse la vida y a qué dedicarse en el futuro?

Sobre la base de no decidir nada pasaron los cinco meses en que se descubrió su estado de ingravidez y fue cesada, obviamente cesada, sin poder cobrar su última paga. Claro que no le pudo mostrar al gerente su acta de matrimonio. Sería una madre soltera y, por ende, una mujer indigna del respeto de la sociedad, una apestada, y a quien la acompañara en la calle o en un café se le identificaría como si tuviera las mismas debilidades morales. Apártense de ella como si tuviera viruelas. Son contagiosas.

Matan en vida. Por todo eso Dios había expulsado a Eva del paraíso, y por esa misma razón el gerente expulsó a María de la Luz del teatro para no provocar la ira de Dios y evitar un incendio inexplicable en las Candilejas o un escandaloso fracaso en la próxima obra, dejando intactos los boletos en la taquilla. El diablo siempre estaba más cerca de lo que uno creía... Superstición o no: ¡Fuera con María de la Luz!

Exactamente diez años después de la defensa de Churubusco, el 20 de agosto de 1857, María de la Luz Altamirano dio a luz a una preciosa niña, tan hermosa como ella, a la que decidió ponerle Eugenia, "la bien nacida". ¿No era un nombre hermoso de largas raíces griegas? ¿Por qué? Lu había decidido romper con el pasado de esa pequeña criatura y abrir una hoja en blanco, una gran hoja en blanco, en la que Eugenia escribiría las mejores páginas de su existencia. De la misma manera en que hay flores de blancura impoluta que nacen en un cenagal, en aguas hediondas y podridas, así mi hija podrá nacer, crecer y disfrutar su vida sin tener que arrastrar, como yo, el lastre de su pasado. Si María de la Luz era, por supuesto, inocente de cualquier cargo o culpa, ¿en qué condición quedaría entonces la pequeña Eugenia, que nacería en condiciones muy adversas, siendo imposible acusarla con cargo válido alguno?

Eugenia, la bien nacida, desafiaría al mundo con una sonrisa. ¿Qué tenía que ver la menor con la historia de su madre ni con la decisión de sus abuelos de enclaustrarla contra su voluntad ni con la perversa experiencia con el padre Villanueva ni con el convento ni con la relación amorosa de María de la Luz con Guillermo? Si Dios me pone a prueba enviándome esta criatura quiero entenderlo no como un castigo, sino como un deseo de hacerme feliz. ¿Por qué tengo que pensar que es una pena impuesta por Dios en lugar de una oportunidad para ser feliz junto a la sangre de mi sangre, carne de mi carne, sueño de mis sueños, amor de mis amores? Sí, sí, Eugenia es un premio: he de convencerme de ello. No es ninguna prueba de nada, es un premio...

Dios aprieta pero no ahorca, se repetía María de la Luz cuando una mañana recibió cerca de cien hojas manuscritas llenas de tachones, correcciones, flechas con indicaciones, aquí sigue, párrafos alterados, este va en la primera página y el que sigue en la cuarta, pasa todo este parlamento a la página veinticinco, quítale este nombre y ponle este otro, se trataba del manuscrito de una obra de teatro escrita por Martinillo, el famoso columnista del periódico *El Siglo XIX*, quien tal vez deseaba ingresar en el mundo de la farsa. Ambos se habían conocido en el teatro, durante uno de los ensayos, y los había acercado el gran sentido del humor que concurría en los dos de manera tan natural y espontánea como aguda y absolutamente negra.

Varias veces tuvieron que abandonar los palcos para poder reír a placer en el vestíbulo. En nada se parecía María de la Luz a las otras muchachas del servicio. Algo muy distinto ocurría en esta mujer, cubierta por un curioso velo de misterio. No, no era como las demás, por supuesto que no lo era.

Querida María de la Luz:

¿Me podrías ayudar a corregir las hojas que te estoy enviando, junto con todo mi respeto y consideración, para que cuando el tiempo te lo permita puedas pasarlas en limpio con tu letra de maestra de educación primaria, de tal manera que yo lo pueda leer de corrido y así darme cuenta de los alcances de mi obra? Te hago llegar un adelanto de veinte pesos para que empieces a trabajar a la brevedad. Estaremos en contacto.

Tu amigo del más acá, que desea aprovechar el acá antes de estar en el allá…

Martinillo

Finalmente llegó el 5 de febrero de 1857, día del juramento de la Constitución prometida en el Plan de Ayutla, que marcaría el nacimiento del México nuevo. Quedarían finalmente acotados el uso y el abuso del poder por parte de la autoridad; se incorporarían las garantías elementales para construir una nación más justa, libre y soberana. El Congreso Constituyente, integrado con legítimos representantes de la nación, había redactado un plan promisorio e idealista, que definiría y establecería el esquema de derecho necesario y oportuno para edificar un mejor país. Se había elaborado un catálogo de normas para elevar a los mexicanos a la justa altura de la dignidad humana. Los derechos universales del hombre no solo deberían de ser aquilatados, sino escrupulosamente respetados en toda la extensión de la palabra. El nuevo código federal contenía el grito de protesta de los mexicanos que aborrecían su pasado político y deseaban contar con nuevas normas de convivencia civilizada y respetuosa. El destino del nuevo México iba a depender de la inteligencia, de la capacidad, de la visión de este grupo de notables patriotas que iban a demoler las viejas estructuras y levantar un edificio moderno que acogiera a todos los ciudadanos con los mismos derechos y obligaciones y, es obvio, con las mismas prerrogativas que pudiera establecer la ley en términos de igualdad.

La Constitución de 1857 no solo contenía un grito de repudio y de protesta, sino la fundada convicción de establecer las bases orgánicas de una mejor existencia que implicaría el manejo de mejores instrumentos de defensa oponibles a los eternos explotadores y enemigos del país. ¡Ya no más sacerdotes enriquecidos con las limosnas del pueblo y traidores a su propia religión! ¡Ya no más tierras ociosas propiedad de un clero económicamente voraz, que lastima y agrede a una sociedad depauperada al no recibir beneficio alguno de esos enormes territorios abandonados! ¡Ya no más militares, supuestos dueños del país, que intenten imponer su voluntad retrógrada por el uso de la fuerza y sin admitir réplicas ni refutaciones! ¿Ves el filo de mi espada? Mientras no puedas competir contra ella es tu deber humillar tu cabeza ante la amenaza del acero, de la misma manera en que lo haces ante Dios… ¿Está claro…?

El obispo Munguía, el obispo Labastida —quien muy pronto, estando aún en el destierro romano, se convertiría en consejero áulico del papa Pío Nono—, el padre Miranda y en general el alto clero vieron con auténtico horror el proyecto de la Constitución de 1857. ¿Cómo unos insignes mamarrachos se atreven a poner en el encabezado de una ley diabólica como esa, se promulga "en el nombre de Dios y con la autoridad del Pueblo Mexicano?"[1] ¿Quién, ¡con diez mil demonios!, les permitió referirse al Señor y al pueblo de México sin consultárnoslo? ¿Quién, por el maldito tridente de Satanás? Nosotros representamos a Dios y al pueblo: ¡nadie más! ¡Al diablo con los Congresos y parlamentos. Nosotros, y solo nosotros, somos México.

En la chimenea del palacio arzobispal de Tacubaya, en la llamada habitación del Cristo del Veneno, el obispo De la Garza y Ballesteros, acompañado por el padre Miranda, incineraban hoja tras hoja, artículo tras artículo de la recién promulgada Carta Magna, para ellos un simple papelucho herético, después de jurar venganza en innumerables ocasiones, de soltar carcajadas en otras tantas y de burlarse, además, en términos tan ominosos como contrastantes con su elevada jerarquía del segundo proyecto liberal mexicano, porque sería un crimen olvidar a don Valentín Gómez Farías, ¿o no…? ¡Qué acertada había sido la decisión de impedirle a la autoridad el paso a la Catedral Metropolitana! Si siguen con sus decretitos, decían entre risotadas, Dios los va a castigar, y por lo pronto se quedarán sin Él. La sorpresa que ambos se llevaron cuando Juan José Baz, el jefe de Gobierno del Distrito, entró a caballo en el máximo templo mexicano y amenazó a los curas presentes, sin apearse y a gritos, con que destruiría esa iglesia y la desmontaría piedra tras piedra para edificar una escuela de oficios y artes en lugar de un centro de incubación de parásitos.

—Trabajen como cualquier persona en lugar de enriquecerse con limosnas arrancadas a los fieles. ¿No les da vergüenza ganarse la vida lucrando con los muertos de hambre? Ya vendrán a esta escuela para aprender formas dignas de sobrevivir en lugar de depender, como parásitos, de los bienes ajenos.

El padre Miranda arrugó frenéticamente el texto relativo al artículo primero, el que aborda el tema de los derechos del hombre, arguyendo que no había más derechos del hombre que los establecidos por la Iglesia. El clero francés no supo dirigir a la chusma. A ellos les estalló la revolución en pleno rostro, no pudieron anticiparse y no guillotinaron a tiempo a los locos. Nosotros somos inocentes. No es nuestra culpa ni tenemos por qué pagar los errores ajenos. En México no prosperará una locura de esas —se dijo en silencio mientras se preparaba a alimentar el fuego.

—Basta con apretarles aquí, en el gañote, a los fanáticos —adujo el sacerdote poblano señalándose la manzana de Adán—, para convencerlos definitivamente de la inconveniencia de sus propuestas…

Acto seguido, después de hacer trizas los textos, los arrojó al fuego, y exhibió una sonrisa sardónica mientras contemplaba gozoso cómo se convertían en cenizas "los delirios alcoholizados" de un pueblo. Hablaron del artículo tercero, el que establecía la enseñanza libre, el que golpeaba la columna vertebral de la organización católica desde que la educación sería, a partir de ese momento, según él, un centro de incubación de herejes que no solo se abstendrían de pagar limosnas ni colaborarían financieramente al sostenimiento de la institución heredando sus bienes o pagando estupendas misas de muerto, sino que al no tener nada qué agradecerles ni a sus parroquias ni a sus santos ministros ni a nadie, al no creer en Dios ni en sus representantes, simplemente acabarían destruyendo nuestra santísima institución, por lo que semejante idea debería ser combatida con la cruz o con el fusil en las manos, según lo exigieran las circunstancias. La educación es intocable: los chiquillos de hoy son los donadores de mañana. ¡Ni hablar!

—Bendita sea su santa sabiduría, monseñor: la educación es el origen de nuestra fortaleza y, por lo mismo, debe ser católica por definición o nuestros templos y conventos, con el tiempo, serán museos o casas de asistencia gratuita operadas por el gobierno. ¿Eso queremos?

Se pinchaba el uno al otro como si fuera una disputa para ver cuál de los dos hacía la síntesis más genial.

—Si toleramos la enseñanza libre no existiremos en un par de generaciones y el país perecerá víctima del desenfreno… Ya verá usted lo que recaudarían nuestras diócesis en un futuro cercano. No podemos destruir el embrión.

Quemaron, con verdadero deleite, el artículo sexto, el que disponía la libre manifestación de las ideas, las cuales no podían ya "ser objeto de ninguna inquisición judicial o administrativa", en tanto comentaban la imperiosa necesidad de cerrar las puertas del país a todo género de ideologías perversas, macabras, como las europeas y las norteamericanas. Si cada quien tiene el derecho de expresarse como le venga en gana se disolverá aún más la sociedad, se perderá el respeto, la cohesión social, advendrá el caos y acabaremos arreglando nuestras diferencias a garrotazos, como acontecía con el hombre primitivo.

—Eso es, padre mío —insistió Miranda con su conocida enjundia—: volveremos al primitivismo, a dirimir nuestras diferencias, en el mejor de los casos, con las manos.

—¡Imagínese usted, padre, un país de analfabetos al que se le permite publicar lo que le venga en gana, solo para extraviarlo y confundirlo aún más, mucho más! No necesita usted mil cañones ni ejércitos para destruir un reino, basta una idea bien concebida… Ya ve usted que Jesús cambió el rostro del mundo con unas simples sandalias y una túnica vieja y desgastada…

—Las ideas nuevas son como la peste, por ello debemos mantener muy bien cerradas las ventanas y las puertas de este joven país, para impedir el contagio y la infección generalizada.

—Si permitimos que cada quien opine lo que quiera, es decir, que se manifiesten con la ridícula libertad esa, ¿dónde quedará nuestra guía espiritual? ¿A dónde quedaremos relegados? El ser humano es muy proclive a acostumbrarse a lo malo…

—¡Fuego, fuego, el del infierno, monseñor, tiremos a esta pira no solo los textos, sino también a sus autores! Lo que hoy hacemos en esta chimenea, repitámoslo después en las plazas públicas con los liberales capturados, principalmente los prófugos de Nueva Orleáns. Ningún lugar mejor para improvisar piras que las alamedas de provincia. Ahí cunde el ejemplo. Ningún lugar más apropiado para advertir los peligros de provocar a Dios y de exaltar el castigo divino, que desde luego ya viene, que los púlpitos. Encendamos las mechas en los púlpitos, padre… Ninguna herramienta más eficiente que la excomunión, y en su defecto la fortaleza de Ulúa. Ahí se doblan, se desloman, se deshuesan y se despellejan las personalidades más radicales y se hace entrar en razón a los más necios. Ninguna pena más idónea que la corona de espinas, los latigazos y el peso de una gran cruz, como la cargada por Nuestro Señor, para hacer escarmentar a los extraviados que escuchan más a Lucifer que a nosotros, los sacerdotes, quienes consagramos nuestras vidas a la lectura y difusión del Evangelio.

—¿A quién se le ocurre declarar que es "inviolable la libertad de escribir y de publicar escritos sobre cualquier materia", la que les salga de los cojones, perdón, santo padre, y además prohibir la censura, de modo que todo se pudra, se contamine y se descomponga junto con nuestro trabajo de siglos por conformar una nación libre de ruindades extranjeras o de impulsos políticos incomprensibles y destructivos?

—¡Matemos a quien quiera acabar con México, señor! ¿Nos vamos a quedar al margen mientras este país se disuelve víctima de una conjura satánica encabezada por los liberales? ¡Antes, muertos! Despertaríamos la más justificada ira de Dios.

Tiraron al fuego, uno a uno, los artículos relativos al derecho de asociación, así como la prohibición de los golpistas de reunirse a deliberar. ¿Esto significa que si nosotros, como eclesiásticos, proponemos una reunión armada, por ese hecho ya somos delincuentes, cuando solo defendemos los intereses de Dios...? ¡Blasfemias!

Cada artículo, una vez comentado, se incineraba al hacer contacto con los leños incendiados: "En la República Mexicana nadie puede ser juzgado por leyes privativas, ni por tribunales especiales", ¿o sea que el clero ya no podrá hacer cumplir sus determinaciones por la fuerza y deberá recurrir al gobierno para defender sus derechos? Otra vez la Ley Juárez, pero incrustada en la Constitución, ¿no...? Aquí, por lo visto, nadie entiende nada, ¿verdad...? ¡Prendámosle fuego a esta disposición, señor, que impide a la policía clerical arrestar a un ciudadano porque omitió pagarnos la renta de una de nuestras fincas! Una indecencia, una absoluta indecencia. ¿Ahora los insolventes tienen la protección de la autoridad civil y nosotros habremos de quedarnos con las manos atadas? Eso lo habremos de ver... ¿Para qué están nuestros calabozos clandestinos, sino para obligar a los incumplidos a pagar las deudas contraídas con su Santa Madre Iglesia Católica, Apostólica y Romana?

—¡Fuego, padre, fuego al artículo décimo séptimo, que prohíbe encarcelar por deudas de carácter meramente civil! Ya no podremos meter en la cárcel a quien no nos pague la extremaunción o las obvenciones parroquiales, nuestros honorarios por la celebración de las bodas de plata o del bautismo... ¿Lo leyó usted con detenimiento?

Ambos sacerdotes pasaron buen tiempo frente a la chimenea urdiendo una serie de respuestas sin dejar de despedazar la Constitución de la República. Arrancaban las hojas, las escupían, las maldecían y las dejaban caer lentamente en la hoguera. Se quejaron de las garantías elementales para los acusados, protestaron porque el artículo veintidós prohibía las penas de mutilación, los azotes, los palos, el tormento de cualquier especie, las multas excesivas y abrir la correspondencia personal. El obispo Munguía se prendería un puro con esas páginas para demostrar el respeto que sentía por su contenido. ¿Qué dirían de esto nuestros honorables inquisidores? ¿Qué opinaría Matías Monteagudo? ¿Cómo se defendería nuestro amado padre Francisco Pablo Vázquez Vizcaíno? Afortunadamente tenemos a monseñor Labastida sentado a la diestra del Santo Padre en Roma...

¿Cómo vamos a permitir la supresión de monopolios? ¿Ahora sucedía que era una obligación constitucional votar en elecciones populares aun cuando el candidato fuera enemigo del clero y también sucedía, por si fuera poco, que ninguna corporación eclesiástica tendría "capacidad para adquirir bienes raíces?" Insistimos en la Ley Lerdo, ¿verdad...? ¿Conque ya solo se respeta la propiedad de los particulares y no así la de la Iglesia, cierto...? Esa, la nuestra, la de Dios, que la administre Lucifer, entendí bien, ¿no...? ¿Cómo dejar de entender esta sarta de agresiones seudolegales como auténticos atentados en contra de nuestra Iglesia? ¿Cómo que la soberanía radica en el pueblo? ¿Cómo que una República representativa, democrática y federal, cuando llevamos desde la independencia luchando por una centralista, como la impuesta por Santa Anna en 1836, nuestras Siete Leyes, aunque, como dicen los historiadores malignos, nos haya costado Tejas, entre otras consecuencias, una más falsa que la otra? ¡Esa sí que era una Constitución, no esta basura legaloide! ¿Acaso una democracia en la que cada quien hace lo que le plazca representa una garantía de orden y progreso como la que prometen estos irresponsables? La democracia en un país con millones de indígenas iletrados y descalzos es un suicidio. La única opción, en el mejor de los casos, es la monarquía absoluta y el sometimiento incondicional de los fieles a una autoridad incontestable para controlar con un látigo con puntas de acero a quienes no saben ni cómo se llaman ni qué quieren en la vida ni para qué nacieron ni a dónde van. ¿Democracia en un rebaño? ¡Vamos, hombre...!

Algunas disposiciones ya venían de la Constitución de 1824, pero ¿por qué repetirlas en 1857? ¿Por qué provocar a esta Santa Madre Iglesia, Señor...? Solo Tú lo sabrás en tu inmensa sabiduría...

—¿Qué decirte, Ponciano, hijo, sobre la alarma que produjo en México el descubrimiento de la iniciativa y las tremendas discusiones que le siguieron? Yo sabía que harían época en nuestra historia política, lo sabía...

Ahí estaban las declaraciones de libertades políticas, de garantías individuales, de sufragios universales, de derechos civiles como el de petición y el de reunión; además de las libertades clásicas de enseñanza, de prensa, de imprenta, de opinión, de comercio y de conciencia. México sacaba la cabeza de las cuevas inquisitoriales, salía de las galeras pestilentes de la Edad Media. Se nutría de la energía y de la fortaleza del Siglo de las Luces. La modernidad accedía por puertas y ventanas ventilando con aire puro y renovador las estancias, recintos, bibliotecas, escuelas, universidades y parlamentos que antes contuvieran aire viciado y envenenado. Era el momento de la salud social, de la revitalización ciudadana, de sentar las bases de la evolución y del progreso, de extraer a la nación de las tinieblas diabólicas en la que la Iglesia católica había enclaustrado al intelecto y a la inteligencia del país. Accedería la transparencia en el ambiente, se excluiría la impotencia jurídica ciudadana ante los poderes omnímodos del Estado y de la Iglesia arbitraria y prepotente. Se dotaría a cada mexicano de poderes defensivos, ejercidos a través de los tribunales, para que su patrimonio y su libertad personal solo pudieran ser atacados por el gobierno, siempre y cuando el procedimiento hubiera sido consignado en una ley y ejecutado por un funcionario competente. Era claro: llegábamos a un gobierno de leyes y, por ello advendría el respeto y con él la evolución tan esperada como necesaria.

Se consignaban los derechos de apelación judicial para que los ciudadanos ya no quedaran sujetos a la arbitrariedad, a los caprichos o a la cantidad de dinero que se depositara en el cajón del juez en turno... Se podía fijar una fianza legal, ir incluso a un careo con el acusador. Finalmente se podría conocer su identidad antes de perder la libertad y tal vez la vida, sin saber las razones ni la personalidad del denunciante. Se legisló en materia de inviolabilidad del domicilio, muchacho: hasta antes de la promulgación de la Constitución cualquiera podía ingresar a tu casa sin orden judicial, por supuesto, y apoderarse de ti y de tus bienes con toda impunidad, secuestrando, si ese era su propósito, tu correspondencia personal... ¿No era también un atropello la prisión previa por todo delito que no implicara el castigo corporal, así como la aprehensión por más de tres días sin causa justificada? Según el texto legal, ya nadie podría ser juzgado dos veces por el mismo delito ni se le podía someter a penas de mutilación o a tormentos de cualquier especie ni se le podía obligar a pagar multas excesivas, desproporcionadas, Ponciano, querido. Al menos así estaba contenido en la norma. ¿Te imaginas cómo era antes, cuando todo lo anterior era factible? ¡Menuda sociedad de salvajes! Por todo ello era tan importante superar la época medieval en que nos tenían atenazados los militares y los sacerdotes. A ellos, a ellos, lógicamente no les convenía el cambio, claro que no...

Para concluir, don Valentín agregó: ¿Cómo vas a permitir la confiscación de tu patrimonio o la prisión por deudas o la aplicación retroactiva de las leyes o la imposición de la pena capital por la comisión de delitos políticos sin una orden judicial debidamente fundada? ¿Cómo soportar el argumento de la superioridad de las leyes del clero por haber sido hechas por Dios, mientras que las nuestras fueron redactadas por humildes mortales? Ningún ser humano, decían, ni Congreso ni asamblea ni parlamento alguno puede legislar en nada relativo a los intereses eclesiásticos. Semejante actitud implicaría una afrenta a Dios. Sí, sí, a ver un pelotón, que venga un pelotón para que, ante él, alguien se atreva a decirme en mi cara que las leyes emitidas por el Señor son de mayor jerarquía que las de los hombres, veamos...

Lo más importante de la promulgación de la Constitución de 1857 no fue simplemente la imposición de un nuevo modelo de convivencia jurídica entre gobierno y gobernados, sino la sorprendente proliferación de una ejemplar hornada de mexicanos decididos a construir un nuevo país con un criterio progresista y liberal, dispuestos a romper cualquier atadura con el pasado. Así surgen Benito Juárez, Ignacio Ramírez, los Lerdo de Tejada, Guillermo Prieto, Francisco Zarco, Melchor Ocampo, José María Mata, León Guzmán y Ponciano Arriaga.

La nueva Constitución incorporaba a título de garantías individuales los más avanzados ordenamientos para salvaguardar los derechos humanos que se encontraban en las legislaciones norteamericana, inglesa, francesa y suiza, como la libertad de prensa, el derecho al voto, la prohibición al gobierno de obligar a los ciudadanos a prestar servicios gratuitos y de decretar expropiaciones sin la debida indemnización. El derecho de amparo se instalaría como una herramienta de defensa de los gobernados contra el autoritarismo, las vejaciones y los excesos de una autoridad prepotente y arbitraria. Con tanta manga ancha era obvio que el clero se había constituido, con el paso del tiempo, en juez y parte, razón que te debe explicar su rabiosa oposición a la inclusión del amparo constitucional. Se le desarmaba, ¿verdad?, después de siglos de acatar la voluntad de una institución eternamente prepotente que ahora tendría que someterse a la ley con todo y su origen divino. El Congreso tendría la facultad de deponer al jefe del Ejecutivo por una simple mayoría de votos. ¡Imagínate! Fue imposible discutir, sin embargo, el principio de la separación de la Iglesia y el Estado.

—Debes saber, querido Ponciano, que a pesar de tanto esfuerzo, la Constitución de 1857 dejó insatisfecha a una buena parte de grupos políticos que intervenían en el país. Mientras el Congreso promulgaba la Carta Magna y establecía el andamiaje propio de toda democracia, la Iglesia católica, como siempre, preparaba una gran pira para quemar dichos principios vanguardistas, junto con sus respectivos autores.

Los liberales exigían airadamente más aspectos de la Ley Juárez y una elaboración más precisa de la Ley Lerdo. Los puros demandaban la imposición de una tarifa a la que los sacerdotes deberían sujetarse al momento de administrar los sacramentos. Se acabó la discrecionalidad en el cobro de honorarios mercantiles eclesiásticos. Exigían una mayor rigidez en la intervención de los bienes de la diócesis de Puebla, la diócesis maldita, la que había originado la mayor cantidad de problemas a la nación. Había quienes querían ir más lejos aún, hasta la confiscación. Se exigía reducir el tamaño del ejército federal de cuarenta mil a tan solo diez mil hombres, y prohibir que el clero continuara recibiendo legados o donativos cuantiosos destinados a salvar las almas de los muertos y de los vivos, una compra disfrazada de indulgencia plenaria. Proponían también la derogación de una ley santannista que facultaba al gobierno a usar la fuerza pública para reclutar sacerdotes que hubieran desertado de sus monasterios. ¿Por qué razón se iba a obligar a un fraile a volver al claustro contra su voluntad, por medio de los tribunales civiles? ¿Por qué? Si quieres comprobar la filiación católica de Santa Anna, solo haz un estudio de la legislación emitida durante sus múltiples gobiernos y tendrás clarísimo el escenario...

Los conservadores, por su parte, pensaban que el articulado de la nueva Constitución tarde o temprano desquiciaría al país porque México no estaba listo todavía para administrar tantas libertades propias de otras naciones con otra trayectoria política, con antecedentes históricos diferentes a los mexicanos, con otros niveles educativos y otra formación social, y sin embargo existían sacerdotes progresistas al estilo de Hidalgo o de Morelos o de Mora, como el religioso dieguino fray Ignacio Hernández, he ahí a un gran hombre de la Iglesia, quien publicó en Tampico un impreso intitulado *De la Constitución*, en el que se leía lo siguiente:

> No sabemos por qué el clero ha creído ver en la Constitución un cisma que lo espanta, cuando nada hay en ella que sea contrario a las doctrinas religiosas que heredamos de nuestros padres... La Constitución es la expresión de un país libre, a la cual nadie tiene derecho de oponerse, porque en esa expresión el pueblo ejerce la más sublime de sus prerrogativas, la misión más digna de su ser sobre la tierra, la libertad. El clero, pues, no ha tenido razón para resistirla abiertamente, valiéndose de armas vedadas: así, en los púlpitos, en las pastorales y de mil otros modos, han profanado la cátedra de Jesucristo y barrenado las atribuciones de la autoridad suprema, causándole al país males incalculables, lo mismo que a la Iglesia que pregonan defender, cuando en realidad no hacen más que ofenderla y arruinarla. La Iglesia no necesita tesoros para cumplir con sus obligaciones piadosas, ni los fieles buscan en ese recinto sagrado el fausto y la riqueza mundanal.[2]

Después de que el Congreso Constituyente hubiera sesionado durante un periodo mayor de un año, durante el cual el presidente Comonfort no pudo conciliar el sueño, pues bien sabía que si se ubicaba definitivamente al lado de los liberales puros se le vendrían encima los conservadores fanáticos, y viceversa; después de noches interminables de insomnio en las que esperó ansioso el amanecer con la mirada clavada en una luna inmóvil, llegó finalmente el 5 de febrero de 1857.

El día anterior había decidido renunciar a su cargo. Le resultaba insoportable el peso de las presiones ejercidas por todos los grupos del poder. Pero bien sabía que su dimisión podía provocar, entre otros efectos, el regreso indeseable de Su Alteza Serenísima, don Antonio López de Santa Anna. Si dimitía, malo. Si se quedaba, malo. Si votaba a favor de la Constitución liberal, malo. Si lo hacía en contra, malo. Si seguía ejecutando políticas anticlericales, malo. Si dejaba de hacerlo, malo. Si juraba la nueva Carta Magna sería excomulgado por su Iglesia, la católica, la profesada con tanta pasión por su madre, doña Guadalupe, y por la inmensa mayoría del pueblo de México. Si se abstenía de firmarla, aparecería como un traidor ante el movimiento de Ayutla y no solo estaría cometiendo una gran felonía ante sus compañeros liberales moderados, sino que perdería toda la confianza de quienes lo habían instalado en el poder, con lo cual México correría el peligro nuevamente de una pavorosa convulsión política y militar. ¿Pasaría a la historia como un cobarde? ¡Imposible asistir a la destrucción de su imagen política ni a la decepción de los militantes de su causa!

El jueves 5 de febrero de 1857 el cielo, de un gris denso, parecía caerse encima de la capital de la República, como si Dios se estuviera oponiendo al juramento de la máxima ley de los mexicanos. Las nubes se deshicieron en un llanto tan intenso que en un lapso significativamente breve se anegaron las calles, formándose inmensos charcos por donde difícilmente podían circular los carruajes como el del presidente de la República, quien de un momento a otro llegaría al histórico recinto. Las ruedas de las diligencias caían en enormes baches de los que era muy difícil salir, muy a pesar de los sonoros latigazos asestados por los cocheros sobre los lomos empapados de las bestias. Resultaba un esfuerzo descomunal hacerlas caminar entre resbalones producidos por el lodo que les imposibilitaba avanzar hasta donde se encontraban los porteros oficiales, quienes, en su momento, abrirían la pequeña portezuela para ayudar a descender a su ilustre pasajero y conducirlo, entre caravanas, sacudiéndole los restos de agua de su traje, hasta donde se firmaría el máximo código de todos los mexicanos.

A las diez de la mañana el recinto ya estaba colmado de personajes elegantemente vestidos con capas negras, mientras que el populacho, sentado en las galerías, lanzaba proclamas cada vez que uno de los actores más destacados entraba al Congreso en busca de su asiento. A Ignacio Ramírez lo abuchearon, lo homenajearon y lo insultaron sin que él devolviera ni aplausos ni ofensas. De golpe aparecieron Santos Degollado, Juan Antonio de la Fuente, Marcelino Castañeda, José María Cortés Esparza, Mariano

Ariscorreta, Ignacio Vallarta, Guillermo Prieto, Pedro Escudero Echánove, José María Castillo Velasco Mata, Valentín Gómez Farías, Francisco Zarco, Guillermo Prieto y, por supuesto, Ponciano Arriaga, entre otros.

Mata pasó lista para dar cuenta y razón de la presencia de noventa y cinco representantes en el salón para, acto seguido, leer la minuta de la Constitución. Ahí, en ese momento, puestos todos los asistentes de pie, escucharon la declaración de los derechos del hombre contenida en el Manifiesto a la Nación. No cabía la menor duda de que nacía un nuevo país si tan solo se le comparaba con la Santa Inquisición, entre otros horrores. Vibraba el graderío:

> Persuadido el Congreso de que la sociedad para ser justa, sin lo que no puede ser duradera, debe respetar los derechos concedidos al hombre por su Creador, convencido de que las más brillantes y deslumbradoras teorías políticas son torpe engaño, amarga irrisión cuando no se aseguran aquellos derechos, cuando no se goza de libertad civil, ha definido clara y precisamente las garantías individuales, poniéndolas a cubierto de todo ataque arbitrario. El acta de derechos que va al frente a la Constitución es un homenaje tributado en vuestro nombre, por vuestros legisladores, a los derechos imprescindibles de la humanidad. Os quedan, pues, libres, expeditas todas las facultades que del Ser Supremo recibisteis para el desarrollo de vuestra inteligencia, para el logro de vuestro bienestar. La igualdad será de hoy en más la gran ley de la República; no habrá más mérito que el de las virtudes; no manchará el territorio nacional la esclavitud, oprobio de la historia humana; el domicilio será sagrado; la propiedad inviolable; el trabajo y la industria libres; la manifestación del pensamiento sin más trabas que el respeto a la moral, a la paz pública y a la vida privada; el tránsito, el movimiento sin dificultades; el comercio, la agricultura, sin obstáculos; los negocios del Estado examinados por los ciudadanos todos; no habrá leyes restrictivas, ni monopolios, ni prisiones arbitrarias, ni jueces especiales, ni confiscación de bienes, ni penas infamantes, ni se pagará por la justicia, ni se violará la correspondencia, y en México, para su gloria ante Dios y ante el mundo, será una verdad práctica la inviolabilidad de la vida humana, luego que con el sistema penitenciario pueda alcanzarse el arrepentimiento y la rehabilitación moral del hombre que el crimen extravía.

El aplauso, tan repentino como intenso y ensordecedor, no se hizo esperar. El texto del discurso estaba impregnado de catolicismo, no de clericalismo… ¿Verdad que hay una diferencia? Los vivas y la rechifla aparentaban la celebración de una fiesta popular y tal vez lo era. ¡Viva Arriaga! ¡Viva don Valentín! ¡Viva el Congreso Constituyente! ¡Viva Comonfort!

¡Viva la libertad! ¡Viva el futuro de México! ¡Mueran los reaccionarios! ¡Sí, sí, que mueran, mil veces que mueran los mochos, los santannistas!

La ceremonia se acercaba al número estelar. Resultaba imposible dejar de observar la mesa central cubierta por un paño verde, flanqueada por cuatro gruesos cirios votivos, sobre la cual se advertía la presencia de un crucifijo de medio metro de altura, además de un ejemplar del Evangelio. Ahí, en ese escenario, bajo la luz de Dios y del cielo, se solicitó la comparecencia de los diputados constituyentes para que procedieran a firmar y a jurar el contenido de la Carta Magna.

La emoción se desbordó al distinguirse la figura del honorable anciano, el patriarca de la evolución y de la libertad de México, a la hora de prestar el apoyo moral de su apellido a la causa de la nueva Constitución. Don Valentín Gómez Farías, electo por aclamación presidente del Congreso a finales del mes de enero anterior, subió al estrado conducido y ayudado por varios diputados, dadas las dificultades propias de su edad provecta. Una vez arrodillado ante Dios, a un lado del Evangelio, fue el primero en jurar sin olvidar, en ningún caso, aquel año de 1834 cuando Santa Anna lo largó como vicepresidente de la República, después de haber intentado la primera gran reforma eclesiástica del México independiente. Ahora eran otros tiempos. Ya no se trataba de una tarea suicida de un solo hombre o si acaso de dos muy destacados, para no olvidar la influencia de otro sacerdote liberal como el doctor José María Luis Mora, fallecido siete años atrás. En la presente ocasión, una poderosa generación de ilustres mexicanos, no uno, sino muchos liberales, impulsarían los cambios que de tanto tiempo atrás requería el país. El mundo era redondo y daba la vuelta… ¡Ah!, que si daba la vuelta…

—Bien sabía don Valentín Gómez Farías que tan pronto se jurara la Constitución la Iglesia lanzaría excomuniones a diestra y siniestra como si fueran cañonazos, según lo ordenara Miramón, el nuevo Iturbide, el nuevo Santa Anna, el nuevo candidato a dictador hecho de acuerdo con las necesidades clericales. Años después Porfirio Díaz recogería, querido Ponciano, la estafeta estableciendo una dictadura clérigo-militar sin paralelo…

Una vez que Gómez Farías regresó lentamente a su asiento, acompañado de su hijo y de Zarco, entre chiflidos, aplausos y gritos lanzados desde la galería para ovacionar por última vez al Padre de la Reforma, Mata pidió a los diputados ponerse de pie y levantar la mano derecha para contestar una pregunta de trascendencia histórica:

—¿Juráis defender la Constitución y si no que la patria os lo demande?

—¡Se condenarán, todos ustedes se condenarán si no dejan de ofender a Dios y de tratar de acabar con su santa religión! —gritó el diputado

Castañeda—. ¡Atrás, atrás, no continuemos con el sacrilegio, hermanos! —gesticulaba y se agitaba como si el demonio se hubiera apoderado de él.

Se produjo un silencio. Se congeló el júbilo. Se tensó el ambiente. En la galería las beatas, dispuestas hasta el martirio, empezaron a rezar como si se hubiera producido una aparición. ¡Milagro, milagro!, repetían histéricas. Tal vez pensaban en el arribo del Mesías. ¡Alabado sea el Señor: nos hemos salvado en el momento preciso! Demos gracias a Dios en las alturas. ¡Milagro, milagro, milagro…!

—El pueblo mexicano quiere vivir bajo la unidad católica —truena el señor Castañeda—. Interpelad, si no, a vuestros padres, a vuestras esposas, a vuestros hijos y a todas las demás personas que constituyen vuestra familia y encontraréis los datos más seguros de esta verdad… ¡La Constitución es contraria a la voluntad nacional! —arguyó desgañitándose—. No la traicionemos, porque daremos con la rebelión, y nadie, hermanos, ningún mexicano debe buscar la rebelión ni el estallido de la violencia. Escúchenme bien —levantó los brazos—. Escúchenme bien —repitió furioso—. La opinión de las mayorías parlamentarias no es la opinión pública cuando difiere de la opinión del país…

El Congreso se convirtió en un manicomio. Los chiflidos y los aplausos casi impedían oír las palabras del diputado clerical.

¡Viva la religión! ¡Mueran los herejes! ¡Mueran los hipócritas! ¡Mueran los cobardes! ¡Viva el clero…!

—El pueblo disfruta postrarse ante Dios en las calles y plazas, rendirle homenajes públicos, adorarle a la faz de todos, y ahora se quiere que su Dios quede oculto en los templos y que no se le tributen adoraciones en las calles y plazas. Se quieren destruir esas solemnidades públicas en que todo un pueblo se prosterna ante la Majestad Divina. Se quiere presentar a Dios como avergonzado y oculto y que sea desconocido en lo público… Esto, señores, es una injusticia, es una crueldad… Si sois demócratas, respetad la voluntad de ese pueblo; si sois liberales, dejadlo disfrutar de su libertad, dejadlo gozar de su consuelo, de sus delicias, de su felicidad…

Mata quería reponer el orden, pero cualquier intento parecía imposible.

—Más fácil es, decía Plutarco, edificar una ciudad en los aires que organizar una sociedad sin elementos religiosos. La historia del cristianismo siempre la encontraremos progresista, sublime, majestuosa… Sería una imprudencia exponer al error a tantas personas que carecen de la suficiente instrucción para distinguir a la mentira de la verdad.

Castañeda sacó un papel para no olvidar todas las consignas dictadas para la ocasión por el padre Miranda. La presión y el nerviosismo lo habían obligado a omitir el resto del discurso, pero no deseaba olvidar la despedida cuando ya la mayoría le exigía silencio: ¡Lárgate! ¡Cállate, pinche mocho…! ¡Vete con tu jefe, el Quince Uñas! ¡Debes ser igual de ratero que él! ¡Viva el Congreso! ¡Muera Santa Anna!

—Señores diputados: no olvidéis que sois representantes de un pueblo soberano que quiere vivir bajo la unidad católica. Respetad su voluntad, supuesto que es libre y dueño absoluto de su destino, y no omitáis las consecuencias de traicionar su vocación religiosa que se puede convertir en fuego. Fuego, ¿oísteis?, fuego: ¡estáis prendiendo fuego a vuestro país al meteros con vuestra Iglesia!

Cuando Castañeda abandonó el estrado en medio de una rechifla también histórica, Mata decidió continuar con la sesión sin replicar a lo aducido por el diputado. ¡Que nadie se atraviese en nuestro objetivo! Como si nada hubiera acontecido, volvió a preguntar:

—¿Juráis defender la Constitución y si no que la patria os lo demande?

—Sí, juramos —repitió la inmensa mayoría al unísono. Nadie ignoraba que el juramento que sacudió las paredes del Congreso cambiaría la historia de México. Nuevos aplausos, cada vez más sonoros y entusiastas, rubricaron el final de la escena.

En ese momento pocos percibieron que Melchor Ocampo se había negado a firmar el texto constitucional por considerarlo tibio.[3]

Faltaba, sin embargo, el momento esperado en que interviniera el presidente de la República, que estaba sepultado en dudas y temores, prejuicios y miedos de todo tipo, entre ellos el que le tenía a su madre, quien le había advertido, víctima de un doloroso ataque de llanto, de los peligros de recibir una sentencia irreversible y eterna que lo condenaría al infierno si él también juraba semejante texto maligno, herético, señora Lupita, diabólico, según se lo había hecho saber el padre Miranda durante sus diarias confesiones en la capital de Puebla. Comonfort, perturbado, se puso de pie para dirigirse a la audiencia. Apenas podía sostenerse de pie y disimular el escepticismo que lo carcomía. Ya sabía que Miramón había irrumpido violentamente en Toluca pretendiendo liberar a los presos al abrir las puertas de las cárceles, pero afortunadamente había fracasado. Veía con claridad otra vez la mano del padre Miranda y la de Labastida a la distancia. Sabía que Osollo había estallado un movimiento armado en San Luis Potosí, que era promovido obviamente por el obispo Munguía. El país volvía a incendiarse con el dinero de las limosnas. Sin embargo, el presidente jura la Constitución, poniendo su mano sobre los Evangelios, a sabiendas de que no cumplirá su promesa. Martinillo había comentado, en uno de sus editoriales, aquello de que quien se convierte en miel se lo comen las moscas... En muchas ocasiones, Comonfort ya había señalado que con leyes semejantes jamás podría gobernar, y sin ellas, tampoco. Jura por jurar, pero sabe que no cumplirá. No puede imaginar en qué se traducirán sus debilidades:

> ¡Gloria a vosotros los constituyentes, que en medio de las rudas tempestades de la revolución, azotados por las persecuciones y los anatemas, os convocasteis en torno de una idea para sacar a un pueblo de la catalepsia de la historia!
>
> ¡Nada más solemne que aquel momento, en que vuestra mano inscribió vuestros nombres en ese libro sagrado, veneración de la época y la gloria de nuestro siglo!
>
> ¡Él vivirá a despecho de las resistencias y contradicciones del pasado, él será inmortal en los anales de la tierra mexicana, marcando la primera etapa en el camino del progreso!
>
> ¡Gloria a vosotros que ya dormís el último sueño y cuyos restos desfilan ante nosotros, como si pasaran a las sombras de la historia!
>
> ¡Cuando todos hayáis muerto, cerrando esa gigante página, entonces las generaciones irán a depositar sobre vuestros sepulcros las coronas de ciprés, como si ornaran vuestras frentes, como si todavía pudieran pediros vuestras grandes inspiraciones!
>
> ¡Herederos de vuestro aliento y de esa entereza de mártir con que perseverasteis en vuestra obra, ni las oleadas de sangre podrán borrar esas páginas que llevan vuestros pensamientos, ni habrá una mano suficientemente poderosa para arrancar vuestros nombres del libro eterno de la historia!

Por supuesto, Comonfort no podía ignorar que, según el padre Miranda, los obispos De la Garza y Ballesteros, Munguía y Labastida, y desde luego el papa Pío IX, tendría que tragarse, una a una, sus palabras, pero por lo pronto ya había Constitución. México había dado un gran paso adelante en materia de derechos humanos, había avanzado notablemente en materia de modernización del Estado y de las instituciones. No se podía ignorar que los diputados habían incorporado un sinnúmero de principios legales de extracción francesa, hermosos ideales de la juventud, bellísimas y utópicas teorías cuajadas de ilusiones políticas que tal vez costaría mucho trabajo realizar. Una cosa era la promulgación de la Carta Magna, otra muy distinta su aplicación legal. ¿Se tendría que recurrir a la fuerza para imponerla a cualquier precio? Que había mucho por caminar, mucho por hacer, mucho que legislar, sí, sin duda, pero Roma no se había hecho en un día... Ahora, por lo pronto, se trataría de aplicar el nuevo código federal sin que la Iglesia

Católica, Apostólica y Romana fuera a provocar un nuevo desbordamiento social ni financiara nuevas insurrecciones para derrocar al gobierno y derogar esa Constitución satánica, una legislación maldita que hundiría a México en la herejía que Dios podía castigar, tal como lo hizo con Sodoma y Gomorra. Llovería fuego divino del cielo. Todo se incendiaría, todo se destruiría por las blasfemias, las irreverencias y las agresiones a los bienes y a los representantes del Señor. "Al diablo con los principios de la Revolución francesa." "Al diablo con los esquemas de convivencia política y social de los Estados Unidos calcados de su Constitución." Ni a ellos ni a los ingleses los castigaría Dios. A los mexicanos sí por explicaciones que Dios no estaba obligado a dar, porque a Él no se le podía cuestionar y, por el contrario, se debían acatar sus determinaciones con la cabeza humillada.

Cuando el presidente de la República, con las manos temblorosas, abandonó el Congreso, se percató de que las campanas no repicaban. El arzobispo Lázaro de la Garza y Ballesteros había prohibido cualquier celebración porque "el nuevo código contenía principios hostiles a la Iglesia", y había ordenado a los curas "que inculcasen no ser lícito a los fieles jurar la nueva Constitución".[4] Más tarde Comonfort descubriría que los sacerdotes habían quitado los badajos a las campanas para dejarlas mudas. El clero ordenó que se apagaran los faroles, se clausuraran las ventanas de las casas corriendo las cortinas y que los creyentes dejaran de caminar por la calle, como si se tratara de un estado de sitio. Se intentaba hacer de la Ciudad de México un camposanto. La capital de la República parecía haberse paralizado, más aún porque la lluvia amenazaba con no detenerse nunca.

Ante la negativa del clero de la Catedral de prestar servicios religiosos a los funcionarios públicos que hubieren jurado la Constitución, la autoridad decreta la conversión del máximo templo de los mexicanos en una cárcel. Los sacerdotes no podrán abandonarla en ningún caso sin autorización. Continúan las sublevaciones en San Juan de los Lagos, Jalisco. El obispo de Durango y el de Michoacán declaran la ilicitud del juramento constitucional y se oponen a cualquier regulación, limitación o intromisión en relación con las obvenciones parroquiales. Ninguna persona puede imponerle a Dios un precio por impartir Sus servicios a los fieles. Chiapas declara subversivas las pastorales de sus prelados. El gobierno de Nuevo León incauta un paquete con la valija eclesiástica que contiene las instrucciones vertidas, por su respectiva diócesis, de negar auxilios espirituales a quienes hubieran jurado la validez de la Carta Magna. El obispo resultará desterrado. Las autoridades poblanas exilian al "gobierno de la Mitra local" porque se negó a dar cristiana sepultura a un difunto conocido por jurar el código federal. El cabildo católico de Morelia protesta cuando el gobernador ordena la venta de semillas provenientes del diezmo, a pesar de que este impuesto había sido derogado hacía veinticuatro años, durante la primera administración de Gómez Farías, y los contribuyentes lo ignoraban. El cura de Chinipas, Durango, es cesado por haber jurado la Constitución. El jefe del Estado mexicano envía a Ezequiel Montes a Roma como su representante personal, para conversar con el papa Pío Nono.

—Explíquele usted, señor embajador, por qué razón la reforma liberal no atenta contra la religión ni existe persecución alguna en contra de ningún católico.

Todo resulta inútil ante la presencia invisible de monseñor Labastida escondido atrás de la silla apostólica.

Unos días después, cuando el presidente Comonfort llegó a su oficina en Palacio Nacional, se encontró con una carta enviada por su madre, doña Lupita, que contenía, entre otros, estos párrafos:

> El único defecto de tu Constitución, mi hijito, es que no sirve para nada. Es como esas cajitas de laca china, curiosas, bien trabajadas, llenas de labores, pero en las que no se pueden meter alhajas porque no estarían seguras, ni dinero porque no cabe, ni nada, en fin, porque en nada se pueden emplear... Y además, hijo, eso de que se abran los ojos al pueblo sobre ciertas cosas no es bueno, no puede ser bueno, convéncete de ello. En ocasiones es mucho mejor ser ciego. Piénsalo...
>
> Creo que fue muy indigno de ti que hayas cantado el *Te Deum* el día del juramento por más que te disculpes diciendo que lo hiciste usando la letra de "señor, te alabamos por haberse dictado la Constitución si es que resulta honra y gloria de ello". Claro que nunca iba a resultar ni honra ni gloria de ello y como verás, tarde o temprano, los católicos derogaremos esa Constitución maldita que solo nos ayudará a ir para atrás como los cangrejos.

La Iglesia, querido Ponciano, no se iba a quedar con los brazos cruzados. ¿Verdad que no...? Tan pronto el padre Miranda tuvo en sus manos los ejemplares finales de la Constitución de 1857, solicitó de inmediato una audiencia con el arzobispo De la Garza y Ballesteros, quien a su vez había sostenido un intenso intercambio epistolar con el obispo Labastida y Dávalos, sin duda un prominente y destacado asistente del papa Pío Nono. El conflicto ya no se reducía entonces al ámbito doméstico, sino que adquiría dimensiones internacionales. El sumo pontífice, entre otras sanciones, propondría la excomunión para todas aquellas personas que hubieran jurado aceptar la nueva Carta Magna mexicana, redactada por diputados inspirados por el mismísimo Lucifer.

—¿Cómo vamos a aceptar, señor arzobispo, el establecimiento de una República federal, obviamente con división de poderes, a través de los cuales se ampliará la libertad y se afirmará la igualdad del hombre, los derechos del ciudadano, la soberanía del pueblo y la supremacía del Estado sobre cualesquiera otras potestades? —cuestionó el padre Miranda colocando las yemas de los dedos de ambas manos sobre el escritorio perfectamente barnizado por los mejores ebanistas mexicanos en el lujoso despacho del alto prelado en el Palacio del Arzobispado.

El arzobispo De la Garza y Ballesteros, el máximo jerarca de la Iglesia católica mexicana, el mismo que había enviado una circular a los curas "previniendo que no se absuelva sin previa retractación pública a los fieles que hayan jurado la Constitución", se puso de pie sujetando con la mano derecha la cruz pectoral que le había regalado el obispo Munguía el día de su consagración. Esa joya, una auténtica reliquia manufacturada con esmeraldas especialmente grandes halladas en Sudamérica y en Sudáfrica y talladas por las manos expertas de un artesano belga, con residencia en Brujas, era utilizada por el sacerdote como un amuleto al que invariablemente recurría en busca de protección y de certeza.

—Esto es como una guerra, padre Miranda, cualquier espacio de terreno que concedamos al enemigo lo habremos perdido para siempre. No podemos recular. Toda marcha debe ser para adelante. Esta nueva ley, como usted bien lo apunta, solo garantizará la disolución social de este país en el que todavía no sabemos si las mujeres y los indios tienen alma o no... Aceptarla equivale a lanzarnos al vacío tomados de la mano —el arzobispo se recargó en los anaqueles llenos de libros sobre temas relativos a la Iglesia católica.

Miranda arguyó que concederles libertad a los aborígenes y a los mestizos era tanto como abrir las rejas de un corral para permitir que los animales pastaran en donde les viniera en gana. El pastor sería el único responsable de semejante temeridad. La dispersión sería total. Desaparecerían los controles dentro de esta nueva concepción de libertinaje que la Iglesia no debería permitir por ningún concepto.

—Abra usted la puerta y deje salir a todas las ovejas y comprobará usted el trabajo de volver a reunirlas en un primer lugar para después, atadas, a jalones, volverlas a recluir, entre golpes y palos, chiflidos y disparos en el redil de donde nunca debieron haber salido. ¿Cómo sostener la igualdad entre usted y yo, por ejemplo, y los indios zapotecos o los tarahumaras, si cuando pretenden hablar, ladran, padre, con sus dialectos inentendibles?

El arzobispo Ballesteros permanecía de pie con los brazos cruzados, dejando ver su sotana negra de seda, hecha desde luego a la medida por un sastre español en el viejo continente. La prenda caía majestuosamente sobre sus zapatos perfectamente boleados por uno de los limpiabotas de la Catedral. Veía de reojo a Miranda, ¿no dormirá?, y si lo hace debe caer agotado por tanta pasión que invierte en cada acto, en cada gesto, en cada palabra. Es un hombre singularmente arrebatado, particularmente devoto y defensor de la Iglesia. Es un protector ejemplar de los intereses de Dios. Ojalá que muchos pastores fueran como él...

—¿A quién se le ocurre hablar de la soberanía del pueblo, de un pueblo que no sabe leer ni escribir, sin entender que una propuesta de esa naturaleza equivale a darle a un niño de cinco años una pistola cargada para que juegue con ella?

—Ahí quería yo llegar, su excelencia —dijo Miranda dando un golpe seco sobre la mesa—, a imponer el orden: estos endiablados liberales pretenden tirar por la borda todo un proceso evolutivo de la sociedad mexicana. ¿Y el dogma? ¿Y la fe? ¿Y nuestras finanzas? ¿Y nuestro patrimonio? ¿Y nuestro futuro?

—Está claro, padre Miranda, está claro —exclamó De la Garza y Ballesteros apoyando ambas manos sobre el escritorio—. Cada disposición de la Constitución contiene un ataque velado en contra de nuestra Iglesia, de nuestro patrimonio, de nuestros intereses y de nuestra subsistencia como institución. Quien proponga la supresión de la censura y esté a favor de la libertad de imprenta o de la enseñanza libre atenta contra esta sagrada institución que ha logrado sobrevivir diecinueve siglos a pesar de todas las agresiones, traiciones y ataques arteros que ha sufrido a lo largo de la historia. ¿Con qué comenzamos, padre Miranda? ¿Qué sugiere usted? Yo sugiero que todos los funcionarios públicos que juren obediencia a la Constitución sean inmediatamente excomulgados, sin mediar declaración de nuestra parte. Quien jure tendrá que enfrentar las consecuencias de su conducta ante Dios.

—Su propuesta pondría en un serio predicamento a los burócratas: escojan, señores, entre preservar su empleo o perder su lugar en el cielo... Quien jure tendrá garantizado un espacio en el infierno.

—Exacto, padre, quien jure la Constitución mantendrá su empleo, pero se extraviará en el mundo de las tinieblas por toda la eternidad. Quien defienda la causa de Dios se ganará el perdón eterno...

—Hagámoslo, padre Miranda. Los principios de la Constitución mexicana son hostiles a la Iglesia y quien la jure, burócrata o no, deberá ser excomulgado. Prepare usted un documento que deberé mandar a lo largo y ancho del país que contenga una prohibición específica de absolver el día de la confesión a los fieles que hayan jurado la Constitución. Se han de calcinar cada día en el averno. Ya verán cómo es preferible temerle a Dios que al gobierno.

—Jesús, señor arzobispo, está en peligro y se vengará de nosotros si somos tibios. Usemos a las mujeres de todas las edades para manipular a los hombres. Ellas tienen recursos de los que nosotros carecemos. Tenemos un largo y pesado trabajo por hacer para impedir la abolición de los tribunales especiales y luchar con todo lo que tengamos a nuestro alcance para que no se aplique la libertad de conciencia, la puerta misma al libertinaje. ¿Cómo vamos a permitir que la gente piense lo que quiera, si de ahí podrán hacer lo que deseen? Tenemos que aplastar el pecado en sus orígenes, en el pensamiento, además de combatirlo antes y después de la acción, sin conceder tregua... Para eso está la confesión, para que los fieles cuenten incluso sus fantasías, por más perversas que sean, para que nunca las materialicen y puedan purificarse ante Dios. El sacerdote es el tutor de la conciencia, y si la ley les permite a los creyentes pensar en lo que les venga en gana, la Iglesia debe oponerse a ello con todos sus poderes en aras de la salud social. A más libertad, más libertinaje, por eso las ideas modernas son verdaderos venenos de la fe.

El padre Miranda se levantó de la cómoda poltrona y se acercó al arzobispo:

—Si las medidas que tomemos ahora no son suficientes para impedir el avance de estos legisladores liberales, auténticos engendros mefistofélicos, entonces será evidente que nuestras diferencias ya no se resolverán en Congresos, ni en los periódicos a través de acalorados debates, ni en las aulas ni recurriendo a negociaciones ni a través de la contratación de cabilderos, sino por medio de la guerra, padre, de la destrucción de todo lo que se oponga a la preservación de la Iglesia de Dios para impedir que Él se vengue después de nosotros por tibios y pusilánimes. No podemos ser débiles, su excelencia. Si fracasamos por la vía pacífica y el recurso de la excomunión y el de la desobediencia no prosperan, es claro que el conflicto no lo resolverán los académicos ni los diplomáticos ni los políticos. El siguiente paso estará a cargo de los militares. Empieza a ser innegable, padre, que liberales y conservadores no cabemos en el mismo país. Uno de los dos tendrá que desaparecer y, sin duda, desaparecerán aquellos que no estén con Dios, quien nos favorecerá en una decisión inapelable dictada en el campo del honor al dar su bendición para silenciar todos los cañones de los enemigos liberales. Dios sabe que deseo estar equivocado... pero si quieren guerra, la tendrán.[5]

El arzobispo se desplazó instintivamente hacia la mesa de juntas de su oficina. Al fondo se encontraba un cuadro enorme de la Virgen de Guadalupe. La sola idea de pensar en la guerra le hizo perder la fuerza de las piernas.

—No olvide usted, padre Miranda, que de cualquier manera la presente Constitución establece la intolerancia religiosa y deja muy en claro que la única religión es la católica, con exclusión de cualquier otra. Antes de pensar en un conflicto armado tenemos que agotar la vía diplomática, así como la de la negociación. Los principios de la religión no están siendo sancionados por las leyes ni la Constitución invita a una persecución suicida de quien practique el catolicismo. Nadie nos ha venido a decir todavía cómo se debe divulgar el Evangelio ni han intervenido en nuestra liturgia ni nos han sugerido diversas maneras de cantar la misa. No nos precipitemos en conclusiones de consecuencias infaustas.

Miranda procedió a sentarse al lado del arzobispo con el dedo en el gatillo.

—No me malinterprete, padre: soy el último en desear la violencia, pero mi experiencia política no me permite abrigar esperanzas de una posible reconciliación.

De la Garza y Ballesteros sabía del papel que Miranda había jugado en la repatriación de Santa Anna en 1853 y en el derrocamiento del presidente Arista, así como de su protagonismo en los levantamientos armados de Zacapoaxtla y Puebla, tan solo seis meses atrás. De sobra conocía la determinación del sacerdote, su capacidad de convencimiento y de convocatoria. Sabía también que Miranda había organizado el Directorio Conservador, una organización ultrarradical, para tener control sobre quienes estaban dispuestos a luchar por la causa clerical y dar dinero, hombres y armas, de modo que no era un menor de edad en estas lides, sino un hombre dispuesto a jugarse el todo por el todo.

—El artículo de la Constitución que establece la intolerancia religiosa es de carácter perpetuo, su excelencia, al igual que sucede con las leyes de la naturaleza. Las leyes humanas siempre serán susceptibles de reformarse o de modificarse, no así las que se refieren a la Iglesia, porque estas son de carácter divino, inspiradas por Dios en su inmensa misericordia —sentenció un padre Miranda incontenible—. La tolerancia suicida de cultos no iba más que a confundir a millones de indígenas y de mujeres católicas que gozan de un gran peso específico en el seno de las familias mexicanas. Romperíamos la unidad religiosa y renacería el idolatrismo, hasta llegar a una lucha de castas. ¿Quién quiere ver el arribo del islamismo y con ello la poligamia? ¿No cree usted que la libertad de cultos y la importación de nuevas creencias hubieran invitado a muchos hombres a ejercer el concubinato teniendo muchas mujeres al estilo árabe, lo cual no deja de ser una esclavitud prohibida por la propia Constitución?

—No tiene usted por qué convencerme de eso, padre Miranda, México nunca podrá privarse de los beneficios de la Iglesia católica porque no lo desea y porque simplemente es parte de su naturaleza. Sería tanto como tratar de quitarle la sombra a una persona.

—Por eso mismo, su excelencia, debemos oponernos a la libertad, porque es un cáncer que devora los pueblos —exclamó Miranda sin ningún rubor; a nadie que lo conociera podía producirle la menor sorpresa dicho comentario ni los siguientes—. Debemos oponernos a todo cuanto ella representa. Ya verá usted cuando excomulguemos a los creyentes que hayan jurado la Constitución y vengan a solicitarnos la administración de los santos sacramentos o la sepultura en sagrado y nos neguemos a sus peticiones. No te preocupes, hijo mío, tu muertito ya está seguramente en el infierno, a un lado de Satanás y solo por tu culpa, por tu culpa, por tu sola y única culpa...

Al terminar la reunión y con el ánimo de despedirse el padre Miranda le propuso al arzobispo De la Garza y Ballesteros la posibilidad de empezar a organizar levantamientos armados en contra de la Constitución de 1857. Ya había llegado la hora.

—No se trataría, por lo pronto, de derrocar al presidente Comonfort. Solo los intimidaremos, su excelencia, para hacerle sentir al gobierno los poderes con los que contamos y obligarlo a desistir de cualquier intento de tocar ningún rubro, ningún velo, ningún cirio pascual ni altares ni púlpitos ni conventos ni bancos ni bienes ni derecho alguno concedido a nuestro favor. Tenemos que hacer una expresión de fuerza, una ostentación de nuestros poderes militares para que, más o menos, puedan empezar a apreciar el tamaño y la fortaleza del enemigo al que se enfrentarán. No permitamos que esta Constitución herética destruya la Iglesia católica ni que, por lo mismo, acaben con este país tan lleno de promesas y posibilidades. Que lo entiendan nuestros adversarios: atentar en contra de nuestra Santa Madre Iglesia es tanto como atentar en contra de México. Somos lo mismo. Somos inseparables y juntos, no lo dude usted, seremos invencibles.

Mientras el padre Miranda abandonaba el palacio, el arzobispo lo seguía con la mirada para confirmar que mientras descendía por las escaleras el aguerrido sacerdote hablaba solo...

En Jueves Santo, el cabildo de la Catedral de México se niega a recibir al gobernador del Distrito, Baz, y al Concejo Municipal que, según la tradición, venían a misa. No se imparten servicios religiosos a herejes que juraron la Constitución, menos aun si son los promotores, funcionarios públicos, los responsables de la agresión al patrimonio y derechos del Señor. Hay muchos pretextos, la oportunidad es insuperable. Baz ordena el confinamiento, el encierro domiciliario en el propio Palacio del Arzobispado del altísimo prelado y de los canónigos. Sobraban las razones...

Soy el arzobispo, señores...

Así es, señor: no podrá salir de este recinto, salvo por acuerdo del señor presidente de la República.

¿Razones?

Las desconocemos. Cumplimos instrucciones.

¿No hay ninguna duda?

Ninguna, señor...

¡Portazo que se escuchó hasta la Basílica de San Pedro!

Empiezan a darse los levantamientos armados en Colima, Oaxaca, Tlaxcala, Zacatecas, Guadalajara y Guerrero. El gobierno del presidente Comonfort, a modo de represalia, empieza a desterrar a los obispos involucrados en las insurrecciones. Solo faltaba declarar iniciadas las hostilidades. El jefe del Estado se reúne en Palacio Nacional con el arzobispo De la Garza y Ballesteros, el obispo Munguía y varios canónigos. Todo es inútil. El uno afirma tímidamente, los otros niegan sonoramente. Se niegan a aceptar las restricciones legales, la pérdida de privilegios y de derechos económicos. ¿Usted sabe el daño que nos produce la existencia del Registro Civil o el hecho de que los muertos se puedan enterrar en panteones del Estado? ¿Lo sabe? ¿De qué se trata? Los alegatos fracasan uno tras otro.

Las legislaturas de los estados también reaccionan y toman partido. En Querétaro se dispone que "quien se rehúse a jurar categóricamente y sin restricción alguna la Constitución, queda, por ese solo hecho, suspendido en sus derechos de ciudadanía y no podrá ser admitido en juicio como actor"; el de Puebla decide que "incurre en delito de sedición el que, abusando de la autoridad que ejerza, prevenga o de cualquier otro modo obligue a retractar el juramento prestado a la Constitución". La prensa de provincia opina que "los decretos episcopales que prohíben el juramento carecen de fuerza legal, pues no toca a los obispos declarar cuáles leyes son lícitas o ilícitas". Comienza la guerra de las palabras, más tarde comenzará la de proyectiles.

La tensión había ido en aumento a partir de la publicación del Plan de Ayutla, en el que la Iglesia católica, por supuesto, no había sido convocada. Ahí habían detonado las diferencias y las desavenencias, más aún cuando se promulgó la Ley Juárez que suprimía los fueros y que le costará el cargo al presidente Juan Álvarez. Después la embestida continuó contra el presidente Comonfort a partir de los movimientos armados de Zacapoaxtla y Puebla, entre otros, hasta llegar a la Ley Lerdo, la promulgación de la Ley para el Establecimiento y Uso de los Cementerios, al establecimiento del Registro Civil y más tarde a la promulgación de la Constitución de 1857, en que la Iglesia se sintió agredida y arrinconada al extremo de pensar en el uso de las armas, fuera o no un recurso piadoso y cristiano. Dejémonos de pruritos: "Hay asuntos tan delicados que se deben resolver con las armas, se derrame o no la sangre de los inocentes, como aconteció a lo largo de los siglos cuando se atacaron los intereses eclesiásticos. Dios está bien para las homilías dominicales, pero si ya hablamos de dinero, entonces es otro tema con diversas consecuencias... ¡A cambiar las sotanas por los uniformes!" ¿Por qué el clero no aceptó la Constitución, cuando esta en nada perjudicaba a la religión católica? ¿Por qué resistirse a la pérdida de fueros y de otros privilegios jurídicos y patrimoniales cuando en nada se atentaba contra las creencias de los feligreses? ¿Qué tiene que ver Dios en todo esto? Era tan sencillo prescindir de los fueros, el que nada debe nada teme, y disfrutar pacífica y civilizadamente el dinero obtenido de la venta de los inmuebles católicos a través de la ley de desamortización promulgada por Lerdo de Tejada...

Pelagio Antonio de Labastida y Dávalos, después de haber trabajado con incesante celo por suscitar en la República conflictos con el exterior, dirige desde Roma una carta pastoral a sus feligreses excitándolos a la rebelión. Los enfrentamientos se producen igualmente entre la prensa clerical y la prensa liberal.

Las medidas, como es fácil suponer, exacerbaron la cólera de los clericales, quienes diariamente publicaban pasquines y proclamas incendiarias contra las autoridades, y aun edictos de excomunión, Ponciano. No conformes con eso, recurrieron al Directorio Conservador Central de la República, ideado y desarrollado por el padre Miranda, como te acordarás, el delegado de varios obispos y capitán general de la reacción. No se debía perder de vista que el Directorio era una especie de sociedad secreta, algo así como una masonería de la reacción, cuyo fin principal consistía en crear todo género de dificultades al gobierno con tal de desestabilizarlo y derribarlo, de ser posible, a fin de evitar, a cualquier precio, que se cumpliera con el proyecto reformista.

Apenas había sido promulgada la Constitución, cuando se recrudeció la tempestad en contra de ella. Desde luego la encabezaba el clero, quien propalaba por todos los ámbitos del país la convicción de que se trataba de un código inmoral y contrario a la religión católica. Martinillo informa en su columna de *El Siglo XIX* que Miranda se reúne periódicamente en Cholula con Severo Castillo, el general traidor antes liberal y después conservador, a quien Comonfort le perdonó la vida después de hacerle prometer lealtad a la República. Esta vez jura que derrocará al presidente. ¡Cuántas diferencias se resuelven en el paredón! ¡Cuánta seguridad política y social se adquiere con una simple ráfaga! El padre Miranda entrega las pastorales incendiarias emitidas por Labastida e insiste con fiereza en la inminencia de un golpe de Estado que habrá de estallar otra vez en Zacapoaxtla... Los pronunciamientos con el viejo lema de "Religión y Fueros" cunden por el país. De Gabriac, el ministro francés acreditado en México, asegura en su reporte a la cancillería que el padre Miranda es el director de la conspiración y que Ignacio Aguilar y Morocho, el brazo derecho de Munguía, es su principal contacto en el interior. Las noticias envenenan el cumpleaños de Ignacio Comonfort el 31 de julio de 1857. Suenan los tambores de guerra desde el río Suchiate hasta el río Bravo.

Como se había promulgado una ley previniendo que todos los funcionarios y empleados públicos deberían prestar juramento de guardar y hacer guardar la Constitución, so pena de perder el empleo o cargo que desempeñaran, el clero declaró excomulgados a quienes cumplieran con tal precepto, negando los sacramentos, aun en artículo de muerte, a quienes no se retractaran.

Estas disposiciones confundieron a las conciencias y propiciaron situaciones en extremo violentas. Se desterraba la paz de las familias y se llenaba de aflicciones a creyentes timoratos que se encontraban en la terrible encrucijada de perder sus medios de subsistencia o renunciar a sus creencias y dejar de cumplir con los preceptos de su religión, con todas sus consecuencias espirituales. A pesar de que en ningún caso se dieron persecuciones religiosas, la intransigente actitud del clero produjo repugnantes escándalos impropios de los tiempos modernos. ¿Volvíamos a las Cruzadas...? Así, habiendo sido asesinado el gobernador de Colima junto con otras siete personas que habían jurado la Constitución, el cura de dicho lugar azotó el cadáver y cobró dos mil pesos por enterrarlo en sagrado. La sangre se derramaba y no había nadie que pudiera contenerla.

Juárez, por su parte, en su desempeño como gobernador, vivió momentos de resistencia similares, de los que dejó constancia en sus memorias. ¿Cómo podía permitir que a una persona, cualquiera que fuera su calidad social, política o religiosa, no se le administraran los santos sacramentos por el solo hecho de haberse sometido a la máxima ley de todos los mexicanos? Ponciano, escucha cómo se pronunciaba el más destacado liberal de la patria:

> Ilustrísimo Señor Obispo de Oaxaca:
>
> Constando a este gobierno que el cura párroco de Zoochila, don Andrés Jiménez, ha negado los sacramentos al finado alcalde de Tavehua, no queriendo que se le diese sepultura, so pretexto de que dicho funcionario no quiso retractarse del juramento que prestó a la Constitución Política de la

> República; y en virtud de las instrucciones que tengo del Supremo Gobierno de la Nación, he tenido a bien disponer que el expresado señor Jiménez sea traído preso a esta ciudad y remitido fuera del Estado, al lugar que el excelentísimo Señor Presidente determine.
>
> Este gobierno no puede ver con indiferencia hechos que, alarmando las conciencias de los ciudadanos, llegaran a alterar el orden público; y, decidido a hacer respetar las leyes, no teme providenciar lo que el bien de los pueblos demande: si ve con aprecio y estimación al sacerdote evangélico que cumple religiosamente su santa misión de paz y moralidad, no vacila un instante en castigar al inquieto, que con sus actos predica odiosidades y trastornos; porque lo contrario importaría abandonar la sociedad a los destructores embates del primero que se interese en su ruina. Separado por tal motivo dentro de pocos días el señor Jiménez, suplico a V.S.Y. se sirva remitir a Zoochila otro eclesiástico que se encargue de aquella parroquia. Protesto a V.S.Y. mi aprecio y atenta consideración.
>
> Dios y Libertad. Oaxaca, junio 22 de 1857.
>
> Benito Juárez

Ahí estaba el hombre dispuesto invariablemente a hacer valer la ley con todas sus consecuencias, enfrentándose, si fuera el caso, al máximo poder eclesiástico, que, como es sabido, podía convocar a verdaderos ejércitos para cuidar el patrimonio gigantesco de un Dios que siempre se opuso al acaparamiento de bienes y logró modificar y reformar al mundo con unas simples sandalias, una túnica humilde y un verbo seductor.

Tiempo después de que naciera el décimo hijo de Juárez, su segundo varón, de nombre José, el gobernador ya electo de Oaxaca escribió el siguiente texto, que deja en claro, una vez más, su vocación civilista, así como la dirección que tomaría el país tan pronto este indio zapoteco llegara a dirigirlo. Juárez no se iba a dejar impresionar por los poderes ni por las amenazas de la Iglesia católica:

> Era costumbre autorizar por ley en aquel Estado, lo mismo que en los demás de la República, que cuando tomaba posesión el gobernador, este concurría con todas las demás autoridades al *Te Deum* que se cantaba en la Catedral, a cuya puerta principal salían a recibirlo los canónigos; pero en esta vez ya el clero hacía una guerra abierta a la autoridad civil, muy especialmente a mí por la Ley de Administración de Justicia que expedí el 23 de noviembre de 1855 y consideraba a los gobernadores como herejes y excomulgados. Los canónigos de Oaxaca aprovecharon el incidente de posesión para promover un escándalo. Proyectaron cerrar las puertas de la iglesia para no recibirme, con la siniestra

mira de comprometerme a usar de la fuerza mandando abrir las puertas con la policía armada y a aprehender a los canónigos para que mi administración se inaugurase con un acto de violencia, o con un motín, si el pueblo a quien debían presentarse los aprehendidos como mártires, tomaba parte en su defensa. Los avisos repetidos que tuve de esta trama que se urdía y el hecho de que la iglesia estaba cerrada, contra lo acostumbrado en casos semejantes, siendo ya la hora de la asistencia, me confirmaron la verdad de lo que pasaba.

Aunque contaba yo con fuerzas suficientes para hacerme respetar procediendo contra los sediciosos y la ley aún vigente sobre ceremonial de posesión de los gobernadores, me autorizaba para obrar de esta manera; resolví, sin embargo omitir la asistencia al *Te Deum*, no por temor a los canónigos, sino por la convicción que tenía de que los gobernantes de la sociedad civil no deben asistir como tales en ninguna ceremonia eclesiástica, si bien como hombres pueden ir a los templos a practicar los actos de devoción que su religión les dicte. Los gobiernos civiles no deben tener religión, porque siendo su deber proteger imparcialmente la libertad que los gobernados tienen de seguir y practicar la religión que gusten adoptar, no llenarían fielmente ese deber si fueran sectarios de alguna. Este suceso fue para mí muy plausible para reformar la mala costumbre que había de que los gobernantes asistieran hasta a las procesiones y aun a las profesiones de monjas, perdiendo el tiempo que debían emplear en trabajos útiles a la sociedad. Además, consideré que no debían ejercer ninguna función eclesiástica ni gobernar a nombre de la Iglesia, sino del pueblo que me había elegido, mi autoridad quedaba íntegra y perfecta con solo la protesta que hice ante los representantes del Estado de cumplir fielmente mi deber. De este modo evité el escándalo que se proyectó y desde entonces cesó en Oaxaca la mala costumbre de que las autoridades civiles asistiesen a las funciones eclesiásticas.[6]

Casi en paralelo con la promulgación de la Constitución se emitieron leyes tan importantes como la del Registro del Estado Civil, la que sometía a los cementerios bajo la custodia de las autoridades civiles, además de la Ley Iglesias que regulaba lo relativo a las obvenciones parroquiales. Todas estas leyes fueron recibidas por el clero con manifiesta hostilidad y abierta oposición. Munguía manifestó desde Michoacán su rechazo tajante a los artículos constitucionales que establecían las libertades de enseñanza, de pensamiento, de imprenta, de asociación; a los que prohibían los votos religiosos, los títulos de nobleza y honores hereditarios, los fueros, y la adquisición de bienes raíces a las corporaciones religiosas.

Solo los trabajos del propio Clemente de Jesús Munguía forman un volumen con cerca de mil páginas. Conocido por su carácter violento y por la virulencia de su estilo, no perdía ocasión para manifestar su odio contra los principales liberales. Una de las diversas protestas enviadas al Ministerio de Justicia en relación con las obvenciones parroquiales, las tarifas relativas al cobro de los diversos servicios mercantiles clericales, refleja las consideraciones que les merecía el gobierno a los altos dignatarios de la Iglesia, Ponciano:

> Protesto en debida forma contra la ley de 11 del pasado, en cuanto se opone a la soberanía, independencia, libertades, decoro y dignidad de la Santa Iglesia. Protesto, asimismo, que no consiento ni consentiré, contra la voluntad de la Iglesia, en que dicha ley sea fijada en los cuadrantes y curatos de las parroquias; y que, si a pesar de mi protesta, se hiciese uso de la fuerza para fijarla, no por eso será tenida por ley, ni obedecida por tal en los curatos de mi diócesis: que si en consecuencia de esta oposición legítima, fuesen privados los curas, sacristanes mayores y vicarios de la sustentación que les corresponde por la ley natural, no por esto perderán su derecho, sino que le conservarán íntegro: que no puedo ni debo obligarlos, y en consecuencia, no los obligo a que renuncien a este derecho y dejen de percibir lo que les corresponde: que aunque de hecho no lo perciban, por la fuerza que se les hace para no cobrar, la obligación de conciencia que tienen los respectivos deudores, en quienes no concurra la calidad de pobreza solemne para pagar, siempre subsiste, y todos quedan ligados con el deber de la restitución: que si por falta de congrua sustentación, o en consecuencia de los destierros llegasen a faltar los eclesiásticos necesarios, a pesar de mi empeño, porque los fieles no dejen de estar espiritualmente asistidos, todos los males que de aquí resulten, no son de mi responsabilidad; pues no somos los prelados sino la ley quien impide a los curas percibir sus derechos y obvenciones.

Benito Juárez, en su carácter de gobernador del estado de Oaxaca, se adjudica una casa propiedad del clero para dar el ejemplo de cómo cumplir la ley de desamortización.

> Entonces creí de mi deber hacer cumplir la ley no solo con medidas del resorte de la autoridad, sino con el ejemplo, para alentar a los que por un escrúpulo infundado se retractarían de usar el beneficio que les concedía la ley. Pedí la adjudicación de un capital de 3 800 pesos, si mal no recuerdo, que reconocería una casa situada en la calle de Coronel de la ciudad de Oaxaca. El deseo de hacer efectiva esta Reforma y no la mira de especular me guio a hacer esta operación. Había capitales de más consideración en que pude practicar, pero este no era mi objeto.[7]

Repentinamente experimenté una curiosa sensación: me pareció percibir como si el viejo tratara de arrastrarse sobre la litera apolillada. ¿Se estaría levantando? Inmediatamente pensé en San Lázaro: un cadáver poniéndose de pie. Mis fantasías solo ayudaban a atemorizarme más. Mis ojos se habían empezado a adaptar y en ocasiones podía distinguir movimientos en la oscuridad, aun cuando todavía no me era posible ver a las ratas ni siquiera con mediana claridad. Sin embargo, me pude percatar, según aguzaba el oído, cómo don Valentín echaba mano de sus últimos recursos físicos para incorporarse y sentarse, recargándose en la pared como le fuera posible. Al darme cuenta de sus intenciones me acerqué y coloqué sus zapatos, que anteriormente habían hecho las veces de almohada, como una protección improvisada para separar su espalda del muro. Me imaginaba que de esta suerte podría evitar un enfriamiento que precipitara su inminente deceso. La precaución, instintiva en todo caso, ya resultaba innecesaria dada la gravedad del anciano.

Tan pronto continuó hablando me percaté de que nos aproximábamos a la parte más candente del relato, aquella que me había prometido desde el comienzo de la conversación. Ahora escucharía yo, de viva voz de uno de sus protagonistas, lo que muy pocos mexicanos conocían de la guerra de Reforma, el episodio más sangriento y devastador sufrido por México después de la guerra de Independencia y de la intervención militar norteamericana.

¡Cómo me hubiera gustado anotar cada una de las afirmaciones que hizo el viejo para no omitir ninguna! Aquí, en este mi *México ante Dios*, dejo constancia de los pasajes reseñados durante no sé cuántas horas en nuestra mazmorra y les añado información fundamental que pude enriquecer abundantemente gracias a las instrucciones precisas que me dio don Valentín para encontrar documentos de apoyo. Nunca podré olvidar su voz pastosa, carcomida por la tuberculosis, ni sus cambios de tono ni los sorprendentes arranques desesperados al narrar tal o cual episodio convulsivo, como si estuviera viviendo de nueva cuenta los acontecimientos, o el coraje que se le desbordara al recordar la desesperación y la impotencia sufridas. Don Valentín se apagaba irremediablemente. ¿Qué hubiera sido de su vida si no hubiera tenido que luchar permanentemente en contra de la adversidad? ¿Un gran médico, un gran abogado o ingeniero o escritor o político? Las circunstancias, por una u otra razón, no le habían permitido ser. ¿Cómo asimilar una frustración de esa naturaleza? ¿Su vida, como la de otros tantos liberales, podría ser etiquetada de desperdicio? Tal vez, entre tantas persecuciones, ataques y zancadillas, ni siquiera se había dado tiempo para pensar cómo las condiciones lo habían obligado a desviarse de la ruta, de su destino. ¿Los hombres tenían un destino o se lo hacían? ¿Quién se los había escrito? ¿Dios...? ¡Menuda injusticia! A unos los premiaba con una existencia excepcional, privilegiada, y a las masas, inmensas e incontables, les obsequiaba privaciones, limitaciones y carencias, un mundo de perros. Además, qué maravillosa justificación: alguien diseñó y previó hasta el último de mis días y no puedo hacer nada para evitarlo. Lo que sea, será... ¡Cuánta resignación! ¡Cuánto cinismo! ¿Dónde quedaba en este entorno satánico la fuerza de voluntad, el timón con el que uno nace...? ¿Dónde...? ¿O no contaban mis aspiraciones ni mis móviles ni mis deseos?

—Pon mucha atención, muchacho; jamás volverás a escuchar estas palabras, al menos de mi boca. No podré repetir ni siquiera una de ellas porque sé que en cualquier momento enmudeceré para siempre. Aviento mi mensaje como un náufrago en esa botella que será tu memoria, con la esperanza de que no la borre el tiempo. Tan pronto puedas, y si llegas a salir de aquí sano y salvo, grita esta verdad, grítasela a quien te encuentres y con quien te encuentres. Grítasela a tus amigos dibujantes, a los periodistas que trabajan en la clandestinidad y publican panfletos subversivos, haz caricaturas, muchas caricaturas llenas de sarcasmo. Exhibe a Ignacio Comonfort tal y como fue. Dibújalo arrodillado siendo presidente de la República y confesándole a su sacerdote "de confianza" los más íntimos secretos del Estado mexicano. Píntalo postrado en un confesionario, intentando salvar a su espíritu del infierno o, en el mejor de los casos, del purgatorio, sin percatarse de que hundía a la patria. Date el gusto de retratar a su madre, a doña Lupita, convenciéndolo de las ventajas de hacer abortar la Constitución, mi'jito, dándose él mismo un golpe de Estado y convirtiéndose en dictador, es decir, cambiando sus títulos legítimos de jefe de la nación por los de un vulgar forajido. Ya verás las infamias cometidas por el padre Miranda, sugeridas, en buena parte, por el arzobispo Labastida desde Roma. Prepárate, prepárate muchacho...

Lo sabía, lo sabía, yo sabía que estábamos en la antesala de una crisis de proporciones catastróficas entre clericales y liberales que haría estallar por los aires todo lo construido por los mexicanos desde el imperio de Iturbide hasta finales de ese 1857, ciertamente trágico. Era una mera cuestión de tiempo después de tantos encontronazos. Desde el momento en que don Valentín trató de incorporarse para hacer su último esfuerzo tratando de no perder detalle de su narración, supe que llegábamos al episodio toral, al desenlace de este *México ante Dios*. Don Valentín gastaba su último dejo de energía y hacía un esfuerzo final de concentración para acabar de contar su experiencia sin dejarla naufragar en una de las orillas del golfo de México, después de haber sorteado todas las calamidades. Nunca me he podido explicar la razón, pero estoy seguro de que don Valentín falleció cuando él lo decidió. Al dejar de narrar emprendería solo, tal y como llegó, el viaje final... Por algún simbolismo inolvidable me pidió que le tomara las manos cuando advirtió el final irreversible e inminente.

—¡Cuídalas, son palabras, solo palabras, pero con ellas puedes cambiar el rumbo de un país! —me dijo balbuceando como si depositara un precioso legado entre mis palmas...

La Constitución ordenaba la elección de un nuevo Congreso, al igual que la de un presidente de la República en septiembre de 1857. De la misma manera en que Comonfort purgó a su gabinete de la presencia de los ilustres liberales que conformaron el gobierno del presidente Juan Álvarez a finales de 1855, en este nuevo Congreso electo en ese mismo septiembre volvió a excluir a los liberales puros para que en la representación popular aparecieran moderados sin la talla de un Ocampo ni de un Zarco ni de un Mata ni de un Arriaga ni de un Ramírez, verdaderos campeones de la mexicanidad y amantes del progreso. Las curules fueron ocupadas por legisladores sumisos a Comonfort, tibios, indeterminados al igual que el jefe de la nación. ¡Claro que Comonfort resultó electo! ¡Claro que no podía ser de otra manera! De presidente interino pasó a ser presidente de la República. Así, sin adjetivos, lisa y llanamente presidente.

Las filas de los resentidos aumentaban con cada decisión del jefe de la nación. Los conservadores radicales tampoco tuvieron espacio político en la nueva administración, de la misma suerte que los liberales puros no fueron seleccionados para alcanzar un cargo en el nuevo gobierno.

"Vamos por el término medio..."

Pero, señor, si la única manera de garantizar que una locomotora inglesa lo atropelle es quedándose a la mitad de la vía: si se coloca a un lado o al otro no corre peligro de perecer... ¿Pero a la mitad?

"Vamos por el término medio... Si me pongo del lado de los liberales radicales, me atacarán los conservadores y a la inversa... Dije término medio y nos iremos por el término medio..."

Por la mitad, señor, no solo encontrará la muerte usted, sino la de cientos de miles de mexicanos. Su posición es clave en el conflicto, únicamente por lo que usted representa.

"Vamos por el término medio..."

Comonfort había demostrado cierta determinación cuando descubrió que los frailes de la iglesia de San Francisco, en la Ciudad de México, intentaron dar un golpe de Estado. Los frailes, otra vez los frailes... A la voz de armémonos como los cruzados y tomemos el glorioso estandarte con que Godofredo de Bouillón entró triunfante en Jerusalén sacaron puñales, espadas, pistolas, mosquetes y municiones que colocaron a un lado del altar. Después de que el presbítero franciscano bendijo el armamento en nombre de Dios, pidió que fuera usado con mucha puntería para acabar con los herejes. No podemos desperdiciar ni un tiro. ¡Sálvense disparando a la cabeza!

La insurrección fue descubierta con oportunidad y, una vez desarticulada, el presidente ordenó al gobernador del Distrito Federal, Juan José Baz, que se procediera a derribar el convento de San Francisco en línea recta por la calle del Coliseo, abriendo paso para la avenida San Juan de Letrán. Derribó sin más los muros de aquel monasterio construido en tiempos de la Conquista. Lo que llevó décadas construir con auténtico arte se vino abajo en un par de semanas. Así es la vida: un prestigio se gana a lo largo de la existencia y se puede perder en un chasquido de dedos. La calle del Coliseo se llamaría en el futuro de la Independencia. Quedó desintegrada la orden de los franciscanos a pesar de la pureza de su nombre. La misma suerte de los jesuitas cuando el presidente los expulsó de territorio nacional en 1856. El motín, por lo pronto, había abortado.

—Pero déjame, déjame muchacho que haga aquí un paréntesis para que conozcas un pasaje excepcional de nuestra historia que nunca encontrarás en un libro. Te contaré algo que aconteció un día antes de la primera reunión del Congreso electo en términos de la Constitución de 1857, algo que jamás olvidarás y que deben conocer los mexicanos de todos los tiempos.

Tanto preámbulo me sorprendió, sobre todo porque el viejo me tenía acostumbrado a ir al grano sin rodeos. No solo me daba la fecha exacta y los nombres de los protagonistas, sino que me describía cualquier escena como si él la hubiera presenciado. La precisión y los preámbulos llamaron poderosamente mi atención. ¿Qué podía ser más espectacular todavía, además de todo lo reseñado? Estaba yo frente a un pozo inagotable de sabiduría. La intriga crecía por instantes. ¡Por supuesto que se empeñó en hacerme repetir que buscaría sus archivos, donde daría con la comprobación exacta de sus palabras. En ellos encontré la versión manuscrita de unas entrevistas ciertamente históricas a las que se había referido con justificado detalle y que aquí dejo, a juicio del lector de este, mi *México ante Dios*. ¡Cuánta alegría me produce dejar constancia de lo acontecido! Un pasaje así, de la vida real, supera a la mejor de las novelas. Pero dejemos en voz de don Juan Antonio Mateos lo ocurrido el 12 de septiembre en la Catedral de Puebla, además de lo acontecido la noche del día 15 de ese mismo mes, en la casa en donde pernoctaba la señora madre del jefe de la nación. Don Juan nos dejó noticia de esos hechos en unas cuartillas que algún día integrarían un libro conocido como *La Reforma. Memorias de un guerrillero*. Que seas tú, amable lector y no yo, quien dicte veredicto respecto a las conversaciones entre doña Lupita, la madre del presidente, y el padre Miranda, su confesor de toda la vida, el mismo actor principal eternamente desconocido, y otra entre el propio Ignacio Comonfort y la misma autora de sus días, una anciana que, sin duda, cambió el rostro de México. ¿Unas simples pláticas pudieron tener tanta trascendencia...? Lee, lee y juzga los siguientes textos, que someto a tu consideración sin alteración alguna. Te presento las charlas en el orden cronológico en el que se dieron. Espero que estés listo para conocer lo que sigue. A ver si te indignas como yo. Aquí tienes los diálogos del día 12:

La anciana madre del general Comonfort era el ídolo, el primero y el último amor de aquel hombre tan valiente en los combates y tan tímido en la política.

La señora estaba espantada con aquella situación y temía por su hijo, cuya cabeza amenazaba el rayo.

Al lado de aquella señora estaba un clérigo que había dejado el traje talar, cambiándolo por el de un hombre de campo.

Estaba perseguido; era el padre Miranda. La señora lo veía con respeto.

Como el sacerdote parecía hundido en serías cavilaciones, la señora le preguntó:

—¿Qué piensa usted, señor?

—Pienso que estamos al borde de un abismo y que es necesario salvar a la nación de una catástrofe; Dios nos está poniendo a prueba.

—¿Y qué hacer?

—¡Señora, el último esfuerzo, y el cielo lo confía a usted, es la única!

—¿Yo?

—Sí, y me va usted a oír con atención.

—Ya escucho, padre.

—Vuestro hijo, señora, entró a ciegas en la revolución, sin saber sus tendencias; creyó que se trataba de derrocar una tiranía y restablecer el orden y la libertad, sin sospechar siquiera el desborde criminal de las ideas.

—Es verdad, es verdad —dijo la señora.

El padre Miranda continuó:

—La Revolución francesa comenzó por la Asamblea y acabó por la Convención; nadie había supuesto aquel cúmulo de horrores. Ya estamos sobre ese camino, yo no me hago ilusiones, señora, apenas estamos en el principio.

La señora estaba asustada.

—¡Esa Constitución anatematizada por el papa y por toda la Iglesia, esas leyes atentatorias y ladronas, digámoslo de una vez, han despertado la rapacidad de las turbas especuladoras, que se lanzan a un Monte Parnaso de trescientos millones, que significan el sudor de nuestros poderes y el sentimiento hondamente católico de tres generaciones! ¡Y esa violación está autorizada por un católico!

—¡Dios mío! —exclamó la señora. El clérigo continuó:

—Ya nos conformáramos con que aquí se detuviera ese torrente. ¡Ha de llegar día en que, como los antiguos cristianos, tengamos que ocultar y esconder a nuestras divinidades, que ayer se adoraban a la luz del sol y bajo la cúpula del cielo, y mañana los arrinconaremos en nuestros templos, si acaso los dejan en pie!

—¡Esto es horrible! —exclamó la señora acongojada.

—Sí, horrible —repitió el clérigo—. La Iglesia, dominadora o más bien salvadora durante siglos, es arrojada del seno de la autoridad pública; quedará como cualquier asociación, como algo que estorba y es preciso aniquilar.

—¡Pero eso no puede ser!

—Ya va pudiendo, señora, conocemos todo el programa liberal.

Mañana, señora, el protestantismo alzará sus templos y sus ídolos y nos codearemos con los luteranos, que nos verán con sonrisa burlona, cuando han temblado a la llama de nuestras hogueras, porque la Iglesia ha hecho bien en extirparlos, no ha querido que se corrompan las generaciones y ha impuesto, como debe ser, única, sola, sin rival, la fe católica.

—Así, así, repetía la señora. El clérigo continuó:

—¡Pero la revolución nos ha invadido, arrojando otros ideales en el cerebro del pueblo, torciendo su espíritu, empujándolo a la perdición… ¡Han comenzado por negar el infierno y concluirán por desconocer a Dios!

—No, no, eso es imposible.

—Señora, la fiebre de los pueblos no tiene lógica, va siempre a las fronteras de lo desconocido.

—¿Qué haremos sin Dios y sin altar?

—Nosotros, los ministros del Altísimo, hemos cumplido con nuestro deber, anatematizando todo desde el púlpito, levantando el espíritu decaído de los creyentes, robusteciendo su fe, lanzándolo a la guerra santa para defender su Dios, su religión y sus creencias, alzando armas como los luchadores antiguos, lanzándoles a los combates de la fe, donde deben derramar su sangre todos los que amen a la Divina ultrajada… pero Dios no ha premiado nuestros esfuerzos y el infierno prevalece.

—¡Estoy atemorizada! —exclamó la señora.

—¡Sí —continuó el clérigo—, por todas partes se ha levantado el vapor de la sangre, los campos están inundados y no obstante nuestros enemigos imperan!

Entró en silencio el clérigo, y después de un largo rato se levantó, y dirigiendo a la señora una de esas miradas magnetizadoras y sugestivas, le tomó la mano y acercándose le dijo:

—¡Pero yo tengo una inspiración del cielo, una idea que bulle en mi cerebro, que lo recorre como una serpiente de fuego y que acabará por aniquilarme…! Es el último, el supremo esfuerzo para salvarnos de esta situación.

—¡Hable usted, por Dios!

—El Señor se ha valido siempre de la mujer para subyugar al hombre y nunca han sido infructuosas estas tentativas; ahí están los ejemplos del Viejo Testamento… pues bien, tú, católica, hija de Dios, empapada en las creencias religiosas, entusiasta por la fe que heredaste de tus abuelos y que han consagrado generaciones de creyentes, estás destinada por Dios para salvarnos.

—¿Yo? —preguntó con ansiedad la señora.

—Sí, tú, y yo, ministro de Jesucristo, parado frente al altar de nuestras creencias, te lo ordeno.

La anciana se arrodilló y clavó su mirada suplicante en las chispeantes pupilas de aquel hombre.

—Es necesario que le hables a tu hijo, con esa luz que arroja Dios sobre la inteligencia de los humanos cuando salen a la defensa de una santa causa.

—Bien, bien, lo haré, pero ¿qué voy a decirle?

—Pues le vas a decir que su alma está en peligro, que primero es la salvación que las glorias efímeras del mundo, que está conspirando contra Dios, que está despedazando la religión, hundiendo al país en un abismo… ¡Que es necesario que retroceda de una vez por todas, y como una ofrenda a la Divinidad, desgaje en jirones esa Constitución y la queme en los altares de la fe!

La señora sepultó la cabeza entre las manos.

—¡Le dirás que si se rehúsa, que borre tu nombre de su corazón, que lo desconoces y que lo maldices!

—¡No, no, eso no! —gritó la anciana.

—¡Pues lo vas a hacer! —gritó el clérigo—; porque tu alma se está meciendo entre el cielo y el abismo, o la luz de una gloria resplandeciente o los siniestros reflejos del infierno.

La señora cayó anonadada.

—¡Levanta! —le dijo el clérigo alzándola—. En tu mano está la salvación, Dios está contigo. Él te ayuda y el mundo católico te llenará de bendiciones.

Levantóse la anciana, con esa fe de las inspiradas, y exclamó:

—¡Lo haré!

—¡Dios te bendiga! —exclamó el clérigo.

Y posando su mano sobre la cabeza de la anciana murmuró algunas palabras y salió del aposento.

Don Valentín Altamirano tenía razón, toda la razón: si la conversación entre el padre Miranda y doña Lupita me había sacudido, no menos coraje despertaría la que la misma anciana sostuvo con su hijo muy cerca de Palacio Nacional tan solo tres días después, el tiempo de que dispuso para preparar su equipaje y tomar la siguiente diligencia a la Ciudad de México con la esperanza de que los bandidos no volvieran a asaltarla a medio camino. Aquí tienes, querido lector, la segunda parte, que, por ser verídica, espero que te incendie igual que a mí. Cualquier mexicano que conociera el manejo de las fibras íntimas del poder y supiera cómo se manejan los políticos que dirigen un país se aterraría al igual que yo. ¿Para qué más preámbulos? ¡Que hable la historia para que entiendas uno de los orígenes de la guerra de Reforma!

El presidente había tenido un despacho muy laborioso.

A las nueve dejó los papeles, dio unos paseos por el salón y después se embozó en la capa, bajó pausadamente la escalera, entró en el carruaje y se dirigió al callejón de la Alcaicería, a ver a su anciana madre.

Entró respetuosamente como siempre, le besó la frente y se sentó a su lado.

—¡Qué tarde has venido, hijo! Ya me tenías con cuidado, porque hace tiempo que no vivo, estoy en una continua angustia.

—¡Qué vamos a hacer! —dijo tristemente Comonfort—. Mañana se instala el primer Congreso Constitucional; he estado preparando el discurso.

—Otra dificultad más —dijo la señora.

—El pueblo acaba de nombrarme presidente de la República y tengo que sostener y afrontar esa situación.

—Hijo —exclamó la señora—, es necesario que despiertes, esa atmósfera te tiene envenenada la sangre y turbado el espíritu.

Comonfort vio con extrañeza a la anciana.

—Te extraña el que yo hable porque siempre he guardado silencio; pero lo quebranto al fin y te ruego que me escuches.

Comonfort se quedó sombrío, porque la voz de su madre retemblaba en lo más hondo de su corazón.

La anciana tomó entre sus manos las de su hijo.

—Tu situación es imposible… todos los días te despiertas con la noticia de una nueva sublevación y tienes que derramar sangre, sangre mexicana de un pueblo inocente que ve en peligro la religión que ama.

—Pero eso no es cierto.

—Sí, hijo mío. Esos templos derribados, esos sacerdotes en las cárceles, esos obispos en el destierro.

—Pero si ellos se rebelan, ellos atentan contra las instituciones, ellos excitan al motín y a la revuelta, y yo no quiero cruzarme de brazos ni entregar al país a la revolución ni a mis partidarios a la muerte.

—Bien, pero ¿qué motiva todo esto? Se han arrebatado a la Iglesia sus preeminencias, sus bienes, sus fueros; la han humillado y es el rey de burlas de esta época nefanda.

—No, eso no es verdad, la nación impera sobre todo, dejando la libertad como elemento de conservación.

—Pero la Iglesia, que tiene encadenado al espíritu, siempre ayuda a los que mandan, moraliza, aconseja la obediencia y la sumisión, y el que se declara adverso a ella tiene que perderse.

Comonfort no respondió.

—¡Aquí sobre mis rodillas te enseñé a pronunciar el nombre de Dios!… yo empapé tu cabeza con las aguas bautismales y los óleos ungieron tus cabellos, yo te llamé al pie del altar y la hostia consagrada llegó a tus labios llevando el perfume de la fe católica… ¡Tú has sido creyente y lo sigues siendo! ¿Por qué entonces derribar lo que has adorado y quemar en la flama de la impiedad tus creencias sagradas?

—¡Eso nunca! —respondió Comonfort.

—Y sin embargo —continuó la anciana—, tú has jurado defender esos principios, heréticos, y tú, al frente de ese movimiento anticristiano, te ostentas como el primer enemigo de nuestra fe… despierta, mira a la nación entera en tu contra y de ese pequeño grupo que te rodea, tiende la vista en derredor, ¿y qué encuentras? ¡Hostilidad profunda, protestas constantes, malevolencias, rencores y promesas de muerte para el porvenir!

—¡Mis compromisos con la revolución, madre, mis juramentos, la sangre derramada!

—¿Cómo serán tus sueños, o más bien tus pesadillas, hijo mío? Tú has entrado vencedor; pero si fueras entre los pavores de la noche, y metiendo los pies en los charcos de sangre que cubren esos campos de batalla y les preguntaras a los muertos, les interrogaras por el motivo de sus luchas y de sus combates, te hablarían por los labios abiertos de sus heridas y te dirían: nacimos cristianos, esa fe ha formado nuestra ilusión, en sus altares hemos consagrado nuestra unión para formar la dicha de nuestros hogares; en sus aras hemos depositado a nuestros hijos para que recibieran la bendición del cielo y la cruz se clava sobre nuestros sepulcros, marcando el paso a una existencia más feliz y más duradera… ¡Todo eso lo vemos hollado, escarnecido, todo está en ruinas y hemos muerto entre sus escombros!

—¡Y yo les respondería —gritó Comonfort—: habéis querido detener la marcha de la humanidad, os habéis puesto frente a la civilización, queríais que el país viviera en los antros y el progreso fuera aniquilado!

—¡Dios mío! —exclamó la anciana—, ¡no, no es este el hijo que he llevado en mis entrañas!

—¡Pero madre! —gritó Comonfort—, yo tengo limpia mi conciencia.

—¡No es verdad! —replicó la anciana—, tú sabes que luchas contra el torrente, que naufragas, que te hundes, y sin embargo, sigues obstinado; sabiendo que todo este edificio levantado sobre espuma tiene que derrumbarse.

—Caeré con él, madre, estoy decidido.

Levantóse la señora e irguiéndose como una pitonisa, con un acento majestuoso y vibrante, dijo a Comonfort, que estaba espantado ante aquella actitud:

—¡Prosigue en esa carrera de sangre y de obcecaciones, revuelca tu corazón en el cieno de la impiedad, transfórmate en monstruo, mata, devora, aniquila, ya eres presidente de la República! ¡Tienes un ejército que te sigue y que te traicionará mañana; te rodean hombres que te abandonarán en el peligro, mientras que allá rugen las iras de un pueblo que te amenaza! ¡Sigue, sacude tu melena como un león de las selvas, tiende tus garras sobre todo lo que has respetado, maldice tus creencias, reniega de tu sangre, escarba el sepulcro de tu padre, que te hizo católico, y esparce al viento sus cenizas y rompe sus huesos! ¡La civilización te lo manda, el progreso te lo ordena!

—¡Madre! ¡Madre!

—Retira esa palabra de tus labios, porque te está quemando. No, ya no soy tu madre, soy un despojo vil de la existencia cuajada en lágrimas, húmedo con el llanto de los recuerdos.

Comonfort se arrodilló, tomó una mano de la anciana y lloró.

—¡Hijo mío, hijo, hijo mío! —dijo con inmensa dulzura la anciana—. Tengo miedo por ti, más que el que sentía cuando luchabas en las batallas; entonces tenía fe… pero ahora me parece que se va a consumar un atentado, que va a haber una catástrofe y me muero si a ti tocan… ¡Ten compasión de esta mujer, aunque sea nada más porque ya es vieja!

—¡Madre, madre, todo por ti!

—¡Gracias, Dios mío! Si ese pueblo está frenético, si arroja a su voracidad esa Constitución que aborrece, déjale hacer presa, que si, como tú dices, es bueno, se arrepentirá mañana. Ya bastante te has sacrificado. Si te paga con ingratitud, despréciało, déjalo hundido en su miseria, que él te llamará. ¿Encuentras un peligro en el dominio de la Iglesia? Pues deja que caiga esa amenaza sobre la nación, no es tiempo todavía, es mucho, mucho para el primer momento.

—Está bien, madre, tienes razón, no es tiempo todavía.

—Todo lo encomiendo a tu cariño.

—Madre, sabré cumplir, pero solo te exijo un juramento.

—¿Cuál?

—El del silencio.

—Ni a mi confesor —dijo la anciana, y besando otra vez la frente de su hijo, le dio un adiós con toda su ternura.

Comonfort salió de allí murmurando: La voz de mi madre es la verdad, no es tiempo todavía.

Los afectos ciegos de aquel hombre iban a hundir a la República en un mar de sangre.

No podía detener el curso del progreso. Iba huyendo de un peligro y se arrojaba sin nombre y sin fama en el seno de una tempestad.

¡Pequeñez del ser humano; la ternura de un hijo precipitando en el abismo a una nación!

—¿No es cierto, Ponciano querido, mi amigo y confidente, que si a los alumnos de las escuelas les revelaras esta información crecerían con una mejor conciencia del daño ancestral que la Iglesia católica ha producido en nuestro país y que, por ende, tomarían las providencias necesarias para impedir la presencia de fenómenos semejantes en el futuro? ¿Cómo vas a desenmascarar a un enemigo cuando ni siquiera sospechas que lo es? ¿Cómo vas a poder apartar a un monstruo que devora lo mejor de ti y de tu familia y del país si ni supones su identidad ni mucho menos sus alcances? Ya puedes imaginar el estado emocional en que quedó el presidente Comonfort después de esa plática con su madre, más aún cuando estaba, de por sí, sepultado en dudas de todo género. No contaba, al menos, con una esposa con la cual intercambiar puntos de vista, sin importar que se tratara de delicados asuntos de Estado. Encerrado en su soledad, encogido de miedo, advertido por su madre del peligro que corría y comprometido con ella a dar un violento golpe de timón respecto a la ruta que había tomado el buque insignia de la nación, cedió a la tentación golpista para hundir al país en un baño de sangre, el que había previsto Melchor Ocampo desde Cuernavaca al terminar el primer escarceo con Comonfort, del que se desprendió su renuncia por su concepción política y su ausencia de determinación para conducir a México por la ruta del liberalismo puro en el que creyeron los seguidores de Ayutla y los desterrados de Nueva Orleáns. Un fracaso, todo había sido un fracaso, un gran embuste. Comonfort no era el hombre. Nunca lo fue, nunca lo sería...

Mientras se llevaban a cabo tanto las elecciones presidenciales como las legislativas, la Suprema Corte de Justicia elegía a su respectivo presidente, quien se haría cargo del Poder Ejecutivo Federal a falta del titular, en los términos dispuestos por la Constitución de 1857. Sobra decirte que quien ganó la elección para encabezar el máximo tribunal mexicano fue precisamente don Benito Juárez, en el mes de octubre de ese año. El presidente Comonfort, una vez demostrada la jerarquía política del indio zapoteco, decidió invitarlo a formar parte de su gabinete como ministro de Gobernación, una de las carteras más importantes, dada la coyuntura política por la que atravesaba el país. Por carta, le explicó Comonfort a Juárez:

> Me ayudarás a calmar algunas pretensiones de la familia liberal, peligrosa en la difícil crisis que atravesamos; y por último, el cargo servirá para que estés al tanto de la situación cuando, como presidente de la Suprema Corte, tengas que encargarte del mando supremo de la nación porque así lo exija mi falta de salud o alguna causa grave.

El sorprendente nombramiento de un liberal puro, como Juárez, en el gabinete de Comonfort, tenía por objetivo dar más equilibrio político a su gobierno, de tendencia moderada, orientada hacia el conservadurismo clásico. Benito Juárez accedió a la petición de su amigo y solicitó de inmediato licencia para ocupar el citado cargo en la primera administración democráticamente electa a raíz del Plan de Ayutla, el origen de uno de los grandes ideales mexicanos.

La presencia de Juárez alimentó esperanzas optimistas en el grupo de los liberales puros. El nombramiento tuvo una acogida tan favorable entre los legisladores, que "el Congreso suspendió excepcionalmente el precepto constitucional que prohibía específicamente el ejercicio de dos cargos públicos simultáneamente".

Los puros demandaban el ajusticiamiento del arzobispo, mandar ahorcar a De la Garza y Ballesteros, colgarlo junto con los obispos y canónigos más influyentes, así, sin miedo ni titubeos: si Dios nos hablara nos confesaría la vergüenza que le produce tener semejantes representantes de su Iglesia en México. ¡Qué diferencia con los sacerdotes humildes de las parroquias pueblerinas, dedicados devotamente al servicio de Dios y a la divulgación del Evangelio! Y no solo eso, también se debería fusilar a medio centenar de generales y coroneles igualmente perturbadores de la paz social. El problema de México se resolvería en aproximadamente media hora con un par de mecates y unos carpinteros para improvisar un patíbulo, además de un paredón, que igualmente se podría adecuar en cualquiera de las bardas de cantera queretana del centro de la Ciudad de México. Los cargos no faltaban, las acusaciones tampoco. Sobraban los elementos probatorios para ejecutar a los sacerdotes y a los militares, si fuera el caso, sometiéndolos a un juicio sumarísimo antes de colgarlos o pasarlos por las armas para limpiar a México de estos parásitos que o lo devoraban o le impedían levantar la cabeza.

Comonfort estaba de acuerdo aun cuando dudaba, siempre dudó de cualquier decisión que fuera a tomar. ¿Qué haría con los verdugos que ejecutaran, sin mayor trámite, a los sacerdotes y a los militares? ¿Qué hacer entonces con los criminales de los criminales? ¿Qué tal si entre ellos surgía un autócrata de dimensiones mayores a las de Santa Anna y lo sacaba a patadas de Palacio Nacional? ¿Para qué provocar? Ahí, en ese caldo de cultivo, era precisamente donde podía incubarse otro Napoleón del Oeste. Apartémonos de la violencia. Juárez contestó por escrito, reconociendo la importancia de su responsabilidad:

> Lo crítico de las circunstancias me obliga a aceptar dicho nombramiento porque es un puesto de prueba, porque es un deber de todo ciudadano sacrificarse por el bien público y no esquivar sus servicios, por insignificantes que sean, cuando se los reclama el Jefe de la Nación y porque mis convicciones me colocan en la situación de cooperar de todas maneras al desarrollo de la gloriosa Revolución de Ayutla. Sin esas consideraciones, rehusaría el alto honor a que soy llamado por la bondad de Su Excelencia.

¡Qué lejos se encontraba el recién ungido ministro de Gobernación de suponer siquiera una conversación que el presidente de la República había sostenido con su madre, doña Lupita, tan solo un mes atrás! El ilustre zapoteco entraba en un callejón sin salida, ignorante de la consistencia de absurda fragilidad de Comonfort. No era nada difícil suponer la reacción de Juárez si hubiera podido escuchar la conversación de doña Lupita con su hijo o con el padre Miranda. Hubiera entendido con toda claridad la ruta de colisión de la República y, tal vez, la historia se hubiera escrito de otra forma. Solo que el "hubiera" es un verbo de muy compleja conjugación. Pero no solo los políticos resultaban inentendibles, también algunos sectores de la nación deberían ser sometidos a un análisis riguroso, de otra suerte, ¿cómo podía comprenderse que el pueblo se arrodillara en las plazas para recibir la última bendición de sus obispos cuando eran desterrados o los bienes eclesiásticos al menos intervenidos y, por otro lado, gritara estruendosos vivas, sonoras ovaciones y conmovedores aplausos al presidente y a las autoridades culpables de semejantes atentados? ¿Cómo? "Se necesitaba un genio que se pusiera por encima de aquellas tempestades."

En una reunión en Palacio Nacional, Comonfort le hizo saber a Juárez las opciones, según su punto de vista, para sacar adelante al país. La primera consistía en mantener un *statu quo*, en volver a la situación vigente hasta antes del triunfo de la Revolución de Ayutla, una alternativa inviable, suicida, un crimen político; en todo caso, un desperdicio de sangre, dinero y esfuerzos, que hablaría de la inutilidad de una insurrección auténticamente popular. ¿De qué había servido el esfuerzo faraónico para derrocar a Santa Anna e instaurar una República federal democrática? ¿Para volver finalmente al punto del que se había partido? "La segunda consistía en arrojarse en brazos del principio revolucionario e introducir todas las innovaciones exigidas por él, lo cual no dejaba, según él, de ser una iniquidad, por lo que no podía entrar en ninguna de las dos anteriores alternativas para innovarlo todo de repente, sin consideración a ningún derecho, a ningún interés, a ninguna opinión ni a ninguna clase. Era preciso que hiciera, Benito, lo que han hecho en otros países las grandes conmociones populares en épocas cortas de violencia y de vértigo. Tenía que entrar en una lucha desesperada no solamente con las clases afectadas por la revolución sino con el pueblo entero, interesado también en controlar semejantes trastornos. Pues bien, esto es lo que nunca hacen los gobiernos que merecen este nombre: esto es lo que nunca hacen los hombres justos; el mundo moderno debe algo a estos tremendos cataclismos operados por las turbas desatadas, aunque sean a veces resultado de la desesperación que producen los gobiernos opresores... Entre estos dos extremos, a cual más vicioso, Benito, o no hacer nada o hacerlo todo abruptamente, hay un término medio y prudente para que el país pueda cumplir sus deseos: se trata de la adopción de una política reformadora que, satisfaciendo, en lo que fuera justo, las exigencias de la revolución liberal, no chocara abiertamente con los buenos principios conservadores, ni con las costumbres y creencias religiosas del pueblo."

Juárez guardaba un prudente silencio. En el fondo no dejaba de preocuparle la posibilidad de un desbordamiento social si se aplicaban abruptamente todas las medidas radicales y extremistas propuestas por los puros. Siempre quedaba la posibilidad de una negociación para imponer gradualmente el programa liberal. ¿Sí? ¿Y cómo, si el arzobispo ya había ordenado al clero abstenerse de jurar la Constitución y esta se convertía en auténtica letra muerta en el resto del país? ¿De qué sirve un nuevo orden jurídico si no es factible imponerlo? ¡Ah!, ¿se requiere el uso de la fuerza para hacerlo valer? Sí. Pues la fuerza entonces, aun cuando esta signifique la guerra, la guerra entre hermanos, porque la Iglesia católica se niega a acatar la ley, el máximo código mexicano. Las normas se promulgaron para ser cumplidas y edificar así el sueño dorado de nuestra nacionalidad. Nadie puede alegar excepciones porque precisamente estas son las que nos han atrasado. Claro que Juárez no podía olvidar las palabras que Melchor Ocampo le dijo en Nueva Orleáns tres años atrás:

—Benito, esto es como el blanco y el negro. No hay zonas grises. Tarde o temprano, si queremos un México libre, tendremos que enfrentarnos con las tropas clericales en el campo del honor. Esto se resolverá a bombazos y con derramamiento de sangre. Olvídate de conversar con los sacerdotes. Nunca los convencerás. Solo nos resta someterlos con el uso de la fuerza.

El presidente Comonfort le habló a su amigo el ministro de Gobernación, a quien tuteaba de tiempo atrás, "del inmenso respeto que le merecían las creencias religiosas de su madre, de sus relaciones de amistad con varios jefes del ejército, de la oposición a la Constitución y, finalmente, de los inmensos deseos que tenía de renunciar".

Juárez sabía muy bien que a pesar del inmenso poder que significaba ocupar la cartera de Gobernación, no disfrutaba de la confianza política de Comonfort. No le costaba ningún trabajo percibir que el presidente lo estudiaba y medía sus respuestas para saber con la mayor certeza posible qué podía esperar o no de él.

Juárez vio a un Comonfort sepultado en arenas movedizas. Mientras más se moviera más se hundiría. No solo le preocupaba al presidente la posibilidad de éxito de navegar en el término medio, sino que una nueva jugadora en el conflicto político, su madre, se sumaba para acentuar su desequilibrio emocional.

Juárez había escuchado, tiempo atrás, la influencia que doña Guadalupe ejercía en su hijo Nacho, y reduciendo semejante dependencia a la vida familiar, tal vez las consecuencias hubieran sido insignificantes, pero cuando se trataba de una mujer que ejercía una influencia determinante nada menos que en el presidente de la República, las consecuencias no se reducirían al ámbito doméstico, sino que sus debilidades e inclinaciones las resentirían millones de mexicanos, ni más ni menos la nación en su conjunto.

¡Qué delgado era el hilo del que podía llegar a pender el futuro de un país! ¿Cómo era posible que la madre de un presidente pudiera influir en él para desviar el destino de la nación? La susceptibilidad de doña Lupita para ser conducida por el padre Miranda desde el confesionario poblano de ninguna manera se podría considerar como un peligro menor. ¿Quién manda aquí en la realidad? ¿Quién…? ¿Comonfort, doña Lupis o Miranda, el eterno padre Miranda?

La mesa de trabajo presidencial, orientada a la Plaza de la Constitución, contaba con una vista privilegiada de la Catedral Metropolitana y de sus torres rematadas con forma de campana, y ocultaba entre un sinnúmero de cartapacios una enorme cantidad de panfletos impresos por la Iglesia "que invitaban a la insurrección en diferentes partes de la República". En otras carpetas se encontraban cartas de diversos personajes de la sociedad en las que apoyaban o condenaban a la Constitución, así como reportes de la policía capitalina que hablaban de otra conjura católica, recién descubierta, que revelaba la existencia de grupos de léperos contratados para asesinar a funcionarios de su gobierno. Comonfort dudaba de los conservadores radicales que invitaban al incendio y de los liberales puros que promovían la ejecución de reformas extremistas que, tarde o temprano, también provocarían el incendio. Veía conjuras en las iglesias, en los cuarteles, en los conventos, en el Congreso, en las universidades o en los periódicos. Sospechaba de quien ingresaba a su oficina en las horas de audiencia o de quien le mandaba comunicados sugiriéndole el mejor camino a seguir. ¿Dónde estaba la verdad? ¿Cuál era el mejor camino? ¡Dios mío! Todos se presentan disfrazados. No hay nadie que llegue a la primera oficina de la nación sin ser un emboscado, un sacerdote disfrazado de soldado o un soldado disfrazado de capellán o un diplomático interesado en una facción o en otra, o un periodista sobornado por uno u otro bando. ¿Cuál era el auténtico rostro de México? ¿Quién era capaz de darle el consejo más desinteresado? ¿Por qué tenía que seguir soñando, noche tras noche, en un enorme arcángel que armado con un gran mandoble le cortaba la cabeza de un solo tajo, mientras que en otras ocasiones amanecía viéndose como un emperador romano con las sienes ceñidas con ramas de olivo?

Cuando Juárez abandonó el despacho presidencial, lo hizo presa de una gran incertidumbre. Definitivamente, Comonfort no era el hombre idóneo para enfrentar la terrible coyuntura por la que atravesaba el país. El capitán del barco dudaba en la misma medida en que se acercaba la tormenta. Se requería a otro líder en el timón, porque de naufragar la nave no solo perecerían Comonfort y su madre, sino que la catástrofe alcanzaría a todos los habitantes del país.

¡Imposible aceptar que el presidente Comonfort quisiera renunciar después del histórico triunfo de la Revolución de Ayutla, después de la promulgación de la Ley Juárez, de la Ley Lerdo, de la Ley Iglesias, después de haber vencido en tantas intentonas clericales para derrocarlo como la de Zacapoaxtla, de haber promulgado la Constitución de 1857 y haber expulsado a los obispos de Puebla, de Michoacán y de Guadalajara, de haber diluido la orden de los franciscanos, que nada tenían que ver con el santo de Asís, y de haber expulsado, una vez más, a los jesuitas del territorio nacional! No, no, Comonfort era un liberal, aun cuando moderado hasta hacer frontera con el conservadurismo, sí, pero finalmente un liberal al que se debería apoyar, pero ¿cómo apoyar a quien se niega a tenerse de pie o carece de fuerza para mantenerse en posición vertical por sí mismo?

Juárez sabía que si Comonfort llegaba a renunciar, la responsabilidad de la dirección de la República recaería en sus hombros al ser presidente con licencia de la Suprema Corte de la Nación y, por ende, quien ocuparía la presidencia. ¿Qué hacer? ¿Dejar que se estrellara Comonfort para heredar el poder o tomarlo después de haberlo convencido de las ventajas de dimitir? El oaxaqueño prefería asistir a la lucha del presidente para aprender, estudiar, conocer y tratar de dominar el uso de las herramientas de control y operación gubernamental para utilizarlas en el evento, nada remoto, de que él mismo llegara a ocupar la jefatura del Ejecutivo. Las carísimas enseñanzas prácticas de la realidad carecerían de costo político para él.

Comonfort era un hombre pequeñito, diminuto en su sistema de respuestas frente a la vida. Nunca se caracterizaría como un líder audaz ni temerario, sino como un individuo timorato y corto de entendederas. Su concepción del Estado obviamente no tenía dimensiones nacionales, sino escasamente municipales. No perdamos de vista que Comonfort era apenas administrador de la Aduana de Acapulco en 1854. Tan solo hacía tres años había abandonado ese cargo para sumarse a la Revolución de Ayutla. El presidente entendía la coyuntura y el compromiso tan delicado en que se hallaba, pero le faltaba determinación y coraje para acometer las soluciones. Quería estar bien con Dios y con el diablo. Deseaba acercarse y agradar a los liberales, pero no se permitía agraviar a los reaccionarios. Indudablemente, estábamos frente a un personaje honorable y bien intencionado, incapaz de constatar la realidad y alterarla a cualquier costo de acuerdo con su proyecto político y los dictados de su conciencia. ¿Esa es la solución? Ejecutémosla. No, así no era Comonfort. Confiesa la irritación que le produce la excesiva y ostentosa Iglesia católica, ante el lujo de los obispos terratenientes. Lo desespera su prepotencia y temeridad, pero no coincide con la violencia sugerida por los radicales para hacer regresar al clero a las sacristías, una vez privado de sus poderes temporales.

La tarde del 18 de noviembre de 1857 empezaron los primeros movimientos telúricos hasta llegar a un catastrófico terremoto que terminaría por destruir todo el país, cuando el propio Comonfort descubrió cómo Manuel Payno, su exministro de Hacienda, que recientemente había renunciado a su gobierno por una supuesta enfermedad ocular, armaba un plan con Juan José Baz y con Félix María Zuloaga, su compadre, para derrocarlo. Esa misma noche el presidente pidió su diligencia y se dirigió a casa del inculpado para sorprenderlo personalmente en la conjura.

Ahí encaró a los tres, preguntándoles a quemarropa:

—¿Con qué vamos? ¿Qué tenemos de revolución? ¿Cuáles son los planes de ustedes? ¿Con qué elementos se cuenta?[8]

El grupo se quedó perplejo. Alguno de los ahí presentes había traicionado el movimiento. El arribo del propio presidente a casa de Payno, precisamente a esas horas en que habían decidido reunirse, hablaba de alguien muy cercano y dueño de una información tan confidencial como privilegiada: ¿El lugar, la hora y los conjurados? ¡Qué casualidad…! Ninguno se atrevía ya no se diga a hablar, sino ni siquiera a pestañear. Todos eran sospechosos de delación. Alguno de los tres deseaba eliminar a los demás para acaparar el poder en un puño. Zuloaga pensó que Baz y Payno ya tenían seducida a la tropa con las clásicas monedas de oro y que él, como general, tendría que someterse ante sus tropas sobornadas. Por otra parte, Payno y Baz pensaban que era Zuloaga el que se había adelantado a los planes y los había madrugado militarmente como a unos menores de edad que intentan cometer una travesura. Comonfort había confundido a los intrigantes. Aceptémoslo: su repentina presencia fue un golpe maestro. ¡Ni hablar!

Manuel Payno explicó que propiamente no había ningún plan. Habían abordado el tema de la imagen pública del gobierno.

—El general Zuloaga puede expresarle a usted, señor presidente, las preocupaciones del ejército, mientras que nuestro amigo Juan José, con su acostumbrada franqueza, le expondrá lo que piensa y lo que puede esperarse del futuro.

—Señor presidente —exclamó Juan José Baz en su calidad de jefe de Gobierno de la Ciudad de México—, es inútil que yo diga a usted que mis ideas son absolutas; que soy desde años atrás un partidario ciego de las reformas. En mi opinión, no deben existir los frailes, pues pasó su época; el clero no ha de tener bienes, sino que deben dedicarse para la dotación de los curatos. A las monjas debe devolvérseles lo que puso cada una como dote, reducirlas a uno o dos conventos y cerrar los noviciados de ambos sexos. En una palabra, no debe tolerarse que en una República existan fueros, ni jerarquías ni distinciones ni monopolios ni estancos. De todas maneras, he manifestado a usted mis ideas en los puestos que he desempeñado y usted y todo el mundo las sabe muy bien; pero no se trata de eso, sino de hablar como habla un hombre de Estado. Las preocupaciones de la multitud ignorante están en contra de muchas de estas reformas y solo con el tiempo pueden irse planteando; y así, aunque como partidario, pienso, como he dicho, que como persona que pudiera influir de una manera decisiva, tendría que prescindir algo de mis ideas y transigir con el clero, que en el confesionario, en el púlpito y de cuantas maneras puede, hace sin tregua la guerra al gobierno.

Zuloaga estaba embobado oyendo aquel discurso y se maravillaba de que el gobernador del Distrito Federal, a quien creía intransigente, estuviera dispuesto a hacer concesiones al clero. Comonfort apretaba los párpados como si se negara a aceptar que era Baz quien hablaba y no un ángel que se expresaba por su boca para verter sugerencias serenas, bien meditadas y discretas.

—Ahora diré algo sobre la Constitución —prosiguió Baz—. La Constitución, como no he tenido embarazo en decirlo públicamente, es de tal naturaleza que no se puede gobernar con ella. Si se trata de seguir el camino del progreso y de las reformas, tiene tales trabas y tales inconvenientes que hace imposible que el Ejecutivo pueda marchar, pues para todo tiene las manos atadas. Si, por el contrario, hay necesidad de hacer algunas concesiones al partido que durante dos años ha combatido al gobierno de Ayutla, tampoco se puede, porque ya ha elevado a preceptos constitucionales varias de las leyes contra las cuales han protestado los obispos; así, por cualquier camino que deba marcharse, la Constitución es un estorbo y no hay otro remedio sino hacerla a un lado, y como paso necesario quitar también el Congreso.

Comonfort no salía de su estupefacción. Aprobaba incesantemente con la cabeza y los miraba de reojo, como si se preguntara: "¿Qué tal? ¿Ven ustedes cómo no eran solo aprensiones mías los temores y las dudas que tantas veces les hice presentes? ¿Ven cómo hasta el jefe de los rojos, el comandante de la guardia nacional del distrito, opina como yo y me sigue? ¿No hablaban ustedes de debilidades y de indeterminaciones mías? ¿No decían que estaba en connivencia con los conservadores y que iba a destruir lo que había hecho en la época de Ayutla?"

Zuloaga, con un dedo en la boca y la cabeza inclinada, meditaba o fingía meditar. Payno devoraba a Juan José Baz con los ojos y hubiera querido registrar palabra por palabra el chorro de elocuencia que salía de la boca del ilustre demagogo.

El presidente se levantó del sillón en que estaba, encendió un cigarro, le dio tres chupadas, lo tiró y preguntó a Baz:

—¿Y qué opina usted de las últimas leyes?

—En cuanto a la ley de fueros, no hay ni que hablar de ella: está averiguado y probado hasta la evidencia que es una concesión de la ley civil; así la misma autoridad civil puede retirarla o modificarla sin que esto tenga nada que ver con la religión ni con el dogma. Respecto a las obvenciones parroquiales, desde el primer día he manifestado mi oposición a suprimirlas, pues ello en sustancia equivale a dejar sin recursos a los curatos, echándose encima el gobierno el odio del bajo clero. En cuanto a la ley de desamortización, creo que derogarla es imposible porque hay muchos intereses comprometidos, como ventas, segundas ventas, casas reedificadas y hasta hechas de nuevo; pero a pesar de todo esto, creo que debe modificarse, haciendo también en este punto una transacción con el clero, porque ya se ha llegado hasta donde podía llegarse.

En seguida el presidente Comonfort le preguntó a Manuel Payno con qué recursos podía contar. Obviamente, estaba cayendo en cuenta de las ventajas y posibilidades de dar él mismo un golpe de Estado a su gobierno, derogando la Constitución de 1857 y erigiéndose como dictador. Así se lo había recomendado también su madre.

Payno contestó que la situación financiera del gobierno era caótica y que desconocía cómo avanzar.

—A pesar de las facultades extraordinarias, es tal la desconfianza que no se ha podido obtener un solo peso, con todo y las activas diligencias que he hecho. La única esperanza que teníamos era la de hacer algún arreglo conveniente y honroso con los Estados Unidos, pero según las últimas cartas que he recibido de Robles, la espantosa crisis monetaria que hay en las principales plazas impide todo arreglo y quita toda esperanza de que se pudiera hacer alguna combinación que produjese recursos sobre el istmo de Tehuantepec.

—¿Y piensa usted que se pueda sacar algún provecho de la Ley Lerdo? —preguntó Comonfort.

—Usted sabe —contestó Payno— que yo desde el principio he opinado en contra de dicha ley, y aunque sin ponerlo en condición, esta segunda vez que entré al Ministerio de Hacienda tenía intención de derogarla; pero registrando los expedientes y examinando los antecedentes, me he encontrado con un cúmulo de dificultades invencibles que, como dice el señor Baz, hacen imposible su derogación. Si se trata de hacerle alguna modificación, creo que en el estado en que se hallan las cosas con el clero es ya imposible todo avenimiento y transacción.

—Es decir —exclamó el presidente—, ¿no tenemos recurso alguno?

—Así lo creo yo, y además de mi enfermedad, señor presidente, este fue el motivo que me obligó a renunciar.

—¿Y qué dice usted de la Constitución?

—Ya le he manifestado a usted mi modo de pensar: creo que no puede usted gobernar con ella porque quizá tiene más facultades el jefe de una oficina que el jefe del Ejecutivo. Si yo estuviera en lugar de usted, renunciaría a la presidencia, porque de lo contrario va a verse envuelto en dificultades de las que no sé cómo saldrá.

Zuloaga no había despegado los labios. Comonfort lo interrogó:

—Y bien, compadre, ¿qué opina usted?

—Lo que yo puedo decir a usted —respondió Zuloaga— es que he tenido que vivir aquí, por cuidar muy de cerca de la brigada: los soldados están muy disgustados, y la verdad les puede mucho que no los entierren en sagrado ni les den los auxilios espirituales a la hora de su muerte. Yo le puedo responder a usted de mí y de la mayor parte de mis oficiales; pero temo que la noche menos pensada Miramón y Osollo nos hagan pronunciar a la tropa, porque no descansan y vienen en persona al arzobispado. Respecto a la Constitución, digo lo mismo que estos señores: que es imposible seguir así.

—Bien —dijo Comonfort levantándose en parte tranquilo y sereno, en parte preocupado y lleno de mortificaciones—, veo que tenemos encima una tormenta y es preciso adoptar un camino. No basta conocer el mal, vamos a examinar con calma los elementos que tenemos. Verdad es que diariamente recibo multitud de cartas de los estados, diciéndome que no pueden marchar con la Constitución, pero no vayamos a equivocarnos. Veamos: en primer lugar es necesario contar con Veracruz. Es el punto más importante de la República, no solo por sus recursos, sino porque es una plaza fortificada y que tiene gente activa. No nos hagamos ilusiones: en Veracruz, la mayor parte de las gentes son liberales. En segundo lugar, en el interior, Manuel Doblado tiene una importancia que ustedes no se pueden ni figurar. Además de que es un hombre listo y atrevido y cuenta con un pie de fuerza muy bien organizado, tiene la llave del interior. Por si fuera poco, por donde vaya Doblado, por ahí irán Zacatecas, Aguascalientes y quizá Jalisco. En tercer lugar, el Distrito. La guardia nacional está en manos de los puros y no es muy fácil que todos convengan en un camino. Tenemos además que contar con Parrodi; pero, a juzgar por el sentido de sus cartas, será fácil que todo lo allanemos. Conque veamos, ¿cómo se pueden vencer estas dificultades?

—De Veracruz y de la guardia nacional del Distrito, yo le respondo a usted —dijo Baz—, con tal de que la revolución se haga sin darle el triunfo absoluto al clero. Gutiérrez Zamora y yo estuvimos juntos en Europa cuando nos detuvo Santa Anna, y creo que nadie como yo puede influir en él; conozco su carácter y le sé el modo; en una palabra, yo iré personalmente a Veracruz y todo lo allanaré; pero ustedes escribirán a Ramón Iglesias, a Ituarte y a otras personas, pues De la Llave puede tener sus dificultades, pero también creo que podré vencerlas.

—Pues es menester no equivocarse —dijo Comonfort—, sin Veracruz y sin Doblado, no puede hacerse nada. Para Doblado, el más influyente es don Manuel Siliceo; yo le hablaré a él y marchará a Guanajuato. ¿Y Huerta?, ¿quién se encarga de Huerta?

—A Huerta me lo dejan a mí —dijo el general Zuloaga—. Me aprecia mucho y estoy seguro de que escribiéndole yo estará por lo que hagamos.

—Para que hable con Parrodi, es conveniente que vaya don Antonio García y le imponga detenidamente el estado que guardamos. Creo que por ese lado no tendremos dificultades —dijo el presidente—. Vamos, ¿y usted qué elementos tiene? —continuó dirigiéndose a Payno.

—Yo, en verdad ningunos. Podré hablar a uno que otro jefe de la guardia nacional, escribiré a Parrodi y a Morett, y sobre todo a Veracruz, que es donde tengo más relaciones.

—¿Y qué me dice usted de la tropa, compadre? —preguntó al general Zuloaga.

—De la brigada puedo responder y quizá de la de Echegaray también; pero todo eso lo creo muy fácil, porque la tropa no hará sino lo que usted quiera. Rojo y Menocal, que están en Morelia, aun cuando Huerta se opusiera, seguirían la suerte de sus compañeros.

—¿Y cómo cree usted que recibirían los puros un cambio? —preguntó Comonfort a Baz—. Si es en sentido reaccionario, mal; pero si es un cambio de la manera que hemos indicado, creo que lo recibirán bien. Yo no puedo responder del partido puro de toda la República, porque sabe usted que no reconoce jefe alguno, pero sí de los amigos que tengo en México; a Del Río no hay que decirle por ahora nada, sino más adelante; a Miguel López y a otros jefes, nadie mejor que usted puede hablarles.

—Pues bien —dijo Comonfort—, mis amigos me hablan contra la Constitución de 1857, y veo en esto conformes a los hombres de todos los partidos; así, no me empeño en sostenerla; pero es menester explorar el modo de pensar de toda la nación: si ella es contraria a la Constitución, no hay que imponérsela, pero si los hombres influyentes creen que debe sostenerse yo la sostendré a todo trance, o en último caso presentaré mi renuncia al Congreso.

A eso de las tres de la madrugada que terminó la conferencia, el señor Comonfort y Baz se ciñeron sus revólveres y se volvieron a México en el coche de Palacio, admitiendo que unos cuantos dragones los escoltaran hasta la capital.

¡Qué orgullosa podía sentirse doña Lupita por la conducta ciertamente patriótica asumida por su hijo Nacho! ¡Cuánta felicidad podía albergar en su interior el padre Miranda desde que había confirmado una vez más la enorme influencia que podía ejercer en una de las ovejas de su rebaño! Nadie podía suponer la reacción del arzobispo Labastida después de leer la carta en la que el padre Miranda le aseguraba "haber asustado tanto a la humilde mujer, doña Lupita, la mamá del presidente, que como usted sabe nunca falta ni a la misa diaria ni a la confesión, al extremo que debe estar pensando que el diablo la enganchará con su tridente de fuego y la arrojará a una galera del infierno si no tranquiliza y convence a su hijo del error de atacar a nuestra Iglesia, señor... Espere usted muy buenas noticias por este concepto". ¡Qué enorme satisfacción para un hijo el poder cumplir con la palabra empeñada a la autora de sus días y poder verla a la cara con toda dignidad y orgullo por haberla librado de sufrimientos ciertamente injustificados!

Baz cumplió con su palabra. Veracruz se prestó, tan solo en un principio, a la combinación con tal de que el cambio fuera a favor de la política liberal y que los conservadores y el clero quedaran excluidos del gobierno. Payno ganó el apoyo de varios políticos y Zuloaga de varios militares, bajo las mismas o semejantes condiciones. Pero el elemento indispensable era Doblado, y Comonfort se encargó de sondearlo. Doblado vino a la capital y conferenció con el presidente, manifestando la misma flexibilidad que en 1855. Dijo sí y no de todas las formas posibles; manifestó una repugnancia invencible para un cambio de política, pero convino en que se había llegado hasta donde se podía llegar... Recomendó que se reformara la Constitución con el Congreso, y solo si este proceder no diera resultado, que se disolviera la representación nacional. Propuso la renuncia del presidente y del gobierno. Fértil en recursos y alternativas, pero reacio a tomar una resolución, se adaptó a Comonfort como su doble y le sirvió de espejo, pero se negó a entregarle la llave del interior. Por vía de transacción, ofreció renunciar al gobierno de Guanajuato, dejando la situación y los recursos del estado en manos del presidente. ¡Imposible! A Comonfort le interesaban el nombre y el prestigio de Doblado, el mismo que se había levantado en armas en contra de Juan Álvarez para que el propio Comonfort se convirtiera en presidente sustituto en ese mismo 1855. La solución era poco satisfactoria. Al fin y al cabo, Doblado regresó a Guanajuato de "alguna manera" comprometido con la promesa de ganar la adhesión del gobernador de Jalisco, el general Parrodi, y de otros cuatro estados adicionales, además de Veracruz, que ya habían dado su consentimiento al plan, por lo que Comonfort se sentía con ánimo de llevarlo adelante.

Los contactos se formaron rápidamente y para el primero de diciembre, cuando Comonfort tomó posesión del Poder Ejecutivo Federal, todo se sabía ya en la provincia. Comonfort juró "desempeñar leal y patrióticamente el cargo de presidente de los Estados Unidos Mexicanos, conforme a la Constitución y mirando en todo por el bien y prosperidad de la Unión". Juró la leyenda contenida en el artículo 83 de la Carta Magna a pesar de que, en su fuero interno, sabía que en quince días más rechazaría el honorable cargo de presidente, haría abortar el máximo código mexicano y no miraría, obviamente, por el bien ni por la prosperidad de la Unión, sino que propiciaría el peor de todos los males, la guerra entre hermanos, la peor de la que se tuviera memoria, sepultando al país en una miseria sin precedentes.

En la capital los rumores en torno a una conspiración circulaban con la misma velocidad de una mecha encendida. El tema lo abordaban abiertamente los vecinos con sorprendente familiaridad en las panaderías, en los camellones, de lavadero a lavadero, en las pulquerías, cantinas, comercios y restaurantes y, obviamente, en el teatro. ¿Por qué la indiscreción en un hecho tan recurrente? En treinta y seis años de vida independiente no habíamos tenido más de treinta y seis presidentes, uno por año... Pero la falta de secreto no era una garantía contra el peligro; por lo contrario, revelaba la confianza de los conjurados, y tanto fue así que uno de ellos señaló el hecho en su defensa: ¡Conspiración que se escribía sin reserva a los funcionarios y demás amigos de la libertad! ¡Conspiración que se platicaba a todas horas y todos los días en público! ¡Conspiración que conocía muy bien la policía! ¡Conspiración, en fin, que se inscribía en cartas a altos funcionarios! Gracias a la complicidad de Baz, la colaboración de los radicales parecía asegurada. Los únicos que no supieron nada realmente de la conjura en los primeros días fueron los señores Manuel Ruiz y Benito Juárez.

Comonfort contaba cuarenta y cinco años de edad en la época del golpe de Estado, ¿golpe?, ¡qué va!: autogolpe de Estado en todo caso, ¿o no debe llamarse así cuando tú mismo te lo asestas para convertirte en dictador? El presidente se encontraba en plena madurez física e intelectual. Era observador, enérgico, valiente y trabajador, y otras cualidades almacenaba en su enorme cuerpo... Paradójicamente, también era "de carácter débil, de ideas volubles, de principios vacilantes, de decisiones inconstantes, conciliador cuando debía ser intransigente, titubeante cuando le obligaba ser firme. Era, en suma, un liberal moderado, que manejado por los dictados maternos pactó con la reacción, apostató de la causa de Ayutla y perjuró de la Constitución de 1857…”.[9]

—Una mañana, según me contó el propio Manuel Payno —no sabía yo si don Valentín me estaba tratando de impresionar en momentos tan críticos—, Comonfort, don Benito y el mismo Payno se encerraron en una de las piezas del entresuelo de Palacio Nacional con la idea de revelarle al oaxaqueño, nada menos que el ministro de Gobernación, los planes para derogar la Constitución y convertir al presidente en tirano en lo que, supuestamente, se hacían cambios a la Carta Magna. Menuda reunión, ¿no crees, Ponciano? ¿Te imaginas tu papel como invitado o podrías, tal vez, decirme cómo iniciarías la conversación ante un liberal puro al que habías invitado al gabinete para reconciliarte con su partido? Si nada menos que Juárez me acompaña en mi gobierno, ¿no hablamos de una garantía republicana? Comonfort y Juárez eran muy amigos, debes saberlo, pero a pesar de todo, el jefe de la nación no se atrevía a tocar el tema con la debida claridad. Nadie podía ignorar la intransigencia del zapoteco ni sus convicciones políticas ni su vocación como jurista. Fácil no era la tarea. Se tuteaban, sí, y se trataban con mucha confianza, pero ¿cómo lo invitas a la ilegalidad y a traicionar un movimiento patriótico y popular como Ayutla, un ideal democrático y de progreso en el que sus militantes habían creído a pie juntillas?

—¡Una farsa! ¿Me quieres decir que todo fue una gran farsa, Nacho?

El presidente se aclaró varias veces la garganta antes de pronunciar una sola palabra. Payno esquivaba la mirada de Juárez y se abstenía de conceder explicación alguna. No era su responsabilidad. ¿Por qué concederle tanta importancia a un hombrecillo tan insignificante, bajo de estatura y de voz menuda y chillona? Si se tratara, al menos, de un personaje de gran tamaño, complexión robusta, manos macizas, cabeza grande, pelo canoso y de hablar sonoro, recio e impactante, de pecho muchas veces condecorado, uniformado con guerrera y charreteras de oro, cuello almidonado y mangas bordadas, se entendería el nerviosismo, pero un indio que llevaría poco tiempo usando calzado y comiendo caliente con platos y cubiertos, además enano, prieto y eternamente mudo e impenetrable no merecía tanto preámbulo y consideración. Sí, pero Comonfort sabía a quién tenía enfrente. Por algo había sido gobernador de Oaxaca y después había resultado electo presidente de la Suprema Corte de Justicia, curiosamente su sucesor, a falta del titular del Poder Ejecutivo. Era fácil ningunear al zapoteco a simple vista, pero una vez conocido cómo sujetaba el florete y descubierta su posición antes de iniciar la esgrima, había que tomarlo con más cuidado y respeto.

—Te quería yo comunicar que hace días —expuso finalmente el presidente— que estoy decidido a cambiar de política, porque la marcha del gobierno se hace cada día más difícil, por no decir imposible: los hombres de algún valor se van alejando de Palacio, los recursos se agotan y yo no sé lo que va a ser del país si no procuramos todos que las cosas vayan mejor. A la revolución física no le temo; la afrontaré como hasta aquí; pero la revolución moral exige otra clase de medidas que no son las de las armas y las de la fuerza.

—Alguna cosa sabía yo —le contestó el señor Juárez con mucha calma—, pero, supuesto que nada me habías dicho, yo tampoco quería hablarte una palabra.

—Pues bien, ahora te lo digo todo: es necesario que cambiemos de política y yo desearía que tú tomaras parte y me acompañaras…

—¿De veras? —contestó Juárez sin perder la calma, como si le hablara de la cosa más llana del mundo—. Te deseo muy buen éxito y muchas felicidades en el camino que vas a seguir; pero yo no te acompaño en él…

La conferencia terminó así, abruptamente, sin poder obtenerse de Juárez más que estas lacónicas palabras y sin que se hiciese ninguna alusión a persona alguna.[10]

El presidente Comonfort asistió el día 12, acompañado de su madre, a un oratorio en el Palacio de Tacubaya, una función religiosa en honor de la Virgen de Guadalupe. Entre los asistentes no podía faltar el padre Miranda, quien exhibía una sonrisa indescifrable. Él sabía, tal vez más que el propio jefe de Estado, de lo que muy pronto acontecería en México. ¿Así será la mirada del diablo? Nunca doña Lupita había lucido más orgullosa.

En la mañana del 15 de diciembre de 1857, sin que el presidente Comonfort pudiera suponerlo o predecirlo, estalló en sus manos una bomba de tal poder destructor que impidió continuar con el control de los acontecimientos. La diputación de San Luis Potosí en el Congreso denunció la conjura golpista. En el pleno del recinto legislativo se leyó una carta firmada nada menos que por Zuloaga con una posdata firmada por Manuel Payno, en la que invitaban al gobernador de ese estado a sumarse a la insurrección para derogar, de una vez por todas y para siempre, la Carta Magna del 57 y disolver el Congreso. Requerían de la mayor cantidad de mexicanos posible para organizar el caos. Al concluir la lectura de la misiva el escándalo fue mayúsculo. La mayoría de los legisladores demandó de inmediato el arresto de Payno y de Zuloaga. Juárez, por su parte, recomendó a una reunión de gabinete que se acatara la demanda de la cámara y se ordenara la captura de ambos funcionarios. ¡Cuál no sería la sorpresa de Juárez al conocer ya en detalle el plan que le había expuesto el presidente a medias tintas en su oficina! Los puntos cardinales del plan establecían el cese de la Constitución, la instalación de la dictadura de Comonfort, la convocatoria a un nuevo Congreso para reformar el código y la complicidad de siete gobernadores. El gobierno solo contaba con tres mil soldados de muy dudosa lealtad en la capital, y por lo tanto tenía que proceder con tino y precaución para que no se repitieran los acontecimientos de Zacapoaxtla y Puebla, cuando Francisco Güitián, Luis G. Osollo, Juan de Olloqui y Severo del Castillo se adhirieron a los sublevados gracias a las enormes cantidades de dinero que el obispo Labastida les entregó para comprar la causa de Dios… ¿A eso se refería Comonfort, pensó Juárez, cuando le dijo en el entresuelo que "era necesario que cambiemos de política y yo desearía que tú tomaras parte y me acompañaras"?

Convocado Juárez a la oficina de Comonfort y después de discutir ampliamente el tema, el indio zapoteco le hizo saber al presidente de la República, con una exaltación extraordinaria:

—Toma el partido que te parezca, porque ya yo he tomado el mío.

—La conducta de Juárez, muchacho —subrayó don Valentín—, durante las seis semanas que ocupó el ministerio de Gobernación, fue la más discutible de toda su carrera.[11] Más tarde, con el paso del tiempo, se aclararía su actitud.

Ante su posición tan comprometida, después de haberse exhibido su nombre en el Congreso, Payno se negó a entregarse. A sabiendas de que los legisladores tenían sus horas contadas, dada la inminencia del golpe de Estado, les obsequió su más fundado desprecio, respondiéndoles que "no pensaba comparecer en su defensa". ¿Cuándo un tirano ha requerido de representantes populares, instalados en las cámaras, salvo para disfrazar la dictadura? Antes de que manden por mí habrá concluido la escasa tradición parlamentaria. La única autoridad facultada para emitir leyes se llamará Ignacio Comonfort, y ello, con nuestra santa venia…

Por su parte Félix María Zuloaga terminaba los preparativos militares en Tacubaya, donde Baz ultimaba detalles de redacción relativos al manifiesto.

—Entiende, Ponciano, que una comunicación mediante la cual se informa a la nación la desaparición de los poderes legítimamente electos no puede contener faltas de ortografía —dijo don Valentín con un humor más negro que nuestra mazmorra.

¿Cuál no sería la sorpresa en el seno del Congreso cuando Baz les informó a los diputados que estaban celebrando su última sesión:

—¡Se acabó, jóvenes: gánense la vida como quieran, pero ya no como legisladores! En este país ya solo habrá un legislador, que se llama Comonfort!

La noticia estremeció a la asamblea, "pues en presencia de las protestas que diariamente hacía el gobierno y de las seguridades que el señor Juárez como miembro del gabinete nos había dado, todos se resistieron a creer lo que ya afirmaba el jefe de gobierno del Distrito". No podía ser. ¿Y Ayutla? ¿Y los discursos para acabar con la dictadura santannista? ¿Y las promesas de libertad y progreso? ¿Y la división tan cantada de poderes? ¿Y las garantías ciudadanas consignadas en la Constitución? ¿Y los derechos del hombre de los que estábamos tan orgullosos? ¿Dónde irían a dar la prensa libre, la enseñanza libre, el libre pensamiento, el libre tránsito, la supresión de los fueros y la desamortización de los bienes del clero? ¿A dónde va otra vez nuestro país? ¿De qué se ha disfrazado todo este tiempo el presidente Comonfort? ¿Es un sacerdote disfrazado de militar? ¡Cuánta capacidad para engañar a un país! ¿Quién iba a decir que, tras la mirada de nobleza que inspira y proyecta, estaba escondido un hampón como su bajeza, Santa Anna! ¡Con diez mil carajos de fuego, pero si acababa de jurar la Constitución tan solo en febrero de este año y hace escasos diez días protestó como presidente respetar y hacer respetar nuestra Carta Magna! ¡Farsante, hijo de puta!

Al anochecer Payno se entrevistó con el hasta ese momento presidente la República para recabar su autorización del texto final del Plan de Tacubaya; Zuloaga se había reunido unas horas con el padre Miranda, el dios de toda intriga no podía faltar en esta, con idéntico propósito. Su juramento después de Zacapoaxtla y Puebla, y sobre todo después del destierro de Labastida, seguía en pie: acabar militarmente, o como se pudiera, con Comonfort… El prelado estaba de acuerdo con el contenido de la proclama, pero le agredía la idea de la permanencia de Comonfort al frente del Poder Ejecutivo.

—Aquí, Félix, no debe haber más presidente que tú. Comonfort es impredecible. Hoy es liberal moderado, mañana lo será puro y una semana más tarde aparecerá como conservador, para terminar sus días como radical. ¿Es confiable alguien así? Si es de los nuestros, ¿qué diantres tiene que hacer Juárez en su gabinete? Es susceptible a la voz de ese mugroso indio maloliente y también lo es a las sugerencias de su madre o a las de Baz o a las de Payno. Pocos malestares superan la sensación de inestabilidad que se da cuando no sabes a qué atenerte con las personas que te rodean. ¿Qué es, quién es este sujeto? Parece mentira que sea poblano…

Baz permaneció sentado a un lado del presidente, mientras este leía el manifiesto que anunciaba un golpe de Estado contra su propio gobierno.

De inmediato convocaría, con la mejor buena fe, a un nuevo Congreso para moderar la Constitución recién promulgada. La retocaría de modo que la nueva sí le permitiera gobernar y caminar, según se lo había prometido, por el justo medio. Conservadores y liberales se apartarán de los extremos y se acercarán al centro para que juntos construyamos el país que nos merecemos. ¡Ay!, si hubiera solicitado la opinión de Melchor Ocampo… Convenceré al clero de la importancia política y social de no contar en lo sucesivo con fueros ni privilegios jurídicos para convertirnos cada día en una sociedad más igualitaria y, por ende, sana. Haré que la Iglesia católica entienda las ventajas sociales de la ley de desamortización que tanto le preocupa y aproveche las ventajas del dinero obtenido por la venta de sus bienes para invertirlo en otros renglones lucrativos y hacer circular toda esa riqueza abandonada que permaneció ociosa en su poder durante siglos y ahora se traducirá en bienestar económico para los nuevos adquirentes. Es claro que el país evolucionará económicamente. Haré entrar en razón a los sacerdotes. Lo haré…

Comonfort no pudo leer el manifiesto sentado en su vieja poltrona. Un impulso incomprensible lo hizo ponerse de pie. Su eterna levita burguesa estaba abierta, dejando ver su camisa bordada, sin otro adorno que los botones de oro fino con topacios. El uniforme solo lo había usado el 27 de septiembre anterior para no granjearse la enemistad de los militares. Antes de leer el texto echó una ojeada al Palacio de los Virreyes. Guardó silencio. Cerró los ojos. Parecía estar invocando a Dios. Finalmente bajó la mirada y leyó, mientras Baz percibía un pequeño temblor en "sus manos blancas, limpias y suaves, como las de una dama elegante".

> Considerando: que la mayoría de los pueblos no ha quedado satisfecha con la carta fundamental que les dieron sus mandatarios… Que la República necesita de instituciones análogas a sus usos y costumbres… Que la fuerza armada no debe sostener lo que la nación no quiere… Desde esta fecha cesará de regir en la República la Constitución de 1857… Acatando el voto unánime de los pueblos… El excelentísimo señor presidente… don Ignacio Comonfort… Continuará encargado del mando supremo con facultades omnímodas… Se convocará a un Congreso extraordinario constituyente… Si la nueva Constitución no fuera aprobada por la mayoría de los habitantes… Volverá al Congreso para que sea reformada en el sentido del voto de esa mayoría.[12]

Al terminar la lectura, cuando el jefe de Gobierno del Distrito esperaba una felicitación por la redacción, el presidente dejó caer al piso la hoja y después de aventar al piso sus gafas se desplomó sobre el sillón con el rostro descompuesto para hacer la siguiente, declaración, que sin duda recogerá la historia:

—Acabo, en este momento, de cambiar mis títulos legales de presidente por los de un miserable revolucionario…

—Pero, señor… —intervino Baz para tratar de rescatarlo del terrible desaliento en el que había caído.

Sin permitir que Baz concluyera su argumentación, Comonfort adujo con voz apenas audible:

—En fin, ya está hecho y no tiene remedio. Acepto todo y Dios dirá por qué camino debemos marchar.[13]

Sin pronunciar una sola palabra más se volvió a poner de pie y sin recoger el manifiesto ni sus lentes del suelo se dirigió encorvado, abatido, arrastrando los zapatos, en dirección de una puerta que tal vez conduciría a su habitación, en la que se perdió sin despedirse. Baz, desconcertado, no tuvo una mejor idea que hurgarse la nariz con el dedo para tirar al piso una pequeña larva que aplastó con el zapato hasta hacerla desaparecer en el tapete. Tal vez deseaba dejar una carta de presentación, un recuerdo personal, en lo que hasta ese momento había sido la oficina más importante del país.

Al amanecer del 17 de diciembre de 1857, el batallón de Zuloaga ocupó Palacio Nacional. Miranda esperaba la marcha de los acontecimientos en la Catedral, acompañado por el arzobispo De la Garza y Ballesteros. Ambos se frotaban las manos. Harían santa a doña Lupita, la canonizaremos, padre… Se lo merece por los servicios rendidos a la Iglesia, ¿no cree…? Tenía que llamarse Guadalupe, como nuestra Santa Madre y Eterna Patrona: ¡Gracias, virgencita, nunca olvidaremos tu enorme legado! ¡Te construiremos una basílica que pueda albergar a todos los creyentes!

El manifiesto no tardó en aparecer en calles, avenidas, parques, teatros, claustros e iglesias. Por alguna razón inentendible pegaron cuatro proclamas en las paredes de la Orden de las Hermanas de la Vela Incandescente. El golpe de Estado se realizó sin oposición. Si México había cambiado de presidente más de treinta veces en su vida independiente, ¿por qué sorprenderse?

¿Cuál era el paso a seguir una vez que el clero absolvió a Comonfort del "pecado constitucional" cometido? Muy simple: ir por Juárez y arrestarlo. El ministro de Gobernación se había negado a acompañar en la aventura a Comonfort. Era enemigo. Si se había manifestado con sus cortas palabras en contra del movimiento, se le debía privar de la libertad de inmediato y no porque fuera un miembro destacado del gabinete golpista, sino por su carácter de presidente de la Suprema Corte de Justicia de la

Nación, dicho sea en términos constitucionales, el sucesor de Comonfort, el heredero del poder legal.

Miranda lo sabía. Juárez podría formar un gobierno paralelo, un gobierno en el exilio y ostentarse, ¡válgame Dios!, como el auténtico jefe del Estado mexicano, un indio con el que era menester comunicarse con señales por su incapacidad de expresarse en castellano. ¿Quién hablaba zapoteco en el gabinete o en la Cámara de Diputados?

Se giraron dos órdenes de arresto. Una para aprehender al presidente del Congreso y encarcelarlo sin tardanza, y la otra para apresar a Juárez, quien sería detenido por una escolta integrada por militares fuertemente armados tan pronto ingresara a su oficina de Palacio Nacional, tal y como lo hacía rutinariamente en los días de trabajo. Los uniformados flanquearon al zapoteco y se lo llevaron sin darle explicaciones ni, mucho menos, la menor posibilidad de huir, y en ese preciso momento salvó su reputación política, pues ante la opinión pública fue convertido de cómplice aparente del pronunciamiento en su más destacada víctima.

El 19 de diciembre Comonfort decide públicamente adherirse al Plan de Tacubaya. Le comenta a su compadre Félix Zuloaga que la Constitución ha sido la causa de muchas desgracias, que nadie podría gobernar con ella. Carecía de opciones. La maldad ya estaba de pie y era imposible detenerla. Bien pronto arrollaría a todos los protagonistas. Ahora ya no hay duda: El líder del Plan de Ayutla es un impostor. Nos engañó a todos. ¡Farsante! ¡Otro dictador más! ¡Bienvenido otro excelso representante de los intereses de Dios! ¡Un nuevo Santa Anna! ¡Cuánta falta hacía!

Empiezan las sorpresas agradables y, también, las desagradables. El 23 de diciembre Aguascalientes, Colima, Michoacán, Querétaro, Guerrero, Guanajuato, Zacatecas y Jalisco conforman una alianza para defender la Constitución. Se oponen. Son entidades liberales. Más tarde se les sumarán Nuevo León y Coahuila. Comonfort observa cómo se divide en dos el país. Veracruz se mantiene fiel a la reacción, al menos hasta ese momento. Es la fuente de ingresos más importante del gobierno. ¡Tomemos el puerto! Los impuestos al comercio exterior se recaudan en esa aduana, quien se apodere de ella se hará fuerte financiera y militarmente. ¿Cómo adquirir armas y municiones en el extranjero si no es con las monedas, el oro y la plata que cobra Veracruz? ¿Con qué pagarle a la tropa? ¡Veracruz! ¡Veracruz! ¡Veracruz!

Juárez pasó, una, dos, tres semanas sin contacto con el exterior, salvo las recurrentes visitas de Manuel Payno, encargado de impedir cualquier intento de fuga. No era la primera vez que Juárez visitaba la cárcel como reo: ya había sido privado de la libertad cuando, como abogado, defendía a unos clientes muy humildes en el pueblo de Loxicha en 1834, en 1836 al creerlo involucrado en una revolución que abortó, y en 1853 al emprender su camino rumbo al destierro impuesto por Santa Anna y que lo haría radicar en Nueva Orleáns. Si la consecuencia de defender la legalidad es la cárcel, bienvenida entonces la cárcel... Juárez asentará lacónicamente en su diario: "Fui aprehendido en Palacio".[14]

En diciembre 30, Comonfort visita el cuartucho en donde se encuentra encerrado Juárez. Para la inmensa sorpresa de este, se trata de un primer intento de liberarlo.

—¿Reconocerían ustedes a este hombre como su nuevo presidente? —cuestiona Comonfort a tres de los celadores.

Revisan de arriba abajo al zapoteco y niegan al unísono.

Como si fuera parte de una ópera bufa, Comonfort decide volverlo a recluir. De cualquier manera el intento llena de entusiasmo a Juárez. No tardará el momento en que lo libere sin preguntar. Basta con que los curas le digan que para ellos no existe el término medio. Todo para ellos. Vamos a los extremos. Muera el liberalismo. Mueran las reformas. Quien se salga de esta línea se muere. Así entendemos los términos medios. Se acabaron las contemplaciones y las negociaciones. Aquí Dios dice la última palabra y su significado es dictadura con supresión fulminante de todas las disposiciones liberales, que por definición son anticlericales.

Pero es mejor, en todo caso mejor, dejar la evaluación de los hechos a don Melchor Ocampo. Que hable, que hable uno de los padres de la Reforma:

> Hace más de un año que todos tuvimos la necesidad de estudiar al actual presidente, personaje que antes conocíamos muy superficialmente, pudimos ver su falta absoluta de carácter, grande de convicciones y más que de mediana instrucción. No me sorprende pues que el actual gobierno tenga miedo a todos y de todo. ¿De dónde había de venirle el impulso interior, si faltan las convicciones, organización fisiológica y aun los instintos de las grandes cosas? Es triste, sin embargo, por más que esté previsto, que las bellas oportunidades que sin cesar ha presentado México se hayan desvirtuado en manos tan incapaces.[15]

Ese mismo día Comonfort experimenta un corte en la garganta. Así deben sentir los degollados. El gobernador de Veracruz, don Manuel Gutiérrez Zamora, un verdadero don Manuel, rompe repentinamente con Comonfort. Está del lado de la Constitución, de la legalidad, del orden. ¡Adiós armas y municiones, divisas, oro, plata y recursos para pagar a la tropa en caso de guerra! Adiós Veracruz: siempre fuiste y serás liberal. Baz es un traidor. Sucumbió a la tentación. El dictador se va quedando cada vez más solo. Empieza a darse cuenta de su tremendo error. El rompimiento brutal del orden constitucional lo aprovechan sin tardanza los más encumbrados miembros de la reacción.

¡Exigimos la inmediata abolición de la Ley Juárez! Nada de medias tintas. ¡Demandamos la reposición de las obvenciones parroquiales! Deroguemos la infame Constitución. ¡Es intolerable la vigencia de la Ley Lerdo! ¡Qué desamortización ni qué nada! ¡Los bienes del Señor son intocables! ¡Proponemos, como bien lo dice el padre Miranda, el gran confesor de México, una amnistía que incluya la posibilidad de la repatriación de Antonio López de Santa Anna! Su Alteza Serenísima estaría dispuesto a regresar a México para gobernar de nueva cuenta a este santo país. No en balde ha publicado, en ese sentido, un manifiesto en Cartagena, Colombia, en el que deja muy clara su disposición para volver a la patria.[16]

En la proclama que redactó el padre Miranda se ve clarísima la mano de Su Alteza Serenísima. Cuando la tuve en las manos sentí hervir mi sangre:

> ¡Mexicanos! ¡La tremenda hora de la reparación ha sonado! ¡Ay de aquellos que llenaron la medida de la copa con sus iniquidades! El ilustre caudillo de la religión santa de nuestros mayores, el genio invencible de la guerra, el restaurador de nuestras veneradas órdenes, en una palabra, el inmortal Santa Anna está con nosotros. ¿Quién no se conmueve al oír ese nombre tan querido? ¿Quién, por indiferente, por egoísta que sea, no siente latir su corazón de noble orgullo al contemplar los bienes de la administración de su Alteza Serenísima? Recordad, mexicanos, los felices días del año del 54; frescas deben estar en vuestras memorias las glorias de aquella época; comparadlas con las del año que terminó. En aquella, los impíos, los blasfemos, los ateos, estaban encadenados; el venerable clero, como es justo, en los sillones del consejo dirigiendo con sabias e inagotables luces a aquel paternal gobierno...
>
> Toda la República pide a su salvador; tened fe, haced un pequeño esfuerzo, y el triunfo será vuestro. Militares valientes, pundonorosos y decididos, se opondrán a vuestra cabeza y os guiarán al campo de la gloria.
>
> ¡Mexicanos! ¡Viva su Alteza Serenísima! ¡Viva el hombre ilustre, el hombre grande de América, el invicto generalísimo don Antonio López de Santa Anna! ¡Viva nuestra santa religión y sus ejemplarísimos y virtuosos príncipes! ¡Mueran los liberales y sus infernales principios![17]

¡Deroguemos hoy la Constitución! ¡Convoquemos a un nuevo Congreso Constituyente integrado exclusivamente por sacerdotes y ultraconservadores para volver a un Estado clérigo-militar, el único sistema de gobierno aplicable a México!

¿Y las leyes liberales? —pregunta Comonfort, el dictador.

No estamos jugando a la mamá y al niño reprobado, señor. Se trata de un problema de Estado.

Pero es que ustedes me dijeron…

¿Y tú te lo creíste, no, niñito?

Esta es una traición. Exijo el restablecimiento del orden constitucional con todos sus efectos jurídicos…

¿Qué?

Sí, exijo que se reponga el estado de cosas vigente hasta el 15 de diciembre pasado.

Usted ya no es nadie para exigir nada. En todo caso debe obedecer lo que diga el padre Miranda, a través de la voz de Zuloaga.

Insisto, es una traición.

No me digas… ¡Qué barbaridad! ¿Llamamos a tu mamá para que llores en su regazo?

¿Qué tiene que ver Miranda en todo esto?

Eso pregúntaselo a tu mamá…

¿Qué tiene que ver mi mamá en todo esto?

Eso pregúntaselo a ella o a Dios, muchacho…

Es que yo exijo…

¡A callar! Se me acabó la paciencia y a ti tu turno de hablar, presidentito de barriada…

Comonfort, ya constituido como dictador, se opuso a semejantes pretensiones. ¿Dónde se había metido? ¿Con quién estaba hablando? ¿Eran monjes extraídos de la Edad Media? ¿A quién se le había ocurrido proponer la derogación de leyes que tanto trabajo y sangre había costado promulgar?, y sobre todo, ¡por Dios!, ¡por el mismísimo Satanás!, ¿a quién se le habrá ocurrido invitar a Su Alteza Serenísima para que volviera a ocupar la presidencia de México, sobre todo después de su catastrófica gestión de 1853 de la que salió exiliado a patadas, para ya ni hablar de la venta de La Mesilla ni de la derrota de San Jacinto ni la sufrida ante los norteamericanos en 1847? ¿Nos jugamos la vida y el futuro del país para derrocar a Santa Anna y ahora resulta que va a volver…? ¿Todo fue inútil?

¡No!, dijo Comonfort a la derogación de las leyes. ¡No!, respondía a la repatriación de Santa Anna. ¡No! ¿Y el Plan de Ayutla y el programa liberal moderado y todo aquello de navegar por el término medio para instrumentar los cambios gradualmente sin producir desbordamientos? No, no y no, ¿qué he hecho, Dios mío? ¡Qué daño! ¡Qué daño! ¡Qué daño… y aquí solo hay un culpable! ¿Quién me perdonará?

Todo pende de un hilo. El día 6 de enero de 1858 el periódico *Monitor* asegura:

> El foco de las aspiraciones santannistas es actualmente nuestra quejumbrosa Puebla. Se trabaja, mi amigo —refiere el informante—, con un descaro que no ha podido menos que alarmar al Sr. Echegaray […], la audacia de los reaccionarios santannistas es asombrosa. Todos ellos ostentan públicamente la cruz roja en el pecho y se pasean armados e insolentes.

—Todos nos abandonan, Ignacio —afirmó un día Payno—. Palacio está vacío, nos dejan solos. Los cafés están llenos. Los chismes son la comidilla. Me siento, señor, sentado en un caballo al revés, con los ojos cubiertos y lanzado a todo galope…

Setenta diputados del Congreso, ya dispersado, denunciaron su traición en una protesta enérgica:

> El segundo caudillo de Ayutla, el hombre en quien la nación pusiera su confianza, depositando en sus manos su presente y su porvenir; el mismo que hace 15 días juró ante el Ser Supremo, ante la nación toda, ser fiel guardián de sus instituciones, ha cambiado de improviso los honrosos títulos de jefe constitucional de un pueblo libre, por los menguados de un faccioso vulgar.[18]

A la indignación de los legisladores —algunos de ellos recordaban cómo Iturbide y Santa Anna habían clausurado igualmente Congresos—, siguieron las renuncias de los jefes y empleados del gobierno y las retractaciones de sus colaboradores se acumularon sobre su mesa de trabajo, los mismos estados comprometidos a apoyar el golpe se volvieron contra el error consumado y formaron una Liga de Gobernadores Liberales en defensa de la Constitución. Veracruz inició la secesión y Baz hubiera pagado la defección de aquel estado ante el paredón —tan convencido estaba Comonfort de su mala fe— si Payno no le hubiera facilitado la fuga.

Burlado y confundido, Comonfort había llegado hasta donde podía llegar: a la dictadura personal y al aislamiento completo. Solo su madre le dijo:

—Dios, en su inmensa sabiduría, no tardará en señalarte con su luz inconfundible el mejor camino a seguir. El gobierno no se te va a deshacer como tú dices, como papel mojado entre los dedos. La Virgen de Guadalupe nos auxiliará, san Judas Tadeo y san Felipe de Jesús están con nosotros.

He hablado con ellos. Nos guiarán, Nacho, nos guiarán, Nachito. Déjate guiar por la mano de la divinidad. Es el camino más seguro para el éxito.

Comonfort había perdido dos años de gobierno prudente, el fruto de la revolución de Ayutla, la sangre derramada en su defensa, las insurrecciones de Zacapoaxtla y Puebla, la expulsión de obispos y la intervención de los bienes eclesiásticos, la emisión de leyes de vanguardia y, sobre todo, un futuro, México tenía finalmente futuro. Por otro lado había ganado el repudio de todos los partidos, el desprecio de los radicales, el recelo de los conservadores, la desconfianza de los moderados y las caricias temblorosas de la mano de su madre sobre su cabeza se conjugaban para frustrarlo. La vía media, el término medio, lo condujo fatalmente al suicidio político: sucumbió, se hundió en un embrollo de dudas. Solo, perdido entre expedientes y remordimientos, daba manotazos de desesperación y gritos angustiosos como quien está a punto de ahogarse en una laguna, sin ánimo, sin recursos, sin prestigio, sin futuro ni confianza de los electores.

Según el dictador, no todo estaba perdido. Haría una serie de intentos para restablecer el orden. Miranda seguía sus pasos con el ojo izquierdo cerrado y el índice derecho colocado sobre el gatillo, de la misma manera en que un cazador mueve lentamente el mosquete apuntando a la cabeza de un venado, conteniendo la respiración y apretando la culata contra su rostro. Comonfort propuso a los radicales el restablecimiento del orden constitucional encabezado por Juárez y ofreció introducir dos cuerpos de la guardia en Palacio Nacional en garantía de su buena fe. Él renunciaría. La oferta, interpretada como un ardid para descubrir y destruir sus fuerzas, fue rechazada con singular desprecio. ¿Acaso los radicales iban a permitir, por otro lado, un gobierno encabezado por Juárez cuando este había privado al clero de sus fueros y había intervenido activamente, aun cuando en términos secretos, en la discusión y redacción de la Constitución? No, don Ignacio, de este monstruo de Juárez no queremos saber ni una sola palabra. Si usted quiere presentar su renuncia para favorecer la candidatura de este liberal maligno solamente estaremos logrando meter al lobo en casa para que nos devore a su antojo. Su generosidad, señor presidente, así como sus buenas intenciones, tenga usted toda la certeza, nos arruinarán con un sujeto así en el gobierno.

Cerrada la opción con los radicales intentó acercarse al máximo líder de los liberales puros, el indio zapoteco, su exministro de Gobernación. Juárez le había perdido la confianza; ya no era el presidente Comonfort, sino un tirano, un dictadorzuelo, un Santannita que había hecho abortar un largo proceso republicano llamado a hacer de México una potencia política y, poco después, económica.

—No, Ignacio. Desoí tu invitación cuando me propusiste entre palabras sinuosas los cambios que deseabas hacer en materia de gobierno. Si en esa ocasión te dije que no te acompañaba en la aventura, sin entender a carta cabal qué significaba la aventura, imagínate ahora que no soy más que tu prisionero, privado del más elemental de los ingredientes para llegar a un acuerdo: la libre voluntad. No tengo libre voluntad. Estoy a tus órdenes, haz conmigo lo que te plazca. Puedes hacerlo. Tienes afuera los rifleros. Haz que me ejecuten. No creo en ti ni en tu gobierno. Ahora sí tu madre, doña Lupita, y sus confesores, tienen todos los motivos para estar felices. Han cumplido con sus propósitos, han acabado con la democracia. Te has convertido en un vulgar Santa Anna.

Nada con los radicales. Nada con los puros. Unos y otros le habían perdido la confianza. Estaba perdido. El país, invariablemente inocente, también lo estaba.

Durante el resto de diciembre y principios de enero de 1858 el presidente se debatió en un callejón sin salida en el que nunca quiso caer. Parecía una maldición. En el infierno, para cualquier lugar que gires la cabeza o pongas las manos te quemas. No hay lugar seguro, por eso se llama infierno... Todavía no nacía quien pudiera dar marcha atrás a las manecillas del reloj. Cualquier intento resultaría inútil. Avanzar era imposible e igualmente imposible pararse y contemporizar con las fuerzas reaccionarias que lo rodeaban. Los escasos liberales que se habían mantenido lealmente a su lado se desbandaban. Se había convertido en un apestado para la causa. Adoptando un papel incómodo, trató de asumir los hechos y ejercer una dictadura personal. Convertido a lo largo de cuatro semanas en un auténtico fantasma que deambulaba por los pasillos de Palacio, no podía dejar de observar cómo su gobierno, ¿su qué...?, se convertía en mero papel mojado, precisamente aquello que más temía, como le había externado a su madre. ¿A dónde había ido a dar su sueño de justicia? Al negarse a derogar las leyes anticlericales, le exigieron la renuncia sin condiciones. Ignacio Comonfort no renunciaría a su pasado. Él era un liberal moderado. No lo negaría nunca. Ni un paso atrás. Prefiero pasar a la historia como imbécil que como traidor.

El padre Miranda lo percibió con toda claridad como a un condenado a muerte política. Al gran cazador, invariablemente paciente, solo le faltaba apretar el gatillo. No pudo acabar con él ni en Zacapoaxtla ni en Puebla, ni prosperaron los diversos planes armados en Guadalajara, en San Luis Potosí y en algunas otras capitales de la otrora República. Ahora los padres Mirandas, los Labastidas y los Munguías lo tenían a tiro. ¿Disparamos...? Miranda había jurado por las barbas de Cristo vengar la afrenta sufrida por el obispo Pelagio Antonio de Labastida y Dávalos cuando Comonfort lo expulsó del país sin causa justificada. Un atropello, Señor... Es mi hora, es la Tuya... Ahora era el momento de ejecutar su venganza. Padre mío, aquí tengo a mis pies a este criminal que tanto daño Te hizo. ¿Don Pelagio Antonio, le doy un tiro en la cabeza?

—No puedo, no puedo —decía a sus atormentadores—, no puedo convertirme en verdugo de los mismos que me han acompañado. No puedo desterrar a Juárez ni a Olvera. No puedo combatir con Doblado y Parrodi.

Pero justamente no era más que Comonfort.

Ya durante el último mes del año, Manuel Doblado, el gobernador de Guanajuato, se había convertido en el supremo juez del conflicto. Los moderados, antiguos amigos, le excitaban a solidarizarse con Comonfort y salvar al país de otra guerra civil. Santa Anna conspiraba en Cuba de la misma manera que los buitres sobrevuelan cuando perciben desde las alturas la posibilidad de muerte de su presa, que habrá de convertirse en exquisita carroña. Una expedición española estaba en ruta hacia La Habana, tal vez ahora sí reconquistarían la joya de su corona. Los santannistas trabajaban en la capital, mientras que el partido liberal se desintegraba. Los progresistas pedían acudir a las armas, desconocer a Comonfort, reconocer a Juárez como presidente interino y convocar a una convención encargada de elegir a un nuevo presidente, luego de que se establecieran la paz y el orden constitucionales.

Los moderados contemplaban a Comonfort con crecientes temores. En cualquier momento podía dar un bandazo hacia uno u otro lado. Los radicales apostaban a Juárez todas sus esperanzas. Lo proclamaban el hombre de la situación. Guillermo Prieto le manda una comunicación para informarle: Yo tenía y tengo en mi conciencia que nadie puede ser presidente más que usted, pero en vista de este conflicto, opino por que la legalidad sea la consigna de esta lucha por el movimiento, sin invocar nombre alguno que despierte celos.

En enero de 1858 las sorpresas empezaron a multiplicarse. Sucesos extraños eran de llamar la atención. Muy pocos podían observar la mano del padre Miranda en la maniobra. De golpe Manuel Payno advirtió una actitud rara en Zuloaga, se encontró repentinamente con un militar distinto al que había conocido en Tacubaya. Algo muy peculiar le acontecía. A pregunta específica del exministro de Hacienda, el general repuso:

—Creo que el presidente, mi compadre, nos traiciona nos quiere entregar a los puros y nosotros estamos decididos a seguir nuestro camino.

Payno entendió en ese instante que Comonfort ya estaba más muerto que los muertos. Ignoraba el trabajo realizado por Miranda para convencer a Zuloaga de derrocar al dictador de Comonfort para erigirse él mismo como jefe del Ejecutivo. Miranda le había dicho al oído, lentamente, como una víbora que exhibe en el momento adecuado su lengua bífida:

—¿No te das cuenta de que Comonfort está más solo que la una? ¿No te das cuenta de que nadie lo oye, ni lo sigue ni lo busca? ¿No te das cuenta de que quiere entregar todo el movimiento a los liberales? ¿Y que de lograrlo llegaremos otra vez donde comenzamos? ¿No te gustaría ser presidente de México? Tienes todo el apoyo de la Iglesia Católica, Apostólica y Romana. Tienes toda la bendición del papa para que te conviertas en el próximo presidente. Es tu momento, Félix, todos tenemos un momento y unos ni siquiera son capaces de distinguir cuando les llegó…

—Pero, padre Francisco, ¿cómo sabe que mi compadre nos quiere madrugar echándose en brazos del enemigo de nueva cuenta?

—No pierdas de vista que soy sacerdote y tengo acceso a secretos de confesión que nadie podría imaginar…

—Entonces no lo cree usted, entonces lo afirma, padre, es cierto, es una realidad. ¿Quién se lo dijo?

—Esa pregunta solo se la respondo a Dios, y como Él lo sabe todo, no tendría por qué contestársela ni a él mismo…

—¿Debo creerle, padre?

—Más te vale, Félix: si regresan los liberales puros al poder te garantizo, sin ningún género de dudas, que tú serás quien encabece la lista de los fusilados, para seguir con Baz, Payno y quien se te dé la gana. Entiende: no solo está en juego el movimiento en manos de Comonfort, sino que tu vida misma está en peligro. Un cuartelazo de los liberales y volarás al paredón. Mejor, mucho mejor, que nosotros demos el cuartelazo, y otra vez mejor, mucho mejor, que tú seas el nuevo presidente. Escoge entre el paredón y Palacio Nacional…

El 10 de enero de 1858 repentinamente se abrió la puerta del cuartucho habitado por Juárez, a un lado de la intendencia del Palacio Nacional, para permitir la entrada del dictador Comonfort.

Benito Juárez se puso de pie, tal vez por respeto a la jerarquía de quien había sido su jefe por tan solo cuarenta y cinco días.

—Benito: he fracasado en mis planes —dijo Comonfort volteándose a la puerta sin ocultar su preocupación por que alguien pudiera descubrir la visita que hacía a quien en términos de la Constitución de 1857 le correspondía sucederlo. Bien sabía que de conocerse una conversación entre él y Juárez podría traducirse en su derrocamiento, porque los clericales intuirían un arreglo entre ambos.

—Tu equivocación, Nacho, no solo la pagarás tú, sino el país. Yo todavía me imaginé que podías reconsiderar tu decisión y continuar gobernando en los términos de la Constitución, pero veo que decidiste sacarte los ojos.

—Benito, yo creía que al renunciar a la aplicación de la Constitución podría controlar a los conservadores y que juntos, entre todos, podríamos invitar también a los puros para que conformáramos un nuevo México con otro código más adecuado.

Juárez se cruzó de brazos y clavó su mirada en la del tirano.

—Para llevar a cabo esas negociaciones no necesitabas ni derogar la Constitución ni mucho menos instalarte como dictador. Por la vía política podríamos haber avanzado retocando aquello que hubiera sido conveniente para impedir un desbordamiento de las pasiones. ¿Por qué la dictadura? ¿Por qué?

—Era la única manera de imponer los acuerdos a los que todos llegaríamos.

—Si íbamos a llegar a esos acuerdos, para eso, precisamente para eso están los Congresos, aunque creo que en honor de la verdad jamás hubiéramos llegado a una reconciliación ni con la Iglesia ni con los fanáticos que la siguen. Tarde o temprano hubiéramos llegado a un baño de sangre.

—¿Me liberas entonces de cualquier responsabilidad?

—De ninguna manera, Ignacio. Tu debilidad y tu indeterminación, tu ausencia de facultades políticas para la negociación, tu falta de visión para entender en qué se convertirían tus flaquezas y tus puntos de vista, sin duda te harán culpable de cara a la historia.

—Yo obré de buena fe.

—De buena fe y de buenas intenciones está lleno el camino que conduce al infierno, Nacho. Hoy tus buenas intenciones nos tienen al borde de la guerra civil.

—No habrá guerra, Benito, porque yo renunciaré y tú serás el próximo presidente de México.

—¿Y crees que porque tú renuncies y yo sea el presidente se va a tranquilizar el clero y va a olvidar la Ley Juárez y va a olvidar la Ley Lerdo y va a olvidar la Ley Iglesias y va a olvidar la Constitución y todo lo que de hecho seguiría hasta tener un México libre?

—Si yo desaparezco del horizonte advendrá la paz.

—El problema no eres tú, Nacho, por lo visto nunca lo entenderás, el problema es que el clero no permitirá que nunca nadie toque sus intereses ni derogue sus privilegios porque aducen que se los concedió Dios y solo Dios podrá quitárselos. ¡Son unos sinvergüenzas! El hecho de que tú desaparezcas en nada aliviará la situación. A mí me tocará luchar a brazo partido por todo aquello que tú dejaste.

—Me equivoqué, Benito, ¿qué puedo hacer para evitar la guerra?

—Melchor Ocampo siempre me dijo que no había zonas grises y que tarde o temprano estallaría la guerra de todo México en contra de su Iglesia. Creo que ese momento lamentablemente ha llegado. Si sigo con vida y logro salir de esta cárcel, como presidente sucesor haré que, por la fuerza de las armas, se imponga la Constitución. Yo no me detendré, Nacho. Saldré de este lugar, si es que algún día salgo, con la esperanza de separar a la Iglesia del Estado, tal y como ya acontece en otros países y también, llegado el caso, expropiaré los bienes de la Iglesia para que no haya en México un Estado dentro de otro Estado.

—¿Crees que la guerra estallará?

—Por supuesto que sí.

—Pero eso es lo último que yo quisiera para mi país, una guerra fratricida.

—Es muy tarde para arrepentirse. Esto volará por los aires y no seré yo quien haga abortar la Constitución. Pero algo te digo muy claro: mándame asesinar hoy aquí, en esta celda inmunda, y alguien en mi lugar defenderá la legalidad con las armas; ahora bien, si se me libera, seré yo, sin duda, quien cumpla con esa histórica misión.

—Yo estoy perdido, Benito. Mis días están contados. Los puros no quieren saber de mí porque no les inspiro confianza después del golpe de Estado. Los conservadores radicales consideran que soy una amenaza y que me dejo llevar por veleidades intolerables, por lo que me desprecian. No soy garantía para nadie.

—Yo sí la soy, Nacho. Yo sí la soy. Tengo una larga línea de liberales adeptos que estarán dispuestos a dar su vida a cambio de la libertad de la República y del sometimiento del clero al imperio de la ley. La historia de México cambiará si me dejas salir por esa puerta.

Se hizo un largo silencio. A continuación, y después de alisarse instintivamente el cabello, Comonfort concluyó:

—Mañana en la mañana vendrá por ti Gregorio de Ajuria, quien te sacará por el Salón de Embajadores hasta la calle, en donde escribirás las páginas de la historia a que te has referido. Si yo fracasé, lo menos que puedo hacer es ceder la responsabilidad a quien creo que puede cargar con ella y a quien le corresponde también en términos de la ley.

Si Miranda se escandalizó cuando descubrió la visita que el dictador le había hecho a Juárez, perdió los estribos cuando supo que se pensaba liberar al zapoteca, con lo cual se evidenciaba nuevamente que Ignacio Comonfort era un traidor a la causa clerical.

Y dicho y hecho: el 11 de enero de 1858 estalló el cuartelazo: el segundo encabezado por Zuloaga en menos de un mes. Félix María Zuloaga proclamó en rigor el mismo plan original, casi era calcado del primero, salvo por un pequeño detalle: suprimió el nombre de Comonfort para colocar el suyo. Ahora Zuloaga sería el jefe de Estado. ¡Fuera Comonfort! Tenía razón el padre Miranda. De él, de mi compadre, a mí, pues simplemente yo, yo y yo… Hubo hechos de sangre esporádicos e insignificantes en los barrios pobres. La guardia nacional los sofocó sin mayores contingencias.

Al día siguiente, *El Siglo XIX* afirma:

> Los sucesos de ayer son verdaderamente raros, y como la mayoría de nuestros colegas, creemos que es imposible apreciarlos, á lo menos hasta las horas en que escribimos estas líneas. En la madrugada se ha pronunciado la brigada Zuloaga en la Ciudadela, San Agustín y Santo Domingo, desconociendo al Sr. Comonfort porque no ha llevado a efecto el plan de Tacubaya […]. El Sr. Comonfort quiso entrar esta mañana a Santo Domingo y San Agustín y le negaron la entrada […]. Se asegura también que el Sr. Comonfort quiere llamar al partido puro y entregar el poder al Sr. Juárez […]. Se dice que el jefe del movimiento en Santo Domingo ha sido un eclesiástico […]. Nada se puede prever, nada se puede asegurar, y la situación de la capital parece desesperada.

¿Todo estaba perdido? ¿No cabía ya ninguna posibilidad de rescate del proyecto liberal? ¿Naufragaría escandalosamente? ¡Falso, falso! Quedaba encerrado en un cuartucho de Palacio Nacional nada menos que el presidente de la Suprema Corte de Justicia de la Nación, el jefe del Poder Ejecutivo sustituto a falta del titular en términos de la Constitución de 1857, cuya vigencia habría que discutirla con las armas. Quien había destruido la legalidad, ahora tomaba una decisión en el último momento, la que el país requería en esa aciaga contingencia. Ignacio Comonfort, en un gesto que cambiaría radicalmente el curso de los acontecimientos, sin titubeos ni confusiones ni indeterminaciones, a pesar de sus conflictos personales, realizó la hazaña esperada y animado de cumplir con un elemental acto de justicia y dejar encendida la llama de la libertad, al menos una luz, una antorcha, una esperanza, ordenó que liberaran a Juárez. ¡Déjenlo salir! ¡Esa es mi última voluntad! ¡Libérenlo!

Mientras Juárez emprendía camino a Guanajuato, acompañado de un grupo muy reducido de liberales, sin ninguna posibilidad de derrotar a las fuerzas clericales, poderosas y bien armadas, emprendió, sin nada, su marcha para conquistar un sueño. Recordó su conversación con Melchor

Ocampo a orillas del Misisipi, durante el destierro en Nueva Orleáns. Todavía recordaba cómo estrechaba con fuerza el brazo de su querido amigo:

—Todo ha comenzado con un sueño, Melchor. Todo comenzó con el surgimiento de un ideal, de una esperanza, de un deseo por más remoto que este fuera, de modo que vamos bien. Si ya soñamos es porque tenemos algo que construir, algo que hacer, algo por qué luchar y mejorar, algo por qué vivir distinto al amor y a la familia. Pero si tenemos un sueño ya hemos recorrido más de la mitad del camino.

*El Monitor* informa el 13 de enero:

> INTERVENCIÓN REACCIONARIA. Los pronunciados de Santo Domingo han estendido su línea ocupando la aduana, San Lorenzo, la Concepción y Santa Catarina Mártir [...], las fuerzas del Sr. Comonfort tienen Palacio, la Catedral, la Diputación, La Profesa, la Santísima, la Merced, San Pablo, la Acordada, San Fernando, San Pedro y San pablo y todo el resto de la ciudad [...]. En la línea de Santo Domingo tiene el mando el Sr. Pérez Gómez, coronel que fue de los guías de S.A.S. Se le han unido muchos españoles, varios eclesiásticos y gran número de jefes y oficiales reaccionarios que han formado una legión sagrada [...]. Se asegura que el Sr. Juárez ha salido de la capital, acompañado del Sr. Licenciado D. Manuel Ruiz. Se afirma que el padre Miranda es en Santo Domingo el director del movimiento.

Miranda gritaba: Hay que matar a Juárez, asesinémoslo porque él representa la República liberal de la que ya nadie quiere saber nada. El día del primer cuartelazo, 17 de diciembre de 1857, Comonfort ordenó la detención de Juárez; el día de su derrocamiento a manos de Zuloaga, su compadre lo puso en libertad en un entorno político y militar muy comprometido. El indio zapoteco se convertía en presidente de la República. ¿Cuáles no serían los gritos de rabia cuando el padre Miranda llegó al cuartucho donde supuestamente se encontraba preso el zapoteco para constatar que estaba vacío?

—¿Quién les autorizó a ustedes que saliera este indio de aquí? —increpó llevando la mano a la cacha de una de sus pistolas.

—El presidente, señor cura...

—¿Qué presidente, carajo?

—El presidente Comonfort, señor cura...

—Ese ya no era presidente ni lo será nunca más. ¿No lo sabían? ¿En qué mundo viven, par de imbéciles? A ver, ¿cómo te llamas, animal?

Comonfort se hizo fuerte en Palacio Nacional, mientras que Miramón y Osollo, a quienes Comonfort perdonó o les permitió huir durante el intento de golpe de Estado perpetrado en Zacapoaxtla y Puebla, tomaron por asalto varios edificios públicos. Los amotinados, las fuerzas clericales dirigidas por Miranda, se fortificaron en los conventos. Con el tiempo avanzaron hasta sitiar el centro de la capital. El padre Miranda siempre recordaría después de la batalla de Puebla, en que las fuerzas de la Iglesia fueron derrotadas por Comonfort, aquello de "ciudad sitiada, ciudad tomada".

Es tarde, muy tarde. Después de una semana de combates aislados y de luchas callejeras finalmente Comonfort propuso una tregua para discutir las condiciones de su capitulación. Miranda, "un hombrecillo trigueño de rostro, ojos negros, de pestaña remangada, cuencudo y de mirar tan leperócrata que involuntariamente llevé la mano a mi reloj, vestía chaqueta verde con presillas de coronel, calzonera con luciente botonadura, llevaba pistolas al cinto y banda de burato en la cintura", convocó a Zuloaga, a Miramón y a Osollo, sus subalternos, a una reunión a puerta cerrada en Santo Domingo para acordar los pasos a seguir tratándose de una rendición incondicional. El 21 de enero, después de agotadas unas pláticas estériles, Comonfort decidió abandonar Palacio Nacional en las primeras horas de la madrugada, con destino a Veracruz. Estaba convencido de la necesidad de salir al destierro, congestionado por la amargura. Al día siguiente, otro militar cortado a la medida del clero católico, como sin duda lo fue Zuloaga, tomó posesión de la presidencia de la República. ¡Adiós Plan de Ayutla! ¡Adiós Ley Juárez! ¡Adiós Ley Lerdo! ¡Adiós Ley Iglesias! ¡Adiós Registro Civil! ¡Adiós tarifas para las obvenciones parroquiales! ¡Adiós Reforma liberal! ¡Adiós Constitución del 57! ¡Adiós derechos del hombre! ¡Adiós libertades de prensa, de imprenta, de conciencia y de asociación, adiós, adiós!

Todos esperaban ver en él al nuevo Santa Anna, por más que Labastida había mostrado una predilección muy clara a favor de Miguel Miramón para ocupar tan digno cargo. Por el momento que Zuloaga sea el presidente, ya luego veremos...

—Antes de su salida al destierro, Ponciano, leí una nota en el periódico *Monitor* que me erizó la piel. ¡Qué agudos podemos ser los mexicanos cuando tomamos una pluma! Por donde quiera que la toques, corta: "Montó el jefe a caballo, le siguieron algunos de sus íntimos, y nosotros miramos alejarse a aquel hombre todo bondad, ternura, abnegación y patriotismo, que haría a México más daño que muchos de sus enemigos jurados". Ya en el exilio neoyorquino, en julio de 1858, Comonfort manifestará la siguiente conclusión que tú juzgarás con los elementos de juicio que ya tienes en tu haber:

> La Constitución de 1857 salió por fin a la luz y se vio que no era lo que el país necesitaba. Aquella Constitución, que debía ser iris de paz y fuente de salud, que debía resolver todas las cuestiones y acabar con todos los disturbios, iba a suscitar una de las mayores tormentas que jamás han afligido a México... Su observación era imposible, su impopularidad, un hecho palpable; el gobierno que ligara su suerte con ella, era un gobierno perdido... El Plan de Ayutla, que era la ley de mi gobierno y el título de mi autoridad, no me confería la facultad de rechazar aquel Código; me ordenaba aceptarle y publicarle.

—Sí, Nachito —exclamó don Valentín como si estuviera hablando con el propio Comonfort en el interior de la crujía—, si así estaba la situación, jamás deberías haber jurado la Constitución en febrero de 1857 ni registrarte como candidato presidencial para las elecciones de septiembre, cuando ya sabías que sería imposible gobernar con esa Carta Magna y menos, mucho menos, jurar otra vez, ya como jefe de Estado, que desempeñarías leal y patrióticamente el encargo de presidente de los Estados Unidos Mexicanos, cuando sabías que estabas condenado de antemano al fracaso y que ocasionarías con tu conducta timorata e inconsecuente muchos más daños de los que deseabas, supuestamente, evitar.

Escuché voces, sin duda las de los celadores que le traerían agua a Fernández Magón, nuestro vecino. Todo hacía suponer que se habían apiadado de él o trataban de hacerlo callar, porque no había dejado de pedirla desde el momento en que lo encerraron. Uno de nuestros custodios hacía, por lo visto, guardia permanente en el pasillo y estaba obligado a atender a los presos, siempre acompañado por un colega. Entendí la mecánica. Le supliqué a don Valentín que interrumpiera la conversación... Para mí resultaba de vida o muerte saber cuántos pasos, breves como los que ellos daban, había de la escalera de caracol por la que me habían bajado hasta nuestra tinaja.

A pesar de que conversaban y caminaban lentamente conté veintidós pasos gracias a la arcilla depositada en el piso y a que uno de ellos arrastraba las botas al caminar. Veintidós pasos de ellos serían tal vez ocho míos, siempre y cuando corriera a toda velocidad y no encontrara tropiezo. El viejo quiso retomar la charla... Shhh, hice, sin darle mayores explicaciones. Ahora quería contar los pasos de regreso, pero antes trataría de confirmar la presencia de solo dos perros guardianes de estos tan reclusos o más que nosotros, porque pasaban la vida en la fortaleza de Ulúa cuidando a los presos perseguidos por la dictadura de Porfirio Díaz o por consigna de la Iglesia católica. Efectivamente eran veintidós pasos hasta la escalera, a lo que tendría que sumar dieciocho escalones hasta el patio principal. De ese punto la fuga resultaría o muy simple o muy complicada. Debía jugármela sin más. ¿Cuáles eran mis opciones? ¿Resignarme a morir en prisión, de modo que un día empezara a escupir sangre como don Valentín o falleciera por cualquier infección, o intentar huir, ahora que tenía fuerza y energía, deseo, plenitud y, sobre todo, podía aportar a mi causa el factor sorpresa?

Quedarme a perder la vida sin combatir chocaba con mi manera de ser. Los viejos búfalos mueren embistiendo, leí en una novela. Yo haría lo propio. Debía escoger entre tres posibilidades clarísimas: morir infectado en la mazmorra, morir a tiros porque no alcanzara a llegar más que al patio central o salvar la vida con mucha suerte echándome al mar desde donde pudiera.

Al llegar a Ulúa, entre jalones, y gracias a que me encerraron de día, pude ver que me alojaban en tan solo un piso inferior a dicho patio, del que ahora sé que me separa un pasillo de ocho pasos míos, soltados a toda carrera, y dieciocho escalones. Una vez arriba, tendría que correr por la explanada con toda la furia de que fuera capaz, hasta llegar a una plataforma inclinada, sin escalones; tal vez había una en cada esquina de la fortaleza, para facilitar el transporte de la pólvora y otro tipo de armamento o municiones hasta los baluartes, en donde se encontraban apostados los cañones dirigidos al mar. Esa era mi orientación. Obviamente, no podían apuntar al puerto, sino al golfo de México, para combatir piratas o invasores extranjeros. ¡Claro que sí!

Uno, dos, tres, cuatro, conté los pasos de los celadores: estaba en lo correcto una vez más. Eran veintidós. Un número feliz. Uno, dos, tres escalones hasta llegar a dieciocho porque la escalera circular era estrecha. Ya estaba todo listo. La decisión la ejecutaría el mismísimo día en que muriera el viejo, si es que algún día lo hacía, me dije con humor negro. Tenía que ser de noche, y esto solo lo sabría por la pieza de pan duro que daban para cenar junto a esa sopa pestilente que parecía vómito de borracho. En la colación de la mañana o medio día solo servían el líquido infernal sin obsequiar al paladar de los presos con ese manjar confeccionado con trigo y que despreciarían los perros hambrientos del puerto. Gritaría como enloquecido: ¡Ayuda, auxilio, ayuda, un muerto, por el amor de Dios, un muerto, me voy a contagiar!

El resto se daría solo. Entrarían a la celda los dos matones sujetando sus antorchas, otra señal para pensar que habían caminado en la noche para iluminar su camino, de otra suerte estaría perdido, y de inmediato, movidos por la curiosidad, me darían la espalda para constatar la verdad. Uno detendría la antorcha del otro para tratar de escuchar el corazón de don Valentín o le pondría un espejo en la boca para confirmar que no respiraba. Eugenia, mi mujer, siempre ha dicho que para tener éxito en la vida tan solo necesitas suerte para encontrarte uno más pendejo que tú, y que por eso ella me había escogido como marido…

En ese preciso instante yo tendría que echar a andar mi plan. Segurito ese par de bodoques me daría la espalda y entonces yo les rompería el alma. Sí, pero, ¿cómo y a cuál de los dos primero? Recordé cuando mi hermano Enrique, ¡ay, Puli, Puli, cuánto he llorado tu muerte tan temprana y aviesa y cuántos de nuestra misma sangre olvidaron no solo tu memoria, sino tu ejemplo de virtuosismo y honor!, me preguntó un atardecer aquí en Veracruz, sin imaginar que algún día estaría yo en estas terribles condiciones, cuando volaba frente a nosotros una parvada, tal vez de patos: ¿a cuál de todos le dispararías si tuvieras un mosquete a la mano? Al contemplar que las aves se desplazaban lenta y rítmicamente por los cielos en formación de "V", aprovechó para cuestionarme, como hermano mayor y maestro, si derribaría al que encabezaba al grupo o a cualquiera de los últimos. Después de meditarlo, contesté con la esperada torpeza e ignorancia propias de mi edad que dispararía al puntero, a lo que él contestó zarandeándome cariñosamente por el cuello que en ese caso produciría una desbandada por haber matado al guía, taruguito…

De algo sirven las experiencias vividas y aprendidas. Si comenzaba por golpear al que auscultaba al muerto, me atacaría por la espalda el otro celador. La estrategia sería un fracaso y del castigo consecuente por haber intentado herir a un agente policiaco porfirista tal vez saldría ciego o manco o mudo. Ni hablar. El orden para iniciar la agresión estaba decidido. ¿Punto número uno? ¡Concluido! Ahora bien, ¿cómo y con qué atacar a mis captores? Tenía también la respuesta. Pensé que quienes recurrirían a la fuga serían los presos con mayor tiempo de reclusión y que, víctimas de la desesperación, llegarían a cualquier extremo con tal de huir. Un recién llegado tal vez no tendría esas intenciones ni había alcanzado los niveles de angustia necesarios para jugarse la vida en una empresa de semejante riesgo. Uno. Dos: el acompañante tendría, tal vez, ocupadas ambas manos deteniendo ambas antorchas. Ese sería un enorme factor de ventaja para mí. La sorpresa jugaba de mi lado. Sí, pero ¿qué hacer?

La respuesta me la dio Lu, sor Luz, María de la Luz: el daño sufrido por ella, su traumática experiencia, me ayudaría a salir de la mía y evadir así, finalmente, el infierno. Decidí que, para facilitar la inspección, debía colocarme al final del camastro de madera, donde estaban los pies de don Valentín, según se entraba inmediatamente a la derecha. Me pondría lo más cerca posible del segundo celador, el de las dos antorchas, hasta donde diera la puerta de metal abierta, de tal forma que entre ambos impediríamos que esta se cerrara mientras se llevaba a cabo el reconocimiento. Poco a poco me iría acercando a mi victimario, obligándolo a que se recorriera en dirección a la pared, como si la curiosidad o el miedo me devoraran y estuviera intrigado por conocer el rostro de un muerto con los efectos de la luz. De pronto apoyaría la mano izquierda en la cintura de mi custodio, mientras que, con la velocidad del rayo, sujetaría su cabeza para impulsarla y destrozársela contra el muro. Tenía un tiro en la pistola; si no mataba yo a la fiera en el primer intento, la fiera daría cuenta de mí. No podía fallar.

El "inspector" no correría mejor suerte, porque le encajaría en la cara una de las antorchas, quemándole los ojos o el pelo o lo que fuera; lo patearía, le arrancaría los testículos si fuera necesario, aprovechando que estaría inclinado o tal vez arrodillado al poner la cabeza sobre el pecho de don Valentín. Yo tenía la enorme ventaja de poder anticiparme a sus movimientos. Ellos no podían imaginar lo que les esperaba cuando muriera el viejo. Yo sí.

Justo es decirlo, tenía otros elementos a mi favor, siempre y cuando al entrar no cerraran la puerta para inspeccionar al muerto entre mis gritos de horror, con los que esperaba distraerlos. Podía salir enloquecido, sin lastimarlos, corriendo a más no poder rumbo a las escaleras, conociendo los pasos y obstáculos que me esperaban hasta poder arrojarme al mar. Podía empujar al segundo celador encima del primero y huir de la misma forma con la esperanza de que les llevara tiempo perseguirme. Podía tomarla contra ellos a antorchazos aprovechando el factor sorpresa o, como dije, podía estrellar a uno contra el muro y quemarle el rostro al otro.

En cualquier caso, volaría por el pasillo y subiría las escaleras como alma en pena hasta llegar al patio y de ahí buscaría la plataforma inclinada, la del ángulo derecho. La subiría como si Lucifer en persona me estuviera persiguiendo y, una vez en los baluartes, treparía por uno de los cañones para lanzarme al mar con la esperanza de que no me dispararan otros celadores y de caer en el agua, y además, sin ser atacado por un tiburón de los que merodean la Isla de Sacrificios. ¡Horror! Sí, horror, pero más horror era no hacer nada y esperar. Esperar, ¿qué? Al día siguiente de la muerte de don Valentín estaría yo en el fondo del golfo de México, o ciego o mutilado hasta acabar mis días como él, o camino a la Ciudad de México, después de haber conseguido un disfraz y algo de dinero a como diera lugar.

¿Robando? Sí, robando si fuera el caso. Pero de que diez días después, cuando mucho, estaría yo con Eugenia, no tenía la menor duda, siempre y cuando pasara la prueba más severa: escapar…

Hermosa palabra, ¿no? Pues si hubieras llegado a estar en mis condiciones, querido lector, cómplice mío y amante de la libertad, de los derechos del hombre y de la evolución y del progreso, verías que es el vocablo más hermoso de la lengua castellana. ¿Robar unos trapos con la idea que he planteado, acaso es un pecado mayor a los cometidos por prelados y pontífices de la Iglesia, según te he reseñado? ¿O has llegado a estas alturas de mi *México ante Dios* sin ser mi aliado y todavía me atacarás por haber tocado el tema de la religión cuando en ningún momento lo he abordado? Si me has obsequiado tu atención hasta casi acabar la narración, entonces debo afirmar que entre tú y yo ya existe una fraternidad, un vínculo indisoluble, un lazo liberal con el que iremos atando, hasta hacer una gran cadena, a más adeptos amantes de la educación abierta y sin prejuicios, la laica. Se sumarán a nuestra causa quienes estén dispuestos a rescatar a millones de mexicanos sepultados en la miseria porque nunca tuvieron acceso a la educación gracias a que, desde la llegada de los españoles hasta nuestros días, hemos padecido los horrores de un Estado clérigo-militar del que ya no deseamos saber más. Ya lo conocimos. Desterrémoslo. Incorporemos en su lugar a la democracia con sus defectos y riesgos. En ella no habrá mexicanos excluidos. Todos aportaremos para construir el México que deseamos. ¡Basta ya de ser el país de un solo hombre cuando lo integramos millones de personas que deben sumar, participar, aportar y contribuir!

Don Valentín hablaba y hablaba mientras yo pensaba en volver a vivir, en encontrarme con Eugenia. No me presentaría de golpe en el pequeño departamento, corríamos el riesgo de ser espiados por la policía secreta. Tal vez visitaría a mi comadre Claudia, la Coconeta, para que le avisara discretamente a mi mujer y pudiéramos encontrarnos en algún lugar. ¿Qué tal en los baños de Moctezuma, en el Bosque de Chapultepec, de viejos recuerdos? Tendríamos que mudarnos de barrio o hasta de ciudad. Lo sabía, como también sabía las dificultades que enfrentaría para volver a reunirme con mis colegas caricaturistas. Requeriría de un seudónimo, de un nuevo nombre de batalla, para poder ganarme la vida. Trabajaría como maestro de escuela en cualquier plaza de la República o bien, llegado el caso, trabajaría en el destierro, sin ignorar que los largos brazos del tirano llegarían a cualquier continente con tal de silenciarme. ¿No requieren un profesor de dibujo? O me sentaría en las afueras de la Catedral para hacer retratos serios o chuscos de los creyentes y de sus familias. Volvería a los inicios de mi carrera. ¿Qué más daba? Cualquier periódico me daría espacio en sus páginas para publicar mis caricaturas si omitía mi verdadera identidad y no hacía mofas ni del gobierno ni de la Iglesia. Las tres reglas que nunca debería olvidar. ¿Intentaría matar a Porfirio Díaz tan pronto recuperara la libertad? Por supuesto que sí, pero mi primer objetivo consistía en escapar de la prisión de Ulúa y estar de nueva cuenta con mis hijos y con Eugenia. Luego, ya veríamos… El paso por esta cárcel, por más que hubiera sido efímero, me dejaría huellas profundas en el alma. Mis lápices, mis carbones y mis hojas en blanco constituían mis mejores armas, ¿por qué no usarlas junto con mi sentido del humor? Utilizaría mis recursos en la clandestinidad. Si no lograba asesinar a Díaz y me aprehendían, lo más seguro es que me pasaran por las armas después de someterme a torturas inenarrables. Mi vida valía más que la del tirano.

¿Y María de la Luz?, se preguntará el estimable lector. Sí, es menester hablar de ella y contar en qué se convirtió su vida a partir del nacimiento de Eugenia. ¿Eugenia…? Caí entonces en cuenta de que la hija de sor Lu se llamaba igual que mi esposa, la madre de mis hijos. ¡Eugenia! Curioso, ¿no? Según avanzaba la conversación y don Valentín me revelaba más detalles de la suerte de su hermana, más cabitos ataba hasta acercarme a una conclusión inevitable. ¿Acaso Lu sería la madre de mi esposa? Por alguna razón, inexplicable e inaceptable, la tía Cuca siempre me había negado información sobre el pasado de su sobrina.

—Llegó un día a esta casa, así, porque sí… Acuérdate que quien quiera saber, mentiras con él… No sé nada, pero ¿si supiera y te dijera, la ibas a querer más o menos…? No. Entonces deja de comportarte como un inspector de aduanas, muchacho…

Lu se fue a vivir, como dijimos, a Guadalajara. Se dedicaría en cuerpo y alma a su hija. Esa chiquilla sería su mejor profesión, su coronación como mujer, su justificación para vivir, el mejor premio de su existencia. ¿Cuál castigo? Ella se merecía premios, muchos premios, todos los premios, no en balde había sufrido horrores para que todavía la penalizaran por cargos de los que ella era inocente. Martinillo la ayudó con transcripciones y diversos trabajos que podía cumplir con toda facilidad desde la casa. Pero ya sabíamos que Lu era incansable y que, en tanto Eugenia no pudiera ingresar en la escuela, si es que un día se lo permitían, ella bordaría en la casa aplicando las técnicas que sor Cecilia le había enseñado durante su dura reclusión en el convento, pero además lavaría ropa ajena, cosería, plancharía, prepararía enchiladas potosinas o de las que fueran y las repartiría a domicilio, caldo tlalpeño o xóchitl, mixiotes, que hacía como nadie, pozole de trompa y oreja… ¿Quién preparaba el mole de Oaxaca mejor que ella? Nadie, ¿verdad? Pues si el hombre y el pez mueren por la boca, sabré dar servicios domésticos que me harán imprescindible ante las amas de casa. Lo que sea, pero a mi hija no le faltará nada.

De volver al hogar paterno y reencontrarse con la tía Gloria y su madre, ni hablar: el tema estaba cerrado. La visión tan estrecha que tenían de la vida ellas y todas las mujeres de su generación haría insostenible cualquier relación. Su paciencia se había agotado. Su historia personal le impedía tener semejantes contemplaciones. Hay otros filtros para ver la vida además de Dios, mamá. Tienes una perspectiva muy reducida, casi te diría que absurda de la vida. ¿Cómo explicarle a María Magdalena o a la tía Gloria o a su padre, un cavernícola, en todo caso un tirano extraído del Siglo de Oro del teatro español, que vivía atenazado por conceptos del honor de cuando menos doscientos años atrás? Para él las mujeres eran objetos de uso para el placer o instrumentos de reproducción carentes de sentimientos y de inteligencia y, por ende, incapacitadas para pronunciarse y dar opiniones. Te quiero a mi lado, callada y vestida de negro. Cuando te pida tu punto de vista, me lo das. Mientras tanto ponte aquí y cierra la boca. ¿Entendido?

¿Ese individuo iba a aceptar que Lu tuviera una hija sobre la que no podía dar explicaciones porque, entre otras razones, nadie se las iba a creer? Felipe, su otro hermano, el cura, ¿acaso iba a aceptar que el padre Villanueva le había estrellado la cabeza contra un muro y que después, tirada en el piso, abusó de ella sin detenerse a pensar que podía resultar embarazada?

—Hermana mía: perdóname, pero nadie puede volver a vernos juntos. La sola narración que acabas de hacerme es suficiente para que Dios no pueda defenderte contra el diablo. Discúlpame, pero no podré hacer nada para impedir que te vayas al infierno; es más, si tuviera que dar mi voto, créeme que te condenaría para que ahí pasaras la eternidad. ¿Y si te hubieras quedado embarazada en el convento, qué hubiera ocurrido?

—Pues hubiera dado a luz en secreto, escondiendo mi gravidez bajo los hábitos, y al nacer el niño lo hubiera matado el padre Villanueva, enterrándolo en los pasillos subterráneos del convento, donde descansan muchos infantes muertos en iguales circunstancias.

—¡Apártate, apártate! —hubiera contestado en su delirio, amenazando con su cruz pectoral como si con ella pudiera detener a Lucifer, encarnado en la persona de su hermana María de la Luz.

De modo que, en su casa, solo Valentín podría haberla ayudado. Él le creía. Él le ayudaría, como le ayudó siempre, a cargar la cruz. Valentín supo de Eugenia, ¡claro que supo de su nacimiento y de su existencia! La ayudó con envíos de dinero cada mes. Estuvo presente cuando Lu se mudó a Puebla para estar más cerca de la Ciudad de México y de Veracruz, un punto estratégico para hacer negocios, puesto que se trataba de la ruta mercantil más transitada del país. La alojó en una casa de huéspedes en lo que rentaban un departamento o una recámara, al menos, en el centro. Otro día acompañó a su hermana al Registro Civil, creado muy poco tiempo atrás, para dar noticia, con todos los efectos legales, del nacimiento de Eugenia. María de la Luz había obtenido una fe de bautismo apócrifa en una de las parroquias de Jalisco con el clásico argumento, padre, ayúdeme y yo lo ayudaré con algunos pesos y centavos a mantener este templo de nuestra patrona.

—¿De cuánto será tu cooperación, hija mía?, ya ves que ahora con esto de las tarifas para las obvenciones parroquiales, los recursos de estos pastores de Dios se nos han recortado dramáticamente... Imagínate que hasta de campanero tengo que hacerla porque ya no tengo ni para pagar al sacristán.

—Pobrecito padre, ¿le parecen bien diez pesos?

—Déjalo en quince para provocar la sonrisa del Señor... Con la fe de bautismo en poder de Lu no le fue difícil registrar a su hija, dado que también había inventado el nombre del padre, un militar improvisado caído durante la Revolución de Ayutla.

—En ese momento, cuando registramos a Eugenia en Puebla, me percaté, Ponciano, de que mi hermana deseaba romper con todo su pasado.

Nombre del Padre: Federico Vélez.

Nombre de la Madre: Refugio Martínez. Nada de Altamirano ni nada. Martínez y, además, Refugio, como la virgen, ella protegería a su hija contra cualquier adversidad y contratiempo. Ni huella quedaría de María de la Luz Altamirano. Se perdería todo rastro. Eugenia no pasaría los horrores propios de las niñas que, como decía la tía Gloria, eran recibidas con desilusión porque estaban condenadas al sufrimiento: ten hijos varones cuando te toque, hija, como si pudiera uno escoger. Eugenia sí se presentaría a comer a la mesa con el cabello mojado después de bañarse y comería lo que fuera sin buscar el consentimiento de su madre con los ojos y no rezaría de pie antes de ingerir los sagrados alimentos ni daría gracias quién sabe a quién ni le estaría prohibido caminar sola por la calle ni necesitaría de una chaperona para hacerlo ni tendría un concepto manoseado, pervertido de la virtud, aunque cuando llegara la hora del galanteo sí le pediría que conversara con sus pretendientes ellos en la calle y ella en casa, separados por los barrotes de la reja, sin ser espiada por su madre para conocer el comportamiento o las intenciones del muchacho.

Rompería con muchas costumbres y tradiciones hipócritas y morbosas impuestas por la Iglesia. ¿Cómo se atrevía esa institución a predicar la moralidad después de lo que ella había vivido? De cualquier manera, María de la Luz compraría un par de sillones unidos por los costados, de los llamados tú y yo, donde la pareja quedaba, él viendo para el oriente y ella al poniente, a sabiendas de que podrían deslizarse alguna carta de amor o un poema o hasta un libro. No importaba. No intentaría ponerle diques al mar. Los viejos libidinosos y cochinos que se apostaban como cazadores en el lugar exacto en donde se detenían los carruajes de alquiler para ver los tobillos de las damas al descender de las diligencias siempre existirían y habría que aprender a vivir con esos bribones. Si abres el paraguas al bajar les habrás echado a perder la fiesta, hija mía. ¡Que nunca te vean el huesito!

Eugenia iría a la escuela aunque fuera muy mal visto. Habrás de educarte y leer todo aquello que yo aprendía a escondidas con tu tío Vale y sus amigos. Si no me hubiera rodeado de hombres desde muy niña y me hubieran enseñado a trepar árboles y bardas como un auténtico chango —podía mostrar las huellas en sus rodillas, las cicatrices que probaban sus aseveraciones—, no estarías aquí, hija mía: los hombres no son diablos; hay algunos que, en efecto, lo son, pero no todos, nunca generalices. Tu tío Vale es un príncipe azul, lástima que se hubiera metido a desafiar la corriente de un río, de tal manera caudalosa e incontenible, que nunca le permitió salir del agua para reposar y meditar el rumbo que le daba a su vida. Se dio tumbos y golpes, se estrelló contra las rocas cuantas veces puedas imaginarte, se hundió, salió a la superficie, se tomó de leños para sobrevivir, sacó la cabeza, respiró, nadó a contracorriente hasta agotarse y casi perecer, pero una fuerza interior no lo ha dejado desmayar ni le ha permitido el lujo de ahogarse: esa ha sido su vida, la de un luchador nato, hasta que tarde o temprano, hija mía, Vale tal vez acabe sus días cayendo en una inmensa cascada de la que no salga con vida.

Eugenia recibió la educación escolar pero también, sobra decirlo, la derivada de la experiencia materna, igual o más valiosa. Acuérdate que hace más quien quiere que quien puede…

Yo no lo podía creer: las mismas expresiones con las que Eugenia me torturaba cuando algo me salía mal. Con fuerza de voluntad harás mucho más que con tus conocimientos, Poncianito chulo, remataba con una tonadita que me hacía enloquecer del coraje. En realidad las esposas, observadoras íntimas del comportamiento de los maridos, se convierten en cazadoras que apuntan permanentemente con un rifle cargado de municiones llamadas "te lo dije". Ellas, dedicadas al hogar y a los hijos, es decir a vertebrar anímica y moralmente a la nación, trabajo que no es poca cosa, por el otro lado advierten a sus parejas de las inminencias de los peligros y acechanzas y dan su punto de vista con la misma violencia con que Salomón daría por cerrado un caso con un sonoro golpe de mallete. ¡Ay, de aquel que no se ciña estrictamente a los dictados de su mujer, que por lo general contará con seis dedos en cada mano su capacidad para prever acontecimientos, porque tendrá que soportar diariamente los disparos implacables de te lo dije, te lo dije, te lo dije! Ahora bien, quien se someta incondicionalmente a sus directrices recibirá un calificativo nada agradable ni constructivo, por lo que será mejor actuar libremente cuidando lo mejor posible la dignidad y evitar, cuando se pueda, los tiros diarios a la cabeza.

Eugenia aprendería a leer y a escribir, y no solo a leer por miedo a que la chiquilla se comunicara con sus amigos a través de cartas secretas. No habrá cartas secretas, hija, no, todo sobre la mesa sin ocultamientos. ¡Evidentemente, irás a la escuela y habrás de prepararte para conocer a los hombres, porque tendrás que vivir, espero que toda tu vida, al lado de uno de ellos y por ello, mientras más pronto aprendas a distinguir los buenos de los malos, mejor, mucho mejor! Escribe, deberás escribir, por supuesto que sí, hazlo con la esperanza de que un día tus cartas sean resumidas en una antología para la historia de la literatura… Escribe, escribe, escribe, así serás libre, más libre que nadie…

¿Por qué en la escuela te enseñan a pintar pero no a dibujar? Porque los morbosos degenerados de los curas piensan que un día podrás dibujar el cuerpo humano y pasar a ser como ellos, hija. Por eso te enseñan música pero no canto, porque corres el peligro, en este último caso, de convertirte en cantante, lo cual sería mal visto por la sociedad y por la Iglesia. Canta, hija, canta y trina, si ese es tu camino, síguelo. Búscate por dentro, húrgate hasta que descubras, sin miedos, quién habita en tu interior. Háblame de tus dudas, de tus fantasías, de tu curiosidad justificada por la reproducción humana y animal, de tu preocupación por la política, de tu interés por las artes: la vida es un abanico de posibilidades de realización personal. Encuentra las tuyas, para eso tienes a tu madre, un faro en tu camino, una referencia nocturna de la cual carecí yo en mis noches de miedo. No serás un objeto de adorno. Pensarás, construirás, harás, propondrás, no callarás, aportarás, disfrutarás la cama y a tu pareja, te reirás con un par de tequilas y sin ellos, serás plena, intensa, exitosa, risueña y enormemente productiva para que el día que te mueras, espero que sea muy tarde y sobre todo mucho después de que yo haya partido para siempre, lo puedas hacer con una sonrisa en el rostro…

Empezaba a creerle a don Valentín que efectivamente María de la Luz, como sor Ceci, era una madre universal por definición. ¿Su profesión? Criar niños felices, plenos, limpios en un mundo carcomido por la maldad, el rencor, la envidia, el odio y las traiciones. Si todas fueran como Lu tendríamos otro país, y mira las desventajas con las que trajo a Eugenia a este mundo… ¿Te parece poca cosa? No hacen falta grandes Congresos ni sesudos parlamentarios ni convenios ni tratados ni sistemas federales sofisticados: solo se requieren mujeres como Lu…

Benito Juárez emprendió la marcha a pie acompañado de Manuel Ruiz, su ex secretario y ministro de Justicia, su colega en el gabinete de Comonfort, otro radical de inmejorable cepa. Salieron de la Ciudad de México rumbo a Querétaro, atravesando serranías y planicies. Solo llevaban consigo lo que vestían, además de una convicción política invencible, una determinación que, muy pronto se vería, estaba forjada en el mejor de los aceros para resistir hasta el impacto de los cañonazos conservadores disparados en dirección a un mismo blanco: el corazón de la República. Todo comenzó con un sueño, ¿verdad…?

—Nuestra generación hará historia, don Benito, escúcheme lo que le digo —exclamó don Manuel al llegar a Tepeji del Río, agobiado por la sed, sin que el zapoteco se inmutara ni diera muestras de cansancio. Parecía un tarahumara que hubiera nacido corriendo por las montañas. ¿Cuauhtémoc se quejó cuando le quemaban los pies? Eso era estoicismo. Sin disminuir la marcha ni voltear a ver a su interlocutor, qué más daba saber lo que ya llevaran andando ni lo que les faltara para llegar, Juárez contestó lacónicamente:

—Mejor un día en la vida de este país que cien años en la gloria, Manuel…

La división estaba más clara que nunca: Félix María Zuloaga era presidente de la República por la vía de los hechos. Así, ni más ni menos, lo había resuelto el padre Miranda después de un intercambio epistolar con monseñor Pelagio Antonio de Labastida y Dávalos, desde Roma. ¿Elecciones libres o respeto a la legalidad? ¡Basta, basta, si os atrevéis a criticar la sagrada obra de Dios, ejecutada por sus representantes, aquí en la tierra, habréis incurrido en herejía y recaerá sobre vuestras espaldas el castigo derivado de la excomunión mayor establecida por el canon: *Siquis suadente diabolo!* El obispo poblano se había pronunciado, desde un principio, por la candidatura de Miguel Gregorio de la Luz Atenógenes Miramón y Tarelo como titular del Poder Ejecutivo, muy a pesar de sus escasos veintisiete años. Lo había conocido a fondo en Puebla, la segunda vez en que el obispado le había declarado la guerra al gobierno de la República. Ese es nuestro hombre, nuestro nuevo Santa Anna, no lo pierda de vista, padre: es nuestro futuro. Cuídelo.

Sin embargo Miranda, quien tenía en sus manos los hilos finos para mover a su antojo a la marioneta, incluso a veces de manera cómica, prefirió una y mil veces recurrir a Zuloaga, a quien controlaba con la mirada y con la caricia amenazadora de su cruz pectoral; él entendería el mensaje lanzado con las yemas de los dedos. ¡Cuidado si apelo al Señor porque estarás muerto, Félix!

Los clericales creyeron legitimar la estancia de este militar en el poder a través del reconocimiento diplomático de las potencias europeas y de Estados Unidos, cuando la única manera de lograrlo era a través del sometimiento incondicional a la Constitución. Apartarse de ella solo confirmaba su carácter de usurpador.

Zuloaga era entonces el presidente espurio de los clericales, de los reaccionarios, y Juárez el de los liberales, de los progresistas, pero con un detalle muy significativo: Zuloaga era un golpista, un barbaján escogido por la Mitra para gobernar al país y hundirlo en la guerra con tal de rescatar sus bienes y privilegios perdidos, mientras que Juárez era el jefe del Estado en términos del artículo 79 de la Constitución, pues Juárez, ya lo dijimos, recuperémoslo para los clericales también golpistas que lean mi *México ante Dios* con ganas de mandarme a la eternidad del averno, Juárez era el presidente de la Suprema Corte de Justicia de la Nación y, por ende, el sucesor legal, legalísimo, de Comonfort. Si fue ilegal el autogolpe de Estado asestado en contra de su propio gobierno por Comonfort, igual o más ilícito fue el derrocamiento de este por Zuloaga, ejecutado de la A a la Z de acuerdo a las instrucciones militares vertidas por el padre Miranda. Ya veremos cómo Zuloaga nombra ministro de Justicia en su gabinete nada menos que al padre Francisco Javier Miranda, por todos conocido como el auténtico poder detrás del trono en uno de los gobiernos más crueles y sangrientos de los que este México tan joven tuviera memoria…

¿Con qué comenzaba Juárez la guerra de Reforma, la reposición de la legalidad, la restauración de la democracia republicana contenida en la Carta Magna de 1857, puesto que nunca, en ningún caso y bajo ninguna circunstancia permitiría que los Zuloagas ni los Mirandas ni los Labastidas ni los Miramones ni cualquier otro sinvergüenza fraguado en el molde de la reacción usurpara la presidencia? Juárez carecía de los órganos de un Estado legalmente constituido: no contaba con un Poder Legislativo ni con un Poder Judicial ni con un ejército organizado ni con fuerzas policiacas, ni con un territorio ni una capital definidos ni con recursos, ni con un sistema tributario ni con siquiera una oficina, ya no se diga un Palacio Nacional, ni una bandera ni una pistola ni reconocimiento diplomático de ningún país ni un tintero ni una pluma para firmar un decreto ni una nada de nada. Bien, ¡basta! Nada de nada, ¿verdad? Pues Juárez encarnaba la República. Él representaba la legalidad. En él se fincaba la esperanza de la inmensa mayoría del pueblo mexicano, analfabeto, apático, observador silencioso de estas disputas sangrientas entre los antiguos y los nuevos líderes. A falta de Juárez, ¿qué...? Él era el hilo delgado, delgadísimo entre el orden y la nada, otra vez la nada santannista, el vacío, el atraso, la descomposición, la deshonestidad, la concepción de la tesorería pública como botín, el sistema ideal para garantizar la protección de los intereses clericales a cambio de permitir el enriquecimiento de la clase militar con la que se sometía a la ciudadanía, se le inmovilizaba mientras se le desfalcaba.

—No es mi interés, Ponciano, hacer un detalle pormenorizado de la guerra de Reforma, cuyo desarrollo dejo, en todo caso, en manos de los expertos en el tema. Carezco de tiempo, muchacho, para revelarte pormenores bélicos, que por otro lado son irrelevantes de cara a nuestro objetivo de seguir demostrando no solo cómo la Iglesia católica y los fieles fanáticos que la seguían fueron culpables del estallido de la guerra civil, sino cómo invirtieron buena parte de sus ahorros para financiar este conflicto armado, aportaciones que la patria no recibió cuando fue invadida y mutilada por el ejército norteamericano en 1846 y 1847.

Como bien presuponía Benito Juárez, a partir del momento en que él fue liberado por el dictador Comonfort y abandonó Palacio Nacional rumbo a Guanajuato en busca del apoyo del gobernador Doblado se declararon abiertas las hostilidades entre clericales y liberales. Don Valentín siempre se refirió a los conservadores como tales, aun cuando en algunas ocasiones los llamó clericales. Yo, en honor a su memoria, los llamaré de esta última manera, porque a partir del 11 de enero le volvieron a declarar aviesamente la guerra a la República, a las instituciones, a la Constitución, a sus leyes, financiando un conflicto fratricida con el dinero de las limosnas que piadosamente depositaban los fieles en urnas y cepillos para ayudar a coronar la obra de Dios. Pues bien, dado que esos dineros fueron captados por la Iglesia de los devotos y sin embargo se destinaron a ejecutar una matanza despiadada de mexicanos amantes de la libertad, yo, querido lector, los llamaré clericales con todo el desprecio y fundamentos que tengo a mi alcance.

En Guanajuato Juárez se apresuró a nombrar su gabinete, integrado por hombres de probada lealtad a sus ideas: Melchor Ocampo, ministro de Relaciones Exteriores y de Guerra, ¿cómo podía faltar Melchor Ocampo después de Nueva Orleáns y de tantos lances adversos? Melchor Ocampo, el amigo, el hermano, el ideólogo, el visionario impaciente e intolerante. Melchor, sí, Melchor, bienvenido, mil veces bienvenido, también hermano mío, hermano de los amantes incondicionales de la libertad. Santos Degollado, de Gobernación; Manuel Ruiz, de Justicia; León Guzmán, de Fomento, y Guillermo Prieto, de Hacienda. El futuro se jugaría en los campos de batalla. La guerra civil era el único horizonte visible. Se enfrentarían a militares de la talla de Miramón, Osollo y Mejía, a tropas veteranas educadas en el santannismo en contra de un ejército constitucionalista comandado en un principio por Anastasio Parrodi y Manuel Doblado.

El 19 de enero Benito Juárez expide su primer manifiesto como presidente de la República. Ahí vemos al hombre vertebrado jurídicamente, al hombre de Estado, al líder político que comprende con meridiana claridad la importancia del respeto a las instituciones para acelerar el ritmo del progreso, la única forma de incorporar cada día a más mexicanos a los niveles mínimos de bienestar exigidos por la dignidad humana. ¿Se puede construir un país sumido en el caos y sin contar con la opinión de las mayorías en relación con la ruta que más pueda beneficiar a la sociedad? El gobierno de un solo hombre puede llegar a funcionar temporalmente, siempre y cuando se trate de un déspota ilustrado. Déspotas hay muchos y de los más variados en el reino de los primates, ¿pero ilustrados? ¿Un Iturbide golpista, un Vicente Guerrero golpista, un Santa Anna mil veces golpista, un Paredes y Arrillaga golpista, un Comonfort golpista, un Zuloaga golpista, entre otros tantos "salvadores de la patria"? Mejor una organización política en la que todos trabajemos en beneficio de todos y todos nos nombremos a todos.

Aquí están, lector amigo, estos párrafos para que veas a don Benito a contraluz a tan solo unos días de haberse hecho cargo de la presidencia. Nota cómo desea volver, a la brevedad, al gobierno de las instituciones. Deléitate y compáralo con Zuloaga. ¿Qué proponía Zuloaga? ¿Cuál era su plan de gobierno? ¿Verdad que empieza a quedar claro por qué la guerra de Reforma, librada por el pueblo católico en contra de la Iglesia católica tenía que ganarla el pueblo?

> ¡Mexicanos!:
>
> El gobierno constitucional de la República, cuya marcha fue interrumpida por la defección del que fue depositario del poder supremo, queda restablecido. La carta fundamental del país ha recibido una nueva sanción, tan explícita y elocuente, que solo podrán desconocerla los que voluntariamente quieran cerrar los ojos a la evidencia de los hechos.
>
> Los hombres que, de buena o mala fe, repugnaban aceptar las reformas sociales que aquel código establece para honor de México y para el bien procomunal, han apurado todos sus esfuerzos a fin de destruirlo. Han promovido motines a mano armada poniendo en peligro la unidad nacional y la independencia de la República. Han invocado el nombre sagrado de nuestra religión, haciéndola servir de instrumento a sus ambiciones ilegítimas

y queriendo aniquilar de un solo golpe la libertad que los mexicanos han conquistado a costa de todo género de sacrificios.

Sin embargo, tan poderosos como habían sido esos elementos, han venido a estrellarse ante la voluntad nacional y solo han servido para dar a sus promovedores el más cruel de los desengaños, y para establecer la verdad práctica de que de hoy en adelante los destinos de los mexicanos no dependerán ya del arbitrio de un hombre solo, ni de la voluntad caprichosa de las facciones, cualesquiera que sean los antecedentes de los que las formen.

La voluntad general expresada en la Constitución y en las leyes que la nación se ha dado por medio de sus legítimos representantes es la única regla a que deben sujetarse los mexicanos para labrar su felicidad, a la sombra benéfica de la paz. Consecuente con este principio, que ha sido la norma de mis operaciones, y obedeciendo el llamamiento de la nación, he reasumido el mando supremo luego que he tenido libertad para verificarlos.

Llamado a este difícil puesto por un precepto constitucional y no por el favor de las facciones, procuraré en el corto periodo de mi administración que el gobierno sea el protector imparcial de las garantías individuales, el defensor de los derechos de la nación y de las libertades públicas. Entre tanto se reúne el Congreso de la Unión a continuar sus importantes tareas, dictaré las medidas que las circunstancias demanden para expeditar la marcha de la administración en sus distintos ramos y para establecer la paz. Llamaré al orden a los que, con las armas en la mano o de cualquier manera, niegan la obediencia a la ley y a la autoridad; y si por alguna desgracia lamentable se obstinaran en seguir la senda extraviada que han emprendido, cuidaré de reprimirlos con toda la energía que corresponde, haciendo respetar las prerrogativas de la autoridad suprema de la República.

Mexicanos: sabéis ya cuál es la conducta que me propongo seguir; prestadme vuestra cooperación: la causa que sostenemos es justa, y confiemos en que la providencia divina la seguirá protegiendo como hasta aquí.[19]

—Mientras Juárez se hacía cargo de la estructuración de su gobierno de excepción, pero no por ello menos constitucional, un periodista informaba: "Ha llegado a esta un indio llamado Juárez que se dice presidente de la República".[20] Imagínate, Ponciano, las comunicaciones y el sentido del humor negro, negrísimo, hace treinta y tres años, ¿qué clase de caricatura hubieras hecho tú?, y por otro lado, "el dicho indio" expedía una serie de circulares pidiendo a la nación que contribuyera con setecientos mil pesos para los gastos de guerra, con lo que no hizo sino provocar una sonora carcajada lanzada "por las gentes cuerdas, todos los sujetos de arraigo, que tenían algo que perder". El padre Miranda había ordenado una cacería infructuosa de liberales, pero de una u otra forma, como ya lo vimos, Ignacio Ramírez, "El Nigromante", Santos Degollado, Guillermo Prieto, León Guzmán, Melchor Ocampo y Miguel Lerdo de Tejada lograron huir para reunirse, a la primera oportunidad, con Juárez en Guanajuato. Estaba listo el primer gobierno de una República en fuga. ¿Un ejército? ¡Armemos un ejército! ¿Con qué dinero, señor? ¡Que no venga un hombre con preguntas, sino con respuestas!

Por instrucciones del padre Miranda y a sugerencia del obispo Labastida, Zuloaga envía una carta al papa Pío IX, en la que el supuesto jefe de la nación declara:

> Las leyes y providencias dictadas contra la propiedad de la Iglesia, contra sus fueros e inmunidades y contra sus pastores y ministros, han debido persuadir a Su Santidad que existe en México un sinnúmero considerable de hombres que han abandonado la fe de sus padres y que son enemigos de la santa sede. En México, santísimo padre, no hay incrédulos ni impíos de corazón.

El papa contestó muy satisfecho, querido Ponciano, una larga carta, de la que rescataremos unos párrafos donde no se puede ocultar el claro estilo de monseñor Labastida, encargado de redactarla:

> Sumo placer hemos tenido al recibir en estos días vuestra carta, dictada por un profundo sentimiento de piedad y veneración hacia Nos y hacia esta sede apostólica.
>
> Tratando en ella de la mutación de circunstancias acaecidas en esa República, dais a entender que habiendo sido elegido presidente interino, nada deseáis tanto como derogar y quitar del medio, sin demora alguna, las leyes y decretos que, en el tristísimo estado en que se encontró esa nación, se dieron contra la Iglesia Católica y sus sagrados ministros y que deseáis que el nuevo gobierno reanude estrechamente las relaciones con esta santa sede procurando empeñosamente que nuestra sagrada religión vuelva a estar en auge y floreciente en México, en el grado que ardientemente desean todos los buenos mexicanos.[21]

Miranda le ordena a Zuloaga que derogue de inmediato la Ley Lerdo. Nada de que desamorticen los bienes del clero. No me expliquen las inmensas ventajas de robarme lo mío. ¡Acabemos con el cuento! El 28 de enero de 1858, a una semana del derrocamiento de Comonfort, queda sin efecto dicha disposición.[22] Eso es lo que se esperaba del presidente-dama:

¡Acciones…! Vendrán más derogaciones, muchas más. Está claro dónde le había dolido más a la Iglesia y por qué tenían que deshacerse de Comonfort e imponer a Zuloaga, que se escondía aterrorizado debajo de la sotana del padre Miranda cuando ladraba un perro en la calle, siendo que él estaba en el primer piso de Palacio Nacional, rodeado de guardias de seguridad. "Por este decreto se le restablecen al venerable clero sus bienes…"[23]

—¿Quieres ver, querido Ponciano, quién y por qué asestó un golpe de Estado? Muy simple: fíjate en los nuevos titulares del poder, pero, sobre todo, pon toda tu atención en la legislación que se promulgue. Ahí darás con toda la verdad. Ahora resulta que un gobierno espurio, como el de Zuloaga, puede dejar sin efecto normas sancionadas por un Congreso Constituyente, ¿no…? Pues bien, para saber cuál de las dos leyes, estas últimas o las de Zuloaga, son las aplicables, solo se tendrá que esperar a conocer el resultado de la guerra. Si ganan los clericales, adiós disposiciones liberales; ahora bien, si triunfan los liberales, simplemente se repondrá la Carta Magna que propició el conflicto armado. Finalmente valdrá la ley del más fuerte, militarmente hablando. ¿Una canallada? No, así es de práctico el derecho…

Pero Miranda, el sacerdote-general-ministro y presidente tras bambalinas no solo deroga normas contrarias a los intereses de su Iglesia, no, también echa mano de sus arcas para financiar la guerra. Bastaba con una conversación con el obispo Lázaro de la Garza y Ballesteros para entregar los recursos. Ya había llegado el momento esperado. Todo sea por la causa. Entrega devotamente al movimiento militar un millón quinientos mil pesos, una fortuna, una inmensa fortuna que demuestra por qué siempre la Iglesia católica fue más poderosa económicamente que cualquier gobierno de la República. Se trataba de dar cuenta hasta del último liberal y de sus ideas satánicas, ¿no…?[24] Por si fuera poco, ahí estaban las actas de cabildo eclesiástico para dar fe de los hechos.[25]

Firma esto, Félix… Deroga esto, Félix… Abstente de comentar aquello, Félix… Te quiero aquí mañana, no más tarde de las ocho de la noche… Quiero que leas, pero en público, este discurso… Cuando venga el ministro de Francia, déjame a mí la conversación… Niega toda participación de la Iglesia en estos acontecimientos tan desastrosos que están enlutando a México… Quiero leer las páginas de tu diario, si es que llevas uno… Si sales con mujeres distintas a tu esposa, se persigna el padre Miranda, cuida mucho lo que dices… Yo no tengo nada que ver… Soy en todo caso inocente o serás acusado de sacrílego… Yo autorizaré previamente todas tus decisiones de gobierno… No podrás contratar ni a un portero de Palacio sin mi autorización… Los invitados a las recepciones serán aprobados previamente por mí... Las cuestiones presupuestales de nuestro gobierno las discutiré yo con el ministro de Hacienda... Las estrategias militares las veremos juntos con Miramón... No osarás contradecirme en público... Cuando venga otra vez el ministro Forsyth de Estados Unidos a comprar más territorios me dejarás discretamente a solas con él. Si intenta comprar toda Chihuahua y negociar los derechos de paso por Tehuantepec ahora que se escuchan los tambores de la guerra en aquel país, créeme que llegaremos a un acuerdo porque es más conveniente, Dios me ha iluminado, vender desierto y tierras abandonadas, pero que nuestra Santa Madre Iglesia ya no gaste en la guerra sus menguados ahorros...[26] Les venderemos lo que ellos desean y obtendremos dinero y, además, reconocimiento diplomático... Nunca olvides, Félix, que ante mí tomaste el juramento para convertirte en jefe de Estado de este dolorido país...[27] ¿Alguna duda, señor presidente...?

Empieza la persecución para dar con Juárez y juzgarlo sobre la marcha, sentenciarlo sobre la marcha, ejecutarlo sobre la marcha y manchar su imagen histórica, también sobre la marcha. A él no podrán echarle ácido en las palmas ni se le arrancará la piel por haber tenido los sagrados sacramentos en sus manos, como se hizo con los curas Hidalgo, Morelos y otros. A Juárez lo pasarán por las armas o lo asesinarán "unos fanáticos" y no le cortarán piadosamente la cabeza para colgarla en alguna alhóndiga. Después de todo, si bien estudió en su momento para sacerdote, nunca llegó a serlo. Su suerte, dictada por Dios, se reducirá a ser colgado de cualquier árbol en el camino para que lo devoren los zopilotes, como corresponde a un hereje. Aunque, después de todo, tal vez valdría la pena arrancarle la lengua con la que pronunció tantas blasfemias. Alabado sea el Señor...

Sabedor Juárez de que le seguían, y muy de cerca, y más sabedor aún de que no habría piedad si llegaban a dar con él, pues pensaban que muerto él se acabaría la República y todos los principios urdidos por "los piojos liberales", las fuerzas liberales, bajo las órdenes de Parrodi, son derrotadas en Salamanca, pero para Juárez "nuestro gallo solo ha perdido una pluma". Tiene que salir de Guanajuato rumbo a Guadalajara mientras Mata viaja rumbo a Washington para entrevistarse con Cass, secretario de Estado del presidente Buchanan, para exigir la cancelación del reconocimiento diplomático del gobierno de Zuloaga-Miranda. Juárez es el liberal, el representante de la legalidad. ¿Qué interés oscuro hay tras todo esto? ¿Una democracia como la norteamericana a favor de reaccionarios, y además golpistas? A ver, a ver...

No se deja intimidar ni siquiera cuando es sorprendido en Guadalajara por un pelotón de soldados clericales —precisamente los encargados de la guardia del Palacio de Gobierno del estado, a cargo de Antonio Landa, debidamente sobornado por el canónigo Rafael Homobono Tovar y por el prior carmelita fray Joaquín de San Alberto—,[28] que a la voz obvia de ¡viva la religión! está a punto de apretar el gatillo. Ahí salta Guillermo Prieto, el salvador de la Reforma y de la República, para interponerse cubriendo con su cuerpo el del presidente y gritar: "¡Bajen esas armas! ¡Los valientes no asesinan! ¿Quieren sangre? ¡Bébanse la mía!"

—Así eran y son los Prieto, Ponciano, de una sola pieza; los conozco de toda una vida.

Miramón y Osollo los acosan. Guadalajara ya no es una plaza segura. ¿Y Colima? Marchan penosamente a Colima, donde Juárez tomará una decisión que hará girar el rumbo de la guerra. Nombra a Santos Degollado como ministro de Guerra y general en jefe del Ejército Liberal. ¿Por qué? Santos, Ponciano, había estudiado en la academia militar de la Ciudad de México, para posteriormente, ¡ay!, paradojas de la vida, prestar sus servicios, durante veinte años, como empleado de la Catedral de Morelia. Nadie podría haber imaginado que después de ocupar ese cargo llegaría a ser gobernador de Michoacán, sucesor de Melchor Ocampo, desde donde promovió las libertades civiles apuntando en contra del poder eclesiástico al establecer la educación libre, concediendo a las monjas y a los sacerdotes el derecho de renunciar a sus votos monásticos sin que la autoridad civil pudiera obligarlos a cumplir con ellos y quitando a la Iglesia católica el derecho a adquirir tierras. ¿Otro liberal excomulgado? Por supuesto. En nada le importó que el papa Pío IX lo condenara como una "plaga detestable".

La noticia de que Juárez había salvado la vida en Guadalajara entró como una ráfaga de viento furioso por el portón de la Catedral. Landa había fallado a pesar del soborno clerical recibido, en monedas de oro, el sábado 13 de marzo de 1858. Miranda solicitó cantar la misa y dar el sermón la mañana del domingo 21. Tenía algo muy importante que comunicar a la comunidad católica del país. El permiso le fue concedido por el propio arzobispo Lázaro de la Garza y Ballesteros. ¿Cómo negárselo? Subiría al púlpito desde donde se proclamaba la lectura de la palabra de Dios, se predicaba y se recitaba el credo, se leía el Antiguo Testamento, las Epístolas o los Hechos de los Apóstoles, los Salmos y el Evangelio. ¿Qué mejor lugar y momento para explicar la causa de la guerra civil que se había declarado abiertamente en las últimas semanas?

Le fueron entregados los libros litúrgicos como el misal, el sacramentario, el oracional y el leccionario. Por supuesto, cumpliría con todos los rituales, pero a la brevedad, para llegar a la homilía sin tardanza. Mientras se colocaba la casulla y el alba, esa prenda blanquísima y larga que simboliza la limpieza del alma, ¡Dios mío!, mostró ya muy poca paciencia ante la lentitud del diácono que le ayudaba, por lo que él mismo se colocó la estola con tres cruces bordadas en oro en cada lado y salió de la sacristía rumbo al altar para dar la misa. Su impaciencia era visible y contrastante con la paz que debería infundir un pastor de almas. En la puerta ya estaban presentes el turiferario deteniendo el incensario entre sus manos, los acólitos, el ceremoniero y solo faltaba la incorporación del diácono para iniciar la procesión.

La Catedral se encontraba llena como en pocas ocasiones. Los creyentes esperaban de pie, recargados contra la pared, sentados o a un lado de las bancas la presencia del padre Miranda. Se había hecho correr la voz de que su mensaje sería radicalmente diferente a los que se dictaban con arreglo a la tradición. Algo importante iría a decir el sacerdote. Más valía estar presente para escuchar en detalle, a título personal, y evitar caer en faltas con Dios.

En esa ocasión no habría un grupo de acólitos que hiciera sonar pequeñas campanas de plata, el rito a que se recurría para anunciar la llegada del máximo prelado, el amo de la procesión, ni una enorme custodia de plata y oro recamada de piedras preciosas que contenía la hostia, custodiada y sostenida por ocho sacerdotes, se desplazaría por la nave central cumpliendo con todos los honores. Tampoco desfilarían los miembros del cabildo de la Catedral ni el arzobispo con la cabeza cubierta por una tiara dorada, su capa y el pesado báculo de plata pura, los símbolos de su autoridad. La jerarquía del padre Miranda no justificaba semejantes preámbulos.

Después de leer la Epístola y de que el coro cantara el gradual, el padre Miranda recitó con voz monótona en tanto el público le respondía cantando algo así como una letanía. Yo no soy experto, Ponciano, en cuestiones litúrgicas, me perdonarás, pero lo importante es lo que aconteció a continuación.

Tan pronto el diácono terminó de cantar el Evangelio mientras el acólito detenía con los brazos abiertos el libro, el padre Miranda subió al púlpito, desde donde empezó a pronunciar el sermón.

—El día de hoy Dios, Nuestro Señor, nos ha convocado a esta nobilísima ceremonia para expresaros Su sagrada posición en esta contienda que ya se ha convertido, lamentablemente, en una guerra civil que nadie hubiera deseado por el bien del país.

El sacerdote contemplaba cómo entraban por las ventanas de la nave central unos rayos de luz que cruzaban el templo e iluminaban el altar del perdón. Sentía como si Jesús mismo le estuviera señalando el camino.

—Todos tenemos que luchar por que nuestra religión no desaparezca de esta tierra en que mirasteis por primera vez la luz. Si la guerra es contra la Iglesia, estamos frente a una guerra religiosa, y si se trata de una guerra de religión, entonces es contra el catolicismo. No permitiremos, no lo podemos permitir. Dios no nos lo perdonaría nunca. El día del Juicio Final nos lo reclamaría con justificada razón. ¿Cómo es posible, hijos míos, que estáis viendo a los ateos profanar nuestros templos y nuestras creencias y no salimos a defenderlas ni a luchar por ellas con cuanto elemento tengamos a nuestro alcance? ¿Ese es el amor que le debemos a Dios? Si así es, si tan poco lo adoramos, entonces preparémonos para aceptar el castigo divino ante nuestra indolencia. El Señor se encargará de sancionar nuestras faltas una por una, de acuerdo con la rigidez establecida en su mandato: ojo por ojo y diente por diente. Cuidémonos de despertar su ira, y sin duda la despertaremos si no actuamos y peleamos por hacer valer e imponer Su santa causa.

Levantó el puño izquierdo y subió gradualmente su tono de voz.

—Hijos míos: hemos defendido a la Iglesia, pero nunca atacado al Estado: hemos resistido pasivamente las memorables leyes de 33 y 47, y las que se dieron durante la administración de Ayutla, incluso ciertos artículos de la Constitución última contra la Iglesia, su doctrina y derechos, pero jamás hemos conspirado, ni armado ni sostenido, ni autorizado ninguna revolución: hemos sufrido la calumnia, las tropelías y el destierro, sin aliarnos con las fuerzas levantadas para derrocar al mismo gobierno que nos perseguía, porque el clero no ha recibido de la administración de Ayutla sino ultrajes inauditos, coacciones tiránicas, golpes de todo género, en especial en contra de la propiedad y de los privilegios de la Iglesia, lo cual no ha sido sino una destrucción vandálica, descarada, que ha alcanzado límites intolerables. No podemos más: es la hora de la ley del Talión para no perder la Gracia de Dios.

Contemplaba los diecisiete candelabros de plata pura que pendían del techo. Conocía a la perfección la mayor iglesia de los mexicanos, que había sido construida en el lugar preciso en donde antiguamente se encontraba el mayor templo de los aztecas como parte de la conquista espiritual española. Lo había recorrido palmo a palmo hasta descubrir el último de sus rincones.

—Las ideas modernas se cuelan y se introducen por todas partes como la peste que tantas veces nos ha atacado. Ya no basta la colocación de cruces en cada habitación de nuestras casas o de nuestras oficinas o gabinetes de estudio. Exorcizar ya es una tarea que en la práctica nos ha resultado insuficiente. Las ideas de nuestros tiempos entran como la luz, como el aire, sin que podamos hacer gran cosa para impedirlo. Tan pronto creemos haberlas desterrado cuando ya aparecen de nueva cuenta, colándose por las rendijas o por todo intersticio por donde el diablo y las ratas siempre pueden pasar en contra de nuestra voluntad —entonces ordenó, al estilo de un viejo profeta—: Si no podemos con las ideas de la misma manera en que nos resulta imposible tapar el sol con un dedo, acabemos entonces con el mismo sol, es decir, con los hombres que pregonan las ideas progresistas que tanta confusión y atraso nos ocasionan. No ataquemos las consecuencias, ataquemos las causas. Dios nos ha dado licencia para hacerlo…

En aquella mañana de misa dominical había concurrido a la Catedral una clara mayoría de mujeres con la cabeza cubierta por los velos o las mantillas ordenadas por la tradición y el respeto. ¡Cuánto bien le han hecho las mujeres a nuestra Iglesia desde que nos han ayudado a imponer el orden en la casa y por ende en el país! Si logramos imponer la voz de Dios en los hogares, entonces también haremos lo propio en todo México, pensó Miranda al constatar con cuánta devoción atendían los servicios religiosos.

—¡Crucifiquemos a quienes pretenden nuestra desunión a través de las nuevas ideas! —alegó victorioso—. ¡Acabemos con quienes intentan confundirnos y conducirnos por los caminos que nos llevan al infierno! ¡Delatemos a los progresistas, a los que pretenden un cambio, a sabiendas de que la historia ha demostrado hasta el cansancio que ningún cambio es útil para avanzar, sino para retroceder! Los sacerdotes no fomentamos la guerra civil, es una calumnia insigne. El clero ayuda, como es su obligación, al gobierno legítimo, y como el gobierno fundado por el Plan de Tacubaya es el legítimo, entonces le ayuda y sí, claro, le da dinero y lo que sea necesario para hacer valer la legalidad. Aquí, hijos míos, no hay más jefe de Estado que Félix María Zuloaga. Él se debe a nosotros y nosotros nos debemos a él. Nosotros no cooperamos con los rebeldes, como dice el señor Juárez, nosotros, así lo ha dispuesto Dios, cooperamos solo con la ley y la legitimidad y por ello, escuchadme bien —levantó la voz en un pronto violento, de modo que todos pudieran atender sus conclusiones, inspiradas por la Divinidad—, entendamos como obra pía la destrucción de los inicuos. Arrojemos incienso para purificar a nuestros caudillos cuando regresen a casa después de las campañas militares manchados con la sangre de los herejes, de los demagogos, de los liberales enemigos de nuestro bienestar. Arrojemos flores a estos héroes preservadores de la buena patria.

Mientras ordenaba sus ideas para continuar, el padre Miranda escrutaba los rostros sorprendidos de los fieles, en tanto repasaba brevemente con la mirada la Capilla de las Angustias, la de la Inmaculada Concepción y la de Nuestra Señora de Guadalupe. ¿Cómo no rendirles un homenaje, aun cuando fuera con la simple mirada?

—La propia Constitución de 1857 ha ocasionado a nuestra infeliz patria tantos daños, que la mente se abruma al considerarlos. No perdamos de vista que ha introducido el cisma religioso que, cundiendo en las masas, las ha desmoralizado completamente. Ha sembrado la discordia en las familias, poniendo en guerra abierta a los padres con los hijos, las esposas con los maridos y los hermanos con los hermanos. Ha extraviado las ideas de la clase proletaria y jornalera con la tortuosa teoría sobre el trabajo, aboliendo la subordinación y el respeto que son indispensables para que las gentes de cierta esfera contengan sus malos instintos. Ha promovido o fomentado con esas mismas teorías la guerra de castas que amenaza devastar a toda la República. Ha autorizado el escándalo y ha puesto en práctica que las autoridades civiles legitimen a los matrimonios por sí y ante sí, dando origen a una interminable serie de cuestiones y desgracias cuando se trate de la legitimidad de los hijos, herencias... Ha promovido, como la ha promovido, la actual guerra civil, en que sus doctrinas se están desarrollando con el estupro y la violación, el robo, el sacrilegio y el asesinato que ejercen sus partidarios y defensores por donde quiera que transitan. Ha puesto en peligro, finalmente, no solo la independencia, sino la vida misma de la sociedad mexicana, pues la disolución, la miseria y el escarnio a que han quedado reducidas multitud de familias, el fundado temor que aflige a las demás, la discordia en que viven muchas, el desenfreno de las masas, los desastres de la guerra y todos los horrores de que es causa la Constitución de 1857 no pueden menos que acarrear o el despecho de la desesperación para prescindir de vivir en México, con tal de lograr garantías civiles, o la languidez de la muerte para dejar que el torrente de las calamidades nos vaya disolviendo y dejándonos a disposición de las hordas bárbaras y de filibusteros que gusten tomar posesión de nuestras comarcas.

Al ver el órgano construido en el siglo XVII sintió un inmenso deseo de que alguien interpretara una obra de Bach al concluir la homilía y darle un aire de santidad a su discurso, que era escuchado desde la sacristía por el arzobispo.

—No hay que contar con la bondad de Jehová, sino con su justicia; no hay que pensar en su clemencia, sino en su ira... Se ha saqueado la Casa del Señor, se ha maltratado a sus Cristos y todavía se habla de moderación y de amor... No, Jesús mismo dijo: No deis a los perros las cosas santas ni arrojéis vuestras margaritas a los cerdos, porque los cerdos se volverán contra vosotros y os hollarán con sus asquerosas pezuñas... Próxima está a cumplirse la visión de Isaías: el cordero bajará convertido en vengador inexorable desde lo alto del Edón, soberbio con la muchedumbre de su fuerza, pisoteando a las naciones como pisa el pisador de las uvas en el lagar, con la vestimenta levantada y cubierta de sangre hasta los muslos. Sí, ojo por ojo y diente por diente, ofensa por ofensa, crimen por crimen, muerte por muerte…

El sacerdote se crecía por instantes. Tenía totalmente atrapada la atención de los creyentes, que esperaban ansiosos su conclusión.

—¿Y quién dice —continuó en un arrebato— que a los sacerdotes se les tiene prohibido hacer armas contra los enemigos de la Iglesia? Dios mismo aceptó el sacrificio de la hija de Jefté y advirtió que su paso se conocería por el número de enemigos regados en el camino; Santiago mató moros en España y en México indios gentiles; san Ignacio de Loyola castigó con el hierro al musulmán que negaba la fuerza de María; Cisneros, el cardenal, vistió sobre la cogulla la armadura de conquistador; el cardenal de España combatió contra los herejes y Santo Domingo ayudó a acuchillar albigenses… Hidalgo, ¿no era cura? Morelos, Matamoros y Mier, ¿no eran sacerdotes?[29]

El padre Miranda había dedicado largos años de su vida al estudio. Nadie podía llamar ignorante a quien ostentaba un doctorado. Bastaba con oírlo hablar para medir el tamaño de interlocutor que se tenía enfrente. No se trataba de un enemigo menor de ninguna manera. Sabía combinar tres armas formidables con enorme destreza: su inteligencia preclara y sus notables conocimientos, que sabía esgrimir con una rapidez mental apabullante. ¿Quién se atrevía a ponérsele enfrente si, además, y por si fuera poco, era un representante de Dios en la tierra? El cura dispuso entonces de todos sus argumentos, de modo que quien abandonara la Catedral al concluir la misa sacara sus armas y las aceitara: bien pronto las tendría que usar para salvarse…

—Los romanos, hijos míos, tenían razón: contra el enemigo, eterna guerra. Nada de amistad ni de conveniencias sociales ni de palabras bonitas: combatir contra él hasta vencerlo y rematarlo… Ya está constituido el Directorio Conservador Central de la República y ahora se verá qué vale el partido católico… Cristo preceptuó poner el otro carrillo cuando hubieran golpeado el primero —mencionó mientras que el rostro se le congestionaba por la sangre—, pero no ordenó dejarse matar por el enemigo… Ya tenemos los carrillos llenos de cardenales; vamos ahora a defender la vida.

El padre Miranda se sintió invadido por un furor interno. ¿No sería magnífico morir crucificado como San Pedro, invertido en la cruz y tocando con la cabeza el piso? ¡Qué encanto mayúsculo tenían los mártires de la Iglesia católica! Serían eternos.

—Comonfort —blandió el índice como si se tratara de una espada y sin poder constatar entre tanta gente si se encontraba por ahí doña Lupita, la madre del presidente derrocado— es el más culpable de todos. No ha tenido la audacia ni el valor para poner a raya a todos los bribones y él será la primera víctima… Se le matará a puñaladas o como se pueda y luego su cadáver se expondrá en los balcones de Palacio para escarmiento de los infames. Acabará Comonfort, acabará la canalla y entonces lucirán verdaderos días de gloria para la Iglesia. ¡Comonfort merece mil muertes! ¡Comonfort es un réprobo! ¡Comonfort es un enemigo de la Iglesia!

—Ave María purísima —comentó una mujer que estaba sentada en la primera fila, tal vez amiga o pariente de doña Lupita, que se persignó al oír esas condenas como si evitara con ello ser cómplice ante Dios de cualquier agravio.

—Sin pecado concebida —remató otra mujer, también de edad, que estaba a su lado.

Miranda hizo caso omiso de los comentarios. Tenía que concluir, y concluyó:

—No podemos permitir que los enemigos de Dios nos ataquen impunemente, nos atraeríamos la cólera del Altísimo. Nuestras sementeras se perderían, moriría nuestro ganado, se secarían nuestros aguajes, no llovería más sobre la tierra enjuta y nos moriríamos de hambre nosotros, nuestros hermanos y los hijos de nuestros hermanos. No podemos morir en iniquidad, apartémonos del *in pecato vestro moriemini.* Los sacramentos se hicieron para los hijos de la Iglesia, no para los malvados. La muerte del pecador debe ser detestable, como detestable debe ser la muerte del hereje, del réprobo, vástago de Satanás, aborto del infierno —gritó, de pronto encolerizado.

Más de cien mil luces ardían cerca del tabernáculo. Tapetes de terciopelo granate cubrían las inmensas paredes. Imposible no ver los jarrones de plata maciza ni los copones de oro ni todo ese lujo ostentoso que era amenazado por la guerra.

—Dios ha dicho por boca del apóstol que el campo en que la mies se haya perdido debe purificarse con el fuego; Él, que destruyó a los amonitas, a los amalescitas, a los amorreos, a los cananeos, a los babilonios y a los madianitas; Él, que se llama Dios de justicia; Él, que ofreció castigar la iniquidad de los padres hasta la quinta generación, arma el brazo de los buenos para que maten y destruyan.[30]

Como si fuera el momento culminante de la arenga, agregó que Juárez, el abominable Juárez, acaba de rasgar nuestras preeminencias en la historia, ha desconocido el pontificado, ha desafiado la voz de nuestros cañones y negado el valor de las consignas divinas.

—El catolicismo perecerá si no hacemos un esfuerzo por salvarle. Hijos míos —gritó invocando la comprensión del cielo—, protestemos con nuestras armas contra los actos que ataquen a nuestra Iglesia, de otra suerte Dios nunca nos lo perdonará. Si Jesucristo derramó su preciosa sangre para redimirnos, es una obligación derramar la nuestra para congraciarnos con Él... Os invito a tomar las armas para matar, en el nombre sea de Dios, a los infieles como si iniciáramos en México una nueva cruzada como las acontecidas en el primer milenio de nuestra era. Matemos a los liberales enemigos del Señor, enemigos de México, enemigos de nuestra Iglesia. Acabemos con ellos en la inteligencia de que Dios nos ha concedido la indulgencia plenaria de antemano para lograrlo. Por cada demagogo que matéis tendréis garantizada la eternidad. Id, id con nuestra bendición a aplastarlos. Tomad las armas, recurrid a venenos, ejercitad la espada y matad a los herejes, a los infieles que han osado venir a destruir el sagrado reino de Dios.

Antes de concluir guardó silencio unos instantes solo para declarar con todo el poder de su voz:

Hijos míos: ¡Primero se debe defender a Dios que a los hombres!
¡Preferimos morir antes que someternos a una ley terrenal!
¡La libertad ha conducido a los países protestantes al ateísmo!
¡La libertad es un cáncer que devora a los pueblos!
¡Acabemos entonces con los liberales. Estáis perdonados de antemano!
¡Id con Dios!

Acto seguido, el padre Miranda descendió del púlpito y se dirigió al altar para concluir la ceremonia. Desde luego se cantó el Credo con todas las solemnidades, seguido por el Gloria, el *Dominus vobiscum* y el *Oremus*. Continuó con el Ofertorio en tanto el diácono colocaba el vino en el cáliz y el padre Miranda lo ofrecía de la misma manera en que había ofrecido el pan. Era una rutina, una rutina que deseaba concluir. El mensaje había sido lanzado. Tenía urgencia de intercambiar puntos de vista con el arzobispo De la Garza. El incienso empezó a esparcirse por el sagrado recinto, incluidos las ofrendas, el altar, el celebrante y la asamblea. Se lavó las manos. Recitó la secreta correspondiente a la colecta. Invitó a la comunión y después de unos saludos más y de dar al diácono el beso de la paz, este empezó a cantar la despedida para dar por concluida la ceremonia.

En Colima, el presidente zapoteco recibe la invitación de Gutiérrez Zamora, el gobernador de Veracruz, para instalar el gobierno provisional de la República en el puerto. La idea le fascina por diversas razones. Los liberales tendrán acceso a la aduana, el objetivo tantas veces comentado.

Cerrarán el cerco financiero a los clericales, que cada vez tendrán que depender más de los recursos de la Iglesia. Y, además, la salida al mar en caso de urgencia, la facilidad de una fuga, no puede descartarse. La alternativa militar y económica se reduce a una palabra mágica: Veracruz. El puerto reúne condiciones estratégicas inmejorables. Zarpa, al fin, de Manzanillo el 11 de abril, a bordo del paquebote norteamericano proveniente de San Francisco *John L. Stephens*, acompañado de Ocampo, Guzmán, Prieto, Ruiz y Romero… "Atrás quedaron la derrota de Salamanca, las zozobras del magnicidio frustrado en el palacio de gobierno tapatío, las defecciones de Manuel Doblado y Anastasio Parrodi, las traiciones de Antonio Landa, en fin, la terca adversidad."[31] Lleva consigo a bordo coraje y esperanza a pesar de que el ejército constitucionalista ya no existe en los hechos ni cuenta con recursos para financiar la guerra, mientras que contempla, desde proa, cómo el país va siendo absorbido por las fuerzas conservadoras. El México clerical engullía gradualmente al México liberal para hundirlo en la noche eterna.

Las conversaciones a bordo son interminables. Ocampo sostiene que Guadalajara era el sitio ideal para promulgar las Leyes de Reforma, las que tanto habían discutido en Nueva Orleáns. Lástima del intento de asesinato perpetrado por Landa. La pagará, Benito, Landa la pagará. Se pone sobre la mesa que aun sin Landa, el asesino a sueldo de la Iglesia, dicha plaza muy pronto hubiera estado rodeada por las fuerzas clericales. No había tiempo. No era el momento para legislar sobre las rodillas un proyecto político de semejante envergadura. Juárez se resiste. En esta coyuntura no solo tenemos al ejército de Zuloaga encima, de por sí una amenaza considerable. La expropiación del patrimonio eclesiástico nos puede arrojar encima a todo el pueblo. Los tiempos nos irán dando las pautas a seguir. No nos precipitemos. Los invito a la cautela. No propiciemos un mal mayor.

¿Las leyes van o no van?

Por supuesto que van. Ni quién lo discuta. Lo importante es saber cuándo. El don de la oportunidad no podemos desperdiciarlo por un impulso.

Comonfort siempre argumentaba que debíamos esperar y ya ve usted cómo acabó.

Cualquier comparación con Comonfort será entendida como un agravio a mi persona.

¿Desembarcando publicaremos las leyes?

Todo depende de lo que haya acontecido de aquí a allá. Que no se confunda, señores, la cobardía con la prudencia. Las guerras se ganan cuando se emplean las herramientas adecuadas en las instancias adecuadas.

La duda en relación con la situación prevaleciente en Veracruz produce una zozobra considerable en los últimos días de la travesía. ¿Qué tal si el puerto ya fue tomado por los clericales durante el tiempo que transcurrió a partir de que zarparon de Manzanillo? ¿Qué habría pasado mientras llegaban a Panamá, Colombia, cruzaban dicho territorio en su ruta hacia La Habana y Nueva Orleáns, desde donde ya se embarcarían a territorio mexicano? ¿Y si al atracar el barco, ya en Veracruz, es abordado por los conservadores, nos arrestan y nos fusilan? ¿Acaso hay alguien entre nosotros que ignora lo que está en juego? Probablemente hasta el gobernador Gutiérrez Zamora y su gabinete en pleno ya fueron pasados por las armas…

Juárez, inexpresivo como siempre, adopta la misma posición de cuando las tropas de Landa le advirtieron que lo iban a ejecutar en el Palacio de Gobierno de Guadalajara. "Hagan lo que quieran, señores, estoy en sus manos." ¿No le tendrá miedo a la muerte? El indio zapoteco permanece inescrutable. Mudo. A veces hace conversación en las noches y luego calla para escuchar a los demás. Se fascina al estar a solas con cada uno de sus compañeros de viaje. No oculta sus debilidades por Ocampo. Él ve lo que los demás no ven.

Una mañana distinguen a lo lejos la fortaleza de Ulúa. ¿Qué les deparará el destino? Juárez piensa en Margarita y en sus hijos. Ni siquiera podrá tener la posibilidad de despedirse de ellos. Si había salido ileso de Guadalajara, esta vez los clericales no lo perdonarían. Se acabó. El sueño de libertad se acabó. Vendrían por él, por lo que significaba. Muerto Juárez se habría decapitado al movimiento. Miramón se estaría frotando las manos escondido en los confesionarios de las iglesias de Veracruz, contando el dinero de la recompensa. Finalmente el *Tennessee* arroja sus pesadas anclas el 4 de mayo de 1858. No hay marcha atrás. Abordan una pequeña lancha para llegar a tierra. Los golpes de los remos contra el agua se asemejan a las instrucciones marciales dadas por un oficial para cumplir con el proceso de ejecución de unos condenados a la pena máxima. Cada jalón puede ser un segundo menos de existencia. Solo el mar tiene la palabra, por lo demás el silencio es total. A saber qué les espera, si la gloria o la muerte… La sorpresa es mayúscula cuando distinguen a lo lejos los colores blanco y colorado. El verde, el clerical, no aparece por ningún lado. Gritan de alegría los pasajeros del bote diminuto. Responden con vivas y cuetes los veracruzanos liberales, que entienden como un honor la instalación de la República Constitucional, la legal, la juarista, en su estado. Se escuchan cientos de marimbas. Es la alegría veracruzana. Las veintiún salvas de cañonazos no se hacen esperar. La banda de Marina interpreta el himno nacional, compuesto durante el último gobierno o lo que fuera de Santa Anna.

Algo bueno tendría que dejar. El gobernador Gutiérrez Zamora encabeza orgullosamente el comité de recepción. Se declara una y otra vez juarista, juarista hasta la muerte, señor presidente. A Juárez y sus ministros se les alberga en la casa número 638 de la calle de María Andrea. Estamos listos para hacer valer la Constitución.

Mientras en Veracruz se escuchaban las marimbas, las arpas y los requintos y se entonaba a su máxima sonoridad, una y otra vez, el himno nacional seguido de vivas a la Constitución, a Juárez, a la libertad y al progreso, en la Ciudad de México, el Palacio Nacional lucía grandes pendones de color verde, el escogido por los reaccionarios para defender su causa. "Cuando Iturbide, falseando la independencia mexicana, formó el pabellón nacional con los colores encarnado, blanco y verde, sentenció que simbolizaban, por su orden, la independencia, la unión y la religión. ¿Cómo el emperador iba a ignorar la religión y al clero si había llegado al poder gracias a este? Ningún asesino ha dejado de ser devoto." Los hombres ostentaban el color verde en sus corbatas y las damas en sus trajes. Las fiestas por la involución se daban por doquier. No faltaban los brindis por la muerte.

Los clérigos y los frailes caminaban sonrientes por las calles; las devotas resplandecían de júbilo; los santurrones se frotaban las manos y las señoras acudían a la plaza y a las iglesias como en Corpus. Los santannistas, salidos ya de su escondite después del susto de Ayutla, se agrupaban en torno del general Zuloaga para inspirarlo... Los clericales sentían haberse apoderado por completo de la situación y esperaban ya próximo un triunfo definitivo. El palacio estaba atestado de soldados luciendo sus ya empolvados uniformes. En la Catedral se cantaba todos los días un *Te Deum*, este sí auténtico, porque los de Álvarez y de Comonfort no habían sido genuinos y se tenían por no cantados. Dios les había tributado un homenaje indebido. La revolución propiciada por el padre Miranda al derrocar definitivamente a Comonfort había rendido espléndidos dividendos para la causa de los cangrejos, la de los retrógradas. El títere de Zuloaga sonreía cuando Miranda lo jalaba de la manga de la guerrera. Se continuaba celebrando la derogación de la ley de fueros eclesiástico y militar, la de obvenciones parroquiales, la de desamortización de los bienes del clero y, por último, la incineración pública de la Constitución de 1857. ¡Cuántas piras se habían improvisado para quemar el código que marcaría el principio del progreso mexicano y cuántas verbenas se habían organizado para dejar constancia del apoyo popular hacia la catástrofe! ¡Qué maravilla de país! ¿El atraso político no representaba un motivo más que justificado para festejar? Se reconstruía el pasado con todas sus reminiscencias. El clero y el ejército conmemoraban una vez más sus nupcias y se juraban fidelidad eterna.[32]

La guerra santa estaba proclamada. Los ministros del dictador oían misa antes del acuerdo con Zuloaga e invocaban a Dios a toda hora. Los empleados públicos estaban obligados a darse golpes de pecho y a santiguarse antes de dedicarse a sus labores y, por supuesto, tres veces al día antes de ingerir los sagrados alimentos. Los soldados mostraban medallas y escapularios adheridos al pecho o colgando del cuello. Las beatas con caras compungidas y las jóvenes devotas ostentaban sus lazos verdes y los zapatos rojos para pisar el emblema de la revolución. A cada paso que des estarás haciendo patria, hija mía. Camina todo lo que puedas. Las oficinas de gobierno eran cortes de santurrones. Por todos lados habían figuras con vírgenes y veladoras o retratos de santos haciendo milagros. Las comunicaciones oficiales se firmaban en el nombre de Dios, siendo de muy mal gusto no exhibir las creencias católicas.

El encono, el odio, el rencor más terrible se exhibía contra las familias liberales, que a su vez satirizaban cruelmente a los reaccionarios. A veces se veían perros vagabundos llevando moños verdes en la cola. De cuando en cuando se dejaban oír salvas múltiples de artillería, así como era permanente el repique general en todos los templos a la misma hora, en particular cuando convocaban a misa. Por supuesto, ya habían aparecido los badajos en todas las campanas del país.

No podía perderse de vista que se habían desatado persecuciones y que los rencores acumulados, los odios más profundos habían provocado divisiones hasta en el seno mismo de las familias. Las diferencias podían ser mortales. El odio no reconocía fronteras, ni jerarquías ni afectos ni sentimientos. Si tú te quieres condenar, condénate, pero no cuentes conmigo. Te agradeceré que ya no vengas más por aquí. ¿Ya te confesaste? ¿Ya comulgaste? ¿Ya tomaste agua bendita? No provoques la ira de Dios… Y tal vez el que la provocó en serio fue el coronel Antonio Landa, el traidor que trató de fusilar a Juárez en Guadalajara. Bueno, pues según nota publicada en el periódico *La Cruz*, de tendencia claramente clerical, se supo que Juan Zuazua había hecho fusilar al tal Landa junto con otros oficiales. Ocampo había dicho aquella mañana: "La pagará, Benito, Landa la pagará…", y la pagó.

—También padecí la ira del Señor, Ponciano, con mi hermano Felipe, cuando al terminar una conversación, realmente incendiaria, me advirtió que de seguir yo impulsando la causa liberal, contraria a los intereses de Dios, me juraba por la mismísima Trinidad que él mismo se encargaría de mandarme fusilar.

La guerra civil no solamente se daba en los campos y en las ciudades, sino en los hogares y en el corazón mismo de las familias. La guerra sin cuartel, la matanza brutal, el exterminio.

El presidente Juárez manda a José María Mata a Washington para solicitar del presidente Buchanan un préstamo por veinticinco millones de dólares con garantía hipotecaria de los bienes del clero.[33] La negativa es terminante: para conceder ese empréstito se debe establecer previamente la autoridad en el territorio mexicano.

¿Cuál de los dos gobiernos va a responder por el dinero, señor Mata?

El del presidente Juárez.

¿Y si la Providencia decide otra cosa...?

Silencio.

Adiós dinero, ¿verdad...?

Es el momento del estallido de la guerra financiera. Quien logre hacerse de más recursos para comprar armamento y municiones y pagar a la tropa enterrará la causa del enemigo.

La Iglesia católica contempla con horror cómo el millón y medio de pesos concedido a Zuloaga para financiar la guerra ha sido insuficiente o ha ido a dar a los bolsillos de los generales, unos indeseables, siempre fueron unos bandidos. Los conflictos armados son caros, ya se sabe. El hecho es que una suma tan escandalosa, por lo visto, no fue bastante para aplastar a las tropas liberales. En su desesperación, el padre Miranda y el obispo De la Garza y Ballesteros deciden hipotecar bienes de la Iglesia para hacerse de recursos y, sin perder liquidez, entregárselos a Zuloaga y a Miramón. Abandonarlos financieramente equivale a condenarlos a muerte. ¿Cómo sostener los frentes militares sin el dinero de la Iglesia, padre Miranda?

El ahora ya nombrado, desde el 10 de julio de 1858, ministro de Justicia y Asuntos Eclesiásticos[34] de la dictadura de Zuloaga responde con un argumento revelador:

—Monseñor —contesta como quien eleva una plegaria antes de entregarse al sueño reparador—, en diciembre se reunirán las dos cámaras del Congreso de Estados Unidos, es la coyuntura ideal para vender territorio mexicano, tal vez Baja California o Sonora o Chihuahua o ceder el paso a perpetuidad por Tehuantepec, a cambio de millones de dólares. Es mucho más conveniente vender tierras abandonadas que rematar o dilapidar los bienes del Señor...[35]

Los prestamistas, al igual que el gobierno de Buchanan, rechazan las peticiones del clero. No están de acuerdo en conceder empréstitos a la Iglesia, ni siquiera con garantías hipotecarias, porque si Juárez expropia todo el patrimonio eclesiástico, como lo ha venido anunciando, entonces los fondos nunca regresarán a nuestras arcas ni podrán hacerse efectivos los bienes, puesto que ya habrán pasado a ser propiedad de la nación. ¿Qué hacer si Juárez decreta la anulación de los contratos de préstamo celebrados entre el clero y los particulares? ¿Cómo cobro? ¿Juárez nos pagará un dinero que nunca recibió o nos entregará, mejor dicho, nos regalará bienes que ya son propiedad del Estado...? ¿Eh? No, no hay concesión alguna: no le prestaremos dinero a nuestra Iglesia, perdón, perdón, perdón... Si es pecado mortal cumpliré con todas las penitencias, pero el dinero, señores míos, es cosa sagrada que Él sabrá entender muy bien.

La guerra es destrucción. Nadie puede dirigir el incendio de un bosque, sobre todo porque el viento, siempre veleidoso, puede cambiar de dirección. La facción de los conservadores, la de los amantes de la "hermosa reacción", como la llamaba Miguel Miramón, enfrentaba una seria descomposición interna. Todo comenzó cuando en mayo, a unos meses de estallada la guerra, el segundo Miramón, el coronel Osollo, empezó a hacer revelaciones y declaraciones que espantaron al padre Miranda. ¿Habría enloquecido repentinamente Osollo? Juntos habían estado promoviendo eficazmente los intereses de la reacción desde antes de Zacapoaxtla, en San Luis Potosí y en Guadalajara. Cuando Osollo es derrotado y apresado por Parrodi en febrero de 1857, tras habérsele tenido que amputar un brazo al resultar herido en la batalla, jura y obviamente perjura, a cambio de salvar la vida, que "se arrepentía de luchar por esa porquería". Es perdonado pero incumple su palabra porque a finales de ese mismo año vuelve a aparecer apoyando incondicionalmente a Zuloaga, al lado de Miramón y, por supuesto, de su protector y amigo, el padre Miranda, durante el Plan de Tacubaya, para derrocar, ahora sí, a Comonfort, después de no haberlo logrado en Puebla el año anterior, cuando resultó expulsado el obispo Labastida. Por todo ello y más, el 25 de enero de 1858 le habían entregado la banda de general de brigada, así como el reconocimiento como comandante general del "Ejército Restaurador de Garantías".

La estrepitosa caída en desgracia de este súbdito tan querido de Miranda comenzó cuando, en una ocasión, se atrevió a declarar en público que "nosotros peleamos esta guerra por nosotros, por la conservación del ejército. Ustedes, los curas, nos llenan de medallas y de fruslerías y nosotros aparentamos creer en todo porque necesitamos dinero y ustedes son ricos; pero no luchamos por la religión, ese es el pretexto para atraer al pueblo".

El padre Miranda levantó la ceja. ¿El segundo hombre, la segunda espada de la reacción, piensa de esa manera? Siguieron llegando los rumores, esparcidos como la pólvora. Creció la inquietud en la Mitra. ¿Estamos frente a un traidor? Esa vez se supo que Osollo, el general Osollo, había externado su punto de vista frente a un sacerdote de reconocido prestigio cuando se le señaló como un soldado de nuestro Señor Jesucristo, a lo que el militar contestó que no, que él era un soldado, sí, pero de la República.

Yo quiero ver el adelanto de mi país, que nos pongamos a la altura europea, sin gazmoñerías ni beatadas. La Iglesia está bien en su lugar y el Estado en el suyo. Y entonces el famoso coronel suscribió su propia pena de muerte cuando dijo: Las leyes de Juárez son buenas y debemos anticiparnos para aprovecharlas. Los bienes del clero formarían el banco más poderoso en vez de tener escondido el oro y sin producto.

—Tal vez el general Osollo no se había dado cuenta de dos situaciones: que estaba siendo escuchado por dos altos jerarcas del clero y que, por supuesto, se estaba jugando la vida. Todavía no se sabe, Ponciano, si ese hombre había bebido de más, pero ya sabes, *in vino veritas*, acabó su disertación con las siguientes palabras, las necesarias para que el padre Miranda, el centro del poder, le retirara su confianza y discretamente le mandara poner un dogal. Bueno, no precisamente un dogal, solo le harían beber una pequeña pócima, en el nombre sea de Dios... Pon atención para que veas por qué dejó de existir el segundo militar de la reacción.

—Yo no he venido a defender todas estas instituciones atrasadas que tienen hundido al país en el abismo, casi en la barbarie y condeno esa política devota de Zuloaga: yo soy soldado de la democracia y del progreso... Se dice que el clero es nuestro aliado, solo para rezar por nosotros, pero de dinero, nada. Mi tropa está hambrienta y desnuda, casi imposibilitada de batirse. Hemos perdido la friolera de un millón y medio que se nos dio en partidas, casi es una limosna, lo dicho, mejor las leyes de Juárez.

Si bien lo expresado por Osollo fue muy delicado para los oídos clericales, la bola creció hasta llegar incontenible hasta el despacho del ministro de Justicia y Asuntos Eclesiásticos. Sin hacer mayores aspavientos llamó a una mujer para que se ocupara del asunto. Ellas tenían acceso a donde los hombres ni se lo imaginaban. Miranda tenía a su disposición un abanico de mujeres ávidas de salvación y de obtener el perdón eterno. Ahí estaba la madre del propio Comonfort y la esposa de Zuloaga, el presidente en persona. El muy imbécil creía que los puntos de vista que su mujer le susurraba en la cama, abrazados, respondían al amor que ella le profesaba. ¡Claro que el padre Miranda estaba detrás de cada palabra y de cada movimiento! Esta vez el señor ministro convocó a una señora de la alta sociedad para que pusiera un brebaje en la copa del militar suicida, salvaje, impertinente, traidor asqueroso que Dios, con sus potentes luces, nos ha señalado para acabar con él. El 18 de julio de 1858 había dejado de existir el señor general Luis Osollo, muriendo contrito, con todas las bendiciones espirituales, en el seno de la Iglesia Católica, Apostólica y Romana.[36]

—Pobrecito, ¿no? Dios lo tenga en Su Santa Gloria —dijo don Valentín con una sorna que mostraba la fortaleza anímica de este hombre a punto de sucumbir—. Como ves, para el padre Miranda no había imposibles. ¿Eras una amenaza? Pues el veneno, la bala o la intriga, ¡ay!, las delicias de la intriga... Él sí ejecutaba a sus enemigos, a diferencia de Comonfort, que los dejaba vivir para que posteriormente le sacaran los ojos.

Después, a finales de 1858, el general Miguel Echegaray derrocó nada menos que a Félix María Zuloaga, para el horror del padre Miranda y del grupo clerical. El Plan de Navidad establecía la posibilidad de un entendimiento con Juárez, además de invitarlo a redactar una nueva Constitución. El general Miramón, con el pecho inflado por las victorias militares después de vencer una vez más a Santos Degollado en Colima, regresa precipitadamente a la capital de la República y repone con golpes de látigo a Zuloaga en la presidencia.

—No te puedo dejar solo en Palacio Nacional porque te derrocan, Félix: o atiendo la guerra y rescato al país o te cuido a ti.

—Es que ser presidente es muy difícil, Miguel, ¿por qué mejor no lo eres tú?

—¿Y tú te ocupas de la campaña? Después de todo eres militar, eres general.

—No, Miguel, tú puedes con las dos cosas, y la verdad, yo ya no aguanto al padre Miranda.

—No aguantas al padre Miranda ni a Echegaray ni a la prensa ni a la presidencia.

—Yo no, pero tú sí. Debes ser general-presidente como Santa Anna. Ten los dos títulos. Tú puedes. Ejércelos.

Aquí, querido lector, no puedo resistir la tentación de incluir una crónica de la época, aparecida en El *Diario Oficial* del 3 de febrero de 1859, según refiere el periódico *La Sociedad* del día 4, en donde se describe con detalle la toma de posesión como presidente de la República de Miguel Miramón, el favorito del obispo Labastida, tras el fracaso definitivo del Plan de Navidad:

> Cerca de las cuatro de la tarde los honores militares que hacían las guardias de Palacio anunciaron que el Exmo. Sr. General Miramón se acercaba, y en el acto el Exmo. Sr. Presidente Interino, acompañado de los dignos miembros de su gabinete, se presentó en el salón: un momento después lo atravesaba el Exmo. Sr. General Miramón, dirigiéndose hacia el dosel, bajo el cual lo esperaba el Exmo. Sr. Zuloaga. Al llegar a aquel lugar, arrodíllase el joven general ante la imagen del Crucificado, colocada en un altar levantado al efecto á la derecha del dosel, y pronunció clara y distintamente el juramento necesario en semejantes casos, en la fórmula acomodada al efecto.

Todos los actos en que toma parte la religión católica, tienen una severa dignidad que impone á la vez que conmueve. Cuando con la mano puesta sobre los Evangelios juraba el joven caudillo de la religión y de las garantías, desempeñar leal y fielmente y con arreglo al plan proclamado en Tacubaya el cargo de primer magistrado de la República, comprometiéndose á acatar la religión y á procurar la felicidad de los mexicanos, reinaba un profundo silencio en todo el salón; parecía que nadie quería interrumpir ni con su aliento aquel acto en que tomando á la Divinidad por testigo, se hacía la más grande, la más solemne de las promesas que el hombre puede hacer al país donde vio la primera luz.

—Miguel Miramón, Ponciano, contaba veintiocho años de edad cuando accedió a la presidencia de la República. Labastida estaba de plácemes. El inquieto general, ya ungido con todo el protocolo religioso como jefe de la nación, muy a pesar de su corta edad, se dispuso a cercar, a sitiar el puerto de Veracruz para asfixiar definitivamente a Juárez. De hecho, en aquel principio de 1859, de haber conquistado esa plaza y capturado o ahuyentado a los liberales arrojándolos al mar y ahogándolos, se hubiera acabado la guerra. Todo el territorio hubiera caído en manos de los clericales.

El "Héroe de las Derrotas", así empezaba a ser conocido Santos Degollado, había sido otra vez vencido por el "Joven Macabeo" en Colima dejándolo prácticamente fuera de combate, misma condición en que se encontraba Vidaurri, quien hacía la guerra por su lado ignorando a Juárez. Solo que Santos Degollado armaba ejércitos de la noche a la mañana, los inventaba ante la sorpresa de todos. No había quedado una semana atrás un solo soldado liberal de pie cuando ya integraba mágicamente un batallón por allá y otro por acá, además con los equipos restantes de la última batalla. ¡Cómo enfurecía Miramón! ¡Qué trabajo costaba explicarle al padre Miranda y al obispo De la Garza y Ballesteros que había despedazado materialmente a Santos cuando el ilustre michoacano ya aparecía en plan de combate por el Bajío o por donde fuera, como si nada hubiera acontecido! Muy "Héroe de las Derrotas" porque siempre le ganamos, pero nunca lo vencemos.

En enero de 1859, una vez más Alexis de Gabriac, el ministro francés acreditado en México, quien tuvo la osadía de afirmar en una de sus comunicaciones al *Quais de Orsay* que él era "el verdadero presidente de la República", envió un reporte a Napoleón III, donde pude descubrir que el mismísimo padre Miranda, después del golpe de Estado de Navidad, había pedido a Inglaterra y a Francia la intervención militar:

> Una comisión mexicana… acaba de remitirme la comunicación anexa, destinada a S.M. el emperador; me dijeron que una comunicación semejante fue remitida al mismo tiempo al ministro de Inglaterra […]. Puede usted observar que la segunda parte de la comunicación está firmada por el padre Miranda, ministro de Justicia, y por Fernández de Jáuregui, ministro del Interior bajo el general Zuloaga…
>
> Los firmantes de dicha comisión solicitan: "El envío de fuerzas suficientes del exterior que, poniendo fin a los escándalos y desórdenes de nuestra desastrosa guerra civil, proporcionase el establecimiento de una administración exenta de todo espíritu de partido, que constituyese a México bajo la forma política que él mismo quisiera darse, afirmando así, para siempre, su independencia y nacionalidad bajo el amparo de instituciones duraderas".

Menudo concepto de lealtad a la patria: envío de fuerzas suficientes del exterior… ¡Ay!, ¡ay!, ¡ay…! Pero el ejército clerical no era el único involucrado con problemas de extrema gravedad. Los liberales también los padecían a niveles prácticamente de sofocación. Juárez escuchaba de derrotas de sus tropas a lo largo y ancho del país. Veía venir el sitio de Veracruz en los primeros días de 1859, antes de que llegaran los calores y los mosquitos, las enfermedades y las diarreas, que acabarían con la mayoría del ejército clerical. El sitio impuesto por Miramón iba a ser implacable. Además, contaba con la presencia amenazadora de las escuadras francesa e inglesa fondeadas en Sacrificios, dispuestas a reclamar los réditos de sus convenciones, así como indemnizaciones por la imposición de préstamos forzosos a sus nacionales.[37] Se encontraba quebrado económicamente, sin dejar ver nunca sus reservas emocionales.

El gobierno de Juárez no gozaba de reconocimiento diplomático, muy principalmente, de la Casa Blanca, lo cual le podría reportar no solo fortaleza política, sino acceso al mercado de las armas y, por supuesto, a los créditos para adquirirlas. Por si lo anterior fuera insuficiente, todavía tenía que enfrentar la intransigencia de sus ministros: unos exigían la expropiación de los bienes del clero y la separación Iglesia-Estado, mientras que él no sentía "todavía" oportuno el momento para hacerlo. La descomposición interna crecía por instantes. La desconfianza, también. Sufría el acoso de Estados Unidos por la adquisición de nuevos territorios, no les había bastado lo que nos habían robado en 1847. No, deseaban más, todavía más, mucho más. Sabía que Buchanan pensaba ganar la reelección si lograba cerrar la compra de Sonora, Chihuahua y Baja California a la brevedad. Su popularidad se dispararía hasta el infinito aun cuando incorporara más estados esclavistas para romper con el equilibrio de fuerzas en el Congreso de su país. ¡Tehuantepec!, consigan Tehuantepec: necesitamos poder unir nuestra costa Atlántica con la del Pacífico sin tener que ir a dar hasta Punta de Fuego. No podemos perder tanto tiempo ni dinero. Nos quedaremos fuera de los mercados. ¿Y Asia…? Tenemos que conquistar Asia. Un presidente de los Estados Unidos de Norteamérica tiene que ser el mejor comerciante en un país de comerciantes. Se lo había dicho Churchwell, el enviado especial de Buchanan, mientras tomaban un café en los portales en diciembre de 1858.

Juárez sabía que los norteamericanos no aceptaban negativas y conocía de sobra su manera de comprar poniendo una pistola cargada en la cabeza. O aceptas mi precio o te mato… Es una muestra de buena voluntad para que no puedas alegar despojo alguno… La intervención armada estaba a la vista, más aún cuando México estaba involucrado en una catastrófica guerra civil. Era el momento que podrían aprovechar, igualmente, los europeos, sedientos de colonias americanas absurdamente ricas, tal y como lo había demostrado la fiebre del oro en la California antes mexicana. La insolvencia financiera de un país atentaba en contra del sentido del honor de las potencias. En abierta defensa de ese honor, supuestamente perdido, bombardeaban una plaza o tomaban un país. Cada quien se hacía justicia con los recursos militares que tuviera a su alcance.

Miguel Lerdo de Tejada, un liberal proyanqui, este sí un vende-patrias, pero con inmejorables relaciones en el mundo financiero norteamericano, es incorporado al gabinete en enero, muy a pesar de la oposición de la mayoría de los integrantes. En Veracruz no lo quieren, entre otras razones, por ventajoso. El embajador Forsyth le había informado a Lerdo de la llegada de Churchwell para que informara a Buchanan cuál de los grupos beligerantes merecía el reconocimiento diplomático. A don Melchor, como él decía, le saca ronchas. No olvidaba que Lerdo de Tejada le había ofrecido a Scott la presidencia de México al final de la intervención norteamericana de 1847. Es un alacrán. Las diferencias entre ambos serán crecientes. El recién llegado propone en una ocasión, en público, la venta de territorio nacional, una decisión que hubiera causado un gran desprestigio político y tal vez hasta la caída del régimen liberal.

—¿Napoleón no le vendió la Luisiana a Estados Unidos? ¿España no hizo lo propio con la Florida? ¿Nosotros mismos, no vendimos La Mesilla? ¿Qué pasó? No pasó nada. Solo los pitonisos adivinan, y muy mal, lo que va a acontecer…

—Mutilar al país nos arruinará —responde Juárez.

—Nos haremos de recursos para ganar la guerra…

—¿A qué precio, don Miguel?

—Este país, don Benito, no tiene memoria…

—Con independencia de la memoria o no, yo sí la tengo. Nunca podría sacudirme una carga semejante de encima.

—Lo importante es salvar al país y no las cargas personales de cada quien.

—Lo importante es salvarnos todos hasta el límite de nuestras fuerzas y no hemos llegado, afortunadamente, a ese punto.

—Miramón está rodeando Veracruz.

—Las balas de Miramón no nos quitarán el sueño. No sabe dónde se metió. Regresará a la Ciudad de México y tendrá que esperar al año entrante para volver a sitiarnos. Despreocúpese: los calores y los mosquitos se harán cargo de él. Ha llegado demasiado tarde.

—Solicito su venia para atender al nuevo embajador de Estados Unidos, Robert Milligan McLane.

—Lamento informarle que el manejo de las relaciones exteriores está a cargo de don Melchor Ocampo.

—Créame que sé tratar a los norteamericanos, los conozco como la palma de mi mano —adujo mostrando la derecha.

—Los conoce usted demasiado, señor Lerdo —disparó Ocampo.

—¿Qué quiere usted decir? Explíquese.

—Lo que desee usted entender… Con su permiso, señores —se retiró el ilustre michoacano de respuestas cortas y venenosas.

Ocampo solo deseaba el reconocimiento diplomático del gobierno juarista por la Casa Blanca. McLane era el blanco. A él debería seducir y lo logró en cinco días a partir de la presentación del diplomático en el puerto. ¡Quién no hubiera querido estar presente cuando informó al presidente de la República de su hazaña!

—¡Cinco días, Benito![38] ¡Cinco días me duró el gringuito! Llegó, como sabes, el primero de abril y para hoy 6, ya existimos diplomáticamente, con todas las ventajas que ello implica… Fue de las pocas veces en que vio sonreír al zapoteco.

—Ahora veremos cómo le haces para darle la vuelta a tanta promesa, Melchor…

—Mejor piensa en la cara de agruras de Miramón cuando conozca la noticia y la de Garza y Ballesteros que no entenderá, desde luego, las decisiones de Dios.

—Van a alegar que le vendimos nuestra alma al diablo, Melchor.

—Claro, todo menos aceptar que es un éxito diplomático y político nuestro. En México se perdona todo, menos el triunfo ajeno y mucho menos cuando la Iglesia nos declaró la guerra.

—Ya dimos un gran paso, mañana veremos cómo dar el otro…

—¿Paso a paso?

—Paso a paso, Melchor. Está muy claro que le has hecho un gran bien a la República, así que saca los dedos a tiempo para que no te los machuque la puerta —Juárez estaba tan contento que le palmeó la espalda a su amigo. Una conducta insólita en él.

Sí, sí, pero la guerra fratricida continuaba con renovados bríos. La destrucción generalizada avanzaba como un cáncer que devoraba todo a su paso. Se hacían pedazos los altares y se caminaba sobre las cenizas de una época. Los mexicanos proponían el enclaustramiento del clero dentro de los linderos de las iglesias, conventos y monasterios. No tenían por qué invadir ni la economía ni la política y mucho menos la milicia. Su gestión se debía reducir a impartir consuelo, no a incitar a la guerra y a la muerte; su misión primordial consistía en divulgar el Evangelio y no armar a un pueblo e invitarlo a su destrucción con dineros que los fieles habían dado para obras de caridad. Una canallada. Una traición. Enseñaban a maldecir al hijo, al hermano y al marido que se habían apartado del sagrado rebaño para defender la causa de la evolución y del progreso. Condenaban a la hija o a la hermana que habían dispuesto arrancarse la venda de los ojos. No se dolían por descubrir al amanecer el campo de batalla lleno de cadáveres de hombres que habían perdido la vida, unos por defender una causa que no entendían y otros por crear un México nuevo y poderoso. Lo importante era la preservación del patrimonio eclesiástico, lo demás eran sentimentalismos propios de un pueblo supersticioso.

El país se convirtió en escombros que llenaron caminos, patios, pasillos, habitaciones, comedores y palacios. Escombros en escuelas, pulquerías, teatros, universidades, prostíbulos, cantinas. Los hogares se cubrieron de luto o se llenaron de heridos, de mutilados o de ciegos por la metralla. La economía quedó destrozada. La moral nacional erosionada. Las esperanzas desgastadas. El país olía a pólvora quemada y a cadáveres en descomposición. El único sentimiento prevaleciente era el apetito de venganza.

Y finalmente, ¿por qué peleamos? ¿A ti qué te quitaron?

¿A mí…? ¡Nada!

¿Y a ti?

Tampoco nada…

¿Entonces…?

A la que le quitaron fue a la Iglesia. Esta es una guerra religiosa. Nuestra religión está a punto de desaparecer…

¿Te persiguen porque crees en la Virgen de Guadalupe…?

¡No!

¿Quién te persigue por tus ideas religiosas, para poder afirmar que es una guerra religiosa?

¡Nadie!

Entonces no es religiosa. Es porque la Iglesia se niega a perder el patrimonio que ha utilizado durante trescientos años para explotar al pueblo de México.

¡Ah…!

Que te quede claro entonces que no estás exponiendo tu vida a cambio de defender tu religión y tus creencias, sino por defender el patrimonio de unos hombres, llamados sacerdotes, que se niegan a perderlo para seguir lucrando con él a costa tuya. En síntesis: luchas por defender los bienes de un tercero en lo que Dios no tiene nada que ver…

Si las diferencias hubieran sido entre conservadores y liberales por aprobar un proyecto político determinado, de alguna manera lo acontecido en Estados Unidos entre abolicionistas y esclavistas, el papel de la Iglesia católica mexicana debería haber sido el de una pacificadora convencida de su devoción cristiana. Nunca tendría que haber cantado los *Te Deum* a favor de los clericales ni ordenado el repique de campanas cuando los liberales habían sido masacrados en los campos de batalla ni aportado millones de pesos para comprar armas y municiones ni dictado homilías que invitaban al asesinato de hermanos y a morir como mártires víctimas de las balas del enemigo cuando habían sido engañados al creer defender la sagrada causa de la fe.

Las ciudades de la República quedaban a disposición de los hacheros, sí, los que a hachazos derribaban puertas para entrar a robar lo que quedara en el interior después de una batalla encarnizada. Las torres de las iglesias se encontraban desportilladas y humeantes; los conventos, abiertos en brecha, habían sido evacuados para evitar iniquidades contra las monjas. Las esposas del Señor habían huido oportunamente. Los santuarios se encontraban desmantelados, las casas se veían despanzurradas por la horadación incesante de las bombas y los proyectiles, divinos o no. En las entradas se distinguían crespones negros, la señal de un hogar enlutado. Campos talados, chozas incendiadas, mexicanos cubiertos por harapos con las manos extendidas pidiendo limosna con la cara tiznada o mostrando heridas infectadas cubiertas por gusanos o gangrenadas. La desgracia, la pobreza, la miseria y el dolor se habían aposentado en el país.

—Lo que te voy a contar a continuación nadie lo podrá creer, solo quien lo vivió podría dar fe de los hechos. Yo estuve presente, Ponciano, cuando el gobernador de Michoacán, un tal Epitacio Huerta, de quien ya te he contado algún otro pasaje de su vida, pidió recursos a la población para ayudar al financiamiento de la guerra, de otra suerte tendría que entrar a la Catedral de Morelia a saquear la plata y las alhajas que pudiera encontrar en su interior. Como lo aportado no satisfizo ni mucho menos sus pretensiones, al día siguiente ordenó que rompieran la puerta del sagrario y ataran a los reclinatorios al cura, a los vicarios, a los acólitos, no sin antes revisar su indumentaria por si estaban armados. Estos curitas son una amenaza... Acto seguido, mientras los sacerdotes advertían el peligro de provocar la ira de Dios, el general Régules entendió llegado el momento de impedir que los comentarios venenosos de los representantes de Dios terminaran por intimidar a sus soldados. Entonces se colocó en el centro del altar y gritó:

—Si Dios existe, que me castigue ahora mismo por estar profanando su casa. Exijo que se me caiga encima el techo —abrió los brazos en cruz mientras contemplaba el ábside.

Como nada acontecía, preguntó de modo que todos pudieran escucharle:

—¿Verdad que tu silencio, Señor, debemos entenderlo como una autorización para que nos hagamos de esta pequeña cantidad de bienes de tu propiedad, con tal de defender la causa del progreso y de la libertad y ayudar a los pobres por los que tanto te preocupas?

Acto seguido, entre carcajadas, procedieron a buscar dinero y joyas en cuanto lugar se les ocurrió. Quitaron la plata de las crujías, frontales, lámparas, blandones, ciriales, ambones, atriles, candeleros, ánforas, un San Miguel de plata que sirve en las letanías. ¿Dónde estaba Miramón en ese momento? Tomaron custodias, cálices, copones, incensarios, navetas, vinajeras de oro y cajas de reliquias. Robaron un riquísimo anillo del obispo que curiosamente encontraron en la pila bautismal, confeccionada en plata pura. ¿Para qué tanta ostentación y tanto lujo, si la bendición se puede dar con la mano desnuda?

Como sabían que dentro del templo había más reliquias y joyas, Régules cuestionó a uno de los sacerdotes para que le informara dónde estaba lo gordo, cabrón.

La enorme papada de aquel hombre se empapó de sudor al sentir el filo del acero de la espada de mi general en la piel.

—Ustedes, malditos curas, tienen todo el dinero del país y a nosotros, los jodidos, de quienes se aprovecharon para hacer su gigantesca fortuna, no nos queda nada, cochino bulto de grasa.

Silencio. Intentos de hablar, si acaso de tartamudear.

—A ver, ¿por qué no van a la guerra como nosotros, en lugar de quedarse a tragar teleras con chocolate en las noches y a hablar con las pinches beatas, como si fueran maricones? ¿Por qué no platican con hombres como nosotros, cabroncetes? ¿Por qué no se juegan el cuero en las batallas? No pueden matar, ¿verdad? Pero sí mandar a los fieles a asesinarnos entre hermanos… ¿Por qué no se ganan el pan como nosotros, trabajando, en lugar de vivir de las limosnas que les quitan a los pobres, a los muertos de hambre, advertidos de que si no pagan se irán al infierno? —la tropa empezaba a rodearlo—. No solo son unos parásitos que viven de la caridad, sino además de todo explotan a los pendejos que no saben ni de qué va. Primero no los dejan estudiar, luego los embrutecen con su religión y más tarde los saquean y los esquilman en sus miedos e ignorancia… Dime a mí, maldito cobarde, que Dios me va a castigar si te meto la espada en el culo, pedazo de cagada humana, dime, a ver dime, medio hombre y medio señora con tus enaguas negras, contéstame…

—¿Qué? —dijo el religioso con un hilo de voz mientras sentía que el acero traspasaba sus abundantes carnes.

—Lo que te acabo de decir, cabrón, ¿o además eres sordo o pendejo?

—¿Quiere que le diga por qué no soy maricón?

—¡No!: quiero que me digas donde está el dinero, las joyas, ¿dónde guarda el obispo lo gordo, pinche pelota de cebo?

—Eso sí no sé. Él y el Señor sabrán dónde guardan esos bienes, yo lo desconozco, lo juro…

—¿Lo juras…? A ver, tú, Picochulo —se dirigió a uno de sus hombres de confianza, que durante el levantamiento de Ayutla había recibido un tiro en la boca—, tráeme un mecate grueso y pásalo por encima de ese corralito —se refería a las balaustradas que separaban el segundo piso, donde se encontraba el órgano de la Catedral— para colgar a este mamarracho, uno de los parásitos más grandes que he conocido. Tragarás harta carne, ¿verdad?, a ver si no se nos viene encima el ahorcado este con todo y techo.

Dicho lo anterior pidió que metieran un caballo al templo para subir sobre sus lomos al condenado y dejarlo colgado al primer fuetazo; cuando lo llevaban al cadalso improvisado, de repente se dejó caer al piso.

—No, no, por lo que más quiera usted, no me mate…

—¿Pero de qué te preocupas, hijo mío? —preguntó Régules como beato de sacristía—. Si te pelas para el otro lado Dios te estará esperando con los brazos abiertos. Ya tienes el perdón asegurado, ¿o no? ¿Sabes la cantidad de veces que he oído cómo convocan desde ese púlpito a los michoacanos a la guerra? ¿Verdad que no te importa la muerte de terceros, ovejas del Señor, pero sí la tuya? Ahora sí más que nunca, me digas o no dónde está el tesoro, te voy a colgar pero de los cojones y por cobarde, cabroncete…

—No, por el amor de Dios, no —dijo tirado en el piso, sabiendo que sería imposible levantarlo ni siquiera entre ocho…

—Por el amor de Dios no lancen a la guerra a sus fieles, por el amor de Dios no usen su dinero en matar mexicanos inocentes, por el amor de Dios ya no destruyan este país, por el amor de Dios respeten la Constitución, por el amor de Dios reconozcan la legalidad y al gobierno del señor Juárez, por el amor de Dios respeten las decisiones, por el amor de Dios traigan un mecate, ahora sí ya me encabroné…

—¡Picochulo! ¿Dónde andas? ¿Qué no quieres pozole de cerdo hoy en la noche? —preguntó cuando sintió la soga en sus manos.

—Los cajones del armario de la sacristía son falsos. Sáquelos todos y al fondo verá como una pared de madera, quítela y ahí encontrará todo lo que busca —confesó de golpe el sacerdote aterrorizado, olvidándose de sus juramentos.

Antes de que Régules pudiera contestar se quedó absolutamente solo. La tropa corrió al lugar señalado. Momentos después volvían dando gritos y aullidos salvajes. Habían dado con lo "gordo", mi general. Llegaban con las manos llenas de joyas y contando las monedas de oro y plata. Para su sorpresa, también encontraron varios rifles, pistolas y metralla. Régules no pudo disimular su alegría. Ya había dinero para la guerra.

—Ahora más que nunca, ¡cuelguen a este miserable por cobarde, traidor, zángano y, además, mentiroso!

—No, por favor, apiádense de mí…

—¿Ustedes se apiadan de todas las casas que enlutan por defender su patrimonio y sus privilegios? ¿Ustedes se apiadan de la miseria de la gente mientras viven como príncipes? ¿Ustedes se apiadan de la destrucción del país cuando el mismo clero la provocó? ¿Ustedes se apiadan por haber acaparado los bienes que eran y son propiedad de la sociedad? ¿Ustedes se apiadan de los fieles que tienen que escoger entre pagar las limosnas o comer? ¿De qué o de quién se apiadan ustedes? No conocen la piedad.

Los mismos chillidos de horror que se escuchan cuando llevan a un cerdo al matadero y el animal presiente su muerte se oyeron por toda Morelia cuando arrastraron al sacristán hasta donde lo esperaba el caballo. Obviamente no pudieron hacer que lo montara, además, por la resistencia feroz que opuso. Solo que mi general Régules no era de los que se quedaban con los brazos cruzados. Alguno de los suyos todavía trató de convencerlo para que no continuara con la ejecución, al fin y al cabo ya tenían lo que buscaban.

—No. Matando a este siento que hago justicia. ¿Cuántos de nosotros, liberales o conservadores, van a morir en esta guerra?

—Cientos de miles, mi general…

—¿Y cuántos sacerdotes, obispos, curas, sacristanes, acólitos, capellanes y alacranes de esta fauna crees que pierdan la vida en la contienda?

—Ni uno.

—¿Lo ves? Hágase tu voluntad, Señor, en las mulas de mi compadre, ¿verdad? Hijos de puta. Son tan asesinos que contratan a otros para que maten. Ellos se lavan las manos como Pilatos… ¡Cuélguenlo! Mientras más hablo, más me encabrono…

Tirado en el piso le pusieron la soga en el cuello mientras lanzaba patadas y mordidas a diestra y siniestra. Muy pronto le inflaron los cachetes introduciéndole los más diversos trapos, en tanto le ataban las manos firmemente. Todo parecía indicar que nada haría a Régules cambiar de opinión. El Picochulo ya estaba arriba, anudando muy bien la cuerda en el barandal y pidiendo que subieran varios hombres al segundo piso para ayudar a jalar semejante peso cuando la voz de Régules insistió:

—Ya me voy a contar la lana, cabrones, apúrenle…

Cinco minutos más tarde el sacerdote colgaba inmóvil de la soga. Tan pronto dejó de columpiarse pendularmente, Régules abandonó la Catedral pensando el bien que se le haría al país si todos esos malos bichos corrieran la misma suerte de ese miserable.

La soldadesca pasó tres días comiendo y bebiendo en la Catedral sin que ninguno de los fieles la defendiera. El Picochulo se dio el lujo de ponerse las casullas, las riquísimas capas pluviales, de probarse diversos cíngulos de oro, tiaras con la imagen de san Pedro, ante las cuales la tropa, como si fuera una obra de teatro, se arrodilló devotamente. Gran borrachera pescaron cuando encontraron el vino de consagrar en unas cajas de la sacristía. Era, por cierto, español y espléndido, de verdad. Si no se robaron ni fundieron el báculo de don Vasco de Quiroga, fue porque era de otate…

—Mientras tanto, el padre Miranda se manchaba una vez más las manos de sangre al ordenar a Leonardo Márquez, el sustituto de Luis Osollo, envenenado en el nombre sea de Dios, que masacrara a balazos a unos estudiantes de medicina que habían ayudado a curar a unos heridos del ejército juarista, a los que más tarde se conocería como los Mártires de Tacubaya. Miranda y Márquez, escribirían posteriormente, no solo esa, Ponciano, sino muchas otras páginas sangrientas de la historia de México, al extremo de ser consideradas verdaderas vergüenzas en nuestro pasado.

En tanto el padre Miranda se dedicaba ya a matar, abiertamente a matar, Juárez y el ínclito grupo de liberales, recluidos en Veracruz, cargaban un cañón con una bomba de tal capacidad destructora que acabaría con el ejército clerical. Ya desde los días aciagos de Guadalajara, cuando Juárez estuvo a punto de perder la vida, se había pensado en la posibilidad de publicar ahí mismo las Leyes de Reforma. ¿No te fascinan las mayúsculas, Ponciano? Siempre que te refieras a estos ordenamientos trascendentales no dejes de hacerlo con las letras más grandes que encuentres a tu alcance. Si no se publicaron hasta un año y medio después de estallada la guerra fue porque Juárez vivía, como ya te conté, con la fundada preocupación de que una agresión, tan demoledora en contra del clero estimulara un incendio todavía de mayores proporciones en el país. Cada mexicano podría convertirse en un soldado de la fe. ¡Cuidado! Pero además existía plena conciencia de que los bienes expropiados, singularmente cuantiosos, fueran a dar a manos de agiotistas y especuladores que traficarían con el patrimonio eclesiástico, con escasos beneficios para la nación. Eso resultaba intolerable.

—Mi gobierno no les venderá ni una casa ni una finca ni una hacienda ni un inmueble a esas aves de rapiña, Melchor. Quiero un país productivo sin que nuestra lucha se entienda como un botín para enriquecer más todavía a los ricos...

Juárez tenía razón en los dos aspectos, sí, pero Ocampo y Ruiz insistían en que la expropiación de dichos bienes tendría un efecto devastador en las finanzas clericales, les haríamos un hoyo gigantesco en la bóveda de donde sacan el dinero a montones para pagar los gastos derivados de la guerra.

Lerdo, por otro lado, se había comprometido con Juárez a conseguir un empréstito de veinticinco millones de dólares en Estados Unidos, otorgando como garantía los bienes nacionalizados.

—Con esos recursos afianzaríamos al gobierno liberal y hasta nos podríamos dar el lujo de contratar soldados mercenarios americanos para poner en orden a Miramón.

—Por favor, Miguel —repuso Ocampo—. Mata, mi yerno, lleva más de un año por allá y no ha conseguido ni un triste dólar.

—El pobre de Mata —repuso un Lerdo lacerante— no podrá cumplir con sus objetivos, primero porque no es Miguel Lerdo de Tejada quien solicita el empréstito, un primer detalle, y otro, es que él no tiene garantía que ofrecer a cambio de los recursos. Si expropiamos y viajo a Washington, volveré lleno de dinero para financiar la causa.

—Sus amiguitos, los gringos, todo lo que le piden a Mata es que les entreguemos la Baja California, un pedazo de país, Miguel, y ya sabemos que si usted hubiera estado por allá, ya seríamos protectorado yanqui, tal y como usted se lo ofreció al propio Comonfort...

Juárez cortó la nueva discusión alegando que él esperaba promulgar las leyes cuando se tuviera garantizado el éxito militar para estar en condiciones de resistir nuevos alzamientos, pero esa posibilidad todavía no se percibía en el horizonte, por lo que tendrían que postergarse las decisiones.

Entre café y café, y muy a pesar de la oposición de Ocampo, los tres hombres reunidos fueron llegando a la conclusión de que debían escoger entre dos males: o que los odiosos especuladores hicieran el gran negocio o que se promulgara un decreto demoledor y ruinoso para los intereses clericales que limitaría dramáticamente su capacidad de hacerse de recursos frescos, dando como garantía una parte de sus bienes. Un decreto expropiatorio de todo el patrimonio de la Iglesia católica impediría el acceso del clero a los mercados crediticios. Las garantías hipotecarias ofrecidas a cambio del dinero serían simplemente rechazadas por los acreedores ante la incertidumbre de recuperar sus fondos líquidos y más angustiados aún por la imposibilidad práctica de cobrar con unos bienes que, de hecho, salvo el resultado de la guerra, ya habían pasado a ser propiedad del gobierno federal.

Le entregamos a usted en garantía esta hacienda azucarera a cambio de los cien mil pesos del préstamo.

Necesito otros bienes para poder cobrar en caso de que cayeran en moratoria. Los que ustedes ofrecen ya son propiedad del gobierno.

Son nuestros, señores, no son del gobierno, a menos de que Juárez gane la guerra y pueda aplicar esos decretos que no son sino un robo camuflado.

Usted lo ha dicho. Si Juárez gana, el patrimonio de ustedes no existirá, y si pierde habremos hecho un buen negocio todos.

Firmemos. Juárez perderá.

Eso no lo sabe ni usted ni nadie, y menos, mucho menos si su gobierno ya fue reconocido por Estados Unidos, que en cualquier momento lo puede llenar de dólares y de soldados y equipos norteamericanos.

No ganará. Dios está con nosotros.

Mejor esperemos en la práctica a ver qué decide Dios. Por lo pronto pidan a sus feligreses que nos den sus propiedades personales como garantía, a la Iglesia católica ya no se le puede fiar ni un triste peso.

Los fieles no se comprometerán de esa manera.

¿No…? Ellos saben lo que hacen, son inteligentes, nosotros también…

Juárez, Ocampo, Lerdo y Manuel Ruiz resolvieron citar a Santos Degollado, el general en jefe, "Santitos", como era conocido afectuosamente por la tropa a la que volvía a reunir con un mero chasquido de dedos una semana después de haber sido aplastado en el campo del honor, para que presentara un reporte de la situación militar, y de conformidad con los datos aportados, tomar la decisión final en torno a la promulgación de las Leyes de Reforma.

Lerdo ya había amenazado con renunciar si no se publicaban, sin tardanza, dichos ordenamientos, lo cual no dejaba de significar un escollo para Juárez por las relaciones de aquel en los mercados financieros norteamericanos. Por otro lado, se sabía que varios gobiernos de los estados se habían adelantado legislativamente a la medida expropiatoria y que el gobierno federal debería proceder de la misma manera sin tardanza alguna, so pena de que militares de la talla de Ogazón, González Ortega y el propio Vidaurri le dieran la espalda a Juárez y formaran un nuevo gobierno, tres gobiernos entonces, Benito: el nuestro, el de Miramón y el de los generales rebeldes. No podemos permitirlo. Es inadmisible. Ya se empieza a decir que somos unos traidores, tú, el primero... Sería un desastre. Nuestro final irreversible.

El presidente Juárez sabía muy bien que carecía de un Congreso que sancionara sus iniciativas reformistas. Sabía que, desde un punto de vista legal, sus leyes serían muy vulnerables por carecer de facultades. Sabía que él representaba simultáneamente a los tres poderes de la Unión, un entorno jurídico y político de gran complejidad. Contaba con facultades extraordinarias, sí, pero ¿tantas?

Santitos no tardó en presentarse en Veracruz, exponiendo ante el máximo cónclave de liberales que México se estaba convirtiendo de un país pobre en uno miserable; que los préstamos forzosos a los que estaban recurriendo durante la campaña militar eran insuficientes, además de producir una enorme irritación en la población; que los impuestos recaudados por las aduanas de Veracruz y Mazatlán no resolvían el problema de fondo; que los adversarios conservadores eran muy poderosos "por la cooperación eficaz de sus púlpitos y de sus confesionarios, por su sistema de temor, por su dinero y por el móvil del propio interés y de conveniencia personal"; que la desesperación en los frentes era mayúscula; que teníamos que expropiarles sus bienes, es decir, darles en la columna vertebral de su esquema financiero, lo demás caería por sí solo; que si se decidía declarar que cualquier operación de compra-venta con bienes clericales era nula de acuerdo con el gobierno liberal provisional, se paralizarían el mercado inmobiliario y el crediticio en beneficio de nuestro movimiento...

Santitos sacó un papel escrito a mano, por lo visto a toda velocidad, que leyó en voz alta para dar por concluida la sesión y no solo eso, para tomar la gran decisión que concluiría con trescientos años de predominio eclesiástico que habían hundido al país en el atraso, en todo género de ruindades, prejuicios y supersticiones que costaría mucho trabajo erradicar. Pero el momento había llegado. Algún día habría que comenzar:

—Yo opino que deben publicarse cuanto antes los decretos de la Reforma por la cual luchamos, y soy de esa opinión por tres razones: primera, porque esas leyes disipan las tinieblas del pasado y abren la puerta a la aurora del porvenir, y yo necesito sentirme hombre al ver que hemos tenido el valor de proclamar abiertamente lo que pretendemos y el término al que queremos ir, en vez de limitarnos a tratar estos temas en el seno de nuestros propios corrillos, como se ha venido haciendo desde hace tantos años; segunda, porque nuestros soldados se mueren de hambre y la Ley de Nacionalización nos debe proporcionar los recursos para alimentarlos y triunfar en la lucha; y, tercera, porque Miramón también está en aprietos y el día menos pensado se nos adelanta vendiendo esos bienes para hacerse de recursos.

—Eso será siempre y cuando la Iglesia católica lo apruebe, ¿no es así, Santos? —saltó Ocampo al escuchar semejante argumento.

—Claro, Melchor, solo que no falta nada para que, en la desesperación en la que se encuentran nuestros enemigos, no tengan más opción que vender, vender y vender. Ya luego verán, al ganar la guerra, cómo compran, compran y compran, porque el clero le va a pasar a alguien la cuenta y el gran pagador, como siempre, será el país. Lerdo advirtió un hecho inadvertido por los presentes que reflejaba, una vez más, su visión financiera. Si el gobierno expropia todos los activos del clero, también expropia las deudas que los particulares pudieran haber contratado con las empresas propiedad de la Iglesia católica, ¿no es cierto? Por ejemplo —arguyó dirigiéndose al genial Santitos—, si tú le debes cien pesos al clero por alguna deuda, ahora la tendrás con el gobierno, dueño indiscutible de todos los bienes de la Iglesia, ¿no? Estamos ante un simple cambio de acreedor, ¿sí?

—Sí —repuso Santos Degollado sin entender cabalmente el propósito de las palabras de Lerdo de Tejada.

—Pues si ahora el gobierno es el acreedor, tiene el legítimo derecho de rematar las deudas de particulares a la mitad; de esa suerte las personas se librarán de sus deudas y nosotros al cobrarlas nos haremos de recursos para nuestros fines. ¿Es claro? —preguntó como si hubiera concluido un truco de magia.

Ruiz, uno de los grandes impulsores de la nueva legislación, opinó que los deudores se apresurarían a pagar sus créditos, cierto, pero que se debería proceder a instrumentar un sistema de denuncias ciudadanas para conformar un inventario, lo más completo posible, de los bienes eclesiásticos, mismos que se deberían rematar a la mitad o menos para ganar recursos destinados a la guerra. No es la hora de buscar el justo valor de mercado, sino de hacernos de dinero para dárselo a Santitos...[39]

—Exacto —repuso Lerdo, satisfecho al constatar que la flecha había dado en el centro de la diana—. Esas deben ser las conclusiones.

Cuando Juárez hacía uso de la palabra, de inmediato se suspendían las conversaciones privadas alrededor de la mesa de juntas. Esa ocasión no fue la excepción.

—Señores —dijo poniéndose de pie para darle más fuerza a sus palabras—, se dice que soy presidente pero que no soy presidente, tal vez interino… "Que soy dictador, pero que no soy dictador; que mi gobierno no es gobierno, que es *un* gobierno y que de igual forma se dirá que las Leyes de Reforma serán leyes pero que no eran leyes, o al menos leyes, pero no legales, de la misma manera en que hay Constitución pero no hay Constitución, que hay, en suma, República pero no hay República y que, en todo caso la República soy yo…" Parece un galimatías —agregó al apoyar los nudillos contra la mesa—. Ante semejante situación, absolutamente irregular, sobre todo para un amante de la legalidad, como es nuestro caso, no tenemos más alternativa que ir adelante con las leyes respectivas. Promulguémoslas ya, porque no queremos un desastre definitivo e irreversible en los campos de batalla ni podemos tolerar más penurias a la tropa ni consentiremos que el clero empiece a vender sus bienes para comprar más armas en nuestro perjuicio ni pasaremos por alto que, de diferir la situación, otros estados del país tomarán la iniciativa y nos dividiremos militar y políticamente solo para fortalecer a nuestros enemigos. Es la hora de las horas. El momento, tan esperado, finalmente llegó, señores. Haremos historia. Esta no es una guerra entre dos facciones religiosas en donde se pretende imponer determinados principios, dogmas, creencias teológicas: No. Se trata de una guerra entre un gobierno liberal y un clero resistente a perder sus bienes y privilegios. En realidad, es una guerra política en donde se intenta restringir fueros y someter a una autoridad política como lo es la Iglesia católica para subordinarla a los poderes del Estado. Publicaremos un manifiesto para anticipar nuestras intenciones, como lo ha sugerido el señor Lerdo, y posteriormente, tan solo unos días después, empezaremos a publicar nuestros decretos, que haremos valer por la vía de las armas, no en balde nos asiste la razón en esta dolorosa causa que nunca, nadie de nosotros, hubiéramos querido vivir. Haber llegado a la guerra civil con tal de defender la legalidad es una decisión que nunca ningún líder quisiera haber tenido que tomar. Yo me vi obligado por las circunstancias a llegar a la violencia, y por la violencia haremos cumplir la Constitución y las Leyes de Reforma.

Esa noche Juárez escribió en su diario:

> Las Leyes de Reforma no son, como lo ha dicho el clero y el partido conservador, una hostilidad contra la religión que profesa la mayoría de los mexicanos; lejos de eso, otorgan a la Iglesia la más amplia libertad, la dejan independiente para que obre en los espíritus y en la conciencia, la apartan del bastardo influjo de la política y hacen cesar aquel fatal consorcio de las potestades, que producía el escándalo unas veces de que los gobiernos abusaran en nombre de la religión oprimiéndola y otras que el clero se convirtiera en instrumento de la dominación.

Ocampo fue el primero en levantarse para aplaudir, no tanto el discurso del presidente, sino la decisión histórica que crearía las condiciones para construir el México con el que todos habíamos soñado. A continuación lo hicieron Lerdo, Ruiz, Santos Degollado, el gobernador Gutiérrez Zamora, De la Llave, De la Fuente, Ruiz, Ramírez, Iglesias, Mejía, Arizpe y Serna, hasta que el propio presidente se sumó a la ovación. Difícilmente sonreía. En realidad todos deseaban la mejor suerte de México. Valía la pena el aplauso.

El día 7 de julio de 1859 finalmente se publicó un Manifiesto del Gobierno Constitucional a la Nación, a través del cual Juárez, el legítimo presidente de la República en términos de la Constitución de 1857, explicaba las Leyes de Reforma:

> En la difícil y comprometida situación en que hace diez y ocho meses se ha encontrado la República, a consecuencia del escandaloso motín que estalló en Tacubaya a fines de 1857 [...]. Cuando a pesar de la prolongada resistencia que la sociedad está oponiendo al triunfo de aquel motín, los autores de este continúan empeñados en sostenerlo, apoyados únicamente en la decidida protección del alto clero y en la fuerza de las bayonetas que tienen a sus órdenes; cuando, por resultado de esa torpe y criminal obstinación, la República parece condenada a seguir sufriendo aún por algún tiempo los desastres y las calamidades que forman la horrible historia de tan escandalosa rebelión, creería el gobierno faltar a uno de los primeros deberes que la misma situación le impone, si suspendiera por más tiempo la pública manifestación de sus ideas, no ya solo acerca de las graves cuestiones que hoy se ventilan en el terreno de los hechos de armas, sino también sobre la marcha que se propone seguir en los diversos ramos de la administración pública...
>
> En primer lugar, para poner un término definitivo a esa guerra sangrienta y fratricida que una parte del clero está fomentando hace tanto tiempo en la nación, por solo conservar los intereses y prerrogativas que heredó

del sistema colonial, abusando escandalosamente de la influencia que le dan las riquezas que ha tenido en sus manos, y del ejercicio de su sagrado ministerio, y desarmar de una vez a esta clase de los elementos que sirven de apoyo a su funesto dominio, el gobierno a mi cargo, cree indispensable:

1º. Adoptar, como regla general invariable, la más perfecta independencia entre los negocios del Estado y los puramente eclesiásticos.

2º. Suprimir todas las corporaciones de regulares del sexo masculino, sin excepción alguna, secularizándose los sacerdotes que actualmente hay en ellas.

3º. Extinguir igualmente las cofradías, archicofradías, hermandades, y en general todas las corporaciones ó congregaciones que existen de esta naturaleza.

4º. Cerrar los noviciados en los conventos de monjas, conservándose las que actualmente existen en ellos, con los capitales ó dotes que cada una haya introducido, y con la asignación de lo necesario para el servicio del culto de sus respectivos templos.

5º. Declarar que han sido y son propiedad de la nación todos los bienes que hoy administra el clero secular y regular con diversos títulos... y enajenar dichos bienes, admitiendo en pago de una parte de su valor títulos de la deuda pública y de capitalización de empleos.

6º. Declarar por último, que la remuneración que dan los fieles a los sacerdotes, así por la administración de los sacramentos, como por todos los demás servicios eclesiásticos, y cuyo producto anual, bien distribuido, basta para atender ampliamente al sostenimiento del culto y de sus ministros, es objeto de convenios libres entre unos y otros, sin que para nada intervenga en ellos la autoridad civil.

Además de esta medidas, que, en concepto del gobierno, son las únicas que pueden dar por resultado la sumisión del clero a la potestad civil en sus negocios temporales, dejándolo sin embargo con todos los medios necesarios para que pueda consagrarse exclusivamente, como es debido, al ejercicio de su sagrado ministerio, cree indispensable proteger en la República con toda su autoridad la libertad religiosa, por ser esto necesario para su prosperidad y engrandecimiento, a la vez que una exigencia de la civilización actual.

En otro tiempo podría acaso haberse estimado imprudente la franqueza con que el gobierno actual manifiesta sus ideas para resolver algunas de las graves cuestiones que ha tanto tiempo agitan a nuestra desgraciada sociedad; pero hoy, que el bando rebelde ha desafiado descaradamente a la nación, negándose hasta el derecho de mejorar su situación; hoy, que ese mismo bando dejándose guiar únicamente por sus instintos salvajes para conservar los errores y abusos en que tiene fincado su patrimonio, ha atropellado los más sagrados derechos de los ciudadanos, sofocando toda discusión sobre los intereses públicos, y calumniando vilmente las intenciones de todos los hombres que no se prestan a acatar su brutal dominación; hoy, que ese funesto bando ha llevado ya sus excesos a un extremo de que no se encuentra ejemplo en los anales del más desenfrenado despotismo, y que con un insolente menosprecio de los graves males que su obstinación está causando a la sociedad, parece resuelto a continuar su carrera de crímenes y de maldades, el gobierno legal de la República, lo mismo que la numerosa mayoría de los ciudadanos cuyas ideas representa, no pueden sino ganar en exponer claramente a la faz del mundo entero cuáles son sus miras y tendencias.

Con la conciencia del que marcha por un buen camino, el gobierno actual se propone ir dictando, en el sentido que ahora manifiesta, todas aquellas medidas que sean más oportunas para terminar la sangrienta lucha que hoy aflige a la República, y para asegurar en seguida el sólido triunfo de los buenos principios. Al obrar así, lo hará con la ciega confianza que inspira una causa tan santa como la que está encargado de sostener; y si por desgracia de los hombres que hoy tienen la honra de personificar como gobierno el pensamiento de esa misma causa, no lograsen conseguir que sus esfuerzos den por resultado el triunfo que ella ha de alcanzar un día infaliblemente, podrán consolarse siempre con la convicción de haber hecho lo que estaba de su parte para lograrlo; y cualquiera que sea el éxito de sus afanes, cualesquiera que sean las vicisitudes que tengan que sufrir en la prosecución de su patriótico y humanitario empeño, creen al menos tener derecho para que sean de algún modo estimadas sus buenas intenciones, y para que todos los hombres honrados y sinceros que, por fortuna, abundan todavía en nuestra desgraciada sociedad, digan siquiera al recordarlos: esos hombres deseaban el bien de su patria, y hacían cuanto les era posible para obtenerlo.

Heroica Veracruz, julio 7 de 1859. Benito Juárez. Melchor Ocampo. Manuel Ruiz. Miguel Lerdo de Tejada.

El manifiesto prendió la mecha. Lo que Miranda siempre temió ahora se había materializado.

Quedaban cerradas las llaves del crédito.

Los creyentes adinerados le pondrían un límite a su fe: el mantenimiento de sus capitales.

¡Vendamos territorio a Estados Unidos!

El reconocimiento diplomático lo disfrutan los piojos, los liberales.

¡Los préstamos forzosos!

Quien tenía que prestar ya prestó, con amenazas de castigos en el infierno o sin ellas. Estamos contra la pared.

¡Gastemos entonces nuestro dinero: recurramos a nuestros fondos integrados por limosnas, donativos, intereses! ¡Tenemos recursos, invirtámoslos en la guerra o preparémonos para las consecuencias!

¡Imposible! Busquemos alternativas más baratas... Tal vez sea la hora de insistir en la presencia de tropas europeas para que impongan un soberano al frente de un nuevo imperio mexicano. Sí, sí, que venga el ejército francés a imponer el orden y defender nuestros derechos.

No, porque los yanquis nos recordarán a Monroe y a aquello de América para los americanos... No verían con buenos ojos una intervención militar extranjera en México.

Ellos solo tienen ojos en la guerra civil que muy pronto les estallará en el corazón mismo de Estados Unidos.

De la guerra militar se pasó a la guerra financiera, y de ahí a la guerra de los manifiestos. Miramón también publicó el suyo, sin detenerse a considerar que era un presidente espurio, el 12 de julio de 1859, en respuesta al de Juárez, del 7 de julio de ese mismo año.[40] ¿Qué más daban semejantes consideraciones ante la ley del más fuerte? Los reaccionarios no defendían principios y derechos humanos como los liberales, ellos defendían bienes materiales, al fin de cuentas, dinero.

> Conciudadanos:
>
> [...] Tiempo ha que el vasto territorio nacional es un vasto teatro de escenas sangrientas y de horror: unas batallas se han sucedido a otras; una lucha encarnizada y tenaz, ha costado la vida de mil y mil de nuestros compatriotas, las armas del gobierno supremo han sido siempre victoriosas en los grandes encuentros, y sin embargo, nadie se somete, la revolución no se sofoca.
>
> [...] Una de nuestras convulsiones puso el poder en manos de una facción esencialmente desorganizadora y disolvente: el peligro de la patria era tan perceptible, que no pudo ocultarse a mi vista: consagré mi espada a conjurarlo, combatí sin tregua para sostener el gobierno que debía plantear el programa de la revolución; pero permanecí extraño a los pormenores de la política y del régimen de la nación.
>
> La nación tiene de ello un sentimiento íntimo. Así, después de haber experimentado durante un periodo de tiempo regular el régimen constitucional, ha apelado á la dictadura, único gobierno que puede tener la bravura, la actividad necesaria para reunir otra vez los elementos con que cuenta el país, para reorganizar esta sociedad casi disuelta, para plantear su administración y preparar los medios de llegar a tener una Constitución política adecuada a su carácter, y duradera. Esta es la esencia de todos los planes que se han proclamado en los diversos movimientos revolucionarios ocurridos, desde el

que, iniciado en el Hospicio de Guadalajara, terminó por la vuelta del general Santa Anna a la primera magistratura de la República.

[...] Sería una equivocación grosera desconocer un elemento poderoso que enardece la lucha desoladora que sacrifica la República; hablo de los intereses cuantiosos, creados como consecuencia de la funesta ley de 25 de junio de 1856. Reconozco la nulidad de esta ley; protesto por mi honor el más alto respeto y la más segura garantía á los intereses de la Iglesia; protesto por mi honor que no seré yo quien mengüe en un solo centavo sus riquezas; protesto sostener vigorosamente sus prerrogativas y su independencia, pero estoy resuelto a adoptar el camino más conforme con nuestras creencias y con los estatutos canónicos, para aniquilar ese germen de discordia que alimentará siempre la guerra civil en la República, y cuento con ser secundado en mi propósito por el sentido recto e ilustrado del venerable clero mexicano.

[...] Como gobernante, no puedo cambiar mi temperamento ni mis convicciones; ni puedo someterme á observar una rutina, á permanecer en un *statu quo*, que en política importa siempre el retroceso: preferiría con gusto volver á servir á la nación solo con mi espada.

Conciudadanos, auxiliad mis esfuerzos, hijos, os lo juro, de la mayor buena fe y Dios nos premiará, salvando nuestra patria.

Chapultepec, julio 12 de 1859.- Miguel Miramón

—Después, Ponciano, vino la catarata de leyes que empezaron a publicarse a partir del 12 de julio de ese glorioso 1859 y la avalancha continuaría una vez concluida la guerra. La bomba de bombas, ya anunciada, que detonó en catedrales, iglesias, parroquias, basílicas, monasterios, bancos camuflados, empresas, haciendas y fincas propiedad del clero, en conventos, sacristías, fue sin duda la nacionalización de todos los bienes que el clero secular y regular habían venido poseyendo o administrando, cualesquiera que fuesen los títulos, cualesquiera la clase de predios, de los derechos, de las acciones y cualesquiera el nombre y la aplicación que hubieran tenido. ¿Estaba claro...? ¿Te imaginas la cara que hubieran puesto señores curas de la talla de un Hidalgo, de un Morelos, de un Ramos Arizpe, de un fray Servando Teresa de Mier, de un Mora o al contrario, la de unos vándalos pertenecientes a la "hermosa reacción", como un Matías Monteagudo o un Francisco Pablo Vázquez Vizcaíno o, para no ir tan lejos, piensa en las caras del padre Miranda o en la de Labastida o en la del propio papa Pío IX, que de Pío nada, absolutamente nada? Si quieres de verdad consolarte y reconciliarte con la vida piensa en don Valentín Gómez Farías.

La separación de la Iglesia respecto del Estado sería una realidad a partir de ese momento, siempre y cuando Juárez ganara la guerra. La aplicación de las normas no dependía de quien tuviera o no la razón o de qué lado estuviera o no la justicia, ¿qué tiene que ver la justicia con el derecho?, sino de quien gozara de más poder militar y destructivo. Esa sería la ley, la del más fuerte. Si triunfaba Miramón, México sería clerical y se perdería en las cavernas del Paleolítico hasta que llegara otro zapoteco u otro michoacano de las tallas de Juárez y de Ocampo; ahora bien, si los liberales aposentados en Veracruz lograban ceñirse las sienes con los laureles, entonces nuestro país se catapultaría económica, social y culturalmente hasta el infinito. De modo que la última palabra no la tendrían los diplomáticos ni los curas ni los juristas ni los políticos, sino los cañones.

Se suprimieron órdenes monásticas; se instituyó el matrimonio civil y se privó de toda validez legal al que solo se contrajera con la intervención eclesiástica; se creó el Registro Civil y se privó a la Iglesia de la facultad de hacer constar el nacimiento, matrimonio y fallecimiento de las personas y de dar de ello fe válida; se canceló la intervención de la Iglesia en la economía de los cementerios, camposantos, panteones y bóvedas o criptas mortuorias, colocándose todo esto, aun las bóvedas de las iglesias y catedrales y los conventos de religiosas, bajo la inspección de los jueces del Registro Civil. Como si todo lo anterior no fuera suficiente, Melchor Ocampo, en su carácter de ministro de Relaciones Exteriores, mandó retirar, consecuencia de todas las disposiciones anteriores, la legación de México en Roma. ¿Para qué tenerla si las puertas de la Basílica de San Pedro estaban permanentemente cerradas para el representante del gobierno liberal?

Pero había más, vendría mucho más. Trescientos años de historia no se cambiaban con un artículo legal. La cirugía era mayor. Se suprimió entonces el monopolio de las creencias católicas, en el cual se alimentaba el poderío social, político y económico de la Iglesia. Se atacó de raíz el dogma para que este fuera sometido a crítica por las ideas filosóficas y se viera a la luz de lo científico y no tan solo a la exégesis de lo revelado. ¡No faltaba más! Y más, más disparos desde Veracruz, era la fiesta de los cohetes: estalla en el infinito con chispas de mil colores la ley de cultos, acto seguido revienta la de instrucción pública, la que Juárez y Ocampo habían soñado desde Nueva Orleáns, para terminar con esa feria de fuegos artificiales, con la de hospitales y establecimientos de beneficencia.

Ahí salía un proyecto de ley porque resultaba inadmisible que la inmensa mayoría de pueblos estuviera obligada a gastar el noventa por ciento de su presupuesto en fiestas religiosas.[41] ¿No era un atentado en un país con tantas necesidades? ¡Al clero le interesaba inventar cada día más santos, beatas, patrones y patronas, fiestas y peregrinaciones, además de todo tipo de apariciones, porque se llenaba los bolsillos de cooperaciones, donativos y limosnas! Si la Iglesia tenía tantos días de guardar era por una estrategia mercantil para lucrar con el miedo y los perdones. El clero inducía a la flojera con tal de que sus cepillos estuvieran bien llenos. ¿Qué le importa el hambre de la gente mientras sus arcas se encuentren repletas? A más conmemoraciones y homenajes a la divinidad, más dinero. ¡Por supuesto que se estableció un calendario civil para declarar las fechas precisas de descanso obligatorio, y dejando claro que la guerra no era contra la religión, se incluyó en este el 12 de diciembre, día de la Virgen de Guadalupe!

¿En dónde estaba una finca, una obra de utilidad común que debiera su existencia al clero? ¿En dónde estaba un banco nacional, un ferrocarril, un camino, un puente, una plaza cualquiera que se debiera al clero? Las leyes deben establecer que el presupuesto federal destinará ciertos porcentajes a la construcción de caminos. La Iglesia dejará de acaparar los recursos públicos y privados. Otra ley, venga otra ley: es la feria de las leyes, la del arribo de la civilización.

Cambiemos la tradición secular. Los mexicanos ya no deberían preferir salvar su alma y proteger sus intereses espirituales en lugar de luchar por la evolución de la vida política de su país. Por ello la Iglesia tenía tanta fuerza y la administración pública estaba tan atrasada. Cambiemos esta mentalidad a través de la escuela. Los sacerdotes, antes de tener patria, tienen a su orden, y ante las exigencias de esta, desaparecen los derechos de aquella. Piérdase México, pero aumente el decoro, el poder y la influencia de la orden. ¿Eso es patriotismo? ¡Hagamos una nueva ley de educación! Necesitamos clases de civismo impartidas por profesores laicos profesionales. Emitamos una ley para fundar una escuela para maestros. Si no saben enseñar, ¿cómo van a hacerlo? Ya lo dijimos, repitámoslo: ¡Requerimos de muchas escuelas para maestros! No queremos ni un cura más en la enseñanza. Al clero le conviene enseñar al pueblo el fanatismo antes que la verdadera religión, con el fin de mantenerlo ignorante de sus derechos y dominarlo con más facilidad. Por esa razón los sacerdotes transforman problemas políticos en atentados contra la religión y convierten las críticas a la Iglesia en ataques contra el dogma. ¿Qué diría hoy Cristo si viese a una parte de los guardianes del templo empuñar la espada contra el César o emplear los tesoros del templo en volverse asesinos, fratricidas? Impongamos el orden. ¡Qué bueno que se acabaron los fueros! Todos iguales frente a la ley. ¿Quedó claro ese punto?

La Iglesia no puede tener un poder económico superior al del Estado. Un gobernador no puede ganar doscientos cincuenta pesos al mes, un ministro quinientos, lo anterior cuando el estado del tesoro público permitía pagárselos, mientras que los ingresos del arzobispo de México se elevan a cincuenta mil pesos al año, sin olvidar que el obispo más pobre de la República no cobra menos de diez mil, mientras que las grandes ciudades están llenas de sacerdotes inútiles que, en su mayoría, llevan una vida cómoda. Cortemos de cuajo sus ingresos. La ley, otra ley. ¿No habíamos hablado de igualdad y de cancelación de privilegios?

—¿Para qué hablarte de más leyes y reglamentos, Ponciano? Si quieres ampliar tus conocimientos, ahí están las recopilaciones. Yo solo deseo brindarte el panorama inmediato y pasar a contarte la respuesta del papa y de Labastida, sin olvidar al padre Miranda, quien, por cierto, después del intento de golpe de Estado renunció al Ministerio de Justicia, porque era evidente que él no había nacido para gobernar, sino para intrigar, ahí es donde se movía como caimán en pantano.

Los siguientes párrafos, redactados por el padre Miranda, son un manjar para quien desee disfrutar el más puro de los lenguajes reaccionarios. Es muy claro que el sacerdote ya respiraba por las heridas cuando, a modo de una primera respuesta de la Iglesia católica, escribió a mediados de 1859 lo que sigue. Lee, lee, querido lector, estos textos extraídos del acervo oculto de don Valentín y que fueron escritos con la hiel de los clericales:

> ¿Qué sería del pueblo mexicano si le faltara el auxilio de los bienes sagrados? Lo que ha sido de todos los pueblos donde tal atentado se ha cometido; lo que fue y es todavía del pueblo inglés, de quien dice Cobett, autor no sospechoso: "que la reforma fue bajo todos los aspectos un cambio en peor; tuvo su origen en la depravación de costumbres, sostenido por la hipocresía y la perfidia, llevado al cabo por el robo y la devastación, derramando para ello torrentes de sangre, y cuyas consecuencias tenían que ser necesariamente esa miseria, esa desnudez, esa hambre, esas contiendas, esos odios eternos, que vemos por todas partes y que aturden nuestros oídos á cada paso que damos; males todos que eso que se llamó reforma introdujo entre nosotros, en lugar de aquella abundancia, de aquella felicidad y de aquella unión y caridad cristianas de que tan plenamente gozaron nuestros padres católicos durante tantos siglos". ¡Prueba palmaria de que el hombre es tiranizado donde Dios es ofendido y blasfemado!
>
> Y aquí era la vez de preguntar á esos cuatro hombres que firman los decretos de Veracruz: ¿con qué derecho y con qué títulos tratáis de trastornar la sociedad, desgarrando sus entrañas? Vosotros, que para sostener esa guerra de vandalismo que asola á la república os amparáis con la legalidad; vosotros, que para talar los campos, saquear poblaciones y dejar en todas partes regueros de sangre invocáis la legalidad; vosotros, que traicionáis á vuestras creencias y nuestra patria á nombre de la legalidad; vosotros, que no reconocéis

otros poderes ni otra estención de su ejercicio que los que emanan de la soberanía del pueblo ¿adónde y cuándo habéis recibido del pueblo la misión para acabar con el culto y subvertir la sociedad? Vuestra conducta os pone en contradicción con los principios que hipócritamente invocáis; vuestra conducta dice muy alto, que para vosotros ni hay respeto al pueblo, ni amor á la patria, ni á la libertad, ni á la Constitución, ni á la ley, ni á los hombres, ni á Dios; y que vuestra única bandera es el robo y la tiranía.

Mirad, ¡oh pueblo! Que ninguno os seduzca: los mismos hombres que hoy os exitan para que cooperéis al robo de la Iglesia, y os presentan ese robo como una cosa útil y provechosa, son los que en junio de 1856 decían: "que la más sabia política no es aquella que tiende á destruir estos á los otros intereses existentes, sino la que pone á todos en armonía". Y también se os decía: "que no se echaba mano de ninguna de esas medidas violentas, que se había empleado en otros países con ofensa de los principios eternos de la justicia y de la moral pública". Entonces, D. Miguel Lerdo, creía ofender los principios eternos de la justicia y de la moral, distrayendo los bienes eclesiásticos de los objetos sagrados de su institución, y ese mismo D. Miguel Lerdo es quien ahora, ¡oh pueblo! Quiere que tú cooperes á ofender esos santos y eternos principios. Acaba, pueblo, de conocer á los que te quieren arrebatar á un mismo tiempo religión y patria.

Puebla, julio 31 de 1859. Francisco Javier Miranda

El clero sintió la boca fría del cañón del mosquete en la frente cuando se promulgaron las leyes juaristas, sí, las del brillantísimo zapoteco que tanto despreciaban. Cerradas las fuentes externas del crédito público, agotadas las posibilidades de aportación de los fieles dueños de importantes recursos, hartos de soportar con su dinero un movimiento militar sin recibir respuestas eficientes a cambio —ustedes nos prometieron que aplastarían a los piojos liberales antes de terminar tres rosarios— y sin disfrutar del reconocimiento diplomático de Estados Unidos, que bien podía significar armas, dignidad, municiones y recursos económicos, presintieron el derrumbe de su proyecto político.

¿No que el indio ese, al huir como los de su clase de Palacio Nacional cuando Comonfort, el imbécil indeciso, le abrió la puerta de la celda supuestamente vigilada por Manuel Payno, no llegaría ni siquiera al Lago de Chalco? ¿Que no nos preocupáramos porque el indio no contaba más que con él y dos pillastres más para enfrentarse a un poder como el clerical que lleva ya trescientos años de mandar no solo militar, sino espiritualmente? ¿Que qué iba a hacer un indio desarmado y descalzo, absolutamente solo, si nosotros contábamos con el ejército exsantannista de nuestro lado?

¿Que quién era el indio en el ámbito internacional y que fuera de Oaxaca no lo reconocería ni su esposa? ¿Que para aplicar las leyes se debía contar con la fuerza pública y él, el indio, carecía de fuerza incluso para caminar en su fuga despavorida para irse a perder en los maizales de su tierra? ¿Que nadie secundaría a un indio loco y solo por las tierras de México? ¿Que era el momento feliz de la hermosa reacción porque nunca se ejecutaría la Constitución de 1857, un panfletín humorístico para ser analizado posteriormente como un compendio de ideas caducas por los estudiantes de derecho? ¿Quién le iba a dar dólares o marcos o libras o plata y oro a un indio muerto de hambre? ¿Que el indio no tenía ninguna posibilidad de ganarse el respeto en el concierto de las naciones...? Que nosotros éramos la barrera en la que habrían de estrellarse la impiedad y el ateísmo, ¿verdad? Que las leyes emitidas por el zapoteco ese, analfabeto y hambriento, no tendrían ningún valor porque Juárez no pasaba de ser más que un simple particular y sus disposiciones no eran más que escritos o proyectos, ¿no?

Silencio. Silencio...

¿No se dijo que al triunfo de nuestra causa todas esas leyes serían suprimidas y que la Iglesia volvería a ser la piedra fundamental del Estado con todas sus atribuciones? ¿No se afirmó hasta el hartazgo que como la Iglesia y los conservadores, no nos molesta que nos llamen reaccionarios, es un honor, habíamos contribuido con creces al sostenimiento de la santa causa teníamos asegurada la bendición de Dios y por lo tanto el éxito, y ahora resulta que un triste indio puede más que el Señor y que todos nosotros juntos? ¿Vamos a perderlo todo a pesar de que dimos dinero, alhajas y bienes, además de que hipotecamos propiedades y, por si fuera poco, todavía contábamos con armas insuperables como nuestro influjo moral, nuestra influencia desde el púlpito y los confesionarios, junto con los paralizantes anatemas? ¿Que no es momento de alarmas porque la idea ahora es invitar a un soberano extranjero a gobernar México? Bueno, primero debemos convencer a uno que tenga los tamaños; dos, que venga con un ejército que pueda derrotar al tal Santitos; y tres, por la Gloria del Cielo, no nos vaya a salir el principito rubio más liberal que Juárez... ¡Solo eso nos faltaba! ¿Por qué nos habrá abandonado la virgen en una coyuntura tan crítica? ¿A veces es tan difícil entender las inaccesibles decisiones del Supremo?

—El obispo don Pelagio Antonio de Labastida y Dávalos no podía dejar de lanzar una pastoral desde Roma, Ponciano: "Los hombres que ahora disponen de los bienes de las corporaciones civiles y eclesiásticas encaminarán a otros a que un poco más tarde traten de despojar de sus propiedades a los particulares, y con esto la República se conmoverá profundamente; llegará a estar a la vera de su desaparición".[42]

¿Que, que, qué…? Pues estamos perdiendo la guerra. Ese indio de mierda que no valía ni un real nos está mojando la pólvora. Oídlo bien: ¡Nos está ganando la guerra, y cuando nos gane la guerra nos iremos a la mierda!

Pero podemos financiar la guerra con nuestros recursos.

¡Imposible! Estamos tirando el dinero de Dios Nuestro Señor a un barril sin fondo. Hoy destroza, apabulla, extingue y despedaza nuestro general-presidente, don Miguel Miramón, a las tropas de Santos Degollado y al otro día ese general, como si fuera un auténtico santo, revive y se presenta bien armado para otra batalla como si nada hubiera pasado. ¿Es una broma de Dios?

Demos dinero para la causa. No desesperemos. Lo daremos, pero en cantidades decrecientes. Así solo lograremos diferir la derrota.

Difirámosla mientras negociamos en Europa la importación de un soberano y veamos qué sucede con el nuevo bloqueo que impondrá Miramón a Veracruz en marzo del año entrante.

—No hay plazo que no se cumpla, Benito —sentenció Ocampo una mañana de agosto, mientras comentaba con Juárez algunos detalles de sus nuevas conversaciones con McLane, el necio, el intransigente que tenía, como todos los suyos, mentalidad de tendero, de abarrotero, de hombre de negocios, si se quería recurrir a un eufemismo. Todos están forjados en el mismo molde, que se llama dólar…—. Hoy me preguntaron que dónde estaba el palacio en el que despachas. Me hicieron reír. ¿Palacio…?, repuse sorprendido, vivimos todos en una casa de tantas, en Puerta Merced, ahí entran y salen jarochas, comerciantes, negras de puro en boca, políticos y militares de todas clases, cantantes, aboneros, lavanderas y cocineras, el pueblo en general, amigo, vaya cuando quiera y compruébelo usted mismo. Ahí no hay antesalas ni los cumplidos del Palacio de México. Cada cual entra, arregla sus asuntos sin protocolo y se marcha. ¿Quiere hablar con Juárez? Pues no tiene más que solicitarlo. Es mucho más sencillo visitar al presidente que a cualquier sacerdote de pueblo, ya ni se diga al arzobispo, jefe de la Iglesia católica del país…

—La gente siempre quiere endiosar a los políticos y nosotros, al contrario, no queremos perder contacto con el piso, Melchor, en ese caso, estaríamos perdidos —adujo Juárez, mientras desayunaba un poco de papaya y plátano que le había preparado Petronia, la mujer encargada del aseo y de la cocina.

Al acompañar a Juárez con un café negro y una concha de vainilla, las preferidas del ministro de Relaciones del gobierno liberal, le extendió una carta, un *aide de memoire*, por alguna razón Ocampo quiso impresionar al zapoteco con sus conocimientos del idioma francés adquirido durante su estancia en aquel país en los cuarentas, en la que constaban sus objetivos políticos mientras que el michoacano se desempeñara en tan elevado cargo.

No dejaron de comentar el éxito escandaloso que tantas veces habían festejado respecto al reconocimiento diplomático de Juárez por el gobierno de Buchanan ni cómo había visto el Departamento de Estado la promulgación de las Leyes de Reforma. Todo un éxito. McLane sabía que dichas disposiciones se traducirían en una colosal estocada en las menguadas finanzas clericales.

—Fueron dos señores golpes, Benito, golpazos. Ahora que puedas y termines tus huevitos a la veracruzana, lee estas tareas que me he fijado.

Ocampo criticó a Juárez porque no acompañaba su comida con salsa muy picante y más, muchos más totopos.

—¿Quieres que me los coma como a ti te gusta o como a mí me place, Melchor? Ahora sucede que me voy a ir también al infierno por no comer jalapeños, ¿no…?

Ocampo soltó la carcajada.

—Vamos a lo nuestro —dijo Juárez con los ojos negros como capulines, mientras contemplaba la cabellera negrísima que rozaba los hombros de su canciller y sus labios "tan delgados que parecían una herida en aquel rostro de líneas acentuadísimas"—. Mejor tú lees mientras le pido a Petronia más totopos para darte gusto, aun cuando yo lo padezca.

Ese día el presidente estaba de buen humor, pero no por ello dejaba de ser hermético. Con pocas personas Juárez se abría y dejaba ver su interior; Ocampo podía contarse entre los privilegiados y Margarita, su mujer, era sin duda la dueña de su intimidad y de sus confesiones. El michoacano había conversado con ella cuando se encontraron en la Ciudad de México, en los días en que Juárez fue nombrado ministro de Gobernación y presidente de la Corte. Ahí ella le había contado las persecuciones de que había sido víctima por parte de los santannistas encabezados por José María Cobos, quien la había perseguido por la sierra, en tanto sus hijos pequeños eran cargados en brazos por los indios zapotecos hasta que pudo llegar a la hacienda de Santa Gertrudis. Le hizo saber cómo se había instalado en Etla, donde puso un estanquillo para vender hilos, cigarros y golosinas para mantener a sus hijos y ver la posibilidad de mandar cualquier cosa a su marido desterrado en Nueva Orleáns. La vida era un horror, Melchor. En 1858 otra vez tuvo que huir por el estallido de la guerra de Reforma, para volver a ver a su marido en junio de ese mismo año, después de haber cruzado la sierra de Ixtlán a lomo de mula, ahora con ocho hijos a cuestas.

—Margarita era la mujer idónea para Juárez, de la misma manera en que Ana María lo era para Ocampo, solo que este último nunca se casaría con ella, a pesar de que juntos habían procreado cuatro hijas. Don Melchor no predicaba con el ejemplo cuando redactó su famosa epístola: "El matrimonio… es el único medio moral de fundar la familia, de conservar la especie y de suplir las imperfecciones del individuo, que no puede bastarse a sí mismo para llegar a la perfección del género humano". Nadie es profeta en su propia tierra, ¿verdad, Ponciano? Tanto Ocampo como Guillermo Prieto se distinguieron por su debilidad hacia el sexo opuesto… ¿Y quién no la tiene, hijo mío?

Cuando Petronia retiró el plato del presidente sin rastro de frijoles ni de nada, tener apetito en la mañana era un privilegio, Ocampo empezó a leer sus objetivos como ministro de Relaciones Exteriores. Él mismo había redactado la nota la noche anterior:

> a) Una vez obtenido el reconocimiento diplomático de Estados Unidos debemos insistir en Washington y aquí con McLane y por todas las vías posibles de la importancia de contar con un préstamo para armas y municiones sin vender territorio ni empeñar la soberanía.
>
> b) Combatir a los filibusteros, empezando por Zerman.
>
> c) Suscribir con McLane un tratado de tránsito comercial y no una convención que implique mengua territorial[43] sin comprometer soberanía ni abjurar del derecho de posesión ni vender ni enajenar nuestra autoridad como país libre y respetable.
>
> d) Evitar, en cualquier caso, la desmembración territorial.
>
> e) Evitar la intervención militar de Estados Unidos en la que insiste tanto el presidente Buchanan.
>
> f) Evitar la intromisión europea e impedir el arribo de un príncipe extranjero a gobernar México.

—No lo tenemos fácil, Melchor.

—Fácil no fue sacarle el reconocimiento diplomático a McLane; fácil no ha sido resistir tanto tiempo la guerra parapetados aquí sin que nos hubieran pasado por las armas Miramón y sus clericales; fácil no ha sido tener dinero para financiar la guerra; fácil no ha sido para Santitos perder las batallas y reponerse al día siguiente; fácil no ha sido superar los miedos de que esos sacerdotes asesinos hubieran intentado sobornar a Petronia y nos envenenara a todos con un pescadito a la veracruzana con tal de ganarse el perdón eterno y la eternidad; fácil no ha sido que no nos disgustemos entre todos nosotros al estilo de los conservadores que ya llevan cuatro presidentes en año y medio: Comonfort, Zuloaga, Robles Pezuela y Miramón; fácil no fue promulgar las Leyes de Reforma...

—Fácil no ha sido que me dejes hablar, Melchor —interrumpió Juárez la catarata de argumentos—. Tal vez valdría la pena que meditaras, aun cuando fuera unos segundos, a quién le estás diciendo si ha sido fácil o difícil

Ocampo sonrió dejando ver una dentadura blanca, bien cuidada.

—Solo deseaba hacerte un resumen de todo lo que he logrado solito...

—Solito te vas a quedar si no me acompañas a los portales a tomar otro café...

Los dos hombres salieron de la casa y entre saludos a la gente y sorteando algunos charcos, en ocasiones casi insalvables, la temporada de lluvias estaba en todo su esplendor, llegaron a los portales sentándose en una de las mesas que daban a la plaza. Veracruz estaba de fiesta a todas horas. Las marimbas y los requintos se escuchaban por doquier hasta el anochecer.

¿Ves ese hombre vestido eternamente de negro, el del lado izquierdo, el bajito de piel oscura? Es el presidente de la República.

¿Juárez?

¡En persona! Los dos hombres de Estado eran dos parroquianos más, por más que les ofendiera la palabra parroquiano. En Veracruz serían parroquianos aun cuando el puerto hubiera sido históricamente un bastión liberal.

—¿Cómo ves el tratado, Melchor?

—Será un acto circense, como lo fue la visita el año pasado de Churchwell. Yo le prometí hasta lo que no en su borrador que nunca firmé. Gracias a esa estrategia, el enviado de Buchanan nos facilitó el arribo de McLane y el reconocimiento, pero ahora es otra cosa: este nuevo embajador ya viene prevenido y, por si fuera poco —Ocampo dio un breve trago de café, sorbiéndolo para llenarse de aroma—, nos urge formalizar los acuerdos anteriores porque los españoles mueren por invadirnos. Saben que Estados Unidos tiene compromisos domésticos con el esclavismo y que por el momento no será sencillo mandar tropas a México para auxiliarnos. Es la oportunidad de Europa. A Buchanan también le urge firmar, pero sobre la base de que le vendamos la Baja California y le entreguemos Tehuantepec, así nada más, que, como ya dijimos, sería nuestro final, triste, por cierto.

—No solo le urge a Buchanan: nosotros estamos, como siempre, sin dinero y la guerra la ganará quien tenga dinero... Está claro, ¿no? Ya oíste hablar a Santos Degollado hace un par de meses. La tropa está desmoralizada. Además, el tal Miramón no tardará en aparecerse para volver a sitiar Veracruz, bombardearlo y matarnos de hambre. Por todos lados nos conviene firmarlo…

—Nos conviene firmarlo, pero sin vender territorio ni entregarles México en charola.

—Claro, Melchor: solo imagínate que el interlocutor de McLane fuera Santa Anna en persona, como cuando pactó en secreto con Polk para venderle una estrategia militar diseñada para ganarle la guerra a nuestro país a cambio de treinta millones de dólares. Ya quisiera McLane que fuéramos como Santa Anna cuando le vendió al embajador Gadsden La Mesilla. Deben extrañar a líderes políticos podridos como esos. ¿Cuánto es? ¡Tanto! ¡Aquí está! ¡Dame! Se acabó el negocio. Hay veces que creo, Melchor, que los escrúpulos son un problema. Es tan sencillo todo cuando careces de ellos…

—Sí, pero pagas precios muy elevados cuando careces de principios morales.

—No siempre —hay muchos tiranos que los entierran con salvas, honores a la bandera e himnos, cuando fueron unos grandes traidores, asesinos y corruptos.

—Sí, pero, ¿y tu lugar en la historia…?

—Mejor piensa en el legado que le dejas a tu país. Nosotros, por ejemplo, debemos romper todo el huevo por completo, hacerlo materialmente pedazos, para que nadie pueda nunca reconstruir el cascarón.

—Para nosotros sería muy simple ganar la guerra —adujo Ocampo…

—Sí, ¿cómo? —preguntó Juárez intrigado o esperando una salida humorística como las que acostumbraba Ocampo.

—Si vendemos Baja California nos llenaremos de dinero yanqui, de armas, de municiones y hasta de soldados norteamericanos para no dejar ni huella de Miramón y sus asesinos… Con el producto de la venta consolidaremos al gobierno liberal —agregó bromeando a sabiendas de la respuesta del presidente

—Sí, ¿y quién te consolará después? Odiarás todo lo que te rodea, incluidas tus hijas, Ana María y tu vida misma. ¿Qué sentido tiene salir de todo esto entregándote a otro enemigo y dándole lo que te pide? ¿Eso es talento? ¿Eso es ser un estadista? ¿Y la imaginación y la labia y las mañas y los ardides y la diplomacia? Tu integridad y tu sentido del honor no te permitirían vivir en paz.

—Ni a ti tampoco, Benito —repuso Ocampo con la debida sobriedad—. Verás cómo salimos de esta sin vender ni un metro cuadrado ni entregar la soberanía a nadie. Se trata de brincar de un mecate al otro haciendo mil machincuepas sin caer al piso... Como tú dijiste hace un momento: ¿A mí me vas a señalar lo que es fácil o difícil? ¿A mí me vas a decir lo que es la imaginación, la labia, las mañas, los ardides y la diplomacia? Perdón, Benito, pero la historia tendrá que recoger la esencia de nuestro comportamiento: vencimos a los diablos del atraso, aplastamos a los clericales, a los reaccionarios, sin haber vendido ni un metro del país ni haber tenido comunicaciones secretas ni inconfesables con Buchanan, como las tuvo Santa Anna: si ese dictadorzuelo representante del clero estuviera en nuestro lugar, ¡desde cuándo les hubiera vendido Baja California, Chihuahua, Sonora y Coahuila a los gringos!

—Sí, solo que ni tú ni yo somos bandidos como Santa Anna ni representamos al clero. Si ellos pudieran vender el país ya lo habrían hecho, como ya aconteció con La Mesilla con tal de que Su Alteza Serenísima ya no le siguiera pidiendo dinero a la Iglesia: era mejor enajenar territorio nuestro, ¿no...?

—No vayas tan lejos, Benito, ahora mismo, a finales de 1859 están trabajando intensamente en Europa para traer a su principito a gobernar a nuestro país, eso sí que es una traición de magnitudes escandalosas. Es el viejo proyecto que han tenido desde que alguien les dijo que el peor castigo que se les puede imponer a los mexicanos es que nos autogobernemos, por ello Iturbide, ya desde 1821, comenzó con la tradición de importar a un monarca de las casas reales europeas para que dirigieran nuestro país. La ha continuado insistentemente Gutiérrez Estrada hasta nuestros días a partir de 1840, sin que podamos olvidar los esfuerzos que hizo Paredes y Arrillaga para lograrlo en 1846 ni los del propio Comonfort, junto con Zuloaga, ni los que ahora mismo practican nuestros ilustres curas al pedir protección de Europa, o sea otro soberanito. Ojalá y que la historia recoja estas atrocidades cometidas por nuestro clero.

—¿Y con qué razón te negarás a la venta de Baja California?

—Me iré por el lado de no contar con un gobierno regular que cuente con un Congreso para ratificar el tratado de venta, ¿de qué te sirve un tratado sin ratificar en términos de nuestra Constitución? Yo te vendía, güerito, pero sin Congreso, ¿cómo le hacemos?

Juárez sonreía. Conversar con Ocampo era una oportunidad dorada. Era como un mago que sacara siempre trucos de las mangas. Pobre de quien estuviera del otro lado de la mesa negociando con el michoacano.

—Imposible para ellos esperar a que se reinstale nuestra República...

—A Buchanan le urge. Él cree que si firma el tratado con nuevas fronteras se reelige. Ve cómo influimos en la política yanqui. No puede esperar. El tiempo es el peor enemigo de todos por diversas razones.

—Ahora bien, también le diría al oído a Bob McLane: si vendiéramos ahora mismo los estados norteños nos destituirían. Imagínate a los sonorenses o a los sinaloenses compartiendo el mar con ustedes... Si perdemos el apoyo de los caudillos del norte nos masacran, Bob, nos masacran, y entonces, ¿quién presentará su caso ante el nuevo Congreso para tratar de legalizar la operación si ni Juárez ni yo existimos políticamente en ese momento, solo porque no supimos respetar los tiempos ni apreciar el don de la oportunidad? Por si fuera poco lo anterior, el resto del país nos temería porque pensarían que íbamos a desmembrarlo.

—Impecable —respondió Juárez—. Impecable —hubiera querido dar un golpe contra la mesa, pero él no era un hombre de impulsos.

—Dime el nombre de un diplomático que diga la verdad y renuncio a mi cargo —afirmó Ocampo al soltar una sonora carcajada—. ¿Hoy soy canciller? Pues hoy tengo que jugar con las reglas de la cancillería.

—Estamos en tus manos, Melchor —sentenció el presidente.

Leyendo entre líneas de la afirmación, Ocampo repuso:

—Yo soy tu mandatario, Benito. Cumplo instrucciones. Si sale bien, quédate con el éxito político; si resulta un fiasco, cúlpame a mí...

Juárez apretó los párpados como si quisiera ver a larga distancia.

—La verdad —expuso Ocampo sonriente— es que tengo que lidiar con un funesto legado de administraciones anteriores. Esto comenzó, Benito, en 1842, cuando Santa Anna, otra vez la porquería esa, dio concesiones a amigos suyos. Luego cada ministro norteamericano venía con instrucciones precisas para abrir el istmo. Así aconteció desde Nicholas Trist, Cliford, Letcher, imagínate, Masson, un legislador yanqui llegó a decir, ante su desesperación por hacerse de Tehuantepec, que el "derecho de los Estados Unidos a atravesar el istmo emanaba de Dios". La presión gringa nunca cedió, Benito, sino que después llegaría a Gadsden, de triste recuerdo, hasta llegar a Forsyth, a Churchwell y ahora a nuestro inefable Bob McLane. Todo ello, sin meternos con Inglaterra, además de banqueros, ferrocarrileros de todas las nacionalidades, empresarios, militares que han manoseado el asunto amarrándonos las manos por tanto compromiso vaciado en convenios o tratados.

—Pero saldrás, ¿no, Melchor?

—Saldremos, Benito, el plural me motiva más.

—Toma en cuenta que Tehuantepec tendrá una importancia estratégica en el mundo entero —adujo Juárez resumiendo su punto de vista de las negociaciones con los norteamericanos. Nada parecía detenerlo. Su visión era muy clara—. Partiremos el continente americano en dos. Abarataremos costos de traslado. Los gringos no tienen un istmo como nosotros.

Aprovechémoslo al mismo tiempo que desarmamos Estados Unidos y Europa para que, por una u otra razón, ya no seamos blancos militares. México jugará un papel crítico en la geografía mundial. El sureste de nuestro país propiciará empleos y generará riqueza sin pérdida de soberanía. El territorio deberá ser siempre nuestro. Los negocios prosperarán: nadie podría creer que se pueda llegar en veinte días de San Francisco a Nueva York. Los beneficios serán enormes. Riesgos habrá, Melchor. La vida es riesgo. Ahora mismo nos podría caer un rayo. Lo importante también es dejar libres las manos de las futuras generaciones para que puedan modificar lo acordado. Tenemos que pensar con mentalidad mercantil sin hipotecar al país. A mí me impactó mucho el espíritu industrioso de los yanquis, el que conocimos en Nueva Orleáns. Estimulemos los negocios y una manera de lograrlo es construyendo vías de comunicación, para lo cual nosotros estamos incapacitados por la eterna quiebra de la tesorería federal. Hagamos puertos en el Pacífico y en el golfo, tendamos vías férreas, lucremos con nuestro patrimonio sin venderlo, Melchor…

Continuaron hablando de Estados Unidos y de la necesidad de que ese país contara con el atajo por Tehuantepec para abastecer a sus tropas en caso de que llegara a estallar la guerra de secesión; recordaron la moción de Sam Houston, consistente en convertir a México en un protectorado, la idea que había hecho tan feliz a Lerdo de Tejada; discutieron la posibilidad de firmar un tratado de asistencia y defensa militar recíproca con los norteamericanos, obviamente para consumo europeo: a ninguna de las partes le convenía una invasión inglesa o francesa o española en México. El uso de la palabra "recíproco" le daba a nuestro país una gran dignidad internacional, sin ignorar las nulas posibilidades de asistir a Estados Unidos en nada. El vocablo, sin embargo, se veía muy bien.

Mientras se retiraban, Juárez le hizo a Ocampo un comentario, en apariencia irrelevante, al oído:

—¿Te imaginas, Melchor, lo que hubiéramos podido hacer con este maravilloso país si no hubiéramos tenido que quemar toda nuestra energía, talento y recursos para combatir al clero con cuanto tuvimos a nuestro alcance…?

Ocampo se quedó pensativo mientras caminaba al lado del presidente y se decía: estos zapotecos hablan poco, pero cuando lo hacen es a marrazos…

Coincidió con los últimos acordes de una marimba cuando Juárez tomó su sombrero y se puso de pie. Era hora de regresar. ¿Para cuándo estaría tramando Miramón el nuevo sitio? Esperaba que los mosquitos se convirtieran en aliados en el momento esperado. Lo habían sido antes. Lo volverían a ser ahora. Claro que hablaron de Margarita y del deceso de la hija de Juárez, Francisca, a la que, por supuesto, ya habían enterrado en un panteón civil. Sí, pero Melchor, de regreso a la oficina, no habló de Ana María, su mujer, su nana, en Michoacán, la madre de sus hijas, toda una historia que guardaba como las sagradas hostias en una custodia de oro de la que solo ellos dos tenían la llave. Se resistía. ¡Ay!, estos diplomáticos…

Cuando Ocampo salió de la casa se detuvo en uno de los pasillos, frente a una habitación, para darse cuenta una vez más que era de las más amplias de Puerta Merced, muy limpia, digna; sus ventanas, un poco más grandes que las normales, dejaban pasar la luz y el viento. Al fondo, a un lado de una pequeña fuente cantarina, Petronia fregaba las baldosas de mármol de la menor huella de suciedad. ¿De qué servían los lujos cuando se tenía una vida interior plena? Mientras caminaba, ya en la calle, Ocampo cayó en cuenta de que mientras más vacío sientan las personas en su vida diaria, más tienen que adornar su existencia con lujos. Es lo mismo que el maquillaje excesivo de las mujeres. ¿Qué disfrazan en ambos casos…? ¿Qué esconden…?

—Ese mismo año, en agosto, Ponciano, Ocampo renunció sorpresivamente como ministro de Relaciones, siendo reemplazado por De la Fuente. ¿Por qué? Yo creo que se debió a una jugada estratégica tramada por estos dos genios de la diplomacia, porque Ocampo ya no resistía la presión y eran convenientes caras frescas, nuevas, sin antecedentes ni compromisos, o pocos de ellos, con tal de no ceder a las presiones yanquis. Otros alegaban que la dimisión respondió a la insistencia de Ocampo de vender territorio y a la negativa del gabinete juarista de acceder a semejantes intenciones. ¡Falso! En el fondo se trataba de un teatro armado por el presidente y el ministro de Relaciones para desconcertar al diplomático norteamericano. Y les funcionó.

Ante la repentina sustitución de Ocampo, McLane inventó, curiosamente, unas vacaciones para guardar las apariencias y aprovechar la estancia "de descanso" en su patria para bloquear cualquier intento de Lerdo de Tejada, quien buscaba afanosamente la contratación de créditos en Estados Unidos a cambio de garantías hipotecarias de bienes anteriormente propiedad del clero. Bastó que el Bob McLane argumentara en Washington que cualquier dinero que se les diera a los liberales disminuiría o extinguiría la presión que él podría ejercer sobre Juárez. De modo que Lerdo tendría que regresar frustrado y con las manos vacías. El embajador escribe al Departamento de Estado: "Cualquier cantidad de dinero que se le preste a México, a través de Miguel Lerdo de Tejada, me restará fuerza para negociar la venta de Baja California y de otros estados: ¡No le presten!"[44]

Las negociaciones entre militares liberales y clericales fracasan. Santos Degollado se reúne con Miramón antes de su nueva y no menos catastrófica derrota en la Estancia de las Vacas para tratar de llegar a un armisticio. El agotamiento en ambos bandos era evidente. El general juarista llega a ofrecerle al presidente de la reacción nada menos que el mando del Ejército Constitucional a cambio de que Miramón aceptara la validez de la Carta Magna de 1857.

No, contesta Miramón: No. De haber aceptado le hubiera dado un giro al país... ¿Quién cumple su palabra? ¿Torpe, necio o fanático? Pierde una gran oportunidad, de la misma manera en que comenzará el calvario de Santos Degollado por haber cometido semejante atentado. No hay transacción. Cada uno regresa a dirimir sus diferencias en el terreno del honor. Donde sí hay acuerdos, producto de la desesperación, es cuando en noviembre de 1859 el propio presidente Miramón emite una serie de bonos con la casa Jecker, operación que posteriormente se consideraría como uno de los escándalos financieros internacionales más notorios del siglo XIX, "tanto por la imbecilidad y corrupción de quienes autorizaron su emisión, como por la voracidad del epónimo agente de bolsa". ¿Razones...? Después de comisiones y otros cargos, gastos y retenciones que no tenían relación alguna con la razón ni con los usos y costumbres, México recibiría tan solo un millón quedando a pagar, eso sí, quince millones de pesos. ¿Eso se llama talento o voracidad o venalidad, o todo junto? ¡Una locura! La palabra *agio* perdía significado. El patriotismo y la sensatez también quedaron relegados a un segundo término.

Jecker quebraría, sin embargo, seis meses después, pero dejando una estela catastrófica en su incontenible caída. La deuda contraída en términos vomitivos con un banco arruinado se sumaría arbitrariamente a los agravios con los que Napoleón III justificaría posteriormente su intervención militar en México, en tanto Miranda y Labastida aplaudían a rabiar. ¿No que Juárez se saldría con la suya? ¿Esta transacción empezaría a explicar la riqueza, por supuesto la material, de Miguel Miramón?

En septiembre anterior el gobierno de Miramón había suscrito con España un tratado, el Mon-Almonte, "en el que México capitulaba ante todas y cada una de las reclamaciones españolas por deudas e indemnizaciones y, lo más importante, abría el camino para que España pudiera intervenir del lado reaccionario". Tanto clericales como liberales buscaban el apoyo exterior. ¿Cómo negarlo? El pretexto que solo podría digerir un menor de edad, si no se perdía de vista que estábamos en plena guerra de Reforma, consistió en volver a darle vigencia a un tratado suscrito por ambos gobiernos en 1853, durante la dictadura de Santa Anna, ¿quién más si no su bajeza...?, para pagar ciertas indemnizaciones por unos crímenes cometidos en contra de unos súbditos españoles, en la Hacienda de San Vicente Chiconcuac y en el Mineral de San Dimas.

—¿Quién les iba a creer a los clericales semejante pretexto, Ponciano? En el fondo inconfesable, muchacho, solo se trataba de un pacto secreto de asistencia militar suscrito con la Corona española para ayudar a Miramón en un bloqueo marítimo del puerto de Veracruz a ejecutarse seis meses después. Esa fue la verdad. ¿Un convenio para liquidar daños y perjuicios en plena guerra y, sobre todo, ante la creciente negativa de la Iglesia de seguir financiando el conflicto armado? ¿Quién se los iba a creer? El apoyo económico y naval de España dejaría al descubierto, poco tiempo después, la realidad escondida por los conservadores cuando firmaron el tratado Mon-Almonte. ¿Indemnizaciones cuando, además, se presenta la insolvencia financiera? ¡Menuda hora para suscribir un tratado de esa naturaleza, cuando el país estaba en llamas!

En diciembre de ese 1859, histórico 1859, tan solo cuatro meses después, mágicamente Ocampo se presentó de regreso en la cancillería sin dar mayores explicaciones. Bob McLane no dejaba de admirar en silencio al michoacano. ¡Cuánta habilidad! *Sweet Lord!* Misión cumplida. Miramón llegaría en los primeros meses de 1860, el año en que acabaría la guerra de Reforma, el año en que el pueblo de México derrotaría a la Iglesia católica en los campos de batalla sin dejar de creer, ni mucho menos, en Dios.

Cualquiera que sepa leer entre líneas no dejará de alarmarse al interpretar las palabras pronunciadas por el presidente Buchanan en diciembre de 1859:

> Los agravios que hemos sufrido de México están patentes al mundo y deben causar profunda impresión a todo ciudadano americano. Un gobierno que no quiere o no puede satisfacer tales agravios, falta a sus más altos deberes. La dificultad consiste en elegir y aplicar el remedio [...] Debemos penetrar al interior para poder llegar hasta donde están los que nos han ofendido, y esto solo puede hacerse pasando a través del territorio que ocupa el gobierno constitucional.
>
> Por estas razones recomiendo al Congreso que expida una ley que autorice al presidente, bajo las condiciones que parezcan convenientes, para emplear la fuerza militar suficiente para entrar a México, con objeto de obtener una indemnización por lo pasado y seguridad para lo futuro.
>
> No le extenderemos como buenos vecinos una mano amiga para salvarlo, si nosotros no lo hacemos, no será sorprendente que alguna otra nación acometiese la empresa, y entonces se nos obligaría a intervenir al fin bajo circunstancias de crecientes dificultades para mantener nuestra política establecida.

"La disyuntiva era fatal: si triunfaba Miramón con el partido reaccionario, intervendrían inevitablemente los Estados Unidos. Si triunfaba Juárez con el partido constitucionalista, intervenía inevitablemente Europa. Juárez triunfó; Europa intervino."[45]

En tanto Buchanan amenazaba y advertía veladamente con otra intervención armada. Por lo visto, dichas invasiones solo concluirían cuando México contara con más barcos de guerra, más cañones, más soldados, en síntesis, más poder destructivo. Mientras Estados Unidos volvía a afilar las bayonetas, en el puerto de Veracruz Bob McLane y Ocampo firmaban a mediados de diciembre el tratado que históricamente llevaría su nombre, sin la rúbrica de Juárez, pero con todo su conocimiento y aprobación. Por lo pronto, quedaban amarradas las manos de Estados Unidos.

"El comercio lícito apenas existía; el contrabando y el fraude lo dominaban; las fuentes normales de que tomaba el fisco sus elementos estaban cegadas: el deficiente se cubría, es decir los gastos militares, con préstamos forzosos, con contribuciones extraordinarias, ricas en expoliaciones y vejámenes, con las capturas de conductas, con los préstamos al clero por los unos, con las confiscaciones de los bienes de la Iglesia por los otros. Todas estas entradas anormales formaron un campo de operaciones para el agio."

En todos los estados de la República batallaban los mochos, los fanáticos religiosos y los militares corruptos, lo peor de la nación, los que añoraban al cojo de Santa Anna, contra chinacos, exceptuando Yucatán, uno de los estados en que tuvieron su cuna las ciudades reformistas.

En marzo de 1860, según lo esperado, Miramón, victorioso de más batallas en contra de Santos Degollado, volvió a sitiar Veracruz, esta vez con más apoyos y mejor logística. Había comprado en Cuba, en buena parte con dinero español, dos barcos, el *General Miramón* y el *Marqués de La Habana* para disparar desde el mar, mientras que él lo hacía desde tierra. La pinza funcionaría a las mil maravillas. El sitio sería un éxito. Llovería fuego y metralla de todas partes: del mar, de la tierra y del cielo... No quedaría vivo un solo liberal. ¡Malditos piojos! A bombazos hemos de acabar con ellos. Se trataba de dos vapores con más de cuatrocientas toneladas de desplazamiento que llevaban a bordo catorce cañones, algunos centenares de hombres y una pequeña cantidad de armas, parque y alimentos, todo ello al mando del almirante Tomás Marín, al menos, llamémoslo así, un subproducto del tratado Mon-Almonte.

Gracias al sistema de espionaje norteamericano y a una serie de indiscreciones de los conservadores, se descubrió oportunamente el plan, que Juárez desmanteló a pesar de la ausencia de McLane, quien se encontraba en Washington en intenso cabildeo para lograr la ratificación del tratado suscrito con Ocampo. El presidente de la República demandó al comandante norteamericano J. R. Jarvis, a cargo de una escuadra de su país fondeada en Veracruz, una acción inmediata para detener a los barcos españoles, que Juárez había declarado piratas con arreglo a un decreto expedido por Santa Anna, ¡ay!, paradojas de la vida, ya que los navíos de guerra se acercarían sin bandera, sin acreditar su nacionalidad, violando abiertamente las más elementales reglas de la marina. La noche del 6 de marzo, dos barcos mexicanos, el *Wave* y el *Indianola*, fletados por Juárez con tripulación norteamericana, y el *Saratoga*, de bandera y tripulación yanquis, observaron la llegada de los barcos conservadores. ¡Claro que llegaban sin bandera y, lo que es más, dispuestos a no mostrarla a pesar de las exigencias de Jarvis! ¿Qué quedaba? Abrir fuego.

Al primer cañonazo del *Saratoga*, curiosidades de la política y de la historia desconocida, el *Marqués de La Habana*, estremecido en toda su osamenta, se identificó cuando sintió irse a pique junto con las esperanzas de Miramón de estrangular a los liberales. ¿Por qué? Tomás Marín ordenó, tartamudeando, que la bandera española y ninguna otra más, solo la española, fuera izada a toda prisa.[46]

—¿No crees que tanto los clericales como los españoles enseñaron las nalgas en Antón Lizardo al izar despavoridos su bandera? —me preguntó don Valentín, no sin sorprenderme porque él casi no había recurrido al uso de palabras rudas durante nuestra conversación.

El ardid diplomático quedó evidenciado, la amenaza aniquilada de inmediato, al igual que descubierta la conjura tramada entre España y Miramón. Después del abordaje de los barcos piratas y una vez constatada la muerte de doce marinos clericales, entre mexicanos y españoles, ¡claro que españoles!, el general-presidente mexicano sintió hundirse junto con sus barcos sus esperanzas y anhelos. Estados Unidos estaba del lado de Juárez. ¡Imperdonable, una traición imperdonable a la patria! ¿Y España? ¿Y los marineros españoles capturados que después fueron juzgados en Nueva Orleáns? ¿Y el tratado Mon-Almonte?

¡Por supuesto, no faltó quien adujera que había sido un atentado en contra de la soberanía nacional que se hubiera permitido a barcos norteamericanos bombardear a otros barcos con nacionalidad o sin ella en aguas mexicanas! ¿Por qué extranjeros en un conflicto armado esencialmente mexicano? Era el padre Miranda, quien aducía semejantes argumentos: esperaba que Marín bombardeara el puerto, destruyera otra vez Veracruz y llevara presos a Juárez y a Ocampo a las faldas del gigantesco Médano del Perro, en donde el general Miramón había hecho levantar varias horcas para colgar, entre otros, a los dos máximos jefes del movimiento, no sin antes quemarles la cara, marcándoselas con unos hierros incandescentes que exhibían la letra mayúscula "T", la del traidor…

—El Tratado McLane-Ocampo, suscrito tres meses antes, surtía sus efectos, a pesar de que nunca sería ratificado, según había apostado Juárez con Ocampo. Todavía se dijo, Ponciano, que Turner, otro comandante norteamericano, hizo un último esfuerzo por lograr que Miramón también jurara respetar dicho tratado, pero que este lo había rechazado. ¿Tú lo crees? Estratégicamente, el general clerical cometía otro error garrafal. Diplomáticamente, también. ¡Lástima que Big Bob estaba en Washington, porque si no él, como embajador, les hubiera autorizado al tal Turner y a Jarvis el bombardeo a los piratas! ¿Los clericales esperaban que nosotros nos íbamos a quedar inmóviles, cruzados de brazos, en tanto los barcos españoles desbarataban a bombazos nuestras esperanzas de conquistar la libertad?

Miramón vuelve a levantar furioso el bloqueo. Inglaterra no tiene éxito como mediador. Sin saberlo, Miguel Miramón levantó el sitio exactamente el 21 de marzo de 1859, precisamente el día del cumpleaños del oaxaqueño.

Las celebraciones en Veracruz, un pueblo noble e industrioso, estallaron hasta en el último rincón del puerto. El presidente Juárez no ocultaba su sorpresa ante la falta de una violenta explosión, eminentemente popular, derivada de la promulgación de las Leyes de Reforma. Durante mucho tiempo pensó que este hecho podía incendiar aún más al país. Era como echarle leña a la hoguera. De la misma manera, experimentó una gran frustración al percatarse de que la venta de bienes clericales no le reportaba los ingresos esperados ante un mercado tan deprimido por la guerra. El verdadero impacto lo había resentido el clero al ver clausuradas radicalmente sus fuentes de abastecimiento de crédito. La recaudación aduanal también se había desplomado como consecuencia de la caída del comercio exterior durante el conflicto, y por otro lado las posibilidades de que Estados Unidos aportara, por lo pronto, dos millones de dólares derivados de la suscripción del Tratado McLane-Ocampo, cada vez se veía más remota porque tal vez el Congreso norteamericano jamás ratificaría el clausulado aprobado por el embajador McLane y el gobierno mexicano.

Zacatecas, Sinaloa y el sur de Jalisco, casi siempre en poder de la reacción, podían considerarse territorio liberal, al igual que Oaxaca, la capital del estado. Después caerá Silao, en donde Miramón, de alguna manera, "casi solo y como un prófugo", alcanzó a huir rumbo a México, dejando tras de sí, como informó González Ortega, "su inmenso tren de artillería, sus armas, sus municiones, las banderas de sus cuerpos y centenares de prisioneros, incluso entre estos algunos generales y multitud de jefes y oficiales".

Santos Degollado decía que todavía no salían los primeros elotes de la temporada y ya se tenía que alimentar al doble de soldados de dos semanas atrás. El pueblo de México se volcaba para defender la causa liberal. Tan lo lograba con éxito que San Luis Potosí, un feudo conservador controlado por el padre Munguía a la distancia, era ocupado por los constitucionalistas, quienes lograron capturar mil prisioneros e incontables cantidades de equipo.

Ya pasada la primera mitad del año 1860, el fiel de la balanza se empieza a inclinar del lado liberal. Dios Nuestro Señor gradualmente empezaba a concederle la razón al juarismo y al pueblo mexicano que había luchado durante ya casi tres años en contra del ejército clerical, que se dedicaba a todo menos a la divulgación del evangelio, contraviniendo todo lo dispuesto por el Gran Crucificado. González Ortega gana la Batalla de Peñuelas, un triunfo muy justificado del que vendrán otros tantos más, a pesar de las diferencias que surgen entre los militares juaristas. Zaragoza y González Ortega se preparaban para el duelo supremo en contra de Miramón y de los reaccionarios. Santos Degollado, Santitos, ya no encabezaba para aquel entonces al ejército constitucionalista, porque había autorizado el robo de un millón cien mil pesos propiedad de comerciantes ingleses, franceses, españoles y alemanes, que remitían a Tampico para ser reexpedidos al extranjero. Los recursos serían usados obviamente para precipitar la destrucción, ya por lo visto inminente, del ejército clerical. Juárez ordenó la devolución de lo dispuesto en términos que podían haber complicado la guerra al ingresar en ella las potencias afectadas con tal de recuperar su patrimonio y despojarnos, otra vez, de parte del territorio mexicano. Intentarían convertirnos, de nueva cuenta, en colonia. Lo que ya no pudo perdonar el presidente es cuando, ante la misma desesperación de Degollado, este aceptó la instalación de una junta compuesta por los miembros del cuerpo diplomático y un representante nombrado por cada gobierno estatal que, tras declarar la validez de los principios liberales, designara un presidente provisional de la República reconocido por los dos bandos en pugna y que obviamente no podría ser Juárez.

El presidente de la República lo destituyó con la misma violencia con la que se ejecuta una orden de fusilamiento. En su lugar fue nombrado el general González Ortega, quien se había catapultado a la fama después del triunfo obtenido en Silao contra el ejército conservador.

Vale la pena, querido lector, que leas este párrafo redactado por el obispo Labastida y enviado al padre Miranda, contenido en un volumen clandestino que después sería titulado *Los telegramas malditos*, para que compruebes una vez más el papel que jugó ya no solo la Iglesia católica mexicana, sino la institución universal encabezada por el papa. Pon especial atención a los subrayados de don Valentín:

> De: Pelagio Antonio de Labastida y Dávalos
> A: Padre Francisco Javier Miranda
> Viareggio, Italia, septiembre 10 de 1860
> Si el general Miramón ha logrado dar un golpe a Degollado y sus secuaces en el interior, no dudo que podrá sostenerse algún tiempo más en su puesto, y que si se dedica con constancia á la pacificación del interior, logrará expeditarse para la campaña de Veracruz, cuyo único triunfo pondrá término á la guerra que nos aniquila [...]. No extrañaré que se presente algún nuevo proyecto, ni menos que muchos conservadores se dejen alucinar; *es preciso que ni U. ni otros se duerman y que conjuren á tiempo y combatan con todas sus fuerzas la idea de un cambio. Para sostenerlo son necesarias algunas bayonetas extranjeras que no han de ir* [...]. Quiera Dios que U. no haya salido de la capital, ni con los P.P. misioneros; pues por ahora interesa mucho la presencia de U. para evitar un desacierto que teme mucho su afectísimo Prelado y amigo y S.S. [...] El amanuense no se ha muerto...[47]

Solo la España está firmemente resuelta a favorecernos —confesó a Miranda—. Pero nada pudo España sin Francia y la Gran Bretaña: la ayuda de Dios es dudosa.

¿Verdad que si Juárez lograba derrotar al ejército clerical, el alto clero enviaría representantes a Europa para no dejarse vencer por los liberales ni mucho menos perder sus privilegios históricos?

Un mes más tarde, las dudas de Labastida lindaban ya en la desesperación.

> Es inútil fatigarse por adquirir la paz por nosotros mismos —manifestó a Miranda en agosto—. Se lucha, pero sin fuerza suficiente. Solo la intervención o la mediación nos darán alguna tregua. Y bien, ¿se verificará? No lo sé; la Europa está muy preocupada de su situación... Inevitable, lo veo, es el sacrificio de los bienes eclesiásticos, su ruina y desaparición... Sin poder suficiente para proteger o ser protegida, la Iglesia está perdida... No nos queda más que la intervención divina.[48]

Miramón también ordenó el robo de fondos custodiados por la legación británica para ser remitidos a Inglaterra, con la única gran diferencia de que él sí dispuso de una parte de esos bienes para su beneficio personal. El resto de los recursos los utilizó para convencer a Leonardo Márquez, el sanguinario Tigre de Tacubaya, el brazo asesino del padre Miranda, para que tomara la ciudad de Guadalajara. Cuando este criminal se percató de su destino y de la fortificación liberal de esa plaza, huyó abandonando a su ejército, que cayó íntegramente en poder de los liberales el 3 de noviembre de 1860.

Cuando se acercaba el final de la guerra y ya todo parecía indicar que el triunfo definitivo favorecería a los liberales, McLane se contempló frente a un espejo ante el cual quiso darse una y mil bofetadas. Churchwell lo había engañado diciéndole que Juárez era un político tímido y desconfiado, dominado por sus ministros, lo cual él creyó confirmar durante dos interminables años de calores veracruzanos. Ocampo también lo había engatusado con otros argumentos. Había sido víctima de diferentes pretextos, estrategias dilatorias, salidas inexplicables, argumentos que finalmente resultaban inválidos pero eran convincentes y habían resultado irreductibles. "Juárez siempre lo había eludido, y ahora se le escapaba para siempre." ¿Qué había conseguido? El reconocimiento diplomático del gobierno constitucional mexicano que este tanto requería para consumo interno y externo. El Congreso norteamericano había rechazado el tratado que él había suscrito con Ocampo, el mismo que el propio Juárez, una vez prescrito el plazo para su ratificación, se había negado a renovar a pesar de la oposición del gabinete. El tratado McLane-Ocampo quedaba enterrado para siempre, tanto para el gobierno norteamericano como para el mexicano.

Un embajador norteamericano de tal manera imbécil que había sucumbido ante los argumentos de dos pobres indios. ¿Dónde quedaba la diplomacia yanqui?

—McLane había logrado suscribir la nada jurídica. El ridículo, el escarnio entre sus colegas y claro está, Ponciano, Buchanan perdió las elecciones y Abraham Lincoln las ganó para enfrentar la guerra de secesión. Juárez y Ocampo aplaudían la forma en que les habían amarrado las manos a los norteamericanos desde que el tratado solo permitía la intervención militar en la misma medida en que se obtuviera el consentimiento del gobierno reconocido, o sea, el liberal, el cual jamás aceptaría una moción de esa naturaleza.

—¿Te fijaste, Benito? No solo le sacamos al Big Bob el reconocimiento diplomático, sino que con el tratado impedimos que su país y Europa nos invadieran militarmente y además le dimos en las muelas al tal Miramón. Redondo, ¿no? ¿Sabrá McLane el significado de la palabra pendejo? —Ocampo soltó una sonora carcajada mientras que el presidente, sonriente, se concretaba a negar con la cabeza y a celebrar la escandalosa hilaridad de su querido amigo.

—¡Ou, pobrecitou del embajadorcitou tan pendejitou! ¿Nou, Benitou?

Juárez sabía que si vendía Baja California le entrarían millones de dólares y que con esos recursos sin duda podría aplastar a los reaccionarios y ni así estuvo dispuesto a vender territorio, muy a pesar de que hubiera podido ganar la guerra con suma facilidad.[49] ¿Cómo decirle que fue un traidor por entregar el país a los gringos a través del tratado de McLane, cuando nunca vendió ni un metro cuadrado y en cada caso se reservó la soberanía por lo que hacía a la convención de tránsito comercial? Si hubiera sido un traidor hubiera repetido una y mil veces lo de La Mesilla al estilo de ese despojo humano llamado Santa Anna. ¿Cómo resistirse a la tentación de vender territorio a cambio de consolidarse en el poder y destruir a los reaccionarios? Si a Juárez únicamente lo hubiera movido el apetito por el poder, como al Napoleón del Oeste, y solo le hubiera gustado la fiesta, habría tenido muchas oportunidades para echar mano de cualquier recurso en la circunstancia que hubiera sido para derrotar a los reaccionarios y hacerse del poder. ¿Acaso Juárez no hubiera podido tener conversaciones secretas, como las tuvo Santa Anna, con el presidente Polk para vender territorio a espaldas de la nación y ganar dinero en lo personal volviéndose, además, inamovible políticamente después de barrer a sus enemigos? Juárez no era un bandido, corrupto, venal y traidor como Su Bajeza. Su conducta es una evidencia de honestidad. Este texto, redactado por el propio zapoteco, deja constancia de ello:

> La idea que tienen algunos... de que ofrezcamos parte del territorio nacional para obtener el auxilio indicado, es no solo antinacional sino perjudicial a nuestra causa... que el enemigo nos venza y nos robe, si tal es nuestro destino; pero nosotros no debemos legalizar ese atentado, entregándole voluntariamente lo que nos exige por la fuerza. Si la Francia, los Estados Unidos o cualquiera otra nación se apoderara de algún punto de nuestro territorio y por nuestra debilidad no podemos arrojarlo de él, dejemos siquiera vivo nuestro derecho para que las generaciones que nos sucedan lo recobren. Malo sería dejarnos desarmar por una fuerza superior, pero sería pésimo desarmar a nuestros hijos, privándolos de un buen derecho, que más valientes, más patriotas y sufridos que nosotros, lo harían valer y sabrían reivindicarlo algún día.[50]

El 6 de noviembre, cuando el presidente Juárez examina la realidad y prevé el término de la guerra, decide desligarse del ingrato peso de las facultades extraordinarias que tuvo que asumir. De ninguna manera quería pasar a la historia como un tirano como Santa Anna o un suicida como Comonfort o un imbécil como Zuloaga: expide la convocatoria para elecciones de diputados y de presidente de la República y señala a sus compatriotas el regreso a la normalidad democrática. El final se acerca. Bien conoce él los avances de González Ortega, el zacatecano, el jefe indiscutido e indiscutible al que acompañan Valle, Zaragoza, Alatorre, Régules. ¿quién podría olvidar a Régules tras el saqueo perpetrado en la Catedral de Morelia?

—¿Qué opción le quedaba a González Ortega, querido Ponciano? Muy sencillo: irse en contra de la Ciudad de México para tomarla y dar por concluida la guerra. Miramón, el general presidente, salió a enfrentar al zacatecano, que marchaba sobre la capital desde Querétaro. Se encontraron el 21 de diciembre, en terrenos del pueblo de Calpulalpan. Tras dos horas de combate, los soldados conservadores se pasaron al enemigo gritando vivas a González Ortega en tanto Miramón y Márquez, acompañados de su Estado Mayor, nuevamente alcanzaron a huir. La reacción, la hermosa reacción, expiró en Calpulalpan.

Miramón no quiso ni imaginarse su cara marcada como la de una res con una "T", de traidor, la misma que él hubiera utilizado con Juárez y con Ocampo antes de colgarlos. Ambos sabían la suerte que les esperaba si Juárez los lograba aprehender vivos y, por lo mismo, sabedores de que ni siquiera Dios Nuestro Señor podía hacer nada por ellos, decidieron emprender la fuga en lugar de rendir su espada como los valientes ante la autoridad indiscutible del general Jesús González Ortega, a quien uno de sus oficiales se acercó para decirle al oído:

—Mi general, es el momento en que usted podría convertirse en presidente de México. Tiene usted toda la fuerza militar a su disposición. El ejército hará lo que usted diga. ¿No convendría dejar a Juárez en Veracruz, mientras usted, con el monopolio de la fuerza militar, se hace del máximo poder en México?

González Ortega volteó a ver a aquel individuo, que parecía no haber luchado en la batalla de Calpulalpan porque su uniforme permanecía impoluto y su cabello perfectamente peinado, como si fuera a asistir a una recepción diplomática en Palacio Nacional.

—Si se le vuelve a usted ocurrir una idea peregrina, tan criminal como antipatriótica, como la que me acaba de mencionar, créame que lo haré pasar por las armas de inmediato. Cuando creí ver todo perdido yo mismo tuve alguna propuesta igualmente suicida, pero ahora que ganamos después de tres años, le juro que voy a defender a la República y al presidente Juárez con todo lo que tenga a mi alcance.

Ya se alejaba el general González Ortega sin escuchar la respuesta del oficial, cuando repentinamente giró sobre sus talones para volver a encararlo. Desenvainó su espada y le colocó la punta de ella en la garganta:

—Si llego a escuchar siquiera que repetiste el mismo ofrecimiento a otros integrantes del Estado Mayor, sin consejo de guerra, yo mismo te daré un tiro en la frente. Que nunca se te olvide.

Siguiendo su camino, el victorioso militar liberal le silbó a José María Machuca para que fuera a avisarle a Juárez, hasta el Puerto de Veracruz, que el ejército clerical había sido materialmente aplastado en Calpulalpan. Que podría ir a la Ciudad de México, a Palacio Nacional, cuando él lo dispusiera. La guerra había acabado. La pesadilla había concluido.

El mensajero cabalgó cuatrocientos kilómetros sin descansar, cambiando de cabalgadura cuando las circunstancias se lo permitían, y llegó dos días después a Veracruz en la noche, sin saber que el presidente Juárez se encontraba en el Teatro Principal, acompañado de su eterna Margarita, de su hija Nela, de Pedro Santacilia y del gobernador Gutiérrez Zamora. José María Machuca exigió el acceso hasta el palco principal, en donde Juárez presenciaba uno de los más estremecedores actos de la ópera *I Puritani* de Bellini. Los oficiales encargados de la seguridad del jefe de la nación ofrecieron toda la resistencia a que estaban obligados hasta que Machuca les comunicó las razones de su urgencia. Después de abrazarlo y de levantarlo en vilo una y otra vez, lo acompañaron hasta el palco mientras los cantantes interpretaban "El dúo de las banderas". Juárez se sorprendió de la violenta irrupción y volteó a ver a un hombre cubierto de polvo, vestido de charro y que por lo visto venía de cabalgar toda una vida.

Machuca, un natural de Tehuacán, le entregó a Juárez el papel que llevaba apretado entre sus dedos humedecidos como si fuera a ser el último mensaje que fuera a entregar en su existencia. Juárez le dio nerviosamente lectura y saltó de su asiento, besó a Margarita en los labios, en la frente, en la trenza y continuó sus inusuales expresiones de amor con su hija Nela y con quien después sería su querido y entrañable yerno. Acto seguido se puso de pie, abrió impulsivamente las cortinas del palco para pedir silencio, silencio, el presidente pedía silencio, hasta que uno a uno los músicos, el coro y los solistas enmudecieron. El público, puesto de pie, volteó a ver a Juárez. Era muy raro verlo tan exaltado, un hombre que cuidaba tanto sus emociones. Anunció que la guerra había terminado después de tres años. Que el costo pagado por el país había sido y sería inmenso, pero que había valido la pena, porque si México había logrado su independencia desde 1821, ahora, a finales de 1860, finalmente había conquistado la libertad.

—Antes éramos independientes, pero no libres. A partir de hoy seremos también libres. Hoy podemos considerar que ha sido fundada la nación mexicana. Hoy empezará el proceso de construcción de una nueva patria. Hoy comenzaremos el proceso de transición de una sociedad feudal y teocrática a una sociedad moderna, contemporánea, la única con la que podemos satisfacer las necesidades del país. Lo mejor de México está por venir. Hemos conquistado la gloria para todos y cada uno de nosotros. ¡Viva México! —gritó con voz verdaderamente presa de la emoción—. ¡Viva México! —volvió a gritar el ínclito zapoteco—. ¡Viva México! —exclamó levantando los brazos; sostenía en la mano derecha el mensaje que guardaría en un viejo cartapacio hasta el último día de su vida, el 18 de julio de 1872.

—¡Viva la Constitución! ¡Vivan los caídos en esta terrible guerra entre hermanos que hemos padecido!

Por alguna razón inexplicable la orquesta empezó a tocar *La Marsellesa*, que se perdió entre los gritos de ¡Viva Juárez, viva Juárez, viva Juárez!

¿Por qué *La Marsellesa*? ¡Paradojas de la historia! ¿Que tenía que ver Francia en todo esto? ¿Por qué el propio Miramón, en su vergonzosa fuga, abordó un barco francés que se llamaba *Le Mercure*, que lo llevaría a Francia? ¿Francia, Francia, Francia, así se llamaría el siguiente capítulo en la historia de México?

El primero de enero de 1861 el general Jesús González Ortega, al frente de sus veinte mil hombres, se dirigió a la Ciudad de México. Él llegaría diez días antes que el presidente Juárez. La tropa había sido advertida de los castigos a que serían sometidos quienes se dedicaran al saqueo. De ninguna manera se permitiría que el caos y los latrocinios, los despojos y los desmanes, ensuciaran esta magnífica celebración. Mientras que el distinguido zacatecano cabalgaba por la calle de Plateros rumbo a la Plaza de la Constitución, de golpe vio en un balcón del Hotel Iturbide al general Santos Degollado, a Santitos, el "Héroe de las Derrotas", a quien en gran parte se debía el éxito de la causa liberal. González Ortega detuvo el desfile y exigió la presencia del ilustre michoacano a su lado. Santitos se resistió ante semejante invitación, pero finalmente ambos compartieron los honores del triunfo. Más adelante, siguiendo por la misma calle de Plateros, "frente a la paragüería de Guerín", también por invitación de González Ortega, bajaron de su balcón para incorporarse al contingente Melchor Ocampo y Miguel Lerdo de Tejada. ¡Qué momento, carajo!

Cuando don Valentín empezaba una frase más fue víctima de otro acceso de tos de aquellos que le impedían respirar, que lo dejaban al filo de la muerte. ¿Cómo socorrerlo? Se sofocaba mientras escupía hasta vaciarse para jalar nuevamente aire con un esfuerzo siniestro. Tal parecía que unas manos lo hundían en tanto que él se resistía, se apegaba a la vida. Escuché un escurrimiento, algo parecido a un vómito. ¿Pero qué podía expulsar este hombre si llevaba siglos con el estómago vacío? De repente se hizo la paz. Ni siquiera se oían los lamentos de Magón, mucho menos los ruidos guturales, sonidos de horror, que lanzaba el viejo al tiempo que se resistía con lo poco que tuviera a su alcance con tal de no acompañar a la pálida blanca en su viaje por la eternidad.

A tientas me acerqué a su catre para constatar si había muerto, percatándome que el piso estaba empapado de un líquido viscoso que antes no estaba. ¡Sangre, sangre!, me dije horrorizado, don Valentín ha muerto. Efectivamente, al tocar su camisa la encontré húmeda y al continuar palpándolo en la oscuridad siniestra de la mazmorra sentí que las barbas estaban igualmente empapadas, pero el rostro se mantenía con la temperatura de los vivos. No se había marchado, tal vez solo había perdido el sentido. Su corazón latía, así lo percibí al colocar las yemas de mis dedos sobre su yugular. ¿Era el momento de llamar a los celadores y dar la alarma a gritos para que vinieran por don Valentín antes de que me arrastrara a donde yo no quería acompañarlo por ningún concepto? ¿Y Eugenia y mis hijos y mis planes y mis lápices y mis caricaturas? El pánico se apoderó de mí. Yo había decidido emprender la fuga tan pronto don Valentín dejara de existir. Era sin duda mi oportunidad de volver a vivir, sí, pero también la posibilidad de morir, si alguno de los celadores me daba un tiro o me perforaba el pecho con una espada o no caía en el mar cuando me lanzara al agua o, lográndolo, era atacado por los tiburones. ¿Qué tal si yo solo lograba vivir unos instantes más que el viejo, de fallar mi estrategia? ¿Y mi libro, el prometido, el que escribiría en honor del anciano, mi *México ante Dios?*

Decidí esperar a que realmente falleciera don Valentín, y aún después de muerto, todavía tendría cierto tiempo antes de denunciar los hechos a mis custodios. De modo que, ¿por qué angustiarme inútilmente? Pensar, mejor pensar y volver a repasar, con la escasa tranquilidad a mi alcance, los planes trazados tiempo atrás. Repetir la mecánica. Volver a contar los pasos. Llegar al final del pasillo. Subir grandes zancadas las escaleras. Volar por la explanada hasta dar con las plataformas inclinadas que me llevarían a las cornisas donde se encontraban los cañones para poder saltar al mar.

Pero el viejo vivía, sí que vivía. Tuve que acercar mi cabeza a sus labios para poder escuchar sus palabras. Tal parecía que apenas habíamos empezado la conversación. ¿Cómo olvidar cuando me dijo ven, ven, acércate, que me muero, no sé cuánto tiempo antes?

—Muchacho, toma mi anillo, arráncamelo, lo tengo puesto en uno de los dedos de mi mano izquierda —me suplicó mientras que la voz se le apagaba.

Cumplí de inmediato con lo solicitado sin imaginar que descubriría uno de los secretos mejor guardados.

—Busca a mi hermana María de la Luz y se lo entregas. Es un juramento que hicimos cuando ella ingresó en el convento. Es mi última prueba de amor por ella. Dile que cumplí mi promesa. Dile que cuando ingresé en Ulúa me catearon para robarme todo lo que llevaba encima. Me hubieran arrancado hasta la dentadura, pero como pidieron guardar silencio ante mis quejas, me metí a toda velocidad la argolla en la boca, colocándola debajo de la lengua. Solo así evité que me despojaran de ella.

—¿Vive Lu? —pregunté con la familiaridad que la relación con el viejo me había permitido.

—Sí, hijo sí. Ella se mudó a México hace muchos años y darás con ella si le preguntas a Martinillo, mi gigante, dónde se encuentra. No te será difícil dar con él. Cualquier caricaturista clandestino de tus amigos te informará de su paradero.

Entonces fue cuando hice la pregunta que me traspasó el alma. No sabía a lo que me exponía al hacerla.

—¿Pregunto por María de la Luz Altamirano, así le digo a Martinillo?

—No, hijo, pregunta por Refugio, por Cuca, acuérdate que así llamamos a las Cucas, de la misma manera que los Franciscos son Panchos.

—¿Cuca…?

—Sí, Cuca, a ella le darás el anillo y le dirás todo lo que la quiero, todo lo que la admiro, y que comprendo su renuncia a vivir como hubiera deseado hacerlo con tal de consagrarse a su obra maestra: su hija.

—¿Cuca, don Valentín?

—Sí, Cuca, hijo, dile que me perdone por no haberla apoyado cuando ella más lo necesitaba, pero que yo, en esos momentos, no podía ni conmigo mismo, que me perdone, que me perdone, éramos víctimas del mismo dolor y estábamos presos por la misma herencia maldita, ella sabrá entenderte.

Yo ya no seguía las palabras de don Valentín. Solo para comprobar lo que ya me temía de tiempo atrás, me atreví a preguntar, con un hilo de voz:

—¿Su hija se llama Eugenia?

—Sí, sí, eso mismo, Eugenia, su gran orgullo, la bien nacida… Yo ya no conocí a su marido, pero supe que él había sabido aquilatar el tesoro que ella había logrado formar después de tantos años de afanosos empeños. Sé que es un gran hombre, bien vertebrado, que parece haber nacido para quererla.

Sentí un nudo en la garganta, que creció hasta estallar en llanto. Lloré hasta apoyar la frente en aquel lecho de sangre fresca. Recuerdo mi incapacidad para controlarme y mi necesidad de desahogarme como si fuera un chiquillo que lamenta la pérdida de su madre en su lecho de muerte.

—Don Valentín —le expuse con la voz todavía temblorosa y tomándolo cariñosamente de la mano, igualmente empapada de sangre y flemas—, váyase en paz, querido viejo, descanse, yo sabré cuidar para siempre y por siempre de Cuca y de Eugenia y de todo aquel que se llame Altamirano.

—Gracias, hijo, gracias…

—No lo agradezca, don Valentín, yo soy el esposo de Eugenia, su sobrina, el yerno de Cuca, de Lu, su querida hermana…

El viejo no se inmutó con mi revelación. Creía que iba a exclamar al menos un ¡Santo Dios de los infiernos!, pero su respuesta resultó insignificante. Era mi obligación entenderlo. Estaba frente a un moribundo. ¿Así se comportarían?

—Lo sé, lo sé, hijo, lo sé —adujo mientras la garganta se le cerraba por instantes.

—¿Lo sabía…? —respondí consternado—. ¿Desde cuándo o cómo lo sabía?

—Desde que me hiciste saber el nombre tu esposa, Eugenia, y de su tía Cuca y yo te pregunté el nombre de la madre de tu mujer, algo que ya no me pudiste contestar. Eran muchos datos: un caricaturista crítico y feroz, un liberal de pura cepa, del que mi hermana me había contado, casado con una Eugenia, padres de dos hijos, vivían en México y tenían una tía llamada Cuca que se negaba a contar la historia de la familia, no estaba muy difícil, ¿verdad?

—¿Y por qué no me lo dijo antes?

—La vida me ha enseñado a no mostrar todo mi juego ni a mostrar mis barajas antes de tiempo.

No sé cuánto hubiera dado en aquel momento por ver la mirada de don Valentín.

—¿Quién me hubiera podido decir que estaba usted tan lejos y tan cerca? —agregué buscando sus manos ya convertidas en unos lastimosos huesos.

—¡Claro, claro que sí, si Eugenia fue formada en la línea liberal por la propia historia de su madre, no me extraña que se haya casado con otro liberal y que por lo tanto me acompañe en esta celda de muerte! ¿Qué edad tienes, muchacho?

—Nací en el año de 48, unos días después de que los gringos abandonaron territorio nacional después de robarnos medio país, don Valentín, ya me acostumbré a las referencias que usted siempre hace y, por lo tanto, tengo cuarenta y tres.

Entendí que un moribundo escasamente puede emocionarse. Está dispuesto a lo peor y, por ello, sus respuestas son magras. Ya nada ni nadie los conmueve. Don Valentín me apretaba con sus manos cada vez más frías.

—Tienes la voz de un chamaco —me dijo como para disculparse por haberme dicho muchacho o hijo a lo largo de toda la conversación.

Cuando me disponía a comentar que así me lo habían dicho siempre, el viejo volvió a angustiarse, esta vez se paralizaba:

—¿Y cómo saldrás de aquí para darle a mi hermana su anillo y escribir el libro conteniendo todo lo que te he contado?

—Saldré, don Valentín, saldré, no le puedo decir que he salido de peores —aduje sin soltar sus manos—, pero saldré.

—Hay ocasiones en las que dudo de la existencia de Dios, porque no puede haber alguien tan cruel que tenga a la humanidad en el estado en que se encuentra, yo te diría que nuestro encuentro lo tramó Él en Su Santa Gloria, pero aquí en esta mazmorra, hijo, no hay gloria ni hay nada, si acaso hay una parte del infierno, una muestra de la superioridad del diablo sobre el supuesto Señor... Creo en ti, creo en tus palabras, creo que sí saldrás de este agujero pestilente y podrás contar la verdad, gritarla.

Creí necesario no dejarlo hablar de más para que me permitiera escuchar, aun cuando fuera a grandes pasos, el final de la historia...

Entonces supe cómo la recepción tributada a González Ortega por los capitalinos había sido más entusiasta que la concedida a Juárez el 11 de enero de 1861, precisamente tres años después de que Comonfort lo liberara, muy a pesar del ataque de furia del padre Miranda. Lo que se hubiera ahorrado el clero si aquella mañana logra consumar el asesinato de Juárez, tal como lo había pensado el propio padre, de la misma manera en que había mandado envenenar al gobernador Traconis de Puebla y acabado con la vida de Osollo, su lugarteniente en los campos de batalla. ¡Que se pudran en el infierno quienes permitieron la fuga de Juárez aquella mañana de 1858! ¡Que se pudran los celadores y Payno, encargado de su custodia, que se muera Comonfort! Y ¿por qué no? ¡Su madre, que también se muera su madre por haberlo parido!

El presidente arribó a la ciudad en un carruaje descubierto devolviendo ocasionalmente los saludos del pueblo. Vestía de negro, como siempre. Escasamente obsequiaba una sonrisa a su paso por las calles en donde la gente se agolpaba para homenajearlo. Los ¡Viva Juárez! ¡Viva la Constitución! se escuchaban en cada esquina según transitaba el prócer hasta llegar a Palacio Nacional, desde donde dirigió un mensaje vibrante:

> ¡Mexicanos! En el estruendo de las batallas proclamasteis los principios de la libertad y reforma y mejorasteis con ellas vuestro código fundamental. Fue la Reforma el paladín de la democracia y el pueblo ha derramado profusamente su sangre para hacerla triunfar de todos sus enemigos. Ni la libertad,

ni el orden constitucional, ni el progreso, ni la paz, ni la independencia de la nación hubieran sido posibles fuera de la Reforma; es evidente que ninguna Constitución mexicana ha recibido una sanción popular más solemne ni reunido más títulos para ser considerada como base de nuestro derecho público. Por eso mi gobierno la ha sostenido con vigor, y ha desarrollado con franqueza sus principios saludables.

¡Mexicanos! Inmensos sacrificios han significado la libertad en esta nación. Sed tan grandes en la paz como lo fuisteis en la guerra y que llevasteis a un término tan feliz y la República se salvará. Que se consolide, pasada la lucha, esa unión admirable con que los estados hicieron propicia la victoria. Que sea más profundo que nunca el respeto a la legalidad y a la Reforma, tan heroicamente defendida, y la obediencia a los poderes generales, que son la garantía de la Federación y de la nacionalidad mexicana. Si ofrecéis el ejemplo de un pueblo libre que sabe darse y cumplir sus propias leyes; si cooperáis con nuestra voluntad potentísima al buen éxito de las medidas emanadas de una administración, que ha sostenido con lealtad vuestra causa en tiempos azarosos, ¡mexicanos!, las enormes dificultades de la gobernación, aglomeradas por la guerra, serán vencidas irremisiblemente.[51]

Melchor, el gran Melchor, quien había llegado desde el día 3 de ese mismo mes, no había perdido el tiempo: separó a todos los empleados públicos de alto nivel que habían prestado sus servicios a la administración conservadora y decretó el pago de daños y perjuicios con cargo a los ingresos clericales. La Iglesia católica había sido la culpable de la guerra, ¿sí?, pues que la Iglesia católica pagara por ello con el patrimonio que le quedara. Juárez decretó la expulsión del país nada menos que de Luiggi Clementi, el nuncio papal; del embajador de España, un intrigante profesional que había sumado sus refinados talentos a la suscripción del tratado Mon-Almonte; de los ministros de Guatemala y Ecuador, además de imponer el destierro, a una semana de su llegada de Veracruz a la Ciudad de México, al arzobispo De la Garza y Ballesteros, además de los obispos Joaquín Madrid, Pedro Barajas, Pedro Espinosa y Clemente de Jesús Munguía, quien, como decía Martinillo, no era clemente ni mucho menos de Jesús. Entones, el presidente ve con sorpresa la respuesta del pueblo y de la prensa: la sociedad siente y piensa que el exilio es una sanción tibia, irrelevante y hasta intrascendente, para castigar a esos destacados sacerdotes, unos auténticos engendros del mal. Miranda, otra vez disfrazado, se había perdido en la sierra acompañado por Leonardo Márquez, su brazo armado, un auténtico chacal inmundo.

La gente exige la ejecución pública de los altos prelados, su fusilamiento en plena Plaza de la Constitución.[52] El destierro, aducen, ni es castigo ni es nada. No esperan consecuencias al pasar por las armas a los encumbrados sacerdotes. Dios no tiene por qué proteger a estos criminales. Habla el pueblo que ganó la guerra, ya no el ejército. Se demanda justicia, señor Juárez, usted que tanto habla de ella. ¿Cómo el exilio? ¡Cuélguenlos con todo y sus sotanas ensangrentadas que jamás podrán limpiar ni con el agua de todos los ríos del mundo! Además, ¿dónde está el tesoro de la Iglesia? ¿Por qué desaparecieron las joyas que exhibían los santos en sus coronas y las vírgenes de más de un metro y medio de alto forjadas en plata maciza, además de los candelabros y candiles del mismo metal? ¿Dónde estaban las alhajas compradas con dinero del pueblo? ¿Quién tenía en su poder los copones de oro con tapas rematadas con cruces de brillantes, las ánforas, la custodia de la Catedral confeccionada con decenas de rubíes, esmeraldas, diamantes, amatistas y zafiros? ¡Que devuelvan los cuadros pintados por Murillo y Zurbarán, entre otros! ¡Vayamos por sus cajas fuertes en conventos, monasterios y sacristías! Esos recursos fueron arrancados a la nación a través de chantajes o de trafiques, son unos explotadores que utilizan la caridad para corromper y delinquir.

El gabinete se divide entre quienes aceptan el destierro como sanción y los que se niegan y lo rechazan presentando su renuncia ante la tibieza del presidente. En una parte de la prensa europea llaman Atila a Juárez por las expulsiones de los sacerdotes. Se desploma su figura pública. El castigo es insignificante. Disfrutarán el dinero mal habido en el extranjero y los prelados vivirán como príncipes en palacios suntuosos, todavía más deslumbrantes que los de México. Zarco propone que se les enjuicie y que se acate el fallo. Apliquemos la ley, no la política, para hacerlos escarmentar por sus fechorías.

> Se dice que está resuelta la expulsión de algunos obispos, y nosotros nos oponemos a esta medida, porque es a un tiempo tímida y arbitraria, incongruente y despótica. El gobierno no tiene facultad de desterrar obispos, como no la tiene de desterrar a ningún mexicano. Si los obispos son culpables deben ser sujetados a juicio como el último de los ciudadanos.[53]

Juárez contestó sencillamente que había obrado dentro de la ley del 12 de julio de 1859, la que en su artículo 23 dejaba al arbitrio del Ejecutivo la expulsión o la sujeción de los individuos que se sublevaran, conspiraran o se opusieran al cumplimiento de las Leyes de Reforma, y así justificó plenamente el acto.

De la Garza y Ballesteros y Clemente de Jesús Munguía saben que corren el peligro de ser incinerados en una pira como las de la Inquisición, las que tanto explotaron para quemar vivos, ahí sí, a los inocentes. Temen, claro está, los efectos del fuego, como al infierno. Tiemblan con tan solo pensar que les pudiera pasar lo que ellos han propiciado para terceros. ¡Nada de que ojo por ojo y diente por diente! Los sacerdotes suplican no aplicar las sentencias contenidas en las Sagradas Escrituras. Están bien para la misa, pero no para ejecutarlas en la práctica. ¡Nada de que con la vara que midas serás medido! ¡Nada de que no quieras para otros lo que no quieres para ti! ¡Nada de que perdónalos! ¡Padre mío, no saben lo que hacen! Tienen pavor de que les puedan lastimar el pellejo. Ellos no están hechos para la guerra ni para la violencia, están para provocarla y para usarla en las ovejas extraviadas del Señor, pero no, en ningún caso, para padecerla personalmente. Tiemblan. No es posible apartarlos del reclinatorio. Se confiesan a medias entre ellos mismos. ¿Qué tal que se salvan y el otro ya los posee al saber su vida y milagros?

Nadie podía imaginar que al terminar la guerra no concluirían los problemas, nacían… El gabinete, inevitablemente dividido por la amnistía, presenta su renuncia en pleno, Melchor Ocampo incluido, además de González Ortega, Emparan, De la Llave, para que el presidente pudiera nombrar nuevos colaboradores y sorteara la crisis de gobierno.

—Juárez deja ir a Ocampo a su finca Pomoca, un anagrama de su apellido, y con gran dolor, Ponciano, por supuesto que ignoraba que tan solo unos meses más tarde el maldito padre Miranda, obviamente confabulado con el obispo Munguía, el viejo enemigo de don Melchor, instruiría a la distancia a Leonardo Márquez para que segara la vida del ilustre patricio mexicano. El sanguinario representante de Dios no tardaría en abandonar el país: bien sabía las que debía… Se establecería primero en Cuba y posteriormente en Nueva York. Santos Degollado y Leandro Valle correrían igual suerte a manos del mismo autor intelectual y del mismo asesino material.

La administración juarista es reconocida en el mundo. Se secularizan hospitales y establecimientos de enseñanza. Se reduce el número de conventos a tan solo nueve. La reforma continúa. ¿Por qué detenerla? ¡Adelante! Después de dar un gran paso se debe dar el otro para evitar el peligro de caer al piso. Ignacio Ramírez redacta la ley de instrucción pública. Gómez Farías la habría aplaudido hasta no poder mover los brazos. Zarco expide la ley de imprenta. Guillermo Prieto confirma la quiebra total del Estado. No había otro tesoro que las bolsas repletas de los agiotistas. Mariano Escobedo logra derrotar a la guerrilla encabezada por Márquez y por Mejía y financiada por Miranda. La suspensión de pagos al exterior será aprovechada por los clericales para promover una nueva invasión armada contra México, precisamente ahora que en Estados Unidos ya estalló la tan esperada guerra de secesión. Nadie podrá detener, esta vez, a los monárquicos ni impedirá la materialización de su viejo sueño para regir los destinos del país. ¿Cómo contener ahora una nueva intervención extranjera, cuando los brazos liberales ni siquiera tienen la fuerza necesaria para sostener un fusil y el ejército, agotado y abatido, carece de energía para, al menos, protestar?

El pueblo vuelve a manifestarse cuando los prelados desterrados llegan a Veracruz. El coche del nuncio fue lapidado, los obispos pudieron salvar la vida al enfrentar a una turba enardecida cuando a alguno de ellos se le ocurrió descender precipitadamente para escapar.[54] El representante papal logró llegar en un estado de terrible agitación hasta la casa del cónsul francés, mientras que De la Garza, Munguía y los demás se escondieron en el primer domicilio en el que encontraron cortinas de encaje. La policía los custodiaría hasta la salida del barco. A ninguno de los veracruzanos que lanzaban puntuales pedradas les asustaron ni les preocuparon las señales hechas con las manos por los prelados. ¿Los excomulgaban al igual que los podían bendecir? ¿Qué más daba? Ya no temían sus "poderes mágicos". Lo mismo aconteció cuando los aztecas veían al jinete y al caballo como un dios enorme, indivisible e intocable. En la Noche Triste, cuando derribaron a los españoles y les masacraron la cabeza a marrazos, descubrieron que eran tan seres humanos como ellos, con la única diferencia del tamaño del cuerpo, el color de la piel y las barbas.

Al mismo tiempo en que Miramón, el general-presidente, llega a París, el centro mismo de la intriga, Labastida convence al papa Pío Nono de la importancia de solicitar y usar las fuerzas militares francesas para garantizar el regreso de los jerarcas católicos al poder mexicano. El papa es cómplice. ¿Quién lo perdonará? Hablemos con Eugenia, la emperatriz de Francia, las esposas o las madres. Las mujeres en general, lo tenemos muy bien aprendido, ejercen una gran influencia en los jefes del hogar o, en este caso, del imperio. Es lo mismo, usémoslas para llegar a donde deseamos: créame que sé lo que le digo, Su Excelencia...

El 4 de junio de 1861, una semana antes de las elecciones presidenciales, Juárez es violentamente sorprendido por la terrible noticia del asesinato de Melchor Ocampo, el hermano, el personaje inolvidable, el guía, quien había sido secuestrado en su finca por unas gavillas capitaneadas, claro está, por Márquez y por el ex señor presidente de la República Félix María Zuloaga, curiosamente los dos incondicionales del padre Miranda, quien tiraba de los hilos para mover esas marionetas y seguir cometiendo crímenes arteros para impedir la pacificación del país. En el fondo se trataba también de un acuerdo inconfesable entre el obispo Munguía, quien inocentemente estaba en Roma, al lado de Labastida, de modo que nadie pudiera culparlo. El obispo Munguía odiaba a Ocampo desde que este había sido gobernador diez años atrás y decretó leyes para regular el importe a cobrar por la impartición de servicios religiosos. Ocampo había iniciado en los hechos la Reforma desde Michoacán, por ello le habían pedido a Santa Anna que a su regreso a México en su calidad de Alteza Serenísima expropiara los bienes de don Melchor y lo desterrara con un mero tronido de dedos. ¡Y así se hizo!

El veracruzano, conocido como el Infalible Instrumento de Dios, cumplió, al menos esa vez, con su palabra. ¿Qué trabajo le costaría ahora al padre Miranda, ya perdida la guerra de Reforma, incluir en su lista el nombre de Melchor Ocampo? La solicitud fue ejecutada a pedir de boca. Munguía no tardaría en brindar con chianti a un lado del Tíber… Las bandas organizadas bajo las órdenes de Márquez, Mejía y otros jefes reaccionarios sostienen la campaña casi sin encontrar resistencia, pillando, arrasando los pueblos y las haciendas, imponiendo contribuciones forzosas, asesinando sin piedad a los que no pueden o no quieren pagar, sembrando la muerte y el espanto hasta las puertas mismas de la capital. Los clericales no se daban por vencidos. Ocampo redacta su testamento antes de ser pasado por las armas, con una caligrafía perfecta en la que no se advierte el menor temor. Días antes había dicho: "No tengo nada que temer, no he hecho mal a nadie; he procurado servir a mi país conforme a mis ideas, es todo lo que puede exigirse a un ciudadano".[55]

Antes de encarar al pelotón de fusilamiento en la hacienda de Caltengo se acercó un sacerdote para ofrecerle la posibilidad de confesarse y de recitar los versos y cumplir con los ritos mortales. Ocampo se negó, rechazó los servicios religiosos, aduciendo:

—Señor mío, le aseguro que estoy bien con Dios y Dios está bien conmigo.

El sacerdote tuvo que guardar sus bendiciones para otra ocasión. Ocampo aún tuvo los arrestos para obsequiar sus últimas monedas a sus verdugos. Acto seguido, el capitán encargado de la ejecución le ordenó a uno de los padres de la Reforma, y por ende de la nación, que se arrodillara, a lo que Ocampo contestó, de modo que todos pudieran escucharlo: "¿Para qué? Estoy bien a la altura de las balas".

La noticia causa consternación en el país, más aún cuando el cadáver llegó a la capital y se descubrió que Márquez lo había dejado colgado de un árbol para que lo devoraran las aves de rapiña, todo el sello de los crímenes clericales. ¡Que nunca se te olvide la suerte del padre Hidalgo ni la del también cura, Morelos!

El 15 de junio, para quienes sugieren que Juárez fue un dictador, el zapoteco toma posesión de su primera presidencia constitucional después de haber sido declarado jefe del Ejecutivo por un Congreso claramente dividido que lo elige con una mínima diferencia de seis votos. Sesenta y uno contra cincuenta y cinco. Ese mismo día, Santos Degollado se ofrece a salir a atrapar a los asesinos. He de vengar a mi maestro, a mi mentor, uno de esos mexicanos que nacen cada quinientos años... El Congreso aprueba la moción, poniendo a sus órdenes a un cuerpo del ejército integrado por cuatrocientos hombres. ¡Justicia, justicia, justicia! Con las vidas de un millón de los asesinos no se hace a un Melchor Ocampo, ni siquiera con diez millones de ellos se le reemplaza. Bandoleros inmundos, criminales a sueldo del clero: no saben lo que han hecho. Mutilaron irreversiblemente a la nación.

Santitos, ¡ay!, Santitos, con la bandera nacional en ristre, el orgullo enhiesto, la nobleza por delante, el pecho abierto, el verdugo de las fuerzas armadas del clero también es emboscado por gente de Márquez y Zuloaga, ¿por quién más? Es ignominiosamente asesinado por la espalda, en el nombre sea de Dios, en un lugar conocido como la garganta del Monte de las Cruces. El dolor es inmenso. El país vuelve a estar de luto. La conmoción es total. ¿Cómo evitar el color negro y los crespones colocados en cada casa en donde se cultiva la libertad? ¿Dios se estaría vengando o simplemente los asesinos del progreso estaban tan sueltos como desatados? Hermosa reacción, como decía Miramón, ¿no? Santos Degollado, el incansable general que reclutaba mágicamente ejércitos de un día para otro, es acribillado.

El 23 de ese fatídico mes de junio, Leandro Valle recoge la estafeta de la justicia y sale, a su vez, al frente de la tropa para dar cacería a los asesinos de Ocampo y de Degollado sin imaginarse que será igualmente asesinado por la misma guerrilla, los mismos homicidas que ostentan cruces y escapularios en el pecho. Caen tres grandes en menos de un mes. Melchor, ¡ay! Melchor, el de las ideas vanguardistas, el defensor de los derechos del hombre, el protector de los desvalidos que no tenían ni para enterrar en sagrado a sus muertos y todavía los curas les decían: si no tienes para pagar la extremaunción, debes salar y comerte a tu querido difunto... Además, Santos Degollado y Leandro Valle. Obviamente, el Congreso suspende garantías. ¿Fueron masacrados por cuestiones religiosas? ¡Qué va! Los matan por haberse atrevido a tocar los bienes de la Iglesia: el padre Miranda no conoce la piedad. Labastida, menos... Todo se reduce a un mero problema de dinero y de poder. Precisamente el arzobispo Labastida será quien intervenga ante Porfirio Díaz, veinte años después, para garantizar a Márquez, al chacal, al asesino, el retiro digno y honorable que se merecía... Con esta simple disposición del tirano puedes comprobar, una vez más, la alianza entre el clero y la dictadura porfirista. ¿Cómo proteger a un criminal con semejante historial de sangre? Revisa su lista de crímenes, comenzando con los mártires de Tacubaya, y termina, si quieres, con Ocampo y Santos Degollado, entre otros tantos más...

El presidente Juárez no solo cargaba el peso del duelo y la ausencia de consejos de un gigante como Ocampo, sino también tenía que enfrentar la quiebra nacional, la suspensión de pagos de la deuda externa, el peligro de una invasión española, las divisiones en el Congreso, los asesinatos de liberales, la petición popular para castigar a los culpables de la guerra, el peligro de otro incendio social, las divisiones en el gabinete por la magnitud de los castigos aplicables a los reaccionarios, la validez de la amnistía, el daño causado por la existencia de una guerrilla asesina encabezada por los clericales, incapaces de resignación y de respetar la voz del pueblo, el libertinaje de la prensa. ¿Cuándo envenenarían a Juárez? ¿Quién seguía? ¿Quién rodea al presidente? ¿A dónde iría el país sin su figura ni su presencia, toda una garantía de respeto a la ley y a las instituciones? Su ausencia podría conducir a un caos insospechable que utilizarían las potencias para apoderarse de México. Lincoln no podría ayudar. Su país estaba en guerra. Manda a Seward, su embajador, luego vendrá Corwin, para sacar a México de sus problemas... Le ofrece a Juárez un préstamo "muy generoso" para que México liquide amistosamente sus deudas contraídas con Inglaterra, con el ánimo de apagar esa mecha que podría traducirse en una intervención armada.

Ofrece generosamente recursos a cambio de que México garantizara el pago con territorio. ¿Qué tal la Baja California? Él sabe que Juárez no podrá cumplir con el pago de la deuda y entonces procederá legalmente la anexión. Jugada perfecta. La trampa colocada inmejorablemente. Seamos buenos vecinos, señor presidente, le dice al zapoteco a sabiendas de que todo es mentira. Una colosal estafa. A este indio apestoso que apenas habla me lo dormiré con tres palabras y lo emborracharé con dos tragos de whisky, del que nunca ha bebido. Es mío. Solo que parece no haber cruzado palabra alguna ni con Forsyth ni con Churchwell ni con McLane. Ignora, por lo visto, con quién habla. No tiene ni idea. Por supuesto que ni préstamo ni soborno ni whisky ni Baja California ni nada. Con su rostro inescrutable lo confunde. Lo conduce amablemente, una y otra vez, a la puerta sin saber el resultado de la reunión. ¿Qué informará al Departamento de Estado? ¿Estará convenciendo al presidente?

Si Juárez hubiera sido un traidor o un corrupto vende-patrias, como lo exhibían los conservadores a partir de su derrota en los campos de batalla, habría aprovechado estas oportunidades para enajenar territorio nacional y destinar el dinero al financiamiento del gasto público, recursos que, por otro lado, no existían, o bien se habría apropiado de dichos fondos simplemente para comprar "tranquilidad personal" al estilo de Santa Anna. El ilustre zapoteco rechaza las ofertas crediticias norteamericanas después de descubrir las intenciones ocultas tras los empréstitos. No, no endeudará al país, y menos a ese precio y con esos riesgos. Tampoco venderá ni un metro cuadrado de tierra, ya no se diga una península. Nada. Supo por Guillermo Prieto de la quiebra. Supo que ya no existían medios ni siquiera para pagar los emolumentos de los burócratas, menos para sufragar los gastos militares, más crecidos aún tras la aparición de la guerrilla. Imposible licenciar al ejército en semejantes condiciones. El pago de capital e intereses de la deuda externa devoraba el presupuesto nacional. La suspensión de pagos resultaba inevitable. Se lo había anticipado Guillermo Prieto cuando presentó su renuncia al cargo para que otro funcionario pudiera resolver el entuerto. El tiempo confirmaría que el conflicto financiero terminaría en un baño de sangre. Claro que conocía las consecuencias de una decisión extrema de semejante magnitud. Si dejaba de pagar, las potencias bombardearían otra vez Veracruz y llegarían hasta Palacio Nacional con tal de cobrar o de convertir a México en una nueva colonia al estilo de las africanas. Si seguía amortizando mes a mes sus pagos, las carencias domésticas serían de tal magnitud que el estallido de una nueva revolución, además de las guerrillas, sería una terrible realidad en el corto plazo.

¿Qué hacer? Lo primero era no caer en la tentación de vender territorio, lo segundo, diferir las pesadas erogaciones de la deuda externa con todas sus consecuencias, tal y como lo hizo el 17 de julio de 1861, cuando en sesión secreta por ciento doce votos contra cuatro, el Congreso aprobó la ley que suspendía los pagos por dos años. En ese periodo esperaba reconstruir, al menos, una parte de la economía para continuar con las amortizaciones y cumplir así con los compromisos adquiridos. Tú, lector, sí, tú, ¿hubieras aceptado pagar las deudas adquiridas por el gobierno clerical encabezado por Miramón, cuando dichos créditos se habían destinado precisamente para destruirte a ti y a tu ejército? Juárez también se negó a hacerlo, más aún tratándose de los bonos de la Casa Jecker, contratados en condiciones leoninas con un banco ahora ya quebrado. Solo que cualquier pretexto sería aprovechado por los conservadores con tal de mandar tropas extranjeras a México para imponer a un monarca que les devolviera los bienes que el zapoteco les había robado…

Las potencias rompen relaciones con el gobierno juarista. Alegan que "México firmó su expulsión del seno de las naciones civilizadas".[56]

Se reunirán en Londres representantes del gobierno inglés, del francés y del español para establecer una estrategia de recuperación del crédito vía la negociación o vía las armas. Miranda y Gutiérrez Estrada estarán presentes para que la invasión tripartita se lleve a cabo lo más cerca posible de sus deseos. Miranda, Miranda, Miranda está, por lo visto, en todas las jugadas. Juárez recuerda que durante la invasión norteamericana del 46 los veracruzanos contaron ciento sesenta barcos yanquis anclados en el puerto. Ahora, con esta medida y tratándose de tres potencias, tal vez se duplique o triplique o cuadruplique el número de navíos cargados de pólvora. ¡Ay!, las marimbas y los requintos. No existe duda de que vendrá una invasión armada, el problema es cuándo...

El 12 de agosto de 1861, Labastida reprocha a Miranda, a través de un telegrama secreto, la falta de eficacia de sus agentes militares en México: "No hay duda de que la revolución que acaudillan Zuloaga y Márquez estaba como en suspenso; pero preciso es confesar que el último desarrollo ha tenido poco vuelo".[57]

Si la diplomacia clerical adquirió proporciones alarmantes a partir de la derrota de Miramón en Calpulalpan, cuando Miranda, Labastida, Gutiérrez Estrada, Hidalgo y Almonte supieron de la suspensión de pagos lanzaron al aire bonetes y sombreros. Aprovecharían la asfixia financiera del gobierno juarista para presionar a Napoleón III y a su esposa Eugenia a ejecutar la invasión a la brevedad. Era irrelevante el importe de la deuda contraída con Francia, de escasos doscientos mil dólares, excluyendo los bonos Jecker. Lo importante era capitalizar el pretexto que Juárez les servía en charola de plata. El papa Pío IX también intercambiaría comunicaciones, redactadas por Labastida, para inducir al emperador a la intervención. Amadísimo padre mío: el clero mexicano debe recuperar sus bienes. Dios Nuestro Señor ha sentado a Su Excelencia en la sagrada silla de san Pedro para ayudarle a México a imponer la verdad y la justicia...

—Pero mira, Ponciano, los verdaderos deseos de Miranda, que nadie conocía ni suponía y que yo pude descubrir a través de las cartas que integraban su correspondencia secreta:

> Organizar el ejército reaccionario en torno al general Santa Anna y a la sombra de la bandera intervencionista y darle el primer papel en la reconquista del poder: la intervención, es decir Francia y España, venían a la retaguardia. El monarca sería criatura, no de los aliados, sino de los conservadores; el ejército extranjero dejaría entonces a México en poder de la reacción armada y remunerada y al emperador prisionero de la reacción: Santa Anna sería el viceemperador y Almonte el ministro de Guerra. Zuloaga, Márquez,

Mejía y Cobos, las cuatro cariátides de bronce del trono, serían los dueños de las cuatro espadas; el padre Miranda en el ministerio de Cultos organizaría la desnacionalización de los bienes eclesiásticos. El cántaro de la lechera cayó en pedazos el mismo día que don Juan Almonte vino a México como agente político del emperador Napoleón III.[58]

—¿Entendiste? El padre Miranda había decidido invitar a Su Alteza Serenísima a gobernar otra vez nuestro país, muy a pesar de sus antecedentes funestos. Santa Anna, el gran traidor, otra vez al frente del país, aun cuando no como una primera figura, sería obviamente el poder detrás del trono, en toda la extensión de la palabra. Santa Anna aliado de nueva cuenta con el clero. ¿Qué dirían los franceses?

De acuerdo a la convención de Londres, a finales de ese catastrófico 1861 las tropas francesas y españolas empiezan a desembarcar en Veracruz. La maquinaria se ha echado a andar. Las intrigas han operado a la perfección. La acción diplomática ha sido un éxito. Miranda, Labastida y Munguía se felicitan por carta. El intercambio epistolar entre ellos es intenso. Es el momento idóneo. México está vencido. Se encuentra indefenso, de rodillas: a nuestra disposición.

Maximiliano escribe el 8 de diciembre a Gutiérrez Estrada aceptando encabezar un régimen monárquico en México, con la condición de que el pueblo lo pida por una "Manifestación Nacional". Los conservadores se frotan las manos. El viejo sueño monárquico está por materializarse. Las tropas francesas, apoyadas por las clericales mexicanas, aplastarán, derrotarán y destruirán al ejército nacional y, tan pronto llegue Maximiliano al trono, firmará los decretos respectivos para instrumentar la devolución de los bienes expropiados a la Iglesia católica y le repondrá, además, todos y cada uno de sus privilegios existentes hasta antes de la independencia de España. Eso creían, al menos…

En enero de 1862 el archiduque invita al obispo Labastida y a Almonte a Miramar. Se trata de ultimar detalles. El alto prelado abandona la audiencia convencido de que Maximiliano era el hombre. Habían acertado. Miranda discrepa. Desconfía de las convicciones liberales del futuro emperador de los mexicanos. Por ello insiste en que Santa Anna sea el segundo en rango imperial. Ambos deberían gobernar juntos. Bien sabía él que al Benemérito de Tampico lo manejaría con suma facilidad. El veracruzano solo daría la cara. Miranda operaría el gobierno bajo cuerda. No en balde Zuloaga, el "Gobierno de Tacubaya", o lo que quedaba de él después de Calpulalpan, nombró a Miranda ministro de Relaciones Exteriores e Interiores, ministro de Justicia y apoderado del Ejército Nacional. ¿No era una maravilla? Cuántos honores que el sacerdote tendrá que rechazar porque responderá que dicho gobierno ya no existe y que por lo demás, nunca estuvo dotado de legalidad. Lo invita a apoyar a Almonte, a pesar de todas las reservas que guarda en contra suya.

—¿Te fijaste, Ponciano, cómo Miranda acepta que el gobierno de Zuloaga careció de legalidad y que a pesar de todo la Iglesia apostó todo a él? ¡Toma nota!

Juárez experimenta un gran descanso cuando le informan que después del Tratado de la Soledad España e Inglaterra retiran sus tropas a sus países de origen. No continuarán con la invasión. Es un propósito descabellado. Solo Francia, a quien se le adeuda una insignificancia, insiste en marchar hasta la Ciudad de México. Lo que menos les preocupa es la recuperación del préstamo. Vienen por el país, no por mendrugos. Si les pagara, inventarían otro pretexto para ejecutar la ocupación. Vienen a adueñarse de un México indefenso y agotado y a imponer a Maximiliano como emperador. Miranda lo sabía muy bien. Labastida también. Vienen a invitación de los conservadores para devolver a la Iglesia católica sus bienes y convertir a México otra vez en una colonia extranjera. ¿No era anteriormente la joya de la Corona española por sus inmensas riquezas? ¡Explotémoslas! ¡Adiós independencia! ¡Adiós libertades! ¡Adiós nación! ¡Adiós sueños de grandeza! Todos deberemos hablar ahora francés, de la misma manera que hace siglos lo hicimos con el castellano y estuvimos a punto de hacerlo con el inglés en 1847.

"Las armas nacionales se han cubierto de gloria", le informa mi general Zaragoza al presidente de la República después de derrotar el 5 de mayo de 1862 a los franceses, apoyados por clericales mexicanos.

—Esa sí que fue una traición, Ponciano: los franceses aliados con los mexicanos clericales para garantizar a los extranjeros la toma de su propio país. ¿Verdad que si hubieras sido soldado liberal y hubieras estado defendiendo el fuerte de Loreto les habrías disparado a la cabeza a los soldados que enarbolaban el estandarte de la Virgen de Guadalupe? ¿O no? ¿Acaso en Puebla, ese 5 de mayo, se estaba discutiendo con las armas la existencia de la Divina Trinidad? ¿Hasta dónde llegaría la Iglesia católica en su abyección? Hubieras visto la cara del padre Miranda cuando le informaron que tanto sus tropas, financiadas otra vez con limosnas del pueblo, y sus odiosos franceses habían sido derrotados en Puebla. ¿De qué habían servido tanto cabildeo y trabajo diplomático, viajes a Europa, uno y otro, cartas, visitas, reuniones secretas? ¿Para que al mejor ejército del mundo lo derrotaran unos muertos de hambre? ¿De qué estaban hechos estos liberales? ¿Sería que Dios estaba finalmente con ellos?

El 5 de junio, un mes después de la derrota francesa, Miranda envió este telegrama, que por sí solo se explica, a Antonio López de Santa Anna:

> Del padre Francisco Miranda
>
> A: Antonio López de Santa Anna La Habana, 5 de junio de 1862
>
> Todas las personas que han hablado conmigo con referencia á U. para llevar á buen término los negocios actuales de México, me han oído decir únicamente, que nadie era más a propósito que U. bajo todos aspectos, para concluir y salvar la situación; pero que teniendo yo la convicción de que U. no se presentaría en México mientras México estuviese en revolución, el nombre de U., sin su presencia personal, solo serviría de un elemento de discordias en el campo de las discordias [...] El general Márquez gefe del ejército nacional recibirá a U. con aplauso [...] No detenga á U. para decidirse el movimiento iniciado a favor del Sr. Almonte, porque este señor no cuenta con ningunos elementos, y temo que, por su apatía, moderantismo e indolencia, perderá aún los que con tantos trabajos he puesto en sus manos. No es, por otra parte, hombre que pueda resistir á nadie, y convencido de su inhabilidad abandonará fácilmente la situación. Pocos días lleva en la República, y ya su desprestigio entre nacionales y estrangeros es incomparable. En esta virtud, Señor general, U. no tiene que hacer más que presentarse en Veracruz, y dejar que las cosas sigan su curso natural.

Pero nada mejor que esta carta redactada por el padre Miranda y dirigida a Labastida, su mentor, una de las últimas que escribió, cuando ya sentía, afortunadamente para México, que sus días estaban contados:

> Amadísimo padre:
>
> Adjunto a la presente una fotografía que nos tomaron en Miramar a los integrantes de la Diputación Mexicana que ofreció a Maximiliano de Habsburgo el trono de México el 3 de octubre de 1863. Sepa usted que me maravillan estas invenciones del hombre. Note usted cómo aparecemos de izquierda a derecha, de pie, don José Manuel Hidalgo y Esnaurrízar, don Antonio Escandón y Garmendia, el doctor don Ángel Iglesias y Domínguez, don Tomás Morphy, el general don Adrián Woll, don José María de Landa y Martínez; sentados: don Ignacio Aguilar y Marocho, don José María Gutiérrez Estrada, su servidor y don Joaquín Vásquez de León. Sin duda será una foto para el recuerdo, ¿no lo cree usted?
>
> Debo decirle que nuestros esfuerzos por apuntalar a las partidas reaccionarias con tropas extranjeras para barrer a los *demagogos* del gobierno nacional, finalmente resultó. El horrible recuerdo de la derrota de Puebla, nuestra

Puebla, ya es cuestión de historia. Hoy en día la intervención ya es toda una realidad gracias a las insistentes audiencias y recorridos por cancillerías y palacios episcopales europeos.

Con tal de alejar a Almonte, un individuo peligroso por su rescoldo liberal, logramos convencer a Santa Anna, el único caudillo capaz de guiar, otra vez, a la masa confusa de la población, para que regresara a controlar al país en su carácter de viceemperador, si cabe la expresión, Su Excelencia. Él y solo él era el gobernante, bajo cuya mirada la Iglesia podría reintegrarse los bienes nacionalizados. Lamentablemente cuando nuestro candidato desembarcó en Veracruz, otra vez a invitación mía el 27 de febrero de 1864, aun cuando no debo ocultarle mis reservas respecto a su comportamiento, Santa Anna lanzó, como usted sabe, un lamentable manifiesto que obligó a Bazaine a reembarcarlo. Fue una pérdida definitiva para nuestro movimiento. De nada sirvió que el Benemérito hubiere jurado lealtad a Maximiliano. Bazaine lo reembarcó sin consideración alguna. No tuvimos la misma suerte de 1853.[59]

Acepté que nos habíamos quedado sin jefe, pero no sin misión que cumplir. A partir de ese momento agrupé a los militares en torno de la Junta Provisional del imperio, no sin percatarme que los decretos y disposiciones dictadas por los franceses eran contrarias al espíritu de nuestro movimiento, señor. ¿Dónde quedaba el convenio casi escrito que establecía la obligación de devolver a la Iglesia los bienes nacionalizados? Mi susto y mi disgusto empezaron a crecer. ¿Acaso lo franceses resultarían más juaristas que Juárez?

Sentí una gran distinción cuando Forey constituyó en México un gobierno provisional, compuesto de una junta superior que yo encabezaba junto con otros tres padres, entre los cuales figuraba el jesuita Arrillaga, quince exministros o altos funcionarios del gobierno de Santa Anna, muchos ministros del general Miramón, uno francés que lo era el general Woll, un negociante español llamado Miranda, el superintendente de las propiedades de la Iglesia, el general Castillo, Marqués español. Todos hombres de Dios. Una garantía. Sin embargo, de poco servirían los reconocimientos políticos cuando la reforma juarista parecía cada vez más irreversible.

La muerte de don Lázaro de la Garza y Ballesteros me destrozó. No entendí la sagrada decisión del Señor de apartar de nosotros a una figura tan egregia, hasta que el Papa lo nombró a usted Arzobispo aquel 27 de marzo de 1862. Entonces comprendí los elevados designios de Dios.

¡Recuerde usted el disgusto que nos provocó cuando supimos que Almonte y Manuel Hidalgo tenían secuestrado al emperador, aislándolo, como si prepararan el arribo de una monarquía liberal! ¿Cuándo se ha visto semejante aberración política junto con una traición de proporciones abismales? Es decir, ¿habíamos trabajado a título gratuito por toda Europa para que finalmente llegara a México un príncipe que no daría marcha atrás a la legislación juarista? Nosotros aceptamos a Maximiliano porque el sistema republicano federal o central ha sido el manantial de cuantos males aquejan a nuestra patria. Lo aceptamos porque la institución monárquica es la única adoptable para México y porque para fundar el trono no era posible escoger un soberano entre los mismos hijos del país. Lo aceptamos finalmente porque confiamos que es un príncipe católico que sabrá defender con la vida, si fuera el caso, los principios católicos, incluido el respeto a los bienes y privilegios de Dios.[60]

Recuerde usted cuando el mismo Forey aseguró que el emperador vería con placer la proclamación de la libertad de cultos, "ese gran principio de las sociedades modernas". ¿Verdad que cuando usted volvió a visitar a Maximiliano en Miramar, en agosto de 1863, acompañado del obispo Munguía, no sacó nada en claro? ¿Verdad que cuando usted regresó a México en septiembre de ese mismo año, junto con Munguía y Covarrubias, después de haber estado siete años fuera de México y vuelve como miembro de la Regencia, todavía tenía esperanza en el cambio hacia la civilidad religiosa? Pues bien, yo le confieso que cuando nos tomaron la foto con la que comencé mi carta, es decir, cuando la diputación mexicana fue también a Miramar a ofrecerle el trono al joven Habsburgo, ya me embarqué desconsolado rumbo a Veracruz. La mirada de Maximiliano no me engañó, no al menos a mí. Nos traicionaría, señor, nos traicionaría.

¿Qué tal cuando nada menos que la Regencia, de la que usted formaba parte, reconoció la validez de la Ley Lerdo, esa inmundicia legislativa inspirada y escrita por Satanás? ¿Qué tal cuando el 25 de octubre de 1863 los tribunales mexicanos aceptaron las demandas contra los que se negaban a pagar los alquileres de las fincas adjudicadas? Ya no tenían que pagarle nada a la Iglesia, ¿verdad? ¿Qué tal cuando en noviembre de ese año se expidió un nuevo decreto sobre desamortización como si el tal Lerdo no se hubiera muerto dos años antes? ¿Revivía el diablo? ¿Verdad que creíamos que estábamos soñando, más aún cuando a usted ni siquiera le pidieron su opinión a pesar de ser un miembro mucho más que destacado? ¡Claro que usted estaba obligado a renunciar a la Regencia cuando Bazaine quiso incorporar el programa liberal napoleónico sobre bienes de la Iglesia! ¡Qué Napoleón ni qué nada! ¿De qué nos sirvió protestar?

Usted y yo, santo padre, aplaudimos la encíclica *Quanta Cura* promulgada por Pío IX en la que condena justificadamente la brutalidad de la vida moderna, el progreso y el capitalismo y anuncia que el año siguiente sería un jubileo en que podría obtenerse una indulgencia plenaria que beneficiaría a los que afirmaban enérgicamente la fe católica, sí, pero ya, por lo visto nada podía salvarnos a nosotros. Lástima que en aquel entonces, padre, mi salud ya no me permitía tener la agilidad de mis mejores años hasta que empecé a escuchar voces extrañas que me solicitaban soltar los brazos, aflojar las piernas, relajar el espíritu, aceptar la agradable indolencia de la vida, desconectar la mente, abandonar mi cuerpo como el de una hoja sujeta a los caprichos del viento, mirar en mi entorno para recordarlo, admirar el cielo, la luz, los himnos, los cantos angelicales, los coros con órganos fúnebres porque ya muy pronto yo no escucharía ya nada más ni vería ni sentiría ni olería. Flotaría, padre, flotaría…

Entiendo los mensajes divinos como religioso que soy. Usted sabe que dediqué mi vida al servicio de Dios. Cuidé su patrimonio y sus derechos con el empeño y determinación que usted mejor que nadie conoce. Mi vocación fue una sola: proteger a nuestra Santa Madre Iglesia con todo aquello de lo que yo pudiera echar mano. Si tuve que matar fue en el nombre de Dios. Él sabrá juzgarme y absolverme. Si tuve que sumarme a la guerra para defender nuestra religión, no me importó destruir el país siempre y cuando se impusiera la justicia divina y se dejara a salvo el patrimonio del Señor. Así aconteció en Zacapoaxtla, en Puebla, en Turbaco, cuando invitamos a Santa Anna a regresar una vez más a México. Nuestro propósito no declinó cuando derrocamos finalmente a Comonfort y se fortaleció cuando estalló la guerra de Reforma.

¡Por supuesto que me gané el derecho al cielo al mandar asesinar a Ocampo y al sorprender a esos imbéciles de Degollado y de Leandro Valle! ¿Qué esperaban, bendiciones en lugar de balas en el cuerpo por haber destruido una institución tres veces centenaria en México y de diez y nueve siglos de existencia en el universo?

Dios me dio licencia, Dios sabrá perdonarme.

Le beso a usted los pies.

Francisco Javier Miranda y Morfi
El 6 de marzo de 1864

P.D. ¿Qué le parece el cargo que hacen los liberales cuando afirman que el diablo, antes de ser diablo, por supuesto que había sido sacerdote? ¡Miserables, mil veces miserables!

"La calesa negra, tirada por una pareja de mulas, rodaba por el único y polvoriento camino, el camino real que unía a la capital de la República con el norte. Venía de El Saltillo. Le precedía un puñado de hombres a caballo, armados, bajo el mando del general Meoqui. Tras la calesa, se movían lentamente once carretas tiradas por bueyes. La rara caravana avanzaba rumbo al norte. Dentro del carruaje, con vestido negro, el mismo que usaba en el Palacio Nacional y con la misma serena dignidad con que

Esta es la fotografía que el padre Miranda anexó a su carta; aunque muy deteriorada, permite identificar a los personajes que enumera en la página 520.

presidía las reuniones de sus ministros, venía Juárez. Era el éxodo de los poderes de la Unión, la encarnación de la República seguida de cerca por las hordas invasoras y por los traidores.

"Y sin embargo, no era huida. Ni Juárez ni sus hombres mostraban el mínimo rasgo de derrota. El recorrido no era una marcha silenciosa para ponerse a salvo: Era uno de tantos otros episodios de su batalla constante, los que casi siempre coronaba una victoria parcial."[61]

—Juárez, querido Ponciano, pasará a la historia por los años de infortunio, más que los de fortuna. Imagínate cuando tiene que abandonar Palacio Nacional porque el arribo de los franceses es inminente. Lo hace la noche del 31 de mayo de 1863, en las condiciones que te acabo de relatar. ¿Qué haces como presidente, el máximo representante de la nación, esperar a que te arresten y te fusilen? Juárez no podía permitirlo. Echa una última mirada a su oficina. Toca su escritorio. Ve la silla de su despacho. Contempla a través de la ventana la Plaza de la Constitución. Verifica que sus archivos hayan sido guardados y se encuentren fuera del alcance de los soldados extranjeros. No se le mueve un solo músculo de la cara. No huye. Su obligación es proteger los intereses de la República. Imposible oponerse al ejército más poderoso de la tierra, más aún después de terminada la guerra de Reforma apenas hace dos años y medio. ¡Qué difícil ha sido la posguerra! ¡Cuánto esfuerzo para pacificar al país! Unos deseaban la amnistía, ver para adelante, como él, otros insistían en el castigo draconiano, en el fusilamiento de los sacerdotes. Lo había electo un Congreso liberal, de su partido, sí, pero le exigen la renuncia un par de veces en tan corto periodo. Ama la democracia. Ama la verdad. Se somete incondicionalmente a las reglas de la República. Respeta la Constitución. Respeta la libertad de prensa. Los ataques a su persona son despiadados. Los caricaturistas, como tú, fueron implacables con él. Viva la libertad de expresión al costo que sea. Viva la tolerancia. Que aflore la verdadera personalidad nacional.

¿Cómo será en realidad? Nadie la conoce, nadie la ha dejado aflorar. Sale al Patio de Honor. Rinde los últimos honores a la bandera. Hace que desciendan el lábaro patrio. Lo doblan. Lo besa y se lo lleva debajo del brazo. Un símbolo. ¡Qué importantes son los símbolos! ¡Ay de aquel que no los tiene! Está perdido. Nadie se lo arrebatará. Mientras él lo custodie habrá República. ¡Viva la República! ¡Viva mi hermano Melchor Ocampo! ¿Qué aconsejaría el michoacano en estas circunstancias? Ya no está. Ha partido para siempre. Lo han asesinado los esbirros del clero. Pero está él, Juárez. Su figura basta y sobra. Ya empieza a extrañar a Margarita. Bien pronto cumplirá con una encomienda en Estados Unidos. La familia se vuelve a dividir, como cuando fue desterrado a Nueva Orleáns o cuando estalló la guerra de Reforma y tuvo que refugiarse en Veracruz. Margarita ha soportado todo, como lo soportará ahora en esta nueva encrucijada. ¿Qué haría Juárez sin ella? Le ha dado doce hijos. Tres varones y nueve mujeres. Margarita verá morir a José María, Pepe, el querido Pepe, el que Juárez veía como su sucesor, y a Antonio, en plena Intervención francesa mientras estaban en Nueva York después de cumplir los encargos diplomáticos de su marido. Pepe moriría en enero de 1865 y Toño, el Benjamín, en agosto de ese mismo año.[62] En su locura, ella regresará en barco con los cadáveres de los menores en ataúdes. Imposible desprenderse de ellos. ¿Qué cuentas le entregará a su marido? María Guadalupe, Amada y Francisca habían fallecido en 1850, 1853 y 1862, respectivamente. Ella no oculta su fatiga ni la vida tan severa que le ha tocado en suerte encarar. Margarita lo llama "Juárez" de cariño. Él se refiere a ella como "mi vieja". Nadie sospecha la ternura de que es capaz este bravísimo zapoteco.

Juárez no volverá a pisar el Patio de Honor hasta 1867, en que fusila, contra toda oposición, a Maximiliano. Lo trata como a un pirata invasor. ¡Al paredón! Interviene el papa Pío IX. Pide respeto por la vida del joven emperador. ¡Al paredón! Suplica Napoleón III. ¡Al paredón! No le importa que le llamen el Atila Mexicano. ¡Al paredón! Recibe cartas, entre otras figuras mundiales, de Victor Hugo, el ilustre escritor galo. ¡Al Paredón! Quien se meta con México, ¡al paredón!, ¡al paredón!, ¡al paredón…! He dicho que ¡al paredón! Es la ley: ¡Al paredón! ¿Alguien tiene alguna duda? ¿Me contemplan con posibilidades de negociar?

Maximiliano vio derrumbarse su imperio mexicano cuando fueron menguándose sus posibilidades financieras y sufrió la imposibilidad de pagar a las tropas francesas, según lo acordado con el emperador francés, con recursos del erario azteca, al mismo tiempo en que Napoleón III contemplaba la posibilidad de una guerra contra Prusia. Necesitaba reunir a todo su ejército. Por si fuera poco, Estados Unidos ya había superado la guerra de secesión, que habían perdido los esclavistas, y reclamaba ya con los cañones de su marina la aplicación de la doctrina Monroe. América para los americanos, señores europeos. La histórica insolvencia del tesoro mexicano, el resurgimiento norteamericano y la posición del káiser alemán colocaron a Maximiliano, a Mejía y finalmente a Miramón, frente a un pelotón de fusilamiento en el Cerro de las Campanas. ¡Ay, si en su momento se hubiera segado la vida de Santa Anna al igual que la de Miramón, cuántos males se hubiera evitado la República! ¿Por qué Comonfort no lo atrapó durante el sitio de Puebla en 1856 y lo colgó de un árbol? ¿Por qué perdonó a todos los que se levantaron en armas en contra de su gobierno y de la República? La debilidad, Ponciano, debería ser un pecado mortal…

Margarita murió en 1871 y Juárez un año después, víctima de una angina de pecho, el mismo mal que había padecido su padre.

—Solo quiero decirte que Lerdo de Tejada, don Sebastián Lerdo de Tejada, fue el hombre que pudo elevar a rango constitucional las Leyes de Reforma promulgadas en Veracruz. Juárez no pudo lograrlo, a pesar de haber sido uno de los grandes objetivos que se llevó a la tumba. Lerdo sí pudo, muchacho, Lerdo siguió la campaña anticlerical a fondo, y por ello y otras razones fue derrocado por Porfirio Díaz, quien ya sabes qué hizo con el juarismo…

Silencio.

Le llamé: ¡don Valentín, don Valentín…!

Silencio.

Puse de inmediato mi oreja izquierda sobre sus labios.

Silencio. No escuché su respiración.

Coloqué mi cabeza sobre su pecho.

Silencio. Su corazón no latía.

Toqué su cuello. Su yugular. No registré ningún golpe de sangre.

Le hablé. Lo sacudí. Lo estremecí.

Silencio.

No escuché ninguna respuesta. Jamás la escucharía. No volvería a oír su voz. El tesoro ya me lo había entregado. Sentí en el meñique izquierdo el anillo que tenía que darle a la tía Cuca. Un compromiso ineludible. ¿La tía Cuca? ¡Cuántos homenajes le haría yo a esa mujer! ¡Cuántos! ¡Cuánto le debía por haberme entregado a Eugenia, su obra maestra! Bien lo sabía yo: me faltaría vida para agradecérselo. Eugenia, luz de mi vida, amor de mis amores. ¿Y mi *México ante Dios*? Dejaría un tiempo la caricatura para escribir y contar y narrar y describir y revelar secretos, los que jamás había pensado la Iglesia que podrían ser revelados. Claro, sí, pero estaba en la cárcel, en San Juan de Ulúa, en la mazmorra más inmunda y pestilente. Había llegado el momento de gritar, de llamar a los celadores, de recuperar la libertad o de morir como el viejo sin poder entregarle la estafeta a nadie. No, no podía ser. Mi vida no podía concluir así. No concluiría así. Yo lo sabía. Una voz me lo decía. Calculaba que en ese momento serían las cuatro de la madrugada. Habían transcurrido muchas horas de encierro, un lapso similar a la suma de mil vidas. Estaba entero, no como nuestro amigo Magón, el vecino. Me toqué instintivamente los brazos. Estaba entero. Listo para vivir.

—¡Socorro, socorro, se ha muerto, se ha muerto el viejo, auxilio! —grité mientras pateaba la puerta de metal y la golpeaba con las palmas para hacer más ruido. Esperaba que no estuviera amaneciendo ya. No podía saber con exactitud el tiempo transcurrido desde el inicio de la conversación. Pero era mi momento. Me la tenía que jugar.

—Auxilio, auxilio, no me quiero morir junto con él. Aquí está la muerte, la estoy viendo, apiádense de mí, socorro —suplicaba sin dejar de golpear y de patear.

Dejé pasar unos instantes para detectar algún ruido. Nada. Volví a gritar y a llorar en mi desesperación. No sé por qué lloraba, pero lloraba. Lloraba por mí, por mi familia, por mi situación, por mi esperanza, por mi futuro o por la muerte, quizá, de mi esperanza y de mi futuro. Lloraba, lloraba, lloraba…

—¡Cállate, cabrón! Pareces una vieja parturienta, cabrón —escuché por toda respuesta mientras percibía el sonido inconfundible de las botas de mis custodios.

Eran ellos. Lo eran. Por debajo de la puerta ingresó un poco de luz de las antorchas. ¿Era de noche o se trataba de la oscuridad del pasillo? ¡Qué más daba! Jamás el sonido de un llavero al abrir una puerta me había procurado tanta felicidad y espanto. Dos sentimientos mezclados, el de la vida y el de la muerte. Tenía un solo tiro. Uno solo para matar a la fiera. Tenía que darle en la frente, exactamente en el centro de la frente. Corrieron los seguros oxidados. Los rechinidos eran inconfundibles. Los recordaré toda mi vida. Toda. En el último giro se abrió la puerta. Otro rechinido mortal. Yo no sabía si era un celador o dos o tres. En mi pánico o en mi ilusión o en mi angustia, había dejado de poner atención y desconocía ese dato vital. Un error imperdonable. Solo que ya no era momento para echarme para atrás ni para reflexionar en ello. Me quedarían de vida dos minutos, tres o la libertad y México ante Dios. Mi *México ante Dios*. Tenía que publicarlo.

Eran dos. Dos celadores, no muy jóvenes, por cierto. Dios me llevaba de la mano. ¿Dios...? ¡Qué Dios ni qué Dios! Entraron y vieron el cuerpo de don Valentín. Pude constatar que era un esqueleto y que efectivamente estaban cubiertos de sangre tanto su cuerpo como la plancha sobre la que se encontraba. Me invadió una furia salvaje. Ellos eran cómplices, cómplices por cuidar una cárcel en la que ni Lucifer podría sobrevivir. Los contemplé con asco. Representaban a Porfirio Díaz. A lo peor de la dictadura. Perros, eran unos perros. Ellos ayudaban a la inmovilidad del cuerpo social mientras que el tirano lo saqueaba. Miserables, hijos de puta, creo que fue lo que grité cuando tomé al que permanecía atrás por la cintura con la mano izquierda mientras que con la otra le estrellaba, con toda la fuerza de que era capaz, la cabeza contra el muro como si estuviera vengando a generaciones de sometidos por los Santa Annas, los Zuloagas, los Miramones, los Labastidas, los chacales como los Mirandas. Como me contó el viejo, cuando le rompieron la cabeza al padre Villanueva sonó como una calabaza que se había caído desde un campanario.

Cuando el otro custodio volteó a ver qué acontecía, se encontró con la antorcha en pleno rostro. Se quemó las manos al tratar de quitársela, pero yo insistí pateándolo además sin permitir que se levantara luego de estar escuchando el corazón del viejo. Le pateé las costillas, la espalda y los testículos cuantas veces pude. Le quemé el pelo mientras lanzaba gritos de horror que no me convenían. Arrojé la antorcha a un lado lo estrangulé sobre el charco de sangre y heces. Tenía que silenciarlo. Lo azoté contra el suelo hasta perder la fuerza. ¡Cómo recordaba a Lu! ¿Lu...? A Cuca, sí, a Cuca. El máximo placer lo experimenté cuando hundí mis pulgares en sus ojos y para mi sorpresa constaté que ya no respondía.

Llevé mis dedos índice y cordial hasta tocar los pies de don Valentín. Acto seguido, al retirarlos, como un último homenaje, los besé. Con el llavero de los celadores todavía me di el lujo de abrir la puerta donde estaba Magón, pero nunca me contestó. Yo creo que murió durante la noche, tan pronto dejó de pedir agua. Pegando la espalda a la pared me desplacé lentamente por el pasillo hasta las escaleras. Subí a la superficie. Todavía era de noche. Una noche, además, estrellada. ¡Qué noche! Todos dormían. Me desplacé por los contornos de la plancha central y subí por la plataforma inclinada, por el lado que sombreaba la luz de la luna de modo que nadie pudiera verme. Resultaba más fácil de lo esperado. Me faltaba dar con el mar y no con el piso y, por supuesto, que ningún tiburón diera cuenta de mí después de tanto esfuerzo.

Bien pronto estuve de pie sobre uno de los cañones. Veía el mar. Estaría a veinte metros de altura. Era el momento. Sin más me impulsé con el alma, con toda la fuerza, inmensa fuerza que podía concentrar en mis piernas, una fuerza que me daban las imágenes de mis hijos, de mi mujer y de tener en mis manos el primer ejemplar de mi *México ante Dios*, que obviamente estaría impreso en la clandestinidad porque, como bien decía don Valentín, la reacción nunca duerme. Volé como una gaviota hasta estrellarme en el agua. No di con roca alguna. Al salir a la superficie y percatarme de que estaba vivo pensé en matar a Díaz. Fue mi primer pensamiento. No, mejor escribir mi libro, el libro prometido a don Valentín. No, mejor, mucho mejor, hacerle el amor a Eugenia y reconciliarme con la existencia. ¿Acaso hay un premio mayor en la vida que el amor correspondido?

Días después de mi fuga del infierno de San Juan de Ulúa corrió por la Ciudad de México la noticia de la muerte del arzobispo Pelagio Antonio de Labastida y Dávalos, precisamente el 4 de febrero de 1891 en Yautepec, Morelos. No recuerdo exequias fúnebres tan ceremoniosas y ostentosas, salvo las ordenadas por Antonio López de Santa Anna para inhumar su pierna, perdida en la Guerra de los Pasteles de 1838, solo para volverla a enterrar en el Panteón de Santa Paula cuatro años más tarde.

Si esa ceremonia había sido un espectáculo impresionante, no se le podía comparar con las exequias fúnebres organizadas para llevar a cabo el entierro de Labastida, de quien don Valentín hubiera podido decir que "Dios Nuestro Señor lo mantuvo durante 75 años entre nosotros...". Los puntos suspensivos también habrían sido de él. Como una paradoja de la historia, tanto Juárez como Labastida celebraban su cumpleaños el 21 de marzo, con la diferencia de que el arzobispo había nacido en 1816, diez años después que el Benemérito de las Américas.

No quisiera concluir mi *México ante Dios*, mi legado a la posteridad, con el que he tratado de hacer justicia a las palabras vertidas por don Valentín Altamirano, sin incluir la carta que hubiera deseado enviarle el arzobispo Labastida al padre Miranda, muerto en 1864, veintisiete años antes, sin poder ver la llegada de Maximiliano y de Carlota al país. Nada me gustaría más que intentar, al menos, repetir el estilo narrativo del viejo para darle toda la fuerza y energía a la supuesta epístola.

Querido hermano Francisco:

Seguro estoy que Dios Nuestro Señor te ha amparado en Su Santa Gloria y te ha concedido el cielo para que descanses durante la eternidad después de tu heroica gestión aquí en la tierra, en donde defendiste como nadie a la Iglesia fundada por Jesús y que nos encargara custodiar aun con la propia vida si hubiera sido necesario.

Quisiera dejar constancia de alguno de los conceptos con los que se recordó tu actuación durante aquellos tremendos cuarenta y ocho años que Dios te dio licencia para vivirlos entre nosotros. ¡Qué joven eras cuando Dios te reclamó a Su lado! ¡Hermosos cuarenta y ocho años en los que la experiencia de un sacerdote apenas empieza a florecer! ¡Cuánto te extrañé! ¡Cuánto te lloré en todas las iglesias de Roma y en mi propio reclinatorio! ¡Cuánto pedí por ti! ¡Cuánto le pedí al Señor que me siguieras iluminando con tu portentosa imaginación, inagotable energía y deslumbrantes conocimientos! Pero bueno, Francisco, hermano, yo solo soy un humilde siervo del Señor, incapaz de juzgar Sus sapientísimas decisiones.

Recuerda algunos pasajes de la oración fúnebre pronunciada por don Miguel G. Martínez, en las honras que, en sufragio por tu alma, se celebraron por acuerdo del Exmo. Ayuntamiento de Puebla en la Iglesia de N.S.P.S. Francisco de la misma ciudad el día 13 de julio de 1864, a cuatro meses de tu desaparición física.

Don Miguel dijo que fuiste uno de los hombres que más esfuerzos hizo "por el triunfo de su partido y que más guerra dieron al gobierno de Comonfort". Que después de haber sido desterrado durante el gobierno de Álvarez, no había pasado "un día sin que la reacción te debiera algún pensamiento, algún paso o alguna tentativa en perjuicio del gobierno existente". Se reconoció tu astucia para "trabajar en las luchas electorales, para dar el triunfo a sus amigos", y por la habilidad con que sabías "dirigir una intriga parlamentaria con tal de ganar una votación". En conclusión: nadie te "ganaba en el fervor infatigable con el que amarrabas los hilos de una conspiración o de un pronunciamiento". ¡Cuánto orgullo sentí por ti!

Subrayó don Miguel que tenías "talento, genio, valor y constancia". Que eras "diestro en las elecciones, hábil en el parlamento, firme en sus principios, infatigable en sus trabajos y capaz de ser el alma no solo de un Directorio, sino también de los grandes movimientos que se operaban a su impulso: durante los últimos dieciséis años de nuestras desgraciadas revoluciones, no omitió sacrificio alguno por sostener su causa". Afirmó que tus viajes fueron multiplicados y penosos sin que te "importara ni la distancia ni el tiempo". Que para ti eran "iguales los ardores del día y las tinieblas de la noche cuando se trataba de sorprender una revolución importante; aprovecharse de ella;

darle un curso, regular y hacerla refluir en bien de la nación". Que visitaste "varias veces las ciudades más notables de Europa" y te relacionaste con "muchos y excelentes diplomáticos y altos y distinguidos personajes y que fuiste recibido en los palacios con interés y aprecio...".

Se te hizo justicia al recordar cómo integraste la diputación mexicana que "debía ofrecer la corona imperial de México al Archiduque Maximiliano de Austria" y que, como político, no seguiste "las sendas del Cardenal Richelieu ni el rumbo del célebre Talleyrand" y que en México hubieras sido "el vivo trasunto del Cardenal Jiménez de Cisneros sin mostrar la misma constancia que aquel hombre... pero sin ser acusado de fanatismo ni de crueldad". Terminó diciendo que, como hombre público, habías aparecido en "diversos puestos, porque así lo exigía la naturaleza de las cosas; porque el artífice que ha empezado una obra, debe darle la última mano...". Que tu corazón y tus manos estaban limpios y que nunca, ni una sola vez, habías abusado de los recursos que tuviste a tu disposición.[63]

Fue conmovedor, Francisco, ciertamente conmovedor, como cuando S.S. Pío IX le escribió en el mismo año de tu eterna partida una carta paternal a Maximiliano, misma que lamentablemente ya no pudiste leer, en la que le recomendaba vivamente la revocación de todas las Leyes de Reforma y la promulgación de otras favorables a la Iglesia. ¡Cuánto amor me dio el papa y cuánta comprensión le obsequió al pueblo de México y a su Iglesia este insuperable Vicario de Cristo! No sabes cómo le agradecí sus oraciones para que los conservadores ganaran la guerra ni las diarias bendiciones para que las armas de la reacción se cubrieran de gloria. Yo todavía estuve presente en Roma, antes de venir a formar parte de la Regencia del Imperio, cuando el Santo Padre recibió en audiencia privada a Meglia, el Nuncio Apostólico que se acreditaría ante el imperio de Maximiliano, solo para darle instrucciones precisas en el sentido de insistir incansablemente ante el emperador, respecto a la importancia de derogar de un plumazo, por disposición Divina, toda la legislación juarista, ahora que ese demonio se había dado a la fuga y viviría como rata de pueblo en pueblo, la condición de la que nunca tuvo que salir.

Estoy convencido de que Maximiliano acabó sus días como un traidor a la causa clerical. Se pronunció mucho más como un liberal que como un conservador, en cuyo carácter fue invitado. Los franceses y sus odiosos derechos del hombre nunca entendieron, ya antes de la llegada de Maximiliano, que eran inaplicables en "una sociedad en la que tres quintas partes son indios o gentes que no saben discernir sus manos derechas de las izquierdas", en una sociedad, como tú siempre dijiste, "donde la gente de orden, inteligencia, moralidad y arraigo está en minoría y oprimida y sin vida como cuando estuvo sometida a la tiranía demagógica de Juárez". El emperador nació equivocado, vivió equivocado, llegó a México equivocado y murió equivocado. Fue una terrible decepción que tenía que concluir tal como concluyó, Francisco, en un baño de sangre.

Cuando Porfirio Díaz se erigió como el militar vencedor de las tropas francesas y de las conservadoras y condujo tanto a Maximiliano como a nuestros amados generales Miramón y Mejía al Cerro de las Campanas para ser pasados por las armas cumpliendo instrucciones del Atila mexicano, yo ya había abandonado otra vez México cumpliendo instrucciones precisas del papa y temiendo que Díaz sería del mismo corte liberal de Santos Degollado o de Jesús González Ortega, o como Ignacio Zaragoza, el verdugo de los franceses en Puebla, a quien afortunadamente Dios llamó a su lado precozmente en nuestra ventaja, pero me equivoqué, don Porfirio, así, don Porfirio, no me salió como otro piojo radical, otro hereje más de los puros. Me explico:

Después de que Juárez, el mal bicho, restauró su maldita República que solo serviría para crear más problemas en el país, emitió su famosa convocatoria para juzgar la pertinencia de las reformas constitucionales, para unos, la más seria y profunda observación que hayan hecho estadistas mexicanos de las necesidades del país, para mí una legislación suicida, herética y perversa en una nación de analfabetos que ahora serían, además, amorales. Juárez todavía sería declarado en dos ocasiones más presidente de la República por el Congreso, por demás, en términos aberrantes e ilícitos, solo para emitir más leyes, las necesarias para precipitar la descomposición moral de la sociedad. Se atrevió a elevar, ¡imagínate!, a miserables víboras de la calaña de Valentín Gómez Farías, Francisco Zarco e Ignacio de la Llave, como Beneméritos de la Patria. Estas actitudes, Francisco, no solo me extraviaban de la rabia, sino que me hacían entender que nuestra Iglesia se encontraba perdida y a la deriva, acercándose a un precipicio del que nadie saldría con vida.

A pesar de que S.S. Pío IX ya había expedido su *Syllabus* que decretaba la infalibilidad papal, la contaminación que tanto temíamos ya se había corrido a Guatemala, en donde los liberales expulsaron a las órdenes religiosas y al propio arzobispo. Los malos ejemplos cunden y ni con la infalibilidad del Santo Padre pudimos contener ahora a los hunos centroamericanos.

Al nacer 1871, en enero, murió Margarita Maza, la mujer del diablo. ¡Qué placer el conocer la noticia por el castigo que le imponía el Señor al Lucifer de nuestros días! Yo ya esperaba para entonces que la paciencia de Dios, infinita, se pudiera agotar en cualquier momento, llevándose para siempre al inmundo zapoteco que tanto daño nos había hecho, hasta que mis plegarias fueron oídas a mediados de julio de 1872 en que falleció el peor enemigo que haya podido tener México en toda su historia patria. ¿Quién iba a absolver a ese villano mil veces excomulgado, perro de todos los demonios? ¡Que no me entere yo de que alguien osó darle los santos óleos que, por otro lado, él no hubiera tal vez requerido, ni aceptado! A saber, ¿quién les cree a estos villanos que cuando ven la muerte de cerca se arrepienten de sus pecados? Lo importante de ese año de 1871 es que Juárez había sido reelecto presidente por el Congreso, con la salvedad de que un mes después, en noviembre, nuestro futuro héroe, nuestro gran Porfirio, se levantó en armas en La Noria en contra de la tiranía juarista. Ahí me di cuenta de que el gran liberal, nuestro verdugo en el Cerro de las Campanas, bien podría llegar a ser nuestro aliado y acerté. Lo fue, lo es y lo será hasta que la muerte lo separe del cargo. Se declaró enemigo de nuestros enemigos y, por ende, nuestro amigo... Tenemos el líder que necesitábamos para buen rato. Vendrá mucha paz, Francisco, mucha paz, la que necesita este país, siempre y cuando no se metan con nuestra Santa Madre Iglesia Católica Apostólica y Romana. Seamos socios, no enemigos... La guerra no le conviene a nadie. Tal vez únicamente a los gringos...

Pues bien. Una vez llegado Juárez al mismísimo infierno, hermano Francisco, estando yo ya de regreso nuevamente en el país, vi con horror cómo Lerdo de Tejada elevaba las Leyes de Reforma a rango constitucional, pero también vi cómo Porfirio Díaz, nuestro Iturbide, nuestro Santa Anna, nuestro Miramón, se volvía a levantar en armas en Tuxtepec, en donde ya con nuestra ayuda hicimos todo lo posible, previos ciertos acuerdos, para mantenerlo por mucho tiempo en el poder. Te hubiera fascinado estar en las negociaciones con él en Palacio Nacional. No se podía derogar la Carta Magna, porque podría estallar otra guerra, pero con un guiño de ojo acordamos que no se aplicaría en la práctica y nosotros, por la vía de los hechos, podríamos recuperar el terreno perdido a través de mecanismos legales que no impidieran la tenencia ni la adquisición de bienes, entre otros negocios más para volver a hacer crecer el patrimonio del Señor. Por supuesto que recurriremos a los testaferros. Ahora tú serías quien estuviera orgulloso de mi gestión. Con Díaz, debes estar seguro, las Leyes de Reforma serán archivadas o expuestas en el Museo Nacional. No nos dejaremos, hermano, nunca nos dejaremos: esa fue una gran lección que nos diste.

Recordé mucho a Santa Anna, nuestro Napoleón del Oeste, cuando falleció en junio de 1876 de un ataque de diarrea. No merecía morir en esas condiciones. Con él murió una época, pero nació otra: la de nuestro Porfirio.

Nuestra Iglesia estuvo presente y actuó con el crucifijo en una mano y la pistola en la otra, o recurrió a la diplomacia cuando fue necesario para lograr la independencia de España de este dolorido y extraviado país. Nunca dejaré de elevar mis plegarias para pedirle al Señor por el eterno descanso de Monseñor Matías Monteagudo. Impartimos la bendición con la debida oportunidad y el consecuente apoyo a Iturbide y sus aspiraciones militares, cooperamos en el derrocamiento de Vicente Guerrero y apoyamos a Bustamante. Apuntalamos a Santa Anna y derrocamos a Valentín Gómez Farías. Impusimos a Bustamante junto con nuestras Siete Leyes, la vanguardia jurídica, la auténtica visión del Estado del futuro refrendadas después por nuestras Bases Orgánicas. Tratamos de consolidar a nuestro presidente Paredes y Arrillaga sin mayor éxito. Pero eso sí, insistimos en nuestro papel, como igualmente lo hicimos cuando estalló la guerra contra Estados Unidos. ¿Te acuerdas cómo convencimos a la feligresía, desde los púlpitos, de que atacar a un soldado yanqui equivalía a la comisión de un pecado mortal que tendría como castigo la excomunión? ¡Fue un éxito! Los fieles ya no lastimarían a los invasores y se abstendrían de pasar la eternidad en el infierno, a cambio de que el ejército yanqui respetara nuestra religión y nuestros bienes. Reconozco que fue un pacto genial, propio de la inteligencia de nuestro amado padre, Francisco Pablo Vázquez Vizcaíno. ¿Acaso el fin no justifica los medios? ¿No? ¿Cuántas veces lo conversamos?

¡Claro que tuvimos que derrocar una vez más a Gómez Farías, en aquel 1847, aun cuando fuera en medio del conflicto armado! ¡Qué tenacidad diabólica! Después de que volviste a traer a Santa Anna, ya en 1853, aceptemos que fue un desastre económico, propusimos el autogolpe de Estado a Comonfort y ante su ineficacia para cumplir con los acuerdos tuvimos que deponerlo del cargo, con lo cual explotó la guerra. ¿Qué más daba? Te repito que no nos íbamos a dejar, ni los perros liberales tampoco. ¿A las armas? ¡A las armas, pero Dios, Roma y nuestro sagrado patrimonio están antes que México y sus indios incapaces de juntar ambas manos en un aplauso, como bien decías tú y festejaba con tanta hilaridad Francisco Pablo Vázquez Vizcaíno, nuestro obispo favorito! ¡Acuérdate del trabajo que costó enseñarles a persignarse a los indígenas descalzos! Siempre ponían primero la mano izquierda en el corazón.

No me arrepiento, hermano. Tuvimos que tramar y ejecutar, o de alguna manera participar, en el Plan de La Profesa, el Plan de Iguala, el Plan de la Acordada, el Plan de Cuernavaca, el Plan de Huejotzingo, el Plan del Hospicio, el Plan de Zacapoaxtla, el Plan de Tacubaya, entre otros tantos más. Asestamos decenas de golpes de Estado, convocamos a la guerra, a la destrucción de este maravilloso país proyectándolo al atraso, lo sabíamos, enlutándolo, también lo sabíamos, pero todo fue para poner a México ante Dios…

# El imprescindible capítulo de los agradecimentos

Durante las horas interminables en que estuve encerrado en las tinajas de San Juan de Ulúa tuve la oportunidad, en mis escasos momentos de sosiego, de reflexionar en torno a las personas a las cuales pediría ayuda para investigar, redactar y concluir mi *México ante Dios* de la mejor manera posible, una vez obtenida, claro está, la libertad.

Ramón Córdoba, mi editor, ejecutó un esfuerzo notable para presentar esta primera edición libre de obstáculos y tropiezos, además de haberme ayudado a purgar mi novela de malos entendidos y duplicidades, consecuencia clara de la emoción que surge al abordar y redactar temas por demás intensos. Ramón también hizo las veces de Lazarillo cuando la desesperación llegó a apoderarse de mí y me impedía acceder, sin pérdida de tiempo, a la salida del laberinto.

Leonardo Tenorio, un joven valor de la novela histórica que alguna vez proyectará a las letras mexicanas a la altura que, sin duda, se merecen, se quemó las pestañas extraviado en los archivos, desgastó un sinnúmero de pantalones sentado en cuantas bibliotecas visitó sin proferir la menor queja. A él debo agradecerle su puntual colaboración y su contagiosa garra para llevar a cabo y concluir con éxito la investigación de este mi *México ante Dios*, según las instrucciones que en su momento me diera don Valentín Altamirano.

A Ulises Schmill, mi querido y eterno maestro, debo darle una vez más las gracias por la dedicación y el afecto con que invariablemente distingue mis obras al obsequiarles horas y más horas de lectura eficiente y escrutadora.

Manuel Díaz Infante, un amante apasionado de la historia patria, me abrió las puertas de la Sociedad Mexicana de Geografía y Estadística para poder echar cubetadas de luz en mis trabajos.

Carolina Mayorga, Caro, es la asistente ideal con la que todo investigador quisiera contar y quien en todo momento me ayudó al llenado de fichas y a pasar en limpio, una y otra vez, diversos pasajes de la novela. Su absoluta dedicación al trabajo nunca dejará de sorprenderme.

Beatriz Rivas, mi esposa, Beatriz Eugenia, ¡ay, Eugenia!, mi lectora más feroz e implacable, leyó, como siempre, los manuscritos haciendo comentarios agudos que después se convirtieron en discusiones que, sin duda, enriquecieron las páginas de este libro.

A don Valentín Altamirano, ese gran viejo que me contó toda la historia cuando estábamos encerrados en la mazmorra y a cuya memoria dedico estas líneas con la satisfacción del deber cumplido, le digo: no se equivocó usted, don Vale: aquí está ya *México ante Dios*, el testimonio vivo del comportamiento real del clero mexicano en el siglo XIX, que siempre se trató de ocultar y que todo mexicano debe saber. ¡Misión cumplida! Su vida, don Valentín, no será un desperdicio. Descanse en paz ese viejo, inmensamente virtuoso.

# Notas

## Capítulo 1

[1] Costeloe, 1967.
[2] Taracena, 1940.
[3] Maury, 1868.
[4] Weber, 1982.
[5] Mora, 1950.
[6] Bazant, 1995, p. 73.
[7] Roeder, 1967, pp. 43, 49.
[8] Esperón, 1944, pp. 234-241.
[9] Toro, 1931, p. 70.
[10] Los jueces de la Jurisdicción Unida comisionados al caso de Morelos fueron el provisor de arzobispado doctor Félix Flores Alatorre y el oidor decano y auditor de guerra Miguel de Bataller, representando las potestades eclesiástica y civil, respectivamente. Las facultades que estos tenían se limitaban a realizar únicamente los interrogatorios, sentar en las actas las respuestas de Morelos y formularle los cargos. Concluidas estas diligencias debían remitir los autos, primero al arzobispo de México para que dictara la sentencia de degradación y relajación; y luego al virrey para que decretara la pena capital. La sentencia, así, era emitida por las autoridades superiores: el arzobispo Fonte y el virrey Félix María Calleja del Rey.
[11] Esperón, 1944, pp. 234-241.
[12] *El Fénix de la Libertad*, 6 de abril de 1834.
[13] González, 1972, p. 65.
[14] Costeloe, 1967, p. 2.
[15] Del Arenal, 2002, p. 99.
[16] Del Arenal, 2002, p. 29.
[17] Del Arenal, 2002.
[18] Del Arena, 2002, p. 130.

## Capítulo 2

[1] Costeloe, 1967, p. 26.

[2] Bazant, 1995, pp. 15-20.

[3] Costeloe, 1967, p. 6.

[4] Bazant, 1995, p. 17.

[5] Del Arenal, 2002, p. 234.

[6] Sobarzo, 2000, p. 337; y Enciclopedia de México, tomo 7, p. 787.

[7] Roeder, 1967, p. 58.

[8] Price, 1974, p. 35.

[9] Sobarzo, 2000, p. 351.

[10] González Pedrero, 1993, vol. II, p. 13.

[11] Villalpando, 2001, p. 26.

[12] Villalpando, 2001, p. 27.

[13] Sobarzo, 2000, p. 358.

[14] Costeloe, 1967, p. 86.

[15] http://es.wikipedia.org/wiki/Catedral_Metropolitana_de_la_Ciudad_de_México.

[16] *El Fénix de la Libertad*, 5 de abril de 1834.

[17] Costeloe, 1993, p. 42.

[18] Costeloe, 1993, pp. 43-101.

[19] Bravo, 1984, p. 172.

[20] Fernández, 1981, pp. 135-136.

[21] Toro, 1931.

[22] Toro, 1931.

[23] *El Telégrafo*, 3 de junio de 1834. Costeloe, 1993, p. 36.

[24] El 17 de diciembre Gómez Farías reestablece el patronato. Toro, 1931, p. 137. Fue la razón para que regresara Santa Anna de Manga de Clavo a derrocar a Gómez Farías.

[25] Toro, 1931, p. 148.

[26] Costeloe, 1993, p. 37.

[27] Costeloe, 1993, p. 48.

[28] Toro, 1931, p. 141.

[29] Toro, 1931, p. 142.

[30] Costeloe, 1993, p. 35.

[31] Costeloe, 1993, p. 43.

[32] Costeloe, 1993, p. 46.

[33] Estamos frente a una de las bravuconadas clásicas de Santa Anna que recoge Villalpando, 1998, p. 52.

[34] Toro, 1931, p. 148.

[35] González Pedrero, 1993, vol. II, p. 504.

[36] García, 1987.

[37] Sobarzo, 2000, pp. 138-139.

[38] Costeloe, 1993, p. 192.

[39] Costeloe, 1993, p. 184.

[40] Costeloe, 1993, p. 186.

[41] *El Crepúsculo de Puebla*, 11 de enero de 1842, y *El Mosquito Mexicano* de enero-febrero de 1842.

[42] *El Mosquito Mexicano*, de junio de 1842. Costeloe, 1993, p. 206.

[43] Costeloe, 1993, p. 208.

[44] Costeloe, 1993, p. 209.

[45] Costeloe, 1993, p. 216.

[46] Las solicitudes para que don Enrique ocupara el trono mexicano fueron múltiples y variadas por parte del presidente mexicano Paredes y Arrillaga. Delgado, 1950, vol. II, pp. 138-139.

[47] Hidalgo, 1962, p. 7.

[48] Villalpando, 2001, p. 53.

[49] Villalpando, 2001, p. 53, en donde consta la realidad del pensamiento de Paredes y Arrillaga.

[50] Reeves, 1907. Caruso, 1991, p. 67.

[51] Santa Anna hizo saber a Polk por medio de Atocha de una oferta de treinta millones de dólares a cambio de los territorios ubicados del Río Colorado hasta la Bahía de San Francisco. Para más detalles, véase Caruso, 1991, p. 63, y Sobarzo, 2000, p. 197.

[52] Véase nota 38 en Reyes, 1998, p. 161.

[53] Bazant, 1995, p. 33, y Bazant, 1985, p. 52.

[54] Toro, 1931, p. 209.

[55] Reyes, 1998, pp. 163-165.

[56] Chavarri, 1971, pp. 108-111.

[57] Véase nota 38 en Reyes, 1988, p. 161.

[58] Fuentes Díaz, 1947, p. 197.

[59] Reyes, 2000, p. 165.

[60] Moyano, 1976, p. 93.

[61] Merk, 1963, pp. 131-132.

[62] Tomado de Costeloe, 1967, pp. 5-13.

[63] Tomado de Costeloe, 1967, pp. 5-13.

[64] Smith, 1919.

[65] Sobarzo, 2000, p. 212.

[66] Villalpando, 1998, p. 109.

[67] Para más detalles de las conversaciones de Beach con los obispos mexicanos, véase Pletcher, 1973, p. 493. Fue muy clara la influencia de Beach en la Iglesia católica mexicana y de esta en la rendición de varias ciudades mexicanas ante las tropas norteamericanas.

[68] Sobarzo, 2000, p. 211.

[69] *El Republicano*, 27 de mayo de 1847.

[70] Fuentes Díaz, 1947.

[71] Reyes, 2000, p. 177.

[72] *El Republicano* del 16 de mayo de 1847, en donde Santa Anna hace saber la posición de la Iglesia católica.

[73] Pastoral del 27 de enero de 1847 del Dr. D. Francisco Pablo Vázquez, por la Divina Gracia y de la Santa Sede Apostólica Obispo de la Puebla de los Ángeles.

[74] Sobarzo, 2000, p. 290.

[75] Pletcher, 1973, p. 565.

**Capítulo 3**

[1] Smart, 1969, p. 100.

[2] Toro, 1931, p. 274.

[3] Santa Anna tenía en la citada compañía bancaria inglesa depositada una parte de sus ahorros, de los que echaría mano tan pronto se encontrara en el exilio o cayera en la desgracia política. Costeloe, 1993, p. 260.

[4] Bazant, 1985, p. 79.

[5] Roeder, 1967, pp. 142-143.

[6] *El Monitor Republicano*, 3 de noviembre de 1852.

[7] Villaseñor, 1962.

[8] Bazant, 1985, p. 67.

[9] Bazant, 1985, p. 67.

[10] Toro, 1931, p. 294.

[11] Cárdenas, 1979, p. 537.

[12] Toro, 1931, p. 283.

[13] Ayala, 1991, p. 34.

[14] Cué, 1968, p. 77.

[15] Salado, 1984, p. 49.

[16] Reyes, 1988, p. 22.

[17] Zarco, 1957, y Reyes, 2000, p. 299.

[18] Reyes, 2000, p. 312.

[19] El clero intervino y estimuló la venta de La Mesilla para que Santa Anna ya no le pidiera más dinero. Jamás se opuso a la operación. Toro, 1931, p. 295.

[20] Ayala, 1991, p. 14.

[21] Toro, 1931, p. 294.

[22] José C. Valadés narra que cuando Santa Anna va en camino a ser investido como presidente de la República, el 16 de abril de 1856: "En el trayecto de Manga de Clavo a la Villa de Guadalupe acompañaron al elegido que daba la idea —y así debió creerlo él mismo— de insuperable bienhechor, don Juan Suárez Navarro, don Francisco Javier Miranda y don Rafael de Rafael. El primero, representante del santannismo clásico; los dos últimos, líderes del partido conservador. Tanto Navarro como Miranda y Rafael habían tratado de atraer a Santa Anna a sus respectivos grupos. Miranda, originario de Puebla y canónigo de la catedral poblana y el español Rafael, director de *El Universal*, no solo se asociaban como amigos, sino que se distinguían entre el conservadurismo, por su elocuencia, no así Suárez Navarro. Miranda, idealizador de las guerras civiles a favor de la religión y de la monarquía, personaje a quien debe estudiarse por la firmeza de su vida y de aventuras políticas, era un conversador que embelesaba con su talento y erudición. Pues bien: como socio de los principales adalides del partido conservador y ágil en el maniobreo político, Miranda se acercó a Santa Anna comisionado por don Lucas Alamán a fin de convencerlo de que el conservadurismo tenía la voz y la razón de México [...] Así y todo, ya por las habilidades de Miranda y Rafael, ya por la amplitud del programa que se le presentó, ya por el influjo poderoso de la personalidad de Alamán, el caso es que Santa Anna quedó comprometido con los conservadores". Valadés, 1994, pp. 517-518.

Con respecto a Rafael de Rafael, cito el artículo de Pía Herrera "El periodismo, plataforma ideal para México y España" (*Gaceta UNAM*, 8 de septiembre de 2005, núm. 3835, pp. 18-19), donde se da razón de las conferencias del coloquio Periodistas Españoles en México en los siglos XIX y XX del Instituto de Investigaciones Bibliográficas de la UNAM, donde Javier Rodríguez de Piña, de la Universidad Autónoma Metropolitana, se refirió a "El proyecto político de Rafael de Rafael en México, 1843-1855". Este catalán, sostuvo, "fue uno de los editores más reconocidos e importantes del periodo. Fue poseedor de una clara visión empresarial, expresada por medio de la competencia comercial y el desarrollo de nuevas técnicas para el mejoramiento de los medios de impresión, y también por detentar un proyecto político públicamente expresado en los impresos periódicos que dirigió [...] tuvo un papel relevante como impresor y grabador, como empresario e ideólogo conservador e, incluso, como funcionario del servicio exterior mexicano en medio de la negociación del Tratado de La Mesilla [...] llegó a México por invitación de Ignacio Cumplido para que trabajara en su casa tipográfica. Tiempo después, una vez que fundó su propio establecimiento, tuvo como primera tarea importante la publicación del semanario *El Católico. Periódico religioso, politicocristiano, científico y literario*; después *El Ilustrador Católico Mexicano*. Asimismo, se encargó del proyecto más ambicioso del grupo conservador: la realización del periódico *El Universal*".

[23] Mateos, 1957.

[24] Moheno, 1959, p. 29.

[25] Smart, 1969, p. 142.

[26] Prólogo de Pola, Ángel, 1900.

[27] Zamacois, 1882, p. 110.

[28] Zamacois, 1882, p. 119.

[29] Zamacois, 1882, p. 122.

[30] Martínez, 1979, p. 299.

[31] Reyes, 2000, p. 27.

[32] Bazant, 1985, p. 100.

[33] Reyes, 2000, p. 27.

[34] Reyes, 2000, p. 42.

[35] Reyes, 2000, p. 187.

[36] Mateos, 2006, p. 41.

[37] Bazant, 1985, p. 107.

[38] Bazant, 1985, p. 115.

[39] Labastida trama la defensa y el ataque en Puebla a escondidas, Mateos, 2006, pp. 148-151.

[40] Mateos, 2006, p. 149.

[41] Mateos, 2006, p. 152.

[42] Bazant, 1985, p. 108.

[43] Bazant, 1985, p. 119.

[44] Bazant, 1985, p. 119.

[45] Salado, 1984, tomo 2, pp. 114-143.

[46] Blanco, 1959, p. 93.

[47] Blanco, 1959, p. 93.

[48] Blanco, 1959, p. 101.

[49] Bazant, 1985, p. 117.

[50] Zamacois, 1882, p. 950.

[51] Bazant, 1985, p. 122.

[52] Toro, 1931, p. 312.

[53] Toro, 1931, p. 309. Labastida, 1893, pp. 31 y 36.

[54] Sierra, 1950, p. 201. Bazant, 1995, p. 51.

[55] Bazant, 1995, p. 51.

[56] Zamacois, 1882, p. 238.

[57] Zamacois, 1882, p. 239.

[58] Reyes, 1988, p. 194.

[59] Una gran parte de la población se oponía a la Ley Lerdo. Las complicaciones no se hicieron esperar: muchos inquilinos no pagaban la renta del inmueble alquilado a la Iglesia, otros compradores no pagaban el interés y la corporación no podía cumplir con sus compromisos. El resultado de la ley tal vez fue adverso "porque el número de verdaderos propietarios no aumentó; algunos especuladores se aprovecharon de la ley para hacer negocios innumerables; algunos ricos aumentaron su fortuna y ningún pobre remedió su pobreza; y el movimiento que se advertía en la capital y en otras ciudades por la reparación de algunas fincas, no se puede considerar ni siquiera como una débil compensación de las dificultades que aquella medida suscitó al gobierno". Bazant, 1995, p. 124.

[60] La carta de fecha 18 de octubre de 1856 aparece hasta el 28 de enero de 1858 en *El Siglo XIX*.

**Capítulo 4**

[1] Efectivamente, la Constitución de 1857 cita en su instrucción que se redactó y promulgó en el nombre de Dios y con la autoridad del pueblo mexicano.

[2] Toro, 1931, p. 332.

[3] Roeder, 1967, p. 201.

[4] Reyes, 1988, p. 211.

[5] Reyes, 1988.

[6] Smart, 1969, p. 171.

[7] Blanco, 1959, p. 184.

[8] Roeder, 1967, p. 214, y Salado, 1984, p. 119.

[9] Fernández Ruiz, 1986, p 130.

[10] Manuel Payno refiere esto en su *Memoria* sobre la revolución de diciembre de 1857 y enero de 1858.

[11] Roeder, 1967, p. 220.

[12] Salado, 1984, p. 136.

[13] Roeder, 1967, p. 221.

[14] Smart, 1969, p. 189.

[15] Blanco, 1959, p. 193.

[16] Blanco, 1959, p. 189.

[17] Salado, 1984, p. 145.

[18] De la Torre, 1960, p. 18.

[19] Pola, 1905, pp. 206-208.

[20] Roeder, 1967, p. 229.

[21] Mateos, 1957, p. 6.

[22] Bazant, 1995, p. 147.

[23] Bazant, 1995, p. 149.

[24] Bazant, 1995, p. 156.

[25] Rivera, 1872, pp. 533-534. Mateos, 2006, p. 158.

[26] Zertuche, 1997, p. 69.

[27] Smart, 1969, p. 193.

[28] Fernández, 1986, p. 157.

[29] Salado, 1984, p. 46.

[30] Tomado de Salado, 1984, p. 146.

[31] Fernández, 1986, p. 175.

[32] Tomado de Romero, 1868, pp. 3 y 71.

[33] Ayala, 1991, p. 182.

[34] Justo Sierra (1991, p. 144) se pregunta: "¿Y qué iba a hacer el padre Miranda en el Ministerio? La verdad es que fuera de algunas leyes muy duras que dio el gobierno tambaleante de Zuloaga, lo demás no valió la pena. El padre Miranda no había nacido para el gobierno, sino para conspirar contra el gobierno; su presencia en el gabinete era una prueba de buena voluntad dada a la parte más exaltada del partido rector y a los obispos intransigentes; más el padre vio claramente que aquel gobierno era solo un cuartel general de tropas organizadas para defender los bienes de la Iglesia con la condición de que la Iglesia se los diese a ellos".

[35] Roeder, 1967, p. 260.

[36] Mateos, 2006, p. 112.

[37] Cué, 1968, p. 178.

[38] Zertuche, 1997, p. 74.

[39] Bazant, 1995, p. 182.

[40] Ese manifiesto aparece publicado en el tomo I del *Pensamiento de la reacción mexicana* de García Cantú, 1987, p. 441, bajo el título de "La hermosa reacción".

[41] Covo, 1983, p. 212.

[42] Chávez, 1958, p. 65.

[43] Cué, 1968, p. 115.

[44] Smart, 1969, p. 231. Roeder, 1967, p. 298.

[45] Zayas, 1958, p. 131.

[46] Junco, 1961, p. 151.

[47] García, 1907, p. 1.

[48] Roeder, 1967, pp. 409-411.

[49] Cué, 1968, p. 142.

[50] Fuentes Mares, 1986, pp. 178-179.

[51] De la Torre, 1960, pp. 267-268.

[52] Zertuche, 1997, p. 113; Zayas, 1958, p. 113; García Cantú, 1967, p. 47.

[53] *El Siglo XIX*, 17 de enero de 1861.

[54] Roeder, 1967, p. 382.

[55] Sierra, 1991, p. 278.

[56] Roeder, 1967, p. 446.

[57] García, 1907.

[58] Sierra, 2004, p. 345.

[59] García, 1987, p. 82.

[60] García, 1987, pp. 81-82.

[61] Fernández, 1964.

[62] Mendieta, 1972, p. 153.

[63] El texto del documento se encuentra en el archivo de la Universidad de Puebla bajo el nombre de Francisco Xavier Miranda y Morfi.

# Bibliografía


Abascal, Salvador, *Juárez marxista, 1848-1872*, Tradición, México, 1984.

Aguirre, Eugenio, *Valentín Gómez Farías*, Secretaría de Educación Pública-Océano, Barcelona, 1982.

Alamán, Lucas, *Disertaciones*, tomo 2, Jus, México, 1942.

Amorós, Roberto, *Juárez, idea y palabra*, El Nigromante, México, 1975.

Anna, Timothy, Jan Bazant, Friedrich Katz, John Womack Jr., Jean Meyer, Alan Knight y Peter H. Smith, *Historia de México*, Crítica, Barcelona, 2001.

Arrioja Vizcaíno, Adolfo, *Fray Servando Teresa de Mier. Confesiones de un guadalupano federalista*, Plaza y Janés, México, 2003.

Artola, Miguel, *La España de Fernando VII*, Espasa, Barcelona, 1999.

Avilés, René (selección, prólogo y notas), *Francisco Zarco. Escritos literarios*, Porrúa, México, 1980.

Ayala Anguiano, Armando, *Juárez. Biografía novelada*, Contenido, México, 1991.

Bazant, Jan, *Antonio Haro y Tamariz y sus aventuras políticas, 1811-1869*, El Colegio de México, México, 1985.

——, *Los bienes de la Iglesia en México, 1856-1875*, El Colegio de México, México, 1995.

Blanco Moheno, Roberto, *Juárez ante Dios y ante los hombres*, Libro Mex Editores, México, 1959.

Bravo Ugarte, José, *Compendio de historia de México*, Jus, México, 1984.

Bustamante, Carlos María, *El nuevo Bernal Díaz del Castillo o sea Historia de la Invasión de los anglo-americanos en México*, Secretaría de Educación Pública, México, 1949.

Cadenhead, Ivie E., *Juárez*, Biblioteca Salvat, España, 1985.

Cárdenas de la Peña, Enrique, *Mil personajes en el México del siglo XIX, 1840-1870*, tomo II, Banco Mexicano Somex, México, 1979.

Caruso A. Brooke, *The Mexican Spy Company: United States Covert Operations in Mexico, 1845-1848*, McFarland, Jefferson, N. C., 1991.

Chavarri, Juan N., *Hidalgo*, Diana, México, 1971.

Chávez, Ezequiel A., *Benito Juárez, estadista mexicano*, Jus, México, 1958.
*Concise Dictionnary of American History*, University of Pennsylvania, Nueva York, 1962.
Costeloe, Michael P., *The Central Republic in Mexico, 1835-1846. Hombres de Bien in the Age of Santa Anna,* Cambridge University Press, 1993.
——, *Church Wealth in Mexico. A Study of the 'Juzgado de Capellanías' in the Archbishopric of Mexico 1800-1856*, Cambridge University Press, Inglaterra, 1967.
Covo, Jacqueline, *Las ideas de la Reforma en México*, Universidad Nacional Autónoma de México, México, 1983.
Cravioto Leyzaola, Adrián, *Historia documental del Heroico Colegio Militar a través de la historia de México*, 3 tomos, Costa-Amic, México, 2001.
Cué Cánovas, Agustín, *El Tratado McLane-Ocampo. Juárez, los Estados Unidos y Europa*, Libros Económicos, México, 1968.
——, *Historia social y económica de México, 1521-1854*, Trillas, México, 1963.
De la Torre Villar, Ernesto (selección, estudio preliminar y notas), *El triunfo de la República Federal, 1857-1860*, Fondo de Cultura Económica, México, 1960.
Del Arenal Fenochio, Jaime, *Un modo de ser libres*, El Colegio de Michoacán, México, 2002.
Delgado, Jaime, *España y México en el siglo XIX*, vol. II, Consejo Superior de Investigaciones Científicas del Instituto Gonzalo Fernández de Oviedo, Madrid, 1950.
Díaz, Lilia (traducción e introducción), *Versión francesa de México. Informes diplomáticos (1853-1858)*, 2 tomos, El Colegio de México, México, 1963.
Esperón, Víctor, *Morelos, estudio biográfico*, Prometeo, México, 1944.
*Enciclopedia de México*, edición especial de la Secretaría de Educación Pública, México, 1987.
Fears Crawford, Ann, *The Eagle. The Autobiography of Santa Anna*, State House Press, Austin, 1988.
Feddernoli, Baldino, *Amores y orgías de los papas*, Maucci Hermanos, México.
Fernández, Rosario, *Pueblo Nuevo*, Secretaría de Educación Pública, México, 1964.
Fernández Ruiz, Jorge, *Juárez y sus contemporáneos*, Universidad Nacional Autónoma de México, 1986.
——, *Un reformador y su reforma*, Sociedad Mexicana de Geografía y Estadística, México, 1981.
Foix, Pere, *Juárez*, Trillas, México, 1990.
Fuentes Díaz, Vicente, *Gómez Farías, padre de la Reforma*, Comité de Actos Conmemorativos del Bicentenario del Natalicio del Dr. Valentín Gómez Farías, México, 1981.

——, *La intervención norteamericana en México, 1847*, Mundo Nuevo, México, 1947.
Fuentes Mares, José, *Juárez. Los Estados Unidos y Europa*, Grijalbo, México, 1986.
——, *Juárez, el Imperio y la República*, Grijalbo, México, 1984.
——, *Juárez y los Estados Unidos*, Jus, México, 1972.
——, *Las memorias de Blas Pavón*, Jus, México, 1966.
*Gaceta UNAM*, México, 2005.
García, Genaro, y Carlos Pereyra, *Documentos históricos o muy raros para la historia de México*, tomos I, IV y XIII ("Correspondencia secreta de los principales intervencionistas mexicanos", primera, segunda y tercera parte, respectivamente), Librería de la Vda. de Ch. Bouret, México, 1907.
García Cantú, Gastón, *El pensamiento de la reacción mexicana (1860-1926)*, tomo II, Universidad Nacional Autónoma de México (Lecturas Universitarias 33), México, 1987.
—— (selección de textos), *Juárez, presidente de México, 1806-1872*, Universidad Nacional Autónoma de México, México, 1967.
González, Luis (prólogo, selección y notas), *Galería de la Reforma. Una remembranza y 45 testimonios de Juárez y su México*, Secretaría de Educación Pública, México, 1986.
González, Luis, Enrique Florescano, María del Rosario Lanzagorta, Romeo Flores Caballero, Inés Herrera Canales y Jan Bazant, *La economía mexicana en la época de Juárez*, Secretaría de Industria y Comercio, México, 1972.
González Navarro, Moisés, *Vallarta en la Reforma*, Universidad Nacional Autónoma de México, México, 1979.
González Oropeza, Manuel (introducción y compilación), *El siglo diez y nueve de Francisco Zarco y su pensamiento constitucional*, Universidad Nacional Autónoma de México, México, 1993.
González Pedrero, Enrique, *El país de un solo hombre. El México de Santa Anna*, vol. I: "La ronda de los contrarios", vol. II: "La sociedad del fuego cruzado, 1829-1836", Fondo de Cultura Económica, México, 1993.
Griswold del Castillo, Richard, *The Treaty of Guadalupe Hidalgo. A Legacy of Conflict*, Red River Books, Oklahoma, 1990.
Guzmán, Martín Luis, *Necesidad de cumplir las Leyes de Reforma*, Empresas Editoriales, México, 1963.
Henestrosa, Andrés, *Los caminos de Juárez*, Fondo de Cultura Económica, México, 1972.
Hidalgo y Esnaurrizar, José Manuel, *Proyectos de monarquía en México*, Jus, México, 1962.
Iglesias, José María, *Revistas históricas sobre la intervención francesa en México*, tomo 1, Consejo Nacional para la Cultura y las Artes, México, 1991.

Iglesias Calderón, Fernando, *Las supuestas traiciones de Juárez*, Fondo de Cultura Económica, México, 1972.

*Ignacio Manuel Altamirano*, Partido Revolucionario Institucional, México, 1988.

*Ignacio Ramírez, Escritos económicos*, Centro de Documentación Política, México, 1977.

*Juárez. Su vida y su obra*, Departamento del Distrito Federal, México, 1977.

Junco, Alfonso, *Juárez intervencionista*, Jus, México, 1961.

Knapp, Frank A. Jr., *The Life of Sebastián Lerdo de Tejada, 1823-1889. A Study of Influence and Obscurity*, Greenwood Press, Nueva York, 1968.

Krauze, Enrique, *Textos heréticos*, Grijalbo, México, 1992.

*La Administración Pública en la época de Juárez*, 3 vols., Secretaría de la Presidencia, México, 1973.

Labastida, Luis G., *Colección de leyes, decretos, reglamentos, circulares, órdenes y acuerdos relativos a la desamortización de los bienes de corporaciones civiles y religiosas y a la nacionalización de los que administraron las últimas*, Editorial Estampillas, México, 1893.

Lavalle Argudín, Mario, *La armada en el México Independiente*, Instituto Nacional de Estudios Históricos de la Revolución Mexicana y Secretaría de Marina, México, 1985.

Lombardo Toledano, Vicente, *El clero político en la historia de México*, Centro de Estudios Filosóficos, Políticos y Sociales "Vicente Lombardo Toledano", México, 1991.

López Cámara, Francisco, *La estructura económica y social de México en la época de la Reforma*, Siglo XXI Editores, México, 1967.

Maciel, David R., *Ignacio Ramírez, ideólogo del liberalismo social en México*, Universidad Nacional Autónoma de México, México, 1980.

Márquez, Enrique, y María Isabel Abella, *Ponciano Arriaga. Obras completas*, volumen IV: "La experiencia nacional", Instituto de Investigaciones Jurídicas-Universidad Nacional Autónoma de México/Departamento del Distrito Federal, México, 1992.

Mateos, José María, *Historia de la masonería en México*, Herbasa, México, 2006.

Mateos, Juan A., *Memorias de un guerrillero: novela original*, Editora Nacional, México, 1957.

Mejía Zúñiga, Raúl, y Jesús Romero Flores, *El liberalismo mexicano y el Plan de Ayutla*, Secretaría de Educación Pública, México, 1954.

*Melchor Ocampo*, Partido Revolucionario Institucional, México, 1988.

Melgarejo Vivanco, José Luis, *Juárez en Veracruz*, Gobierno del Estado de Veracruz, México, 1972.

Mena, Mario, *Melchor Ocampo*, Jus, México, 1959.

Mendieta Alatorre, Ángeles, *Margarita Maza de Juárez. Epistolario, antología, iconografía y efemérides*, Comisión Nacional para la Conmemoración del Centenario del Fallecimiento de Don Benito Juárez, México, 1972.

Merk, Frederick, *Manifest Destiny and Mission in American History*, Alfred A. Knop, Nueva York, 1963.

*Miguel Lerdo de Tejada (1812-1861)*, Secretaría de Hacienda y Crédito Público, México, 1961.

Molina Enríquez, Andrés, *Juárez y la Reforma*, Libro Mex, México, 1958.

Mora, José María Luis, *México y sus revoluciones*, 3 tomos, Porrúa, México, 1950.

Moreno Díaz, Daniel, *Los hombres de la Reforma*, Costa-Amic, México, 1994.

Moyano Pahissa, Ángela, *El comercio de Santa Fe y la guerra del 47*, SepSetentas 283, México, 1976.

Muñoz, Rafael F., *Santa Anna. El dictador resplandeciente*, Fondo de Cultura Económica, México, 1992.

Ocampo, Melchor, *La religión, la Iglesia y el clero*, Empresas Editoriales, México, 1958.

*Oración fúnebre pronunciada por el Sr. prebendado, Lic. D. Miguel Martínez, en las honras que en sufragio por el alma del Dr. D. Francisco Javier Miranda, se celebraron por acuerdo del Exmo. Ayuntamiento de Puebla en la Iglesia de N. S. P. S. Francisco de la misma ciudad el día 13 de julio de 1864*, Tipografía de T. F. Neve, Puebla, 1864.

Pereyra, Carlos, *Juárez discutido como dictador y estadista*, Cámara de Diputados, México, 1972.

Pérez Martínez, Héctor, *Juárez el imposible*, Espasa-Calpe, México, 1972.

Pletcher, David M., *The Diplomacy of Annexation. Texas, Oregon, and the Mexican War*, University of Missouri Press, 1973.

Pola, Ángel (recopilación), *Benito Juárez, discursos y manifiestos*, Ángel Pola Editor, México, 1905.

—— (prólogo), *Los traidores pintados por sí mismos. Libro secreto de Maximiliano*, Imprenta de Eduardo Dublán, México, 1900.

Price, Glenn W., *Los orígenes de la guerra con México*, Fondo de Cultura Económica, México, 1974.

Prida Santacilia, Pablo, *Así fue Juárez*, Centro Mexicano de Estudios Culturales, México, 1972.

Prieto, Guillermo, *Crónicas escogidas*, Océano, México, 2004.

Rabasa, Emilio, *La Constitución y la dictadura*, Porrúa, México, 2002.

Ramírez, Ignacio, *México en pos de la libertad*, Partido Revolucionario Institucional, México, 1986.

Ramos, Luis (coord.), *Del Archivo Secreto Vaticano. La Iglesia y el Estado Mexicano en el siglo XIX*, Universidad Nacional Autónoma de México/Secretaría de Relaciones Exteriores, México, 1997.

Reeves, Jesse S., *American Diplomacy under Tyler and Polk*, Johns Hopkins University Press, Baltimore, 1907.

Reyes Heroles, Jesús, *Ideario del Liberalismo*, Secretaría de Gobernación, México, 2000.

——, *El liberalismo mexicano*, vol. I: "Los orígenes", vol. II: "La sociedad fluctuante", Fondo de Cultura Económica, México, 1988.

Riva Palacio, Vicente, *México a través de los siglos, historia general y completa*, 5 vols., Cumbre, México, 1956.

Rivera Cambas, Manuel, *Los gobernantes de México: galería de retratos de virreyes, emperadores, presidentes, y otros gobernantes que ha tenido México, desde don Hernando Cortés hasta el C. Benito Juárez*, J. M. Aguilar Ortiz, México, 1872.

Rodríguez, L., *Vida política de Juárez. Su liberalismo y Leyes de Reforma*, Talleres de Tipográfica Indígena, México, 1972.

Roeder, Ralph, *Juárez y su México*, 2 tomos, Secretaría de Hacienda y Crédito Público, México, 1967.

Roel, Santiago (prólogo y anotaciones), *Correspondencia particular de D. Santiago Vidaurri*, Universidad de Nuevo León, México, 1946.

Romero, Matías, *Textos escogidos*, Consejo Nacional para la Cultura y las Artes, México, 1992.

——, *Historia de las intrigas europeas que ocasionaron la intervención francesa en México*, Imprenta del Gobierno en Palacio, México, 1868.

Romero Flores, Jesús, *Melchor Ocampo. El Filósofo de la Reforma*, Secretaría de Educación Pública (Biblioteca Enciclopédica Popular 15), México, 1944.

Rubial García, Antonio, *Monjas, cortesanos y plebeyos. La vida cotidiana en la época de Sor Juana*, Taurus, México, 2005.

Salado Álvarez, Victoriano, *Episodios nacionales mexicanos*, 7 vols., Fondo de Cultura Económica, México, 1984.

Sánchez Silva, Carlos (estudio introductorio), *Las lecturas de Juárez*, Universidad Autónoma Benito Juárez de Oaxaca, México, 1998.

Sanzoni, Luigi, *La Inquisición*, Grupo Editorial G. R. M., España, 2004.

Schlarman, Joseph H. L., *México. Tierra de volcanes*, Porrúa, México, 2002.

Sierra, Carlos J., *La prensa valora la figura de Juárez, 1872-1910*, Editores Mexicanos Unidos, México, 1963.

Sierra, Justo, *Obras Completas XIII. Juárez: su obra y su tiempo*, Universidad Nacional Autónoma de México, México, 1991.

——, *Evolución política del pueblo mexicano*, Fondo de Cultura Económica, México, 1950.

Smart, Allen Charles, *Juárez*, Grijalbo, España, 1969.
Smith, Justin, *The War with Mexico*, 2 vols., Macmillan, Nueva York, 1919.
Sobarzo, Alejandro, *Deber y conciencia. Nicolás Trist, el negociador norteamericano en la Guerra del 47*, Fondo de Cultura Económica, México, 2000.
Solana y Gutiérrez, Mateo, *Psicología de Juárez. El complejo y el mito. El alma mágica*, Costa-Amic, México, 1968.
Tamayo, Jorge L., *Antología de Benito Juárez*, Universidad Nacional Autónoma de México, México, 1981.
——, *Epistolario de Benito Juárez*, Fondo de Cultura Económica, México, 1972.
Taracena, Ángel, *Juárez, católico apostólico romano*, Talleres de la Editorial "Omega", México, 1940.
——, *Porfirio Díaz*, Jus, México, 1960.
Tavera Alfaro, Xavier (introducción y selección), *Francisco Zarco. Textos políticos*, Universidad Nacional Autónoma de México, México, 1994.
Torner, Florentino M., *Creadores de la imagen histórica de México*, Compañía General de Ediciones, México, 1953.
Toro, Alfonso, *La Iglesia y el Estado en México. Estudio sobre los conflictos entre el clero católico y los gobiernos mexicanos desde la Independencia hasta nuestros días*, Publicaciones del Archivo General de la Nación, México, 1931.
Trees, Andrew S., *The Founding Fathers. The Politics of Character*, Princenton University Press, Princenton y Oxford, 2004.
Urrutia Castro, Manuel, *El Juárez nuestro de cada día*, Secretaría de la Defensa Nacional, México, 1985.
Valadés, José C., *Orígenes de la República Mexicana*, Universidad Nacional Autónoma de México, México, 1994.
——, *Melchor Ocampo. Reformador de México*, Cámara de Diputados, México, 1972.
Velasco Márquez, Jesús, *La guerra del 47 y la opinión pública (1845-1848)*, SepSetentas 196, México, 1975.
Villalpando, César José Manuel, *Las balas del invasor. La expansión territorial de los Estados Unidos a costa de México*, Miguel Ángel Porrúa, México, 1998.
Villalpando, César José Manuel y Alejandro Rosas, *Los presidentes de México. La historia de los gobernantes de la nación (1821-2000) narrada para los lectores de hoy*, Planeta, México, 2001.
Villaseñor y Villaseñor, Alejandro, *Antón Lizardo. El Tratado McLane Ocampo. El brindis del desierto*, Jus, México, 1962.
Weber, David J., *The Mexican Frontier 1821-1846: The American Southwest under Mexico*, University of New Mexico Press, Albuquerque, 1982.
Yáñez, Agustín, *Santa Anna: Espectro de una sociedad*, Fondo de Cultura Económica, México, 1993.

Zamacois, Niceto de, *Historia de México*, 18 vols., J. F. Parres, Barcelona, 1882.

Zamora Plowes, Leopoldo, *Quince Uñas y Casanova Aventurero*, 2 tomos, Patria, México, 1984.

Zarco, Francisco, *Crónica del Congreso Constituyente (1856-1857)*, El Colegio de México, México, 1957.

Zayas Enríquez, Rafael de, *Benito Juárez: su vida, su obra*, Editorial Magisterio, México, 1958.

Zertuche Muñoz, Fernando y Juan A. Mateos, *Historia parlamentaria de los congresos mexicanos, 1824-1828*, Instituto de Investigaciones Legislativas/Miguel Ángel Porrúa, México, 1997.

Zevada, Ricardo J., *La lucha por la libertad en el Congreso Constituyente de 1857*, Nuestro Tiempo, México, 1968.

Zevada, Ricardo J., *Ponciano Arriaga,* Nuestro Tiempo, México, 1968.

Zinn, Howard., *A people's history of de United States, 1492-present,* Perennial Classics, Nueva York, 2001.

**Periódicos:**

*El Crepúsculo de Puebla*, Puebla, 1842.

*El Fénix de la Libertad*, México, 1834.

*El Monitor Republicano*, México, 1852.

*El Mosquito Mexicano*, México, 1842.

*El Telégrafo*, México, 1834.

*El Republicano*, México, 1847.

*El Siglo XIX*, México, 1861.

# Índice

Esta obra se terminó de imprimir
en el mes de octubre de 2025,
en los talleres de Diversidad Gráfica S.A. de C.V.
Ciudad de México